Bestsellers

Dello stesso autore

nella collezione Oscar

Una certa giustizia
Copritele il volto
I figli degli uomini
Un gusto per la morte
Un indizio per Cordelia Gray
Un lavoro inadatto a una donna
Una mente per uccidere
Morte in seminario
Una notte di luna per l'ispettore Dalgliesh
Per cause innaturali
Sangue innocente
Il tempo dell'onestà
La torre nera

P.D. JAMES

MORTE SUL FIUME

Traduzione di Luciana Crepax

OSCAR MONDADORI

Titolo originale dell'opera: *Original Sin*

I edizione Omnibus marzo 1995
I edizione Bestsellers Oscar Mondadori gennaio 1997

ISBN 88-04-42296-3

Questo volume è stato stampato
presso Mondadori Printing S.p.A.
Stabilimento NSM - Cles (TN)
Stampato in Italia. Printed in Italy

Ristampe:

7 8 9 10 11 12 13 14 15 16 17

2003 2004 2005 2006 2007

www.mondadori.com/libri

MORTE SUL FIUME

Nota dell'autore

Questo romanzo si svolge sulle rive del Tamigi e le scene e i luoghi che vi sono descritti sono certamente noti a chi ama il fiume di Londra. La Peverell Press e tutti i personaggi esistono solo nella fantasia dell'autore e non hanno riferimento con la vita reale.

Parte Prima

PREFAZIONE A UN OMICIDIO

1

Per una stenodattilografa a giornata assistere alla scoperta di un cadavere il primo giorno di un nuovo incarico rappresenta un caso, se non unico, almeno tanto raro da non poter essere considerato un rischio del mestiere. Certamente Mandy Price, diciannove anni e due mesi, astro indiscusso dell'agenzia della signora Crealey, "L'Impareggiabile – Segretarie a giornata", non si era predisposta al colloquio presso la Peverell Press, quella mattina di martedì, 14 settembre, con maggiore emozione di quanta non provasse di solito all'inizio di un nuovo lavoro, un'emozione che non era mai intensa e nasceva, più che dall'ansia di riuscire a soddisfare le aspettative del suo futuro datore di lavoro, dall'incertezza che il datore di lavoro fosse in grado di soddisfare le sue. Aveva saputo che c'era un posto disponibile il venerdì precedente, quando, alle sei, era andata all'agenzia a ritirare il compenso per due noiosissime settimane passate con un principale che considerava la segretaria un elemento di prestigio ma non sapeva metterla in condizione di esercitare le proprie capacità, così che ora lei aspirava a qualcosa di nuovo e, possibilmente, stimolante, anche se, forse, non tanto stimolante quanto si era rivelato in realtà il nuovo impiego.

La signora Crealey, per la quale Mandy aveva lavorato negli ultimi tre anni, guidava l'attività della sua agenzia standosene in due stanze sopra un negozio di giornali e tabacchi in una traversa di Whitechapel Road, una posizione comoda, perché, come non mancava di sottolineare con orgoglio a dipendenti e clienti, era vicina sia alla City sia agli altissimi palazzi di uffici dei Docks. Quanto a buoni affari, né dalla City né dai Docks era venuto molto fino a quel momento, ma mentre le altre agenzie erano sommerse dall'ondata della recessione, la piccola, modesta impresa della signora Crealey restava, almeno provvisoriamente, a galla. Fatta eccezione per l'aiuto di una delle ragazze, quando non c'era lavoro esterno, la signora Crealey si occupava da sola dell'agenzia. Il suo ufficio era nella prima stanza, lì si propiziava i clienti, riceveva le nuove impiegate, assegnava il lavoro per la settimana successiva. La stanza interna era riservata a lei soltanto, alla sua vita privata; c'era un divano letto dove qualche volta passava la notte anche se lo vietavano i termini di contratto, un piccolo frigobar, una credenza che nascondeva una minuscola cucina, un grosso televisore e due poltrone di fronte a un camino in cui una livida luce rossa ruotava dietro un piccolo cumulo di ciocchi finti. La signora Crealey definiva quella stanza "accogliente" e Mandy era una delle poche ragazze ammesse a goderne l'intimità.

Era, è probabile, quell'atmosfera familiare a tenere Mandy legata all'agenzia, anche se a lei sarebbe parso puerile e imbarazzante ammettere di soffrire di una carenza affettiva. Quando aveva sei anni sua madre se n'era andata di casa e le era costato fatica aspettare di compiere sedici anni per lasciare un padre la cui idea della paternità andava poco oltre l'obbligo di provvederle due pasti al giorno, cotti da lei, e il necessario per vestirsi. L'ultimo anno aveva preso in affitto una casetta a schiera a Stratford East che divideva, in rancoroso cameratismo, con tre giovani amiche, contrarie soprattutto alla tenacia con la quale lei insisteva nel parcheggiare il suo motorino Yamaha in anticamera. Ma erano l'accogliente familiarità di Whitechapel Road, il profumo del vino unito a quello del cibo comprato già pronto al ristorante cinese, il sibilo del fornello a gas, le due grandi, vecchie poltrone dove poteva rannicchiarsi e dormire a rappresentare per Mandy tutto il calore e la sicurezza che dà la casa e che lei non aveva mai conosciuto nella vita.

La signora Crealey, con la bottiglia di sherry in una mano e nell'altra un foglietto strappato da un blocco di appunti, mordicchiò il bocchino della sigaretta finché non riuscì a spingerselo all'angolo della bocca per lasciarvelo poi penzolare, come al solito, in aperta sfida alla forza di gravità e, attraverso un paio di immensi occhiali dalla montatura di corno, diede un'occhiata a quello che aveva scritto, con una calligrafia quasi indecifrabile.

«È un nuovo cliente, Mandy, la Peverell Press. Ho controllato sull'elenco delle case editrici. È una delle più antiche, forse la più antica di tutte, fondata nel 1792. La sede è sul fiume. Peverell Press, Innocent House, Innocent Walk, Wapping. L'avrai vista, Innocent House, se sei andata a Greenwich in battello. Sembra tale e quale un palazzone di quelli che ci sono a Venezia. Pare che ci sia un motoscafo a disposizione dei dipendenti che parte dal Charing Cross Pier, ma a te non servirebbe comunque, visto che abiti a Stratford. È sulla stessa riva del Tamigi, è comodo, anche se credo che dovrai prendere un taxi. Ricordati, anzi, di fartelo rimborsare prima di andar via.»

«Non importa, userò il motorino.»

«Come vuoi. Devi presentarti martedì alle dieci.»

La signora Crealey stava per suggerire, data l'importanza del nuovo cliente, l'opportunità di un abbigliamento adeguato, ma poi preferì tacere. Mandy accettava osservazioni sul lavoro e sul comportamento, ma non su certi modellini eccentrici e talvolta bizzarri con i quali esprimeva la propria personalità essenzialmente fiduciosa ed esuberante.

«Perché martedì? Non lavorano il lunedì?»

«Non chiederlo a me. Io so soltanto che al telefono mi hanno detto martedì. Forse la signorina Etienne non può riceverti prima. È una dei responsabili e vuole parlare con te personalmente. Si chiama Claudia Etienne, te l'ho scritto sul foglietto.»

«Ma quali sono gli accordi? Perché devo avere un colloquio con un responsabile?»

«Uno dei responsabili. Credo che siano molto esigenti. Mi hanno chiesto il meglio e io mando il meglio. Può anche darsi che cerchino un'impiegata da assumere stabilmente e che prima vogliano sottoporla a una prova. Ma tu non lasciarti convincere, eh, Mandy? Mi raccomando. »

«Mi sono mai lasciata convincere?»

Mandy accettò un bicchiere di sherry dolce, si rannicchiò su una poltrona e lesse attentamente il foglietto. Certo era strano quel colloquio prima di iniziare un lavoro a giornata, anche se, come in quel caso, per l'agenzia si trattava di un cliente nuovo. La procedura era scontata da entrambe le parti. Il datore di lavoro in difficoltà telefonava alla signora Crealey e le chiedeva una stenodattilografa a giornata, implorandola di mandargliene una, questa volta, che non fosse analfabeta e che scrivesse a una velocità almeno approssimativamente vicina alla media garantita. La signora Crealey, promettendo miracoli di puntualità, efficienza e meticolosità, mandava qualsiasi ragazza fosse libera in quel momento e si lasciasse convincere, con qualche lusinga, almeno a provare, nella speranza che, per una volta, le aspettative del cliente e del lavoratore potessero coincidere. Alle lagnanze che seguivano la signora Crealey, con voce lamentosa, opponeva invariabilmente la stessa risposta: «Non capisco, la ragazza ha sempre avuto referenze ottime dagli altri clienti. Me la richiedono sempre, la nostra Sharon».

Il cliente, indotto a ritenersi in qualche modo responsabile del disastro, riappendeva il ricevitore con un sospiro e spronava, incoraggiava, sopportava finché quella tortura reciproca non giungeva al termine quando, accolta in modo lusinghiero, l'impiegata assente tornava a riprendere il proprio posto. La signora Crealey incassava la cifra pattuita, più esigua di quella richiesta dalla maggior parte delle agenzie (e forse questa era la ragione del prolungarsi nel tempo della sua attività) e l'accordo si riteneva concluso fino a quando una successiva epidemia d'influenza o le vacanze estive non avessero visto trionfare un'altra volta la speranza sull'esperienza.

«Puoi prendere questo lunedì di vacanza, Mandy» disse la signora Crealey. «Pagato, naturalmente. Approfittane per scrivere a macchina un foglio con la tua qualifica e i posti occupati. In alto metti "Curriculum vitae", fa sempre colpo.»

Il curriculum vitae di Mandy, e anche la stessa Mandy, nonostante il suo eccentrico modo di vestire, non mancavano mai di suscitare una buona impressione. Di questo doveva essere grata alla sua insegnante d'inglese, la signora Chilcroft. Davanti a una classe di recalcitranti ragazzine di undici anni, la signora Chilcroft aveva detto: «Dovrete imparare a scrivere la vostra lingua con semplicità, con precisione e anche con eleganza e dovrete imparare a parlarla per non trovarvi svantaggiati ogni volta che aprirete bocca. A quelle di voi che aspirano a qualcosa di più che sposarsi a sedici anni e allevare dei bambini in un appartamento di una casa popolare, sarà utile conoscere la propria lingua. E se non avete ambizioni che vadano oltre quella di essere mantenute da un uomo o dallo stato, la conoscenza della lingua vi servirà ancora di più, se non altro per ottenere il più possibile dal dipartimento dei Servizi Sociali, della Sanità e della Previdenza.»

Mandy non era mai riuscita a decidere se detestava la signora Chilcroft o se l'ammirava ma, grazie al suo insegnamento appassionato anche se anticonvenzionale, aveva imparato a parlare l'inglese, a scriverlo correttamente e a usarlo con disinvoltura e con una certa grazia. Un risultato che, tuttavia, spesso preferiva fingere di non aver raggiunto. Pensava, sebbene non avesse mai lucidamente articolato questa eresia, che le sarebbe servito a poco sentirsi ammessa nel mondo della signora Chilcroft se poi non fosse stata più accettata dal proprio. Le sue nozioni erano là, pronte a essere usate quando fosse stato necessario, un patrimonio commerciale e, all'occorrenza, di utilità negli scambi di vita sociale al quale Mandy aggiungeva la velocità nello scrivere a macchina e nello stenografare e la facilità a usare vari tipi di computer. Mandy sapeva di avere tutte le qualità per ottenere un buon impiego, ma restava fedele alla signora Crealey. A parte quella stanza così accogliente, c'erano molti vantaggi nell'essere considerati indispensabili e si poteva essere certi di avere sempre i lavori migliori. Capitava che qualcuno, tra i suoi datori di lavoro di sesso maschile, cercasse di convincerla ad accettare un impiego fisso; alcuni le proponevano incentivi che avevano poco da spartire con aumenti di stipendio annuali, buoni per i pasti, pensioni integrative, Mandy però restava legata alla "Impareggiabile" con una fedeltà che traeva le sue radici da considerazioni non solo materiali. Qualche volta provava per la signora Crealey una compassione che avrebbe potuto provare una donna matura. Quasi tutti i guai della signora Crealey nascevano dalla convinzione che gli uomini fossero perfidi e, insieme, dalla incapacità di fare a meno di loro. Oltre a questa sconfortante dicotomia, la sua vita era dominata dalla lotta per trattenere nella sua scuderia le poche ragazze cui potesse venire affidato un lavoro e dalla guerra di logoramento combattuta contro il suo ex marito, contro l'esattore delle tasse, l'impiegato di banca e il proprietario dei due locali dov'era l'agenzia. In tutte queste esperienze traumatiche Mandy le era alleata, confidente, solidale, anche se, per quanto aveva stretta attinenza con la vita amorosa, si trattava più di buona volontà che di vera comprensione perché ai diciannove anni di Mandy l'idea che la signora Crealey potesse veramente desiderare il sesso con quegli uomini anziani (alcuni di loro dovevano avere come minimo cinquant'anni) e poco attraenti che ogni tanto comparivano in ufficio, appariva troppo strampalata per essere presa sul serio.

Dopo una settimana di pioggia quasi ininterrotta quel martedì prometteva di essere una bella giornata con sprazzi irregolari di sole attraverso la bassa cortina di nuvole. Il tragitto da Stratford East non era lungo, Mandy però era uscita in anticipo ed erano solo le dieci meno un quarto quando lasciò The Highway, scese per Garnet Street, poi lungo Wapping Wall e imboccò, a destra, Innocent Walk. Ridusse a passo d'uomo la velocità del motorino e avanzò sobbalzando per una strada senza sbocco, col fondo di acciottolato, chiusa a nord da un muro di mattoni grigi, alto tre metri e a sud da tre case. Lì era la Peverell Press.

A prima vista Innocent House la deluse. Era una costruzione georgiana, imponente ma senza nulla di notevole, con delle proporzioni che, Mandy lo capiva più di quanto non ne avesse la percezione, non potevano non essere armoniose, eppure le pareva poco diversa da molte altre che aveva visto nelle piazze o nelle strade di Londra. Il portone era chiuso e non si scorgeva traccia di movimento dietro i quattro piani di finestre a otto riquadri, due delle quali, al primo piano, avevano ciascuna un elegante balcone di ferro battuto. Una per lato, staccate di poco, c'erano due case più piccole, meno appariscenti, che parevano tenersi a distanza come due rispettosi parenti poveri. Ora Mandy era arrivata di fronte alla prima di esse, indicata col numero 10, anche se non c'era traccia degli altri numeri dall'uno al nove, e si accorse che era separata dall'edificio principale da un vicolo indicato come Innocent Passage, chiuso verso la strada da un cancello di ferro battuto e destinato, apparentemente, a fungere da zona di parcheggio per le automobili dei dipendenti. Ma in quel momento il cancello venne aperto e Mandy vide che tre uomini scaricavano dei grossi involucri di cartone da un montacarichi calato da uno dei piani superiori, li ammassavano a terra lì vicino e poi li caricavano su un furgone. Uno dei tre uomini, piccolo, con la carnagione scura si tolse l'enorme cappello da brigante che aveva in testa e tributò a Mandy un solenne, ironico inchino. Gli altri due alzarono gli occhi dal lavoro per guardarla, con manifesta curiosità. Mandy alzò la visiera del casco e diede a tutti e tre una lunga occhiata scoraggiante.

Tra la seconda di quelle due case più piccole e Innocent House, c'era un'altra stradina, Innocent Lane. Da lì, secondo le indicazioni della signora Crealey, Mandy sarebbe entrata in Innocent House. Spense il motore, scese e spinse lo Yamaha a mano sull'acciottolato, alla ricerca di un posto per parcheggiarlo dove non desse troppo fastidio. Fu allora che, per la prima volta, si rese conto della presenza del fiume, una stretta striscia d'acqua rabbrividente sotto il cielo luminoso. Parcheggiò il motorino, si tolse il casco, cercò il cappello nella sacca laterale, se lo mise e poi, con il casco sotto il braccio e la borsa a tracolla, andò verso l'acqua come se fosse richiamata fisicamente dal forte riflusso della marea e da un vago, suggestivo odore di mare.

Si trovò in un ampio piazzale di marmo lucente limitato da una ringhiera bassa, con un delicato ricamo di ferro battuto e, a ogni angolo, un globo di vetro sostenuto da un gruppo di delfini di bronzo intrecciati. Da un'apertura della ringhiera, dei gradini portavano al fiume. Mandy sentì il battere ritmato dell'acqua contro la pietra e si avvicinò, attratta e meravigliata, come se non avesse mai visto prima il fiume che ora luccicava davanti a lei, un'ampia distesa di acqua palpitante e screziata dal sole che, mentre la guardava, cominciava a guizzare al vento che ora si andava rafforzando in milioni di piccole onde, come un mare interno appena appena mosso, per riprendere poi, quando il vento cadeva, la sua calma lucente. Mandy voltò la testa e vide, finalmente, l'imponente splendore di Innocent House, quattro piani di marmo colorato e pietra dorata che s'impreziosivano col cambiare della luce, diventavano più brillanti per poi scurirsi in un color oro più intenso. La volta dell'ingresso principale aveva ai lati strette finestre ad arco; le grandi balconate di pietra intagliata dei due piani superiori correvano lungo sottili colonne di marmo che culminavano in archi trilobi. Il motivo delle finestre strette e ad arco e delle colonne di marmo si ripeteva all'ultimo piano, sotto la sporgenza di un tetto piatto. Mandy non conosceva nessuno di quei particolari architettonici, ma aveva già visto altre case simili durante un turbolento, male organizzato viaggio scolastico a Venezia, quando aveva tredici anni. La città non le aveva lasciato molti ricordi, oltre al puzzo estivo dei canali che aveva indotto i ragazzi ad andare in giro turandosi il naso e simulando conati di vomito; ai musei affollatissimi e ai palazzi di cui le era stato detto che erano molto belli mentre a lei era parso solo che dovessero sbriciolarsi nell'acqua. Aveva visto Venezia quando era troppo giovane e senza una preparazione adeguata. Ora, per la prima volta nella sua vita, guardando lo splendore di Innocent House avvertiva in sé una reazione a quella precedente esperienza, un insieme di soggezione e di piacere che la lasciava sorpresa e anche un po' spaventata.

Quel momento di distacco dalla realtà fu interrotto da una voce maschile: «Cerca qualcuno?».

Si voltò e vide un uomo che la guardava dall'altra parte della ringhiera, come se fosse miracolosamente uscito dal fiume. Fece qualche passo verso di lui e si accorse che stava in piedi sulla prua di un motoscafo ormeggiato a sinistra dei gradini. Aveva un berretto da marinaio su una zazzera di riccioli neri e gli occhi erano due fessure brillanti in un viso segnato dalle intemperie.

«Sono venuta per un lavoro» disse Mandy. «Mi sono fermata un momento a guardare il fiume.»

«Ah, lui è sempre qui, il fiume. Negli uffici si entra da quella parte.» Con un gesto secco del pollice indicò Innocent Lane.

«Sì, lo so.»

Per dimostrare la propria autonomia, Mandy diede un'occhiata all'orologio, si voltò e passò altri due minuti a osservare Innocent House, poi, con un ultimo sguardo al fiume, si avviò verso Innocent Lane.

Sulla porta esterna c'era una targa: PEVERELL PRESS – AVANTI.

Mandy aprì, attraversò un ingresso a grandi vetrate ed entrò nella sala d'aspetto. A sinistra, seduto a un bancone semicircolare davanti alla tastiera del centralino, c'era un impiegato con i capelli grigi e un'espressione gentile che la salutò sorridendo prima di controllare se ci fosse il suo nome in un elenco. Mandy gli diede il casco, lui lo prese, nelle sue mani piccole, macchiate dall'età, come se gli venisse affidata una bomba e per un momento parve chiedersi che cosa farne, infine decise di lasciarlo sulla scrivania.

Avvertì per telefono che era arrivata e poi disse: «Ora verrà la signorina Blackett, che l'accompagnerà dalla signorina Etienne. Vuole sedersi?».

Mandy si mise a sedere, non s'interessò ai tre quotidiani, alle riviste letterarie, ai cataloghi disposti ordinatamente a ventaglio su un tavolino basso, ma si guardò intorno. Un tempo la stanza doveva essere stata molto bella: il camino di marmo sopra il quale era appeso un quadro a olio con una veduta del Canal Grande, il soffitto decorato con stucchi delicati, la fascia di legno intarsiato che correva tutt'intorno alle pareti contrastavano in modo assurdo con la linea moderna del bancone, con le poltrone comode ma di tipo economico, con il grosso albo dei visitatori di finta pelle, con l'ascensore chiuso in una gabbia di ferro a destra del camino. Sulle pareti dipinte di verde carico, era appesa una fila di fotografie color seppia. Mandy pensò che dovevano rappresentare i Peverell delle precedenti generazioni e stava alzandosi per andare a guardarli da vicino quando comparve una donna robusta, non bella, che, presumibilmente, era la signorina Blackett, incaricata di farle da guida. Salutò Mandy senza sorridere, lanciò un'occhiata sorpresa e quasi impaurita al suo cappello e, senza presentarsi, la invitò a seguirla. Mandy non diede importanza a quell'assenza di cordialità. Era normale che all'assistente dell'amministratore delegato premesse mostrare la propria posizione. Non era la prima volta che le capitava.

L'atrio le parve di una bellezza da togliere il respiro. Vide un pavimento di marmo a intarsi di diversi colori dal quale sei colonne con elaborati, preziosi capitelli si innalzavano verso uno straordinario soffitto dipinto. Senza badare alla palese impazienza della signorina Blackett che la vedeva attardarsi sul primo gradino della scala, Mandy lentamente e quasi inconsapevolmente si voltò e guardò in su mentre la grande volta colorata ruotava insieme a lei; palazzi, torri con stendardi fluttuanti, chiese, case, ponti, la curva del fiume adorno delle vele di navi dagli alti alberi, cherubini che sporgevano le labbra per soffiare prospere brezze sospese nell'aria come piccoli sbuffi di vapore usciti dal bollitore del tè. Mandy aveva lavorato in vari uffici, molto diversi tra loro, dai grattacieli di cristallo arredati con cuoio e tubi cromati e provvisti degli ultimi prodigi dell'elettronica, a stanzette grandi come un armadio con un tavolo di legno e una vecchia macchina per scrivere e aveva imparato molto presto che gli uffici costituivano un'indicazione inaffidabile per stabilire il livello finanziario di un'azienda. Mai, però, aveva visto un palazzo di uffici come Innocent House.

Salirono le scale in silenzio. L'ufficio della signorina Etienne era al primo piano. Un tempo era stato, palesemente, una biblioteca, poi l'ultimo tratto era stato diviso per creare un piccolo ufficio. Una ragazza col viso serio, così magra da sembrare anoressica, era seduta davanti alla tastiera di un computer e diede a Mandy solo una rapida occhiata. La signorina Blackett aprì la porta di comunicazione e annunciò: «Ecco Mandy Price, signorina Claudia, è stata mandata dall'agenzia» poi se ne andò.

A Mandy sembrò che la stanza diventasse sempre più grande, dopo il minuscolo ufficio esterno, mentre attraversava un ampio tratto di pavimento di legno per avvicinarsi alla scrivania, a destra della finestra. Una donna alta e bruna si alzò per riceverla, le strinse la mano e la invitò a sedersi di fronte a lei.

«Ha il suo curriculum vitae?» chiese.

«Sì, signorina Etienne.»

Non le era mai stato chiesto un curriculum vitae, ma la signorina Crealey non si era sbagliata, evidentemente alla Peverell se lo aspettavano. Mandy si chinò a prendere da terra la sua grossa borsa vistosamente ricamata e ornata di nappine, un trofeo dell'ultima vacanza estiva a Creta, e porse alla signorina Etienne tre fogli accuratamente dattiloscritti. Lei li osservò attentamente e Mandy, attentamente, osservò lei.

Non era molto giovane, concluse, certo aveva più di trent'anni. Aveva l'ossatura del viso evidente sotto la pelle chiara, delicata, gli occhi infossati, con le iridi scure, quasi nere, le palpebre pesanti, le sopracciglia depilate, ad arco. I capelli erano corti, lucidi di spazzola, con la scriminatura a sinistra e le ciocche più lunghe ben ravviate dietro l'orecchio destro. Le mani, posate sui fogli del curriculum, non avevano anelli, le dita erano lunghe e sottili, le unghie senza smalto.

Senza alzare gli occhi, chiese: «Lei si chiama Mandy o Amanda Price?».

«Mandy, signorina Etienne.» In circostanze diverse, Mandy le avrebbe fatto osservare che se si fosse chiamata Amanda sarebbe stato scritto nel curriculum.

«Ha avuto altre esperienze di lavoro in una casa editrice?»

«Solo tre negli ultimi due anni. Ho elencato i nomi delle aziende per cui ho lavorato a pagina tre del mio curriculum.»

La signorina Etienne lesse l'elenco, poi alzò gli occhi, brillanti, luminosi sotto le sopracciglia arcuate e osservò Mandy con un interesse assai maggiore di quello mostrato in precedenza.

«A quanto pare lei era molto brava a scuola» aggiunse, «ma da allora ha collezionato una quantità di impieghi diversi, nessuno dei quali è durato più di qualche settimana.»

In tre anni di lavoro a giornata Mandy aveva imparato a riconoscere e aggirare la maggior parte delle macchinazioni maschili, ma si sentiva meno sicura quando veniva chiamata in causa direttamente la sua condotta. L'istinto, puntuto come lo strumento di un dentista, le disse che la signorina Etienne andava trattata con riguardo. Pensò, allora tu non sai neanche cos'è il lavoro a giornata, vecchia scema: oggi qua, domani là. Ma ciò che disse fu: «Ho scelto di lavorare a giornata, per brevi periodi, allo scopo di raccogliere il maggior numero di esperienze possibile prima di cercare un impiego fisso. A quel punto non mi muoverò più e cercherò di fare una buona carriera».

Mandy era stata tutt'altro che sincera. Non aveva la minima intenzione di cercare un impiego fisso. Il lavoro a giornata, libero dai contratti e dai regolamenti, vario, senza vincoli, così che anche nel peggiore dei casi si poteva pensare che tutto sarebbe finito entro il venerdì successivo, era proprio adatto a lei. I suoi progetti per l'avvenire, però, erano altri. Stava già risparmiando per il giorno in cui, con la sua amica Naomi, si sarebbe presa la soddisfazione di aprire un negozietto di successo in Portobello Road. Naomi avrebbe creato i suoi gioielli, lei avrebbe disegnato e cucito i suoi cappellini e tutt'e due sarebbero diventate in breve tempo ricche e famose.

La signorina Etienne diede ancora un'occhiata al curriculum, poi disse, con voce asciutta: «Se lei aspira a trovare un impiego fisso e a fare una buona carriera, bisogna dire che, per la sua generazione, rappresenta un caso unico». Restituì a Mandy il curriculum con un gesto rapido, impaziente, si alzò e disse: «Bene, farà un test e vedremo se è davvero così brava. La signorina Blackett ha un altro computer, a pianterreno. Lei lavorerà in quell'ufficio, quindi tanto vale che faccia lì anche il test. Il signor Dauntsey, il nostro redattore per la poesia, ha una cassetta da trascrivere. È nell'archivio piccolo. Andiamo a prenderla insieme» aggiunse, «così lei si farà un'idea della pianta del palazzo.»

«Si tratta di poesia?» chiese Mandy. Poteva essere molto complicato trascrivere dei versi da una cassetta, perché, lo sapeva per esperienza, nella poesia moderna i versi spesso non si capisce dove cominciano e dove finiscono.

«No, non si tratta di poesia. Il signor Dauntsey sta stendendo una relazione in base a un esame dell'archivio, specificando quali schedari vanno tenuti e quali distrutti. La Peverell Press ha iniziato la sua attività di casa editrice nel 1792. C'è del materiale interessante nei vecchi schedari che dovrebbe essere catalogato correttamente.»

Mandy scese con la signorina Etienne l'ampia curva della scala, attraversò l'atrio e tornò nella sala d'aspetto. A quanto pareva dovevano usare l'ascensore, che partiva solo dal pianterreno. Non era proprio, pensò, il modo migliore per farsi un'idea della pianta del palazzo, ma la proposta era stata comunque positiva perché significava che le avrebbero dato il lavoro, se lo voleva. E dopo quel primo sguardo sul Tamigi, Mandy sapeva di volerlo.

L'ascensore era piccolo, un quadrato di poco più che un metro e mezzo di lato e mentre salivano, in un gemito di corde, Mandy era acutamente consapevole della vicinanza di quella figura alta e silenziosa il cui braccio quasi sfiorava il suo. Teneva gli occhi fissi davanti a sé, ma sentiva che la signorina Etienne si era profumata con una essenza vagamente esotica, così leggera che forse si trattava solo di una raffinata e costosa saponetta. Tutto sulla sua persona pareva a Mandy raffinato e costoso, l'opaco splendore della camicetta che non poteva essere altro che di seta, la collana d'oro a due giri, gli orecchini d'oro a bottoncino, il cardigan che le cadeva dalle spalle con la leggera morbidezza del cachemir. Ma quella vicinanza fisica e la propria sensibilità acuita, stimolata dalla novità e dall'emozione che Innocent House aveva suscitato in lei, le dicevano, in più, che la signorina Etienne non era a suo agio. Era lei, Mandy, che avrebbe dovuto essere nervosa. Invece aveva la sensazione che in quell'ascensore da claustrofobia che saliva a strattoni con lentezza esasperante, l'aria avesse fremiti di inquietudine.

Si fermarono con un sobbalzo e la signorina Etienne aprì, facendolo scorrere, lo sportello a doppia griglia. Mandy si trovò in un piccolo corridoio con una porta di fronte e una di lato. La porta di fronte era aperta su una grande stanza ingombra, dal pavimento al soffitto, di ripiani di ferro dov'erano pressati raccoglitori e fasci di fogli. Le scaffalature occupavano tutto lo spazio disponibile dalle finestre alla porta e lasciavano a stento la possibilità di passarvi in mezzo. Nell'aria c'era un odore di vecchi fogli, di muffa e di chiuso. Mandy s'infilò dietro la signorina Etienne tra la fine degli scaffali e la parete di fondo dove c'era un'altra porta più piccola, stavolta chiusa.

La signorina Etienne si fermò un momento. «È qui che il signor Dauntsey lavora all'archivio. Di solito chiamiamo questa stanza l'archivio piccolo. Mi ha detto che avrebbe lasciato la cassetta sul tavolo.»

A Mandy parve che quella spiegazione fosse inutile e anche un po' strana e che la signorina avesse esitato per un attimo, con la mano sul pomolo della porta, per spalancarla poi con forza, bruscamente, come se si fosse aspettata di incontrare un ostacolo.

Il fetore rotolò fuori e le investì come una colonna di vapori infausti, un riconoscibile puzzo di vomito, non forte ma così inatteso che Mandy arretrò di colpo. Al disopra della spalla della signorina Etienne il suo sguardo colse in un lampo la visione di una stanzetta con un pavimento nudo, un tavolo quadrato a destra della porta e una finestra alta e stretta a saliscendi. Sotto la finestra c'era un divano letto sul quale stava sdraiata, in una posizione strana, una donna.

Non c'era bisogno di un odore particolare per avvertire Mandy che davanti ai suoi occhi c'era la morte. Non gridò; non aveva mai gridato per uno spavento o per una forte emozione, ma una gigantesca morsa di ghiaccio le afferrò e le strinse il cuore e lo stomaco facendola rabbrividire violentemente, come un bambino estratto da un mare gelato. Non dissero niente, né lei né la signorina Etienne, ma lei le si mise dietro, vicinissima, e a piccoli passi quasi impercettibili si avvicinarono al divano.

La donna era distesa su una coperta scozzese ma ne aveva tolto di sotto il cuscino per appoggiarvi la testa come se avesse avuto bisogno di stare un po' più comoda negli ultimi istanti di vita. Vicino al divano, su una sedia, c'era una bottiglia di vino vuota, un bicchiere sporco e un grosso flacone con il tappo a vite. Ai piedi del divano letto, un paio di scarpe marroni con le stringhe, messe ordinatamente una accanto all'altra. Forse, pensò Mandy, la donna se le era tolte per non sporcare la coperta. Ma la coperta si era sporcata lo stesso e anche il cuscino. C'era una traccia di vomito come la bava di una enorme lumaca che stava incollata alla sua guancia sinistra e in parte era scesa a formare una crosta sul cuscino. Gli occhi erano socchiusi, con le iridi rivolte verso l'alto, i capelli grigi, con la frangia, erano appena scomposti. Indossava una maglia marrone a collo alto e una gonna di tweed dalla quale sbucavano le gambe ossute, stranamente sbilenche e rigide. Il braccio sinistro sporgeva dal divano letto fin quasi a toccare la sedia, quello destro le stava ripiegato sul petto. Si sarebbe detto che la mano destra, prima della morte, avesse tormentato la lana sottile della maglia e l'avesse sollevata fino a rivelare pochi centimetri di una sottoveste bianca. Vicino al flacone delle pillole, vuoto, c'era una busta quadrata con un indirizzo scritto a mano in inchiostro nero.

Mandy, in un rispettoso bisbiglio, come se fosse in chiesa, domandò: «Chi è?».

La voce della signorina Etienne era calma. «Sonia Clements. Una delle nostre redattrici, era con noi da molto tempo.»

«Dovevo lavorare con lei?»

Mandy si rese conto, appena l'ebbe pronunciata, di quanto fosse inopportuna la sua domanda, ma la signorina Etienne le rispose: «All'inizio, ma non per molto. Doveva andarsene alla fine del mese».

Prese la lettera e parve soppesarla tra le mani. Vuole aprirla, pensò Mandy, ma non davanti a me. Dopo pochi secondi la signorina Etienne disse: «È indirizzata al coroner. Anche senza la lettera si può capire che cos'è successo qui. Mi dispiace che lei abbia avuto questa brutta esperienza, signorina Price. È stato un gesto compiuto senza riguardo per gli altri. Chi si suicida dovrebbe farlo a casa propria».

Mandy pensò alla sua casetta a schiera di Stratford East, con la cucina e il bagno in comune, alla sua piccola stanza sul retro in uno spazio dove sarebbe stato impossibile isolarsi a inghiottire una manciata di pillole, per non parlare di morire dopo averle prese. Si costrinse a guardare di nuovo il viso della donna. Sentì un bisogno improvviso di chiuderle gli occhi, di accostarle le labbra leggermente aperte. Era così la morte, o piuttosto era così prima che intervenissero quelli delle pompe funebri. Mandy aveva visto solo un'altra persona morta, sua nonna. Era bene avvolta nel sudario, con una trina al collo, sistemata nella bara come una bambola in una scatola da regalo, stranamente rimpicciolita e con un'espressione più serena di quanto non avesse mai avuto in vita; gli occhi, prima brillanti e irrequieti, chiusi, le mani, sempre affaccendate, finalmente calme, intrecciate. A un tratto il dolore la travolse in un torrente di pietà, forse era l'emozione violenta che si liberava in ritardo, forse il ricordo improvvisamente vivo della nonna che aveva amato. Sentì le lacrime bruciarle gli occhi e non capì se erano per la nonna o per quella sconosciuta distesa là in una posa tanto indifesa e sgraziata. Mandy piangeva di rado, ma quando piangeva non riusciva più a fermarsi. Terrorizzata al pensiero di potersi screditare davanti alla signorina Etienne, si sforzò di controllarsi e, mentre si guardava attorno, gli occhi le si posarono su un oggetto noto, innocuo, con il quale poteva misurarsi e che le dava la certezza che, fuori da quella cella della morte, la vita di tutti i giorni continuava. Sul tavolo c'era un piccolo dittafono.

Mandy si avvicinò e lo chiuse tra le mani come se fosse un'icona. «È qui la cassetta?» chiese. «È un elenco? Lo devo anche stampare?»

La signorina Etienne la guardò per un attimo in silenzio, poi disse: «Sì, ne faccia due copie. Può usare il computer che è nell'ufficio della signorina Blackett».

In quel momento Mandy capì di avere ottenuto l'impiego.

2

Un quarto d'ora prima, Gerard Etienne, presidente e amministratore delegato della Peverell Press, usciva dalla sala consiglio per tornare nel suo ufficio a pianterreno. Improvvisamente si era fermato, aveva fatto un passo indietro nell'ombra, silenzioso come un gatto, ed era rimasto a guardare da dietro la balaustra, una ragazza che di sotto, nell'atrio, stava eseguendo una serie di lente piroette con gli occhi rivolti al soffitto. Portava degli stivali neri che le arrivavano oltre il ginocchio, svasati in alto, una gonna corta e attillata color nocciola e una giacchettina di velluto rosso cupo. Aveva alzato un braccio, sottile e delicato, per tenersi fermo sulla testa un cappello a dir poco notevole. Sembrava di feltro rosso, con l'ala larga rialzata sul davanti ed era ornato con una straordinaria serie di oggetti: fiori, piume, nastri e striscioline di seta e perfino pezzetti di vetro che, mentre si muoveva, brillavano, scintillavano, luccicavano. Sarebbe dovuta sembrare ridicola, aveva pensato Gerard, con quel visino appuntito e infantile mezzo nascosto dai capelli scuri, a larghe ciocche disordinate, sotto quella costruzione grottesca. Invece era un incanto. Si era sorpreso a sorridere, quasi a ridere ed era stato colto da una folle sensazione di leggerezza che non aveva più provato da quando aveva ventun anni; avrebbe voluto correre giù per la scala, prendere quella ragazza tra le braccia e ballare con lei sul pavimento di marmo colorato e poi fuori, sulla riva del fiume rilucente. Ora lei aveva smesso di girare lentamente su se stessa e stava seguendo la signorina Blackett attraverso l'atrio. Gerard era rimasto fermo per un momento ad assaporare questo empito di pazzia che, gli pareva, non aveva niente a che vedere col sesso ma col bisogno di recuperare e distillare ricordi di giovinezza, di antichi amori, di risate, di assenza di responsabilità, di puri incanti animali vissuti nel mondo dei sensi. Niente di tutto questo faceva più parte della sua vita. Sorrideva ancora mentre aspettava che l'atrio fosse libero, poi era sceso nel suo ufficio.

Dieci minuti dopo la porta si aprì. Senza alzare gli occhi, riconobbe il passo di sua sorella. «Chi è la bambina col cappello?»

«Col cappello?» Per un momento lei parve non capire, poi disse: «Ah sì, il cappello. È Mandy Price, l'ha mandata l'agenzia».

C'era un'intonazione strana nella sua voce, Gerard la guardò e le dedicò tutta la sua attenzione. «Claudia, che cos'è successo?»

«È morta Sonia Clements. Si è suicidata.»

«Dove?»

«Qui. Nell'archivio piccolo. L'abbiamo trovata io e quella ragazza. Eravamo andate a prendere una cassetta di Gabriel.»

«L'ha trovata quella ragazza?» Gerard tacque un momento, poi aggiunse: «Dov'è adesso?».

«Te l'ho detto, nell'archivio piccolo. Non l'abbiamo mossa di lì. Perché avremmo dovuto muoverla?»

«Intendevo chiederti dov'era la bambina.»

«Nell'ufficio qui accanto con Blackie, lavora al computer. Non perdere tempo a commuoverti, era con me e non c'era sangue in giro. Questa è una generazione coriacea. Non ha battuto ciglio. Pensava solo ad avere il posto.»

«Sei sicura che sia stato un suicidio?»

«Certo. Ha lasciato una lettera. È aperta ma non l'ho letta.»

Claudia Etienne diede la lettera a suo fratello, poi si avvicinò alla finestra e restò lì a guardare fuori. Dopo qualche secondo lui aprì la busta, estrasse con cura il foglio e lesse ad alta voce: «"Mi dispiace dar fastidio, ma questa mi è sembrata la stanza più adatta. Sarà Gabriel, probabilmente, a trovarmi e lui ha troppa confidenza con la morte per impressionarsi. Ora che vivo da sola avrei corso il rischio che nessuno mi scoprisse, a casa, se non quando avessi cominciato a mandare un cattivo odore e io penso che si debba sempre cercare di mantenere la propria dignità, anche nella morte. Lascio tutto in ordine, dal punto di vista economico e ho anche scritto a mia sorella. Non sono obbligata a giustificare questa mia decisione, ma, se a qualcuno interessa, sappia che, semplicemente, preferisco annullarmi piuttosto che continuare a vivere. È una scelta ragionevole che a tutti è concesso di fare".»

«Sì» disse Gerard, «la lettera è chiara ed è stata scritta da lei. Come si è suicidata?»

«Pastiglie e alcol. Come ti ho detto, non c'è troppa confusione nella stanza.»

«Hai telefonato alla polizia?»

«Alla polizia? Non ne ho ancora avuto il tempo. Sono venuta subito da te. E poi, è proprio necessario, Gerard? Il suicidio non è un reato. Non basta telefonare al dottor Frobisher?»

«Non so nemmeno se sia necessario» ribatté Gerard bruscamente, «certo sarebbe opportuno. Non devono esserci dubbi su questa morte.»

«Dubbi? Dubbi? Perché dovrebbero esserci dei dubbi?»

Claudia aveva abbassato la voce e ora stavano bisbigliando. Quasi impercettibilmente si allontanarono dalla parete e si avvicinarono alla finestra.

«Se non dubbi, pettegolezzi, chiacchiere, scandalo. Possiamo telefonare da qui alla polizia, è inutile passare per il centralino. Se la porteranno giù con l'ascensore potremo forse farla uscire dal portone prima che negli uffici si sappia che cos'è successo. C'è George, naturalmente. Immagino che la polizia debba entrare di lì. Bisognerà dire a George che tenga la bocca chiusa. Dov'è adesso la ragazza dell'agenzia?»

«Te l'ho detto, nell'ufficio di Blackie, sta facendo il test al computer.»

«O, più verosimilmente, sta descrivendo a Blackie e a chiunque altro passi di lì come è stata fatta salire in archivio a prendere una cassetta e abbia trovato, invece, un cadavere.»

«Ho spiegato bene a tutte e due che non devono dir niente a nessuno finché non saranno informati anche gli altri. Gerard, se pensi che possiamo tenere segreta una notizia come questa anche solo per due ore, ti sbagli. Ci sarà un'inchiesta, ne parleranno i giornali, lo sapranno tutti. E poi dovranno portarla giù per le scale. Non possiamo far entrare in ascensore una barella con un cadavere in un sacco di plastica. Dio mio, non è proprio quello di cui avevamo bisogno! Sommato a tutto il resto sarà un brutto colpo per il morale dell'azienda.»

Ci fu un momento di silenzio durante il quale nessuno dei due si avvicinò al telefono. Poi Claudia guardò Gerard e gli chiese: «Quando l'hai licenziata, mercoledì scorso, come l'ha presa?».

«Non si è suicidata per quello. Era una donna pratica, concreta, sapeva che doveva andarsene. Probabilmente lo sapeva fin dal giorno in cui sono passato alla guida della Peverell. Ho sempre detto chiaro che avevamo un redattore in più e che avremmo potuto affidare parte del lavoro a un collaboratore esterno.»

«Ma lei aveva cinquantatré anni, non le sarebbe stato facile essere assunta da qualche altra parte. Ed era stata qui per ventiquattro anni.»

«A mezza giornata.»

«In teoria, perché in realtà lavorava a tempo pieno. La Peverell era la sua casa.»

«Claudia, questi sono sentimentalismi, lei aveva una sua vita fuori di qui. E in ogni caso, che discorsi sono? O serviva o non serviva.»

«È così che le hai dato la notizia: "Non servi più"?»

«Non sono stato villano, se è questo che vuoi lasciare intendere. Le ho detto che avevo pensato di rivolgermi a un collaboratore esterno per quella parte della produzione che non riguardava la narrativa e che quindi la sua posizione risultava in esubero. Le ho anche assicurato che nonostante non avesse legalmente i requisiti per ottenere il massimo della indennità avremmo provveduto in qualche modo.»

«E lei cosa ti ha risposto?»

«Che non sarebbe stato necessario, perché avrebbe provveduto lei a se stessa.»

«E così ha fatto. Pare con un analgesico e una bottiglia di cabernet bulgaro. Ci ha fatto risparmiare, ma sa Dio se avrei preferito pagare fino all'ultimo soldo piuttosto che trovarmi in questa situazione. So che dovrei provare pietà per lei e forse in seguito ci riuscirò, ma per ora non è facile.»

«Claudia, è inutile riaprire le vecchie questioni. Era necessario licenziarla e io l'ho licenziata. Il suicidio non c'entra. Ho fatto quello che dovevo fare nell'interesse dell'azienda e quando anche a te è parso giusto. Né tu né io possiamo essere incolpati della sua morte che non ha nessun rapporto con tutti gli altri guai che ci stanno capitando.» Gerard s'interruppe un momento, poi aggiunse: «A meno che non ne fosse responsabile proprio lei».

A Claudia non sfuggì l'improvviso accento di speranza nella sua voce. Dunque era più preoccupato di quanto non volesse ammettere. «Sarebbe la spiegazione migliore, quella che permetterebbe di non pensarci più, non è vero? Ma come potrebbe essere stata lei, Gerard? Era ammalata, ti ricordi, quando sono state manomesse le bozze di Stilgoe ed era andata a casa di un nostro autore, a Brighton, quando abbiamo perso le illustrazioni per il libro di Guy Fawkes. No, non possiamo sospettare di lei.»

«Già, me n'ero dimenticato. Ora chiamo la polizia e tu, intanto, fai un giro per gli uffici e spieghi che cos'è successo. Avrà un tono meno drammatico che se riunissimo tutti per un annuncio generale. Raccomanda che non escano dalle loro stanze finché il cadavere non sarà stato rimosso.»

«C'è un'altra cosa» disse Claudia lentamente, «credo di essere stata l'ultima a vederla viva.»

«Qualcuno doveva pur esserci.»

«È stato ieri sera, subito dopo le sette. Ero rimasta a lavorare fino a tardi. Sono uscita dal bagno al primo piano e l'ho vista salire le scale con in mano una bottiglia di vino e un bicchiere.»

«Non le hai chiesto dove andava?»

«No, naturalmente. Non era una dattilografa, una ragazzina cui fare una domanda del genere. Per quanto ne sapevo poteva portarsi un po' di vino in archivio per berselo in pace senza farsi vedere da nessuno. Se era così, non mi riguardava. Mi è solo parso strano che si fosse fermata in ufficio fino a quell'ora, nient'altro.»

«Lei ti ha visto?»

«Non credo. Non si guardava in giro.»

«E non c'era nessun altro?»

«No, era tardi. Ero rimasta solo io.»

«Allora sta' zitta. Non è importante. Non servirebbe a niente.»

«Ho avuto l'impressione, però, che lei avesse un'aria strana... ecco... furtiva, come se scappasse.»

«È adesso, ripensandoci, che ti sembra così. Non hai dato un'occhiata negli uffici prima di chiudere?»

«Solo nel suo. La luce era spenta. Non c'era niente, né il cappotto né la borsa. Probabilmente li aveva lasciati nell'armadio, ma io ho pensato che fosse andata a casa.»

«Questo puoi ripeterlo all'inchiesta, ma niente di più. Non dire di averla vista prima, servirebbe solo a farti chiedere dal coroner perché non eri andata a cercarla al piano di sopra.»

«Perché avrei dovuto farlo?»

«Appunto.»

«Ma Gerard, se mi chiedessero quando l'ho vista l'ultima volta...»

«Di' una bugia. Ma, per l'amor di Dio, Claudia, dilla con convinzione e non smentirti mai.» Gerard si avvicinò alla scrivania e sollevò il ricevitore. «Devo chiamare il 999, credo. Strano, per quanto possa ricordare, è la prima volta che la polizia entra a Innocent House.»

Claudia voltò le spalle alla finestra e lo guardò. «Speriamo che sia anche l'ultima.»

3

Mandy e la signorina Blackett, sedute ciascuna davanti a un computer, battevano i tasti con gli occhi fissi sullo schermo. Non si scambiavano una parola. All'inizio le dita di Mandy si erano rifiutate di lavorare, avevano sfiorato la tastiera, come se le lettere fossero diventate inesplicabilmente un miscuglio di simboli incomprensibili. Allora aveva tenuto le mani strette in grembo per mezzo minuto e con uno sforzo di volontà era riuscita a frenarne il tremito, poi, quando aveva cominciato a scrivere, la familiarità col lavoro aveva prevalso e tutto era andato bene. Ogni tanto guardava di soppiatto la signorina Blackett. Le pareva che fosse molto turbata. Il suo viso largo, con le guance gonfie e molli e la bocca piccola, ostinata, era così pallido che Mandy temeva di vederla crollare svenuta sul computer da un momento all'altro.

Era passata più di mezz'ora da quando la signorina Etienne e suo fratello se n'erano andati. Dieci minuti dopo, la signorina Etienne era tornata indietro, aveva messo dentro appena la testa e aveva detto: «Ho chiesto alla signora Demery di farvi un po' di tè. È stato un brutto colpo per tutt'e due».

Il tè era arrivato quasi subito, l'aveva portato una donna con i capelli rossi e un grembiule a righe che aveva appoggiato il vassoio su uno schedario, con queste parole: «Non tocca a me parlare e non parlerò. Però credo che non ci sia niente di male se vi informo che è appena arrivata la polizia. Devo andare. Adesso vorranno il tè anche loro» ed era scomparsa, come se si fosse resa conto che c'era da divertirsi più fuori da quella stanza che dentro.

L'ufficio della signorina Blackett era minuscolo, troppo stretto rispetto all'altezza del soffitto e questa disarmonia era sottolineata da uno splendido camino di marmo con un bel fregio elegante e una mensola massiccia, sostenuta dalle teste di due sfingi. La parete divisoria, di legno fino a un metro da terra e poi di vetro, tagliava verticalmente una delle strette finestre a volta e bisecava una decorazione a losanghe del soffitto. Mandy pensò che se proprio la stanza dalla quale era stato ricavato era troppo grande e doveva essere divisa, sarebbe stato giusto avere un po' più di rispetto per l'architettura e magari anche per la signorina Blackett. Così pareva che le si fosse dato malvolentieri anche quel poco spazio per lavorare.

C'era altra stranezza, ma di tutt'altro genere: un lungo serpente di velluto verde a righe attorcigliato attorno alle maniglie dei primi due cassetti di uno schedario. Aveva un cappellino che gli stava come una corona sugli occhi brillanti, fatti con due bottoncini; la lingua biforcuta, di lana rossa, sporgeva dalla bocca aperta, molle, foderata con una stoffa rosa che sembrava seta. Mandy aveva già visto dei serpenti simili a quello, anche sua nonna ne aveva uno. Venivano messi sotto le porte per non far passare gli spifferi o avvolti alle maniglie per tenere le porte socchiuse. Ma era un oggetto ridicolo, una specie di giocattolo, che difficilmente ci si sarebbe aspettati di trovare a Innocent House. Le sarebbe piaciuto chiedere alla signorina Blackett che cosa ci faceva lì quel serpente, ma la signorina Etienne le aveva raccomandato il silenzio e la signorina Blackett aveva, evidentemente, ritenuto che fosse proibito anche rivolgersi la parola se non per ragioni di lavoro.

I minuti passavano, dunque, in silenzio. Di lì a poco Mandy avrebbe finito di trascrivere la cassetta. La signorina Blackett alzò gli occhi e disse: «Ora può smettere. Le detterò qualcosa. La signorina Etienne vuole che mostri come se la cava con la stenografia».

Prese un catalogo della casa editrice dal cassetto della scrivania, diede a Mandy un blocco di carta, le si spostò vicino con la sedia e cominciò a leggere a bassa voce, muovendo appena le labbra esangui. La mano di Mandy formava automaticamente i soliti geroglifici ma la sua mente non seguiva con attenzione quell'elenco di titoli che le veniva dettato. Ogni tanto la voce della signorina Blackett si faceva più incerta e Mandy capiva che anche lei stava ascoltando i rumori che venivano da fuori. Dopo il sinistro silenzio iniziale, ora si sentivano dei passi, dei bisbigli, più immaginati che reali, poi arrivò, più forte, un'eco di passi sul marmo, insieme a quello di sconosciute, sicure voci maschili.

La signorina Blackett, gli occhi fissi sulla porta, disse con voce atona: «Vuol rileggere, per favore?».

Mandy rilesse senza errori quello che aveva stenografato. Di nuovo cadde il silenzio. Poi la porta si aprì ed entrò la signorina Etienne. «È arrivata la polizia» disse. «Stanno aspettando il medico legale e poi porteranno via la signorina Clements. È meglio che voi restiate qui finché non sarà tutto a posto. Ha finito la prova di stenografia, signorina Blackett?»

«Sì.»

Mandy mostrò alla signorina Etienne la copia della trascrizione della cassetta. Lei la guardò superficialmente e disse: «Va bene, il lavoro è suo, se è d'accordo. Cominciamo domani alle nove e mezzo».

4

Erano passati tre giorni dal suicidio di Sonia Clements e mancavano esattamente tre settimane al primo omicidio a Innocent House, quando Adam Dalgliesh andò a pranzo con Conrad Ackroyd al Cadaver Club. Era stato Ackroyd a invitarlo, per telefono, con quel tono cospiratorio e vagamente pomposo che distingueva tutti i suoi inviti. Anche in una cena o in un ricevimento formali, dati per convenienza, per ottemperare a obblighi di vita sociale, c'era sempre la promessa, per i pochi privilegiati, di un intrigo, di un raggiro, di un mistero. Il giorno proposto per l'invito non era proprio quello che Dalgliesh avrebbe preferito e mentre, leggermente contrariato, aggiornava la propria agenda, pensava che uno degli svantaggi dell'avanzare dell'età consisteva in una crescente diffidenza per gli impegni mondani unita all'incapacità di trovare il pretesto o l'energia per sottrarvisi. L'amicizia tra lui e Ackroyd (gli pareva che la parola fosse sufficientemente appropriata, visto che erano più che semplici conoscenti) si basava sull'utilità che, a seconda dei casi, l'uno traeva dall'altro e, poiché lo sapevano benissimo, nessuno dei due vedeva la necessità di una giustificazione o di una scusa. Conrad, che tra i pettegoli londinesi era uno dei più famosi e attendibili, era stato spesso molto utile a Dalgliesh e soprattutto in occasione del caso Berowne. Ora Dalgliesh sapeva che ci si aspettava da lui che restituisse il favore, ma la richiesta, in qualsiasi forma fosse venuta, sarebbe stata, probabilmente, più irritante che onerosa; inoltre il cibo al Cadaver era eccellente e Ackroyd, nonostante gli eccessi del suo spirito faceto, non era mai noioso.

Più tardi, Dalgliesh avrebbe visto gli orrori che sarebbero seguiti come un'emanazione di quel pranzo peraltro assolutamente normale e si sarebbe sorpreso a pensare: se questo fosse un romanzo e io il romanziere, è da quel pranzo che comincerei a scrivere.

Il Cadaver Club non è tra i più prestigiosi circoli privati esistenti a Londra, ma la consorteria dei suoi soci ritiene che sia tra i migliori. Il palazzo, costruito nell'Ottocento, era all'origine la casa di un ricco anche se non illustre avvocato che, nel 1892, l'aveva lasciata in eredità, con l'opportuna aggiunta di una rendita, a un club privato nato cinque anni prima, che fino allora aveva avuto regolarmente sede nel suo salotto. Il club era ed è esclusivamente riservato agli uomini e il requisito principale per esservi ammessi è l'interesse professionale per il delitto. Oggi, come allora, annovera tra i suoi soci qualche alto ufficiale di polizia in pensione, avvocati che esercitano ancora o non esercitano più la professione, quasi tutti i più importanti criminologi, professionisti o dilettanti, giornalisti di cronaca nera e alcuni eminenti autori di romanzi polizieschi, questi ultimi appena tollerati poiché è opinione del club che, per quanto riguarda il delitto, la letteratura non possa competere con la realtà. Il club aveva recentemente corso il rischio di cambiare categoria e, da modesto ed eccentrico, diventare pericolosamente alla moda, un rischio cui aveva ovviato prontamente il comitato preposto all'ammissione dei nuovi soci escludendo i successivi sei aspiranti. Il messaggio era stato recepito. Come aveva avuto a lamentarsi uno di essi, deluso, essere rifiutati dal Garrick era imbarazzante ma essere rifiutati dal Cadaver era ridicolo. Il club era rimasto ristretto e, date le sue stravaganti caratteristiche, esclusivo.

Mentre attraversava Tavistock Square, nella luce pastosa del sole di settembre, Dalgliesh si stava chiedendo grazie a quali requisiti Ackroyd fosse stato ammesso al club, quando si ricordò del libro che il suo ospite aveva scritto cinque anni prima su tre famosi assassini: Hawley Harvey Crippen, Norman Thorne e Patrick Mahon. Gliene aveva regalata una copia con dedica e Dalgliesh, che l'aveva letto scrupolosamente, aveva apprezzato, non senza sorpresa, l'accurata ricerca e ancora di più l'accurata scrittura. La tesi di Ackroyd, anche se non del tutto originale, era che non si trattava di tre assassini ma di tre innocenti, nel senso che nessuno di loro aveva voluto uccidere la propria vittima. Ackroyd aveva ricostruito un'indagine plausibile, sebbene non del tutto convincente, basata su un esame dettagliato delle testimonianze mediche e legali. L'ammonimento che Dalgliesh aveva tratto dal libro era che, per sfuggire all'accusa di omicidio, non bisognerebbe mai smembrare i corpi delle vittime, pratica che le giurie inglesi hanno da tempo dimostrato di trovare repellente.

Dovevano trovarsi nella biblioteca a bere uno sherry prima di pranzo e Ackroyd era già lì, comodamente seduto su una poltrona di cuoio con lo schienale alto. Si alzò in piedi con una agilità sorprendente in un uomo della sua corporatura e andò incontro a Dalgliesh a piccoli passi scattanti; non sembrava più vecchio neanche di un giorno rispetto a quando si erano conosciuti.

«Sei stato bravo a trovare un po' di tempo per me, Adam, so che ora sei molto occupato. Consigliere speciale del Commissario, rappresentante sindacale della squadra anticrimine regionale e, in più, investigatore speciale in qualche caso di omicidio, tanto per tenersi in esercizio... Non devi permettere che ti costringano a lavorare troppo, ragazzo mio. Adesso faccio portare uno sherry. Avevo pensato di invitarti all'altro mio club, ma sai com'è, pranzare qui serve a ricordare agli altri che sei vivo, vengono pure a congratularsi. Andremo giù, allo Snug.»

Ackroyd si era sposato quando era già oltre la mezza età, tra lo sbalordimento e la costernazione degli amici e viveva, in coniugale autosufficienza, in una piacevole villa edoardiana di St John's Wood dove lui e Nelly Ackroyd si dedicavano alla casa e al giardino, ai loro due gatti siamesi e ai piccoli malanni di Ackroyd, in gran parte immaginari. Grazie a un cospicuo reddito personale, Ackroyd era proprietario, editore e finanziatore della "Paternoster Review", una iconoclastica mistura di articoli letterari, recensioni e pettegolezzi, frutto questi ultimi di accurate ricerche, a volte discreti, ma più spesso tanto malevoli quanto minuziosi. Nelly, quando non si occupava dell'ipocondria di suo marito, era un'entusiasta cultrice di romanzetti per signorine anni Venti e Trenta. Era un matrimonio riuscito, anche se gli amici di Conrad stentavano ogni volta a ricordarsi di chiedere prima come stava Nelly e poi come stavano i gatti.

L'ultima volta che Dalgliesh era stato nella biblioteca del club la ragione era professionale, doveva consultare dei libri per un'indagine su un omicidio e l'ospite che gli era andato incontro a riceverlo era un altro. Per il resto, poco era cambiato. La stanza era a sud, affacciata sulla piazza; era una mattinata calda e il sole, che filtrava attraverso le tende bianche e leggere, rendeva quasi superfluo il fuoco acceso nel camino. Un tempo quello era stato il salotto, adesso era stanza di soggiorno e biblioteca. Le pareti erano coperte di scaffali di legno che contenevano forse la più esauriente raccolta di volumi di argomento criminale esistente a Londra, alcune tra le sentenze più importanti dei tribunali inglesi, le cronache dei processi celebri, molti manuali di medicina legale, di patologia criminale, di tecnica investigativa e alcune tra le prime edizioni di Conan Doyle, Poe, Le Fanu e Wilkie Collins, ma in uno scaffale a parte, quasi a dimostrare la naturale inferiorità della fantasia rispetto alla realtà. Il mobile a vetri era sempre allo stesso posto, con i cimeli collezionati o ricevuti in dono nel corso degli anni: il libro di preghiere con il nome, Constance Kent, sul risguardo; la pistola da duello a pietra focaia che si diceva fosse stata usata dal reverendo James Hackman per uccidere Margaret Wray, l'amante del conte di Sandwich; una fiala di polvere bianca, forse arsenico, trovata in possesso del maggiore Herbert Armstrong. Dopo l'ultima visita di Dalgliesh era stato aggiunto un nuovo reperto ed era lì, attorcigliato, sinistro come un serpente mortale, al posto d'onore, e su una targhetta era scritto che quella era la corda servita a impiccare Crippen. Dalgliesh, uscendo con Ackroyd dalla biblioteca, suggerì blandamente che ci fosse qualcosa di barbaro nell'esposizione al pubblico di quell'oggetto ripugnante, un suggerimento cui Ackroyd obiettò altrettanto blandamente.

«Qualcosa di un po' morboso forse sì, ma barbaro è dir troppo. Dopotutto questo non è un ateneo. Può darsi che non faccia male ai soci più anziani ricordare la ovvia conclusione della loro antica attività professionale. Faresti l'investigatore se non fosse stata abolita l'impiccagione?»

«Non so. Il fatto che sia stata abolita l'impiccagione non mi aiuta a risolvere questo dilemma morale perché io, personalmente, preferirei la morte a vent'anni di prigione.»

«Ma non la morte per impiccagione.»

«No, quella no.»

L'impiccagione aveva sempre suscitato in lui come nella maggior parte delle persone, pensava, un orrore particolare. Nonostante le relazioni delle Royal Commissions sulla pena capitale le attribuissero umanità e rapidità, insieme alla certezza della morte istantanea, l'impiccagione restava per lui una delle peggiori forme di esecuzione capitale, carica di immagini orripilanti, nitide come se fossero state tracciate a penna: una fila di martiri dopo il passaggio di un esercito trionfante, le patetiche vittime semidementi della giustizia del secolo diciassettesimo, i tamburi in sordina sui casseri delle navi dove la marina esigeva la sua vendetta ed emetteva il suo monito, le donne condannate per infanticidio nel diciottesimo secolo, il rito grottesco ma sinistro del quadrato nero convenzionalmente collocato sopra la parrucca del giudice, la porta nascosta ma apparentemente uguale a tutte le altre che portava dalla cella del condannato all'ultimo breve percorso. Era giusto che tutto questo facesse parte della storia. Per un momento il Cadaver Club parve a Dalgliesh il posto meno adatto in cui sedersi a tavola e giudicò le sue stranezze più ripugnanti che divertenti.

Lo Snug del Cadaver Club merita il suo nome[1]. È una stanza piccola, nel seminterrato sul retro della casa, con due finestre e una portafinestra che si apre su un piccolo cortile di pietra circondato da un muro d'edera alto tre metri. Nel cortile potrebbero essere comodamente sistemati tre tavoli, ma i soci del club non sono inclini a cenare fuori, nemmeno nei rari periodi di caldo dell'estate inglese, come se si trattasse di una eccentricità di altri paesi, incompatibile con una adeguata valutazione del cibo e con la riservatezza necessaria al piacere della conversazione. A dissuadere i soci dal cedere a quella tentazione, il cortile è provvisto di vasi di varie misure con ge-

[1] In inglese l'aggettivo *snug* significa confortevole, tranquillo (*N.d.T.*).

rani ed edera e lo spazio disponibile è ulteriormente ridotto dalla presenza di una imponente copia dell'Apollo del Belvedere appoggiata in un angolo, della quale si mormora che sia stata regalata da un vecchio socio del club la cui moglie l'aveva bandita dal loro giardino fuori città. I gerani erano ancora in fiore e i loro colori vividi, rosa e rosso, risplendevano attraverso i vetri accrescendo l'impressione, che già si aveva entrando, di una accogliente domesticità. Si vedeva ancora che la stanza era stata, un tempo, una cucina; contro una parete c'era la vecchia stufa a legna con le sbarre e gli sportelli dei forni così lucidi da sembrare di ebano. In alto, sul tratto annerito dal fumo, erano appesi attrezzi da cucina di ferro e una fila di pentole di rame, ammaccate ma scintillanti. Una credenza di quercia occupava tutta la lunghezza della parete di fronte e serviva come contenitore per l'esposizione di doni ed eredità ritenuti poco adatti alla biblioteca o addirittura indegni di comparirvi.

Dalgliesh si ricordò che, secondo una legge non scritta del club, nessun oggetto, per quanto inappropriato o bizzarro, offerto da un socio poteva essere rifiutato e la credenza, come del resto tutta la stanza, era lì a testimoniare gusti, nevrosi, manie dei donatori. Delicati piatti di Meissen erano allineati in una stridente promiscuità con souvenir vittoriani che, in un'abbondanza di nastri, mostravano una veduta di Brighton o di Southend-on-Sea; un boccale da birra con la forma della testa di un uomo ornata da un tricorno, sorta di trofeo da fiera, stava tra una figurina bidimensionale di ceramica dello Staffordshire, vittoriana e palesemente originale, che raffigurava il reverendo Wesley affacciato a un pulpito itinerante e un bel busto del duca di Wellington in marmo di Paro. Appeso a dei ganci, in precario disordine, c'era un assortimento di boccali, ricordo di più d'una incoronazione e di vecchie tazze dello Staffordshire. Vicino alla porta era appeso un dipinto su vetro che rappresentava la sepoltura della principessa Charlotte; più su, una testa di alce impagliata, con un vecchio panama penzolante dal corno sinistro, fissava i suoi occhi vitrei, con lugubre disapprovazione, su una grande stampa violacea della carica della Light Brigade.

La cucina nuova non era lontana; se ne sentivano arrivare

piccoli, piacevoli acciottolii e, a tratti, il colpo dell'ascensore portavivande che arrivava dalla sala da pranzo del primo piano. Solo uno dei quattro tavoli era apparecchiato, con una tovaglia candida. Dalgliesh e Ackroyd sedettero, vicino alla finestra.

Il menu e la lista dei vini erano già a destra del posto di Ackroyd, che, nel prenderli in mano, disse: «I Plant sono andati in pensione, ora abbiamo i Jackson e non sono sicuro che la cucina della signora Jackson non sia ancora più apprezzabile. Siamo stati fortunati a trovarli. Lei e suo marito gestivano una casa di cura privata, ma erano stanchi di vivere in campagna e volevano tornare a Londra. Non avrebbero bisogno di guadagnare, ma credo che lavorare gli piaccia. Hanno mantenuto il sistema di proporre ogni giorno solo un piatto importante, a pranzo e a cena. Una decisione saggia. Oggi abbiamo insalata di tonno e fagioli bianchi, poi costata d'agnello con verdura di stagione e insalata verde. Per finire, torta al limone e formaggio. La verdura, vedrai, è freschissima, viene ancora, insieme alle uova, dal piccolo podere del figlio dei Plant. Vuoi guardare la lista dei vini? Hai qualche preferenza?».

«Lascio scegliere a te.»

Ackroyd cominciò a riflettere a voce alta mentre Dalgliesh, che amava il vino ma non amava discuterne, lasciava errare uno sguardo compiaciuto sulla confusione di quella stanza che, nonostante fosse un agglomerato di elementi strampalati ma coerenti nel loro insieme, o forse proprio per quello, gli sembrava imprevedibilmente riposante. Tutti quegli oggetti discordanti, sistemati senza curarsi di mettere ciascuno opportunamente in risalto, avevano trovato col tempo la giusta collocazione. Dopo una lunghissima elucubrazione sui pregi offerti dall'elenco dei vini, nella quale era evidente che Ackroyd non si aspettasse contributo alcuno da parte del suo ospite, venne ordinata una bottiglia di Chardonnay. La signora Jackson, apparsa quasi come avesse risposto a un richiamo segreto, portò con sé il profumo dei panini caldi e un'aria di affaccendata sicurezza.

«Che piacere vederla, signor ispettore capo. Lei ha lo Snug tutto per sé, stamattina, signor Ackroyd. Ora verrà il signor Jackson a occuparsi del vino.»

Dopo la prima portata, Dalgliesh disse: «Perché la signora Jackson è vestita da infermiera?».

«Perché lo è. Lavorava proprio come capo infermiera. Mi pare che fosse anche ostetrica, ma non è per quello che l'abbiamo assunta.»

Non mi sorprende, pensò Dalgliesh, visto che qui non c'è neanche una donna. «Quella cuffietta arricciata con i nastri pendenti non ti sembra un po' antiquata?»

«Ah! A te sì? Non so, forse ci abbiamo fatto l'abitudine. Temo che i soci si sentirebbero spaesati se la signora Jackson smettesse di portarla.»

Ackroyd, senza perder tempo, arrivò subito a parlare dello scopo del suo invito a pranzo. «Ho parlato con Lord Stilgoe, la settimana scorsa, al Brooks Club. Tra l'altro è anche uno zio di mia moglie. Lo conosci?»

«No. Credevo che fosse morto.»

«Non vedo perché.» Ackroyd, irritato, affondò la forchetta nella sua insalata di fagioli e Dalgliesh si ricordò di aver constatato altre volte quanto lo infastidisse qualsiasi riferimento alla morte di persone che conosceva, soprattutto se c'era il dubbio che lui ne fosse stato all'oscuro. «Non è nemmeno vecchio come sembra, non ha ancora ottant'anni ed è incredibilmente vispo per la sua età. La Peverell Press sta per pubblicare le sue memorie. Usciranno in primavera. È per questo che ha voluto vedermi. Gli è capitata una cosa che l'ha preoccupato, o, almeno, ha preoccupato sua moglie, che l'ha ritenuta una diretta minaccia di morte.»

«Ed è proprio così?»

«Be', una minaccia l'ha ricevuta.»

Ackroyd impiegò un po' di tempo a sfilare dal portafoglio un rettangolo di carta lungo e stretto e a passarlo a Dalgliesh. Era scritto nitidamente con un computer. Non c'era firma. Diceva:

"È prudente pubblicare un libro con la Peverell Press? Ricorda Marcus Seabright, Joan Petrie e ora Sonia Clements. Due autori e adesso la tua redattrice morti in meno di dodici mesi. Vuoi essere il quarto?"

«Parole maligne più che minacciose, direi» osservò Dalgliesh. «Non c'è dubbio che Sonia Clements sia morta suicida. Ha lasciato una lettera per il coroner e ha scritto anche a sua sorella per dirle che si sarebbe suicidata. Delle prime due morti non ricordo niente.»

«Oh, sono tutt'altro che misteriose, credo. Seabright aveva più di ottant'anni ed era malato di cuore. È morto per un attacco di gastroenterite che ha provocato una crisi cardiaca. Non è stata una gran perdita per la Peverell Press, non scriveva più un romanzo da dieci anni. Joan Petrie è morta andando a sbattere con l'automobile contro casa sua, in campagna. Un incidente. Aveva due passioni: whisky e velocità. L'unica stranezza è che sia morta lei senza ammazzare prima qualcun altro. Naturalmente l'autore della lettera anonima è andato a cercare queste due morti per creare un caso, ma Dorothy Stilgoe è superstiziosa e dice, in sostanza, perché pubblicare con la Peverell quando ci sono altri editori?»

«Ma chi è adesso a capo della Peverell?»

«Gerard Etienne, in sostanza. L'ultimo presidente e amministratore delegato, il vecchio Henry Peverell, è morto all'inizio di gennaio e ha lasciato le sue azioni, in parti uguali, a sua figlia Frances e a Gerard. Il suo socio, Jean-Philippe Etienne era andato in pensione un anno prima e non si può dire che fosse troppo presto. Anche le sue azioni sono passate a Gerard. I due vecchi guidavano l'azienda come se fosse stato un hobby. Peverell era sempre stato dell'idea che un vero signore eredita il danaro, non lo guadagna. Jean Philippe Etienne da anni non partecipava attivamente alla vita dell'azienda. Aveva avuto anche lui i suoi momenti di gloria, nel corso dell'ultima guerra era stato un eroe della resistenza durante la repubblica di Vichy, ma non credo che da allora avesse fatto più niente di memorabile. Gerard era il principe ereditario, ha aspettato tra le quinte, ora è in palcoscenico e assisteremo allo spettacolo, se non al melodramma.»

«Gabriel Dauntsey si occupa ancora della collana di poesia?»

«Mi stupisco che tu me lo chieda, Adam. Non devi permettere che la tua passione per i delitti ti faccia perdere i contatti con il quotidiano. Sì, Dauntsey è ancora al suo posto. Non scrive una poesia da vent'anni, è un poeta per le antologie. La sua poesia migliore è così bella che seguitano a pubblicarla, ma sono sicuro che la maggior parte dei lettori crede che sia morto. Era pilota bombardiere nell'ultima guerra, quindi deve avere più di settant'anni. È ora che vada in pensione. Il catalogo di poesia è l'unica cosa di cui si occupa, ormai, alla Peverell Press. Gli altri tre soci sono Claudia Etienne, sorella di Gerard, James de Witt, che fa parte della casa editrice fin da quando è uscito da Oxford e Frances Peverell, l'ultima dei Peverell. Ma è Gerard che dirige l'azienda.»

«Che progetti ha, lo sai?»

«Si dice che voglia vendere Innocent House e trasferire tutto ai Docks. Un progetto che piacerà poco a Frances Peverell, I Peverell hanno sempre avuto il mito di Innocent House. Ora appartiene ai soci, non alla famiglia, ma i Peverell l'hanno sempre ritenuta una loro proprietà. Gerard ha già preso altre iniziative, ha licenziato parte dei dipendenti, e aveva licenziato anche Sonia Clements. Ha ragione, certo, l'azienda dovrà essere sveltita, altrimenti andrà a fondo, ma lui si è fatto certamente dei nemici. È indicativo che non avessero avuto fastidi dall'esterno prima che subentrasse Gerard. La coincidenza non è sfuggita a Stilgoe, anche se la moglie è ancora convinta che chi ha scritto la lettera ce l'abbia con suo marito personalmente, non con la casa editrice, e con le sue memorie in particolare.»

«Perderà molto la Peverell se il libro verrà ritirato?»

«Non molto, credo. Naturalmente loro penseranno di lanciarlo come se contenesse rivelazioni tali da far crollare il governo, screditare l'opposizione e segnare la fine della democrazia parlamentare così come la conosciamo, ma immagino che, secondo quanto avviene di solito con i libri di memorie relative all'ambiente politico, anche quello di Stilgoe prometta più di quanto non dia poi concretamente. Non credo, però, che il libro potrebbe essere ritirato, è già in produzione, la Peverell impugnerebbe il contratto e Stilgoe non acconsentirebbe a romperlo se fosse costretto a spiegarne pubblicamente i motivi. Quello che Dorothy Stilgoe vuol sapere è se Sonia Clements si è veramente suicidata e se qualcuno avrebbe potuto manomettere la jaguar di Petrie. Quanto a Seabright, credo che accetti l'ipotesi di una morte naturale.»

«Dunque che cosa mi si chiede?»

«Per gli ultimi due casi dev'esserci stata una inchiesta e probabilmente la polizia avrà anche svolto un'indagine. Tu potresti dare un'occhiata ai fascicoli, scambiare qualche parola con gli agenti interessati o qualcosa del genere. Allora, quando Dorothy avrà la certezza che un famoso investigatore della polizia metropolitana, esaminate le prove, si ritiene soddisfatto, lascerà in pace suo marito e anche la Peverell Press.»

«Questo potrebbe servire a convincerla che Sonia Clements si è suicidata, ma se è superstiziosa niente la placherà mai. La caratteristica della superstizione è che non è mai riconducibile alla ragione. Comincerà a pensare che un editore sfortunato è altrettanto pericoloso di un editore assassino. Spero che non sospetti veramente che qualcuno alla Peverell Press abbia messo un veleno non rintracciabile nel vino di Sonia Clement!»

«No, credo che a questo non sia ancora arrivata.»

«Meno male, altrimenti suo marito si vedrebbe mangiare tutti i diritti del libro da una denuncia per calunnia. Strano, però, che non sia andato addirittura dal commissario o che non sia venuto lui a parlarne direttamente con me.»

«Ti sembra strano? A me no. Temeva probabilmente di essere giudicato, diciamo... pauroso, troppo apprensivo... E poi non ti conosce, io sì. Posso capire che abbia preferito parlare prima con me. Te lo vedi lì, alla polizia, in coda con i proprietari di cani smarriti, le vedove aggredite, gli automobilisti responsabili di ingiurie a un pubblico ufficiale, spiegare al sergente di servizio il suo dilemma? Probabilmente ha temuto di non venire preso sul serio. La sua idea è che la lettera anonima e le preoccupazioni di sua moglie lo autorizzino a chiedere alla polizia di dare un'occhiata a quello che sta succedendo alla Peverell Press.»

L'agnello era arrivato, roseo e succulento, tenero da potersi mangiare con un cucchiaio. Durante i pochi minuti di silenzio che Ackroyd ritenne necessario tributare a un pasto cucinato alla perfezione, Dalgliesh ripensò a quando aveva visto Innocent House per la prima volta.

Suo padre lo aveva portato a Londra per festeggiare il suo ottavo compleanno; avrebbero dovuto passare due intere giornate a visitare la città, andando a dormire da un amico che viveva con la moglie in una casa parrocchiale a Kensington. Ricordava ancora il sonno agitato della notte prima della partenza, l'eccitazione che quasi gli dava la nausea, e poi la cavernosa immensità e il clamore della stazione di Liverpool, il terrore di perdere suo padre o di essere trascinato via da quell'esercito in marcia di gente con la faccia grigia. In due giorni, suo padre aveva inteso unire lo svago all'apprendimento che nella sua mente di studioso erano inseparabili, e forse avevano finito col fare troppo. La visita era stata sconvolgente per un bambino di otto anni e gli aveva lasciato un ricordo confuso di chiese e musei, di ristoranti e cibi cui non era abituato, di grattacieli straripanti di luci che si riflettevano danzando sulla superficie nera e increspata del fiume, di lustri cavalli impennati e di elmetti dorati, del fascino e del terrore della Storia che si manifestava in pietre e mattoni. Ma Londra gli aveva comunicato il suo incantesimo che nessuna esperienza adulta, nessun viaggio in altre grandi città avrebbe mai spezzato.

Il secondo giorno avevano visitato la cattedrale di St Paul, poi avevano preso un battello da Charing Cross Pier a Greenwich e lui aveva visto per la prima volta Innocent House, scintillante nel sole del mattino, levarsi come un miraggio dorato dall'acqua lucente. L'aveva guardata, abbagliato. Suo padre gli aveva spiegato che quel nome veniva da Innocent Walk, la strada che passava dietro la casa e in fondo alla quale, nei primi anni del diciottesimo secolo, c'era un tribunale. Dopo la prima udienza, gli imputati che erano agli arresti venivano portati al carcere di Fleet Street, mentre i più fortunati imboccavano quella stradina di acciottolato e andavano verso la libertà. Suo padre aveva cominciato a spiegargli qualcosa dell'architettura della casa, ma la sua voce era stata coperta da quella tonante della guida del giro organizzato, così forte che si sentiva da tutte le barche sul fiume.

«Ed ecco alla nostra sinistra, gentili signore e signori, uno dei più interessanti edifici che si affaccino sul Tamigi: Innocent House, costruita nel 1830 per conto di Sir Francis Peverell, famoso editore di quell'epoca. Sir Francis aveva visitato Venezia ed era rimasto molto colpito dallo spettacolo della Ca' d'Oro, il famoso palazzo dorato sul Canal Grande. Quelli di voi che sono stati in vacanza a Venezia l'avranno certamente visto. A Sir Francis, quindi, venne l'idea di costruire per sé un palazzo dorato sul Tamigi. Peccato che non abbia potuto trasferire insieme anche il bel tempo.» La guida si concesse una breve pausa per accogliere l'immancabile tributo di risate. «Oggi il palazzo è sede di una casa editrice, la Peverell Press, quindi fa ancora parte della famiglia. Si racconta una storia interessante su Innocent House. Sembra che Sir Francis ne fosse così entusiasta da trascurare la sua giovane sposa il cui danaro, peraltro, l'aveva aiutato a costruirla. Per il dolore lei si gettò dal balcone più alto del palazzo e morì all'istante. Vuole la leggenda che si veda ancora la macchia del suo sangue sul marmo del piazzale che nessuno è riuscito a lavare. Si dice pure che, invecchiando, Sir Francis, impazzito per il rimorso, uscisse da solo, la notte, a cercare di cancellare la macchia rivelatrice. Ancora oggi qualcuno afferma di aver visto il suo fantasma continuare a strofinare il marmo, tanto che qualche battelliere preferisce non accostarsi troppo a Innocent House quando è buio.»

Sul ponte tutti gli occhi si erano diligentemente rivolti verso la casa ma, resi più attenti da quella storia di sangue, i passeggeri si spostavano per arrivare a sporgersi dalla balaustra, bisbigliavano tra loro, inclinavano la testa ora da un lato ora dall'altro come se quella leggendaria macchia di sangue fosse ancora visibile. Adam aveva otto anni, una fantasia particolarmente vivida, e gli era parso di vedere una donna vestita di bianco, i capelli biondi sciolti al vento, gettarsi dal balcone come la folle eroina di un romanzo d'avventure, aveva sentito il tonfo del corpo sul marmo, aveva visto il sangue scorrere lento e gocciolare fin dentro il Tamigi. Per molti anni quella casa aveva seguitato ad affascinarlo con una forte componente di bellezza e terrore.

Il racconto della guida era inesatto, e non per l'episodio del suicidio che pure poteva essere inventato o forse arricchito di troppi particolari, ma perché Dalgliesh ora sapeva che Sir Francis era rimasto affascinato non dalla Ca' d'Oro che, nonostante le sue trasparenze e i suoi intarsi, aveva trovato, almeno così aveva scritto all'architetto, troppo asimmetrica per i suoi gusti, ma quello che gli era piaciuto era il palazzo del Doge Francesco Foscari ed era la Ca' Foscari che l'architetto era stato incaricato di ricostruire per lui sulla riva di quel fiume freddo, agitato dalle maree. Doveva essere una presenza assurda, folle e inconfondibilmente veneziana: un palazzo veneziano della metà del Quattrocento sul Tamigi. E adesso era lì e sembrava che non sarebbe potuto stare in nessun'altra città, in nessun altro luogo. Dalgliesh trovava ancora difficile capire come fosse possibile prendere in prestito con tanto successo, tanta sfrontatezza il patrimonio di un'altra epoca, di un altro paese, di un'altra aria, più mite, più calda. La dimensione era stata cambiata e questo soltanto sarebbe dovuto bastare a rendere il sogno di Sir Francis inattuabile e presuntuoso, ma la riduzione in scala era stata realizzata perfettamente e la dignità dell'originale era stata mantenuta. C'erano sei grandi vetrate centrali ad arco invece di otto dietro i balconi intarsiati del primo e del secondo piano, ma le colonne di marmo, con i loro delicati capitelli erano la copia quasi esatta di quelle del palazzo veneziano e agli archi delle balconate centrali, in questa costruzione come nell'altra, corrispondevano, ai lati, le finestre alte e strette, in un equilibrio che dava alla facciata unità e grazia. La grande porta ad arco si apriva sul patio di marmo che portava alla piattaforma dell'approdo con i gradini che scendevano al fiume. Da un lato e dall'altro del palazzo, due comuni case residenziali, di mattoni, stile reggenza, costruite probabilmente per ospitarvi l'autista o altri domestici, sembravano modeste custodi dello splendore che si trovava in mezzo a loro. Da quando aveva compiuto otto anni, Dalgliesh aveva visto tutto questo molte altre volte, ma solo dall'esterno. Si ricordava di aver letto che l'atrio di Innocent House aveva un bellissimo soffitto, opera dell'architetto James Wyatt e anche per questo gli sarebbe piaciuto entrare. Sarebbe stato un peccato se Innocent House fosse caduta in mano ai filistei.

«Ma cosa succede, esattamente, alla Peverell Press?» chiese. «Che cosa preoccupa Lord Stilgoe, oltre alla lettera anonima, naturalmente?»

«Allora le voci sono arrivate anche a te. È difficile spiegare. Loro sono molto cauti e non so dargli torto. Ma due piccoli incidenti sono diventati di dominio pubblico. E veramente non sono nemmeno tanto piccoli. Il più grave si è verificato poco prima di Pasqua quando si sono perse le illustrazioni per il libro di Gregory Maybrick sulla congiura di Guy Fawkes. Un episodio noto, senza dubbio, ma Maybrick è un esperto di quel periodo storico. L'editore si aspettava un successo dal suo libro, anche perché Maybrick era riuscito a mettere le mani su alcune interessanti incisioni dell'epoca, mai pubblicate prima e anche su altre testimonianze di pugno dei protagonisti: bene, tutto questo materiale è andato perduto. Era stato dato in prestito dai proprietari e Maybrick aveva, più o meno, garantito che sarebbe stato tenuto al sicuro.»

«Che cosa vuol dire "è andato perduto"? Le hanno distrutte o le hanno perse davvero, le illustrazioni?»

«Pare che sia andata così: Maybrick le ha consegnate nelle mani di James de Witt che doveva curare la preparazione del libro. È il loro redattore più importante, di solito si occupa della narrativa, ma il vecchio Peverell, che curava la saggistica, era morto tre mesi prima e immagino che non ci fosse stato il tempo di sostituirlo o, semplicemente, che si volesse risparmiare. Come in molte aziende, anche alla Peverell si tende a ridurre e non ad assumere. Corre voce che non ce la faranno a restare a galla ancora per molto e non c'è da stupirsi con quel palazzo veneziano da mantenere. Comunque le illustrazioni sono state consegnate a de Witt nel suo ufficio e lui le ha chiuse a chiave in un armadio, sotto gli occhi di Maybrick.»

«Non le ha messe in cassaforte?»

«Mio caro Adam, stiamo parlando di una casa editrice, non di Cartier. Conoscendo la Peverell mi stupisco piuttosto che de Witt abbia chiuso l'armadio a chiave.»

«L'aveva solo lui la chiave?»

«Calma, non stai ancora conducendo un'indagine. Ad ogni modo sì, la chiave l'aveva solo lui. La teneva in una vecchia scatola di latta per il tabacco nel cassetto sinistro della scrivania.»

E dove, se no? pensò Dalgliesh. «Dove qualsiasi dipendente» disse «o visitatore che si fosse trovato nel suo ufficio solo per un attimo avrebbe potuto prenderla.»

«Sì, evidentemente qualcuno deve averla presa. James non ha avuto occasione di aprire l'armadio per un paio di giorni. Le illustrazioni dovevano essere portate direttamente al laboratorio la settimana successiva. Sapevi che la Peverell, per le illustrazioni ora si rivolge a un laboratorio esterno?»

«No, non lo sapevo.»

«Immagino che economicamente convenga. È lo stesso laboratorio che gli stampa da cinque anni le sovraccoperte. E anche molto bene, veramente. La Peverell non ha mai abbassato il livello della produzione sia nei testi sia nella grafica. Puoi riconoscere un libro della Peverell solo prendendolo in mano. O almeno fino a oggi è stato così, può darsi che con Gerard Etienne cambi anche questo. Dunque, quando de Witt ha cercato la busta, la busta non c'era più. Ne è nato un gran trambusto, naturalmente. Domande, ricerche, panico... e infine non è rimasto altro che confessare a Maybrick e ai proprietari che il materiale iconografico era sparito. Ti puoi immaginare la reazione.»

«E non è più stato ritrovato niente?»

«No, è stato ritrovato tutto, ma troppo tardi. In un primo tempo si è temuto addirittura che Maybrick volesse ritirare il libro, ma ormai era già in catalogo ed è stato deciso di andare avanti con altre illustrazioni e qualche indispensabile modifica al testo. Una settimana dopo che il libro era stato stampato, la busta è misteriosamente ricomparsa con tutto il suo contenuto. De Witt l'ha trovata nell'armadio, esattamente dove l'aveva lasciata.»

«Questo fa pensare che il ladro nutra un po' di rispetto per la cultura e che avesse inteso sottrarre i documenti ma non distruggerli.»

«Le possibilità sono tante; un dispetto a Maybrick, un dispetto alla Press, un dispetto a de Witt o addirittura la beffa di uno spirito perverso.»

«La Peverell non ha denunciato il furto alla polizia?»

«No, Adam, alla Peverell non si fidano dei nostri bravi ragazzi in divisa blu. Non vorrei essere scortese, ma di solito non hanno grandi capacità risolutive nei furti di natura domestica. I soci della Peverell hanno deciso che c'è ancora una buona possibilità che il libro abbia successo e che si creerà meno agitazione tra i dipendenti se l'inchiesta se la faranno da soli.»

«Da soli? Chi la farà? C'è qualcuno tra loro che sia immune da sospetti?»

«È difficile dirlo. Nessuno lo era allora e nessuno lo è adesso. Credo che Etienne abbia adottato la strategia di Head Beak, la conosci? "Se il bambino che ha sbagliato verrà nel mio studio, dopo aver fatto i compiti, e restituirà la busta nessuno parlerà più di questa brutta storia." A scuola non ha mai funzionato e immagino neanche alla Peverell. È ovvio che tutto si è svolto all'interno e i dipendenti non sono molti, solo venticinque, oltre ai cinque soci. La maggior parte ha al suo attivo lunghi anni di fedeltà all'azienda e il guaio è che i pochi altri hanno un alibi.»

«Quindi il mistero permane.»

«Sì, e anche per quanto riguarda il secondo incidente. Il secondo incidente grave, intendo, perché probabilmente ce ne saranno stati altri di minore entità, più facili da nascondere. Questo poi riguarda Stilgoe ed è una fortuna che finora siano riusciti a non farglielo sapere, altrimenti avrebbe di che alimentare la sua paranoia. Pare che le bozze del suo libro fossero state lette regolarmente e che, d'accordo con lui, vi fosse stata apportata qualche piccola modifica. A quel punto erano state impacchettate e messe sotto il bancone della sala d'aspetto per essere ritirate la mattina dopo. Qualcuno, però, ha aperto il pacco e ha alterato il testo, cioè ha cambiato un certo numero di nomi, ha confuso la punteggiatura, ha cancellato un paio di frasi. Per fortuna il tipografo che ha ricevuto le bozze non è stupido e, giudicando un po' strane quelle correzioni, ha telefonato alla Peverell per controllare. I soci ce l'hanno fatta, Dio sa come, a tenere segreto il contrattempo con la maggior parte del personale e, naturalmente con Stilgoe. Sarebbe stato molto dannoso per l'azienda se l'episodio fosse stato raccontato in giro. Ora so che a Innocent House di notte tengono sotto chiave pacchetti e buste e non dubito che abbiano preso altre misure di sicurezza.»

Dalgliesh si chiese se il colpevole avesse inteso fin dal principio che le bozze alterate venissero scoperte. In realtà pareva che non avesse voluto ingannare nessuno fino in fondo, altrimenti avrebbe apportato modifiche meno appariscenti e più sostanziali, in modo da danneggiare il libro una volta pubblicato, senza prima suscitare i sospetti del tipografo. Era anche strano che l'autore della lettera anonima non avesse parlato di quelle bozze. Quindi o non lo sapeva, e in questo caso i cinque soci andavano assolti, o lo sapeva ma non aveva voluto spaventare Stilgoe con una prova che l'avrebbe indotto a ritirare subito il libro. Era un piccolo mistero interessante, ma non tale da tenere impegnato un alto ufficiale di polizia.

Non parlarono più della Peverell Press finché non furono di nuovo in biblioteca a bere il caffè. Ackroyd si sporse in avanti sulla poltrona e chiese, con un po' di ansia nella voce. «Posso dire a Lord Stilgoe che cercherai di rassicurare sua moglie?»

«Mi dispiace Conrad, no. Gli scriverò due righe per informarlo che la polizia non ha motivo di sospettare un intento criminoso in nessuno dei casi che lo riguardano. Se sua moglie è superstiziosa non servirà a molto, ma questa è solo una sfortuna per lei e una noia per lui.»

«E per quell'altro incidente a Innocent House?»

«Se Gerard Etienne ritiene che in qualche modo sia stata infranta la legge e vuole che la polizia inizi un'indagine, deve mettersi in contatto con il comando di zona.»

«Come chiunque altro?»

«Appunto.»

«Non saresti disposto ad andare a Innocent House per scambiare, in privato, due parole con lui?»

«No, Conrad. Nemmeno per dare un'occhiata al soffitto di Wyatt.»

5

Quel pomeriggio, dopo la cremazione di Sonia Clements, Gabriel Dauntsey e Frances Peverell presero insieme un taxi per tornare dal crematorio al numero 12 di Innocent Walk. Frances era taciturna e, seduta un po' discosta da Dauntsey, guardava dal finestrino. Era senza cappello, i capelli castano chiaro erano un casco lucente che s'incurvava a sfiorare il colletto del suo cappotto grigio. Scarpe, calze e borsetta erano neri, aveva anche una sciarpetta di seta nera leggera annodata al collo. Dauntsey se la ricordava vestita così anche alla cremazione di suo padre, un modo attuale e discreto di portare il lutto, un modo garbato per equilibrare esternazione, riserbo, rispetto per il defunto. Quell'unione di grigio e nero, nella sua opaca semplicità, la faceva sembrare molto giovane e sottolineava ciò che più gli piaceva in lei, un formalismo garbato e fuori moda che gli ricordava le ragazze di quando lui era giovane. Stava seduta lontano da lui, un po' rigida, ma le sue mani erano irrequiete. Gabriel sapeva che quello che portava al dito medio della mano destra era l'anello di fidanzamento della madre e la guardava girarlo e rigirarlo sotto la pelle scamosciata del guanto nero. Per un attimo si chiese se prenderle in silenzio la mano, ma vinse l'impulso di compiere un gesto che, pensò, sarebbe servito solo a imbarazzare entrambi. Non avrebbe potuto tenerle la mano per tutta la strada, fino a Innocent Walk.

Erano molto legati l'uno all'altra; sapeva di essere la sola persona a Innocent House con la quale lei potesse qualche volta confidarsi, ma erano entrambi poco inclini a esprimere i propri sentimenti. Solo una breve rampa di scale separava le loro case, ma si facevano una visita solo se invitati, ciascuno preoccupato di non importunare l'altro imponendogli la propria presenza o di non iniziare un rapporto più stretto che l'altro avrebbe potuto non gradire o più tardi rimpiangere di avere accettato. Il risultato era che, nonostante la simpatia reciproca e il piacere che provavano nello stare insieme, si vedevano meno che se le loro case fossero state a chilometri di distanza. Quando s'incontravano parlavano soprattutto di libri, di poesie, qualche volta di commedie che avevano visto a teatro o di programmi televisivi, raramente di altre persone. Frances era troppo scrupolosa per fare pettegolezzi e lui era ugualmente restio a lasciarsi trascinare in controversie sulla nuova amministrazione dell'azienda. Aveva il suo lavoro e il suo appartamento al primo piano del numero 12 di Innocent Walk. Né l'uno né l'altro avrebbero dovuto ancora appartenergli, ma aveva settantasei anni, era troppo vecchio per essere cacciato. Capiva che l'appartamento di Frances, sopra il suo, aveva un'attrattiva per lui, ma era prudente e sapeva resistere. Seduto in poltrona, con le tende tirate sul leggero e per metà immaginato sospirare del fiume, le gambe allungate davanti al camino acceso, dopo una delle loro cene, quando lei lo aveva lasciato solo per preparare il caffè, la sentiva muoversi silenziosamente in cucina e provava una pace avvolgente, un appagamento totale che sarebbe stato facile far diventare parte della sua vita di ogni giorno.

Il salotto di Frances prendeva tutta la lunghezza della casa ed era affascinante in ogni particolare, le proporzioni del vecchio camino di marmo e, sopra il camino, il ritratto a olio di un Peverell dell'Ottocento, con la moglie e i figli; il piccolo bureau Queen Anne; le librerie di legno ai lati del camino dove sull'ultimo ripiano che si chiudeva con un archetto c'erano due belle teste di marmo di Paro che rappresentavano una sposa velata, il tavolo Reggenza con sei sedie, i colori impalpabili dei tappeti che brillavano contro l'oro del pavimento. Come sembrava semplice, in quel momento, stabilire una familiarità che gli avrebbe aperto quella delicata, confortevole, femminile atmosfera così diversa da quella che si respirava nelle sue stanze lì sotto, squallide, con pochi mobili. Qualche volta, se lei gli telefonava per invitarlo, rispondeva, mentendo, di avere già un impegno. Usciva, entrava in un pub e passava delle ore in mezzo al fumo e alle voci per paura di tornare troppo presto, perché la porta d'ingresso di casa sua, in Innocent Lane, era proprio sotto le finestre della cucina di Frances.

Quella sera capiva che lei avrebbe gradito la sua compagnia ma non si sentì di proporglielo. Senza rammarico. La cremazione era stata già abbastanza deprimente e non c'era bisogno di farle seguire le solite osservazioni convenzionali; per quel giorno aveva già avuto la sua razione di morte. Quando il taxi si fermò in Innocent Walk e lei lo salutò quasi frettolosamente, aprendo la porta di casa senza voltarsi indietro neanche una volta, si sentì sollevato. Ma due ore dopo, finita la minestrina e le uova strapazzate col salmone affumicato che costituivano la sua cena preferita e che si preparava sempre con molta cura, a fuoco basso, senza smettere di mescolare e con l'aggiunta finale di un cucchiaio di panna, immaginò Frances davanti alla sua cena solitaria e rimpianse di essere stato così egoista. Non era una serata in cui si poteva lasciarla sola. Le telefonò e le disse: «Mi chiedevo, Frances, se faresti volentieri una partita a scacchi».

Capì, sentendo lievitare nella sua voce un'intonazione di gioia, che la proposta le era arrivata come una liberazione. «Sì, molto volentieri, Gabriel. Sali. Facciamo una partita.»

La tavola era ancora apparecchiata quando Gabriel entrò. Lei curava molto la forma anche se era sola, ma era evidente che la cena era stata semplice come la sua. C'era ancora l'assicella del formaggio, la fruttiera, il piatto dov'era stata la minestra. Si capiva che non aveva mangiato altro. Si capiva anche che aveva pianto.

Sorridendo, cercando di dare un'intonazione allegra alla propria voce, gli disse: «Sono contenta che tu sia venuto. Mi offri il pretesto per aprire una bottiglia di vino. È strano, ma non piace a nessuno bere da solo. Sarà per quella vecchia storia che bere da soli è il primo passo sulla strada dell'alcolismo».

Prese una bottiglia di Château Margaux e lui le andò incontro per aprirla. Non parlarono finché non furono seduti, col bicchiere in mano, davanti al fuoco. Frances allora disse: «Ha fatto male Gerard a non venire. Oggi doveva esserci anche lui».

«Non gli piacciono i funerali.»

«Oh, Gabriel, a chi piacciono? Ed è stato terribile, vero? Anche la cremazione di papà è stata brutta, ma questa è stata peggio. Quel pastore, patetico, che ha fatto del suo meglio, ma non la conosceva, non conosceva nessuno di noi e si sforzava di sembrare sincero mentre pregava per lei il Dio in cui lei non credeva e parlava di una vita eterna quando a lei non era parso che valesse la pena di vivere nemmeno un giorno di quelli che ancora le restavano.»

«Non possiamo saperlo» disse Gabriel con delicatezza. «Non possiamo giudicare la felicità o l'infelicità degli altri.»

«Ha voluto morire. Non è una prova sufficiente? Almeno al funerale di papà Gerard era venuto. Era un obbligo, più o meno. Il principe ereditario dà l'estremo addio al vecchio re. Avrebbe fatto brutta figura se non fosse venuto. Dopotutto c'era anche gente importante, scrittori, editori, giornalisti... era opportuno fare buona impressione. Alla cremazione di oggi non c'era nessuno d'importante e non si è scomodato. Ma doveva venire. In fondo l'ha uccisa lui.»

«Frances» la voce di Dauntsey era ferma, «non devi parlare a questo modo. Niente prova che Gerard abbia fatto o detto qualcosa che possa aver provocato la morte di Sonia. Tu sai che cos'ha scritto in quella lettera. Se avesse deciso di suicidarsi perché Gerard l'aveva licenziata credo che l'avrebbe detto. Le sue parole erano chiare. Non ripetere mai un'accusa simile fuori da questa stanza. Questo genere di insinuazioni può essere molto dannoso. Promettimelo... è una cosa seria.»

«Va bene, te lo prometto. Non l'ho detto a nessun altro che a te, ma non sono la sola, a Innocent House, a pensarlo e c'è anche chi lo dice. In ginocchio, in quella orribile cappella, cercavo di pregare per papà, per lei, per tutti noi. Ma mi sembrava tutto così insensato, così futile. Riuscivo solo a pensare a Gerard, che avrebbe dovuto essere seduto in prima fila insieme a noi, Gerard che era il mio amante e che ora non lo è più. È così umiliante. Ora ho capito com'è andata. Lui ha pensato: povera Frances, ventinove anni e ancora vergine. Devo provvedere. Farle capire cos'è la vita, mostrarle cosa perde. La buona azione della giornata. L'ha fatta durare tre mesi, la sua buona azione. E forse ha tirato avanti più che con molte, molte altre. Ma la fine è stata squallida, sporca. E non è sempre così? Gerard sa molto bene come si comincia una storia d'amore, ma poi non sa come finirla, cioè come finirla con un minimo di dignità. Nemmeno io, del resto. Mi ero illusa tanto da credere di essere diversa dalle altre donne e che lui questa volta facesse sul serio, nell'amore, che si sentisse impegnato e volesse il matrimonio. Pensavo che avremmo diretto la Peverell Press insieme, saremmo vissuti a Innocent House, avremmo allevato lì i nostri figli, avremmo perfino cambiato il nome all'azienda. Pensavo che gli avrebbe fatto piacere. Peverell e Etienne, Etienne e Peverell. Seguitavo a ripetermi queste due possibilità per cercare di capire quale suonava meglio. Pensavo che anche lui volesse quello che volevo io: il matrimonio, i bambini, una bella casa, una vita in comune. È così irragionevole? Oh Dio, Gabriel, mi sento così stupida, mi vergogno tanto!»

Non aveva mai parlato così apertamente con lui, non gli aveva mai mostrato quanto fosse profonda la sua sofferenza. Era quasi come se avesse provato a ripetersi le parole in silenzio in attesa di quel momento di sollievo, quando finalmente qualcuno cui avesse dato la sua fiducia, tanto da potergli parlare liberamente, l'avesse ascoltata. Ma da parte di Frances, sempre così sensibile, reticente e orgogliosa quell'incontrollato sfogo di amarezza e autolesionismo lo stupiva. Forse era stato il funerale, il ricordo dell'altra cremazione che aveva rotto la diga dell'odio e dell'umiliazione. Gabriel non era sicuro di potervi porre un argine ma sapeva di dover tentare. Quel flusso di dolore richiedeva qualcosa di più che le briciole della consolazione: "lui non lo merita", "dimenticalo", "il dolore passerà col tempo". Questo era vero, però, col tempo il dolore passava, se era il dolore per un tradimento o un lutto. Chi lo sapeva meglio di lui? Pensò: la tragedia di una perdita non sta nella nostra sofferenza ma nella fine di essa: allora i morti sono morti davvero.

«Quello che tu vuoi» le disse sottovoce «i figli, il matrimonio, la casa, il sesso, sono desideri ragionevoli, qualcuno li chiamerebbe "giusti". I figli sono la nostra unica speranza d'immortalità, volerli non è qualcosa di cui ci si debba vergognare. È stata una disgrazia e non un'umiliazione per te che i desideri di Etienne e i tuoi non abbiano coinciso.» S'interruppe, poi disse, chiedendosi se fosse prudente, se lei non avrebbe trovato le sue parole superficiali e crudeli: «James è innamorato di te».

«Sì, credo di sì. Povero James, lui non me l'ha detto, ma non ce n'è bisogno, vero? Sai io penso che avrei potuto amarlo se non fosse stato per Gerard. E pensare che Gerard nemmeno mi piace. Non mi è mai piaciuto, nemmeno quando lo desideravo di più. Quello che è atroce nel sesso è che può esistere senza amore, senza simpatia, senza nemmeno rispetto. Sì, ho cercato di ingannare me stessa. Quando era così insensibile o egoista o villano, gli trovavo delle scuse. Ricordavo a me stessa che era anche molto intelligente, bello, divertente, un amante meraviglioso. Ed era davvero tutte queste cose. È tutte queste cose. Mi ripetevo che era irragionevole applicare a Gerard gli schemi meschini con cui si giudicavano gli altri. E lo amavo. Quando si ama non si giudica. Adesso lo odio. Non sapevo di essere capace di odiare, odiare davvero un'altra persona. Non è come odiare un concetto, un credo politico, una filosofia, un male sociale. È così intenso il mio odio, così fisico, che è come una malattia. Il mio odio è l'ultima cosa a cui penso la sera quando sto per dormire e la prima a cui penso quando mi sveglio la mattina. Ma non è giusto, è un peccato. Non può essere giusto. Sento di vivere in peccato mortale e non posso essere assolta perché non posso smettere di odiare.»

«Io non riesco a pensare in termini di peccato e di assoluzione» disse Dauntsey, «ma l'odio è pericoloso, altera il senso della giustizia.»

«La giustizia! Non mi sono mai aspettata niente dalla giustizia. E l'odio mi ha reso così noiosa. Annoio me stessa. So di annoiare anche te, caro Gabriel, ma sei l'unico con cui posso parlare e qualche volta, come stasera, sento che se non parlo impazzisco. Poi tu sei anche saggio, almeno dicono.»

«È facile essere ritenuti saggi» rispose Gabriel con amarezza, «basta vivere a lungo, parlare poco e fare ancora meno.»

«Ma quando parli meriti di essere ascoltato, Gabriel. Dimmi che cosa devo fare.»

«Per liberarti di lui?»

«Per liberarmi da questo dolore.»

«Ci sono gli espedienti comuni, alcol, droga, suicidio. I primi due portano al terzo per una strada che è solo più lunga, più costosa, più umiliante. Non te la consiglio. Potresti uccidere lui, ma non ti consiglio neanche questo. Uccidilo nella tua immaginazione, nel modo più ingegnoso che preferisci, ma non ucciderlo davvero. A meno che tu non voglia marcire per dieci anni in prigione.»

«Tu li passeresti dieci anni in prigione?»

«Dieci no, non lo sopporterei. Al massimo tre. Ma per vincere il dolore ci sono modi migliori della morte, sua o tua. Ripeti a te stessa che il dolore fa parte della vita, che soffrire significa essere vivi. Io ti invidio. Se io soffrissi sarei ancora un poeta. Abbi stima di te stessa. Tu non sei diminuita nella tua essenza umana perché un uomo egoista, arrogante, insensibile non ti ha amata. Hai davvero bisogno di valutare te stessa in base al giudizio di un uomo, che sia o no Gerard Etienne? Pensa che l'unico potere che lui ha su di te è il potere che tu gli dai. Allontana quel potere e allontanerai il dolore. Ricordati che non sei costretta a restare nella casa editrice. E non dirmi che c'è sempre stato un membro della famiglia Peverell alla Peverell Press.»

«Eppure è così, dal 1792, ancora prima che ci trasferissimo a Innocent House. Papà non avrebbe voluto che io fossi l'ultima dei Peverell.»

«Qualcuno dovrà pur esserci, qualcuno ci sarà. Tu avevi dei doveri verso tuo padre, che sono cessati con la sua morte. Non possiamo essere schiavi dei morti.»

Appena pronunciate quelle parole se ne pentì, quasi si aspettasse di sentirsi chiedere: "E tu? Non sei schiavo dei morti? Di tua moglie? Dei figli che hai perduto?". Si affrettò ad aggiungere: «Che cosa faresti, se fossi libera di scegliere?».

«Farei un lavoro a contatto con i bambini. Maestra elementare, forse. Ho un diploma. Credo che comporti solo un anno di pratica. Mi piacerebbe insegnare in campagna o in una piccola città, vicina alla campagna.»

«Puoi farlo, sei libera. Ma non cercare la felicità. Trovati il lavoro giusto, la vita giusta. La felicità arriverà, se avrai quella fortuna. La maggior parte di noi ha la sua parte di felicità. Qualcuno ne ha un po' di più, anche se concentrata in un breve spazio di tempo.»

«Mi meraviglio che non citi Blake» disse Frances «quella poesia[2] che dice, mi pare: "gioia e dolore in una trama fina/una veste per l'anima divina..."»

«Ma prima com'è?»

"L'uomo è fatto per gioia e per dolore;
E quando rettamente lo sappiamo,
Nel mondo senza ostacoli passiamo."

«Solo che tu non credi nell'"anima divina", vero?»

«No, non ci credo. Sarebbe l'ultimo modo di illudere se stessi.»

«Però sei come quelli che "nel mondo passano senza ostacoli". E capisci che cos'è l'odio. Credo di aver sempre saputo che odiavi Gerard.»

«No, ti sbagli, Frances. Non lo odio. Non provo niente per lui, niente in assoluto. E per questo gli posso nuocere più di quanto potresti fare tu. Ma non sarebbe meglio cominciare la nostra partita a scacchi?»

Prese da un cantonale una pesante scacchiera, lei si avvicinò al tavolino tra le due poltrone e lo aiutò a disporre i pezzi. Gabriel chiuse il pugno per farle scegliere nero o bianco e disse: «Dovresti darmi il vantaggio di una pedina, quale tributo della giovinezza alla vecchiaia».

«Sciocchezze, l'ultima volta hai vinto tu. Siamo allo stesso livello.»

Era sorpresa di se stessa. Una volta avrebbe ceduto. Era una piccola prepotenza e vide che Gabriel sorrideva mentre, con le dita un po' rigide, allineava i pezzi.

[2] William Blake, *Presagi d'innocenza* da "Poesie dal manoscritto Pickering" (*N.d.T.*).

6

Ogni sera, la signorina Blackett tornava al Weaver's Cottage, a West Marling, nel Kent, dove da diciannove anni abitava con una sua cugina più anziana, Joan Willoughby. I loro rapporti erano affettuosi, ma non emotivamente intensi, non lo erano mai stati. La signora Willoughby aveva sposato un pastore ormai in pensione e quando era morto, tre anni dopo il matrimonio, il massimo che entrambi i coniugi avrebbero potuto sopportare, pensava in cuor suo la signorina Blackett, era parso naturale alla vedova invitare la cugina a rinunciare al suo appartamento in affitto a Bayswater, così poco soddisfacente, e a trasferirsi al cottage. In quei diciannove anni di vita comune si erano presto stabilite, secondo una evoluzione naturale piuttosto che per un piano programmato, abitudini gradite a tutt'e due. Era Joan a occuparsi della casa e del giardino e Blackie a cucinare il pranzo della domenica, che veniva consumato puntualmente all'una. Un impegno che la esimeva dall'essere presente alle funzioni del mattino ma non a quelle del vespro. Era Blackie che, siccome si alzava per prima, portava il tè alla cugina, le preparava l'ovomaltina della sera o il cacao delle dieci e mezzo. Trascorrevano le vacanze insieme, le ultime due settimane di luglio, di solito in un viaggio all'estero, perché nessuna delle due aveva qualcuno che reclamasse la sua presenza. Tenevano molto, entrambe, ad assistere in giugno ai campionati di tennis a Wimbledon e, a fine settimana, non si facevano mancare un concerto, uno spettacolo teatrale, la visita a una galleria d'arte. Spesso dicevano a se stesse, ma non lo ripetevano a voce alta, che erano fortunate.

Il Weaver's Cottage sorgeva alla periferia nord del villaggio. All'origine era composto da due nuclei indipendenti che, negli anni Cinquanta, erano stati riuniti da una famiglia con un concetto molto preciso di quello che costituiva il fascino dell'abitazione rurale. Il tetto di tegole era stato sostituito con un caratteristico tetto di paglia pressata dove si affacciavano, come enormi occhi sporgenti, tre abbaini; le finestre, prima semplici, ora avevano dei grossi montanti di legno dipinto ed era stato aggiunto un portico che d'estate era coperto di rose rampicanti e clematidi. La signora Willoughby amava il suo cottage e se i montanti delle finestre rendevano il salotto un po' più buio di quanto in teoria avrebbe desiderato e se qualche trave di quercia era un po' meno autentica delle altre, erano manchevolezze che non ammetteva mai apertamente. Il cottage, con il suo tetto impeccabile e il suo bel giardino, era apparso su troppi calendari, era stato fotografato da troppi visitatori perché lei potesse preoccuparsi di certi piccoli particolari che infirmavano la purezza dell'architettura. La parte più importante del giardino era sul davanti della costruzione, lì la signora Willoughby trascorreva la maggior parte del tempo libero, potando, piantando, innaffiando quello che, per ammissione generale, era, tra i giardini antistanti le case di West Marling, il più suggestivo, concepito sia per il piacere dei passanti sia per la gioia di chi abitava il cottage.

«Io mi pongo lo scopo che il giardino offra qualcosa di interessante in ogni periodo dell'anno» soleva spiegare la signora a chi si fermava, ammirato, a guardare e, se quello era il suo scopo, certamente poteva dire di averlo raggiunto. Era una vera giardiniera, dotata di molta fantasia. Le piante prosperavano sotto le sue mani e, in più, si giovavano del suo istintivo buongusto nell'avvicinare volumi e colori. Lo stile del cottage forse non era rigorosamente autentico, ma il giardino non avrebbe potuto essere altro che un giardino inglese. C'era un piccolo prato con un gelso che in primavera era circondato da crochi e bucaneve e, più avanti nella stagione, dalle corolle vivaci degli asfodeli e dei narcisi. D'estate, le bordure fitte di fiori che guidavano al portico erano un tripudio di colori e profumi, mentre la siepe di faggi, bassa, per non oscurare la vista di tutto quello splendore che raccoglieva dietro di sé, era un vivo simbolo del passare delle stagioni, dalle prime gemme chiuse alle foglie accartocciate, rosse e oro, della sua gloria autunnale.

La signora Willoughby tornava sempre rinvigorita, con gli occhi brillanti, dalle riunioni mensili al vicariato. Qualcuno, pensava Blackie, avrebbe potuto trovare piuttosto deprimenti le sue piccole diatribe mensili con il vicario, colpevole, insieme ad altre mancanze, di avere un debole per la nuova liturgia rispetto alla vecchia; a Joan, invece, facevano bene alla salute. Si sedeva comoda, con le cosce grassocce allargate che tenevano teso il tweed della gonna, i piedi ben piantati a terra, e riempiva due bicchieri di *amontillado*. Un biscotto secco crocchiava tra i suoi denti bianchi e forti, il bicchiere decorato, che faceva parte di un intero servizio, pareva dovesse spezzarsi sullo stelo sottile nella sua mano forte.

«È anche una questione di linguaggio, scusa. Lui vuole che domenica prossima, al Vespro, si canti "Notte di dubbio e di dolore", invece di "L'uno prende l'altro per mano e camminano senza paura nella notte". Io gli ho detto un bel "No!", sostenuta, grazie al cielo, dal signor Higginson. A quell'uomo riesco a perdonare anche il prezzo del bacon e il modo in cui il suo gatto rognoso sta in vetrina seduto sui corn flakes, quando si comporta con tanto buon senso alla riunione del vicariato, cosa che, bisogna dirlo, avviene quasi sempre. La signorina Matlock avrebbe suggerito: "La sorella prende la sorella per mano..."»

«Be'... cosa c'è che non va?»

«Niente, solo che non è quello che ha scritto l'autore. Hai avuto una buona giornata?»

«No, non è stata una buona giornata.»

Ma la signora Willoughby pensava ancora alla riunione. «A me non piace molto quell'inno. Non mi è mai piaciuto. Non capisco perché la signorina Matlock ci tenga tanto. Nostalgia. Ricordi d'infanzia. Chi lo sa. Certo dubbio e dolore non sono di casa alla congregazione di St. Margaret. Gente troppo ben nutrita. Troppo ricca. Ma forse arriveranno anche lì, se il vicario cercherà di eliminare la Santa Comunione della domenica alle otto, come vuole il Libro della Preghiera Comune del 1662. Vedrà, allora, quanto dubbio e quanto dolore!»

«Ha detto che la vuole eliminare?»

«Non l'ha detto chiaro, ma ho visto che tiene d'occhio il numero dei partecipanti. Tu e io possiamo essere sempre presenti e vedrò se riesco a convincere qualcuno dei villeggianti. È Susan, naturalmente, che propone tutte queste novità. Lui sarebbe molto più malleabile se non fosse istigato da sua moglie. Lei parla già di preparazione al diaconato. Tra poco prenderà gli ordini anche lei. Farebbero meglio a chiedere una parrocchia in centro. Avrebbero i banjo e le chitarre e tutti sarebbero più contenti. Com'è andata la giornata?»

«Così così. Meglio il pomeriggio che la mattina. Siamo arrivati a Charing Cross con dieci minuti di ritardo, un brutto inizio di una brutta giornata. C'era il funerale di Sonia Clements. Il signor Gerard non è andato. Ha detto che aveva troppo da fare. Probabilmente non la riteneva una persona abbastanza importante. Così, ho capito che era meglio che non ci andassi neanch'io.»

«Non hai perso niente» osservò Joan. «Le cremazioni sono sempre deprimenti. Da un funerale bene organizzato si può trarre qualche soddisfazione, da una cremazione mai. Questo mi ricorda che il vicario, martedì prossimo, vuole usare il testo alternativo per la sepoltura del vecchio Merryweather. Anche stavolta ho detto: "No!". Il signor Merryweather aveva ottantun anni e tutti sanno che detestava le novità. Avrebbe pensato di non avere una sepoltura cristiana senza il Libro del 1662.»

Quando, il martedì precedente, Blackie era tornata a casa con la notizia del suicidio di Sonia Clements, Joan aveva reagito con particolare tranquillità e Blackie non se n'era stupita perché sua cugina aveva spesso un atteggiamento imprevedibile di fronte a notizie o avvenimenti inattesi. Si lasciava sconvolgere dalle piccole contrarietà domestiche e poi affrontava le tragedie con la calma di uno stoico. In questo caso, però, non ci si poteva aspettare che la tragedia la colpisse particolarmente perché non aveva mai conosciuto Sonia Clements, non l'aveva mai neanche vista.

Nel darle la notizia, Blackie aveva detto: «Non mi sono messa a chiacchierare con i dipendenti di grado inferiore al mio, naturalmente, ma ho capito che è opinione diffusa, in ufficio, che abbia voluto morire perché il signor Gerard l'aveva licenziata. E penso che non glielo avesse detto con molto tatto. Pare che lei abbia lasciato una lettera, dove però non dice di aver perso il posto. Ma tutti sono convinti che se non fosse stato per il signor Gerard non sarebbe morta».

Joan aveva risposto quasi con violenza. «È ridicolo! Una donna adulta non si uccide per essere stata licenziata, altrimenti passeremmo la vita a scavare tombe per le impiegate. È stato un gesto avventato, impulsivo. Se proprio voleva uccidersi avrebbe dovuto farlo da un'altra parte. Poteva capitare a te di entrare nell'archivio piccolo e trovarla lì. Sarebbe stata una brutta esperienza.»

«Invece» aveva detto Blackie «la brutta esperienza è toccata a Mandy Price, la nuova dattilografa a giornata, ma devo dire che ha reagito con una certa freddezza. Altre avrebbero avuto una crisi di nervi.»

«È inutile farsi venire una crisi di nervi davanti a un cadavere. Un morto non può far male a nessuno. Quella ragazza potrà dirsi fortunata se in vita sua non vedrà niente di peggio.»

Blackie, sorseggiando lo sherry, guardò sua cugina di sotto le palpebre abbassate, come se la vedesse per la prima volta. Il corpo massiccio, che quasi non si assottigliava alla vita, le gambe pesanti, con un inizio di vene varicose sopra le caviglie sorprendentemente ben formate, la massa dei capelli opulenta, un tempo di un bel castano caldo, adesso ancora folta e appena striata di grigio, raccolta in un nodo pesante (sempre la stessa pettinatura da quando Blackie l'aveva vista la prima volta), il viso allegro con la pelle ruvida di chi sta molto all'aria aperta. Un viso sensibile, avrebbero detto in molti. Il viso sensibile di una donna sensibile, come quelle creature straordinarie descritte da Barbara Pym, ma senza la delicatezza o la reticenza di un'eroina di Barbara Pym, una donna propensa a risolvere qualsiasi problema del villaggio, dai lutti alla svogliatezza dei ragazzi del coro, con la stessa ineccepibile spietatezza, regolando la propria vita in piaceri e doveri, come l'anno liturgico che a quella vita dava ritmo e significato. Anche la vita di Blackie una volta aveva avuto ritmo e significato, ma ora le sembrava di non esercitare più alcun controllo sul lavoro, sui sentimenti, come se, morendo, Henry Peverell si fosse portato via una parte essenziale della sua persona.

All'improvviso disse: «Joan, credo che non continuerò a lavorare alla Peverell. Gerard Etienne sta diventando insopportabile. Non mi permette nemmeno di passargli le telefonate, le prende lui direttamente nel suo ufficio, sulla linea privata. Il signor Peverell non chiudeva mai la porta di comunicazione, anzi per tenerla aperta mettevamo in mezzo quel serpentone che servirebbe a non far passare l'aria di sotto le finestre, il Sibilante Sid. Il signor Gerard, invece, non solo la tiene chiusa, ma ha fatto mettere un armadio alto contro il pannello di vetro per starsene meglio per conto suo. Un gesto poco gentile, che inoltre mi toglie ancora più luce. Adesso, poi, devo pure ospitare la nuova stenodattilografa a giornata, Mandy Price, anche se a passarle il lavoro sarà soprattutto Emma Wainwright, l'assistente personale della signorina Claudia. Perché non l'hanno messa in ufficio con lei? Da quando il signor Gerard ha fatto spostare il divisorio il mio ufficio è diventato soffocante anche per una persona sola. Il signor Peverell non avrebbe mai fatto mettere un divisorio che taglia a metà la finestra della sala da pranzo. Lui i divisori li ha odiati fin dal principio, ha sempre tentato di opporvisi.»

«Sua sorella non può dirgli niente?» chiese Joan. «Perché non ne parli con lei?»

«Non mi piace lamentarmi, soprattutto con la signorina Claudia. E poi che cosa potrebbe fare? Il signor Gerard è l'amministratore delegato e anche il presidente. Sta rovinando l'azienda e gli altri non hanno il potere o la voglia di intervenire, tranne forse la signorina Frances, ma lei che cosa può fare?»

«Allora licenziati. Non devi più restare lì.»

«Dopo ventisette anni?»

«Sarebbero troppi per qualsiasi lavoro. Ti conviene andare in pensione, anche se è presto. Ricordo che, a suo tempo, avevi aderito al progetto di previdenza stabilito dal signor Peverell. Mi era parsa una decisione saggia, anzi te l'avevo consigliata. Andandotene adesso non avrai diritto alla cifra piena, ma qualcosa ti daranno lo stesso. Potresti anche prenderti un comodo lavoretto a mezza giornata a Tonbridge. Con la tua esperienza non sarà difficile. Ma poi, perché cercare un impiego a tutti i costi? Non è necessario, possiamo farcela benissimo lo stesso. E al villaggio non c'è da restare con le mani in mano. Io non ho mai voluto che al vicariato ti dessero qualche incarico, l'avevo spiegato al vicario: mia cugina fa la segretaria e scrive a macchina tutto il giorno, non sarebbe giusto chiederle di lavorare per noi la sera o il sabato e la domenica. Avevo ritenuto che fosse un mio dovere difendere la tua libertà, ma se andassi in pensione sarebbe diverso. Geoffrey Harding si lamenta sempre che gli porta via troppo tempo fare da segretario al vicariato e potresti occupartene tu, tanto per cominciare. E poi c'è l'Associazione storico-letteraria, anche a loro farebbe comodo che qualcuno si occupasse un po' della segreteria.»

Blackie era orripilata dalle immagini che quelle parole andavano delineando. Era come se in quelle poche frasi così comuni, Joan avesse pronunciato una condanna a vita. Per la prima volta si rendeva conto del ruolo insignificante che West Marling aveva nella sua esistenza. Non provava una particolare avversione per quel villaggio; i suoi squallidi cottage tutti in fila, i prati incolti dietro uno stagno maleodorante, il pub moderno che fingeva inutilmente di essere lì dal diciassettesimo secolo con un caminetto che funzionava a gas e le travi dipinte di nero, non provocavano in lei niente di così violento come un rifiuto. Quello era il luogo dove abitava, mangiava, dormiva, ma per ventisette anni il centro della sua vita era stato altrove. Ogni sera era tornata volentieri al Weaver's Cottage, così comodo e ordinato, da sua cugina che non chiedeva amicizia, dove le cene erano gustose e servite con eleganza, d'inverno la legna che bruciava nel camino aveva un buon odore e d'estate si beveva qualcosa di fresco in giardino. Le era piaciuto il contrasto tra la pace campestre e i rapporti stimolanti e competitivi della vita di ufficio accanto al rauco scorrere del fiume. Aveva sempre pensato che da qualche parte doveva pur vivere, visto che non poteva vivere con Henry Peverell. Ma ora si rendeva conto, e la rivelazione era schiacciante, che se avesse lasciato il lavoro la vita a West Marling le sarebbe parsa insopportabile.

Vedeva il trascorrere delle giornate in una serie di immagini sconnesse, proiettate sullo schermo della mente in rapida, inesorabile sequenza; ore, giorni, settimane, mesi, anni di vuota, prevedibile monotonia. Piccole incombenze domestiche avrebbero dovuto darle l'illusione di rendersi utile, un po' di giardinaggio con la supervisione di Joan, qualche lavoretto di dattilografia al vicariato o al Circolo Femminile, un giro di acquisti a Tonbridge il sabato, la Comunione e il Vespro la domenica, l'organizzazione delle gite che avrebbero rappresentato l'avvenimento più importante del mese, senza essere abbastanza ricca per fuggire, senza una scusa per fuggire né un luogo dove fuggire. E perché avrebbe dovuto desiderare la fuga? Era una vita, quella, che sua cugina trovava soddisfacente e psicologicamente appagante, con un ruolo stabile nella gerarchia del villaggio; il cottage notoriamente di sua proprietà; il giardino, fonte di rinnovato interesse e soddisfazione. Tutti, o quasi, avrebbero pensato che per lei, Blackie, era una fortuna vivere senza pagare l'affitto (al villaggio lo si sapeva, era una di quelle cose che si afferrano d'istinto) in una bella casa e con la compagnia della cugina. Sarebbe stata considerata la meno importante delle due, la parente povera. Il suo impiego, poco familiare alla gente del villaggio ma ampiamente magnificato da Joan, le aveva dato dignità. Il lavoro conferiva sempre dignità, rispetto, personalità. Non era forse per quello che molti temevano la disoccupazione e ritenevano traumatico il pensionamento? Lei non poteva neanche pensare a quello che Joan aveva definito "un comodo lavoretto a mezza giornata a Tonbridge", sapeva che cosa significava un ufficio con delle ragazze incapaci, che avevano appena finito la scuola o i corsi per segretarie, ansiose di far conciliare sesso e carriera, infastidite dalla sua efficienza o impietosite dal suo aspetto da zitella. Come avrebbe potuto abbassarsi a un lavoro a mezza giornata dopo essere stata assistente personale di Henry Peverell e averne goduto la fiducia assoluta?

Stava seduta, immobile, gli occhi fissi sullo splendore ambrato dello sherry che aveva nel bicchiere ancora mezzo pieno davanti a sé, e il suo cuore in tumulto chiedeva senza parole: caro, perché mi hai lasciata? Perché la morte ti ha strappato a me?

Quasi mai l'aveva visto fuori dall'ufficio, non era stata mai invitata a casa sua, al numero 12, né lei lo aveva mai invitato al Weaver's Cottage o gli aveva parlato della sua vita privata. Eppure, per ventisette anni, era stato al centro della sua esistenza. Aveva passato più tempo con lui che con qualsiasi essere umano. L'aveva sempre chiamato signor Peverell e lui l'aveva sempre chiamata signorina Blackett davanti agli altri o Blackie quando erano soli. Non riusciva a ricordare di averlo mai toccato con una mano dopo quel primo incontro, ventisette anni prima, quando, timida diciassettenne appena uscita dalla scuola per segretarie, si era presentata a Innocent House per essere assunta e lui, sorridendo, si era alzato, dietro la scrivania e l'aveva salutata. La segretaria che l'aveva preceduta e lasciava il posto per sposarsi le aveva già fatto fare la prova di dattilografia e stenografia e ora, mentre guardava il bel viso da studioso del signor Peverell e i suoi straordinari occhi azzurri, sapeva che quella sarebbe stata la prova definitiva. Lui le aveva parlato poco del lavoro, e infatti non ce n'era bisogno, la signorina Arkwright le aveva già spiegato, con una quantità di particolari che l'avevano sgomentata, quali sarebbero stati i suoi compiti, ma lui le aveva chiesto come era arrivata a Innocent House e aveva aggiunto: «Abbiamo un motoscafo a disposizione dei dipendenti. Lei può prenderlo al Charing Cross Pier e venire in ufficio lungo il Tamigi. A meno che non abbia paura dell'acqua».

Lei aveva capito che anche quella era una prova e che se non le fosse piaciuto il fiume non sarebbe stata assunta. «No» aveva detto, «non ho paura dell'acqua.»

Dopo aveva parlato poco, senza riferimento alla possibilità di andare ogni giorno, in futuro, a lavorare in quel bel palazzo scintillante. Alla fine del colloquio il signor Peverell le aveva detto: «Se lei pensa che si troverà bene qui, direi che potremmo concederci reciprocamente un mese di prova».

Dopo un mese non le aveva detto niente, ma non ce n'era bisogno e lei lo sapeva. Da allora era stata sempre con lui, finché non era morto.

Ricordava la mattina in cui aveva avuto l'attacco cardiaco. Erano passati davvero solo otto mesi? La porta tra i loro uffici era socchiusa, come sempre, come a lui piaceva che fosse. Il serpente di velluto, con il suo dorso a righe, la lingua biforcuta di lana rossa era attorcigliato a terra tra le due ante. Lui l'aveva chiamata, ma con una voce così stridente, strozzata che non sembrava nemmeno una voce umana. Lei aveva pensato che fosse il grido di un battelliere, dal fiume. Le erano occorsi un paio di secondi per capire che quella voce irreale, estranea, stava pronunciando il suo nome. Era scattata in piedi, aveva sentito la sedia scivolare dietro di lei, ed era corsa di là, alla scrivania. L'aveva guardato, stava rigido, come se non osasse muoversi, con le braccia incrociate e se le teneva così strette al petto che aveva le nocche delle dita bianche, gli occhi gonfi sotto una fronte dove il sudore si coagulava in gocce lucenti, dense come pus. «Il dolore, il dolore!» aveva detto affannosamente. «Chiami un medico.»

Lei non aveva usato il telefono che era lì vicino, sulla scrivania, ma era corsa nel suo ufficio, come se solo in quella stanza che le era così familiare potesse affrontare quanto stava avvenendo. Aveva sfogliato in fretta, con le mani tremanti, l'elenco del telefono, poi si era ricordata che il nome e il numero di telefono del medico del signor Peverell erano scritti sull'agenda che teneva nel cassetto della scrivania. Lo aveva aperto con uno strattone, vi aveva infilato la mano, cercando di ricordare quel nome, desiderando disperatamente di tornare a quell'orrore là nell'altra stanza e timorosa, nello stesso tempo, di ciò che avrebbe potuto trovare, sapendo che doveva chiedere aiuto, e subito. Poi si era ricordata. Certo, l'ambulanza. Doveva chiamare un'ambulanza. Aveva schiacciato i tasti del telefono, aveva sentito una voce calma, autorevole e aveva trasmesso la propria richiesta. L'urgenza, il terrore che erano nelle sue parole dovevano averli convinti. L'ambulanza sarebbe arrivata subito.

Ricordava quello che era successo dopo, non in una sequenza regolare ma in una serie di immagini sconnesse eppure vivide. Ferma sulla soglia, aveva fatto appena in tempo a vedere Frances Peverell in piedi vicino a suo padre, senza poter fare niente per aiutarlo, poi Gerard Etienne aveva chiuso con un colpo secco la porta, dicendo: «Non vogliamo che entri nessuno. Il signor Peverell ha bisogno d'aria».

Era stato il primo di tutti i rifiuti che erano seguiti. Ricordava i rumori, mentre i barellieri lo preparavano; la sua testa voltata verso di lei mentre lo portavano via avvolto in una coperta rossa, i singhiozzi di qualcuno, qualcuno che forse era lei, l'ufficio vuoto, com'era la mattina quando arrivava per prima, o la sera quando il signor Peverell se ne andava prima di lei, ma ora sarebbe stato vuoto per sempre, vuoto di tutto ciò che gli aveva dato vita. Non aveva più rivisto il signor Peverell. Avrebbe voluto andarlo a trovare all'ospedale, ma quando aveva chiesto a Frances qual era l'ora migliore, si era sentita rispondere: «È ancora in rianimazione. Sono ammesse solo le visite dei familiari e dei soci. Mi dispiace, Blackie».

Da principio le notizie erano state rassicuranti. Stava meglio, molto meglio. Si sperava che presto avrebbe lasciato il reparto di rianimazione. E poi, a quattro giorni dal primo attacco ne aveva avuto un secondo, molto forte, ed era morto. Alla cremazione, lei si era seduta tre banchi indietro, insieme agli altri dipendenti. Nessuno l'aveva consolata; perché avrebbero dovuto farlo? Non era legittimamente in lutto, non faceva parte della famiglia. Quando, usciti dalla cappella, guardando le corone di fiori, non era più riuscita a trattenersi ed era scoppiata in singhiozzi, Claudia Etienne le aveva rivolto un rapido sguardo in cui c'erano stupore e irritazione, uno sguardo che diceva: "Se sua figlia e i suoi amici riescono a controllarsi, perché tu no?". Il suo dolore era stato fatto passare per una manifestazione di cattivo gusto, un'ostentazione, come la sua corona che spiccava tra i semplici fiori recisi dei familiari. Ricordava di aver sentito Gerard Etienne dire a sua sorella: «Dio mio, Blackie ha esagerato, quella corona non sfigurerebbe a un funerale di mafiosi a New York. Cerca forse di far credere a tutti di essere stata la sua amante?».

Il giorno dopo, con una piccola cerimonia privata, i cinque soci avevano gettato le ceneri nel Tamigi dal piazzale di Innocent House. A lei nessuno aveva chiesto di intervenire, ma Frances Peverell era andata nel suo ufficio e le aveva detto: «Perché non viene con noi, Blackie? Credo che mio padre avrebbe voluto che ci fosse anche lei». Si era tenuta molto indietro, attenta a non intralciare nessuno. Loro stavano vicino alla balaustra, leggermente scostati l'uno dall'altro. Quei granelli di ossa che erano tutto quanto restava di Henry Peverell erano contenuti in una scatola di latta che le parve molto simile a una scatola di biscotti. Gli altri se l'erano passata di mano in mano, avevano preso una manciata di granelli e l'avevano fatta cadere o l'avevano gettata nel Tamigi. C'era l'alta marea e un vento fresco. Il fiume, color ocra scuro, sbatteva contro i fianchi del molo con dei piccoli spruzzi. Frances Peverell aveva le mani umide e vi erano rimasti attaccati dei frammenti di ossa. Più tardi se le era pulite di nascosto sulla gonna. Era molto calma quando aveva recitato a memoria i versi del *Cimbelino* che cominciano con:

Non ti spaventerà più la canicola
la furia scatenata dell'inverno,
la tua missione terrena è finita,
il tuo compenso è nella casa eterna[3]

Blackie aveva avuto l'impressione che si fossero dimenticati di decidere in quale ordine avrebbero dovuto parlare e ci fu un breve silenzio prima che James de Witt si avvicinasse alla balaustra e pronunciasse un brano tratto dagli Apocrifi. "Le anime dei giusti sono nelle mani di Dio e nessun tormento le toccherà". Dopo aveva lasciato che le ceneri gli scorressero tra le dita come se ne contasse i granelli a uno a uno.

Gabriel Dauntsey aveva letto una poesia di Wilfred Owen che lei non conosceva, ma poi l'aveva cercata e riletta e si era stupita un poco di quella scelta.

Sono il fantasma di Shadwell Stair
Lungo i pontili, vicino all'acqua
Nella caverna del mattatoio
Sono io quel fantasma che cammina

Ma le mie carni sono ferme e fredde
Palpitano i miei occhi come gemme di luna
O i fanali riflessi nel Tamigi
Quando il crepuscolo scivola sulle acque profonde [4]

Claudia Etienne era stata più rapida, solo due versetti:

Ciò che di peggio ci può capitare
È un lungo sonno ed una buona notte

Aveva parlato a voce alta, in fretta con una intensità rabbiosa che faceva pensare che non le piacesse quello che aveva

[3] Shakespeare, *Cimbelino*, atto IV, II *(N.d.T.)*.
[4] Wilfred Owen da *The Complete Poems and Fragments (N.d.T.)*.

detto. Poi era stata la volta di Jean-Philippe Etienne. Non lo si vedeva a Innocent House da quando era andato in pensione, un anno prima, ed era arrivato dalla sua casa sulla costa dell'Essex, accompagnato dall'autista, poco prima dell'inizio della cerimonia per andarsene poi subito dopo, senza prendere parte al buffet allestito nella sala del consiglio di amministrazione. Ma il brano letto da lui con voce uniforme, tenendo una mano posata sulla balaustra per sostenersi, era il più lungo. De Witt le aveva spiegato, in seguito, che era tratto dalle *Meditazioni* di Marco Aurelio, ma solo un breve passaggio era rimasto impresso nella mente di Blackie:

> In una parola tutto ciò che riguarda il corpo
> è come un fiume e ciò che riguarda l'anima è
> come sogno e nebbia; e la vita è il viaggio di
> un pellegrino attraverso la guerra, e la fama
> oltre la morte è solo dimenticanza.

L'ultimo era stato Gerard Etienne. Aveva gettato lontano i granelli di ossa come se volesse allontanare da sé tutto il passato e aveva recitato un frammento dell'Ecclesiaste:

> Per chi è unito a tutti gli altri viventi c'è speranza; perché un cane vivo val meglio d'un leone morto. Difatti chi vive sa che morrà, ma i morti non sanno nulla e non vi è più per essi alcun salario, perché la loro memoria è dimenticata. E il loro amore, come il loro odio e la loro invidia, sono da lungo tempo periti ed essi non hanno più né avranno mai alcuna parte in ciò che si fa sotto il sole [5].

Poi se n'erano andati in silenzio ed erano saliti nella sala del consiglio di amministrazione dove li aspettavano una colazione fredda e vino. Alle due precise, Gerard Etienne aveva attraversato senza dire una parola la stanza dov'era Blackie, era entrato nell'ufficio attiguo e, per la prima volta, si era seduto alla scrivania di Henry Peverell. Il leone era morto e il cane vivo aveva preso il suo posto.

[5] Ecclesiaste 9.4 (*N.d.T.*).

7

Dopo la cremazione di Sonia Clements, James de Witt declinò l'invito di Frances a prendere il taxi con lei e Gabriel, disse che aveva bisogno di fare due passi a piedi e che avrebbe preso la metropolitana a Golders Green. Il tragitto dal crematorio risultò più lungo di quanto avesse immaginato, ma gli fece piacere restare solo per un po'. Gli altri dipendenti della Peverell Press erano tornati indietro con le automobili dell'impresa di pompe funebri e lui non era riuscito a decidere cos'era peggio tra contemplare il viso tirato e infelice di Frances senza speranza di poterla consolare e starsene schiacciati in una pomposa e funerea automobile insieme a dei giovani schiamazzanti che avevano preferito un funerale a un pomeriggio di lavoro e le cui lingue, lasciate in libertà dopo la spuria solennità del funerale, sarebbero state inibite dalla sua presenza. Anche la stenodattilografa a giornata, Mandy Price, era intervenuta, ma la si poteva giustificare perché, dopotutto, era stata presente alla scoperta del cadavere.

La cremazione non aveva rappresentato un momento facile da superare, ma pensò che la colpa era sua. Era un'abitudine per lui incolpare se stesso e qualche volta si diceva che un senso di colpa così forte senza una religione che lo placasse con l'assoluzione era una caratteristica molto scomoda. La sorella della signorina Clements, la suora, aveva partecipato al funerale; era apparsa all'ultimo momento, come per un intervento magico, seduta da sola, in fondo, ed era scomparsa con la stessa rapidità alla fine della cerimonia, fermandosi solo un momento per stringere la mano ad alcuni tra i dipendenti della

Peverell Press che le si erano fatti intorno per esprimere le loro condoglianze. Prima aveva scritto a Claudia chiedendo che fosse l'azienda a occuparsi del funerale e, veramente, si sarebbe potuto far di meglio. Lui stesso avrebbe dovuto occuparsene, invece di lasciare tutto nelle mani di Claudia, o meglio della segretaria di Claudia. Sarebbe stato giusto, pensava, che esistessero dei servizi funebri per chi non aveva una religione. O forse c'erano e avrebbe potuto scoprirlo se si fosse dato la pena d'informarsi. Sarebbe stata una interessante e anche lucrosa speculazione commerciale la pubblicazione di un libro sui riti funebri alternativi: per materialisti, atei, agnostici, una cerimonia ufficiale in memoria, una celebrazione dello spirito umano senza riferimento alla possibilità della sua sopravvivenza. Mentre camminava a grandi passi verso la metropolitana, col suo lungo soprabito svolazzante, si divertì a scegliere brani di prosa e poesia che avrebbero potuto accompagnare questi anomali servizi funebri. De la Mare: "L'ultimo sguardo alle cose che amavi" per un tocco di nostalgica malinconia. Forse Oliver Gogarty: "Non dolet"; Keats: "Ode all'autunno", se il morto era un vecchio; Shelley: "A un'allodola" se era un giovane; Wordsworth: "Versi composti ad alcune miglia dall'abbazia di Tintern" per un amante della natura. Ci sarebbero state canzoni e non inni, e come marcia funebre il movimento lento dal concerto all'Imperatore di Beethoven. Non sarebbe mancato, naturalmente, il terzo capitolo dell'Ecclesiaste:

> Ogni cosa ha la sua stagione e ogni azione sotto il cielo ha il suo tempo:
> Un tempo per nascere e un tempo per morire, un tempo per piantare e un tempo per sradicare ciò che si è piantato;
> Un tempo per uccidere e un tempo per sanare; un tempo per distruggere e un tempo per edificare [6]

Avrebbe escogitato qualcosa di adatto per Sonia, forse avrebbe inserito qualche estratto da un libro proposto e curato da lei, sarebbe stata una conclusione giusta per ventiquattro anni di servizio in azienda e Sonia, da viva, avrebbe pensato

[6] Ecclesiaste 3.1 (*N.d.T.*).

di meritarla. Erano strani quei riti, designati esclusivamente a manifestare e sostenere una necessità di chi era vivo, visto che il morto non ne sarebbe mai stato sfiorato.

Si fermò a comprare due confezioni di latte semiscremato e una di detersivo per i piatti al supermercato di Notting Hill Gate prima di entrare silenziosamente in casa. Capì subito che Rupert aveva visite, dalle scale si sentivano le voci e la musica. Si era augurato di trovarlo solo e ora si chiedeva, una volta di più, come potesse un uomo così malato sopportare tanta confusione. Era, però, una confusione allegra e Rupert doveva adattarvisi solo ogni tanto e per poco tempo. Sarebbe toccato a lui, James, subire, più tardi, l'inevitabile reazione. Improvvisamente sentì che non poteva vedere nessuno. Andò in cucina e, senza togliersi il soprabito, si preparò un tè poi uscì dalla porta sul retro, si portò la tazza nel silenzio e nell'oscurità del giardino e si mise a sedere su una panca. Era una serata calda nonostante fosse già la fine di settembre e, seduto lì, mentre il buio s'infittiva, a non più di ottanta metri dal chiasso e dalle luci di Notting Hill Gate, gli parve che quel giardinetto mantenesse sospese nella sua placida atmosfera tutte le dolcezze dell'estate e le fertili ricchezze dell'autunno.

Per dieci anni, da quando la sua madrina gliel'aveva lasciata in eredità, la casa era stata per lui una fonte inesauribile di soddisfazioni e di gioie. Non avrebbe mai immaginato che l'idea della proprietà potesse dargli quel senso profondo di appagamento e gratificazione perché, fin da quando era ragazzo, si era illuso che tutto quello che possedeva materialmente, tranne i quadri, non avesse importanza per lui. Ora, invece, sapeva che la più consistente e durevole delle cose che possedeva era diventata il nucleo centrale della sua esistenza. Gli piaceva, della casa, la facciata senza pretese, stile Reggenza, le finestre con le imposte, il salotto a pianterreno, formato da due stanze comunicanti che davano sul davanti della casa e dietro avevano una piccola serra con la vista sul suo amato giardino e su quello dei vicini. Gli piacevano i mobili che la madrina aveva portato con sé quando la sua pur relativa povertà l'aveva costretta a traslocare in quella strada modesta, ancora un po' squallida, prima che andasse ad abitarvi l'alta borghesia. Gli aveva lasciato tutto tranne i quadri, ma lui non se ne rammaricava perché in materia d'arte avevano gusti diversi. Le pareti del salotto erano tutte rivestite di scaffali alti poco più di un metro e sopra aveva appeso le sue stampe e i suoi acquerelli. La casa conservava ancora un alone di femminile assennatezza, ma lui non desiderava sovrapporvi la propria personalità. Ogni sera, quando tornava, l'ingresso, piccolo ma elegante, con la tappezzeria scolorita e la scala dalla curva delicata, gli davano la sensazione di entrare in un mondo privato, sicuro e, in assoluto, piacevole. Ma questo accadeva prima che facesse venire Rupert a vivere con lui.

Era stata la Peverell Press a pubblicare il primo romanzo di Rupert Farlow, quindici anni prima e James ricordava ancora l'entusiasmo, l'ammirazione, il rispetto che aveva provato leggendo il manoscritto, arrivato non attraverso un agente ma direttamente alla casa editrice, battuto male a macchina su una carta poco adatta e senza una lettera di accompagnamento ma solo con il nome e l'indirizzo di Rupert, come una sfida al lettore fino allora sconosciuto a riconoscerne i pregi. Il secondo romanzo, due anni dopo, era stato accolto meno favorevolmente di quanto di solito non avvenga con un'opera che segua un vistoso successo iniziale, ma James non ne era stato deluso, gli era parsa la conferma di un grande talento. Poi era seguito un silenzio. Nessuno aveva più visto Rupert a Londra e lettere e telefonate erano rimaste senza risposta. Si diceva che fosse nell'Africa del nord, in California, in India. Poi, all'improvviso, era ricomparso senza un nuovo libro, non ne aveva scritti neanche dopo e ora si sapeva che non ne avrebbe scritti mai più. Frances Peverell aveva detto a James di aver saputo che Rupert stava morendo di Aids in un cronicario della zona ovest di Londra. Lei non era andata a trovarlo, ma James sì ed era tornato spesso. Rupert attraversava un periodo d'arresto della malattia, e al cronicario non sapevano come regolarsi. L'appartamento dove abitava non era adatto a un malato, la proprietaria era poco comprensiva; lui, d'altra parte, non sopportava lo spirito cameratesco e la promiscuità del cronicario. Lo si capiva senza che lo dicesse. Si lamentava solo di piccole cose senza importanza. Pareva guardare alla propria malattia non come a un'afflizione crudele e ingiusta ma come a una conclusione decretata e inoppugnabile che andava sopportata senza risentirsene. Stava morendo con coraggio e con eleganza, ma era ancora il vecchio Rupert, malevolo e dispettoso, complicato e imprevedibile, secondo come si preferiva definirlo. Con cautela, temendo che la proposta potesse essere fraintesa e risultare offensiva, James l'aveva invitato ad andare a vivere con lui a Hillgate Village. Rupert aveva accettato e, quattro mesi prima, si era trasferito definitivamente.

La tranquillità, il vecchio ordine delle cose, la vecchia sicurezza, tutto era finito. Per Rupert era difficile salire e scendere le scale e James gli aveva sistemato un letto in salotto, così lui passava lì gran parte del giorno, o, quando c'era il sole, stava nella serra. C'era un bagno con una doccia al pianterreno e una stanza un po' più grande che James aveva trasformato in una cucina fornita di un bollitore elettrico e di un fornello a due fuochi dove preparare il caffè e il pane abbrustolito. Il pianterreno era diventato, in realtà, un piccolo appartamento indipendente in cui Rupert si era insediato con il suo disordine, la sua malizia, il suo spirito iconoclastico. Era assurdo, eppure la casa era più animata, meno tranquilla ora che ospitava un moribondo. C'era un affluire continuo di visitatori, vecchi e nuovi amici di Rupert: il suo riflessologo, la massaggiatrice, che lasciava dietro di sé un profumo di olii esotici e Padre Michael che, così diceva Rupert, veniva a confessarlo ma i cui uffici erano considerati con la stessa benevola ironia con la quale era considerata l'assistenza indispensabile alle sue necessità corporali. Gli amici non erano quasi mai presenti quando James era in casa, tranne il sabato e la domenica, ma ogni sera lui trovava qualche testimonianza delle loro visite, fiori, riviste illustrate, frutta, bottiglie di olii dal profumo dolciastro. Chiacchieravano, facevano il caffè, bevevano. Una volta aveva chiesto a Rupert: «Padre Michael apprezza il vino che beve?».

«Senza dubbio sa sempre quale bottiglia scegliere.»

«Allora va bene.»

James non aveva niente da obiettare contro il consumo di chiaretto che faceva Padre Michael, purché si rendesse conto di quello che beveva.

Aveva comprato per Rupert a Portobello un campanello d'ottone, squillante come quelli che si sentono nei corridoi delle scuole, perché potesse chiamarlo, se aveva bisogno di aiuto, quando lui era in camera da letto al piano di sopra. Così ora dormiva male, si aspettava nel dormiveglia quella tonante convocazione, gli pareva di sentire rimbombare le ruote della carretta della morte che percorreva le vie di Londra durante l'epidemia di peste, il grido lamentoso "Portate fuori il morto!".

Ricordava, parola per parola, la conversazione di due mesi prima con Rupert, il suo sguardo cauto e ironico, il sorriso che lo sfidava a non credere a quello che gli veniva dicendo.

«Mi limito a esporti i fatti. Gerard Etienne sapeva che Eric aveva l'Aids e ha fatto in modo che ci conoscessimo. Non me la prendo con lui, non ci penso nemmeno. Ero libero di scegliere, Gerard non ci ha messi a letto insieme.»

«Peccato che tu non l'abbia usata, quella libertà di scegliere.»

«Ma io l'ho usata, anche se non posso dire di essermi fermato molto a riflettere. Non hai mai visto Eric, vero? Era molto bello. Pochi lo sono. Si può essere affascinanti, attraenti, sexy, carini, graziosi, gradevoli, tutto quello che vuoi, ma la bellezza è un'altra cosa. Eric era bello e io non ho mai saputo resistere alla bellezza.»

«Ed è tutto quello che chiedevi a qualcuno che amavi? La bellezza?»

Rupert aveva ripetuto le sue parole, prendendolo blandamente in giro con la voce e con lo sguardo. «Caro James, in che mondo vivi, chi sei? No non chiedevo solo quello. Chiedevo? Hai usato l'imperfetto. Ti saresti mostrato più sensibile se avessi dedicato un po' più di attenzione ai tempi dei verbi. No, non chiedevo solo quello. Volevo qualcuno cui piacere anch'io e che avesse, a letto, determinate qualità. Non ho chiesto a Eric se preferiva il jazz o la musica da camera, l'opera o il balletto, o, più importante ancora, se gli piaceva il vino. Gli ho parlato di desiderio, d'amore. Dio, James, mi sento come se dovessi spiegare Mozart a uno che non ha orecchio musicale. Ascolta, limitiamoci a questo: Gerard Etienne ci ha deliberatamente fatti incontrare. Sapeva che Eric aveva l'Aids. Forse sperava che diventassimo amanti, forse ha fatto in modo che lo diventassimo, forse non gliene importava niente. Forse si divertiva e basta. Non so che cosa volesse. Non me ne importa. So quello che volevo io.»

«Ma perché Eric, che sapeva di avere una malattia contagiosa, non te l'ha detto? Com'è possibile, in nome di Dio, che cosa gli passava per la testa?»

«Be', non me l'ha detto subito, me l'ha detto dopo. Non ce l'ho con lui per questo, quindi tieni per te i tuoi giudizi morali. E non so che cosa gli passasse per la testa, non indago nei pensieri degli amici. Forse voleva qualcuno che lo accompagnasse per il tratto di strada che gli restava da percorrere prima di iniziare il viaggio per il lungo silenzio.» Rupert aveva aggiunto: «Tu non perdoni sempre i tuoi amici?».

«Perdono è una parola che non si usa spesso tra amici e poi nessuno dei miei amici mi ha contagiato con una malattia inguaribile.»

«Ma tu, James, non gliene hai dato nemmeno la possibilità, vero?»

Aveva interrogato Rupert con la distaccata insistenza di un investigatore di professione, per il bisogno di estrarre da lui tutta la verità, per sapere. «Come puoi essere sicuro che Etienne fosse al corrente della malattia di Eric?»

«James, non farmi il controinterrogatorio, sembri un pubblico ministero. E ti piacciono gli eufemismi, eh? Lo sapeva perché Eric glielo aveva detto. Etienne gli aveva chiesto quando gli avrebbe portato un altro libro. Con il primo, un libro di viaggi, la Peverell aveva avuto un buon successo. Etienne aveva comprato i diritti per poco e probabilmente sperava di avere anche il secondo alle stesse condizioni. Eric gli aveva risposto che non aveva più né la forza né la voglia di scrivere, aveva altri progetti per il futuro.»

«E di quei progetti facevi parte anche tu?»

«Più tardi sì, ne ho fatto parte anch'io. Erano passate due settimane da quella conversazione quando Etienne ha organizzato la gita sul fiume. Non ti pare già sospetta l'iniziativa in sé? Di solito Etienne ha altri passatempi. E invece via, ciuf ciuf, lungo il vecchio Tamigi a guardare le barriere contro le inondazioni e poi, ciuf ciuf, indietro con l'accompagnamento di tartine al salmone affumicato e champagne. A proposito, come sei riuscito a evitarlo?»

«Ero in Francia.»

«Ah, ecco. La tua seconda patria. Strano che il vecchio

Etienne si fosse adattato a passare tanti anni lontano dalla terra natia. Neanche Claudia e Gerard vanno spesso in Francia, vero? Eppure dovrebbe fargli piacere visitare ogni tanto i luoghi dove Papà e i suoi compagni si erano divertiti a sparare ai tedeschi da dietro le rocce. Loro non ci vanno e tu non riesci a starne lontano. Che cosa fai quando sei lì, indaghi sul suo passato?»

«Perché dovrei farlo?»

«Non so, era solo una domanda, non mi riferivo a niente in particolare. In ogni caso non riusciresti mai a inchiodare il vecchio Etienne, è stato ufficialmente riconosciuto come un vero eroe.»

«Va' avanti col racconto della gita sul fiume.»

«Oh, niente che tu non possa immaginare. Le dattilografe con le loro risatine, la signorina Blackett un po' alticcia, col faccione rosso e quell'aria orribilmente verginale e matriarcale insieme. Si era portata anche il serpente antispifferi. Lo chiamano il Sibilante Sid. Una donna tutta speciale. Sembrerebbe completamente priva di senso dell'umorismo se non fosse per quel serpente. Le ragazze lo facevano spenzolare dal parapetto, minacciando di buttarlo in acqua, una fingeva di dargli da bere lo champagne. Alla fine l'hanno avvolto intorno al collo di Eric che se l'è tenuto così fino a casa. All'andata, mentre risalivamo il fiume, io mi ero rifugiato a prua. Eric era lì, solo, perfettamente immobile, come una polena. Poi si è voltato e mi ha guardato.» Rupert si era interrotto, infine aveva aggiunto, quasi in un bisbiglio: «Si è voltato e mi ha guardato. Te l'ho detto, James, meglio dimenticare».

«No, io non dimenticherò tutto questo. Mi stai dicendo la verità?»

«Certo. Non ti dico sempre la verità?»

«No, Rupert, non sempre.»

A un tratto il fluire dei ricordi venne interrotto. Sentì aprire la porta della cucina e l'amico di Rupert mise fuori la testa. «Eccoti, mi era parso proprio di sentirti entrare. Noi ce ne stiamo andando. Rupert si chiedeva se eri tornato, di solito sali subito da lui.»

«Sì, di solito salgo subito a salutarlo.»

«Allora che cosa fai qui?»

Glielo aveva chiesto senza molta curiosità, ma James rispose: «Sto meditando sul terzo capitolo dell'Ecclesiaste».

«Credo che Rupert abbia bisogno di te.»

«Vado subito» e James si avviò faticosamente, come un vecchio, verso la stanza disordinata, soffocante, stipata di oggetti eterogenei che era stata il suo salotto.

8

Erano le nove e all'ultimo piano di una casa allineata tra tante altre, al di là di Westbourne Grove, Claudia Etienne era a letto col suo amante.

«Non capisco» diceva «questi pensieri lussuriosi che sorgono dopo un funerale. Potenza della commistione tra morte e sesso. Sapevi che le prostitute vittoriane prodigavano i loro servigi ai clienti nei cimiteri, distese sopra le tombe?»

«Duro, freddo e macabro. Speriamo che si portassero una pila. Non mi piacerebbe neanche un po'. Continuerei a pensare al corpo che si sta decomponendo là sotto con tutti quei vermi ben pasciuti che strisciano dentro e fuori dagli orifizi. Tesoro, quante cose sai. Stare con te significa farsi una cultura.»

«Sì, lo so.» Claudia si chiese se anche lui, come lei, aveva in mente qualcosa di più che un riferimento storico. "Stare con te" aveva detto, non "Amarti".

Lui sollevò la testa, appoggiandosi su un gomito per guardarla. «È stato spaventoso il funerale?»

«È riuscito a essere contemporaneamente noioso e terrificante: musica registrata, la bara che sembrava riciclata, una liturgia riveduta e corretta in modo da non offendere nessuno, Dio compreso, e un pastore impegnato a farci credere di partecipare a una funzione densa di significato.»

«Quando verrà il mio turno voglio essere bruciato su una pira vicino al mare, come Keats.»

«Era Shelley.»

«Il poeta, non importa quale. Una notte calda e ventosa, niente bara, molto da bere e tutti gli amici che nuotano nudi e poi ballano allegramente attorno al fuoco alimentato dal mio cadavere. Poi la marea, a portare via la cenere. Credi che qualcuno potrebbe occuparsene se lasciassi delle indicazioni scritte?»

«Non ci conterei. Finirai probabilmente al Golders Green come tutti noi.»

La camera da letto era piccola, occupata quasi interamente da un letto vittoriano d'ottone, con la testata alta ornata di due grossi pomoli ai quali Declan aveva appeso un patchwork vittoriano trapunto, con qualche strappo. Stava sopra le loro teste mentre facevano l'amore, illuminato dalla lampada sul tavolino da notte, come un baldacchino dai colori vividi, fatto di sete e rasi lucenti. C'erano dei brandelli di stoffa penzolanti, lei ebbe l'impulso di sollevarli e vide che i ritagli che formavano il patchwork erano foderati con delle vecchie lettere, nere zampette di ragno tracciate da una mano morta da molto tempo ma ancora visibili con chiarezza. La storia di una famiglia, una storia di glorie e dolori familiari, era concentrata lì sotto.

Quello era il regno di Declan e, mentre stava distesa in quel letto sembrava un regno anche a lei. Il negozio, tutto lo stabile, appartenevano al signor Simon, ne conosceva solo il cognome, che affittava gli ultimi due piani a Declan per molto poco e altrettanto poco lo pagava per la gestione del negozio. Anche lui era sempre presente, con una papalina nera in testa, a salutare i suoi clienti prediletti, seduto a un banco dickensiano, vicino alla porta; degli altri clienti s'interessava poco, ma controllava sempre, però, l'afflusso del danaro. Nella parte anteriore del negozio, mobili, quadri, oggetti erano stati disposti, con la sua personale supervisione, in modo da ricavarne il miglior profitto. Ma la parte del pianterreno che dava verso l'interno era il regno incontrastato di Declan. Consisteva in una lunga serra di vetro spesso, a un capo e all'altro della quale c'era una palma finta, con un tronco sottile di ferro e le fronde, tremolanti solo a sfiorarle, fatte di leggeri fogli di latta dipinti di verde brillante. Questo tocco mediterraneo contrastava con l'atmosfera vagamente ecclesiastica della serra. Alcuni dei vecchi pannelli di vetro erano stati rimpiazzati con dei vetri istoriati dalle immagini strane, presi da vecchie chiese in demolizione; una sfilata di angeli biondi e santi con l'aureola, tutti messi in ordine di altezza, lugubri apostoli, frammenti di scene della natività o dell'ultima cena, mani impegnate in gesti domestici quali versare il vino o spezzare il pane. Collocati in un felice disordine su una quantità di tavoli o ammonticchiati sulle sedie, c'erano gli oggetti comprati da Declan ed era lì che i suoi clienti personali andavano a frugare e, tra grida di meraviglia, facevano le loro scoperte.

E veramente si potevano fare delle scoperte. Declan, Claudia lo sapeva, aveva molto intuito. Amava tutto ciò che era bello, vario, insolito. Era molto competente in cose che lei conosceva poco. La stupiva sempre constatare quante cose sapeva e quante no. Qualche volta gli oggetti che aveva scoperto venivano ammessi alla parte anteriore del negozio e allora non gli interessavano più; l'amore per quello che aveva comprato durava poco. «Vedi, Claudia cara, perché dovevo averlo a tutti i costi? Capisci perché non ho potuto fare a meno di comprarlo?» Accarezzava, lodava, contemplava ogni nuovo acquisto, ne ricercava l'origine e l'attribuzione, gli conferiva dignità e spazio, ma dopo tre mesi se ne dimenticava per entusiasmarsi a qualcos'altro. Non c'era palesemente neanche un tentativo da parte sua di esporre quegli oggetti, che erano messi insieme alla rinfusa, indipendentemente dal loro valore. Un Garibaldi a cavallo in ceramica Staffordshire, una salsiera Bloor Derby con una piccola crepa, monete e medaglie, uccelli impagliati sotto una campana di vetro, sentimentali acquerelli vittoriani, i busti di bronzo di Disraeli e Gladstone, un pesante cassettone vittoriano, due seggioline di legno dorato art-déco, un orso impagliato, un berretto da ufficiale dell'aviazione tedesca carico di decorazioni.

«Vuoi farlo passare per quello del Feldmaresciallo Hermann Göring?» gli aveva chiesto lei, prendendo in mano il berretto per osservarlo.

Non sapeva niente del passato di Declan. Una volta, con un largo accento irlandese poco convincente, le aveva detto: «Sì, sono solo un povero ragazzo del Tipperary, la mia mamma è morta e il mio papà è andato chi sa dove» ma lei non gli aveva creduto. La sua voce leggera, controllata, colta, non suggeriva niente sull'ambiente in cui era vissuto o sulla sua famiglia.

Quando si fossero sposati, ammesso che potesse succedere, forse le avrebbe raccontato qualcosa di sé, altrimenti glielo avrebbe chiesto. Per il momento sentiva, istintivamente, che sarebbe stata un'imprudenza, perciò stava zitta. Era difficile attribuirgli un passato secondo le regole, i genitori, i fratelli, la scuola, il primo lavoro. Qualche volta le sembrava una creatura di un altro mondo, di un mondo irreale, che si fosse spontaneamente materializzata in quella sorta di ingombro retrobottega a tendere le dita con avidità sugli oggetti del passato, ma conservando, per il resto, la propria natura inconsistente.

Si erano conosciuti sei mesi prima, seduti vicini in metropolitana, quando c'era stato un guasto alla Central Line. Durante un'attesa che pareva interminabile, prima che i passeggeri venissero avvertiti di scendere e proseguire a piedi lungo i binari, lui aveva dato un'occhiata alla copia dell'"Independent" che lei stava leggendo e, quando i loro sguardi si erano incontrati, le aveva detto con un sorriso di scusa: «Mi dispiace, so che non si fa, ma soffro di claustrofobia e, quando queste situazioni si prolungano, reagisco meglio se ho qualcosa da leggere. Di solito ho almeno un giornale».

«Prenda il mio» gli aveva risposto. «L'ho finito e poi ho anche un libro nella borsa.»

Così erano rimasti seduti a leggere tutti e due, senza parlare, ma per tutto il tempo lei era stata consapevole di quella vicinanza. Aveva pensato che fosse per la tensione nervosa e per quel po' di paura. Quando infine tutti erano stati invitati a scendere non si erano viste manifestazioni di panico, anche se l'esperienza era stata sgradevole e per qualcuno impressionante. I più estroversi avevano reagito con grossolane ironie e fragorose risate, ma gli altri, per la maggior parte rassegnati, non avevano fatto commenti. Una donna anziana, seduta vicino a loro, appariva particolarmente angustiata e, sorreggendola uno da una parte una dall'altra, l'avevano aiutata a camminare lungo i binari. Lei aveva detto che soffriva di asma e di mal di cuore e che temeva di avere un attacco a causa della polvere che si respirava nella galleria.

Quando erano arrivati alla stazione e l'avevano affidata alle cure di un'infermiera in servizio, Declan si era rivolto a Claudia e le aveva detto: «Credo che ci meritiamo qualcosa da bere. Io, almeno, ne avrei bisogno. Vuole che cerchiamo un pub?».

Lei si era detta che niente come un pericolo comune seguito da una reciproca buona disposizione è suscettibile di dare origine a un rapporto più stretto e che sarebbe stato più saggio dirsi buongiorno e andare ciascuno per la propria strada. Invece aveva risposto di sì. Quando, infine, si erano salutati, sapeva già come sarebbe andata a finire. Però aveva preso tempo. Non aveva mai cominciato una storia d'amore senza prima essersi assicurata di sapersi controllare, di essere lei la più amata e non quella che amava di più, lei la più suscettibile di causare un dolore piuttosto che di subirlo. Ora non ne era più tanto sicura.

Circa un mese dopo che erano diventati amanti, lui le aveva detto: «Perché non ci sposiamo?».

Il suggerimento (non le pareva di doverlo considerare come una proposta) era così inatteso che per un momento era rimasta zitta. Declan, allora, aveva aggiunto: «Non ti sembra una buona idea?».

Lei aveva pensato di aver preso le sue parole subito sul serio, senza sapere se per lui rappresentavano solo uno di quei progetti che esprimeva ogni tanto senza aspettarsi che lei lo assecondasse e, almeno in apparenza, senza curarsene molto.

Aveva risposto lentamente: «Se non stai scherzando, allora ti dirò che l'idea mi sembra pessima».

«D'accordo, allora fidanziamoci. Mi piace il concetto di fidanzamento perenne.»

«È contrario alla logica.»

«Perché? Il vecchio Simon sarebbe contento. Potrei dirgli: "Aspetto la mia fidanzata". Si turberebbe meno quando resti da me la notte.»

«Non mi sembra che abbia mai mostrato di essere minimamente turbato. Credo che non gl'importerebbe neanche se facessimo l'amore in negozio purché fosse sicuro che non spaventiamo i clienti e non sciupiamo gli oggetti in vendita.»

Ma lui, parlando col vecchio Simon, ogni tanto la chiamava davvero "la mia fidanzata" e Claudia capiva che rifiutare l'attributo sarebbe stato ridicolo e fuori luogo. Declan non aveva più parlato di matrimonio, ma lei si era resa conto, e ne era rimasta sconcertata, che l'idea cominciava ad attirarla.

Quella sera, quando era arrivata dal crematorio, aveva salutato il signor Simon ed era andata subito nella stanza sul retro. Declan stava osservando con molta attenzione una miniatura. A lei piaceva guardarlo mentre maneggiava un oggetto che, per quanto passeggeri fossero i suoi entusiasmi, in quel momento lo appassionava. Rappresentava una dama del Settecento, il décolleté di pizzo e la camicetta ornata di volantini erano dipinti con grande finezza, il viso, sotto l'alta parrucca incipriata, era di una bellezza forse troppo zuccherosa.

«L'avrà commissionato per lei un amante ricco» aveva detto Declan. «Sembra più una donnina allegra che una moglie virtuosa, non ti pare? Potrebbe essere di Richard Corey. In questo caso avrei fatto una scoperta. Capisci, Claudia, perché dovevo comprarla a tutti i costi?»

«Dove l'hai trovata?»

«Attraverso un'inserzione. Una donna voleva vendere dei disegni, credeva che fossero autentici e non lo erano. Questa miniatura lo è.»

«Quanto l'hai pagata?»

«Trecentocinquanta. L'avrebbe data per meno. Era quasi alla disperazione. A me piace spargere un po' di felicità pagando una cosa leggermente di più di quanto ci si aspetta.»

«E la miniatura vale tre volte tanto, immagino.»

«Pressappoco. Carina, eh? Carina in sé, a parte il valore. Infilata dietro c'è una piccola ciocca di capelli della signora. Non andrebbe messa in negozio, la ruberebbero subito. Gli occhi del vecchio Simon non sono più quelli di una volta.»

«Mi sembra molto malato. Non dovresti consigliargli di andare da un medico?»

«Inutile, ho già provato. Odia i medici. Ha il terrore che lo mandino all'ospedale perché più dei medici odia gli ospedali. Pensa che ci si vada solo per morire e non sopporta il pensiero della morte. Non c'è da meravigliarsi, soprattutto se pensi che la sua famiglia è stata sterminata ad Auschwitz.»

Declan si rimise disteso, gli occhi fissi sul patchwork di seta dove la lampada vicino al letto diffondeva una morbida luce. «Hai già parlato con Gerard?»

«Non ancora. Gli parlerò dopo il prossimo consiglio di amministrazione.»

«Claudia, senti, io lo voglio questo negozio. Ne ho bisogno. L'ho fatto io. Tutto quello che c'è di speciale qui è merito mio. Il vecchio Simon non può venderlo a un altro.»

«Lo so. Dovremo fare in modo che non avvenga.»

Com'era strano, pensò Claudia, questo impulso a dare, a soddisfare ogni desiderio dell'amante quasi per sollevarlo del peso di essere amato. O la sua era, invece, una più profonda, irrazionale convinzione che lui meritasse di avere quello che voleva perché lo voleva solo in virtù della sua capacità di farsi amare? E quando Declan voleva una cosa la voleva con l'insistenza di un bambino viziato, senza riserve, senza dignità, senza pazienza. Ma Claudia disse a se stessa che questo desiderio in particolare era un desiderio razionale, da adulto. A trecentocinquantamila sterline, l'acquisto della proprietà fondiaria, che comprendeva i due appartamenti e il negozio, sarebbe stato un buon affare. Simon voleva vendere e voleva vendere a Declan, ma non si poteva rimandare ancora di molto.

«Te ne ha parlato ancora di recente?» chiese. «Quanto tempo abbiamo?»

«Vuole una risposta per la fine di ottobre, ma più presto ci muoviamo e meglio è. Lui non vede l'ora di andare a mettere le sue vecchie ossa al sole.»

«Ma non troverebbe un altro compratore così in fretta.»

«No, ma se non gli diamo una risposta per la fine di ottobre vuole mettere l'offerta sul mercato. Naturalmente chiederà più di quanto chieda a me.»

Claudia disse lentamente: «Proporrò a Gerard di comprare tutta la mia parte».

«Cioè tutte le tue azioni alla Peverell Press? Potrebbe permetterselo, economicamente?»

«Non senza difficoltà, ma se è d'accordo i soldi riuscirà a trovarli.»

«E tu non riusciresti a trovarli in qualche altro modo?»

Potrei vendere la casa di Barbican, pensò Claudia e venire ad abitare qui, ma che cosa risolverei? Disse: «Non ho trecentocinquantamila sterline in banca, se è questo che vuoi dire».

«Gerard è tuo fratello» insisté Declan «ti aiuterà.»

«Non siamo molto uniti, e come potremmo esserlo? Dopo la morte di nostra madre siamo stati mandati in scuole diverse, ci siamo sempre visti molto di rado prima di cominciare a lavorare insieme a Innocent House. Comprerà le mie azioni se penserà che per lui sia un vantaggio. Altrimenti no.»

«Quando glielo chiederai?»

«Dopo il consiglio di amministrazione del quattordici ottobre.»

«Perché vuoi aspettare fino allora?»

«Perché quello sarà il momento migliore.»

Restarono in silenzio per qualche minuto.

All'improvviso Claudia disse: «Declan, perché non andiamo sul fiume il quattordici? Tu vieni a prendermi alle sei e mezzo e, insieme, scendiamo col motoscafo fino alla barriera. Non l'hai mai vista di sera.»

«Non l'ho mai vista neanche di giorno. Non farà freddo?»

«Non molto. Mettiti qualcosa di pesante. Io porterò un termos con qualcosa di caldo e il vino. Devi vederle, Declan, queste masse che emergono dal fiume scuro e incombono su di noi come enormi cappucci. Vieni. Poi possiamo fermarci a Greenwich e mangiare qualcosa in un pub.»

«D'accordo. Perché no? Verrò di sicuro. Non capisco perché vuoi che ci mettiamo d'accordo fin d'ora, ma verrò, purché non debba vedere tuo fratello.»

«Te lo prometto.»

«Allora alle sei e mezzo a Innocent House. Anche prima, se vuoi.»

«No, prima non c'è il motoscafo.»

«Parli come se fosse una cosa importante.»

«Sì, è importante. Per tutti e due.»

9

Gabriel si congedò appena finita la partita. Aveva vinto senza difficoltà. Frances si accorse, imbarazzata, che era molto stanco e si chiese se era salito da lei per compassione o perché anche lui aveva bisogno di compagnia. Il funerale probabilmente era stato più penoso per lui che per gli altri soci. Era l'unico, del resto, per cui Sonia avesse mostrato di nutrire un po' di affetto. Lei, ogni volta che aveva tentato di fare un po' di amicizia con Sonia era stata respinta, anche se non apertamente, come se chiamarsi Peverell la escludesse fin dall'inizio da qualsiasi rapporto diverso da quello d'ufficio. Forse solo Gabriel, tra i soci, aveva provato dolore per quella morte.

La partita le era servita da stimolo mentale e capiva che se fosse andata a letto subito avrebbe passato una di quelle notti di inquietudine alternata a brevi periodi di sonno che la lasciavano, la mattina, più stanca che se fosse rimasta alzata tutta la notte. Andò d'impulso a prendere nell'armadio dell'anticamera il cappotto pesante, spense la luce, e uscì sul balcone. L'odore freddo e pulito della notte si mescolava a quello penetrante e familiare del fiume. Con le mani strette alla ringhiera, si sentì sospesa nell'aria, incorporea. Una massa di nuvole basse gravava su Londra, erano striate di rosa come una benda di garza che avesse assorbito il sangue della città. Poi, mentre le guardava, le nuvole si separarono lentamente e lei vide la limpidezza azzurro cupo del cielo notturno e una sola stella. Un elicottero, come una metallica e ingioiellata libellula passò, rumoroso, controcorrente. Anche suo padre stava su quel balcone, la sera, prima di andare a letto, lei riordinava la cucina, dopo la cena, poi andava in salotto, dove solo una lampada a luce bassa era rimasta accesa, e vedeva quella figura ferma e silenziosa affacciata sul fiume.

Si erano trasferiti al numero 12 nel 1983, quando la casa editrice stava attraversando uno dei suoi periodi di relativa prosperità e a Innocent House c'era bisogno di altro spazio per gli uffici. Il numero 12 era abitato da un inquilino di vecchia data che era morto al momento opportuno, permettendo così che la casa venisse dotata di un appartamento all'ultimo piano per lei e per suo padre e di un altro più piccolo, a pianterreno, per Gabriel Dauntsey. Suo padre aveva accettato con filosofia la necessità del trasloco, ne era parso addirittura contento e lei sospettava che solo quando l'aveva raggiunto, appena uscita da Oxford, nel 1985, avesse cominciato a trovare l'appartamento troppo piccolo, quasi soffocante.

Sua madre, che era stata sempre molto fragile, era morta improvvisamente e in modo inatteso di polmonite virale quando Frances aveva cinque anni e lei aveva passato tutta l'infanzia con suo padre e una bambinaia a Innocent House. Solo da adulta si era resa conto di quanto quegli anni fossero stati fuori dalla norma e di quanto fosse stata poco adatta Innocent House allo svolgersi di una vita domestica, sia pure di una famiglia anomala, colpita dalla morte e ridotta a due persone, padre e figlia. Lei non aveva avuto compagni di gioco nell'East End, dove solo qualche piazza georgiana sopravvissuta ai bombardamenti si era trasformata in un'isola abitata dalla media borghesia. Il suo parco giochi era stato l'atrio di marmo lucente e il piazzale antistante Innocent House dove, nonostante ci fosse la ringhiera, era sempre controllata a breve distanza e le veniva vietato di andare in bicicletta e giocare a palla. Le strade erano piene di pericoli e lei, insieme a nanny Bostock, veniva accompagnata, a volte col motoscafo della Peverell, sull'altra riva del fiume a una piccola scuola privata di Greenwich dove si dava più importanza alle buone maniere che a soddisfare le esigenze della mente, ma dove almeno avrebbe ricevuto le basi di una buona educazione. La maggior parte delle volte, però, il motoscafo serviva per andare a prendere i dipendenti al molo e lei e nanny Bostock dovevano attraversare a piedi il tunnel, accompagnate, in quel tragitto sotterraneo, dall'autista, o per maggiore sicurezza, da suo padre.

Non avevano mai capito, gli adulti, che le faceva paura quel tunnel e lei sarebbe morta piuttosto che confessarlo. Aveva sempre saputo, fin dalla prima infanzia, che suo padre ammirava più di ogni altra virtù il coraggio. Camminava in mezzo a loro due, la nanny e l'autista, la nanny e papà, stretta alla mano di entrambi, in una simulazione di docilità infantile, attenta a non stringere troppo le loro dita, con gli occhi bassi perché non si vedesse che li teneva chiusi, stretti stretti, mentre sentiva il caratteristico odore del tunnel, l'eco dei loro passi e immaginava, sulle loro teste, quella enorme massa d'acqua in corsa, dalla forza terribile, che un mattino avrebbe rotto la volta del tunnel e avrebbe cominciato a filtrare di sotto, in grosse gocce mentre la volta cominciava a cedere e poi, all'improvviso, con una ondata rombante, nera, dall'odore sinistro li avrebbe travolti e sollevati da terra e fatti vorticare finché tra i loro corpi che lottavano e le loro bocche che urlavano non fossero rimasti che pochi centimetri di spazio e di aria. Poi più niente.

Dopo cinque minuti risalivano con l'ascensore alla luce del giorno, davanti alla scintillante magnificenza del Greenwich Naval College con le sue cupole gemelle e le banderuole dorate. Per lei, bambina, era come uscire dall'inferno e trovarsi davanti agli occhi lo spettacolo abbagliante della città celeste. Lì c'era anche la Cutty Sark con le sue linee eleganti e gli alberi altissimi. Suo padre le aveva parlato della Compagnia delle Indie Orientali che, nel diciottesimo secolo, aveva il monopolio del commercio con l'Estremo Oriente e le aveva spiegato che quei grandi velieri, progettati perché fossero molto veloci, gareggiavano tra loro per portare sul mercato inglese, a tempo di primato, i preziosi tè cinese e indiano, facilmente deperibili.

Fin da quando era molto piccola suo padre le aveva raccontato le storie del fiume che per lui, durante tutta la vita, aveva avuto un'importanza quasi ossessiva: la grande arteria dal fascino senza fine nel suo mutare continuo, che portava con sé, nella forza della sua corrente, tutta la storia dell'Inghilterra. Le aveva descritto le zattere e le imbarcazioni di vimini che per prime avevano navigato sul Tamigi, le vele quadrate delle navi romane che portavano il loro carico a Londinium, le lunghe imbarcazioni vichinghe con le prue ricurve. Le aveva spiegato com'era il fiume all'inizio del diciottesimo secolo, quando Londra era il porto più importante del mondo e i pontili, le banchine con le loro navi alberate sembravano foreste spogliate dal vento. Le aveva parlato dell'incrociarsi di voci roche sul lungofiume, dei traffici che traevano alimento da quella linfa vitale; di stivatori, scaricatori, barcaioli che manovravano le chiatte per approvvigionare le navi all'ancora, di fornitori di cime e paranchi, di costruttori di navi, carpentieri, acchiappatopi, affittacamere, usurai, osti, proprietari di magazzini portuali, di ricchi e di poveri, di tutta la gente che viveva grazie al fiume. Aveva ricordato per lei i grandi eventi storici: Enrico VIII nella grande barca reale dal pennacchio dorato che veniva portato lungo il fiume fino a Hampton Court, i lunghi remi che si levavano in aria a salutare la folla; il cadavere di Lord Nelson che risaliva il fiume nel 1806, da Greenwich, nella lancia che era stata costruita per Carlo II; le grandi feste sul fiume; le inondazioni e le tragedie. Lei desiderava con tutta se stessa il suo amore e la sua approvazione. Lo ascoltava, attenta e sottomessa, gli faceva qualche domanda appropriata, perché aveva capito, istintivamente, che quello era un interesse che suo padre intendeva dividere con lei. Ma ora si rendeva conto che l'inganno era servito solo ad aggiungere un senso di colpa al suo riserbo e alla sua timidezza, il fiume le aveva fatto ancora più paura perché non poteva accettarne la forza terrificante e i rapporti con suo padre erano diventati più difficili ora che si basavano su una bugia.

Ma lei si era creata un altro mondo solo per sé e la notte, distesa a letto nella nitida, fredda nursery, rannicchiata sotto le lenzuola come un feto, entrava in una dolce sicurezza. In quella vita immaginaria aveva una sorella e un fratello e abitava con loro in un grande rettorato in campagna. C'era un giardino con un frutteto e un recinto dove verdure e frutta erano piantati in filari che siepi ben potate separavano da grandi prati verdi. Al di là del giardino c'era un ruscello profondo solo pochi centimetri che loro potevano attraversare con un salto e una vecchia quercia con una piccola capanna ricavata tra i rami, "la casa sull'albero", comoda come una vera casetta, dove loro leggevano e sgranocchiavano le mele. Dormivano tutti e tre insieme nella nursery che era affacciata sul prato e sul roseto, fino alla chiesa e non c'erano voci roche, odore di fiume, immagini che mettevano paura, solo tenerezza e pace. C'era anche una madre, alta, bionda, con un vestito lungo e azzurro e un viso che in parte era un ricordo. Le veniva incontro sul prato con le braccia tese per prenderla in braccio perché lei era la più piccola e la più amata.

C'era, lo sapeva, l'equivalente adulto di quel mondo rassicurante. Avrebbe potuto sposare James de Witt, andare ad abitare in quella casa incantevole a Hillgate Village e avere dei bambini, lei li voleva i bambini. Avrebbe potuto contare sull'amore di James, sulla sua gentilezza; qualunque problema le avesse portato il matrimonio non si sarebbe mai trovata a dover affrontare la cattiveria o il distacco. Avrebbe insegnato a se stessa non a desiderarlo, perché quello non dipendeva dalla volontà, ma a trovare nella gentilezza e nella dolcezza di James un sentimento che sostituisse il desiderio così che col tempo anche una vita sessuale sarebbe stata possibile, perfino gradevole, un prezzo per ripagare il suo amore o forse addirittura un pegno di affetto e di fiducia che l'amore un giorno potesse generare l'amore. Ma per tre mesi lei era stata l'amante di Gerard Etienne. Dopo quell'esperienza misteriosa, quella rivelazione inattesa, si era accorta che non avrebbe sopportato che James la toccasse. Gerard, impadronendosi di lei con tanta leggerezza e allontanandola poi con pari leggerezza, le aveva tolto anche la consolazione di una scelta di ripiego.

Era sempre la paura del fiume, non il suo fascino o il suo mistero, a possedere la sua immaginazione e, dopo il brutale abbandono da parte di Gerard, quei terrori che pensava di aver messo da parte con l'infanzia erano tornati a farsi sentire. Il Tamigi era una cupa marea di orrore, quel cancello fradicio di alghe aggrovigliate che portava alla segregazione della Torre, il colpo di scure, le acque sciabordanti contro Wapping Old Stairs, dove i pirati venivano presi e legati ai piloni quando l'acqua era bassa finché, se avessero resistito a tre maree, non fosse intervenuta "la grazia di Wapping" a salvarli; gli scafi puzzolenti delle navi distrutte che restavano vicino a Gravesend con il loro carico umano in catene. Anche i battelli che risalivano la corrente, risonanti delle risate che venivano dal ponte con i colori dei vestiti della gente in vacanza, riconducevano istintivamente alla sua memoria le grandi tragedie avvenute sul Tamigi, come quando nel 1878, il battello a ruota *Princess Alice*, di ritorno, carico, da una gita a Sheerness era stato distrutto da una carboniera e seicentoquaranta persone erano annegate. Erano le loro urla che Frances sentiva nella voce dei gabbiani e guardando nella notte il fiume scuro, a tratti spruzzato di luce, immaginava le pallide facce rivolte verso l'alto dei bambini annegati, strappati dalle braccia delle loro madri e fluttuanti come fragili petali sulla marea nera.

Quando aveva quindici anni suo padre l'aveva portata per la prima volta a Venezia. Aveva detto che quindici anni erano appena sufficienti per poter apprezzare l'arte e l'architettura del rinascimento, ma anche allora lei aveva sospettato che avrebbe preferito viaggiare da solo e che portarla con sé era un dovere cui non avrebbe potuto sottrarsi più a lungo, un dovere che, tuttavia, racchiudeva una promessa per tutti e due.

Era stata la prima e l'ultima vacanza che avevano passato insieme. Lei si era aspettata il sole vivido e caldo, i gondolieri vestiti vistosamente, l'acqua azzurra, i palazzi di marmo lucente, le cene, loro due soli, in cui avrebbe indossato gli abiti che le aveva scelto per l'occasione la governante, la signora Rawlings, e in cui, per la prima volta, avrebbe bevuto il vino. Aveva desiderato profondamente che quella vacanza fosse l'inizio di qualcosa di nuovo. Era cominciata male. Avevano dovuto scegliere un periodo in cui non c'era scuola e la città era incredibilmente affollata. Per tutti i dieci giorni il cielo era stato plumbeo, con piogge intermittenti che punteggiavano di grosse gocce i canali, che aveva lo stesso colore bruno del Tamigi. Lei aveva conservato il ricordo di un rumore ininterrotto, di un intrecciarsi di voci stridenti che parlavano lingue sconosciute, della paura di perdere suo padre nella calca, di vecchie chiese semibuie in cui un inserviente si trascinava stancamente ad accendere una luce per illuminare un affresco, un quadro, una pala d'altare. L'aria era carica d'incenso e dell'odore muschioso dei vestiti umidi. Suo padre la guidava davanti ai gruppi di turisti che procedevano a spintoni e, bisbigliando, le illustrava la bellezza dei dipinti, tra i suoni discordanti di lingue diverse e i lontani, perentori richiami delle guide.

Un quadro le si era impresso nella mente. Era il quadro di una madre che allattava un bambino sotto un cielo tempestoso, mentre un uomo, da solo, guardava. Capiva che c'era qualcosa cui avrebbe dovuto reagire, qualcosa di misterioso nei soggetti o nell'interpretazione ed era ansiosa di partecipare all'entusiasmo di suo padre, di esprimere un parere che, anche se non proprio intelligente, almeno non gli facesse voltare la testa da un'altra parte con la tacita disapprovazione cui era abituata. Sempre, nei momenti brutti, le tornavano in mente quelle parole: «La signora non era stata più la stessa dopo la nascita della bambina. La gravidanza l'ha uccisa, non c'è dubbio. E ora, ecco come siamo finiti». Non si ricordava più il nome della donna che aveva detto quelle parole né quale funzione avesse in casa, probabilmente aveva solo inteso dire che c'era una grande casa difficile da mandare avanti senza qualcuno che se ne occupasse con autorità, ma per la bambina il significato era stato chiaro e chiaro era rimasto. «La bambina ha ucciso sua madre e guardate che cosa abbiamo in cambio.»

Un altro ricordo di quella vacanza le era rimasto in mente negli anni successivi. Durante la loro prima visita all'Accademia, tenendole affettuosamente un braccio intorno alle spalle, suo padre l'aveva portata davanti a un quadro di Vittore Carpaccio, *Il sogno di Sant'Orsola*. Per una volta tanto erano soli e lì, vicino a lui che le teneva la mano sulla spalla, si era accorta che stava guardando la propria camera da letto a Innocent House. Ecco le due finestre a bifora, uguali, una accanto all'altra con le mezze lune in alto piene di dischetti che sembravano fondi di bottiglia, la porta nell'angolo semiaperta, i vasi sui due davanzali così simili a quelli che erano a casa, lo stesso letto, a quattro colonne leggere, con un'alta testata di legno intagliato e il baldacchino con gli smerli.

«Vedi?» le aveva detto suo padre. «Tu dormi in una camera da letto veneziana del quindicesimo secolo.»

C'era una donna, distesa nel letto, sotto le coperte, con la testa posata su una mano. Frances aveva chiesto: «È morta quella signora?».

«Morta? Perché dovrebbe essere morta?»

Aveva sentito nella sua voce l'asprezza che conosceva bene. Non aveva risposto, non aveva più parlato. Il silenzio tra loro si era prolungato fino a quando, con la mano ancora sulla sua spalla, un po' più pesante adesso, o forse così sembrava, l'aveva sospinta verso un'altra sala. Ma lei aveva di nuovo mancato nei suoi confronti. Era il suo destino riuscire a cogliere anche i suoi minimi mutamenti d'umore senza la capacità o la fiducia in se stessa sufficienti a far fronte a quel mutamento d'umore o a prevenirlo.

Erano divisi anche dalla religione. Sua madre era cattolica romana, non sapeva né aveva modo di chiedere se fosse stata osservante o no. La signora Rawlings, che apparteneva alla stessa religione, ed era stata assunta un anno prima della morte di sua madre per aiutarla in parte nelle cure della casa e in parte nell'assistenza alla bambina, l'aveva scrupolosamente portata a messa ogni domenica ma aveva, d'altra parte, trascurato completamente la sua educazione religiosa, dandole l'impressione che la religione fosse qualcosa che suo padre non capiva e tollerava a stento, un segreto femminile del quale era meglio non parlare in sua presenza. Non andavano quasi mai due volte nella stessa chiesa. Era come se la signora Rawlings facesse degli esperimenti, prendesse tutti i campioni disponibili di rito, architettura, musica e prediche e li esaminasse senza mai fare una scelta, timorosa di esprimere un giudizio affrettato, o di essere riconosciuta dalla comunità e magari salutata dal prete sulla porta della chiesa come frequentatrice abituale, invitata a partecipare alle attività della parrocchia, forse addirittura costretta a ricevere visite a Innocent House. Crescendo, Frances aveva cominciato a pensare che quella ricerca di una chiesa sempre diversa per la messa della domenica mattina fosse ormai per la signora Rawlings una dimostrazione che dava a se stessa delle proprie capacità d'iniziativa, concedendosi un po' di spirito d'avventura, un'alternativa alla monotonia della settimana e un buon argomento di conversazione durante il ritorno a casa.

«Il coro non era granché, vero? Non superiore al livello medio dell'Oratorio. Dobbiamo tornarci all'Oratorio, appena troverò l'energia necessaria. È troppo lontano per andarci tutte le domeniche, però la predica era corta. Io non sopporto le prediche lunghe. Sono poche le anime che si salvano passati i primi dieci minuti, credi a me.»

«A me non piace Padre O'Brien, almeno mi sembra che si chiami così. Non ha pubblico. Per questo sta sulla porta a salutare tutti. Sono sicura che voleva attirarci a tornare la settimana prossima.»

«Hai visto che belle Stazioni della Via Crucis? Mi piacciono perché sono di legno intagliato. Quelle dipinte che abbiamo visto a St Michael la settimana scorsa erano così colorate che la metà bastava. E almeno qui i ragazzi del coro hanno le loro piccole cotte bianche in ordine, evidentemente c'è qualcuno che lava e stira.»

Una domenica mattina, dopo avere assistito alla messa in una chiesa buia, la pioggia che batteva sul tetto di latta provvisorio con un rumore che sembrava stesse grandinando («Non è una chiesa adatta alla nostra posizione sociale. Non ci torniamo più») Frances aveva chiesto: «Perché devo andare a messa tutte le domeniche?».

«Perché la tua mamma apparteneva alla chiesa cattolica romana e tuo padre è stato d'accordo che fossi allevata nella religione cattolica. Aveva detto: per i maschi la chiesa episcopale, per le femmine la chiesa cattolica. Gli sei nata tu.»

Gli era nata lei. Il sesso che disprezzava, la religione che disprezzava.

La signora Rawlings aveva soggiunto: «Il mondo è pieno di religioni. Ciascuno può trovare quella che gli si adatta meglio. Basta ricordarsi che la nostra è sempre quella giusta, ma è inutile pensarci troppo, finché non ci si è obbligati. La settimana prossima torniamo alla cattedrale. È il Corpus Christi. Chissà che cerimonia».

Era stato un sollievo per suo padre e per lei il suo ingresso in un convitto religioso a dodici anni. Quando era andato a prenderla, alla fine del primo semestre, lei aveva sentito che la madre superiora, nel salutarli sulla porta gli aveva detto: «Questa bambina, signor Peverell, non ha avuto praticamente nessuna istruzione in quella che è la sua religione».

«Era la religione di mia moglie. Quindi, Madre Bridget, istruitela voi.»

E così avevano fatto, anzi erano andate anche un po' più in

là del necessario. Ne aveva ricavato un breve periodo di sicurezza, la sensazione di essere apprezzata, di poter anche essere amata. L'avevano preparata per l'ammissione a Oxford che, supponeva, bisognava considerare come qualcosa in più, visto che Madre Bridget si era sforzata più volte di inculcarle il concetto che lo scopo di una vera educazione cattolica era la preparazione alla morte. Quello l'avevano fatto, forse l'avevano preparata meno alla vita. A Gerard Etienne non l'aveva preparata nessuno.

Rientrò in salotto e si chiuse bene la finestra alle spalle. Il rumore del fiume diventò più debole, un mormorio nella notte. Gabriel le aveva detto: «L'unico potere che lui ha su di te è il potere che tu gli dai». Doveva trovare in qualche modo la volontà e il coraggio di infrangere finalmente quel potere e per sempre.

10

Le sue prime quattro settimane a Innocent House, che erano cominciate malauguratamente con un suicidio e sarebbero finite, tragicamente, con un delitto, sembravano a Mandy, considerate con uno sguardo retrospettivo, le più felici della sua vita di lavoro. Si era adattata subito, come sempre del resto, al ritmo della giornata d'ufficio e, tranne qualche eccezione, trovava simpatici i suoi colleghi. Aveva molto da fare, ma anche questo le piaceva, perché il lavoro era più vario e più interessante di quanto non le capitasse di solito.

Alla fine della prima settimana, la signora Crealey le aveva chiesto se si trovava bene e Mandy le aveva risposto che c'erano lavori peggiori di quello e che avrebbe potuto anche restare per un periodo più lungo del previsto: il massimo cui si fosse mai spinta nell'esprimere soddisfazione per un lavoro. Era stata presto accettata da tutti a Innocent House, giovinezza e vitalità unite a un alto livello di efficienza raramente suscitano risentimenti di lunga durata. La signorina Blackett, dopo una settimana di severi sguardi repressivi, aveva deciso, a quanto pareva, di aver conosciuto tempi più difficili. Mandy, che non mancava di prontezza nell'individuare dove stava il proprio interesse, usava nei suoi confronti una lusinghiera mistura di deferenza e fiducia; le portava il caffè dalla cucina, le chiedeva qualche consiglio che non aveva nessuna intenzione di seguire, e si assumeva alcune tra le più noiose incombenze quotidiane con volonterosa allegria. In cuor suo pensava che quella povera vecchia era patetica, faceva pena. Il signor Gerard, tanto per cominciare, non la sopportava e non c'era da stupirsi, perché anche secondo lei, per quanto si guardasse bene dal dirlo, la signorina Blackett andava fatta a pezzi. Avevano, però, tanto da fare che a tutte e due mancava il tempo per soffermarsi a considerare quanto poco avessero in comune, o a criticare i vestiti l'una dell'altra, la pettinatura, o il modo di comportarsi con i superiori. Mandy non doveva passare tutto il giorno nell'ufficio della signorina Blackett, spesso veniva chiamata a stenografare dalla signorina Claudia o dal signor de Witt, e un martedì, quando George era rimasto a casa con un forte disturbo di stomaco, era stata anche al centralino, nella sala d'aspetto, ma era arrivata solo qualche telefonata di gente che aveva sbagliato.

Il mercoledì e il giovedì della seconda settimana aveva passato due giorni all'ufficio pubblicità e aveva dato una mano a organizzare un paio di viaggi promozionali e la presentazione di un libro. Maggie Fitzgerald, l'assistente della signorina Etienne l'aveva introdotta ai misteri delle eccentricità degli autori, imprevedibili creature dalla sensibilità esasperata dalle quali, come Maggie ammetteva con riluttanza, dipendevano tuttavia le sorti della Peverell Press. C'erano gli allarmisti, che era meglio lasciare alle cure della signorina Claudia; i timidi e gli incerti, che avevano bisogno di essere continuamente rassicurati prima di pronunciare una sola parola a una tavola rotonda della Bbc e venivano colti da terrore inespresso e indigestione preventiva se gli si prospettava la possibilità di un pranzo tra letterati. Ugualmente difficili da amministrare erano gli aggressivi, i sicuri di sé, cui bisognava impedire che prendessero iniziative personali, quali entrare in una libreria offrendosi di firmare tutte le copie del loro libro e mandando all'aria così un lancio pubblicitario accuratamente preparato. Ma i peggiori, le aveva confidato Maggie, erano i vanesi, che di solito erano quelli i cui libri si vendevano meno, ma che pretendevano biglietti di prima classe, alberghi a cinque stelle, una limousine con un dirigente della casa editrice che li accompagnasse dovunque dovessero andare e scrivevano furiose lettere di protesta se alla presentazione del loro libro non c'era una folla a occupare tutta la strada. A Mandy erano piaciuti quei due giorni all'ufficio pubblicità, l'avevano divertita l'entusiasmo giovanile dei colleghi, le imprecazioni allegre contro il telefono che squillava in continuazione, gli agenti di vendita accolti con fragorosi saluti quando passavano di lì per un pettegolezzo e uno scambio di notizie, il ritmo di lavoro frettoloso, pressante come per una crisi incombente. Era tornata di malavoglia nell'ufficio della signorina Blackett.

Le era piaciuto ancora meno andare a scrivere sotto dettatura nell'ufficio del signor Bartrum, direttore della contabilità che, aveva raccontato poi alla signorina Crealey, era noioso, anziano e la trattava come se valesse zero. L'ufficio contabilità era al numero 10 e, quando aveva finito di lavorare col signor Bartrum, Mandy correva al piano di sopra a chiacchierare, civettare e scambiare una serie di insulti rituali con i tre magazzinieri, che vivevano in un mondo a sé fatto di pavimenti nudi, tavoli a cavalletto, scatoloni pieghevoli, rotoli di carta gommata, enormi gomitoli di spago, e dell'odore eccitante, inconfondibile dei libri freschi di stampa. A Mandy piacevano tutti e tre: Dave, col cappello da guardia forestale e che, nonostante la sua piccola taglia, aveva i muscoli delle braccia come palloni per giocare al calcio e riusciva a sollevare qualsiasi peso; Ken, che era alto, triste e taciturno e Carl, il capo magazziniere, che lavorava alla Peverell da quando era ragazzo. «Con questo non guadagnano niente» affermava battendo la mano su uno scatolone.

«Non sbaglia mai» le aveva detto Dave, pieno di ammirazione. «I bestseller li riconosce dall'odore, non ha bisogno di leggerli.»

La buona volontà con la quale preparava tè e caffè per le due assistenti e i soci dava a Mandy due volte al giorno l'opportunità di spettegolare un po' con la donna delle pulizie, la signora Demery. Il nucleo centrale del dominio della signora Demery era una grande cucina con un salotto adiacente, più piccolo, a pianterreno, sul retro della casa. La cucina era arredata con un tavolo rettangolare di pino, attorno al quale potevano stare dieci persone, un fornello elettrico e uno a gas, un forno a microonde, un lavello con due vasche, un frigorifero enorme e una parete ad armadietti. In qualsiasi momento, da mezzogiorno alle due, in un aroma pungente di cibi diversi, tutti, tranne i dirigenti ad alto livello, mangiavano i loro panini, scaldavano i loro contenitori di alluminio con la pasta al forno già pronta e il curry, si facevano una frittata, le uova sode, friggevano il bacon da mangiare col pane, facevano bollire l'acqua per il tè o il caffè. I cinque soci non si vedevano mai. Frances Peverell e Gabriel Dauntsey, che abitavano lì accanto, al numero 12, andavano ciascuno a casa propria, i due Etienne e James de Witt prendevano il motoscafo e risalivano il fiume per pranzare in città, oppure andavano a piedi al Prospect of Whitby o a uno dei pub di Wapping High Street. La cucina, senza le inibizioni che la loro presenza avrebbe imposto, era il regno del pettegolezzo. Arrivavano le notizie e se ne parlava all'infinito, ci si ricamava sopra e poi le si sparpagliava ai quattro venti. Mandy, però, stava seduta in silenzio davanti ai suoi panini perché sapeva che, in sua presenza, i dipendenti, soprattutto quelli a livello medio, erano insolitamente discreti. Qualunque fosse la loro opinione, infatti, nei confronti del nuovo presidente o del futuro dell'azienda, la lealtà e una certa considerazione per il proprio livello professionale impediva loro di formulare apertamente delle critiche davanti a una stenodattilografa a giornata. Ma quando rimaneva sola con lei, a preparare il caffè della mattina o il tè del pomeriggio, la signora Demery non aveva tanti scrupoli.

«Noi tutti credevamo che il signor Gerard e la signorina Frances si sarebbero sposati. E anche lei lo credeva, povera piccola. Poi c'è la storia della signorina Claudia col suo ragazzino.»

«La signorina Claudia con un ragazzino! Lei vuol scherzare, signora Demery.»

«Be', forse non è proprio un ragazzino, però è molto giovane, e comunque è più giovane di lei. L'ho visto quando è venuto alla festa di fidanzamento del signor Gerard. È bello. Questo bisogna riconoscerlo. La signorina Claudia ha sempre avuto occhio. Lui è nell'antiquariato. Sa, tipo Antiques Road Show. Dovrebbero essere fidanzati, ma lei non ha l'anello.»

«Forse perché è già vecchia, no? E poi le donne come la signorina Claudia non danno importanza agli anelli.»

«Lady Lucinda però se l'è preso, l'anello. Uno smeraldo grosso così con tutti i brillanti intorno. Chi sa quanto ha speso il signor Gerard. Ancora non ho capito perché ci tiene tanto a sposare la sorella di un conte. Giovane che potrebbe essere sua figlia. Secondo me non è una bella cosa.»

«Forse, signora Demery, gli piace l'idea di avere la moglie con un titolo. Sa, Lady Lucinda Etienne. Penserà che suona bene.»

«Ma adesso i tempi sono cambiati, Mandy. Non vede come si comportano i nobili oggigiorno? Non certo meglio di noi. Quando ero giovane io erano diversi e tutti li rispettavano. Quel fratello di Lady Lucinda poi, conte o non conte, non è uno da vantarsi a frequentarlo, anche a voler credere la metà di quello che c'è scritto sui giornali. Be', chi vivrà vedrà.» La signora Demery concludeva sempre così qualsiasi conversazione.

Durante il suo primo lunedì alla Peverell, una giornata così piena di sole che sembrava quasi che fosse tornata l'estate, Mandy aveva guardato con un po' d'invidia il primo gruppo dei dipendenti che, alle cinque e mezzo, aveva preso il motoscafo per andare a Charing Cross. Le era venuto spontaneo chiedere a Fred Bowling, il marinaio, se poteva salire anche lei solo per fare un giro. Lui aveva detto di sì. All'andata era stato seduto al volante, in silenzio, come Mandy aveva immaginato, ma quando tutti erano scesi e loro erano tornati da soli, lungo la corrente, a Innocent House, lei aveva cominciato a fargli delle domande ed era rimasta stupita di quante cose sapesse. Non c'era edificio di cui non conoscesse la storia, non un marinaio né una imbarcazione di cui non sapesse il nome.

Aveva appreso da lui che l'Obelisco di Cleopatra era stato eretto circa nel 1450 a.C. davanti al tempio di Iside a Eliopoli e trasportato poi in Inghilterra per essere innalzato sulla riva del fiume nel 1878. Il suo gemello, le aveva spiegato Bowling, era a Central Park, a New York. Mandy aveva immaginato l'enorme container con il suo blocco di pietra mentre attraversava le acque agitate del golfo di Biscaglia come un enorme pesce. Fred Bowling le aveva indicato il pub Dogget's Coat and Badge, vicino al Blackfriars Bridge e le aveva parlato della gara di barche a remi, la Dogget's Coat and Badge che si correva fin dal 1772 da Old Swan Inn al London Bridge fino a Old Swan Inn a Chelsea, la prima gara a remi singola del mondo. Suo nipote vi aveva partecipato. Mentre entravano di corsa sotto i grandi pilastri del Tower Bridge le aveva detto le misure di ogni campata e dall'altezza dell'High Walk: quarantadue metri sul livello dell'acqua. Arrivati a Wapping, le aveva raccontato la storia di James Lee, un commerciante in piante da giardino di Fulham che, nel 1789, aveva visto alla finestra di una villetta una bella pianta fiorita che un marinaio aveva portato dal Brasile. James Lee l'aveva comprata per otto sterline, aveva piantato le talee e l'anno dopo si era fatto una fortuna vendendo trecento piante a una ghinea ciascuna.

«Lei che pianta pensa che fosse?»

«Non so, non me ne intendo, signor Bowling.»

«Provi a indovinare.»

«Una pianta di rose?»

«Ma no! Come poteva essere una rosa? Le rose ci sono sempre state in Inghilterra. Era una pianta di fucsia.»

Alzando gli occhi verso di lui, Mandy aveva visto apparire sul suo viso scuro e rugoso, ancora rivolto in avanti, un tranquillo, silenzioso sorriso. Com'era strana la gente. Niente di quello che le aveva raccontato degli splendori e dell'orrore del fiume era per Bowling interessante e piacevole come la storia della scoperta di quel fiore.

Mentre si avvicinavano a Innocent House, Mandy aveva distinto le sagome degli ultimi due passeggeri che si apprestavano a imbarcarsi, James de Witt ed Emma Wainwright. Era scesa l'oscurità e il fiume era diventato denso e liscio come l'olio, una corrente nera che si frantumava in una schiuma bianca a coda di pesce man mano che il motoscafo procedeva scoppiettando. Mandy aveva attraversato il piazzale per andare a prendere il motorino. Non si era attardata neanche un attimo. Non era superstiziosa e nemmeno nervosa, ma quando scendeva la sera Innocent House diventava più misteriosa e un po' sinistra, nonostante i due lampioni che illuminavano il marmo del loro chiarore morbido e caldo. Aveva camminato guardando fisso davanti a sé senza abbassare gli occhi, nel caso fossero comparse quelle macchie di sangue di cui si parlava e senza alzarli verso il balcone dal quale, tanto tempo prima, una moglie impazzita si era gettata incontro alla morte.

Così erano passati i giorni. Da un ufficio all'altro, volonterosa, coscienziosa e presto accettata dagli altri senza difficoltà.

Nulla sfuggiva allo sguardo acuto ed esperto di Mandy; l'infelicità della signorina Blackett e il disprezzo col quale era trattata dal signor Gerard; il volto pallido e teso della signorina Frances, stoica nella sua tristezza; lo sguardo ansioso di George ogni volta che il signor Gerard passava davanti al centralino; qualche conversazione colta a metà e subito interrotta appena arrivava lei. Mandy sapeva che i dipendenti erano preoccupati per il futuro dell'azienda. Gravava su Innocent House un'atmosfera inquieta, quasi presaga, lei la sentiva e qualche volta non le dispiaceva del tutto perché sapeva, come sempre, di essere uno spettatore privilegiato, l'estranea sul capo della quale non pendeva nessuna minaccia, l'impiegata che veniva pagata ogni settimana, che non doveva fedeltà a nessuno e poteva andarsene quando voleva. Ma alla fine della giornata, allorché la luce del giorno cominciava a impallidire, il fiume era una massa d'acqua nera, e l'eco dei suoi passi nell'atrio metteva i brividi, le pareva di trovarsi nell'imminenza di un brutto temporale; il buio s'infittiva, l'aria era pesante e aveva un acuto odore metallico, e lei pensava che niente avrebbe potuto spezzare quella tensione se non il primo scoppio di tuono e uno squarcio violento nel cielo.

11

Era il 14 ottobre, giovedì. L'assemblea dei soci, a Innocent House, era fissata per le dieci nella sala del consiglio e alle nove e quarantacinque, com'era sua abitudine, Gerard Etienne era già seduto al tavolo ovale di mogano, al centro del lato che dava verso la finestra e il fiume. Alle dieci sua sorella Claudia si sarebbe seduta alla sua destra e Frances Peverell alla sua sinistra. James de Witt gli si sarebbe messo di fronte con Gabriel Dauntsey alla propria destra. La disposizione dei posti attorno al tavolo non era cambiata da quando, nove mesi prima, lui era diventato ufficialmente presidente e amministratore delegato della Peverell Press. Quel giovedì, i suoi quattro colleghi avevano indugiato a lungo davanti alla sala del consiglio, come se ciascuno di loro preferisse non entrare da solo. Senza esitare, lui aveva spalancato i battenti della porta e, avanzando con sicurezza nella stanza, aveva occupato la vecchia sedia a braccioli di Henry Peverell. Gli altri quattro soci erano entrati dopo, tutti insieme e, silenziosamente, si erano seduti quasi in obbedienza a un piano prestabilito da lui e da loro stessi per riaffermare la posizione di ciascuno nell'azienda. Gerard si era messo al posto di Henry Peverell come se fosse un suo diritto, e tale era, infatti. Frances, lui se ne ricordava, era rimasta taciturna e pallida durante tutta quella breve riunione e James de Witt, alla fine, traendolo in disparte, gli aveva detto: «Che bisogno avevi di occupare la sedia di suo padre? È morto solo dieci giorni fa».

Provava ancora, ripensandoci, la sorpresa mista a irritazione che la domanda aveva suscitato in lui allora. Quale altra sedia avrebbe dovuto occupare? Che cosa voleva James, perdere tempo? Voleva che tutti e cinque, rispettosi l'uno verso l'altro, si mettessero a discutere chi aveva diritto alla vista sul fiume e chi no, come se facessero il gioco delle sedie musicali intorno al tavolo? La sedia coi braccioli era quella dell'amministratore delegato e lui, Gerard Etienne, era l'amministratore delegato. Che importanza poteva avere il numero dei giorni che erano passati dalla morte del vecchio Peverell? Da vivo aveva occupato quella sedia, quel posto al tavolo delle riunioni, e di lì, ogni tanto aveva guardato il fiume in quelle parentesi di contemplazione durante le quali gli altri aspettavano pazientemente che la riunione riprendesse. Ma adesso Henry Peverell era morto. James non poteva certo pretendere che la sedia restasse vuota per sempre, come un monumento alla memoria, magari anche con una targhetta attaccata al sedile.

L'incidente gli pareva indicativo di una sensibilità esasperata e bisognosa di autogratificazioni, ma era anche lo specchio di qualcos'altro, qualcosa di più complicato e interessante, visto che lo riguardava di persona. Talvolta il processo mentale degli altri era così radicalmente diverso dal suo da fargli pensare di vivere in una dimensione razionale diversa. Verità che a lui sembrava parlassero da sole richiedevano, da parte dei suoi quattro soci, prolungate riflessioni e discussioni prima di essere accettate con riluttanza; le discussioni venivano complicate da emozioni confuse, da considerazioni personali che lui giudicava tanto irrilevanti quanto irrazionali. Con loro, diceva a se stesso, arrivare a una decisione era come raggiungere l'orgasmo con una donna frigida: richiedeva una noiosa quantità di preamboli e uno sproporzionato dispendio di energie. Aveva anche pensato di esporre loro questa analogia ma poi, sorridendo, aveva deciso che era meglio tenerla per sé. Frances, per prima, non l'avrebbe trovata divertente. Ma quella mattina tutto si sarebbe ripetuto di nuovo. Le scelte erano dure e inevitabili: o vendere Innocent House e usare il capitale per stabilizzare e sviluppare l'azienda, oppure addivenire a un accordo con un'altra casa editrice conservando così, almeno, il nome Peverell Press; altrimenti sarebbero usciti dal mercato. La seconda possibilità rappresentava solo un modo più lungo e più noioso di arrivare alla fine; ci sarebbe stato, inevitabilmente, un inizio di pubblico ottimismo cui sarebbe seguita una ignominiosa estinzione. Ma lui non intendeva percorrere un sentiero già troppo battuto da altri. Il palazzo andava venduto. Frances doveva capire, tutti dovevano capire che non si poteva tenere Innocent House e seguitare a fare gli editori indipendenti.

Si alzò dal tavolo e si avvicinò alla finestra. Una nave da crociera bruscamente e silenziosamente gli bloccò la visuale, era così vicina che riuscì per un momento a guardare dietro un oblò illuminato, a vedere, in un semicerchio, la testa di una donna, delicata come in un cammeo, con le braccia alzate e le mani che scuotevano un'aureola di capelli e a immaginare che i loro sguardi si fossero incontrati in una stupita e fuggevole complicità. Gli sarebbe piaciuto sapere, ma senza provare una vera curiosità, chi era, con chi divideva la cabina, un marito, un amante, un'amica, e che progetti aveva per la serata. Lui non ne aveva. Secondo una consuetudine acquisita da tempo il giovedì lavorava fino a tardi. Non avrebbe visto Lucinda fino alla sera dopo quando avevano deciso di andare a un concerto nel South Bank e poi a cena alla Bombay Brasserie, perché Lucinda aveva espresso una preferenza per la cucina indiana. Pensò al weekend senza entusiasmo ma con tranquilla soddisfazione. Una delle qualità di Lucinda era che amava decidere. Frances, se le avesse chiesto dove preferiva andare a cena, avrebbe risposto: "Dove vuoi tu, caro" e se il cibo fosse stato inferiore alle previsioni e lui se ne fosse lamentato, avrebbe detto, chinandosi verso di lui e posandogli una mano sul braccio nel tentativo di farlo tornare di buonumore: "Era più che discreto. E poi che cosa importa? Eravamo insieme, io e te." Lucinda non avrebbe mai lasciato intendere che la sua compagnia potesse diventare un compenso o una scusa per una cena mal cucinata o mal servita. Qualche volta si chiedeva se, in realtà, non fosse possibile.

12

«Questa è una riunione privata» disse Etienne. «Dobbiamo discutere alcune questioni personali. Prenderò io gli appunti. Lei ha già molto lavoro al computer, si occupi di quello.»

Erano parole di congedo e c'era anche una nota di disprezzo nella voce di Gerard. La signorina Blackett arrossì e dovette inghiottire silenziosamente un po' d'aria. Il blocco degli appunti le scivolò dalle mani e lei si chinò, rigida, a raccoglierlo, poi si rialzò e si avviò alla porta con una patetica ostentazione di dignità.

«Perché questa novità?» chiese de Witt. «Sono vent'anni che Blackie verbalizza le riunioni dei soci. È sempre stata presente.»

«A sprecare il suo tempo e il nostro.»

«Non c'era bisogno di farle capire che non ci fidiamo di lei.»

«Io non l'ho detto. In ogni modo, se vogliamo parlare di tutti i guai che sono successi qui, converrete che è proprio di lei che è lecito sospettare. Non vedo perché dovrebbe essere trattata in modo diverso dal resto del personale. Non ha alibi per nessuno degli incidenti, anzi avrebbe avuto tutte le opportunità di provocarli.»

«Come me. Come ciascuno di noi» disse Gabriel Dauntsey. «Non abbiamo già parlato abbastanza del burlone aziendale senza concludere niente?»

«Forse sì. Comunque, almeno per ora, accantoniamo l'argomento, ci sono cose più importanti da discutere. Hector Skolling ha alzato la sua offerta per Innocent House di altre trecentomila sterline. Quattro milioni e mezzo. Per la prima volta nella trattativa ha usato le parole "offerta definitiva" e se l'ha detto vuol dire che è così. Un milione netto più di quanto pensavo che avremmo potuto ricavare. Più del valore reale, in termini commerciali, ma una proprietà vale quello che si è disposti a pagarla e a Hector Skollings la casa piace molto. Il suo impero è ai Docks. Fa una distinzione chiara tra gli immobili che compra per affittarli e la casa dove vuole andare ad abitare. Io propongo di accettare oggi verbalmente l'offerta e di mettere al lavoro i legali per fissare i particolari in modo da poter concludere l'affare entro un mese.»

«Mi pare» disse James de Witt «che avessimo discusso l'argomento durante l'ultima riunione, ma senza arrivare a decidere. Se consulti il verbale...»

«Non ne ho bisogno. Non amministro questa azienda sulla base di quello che la signorina Blackett ha deciso di scrivere nel verbale.»

«Che, tra l'altro, non hai ancora firmato.»

«Esatto. Suggerisco che per il futuro questo incontro mensile si svolga in modo meno formale. Tu hai sempre detto che questa è un'associazione di amici e colleghi e che sono io quello che resta legato a procedure noiose e a una inutile burocrazia. Dunque, perché tante formalità, ordine del giorno, verbale, deliberazioni, quando si tratta di un semplice incontro mensile tra i soci?»

«Finora» obiettò de Witt «questo modo di procedere si è rivelato utile. E non mi sembra, sia detto per inciso, di avere mai usato l'espressione "amici e colleghi".»

Frances Peverell stava seduta dritta, immobile. Era molto pallida. Disse: «Tu non puoi vendere Innocent House».

Gerard Etienne non la guardò, restò con gli occhi fissi sui fogli che aveva davanti. «Posso. Possiamo. È indispensabile alla sopravvivenza dell'azienda. Non si può amministrare produttivamente una casa editrice stando in un palazzo veneziano sul Tamigi.»

«La mia famiglia lo ha fatto per centosessant'anni.»

«Ho parlato di amministrare produttivamente. La tua famiglia non aveva bisogno di produrre, aveva le spalle coperte da una rendita. Fare l'editore, ai tempi di tuo nonno, non era un lavoro per un esponente dell'alta borghesia, era un hobby. Oggi una casa editrice o è in attivo o chiude. È questo che vuoi? Io no.

Io voglio fare in modo che la Peverell Press diventi un'azienda prospera e poi voglio ingrandirla.»

«Per venderla?» chiese con calma Gabriel Dauntsey. «Vuoi fare i milioni e andartene?»

Etienne non gli rispose.

«Comincerò col liberarmi di Sydney Bartrum. È un contabile discreto, ma noi abbiamo bisogno di meglio. Propongo di cercare un direttore amministrativo che abbia il compito di trovare i fondi per l'incremento dell'azienda e organizzare un piano finanziario proporzionato alle nostre esigenze.»

«Ma noi» disse de Witt «abbiamo già un piano finanziario eccellente. I revisori dei conti non hanno mai avuto niente da eccepire. Sidney è con noi da diciannove anni, è un contabile onesto, coscienzioso e lavoratore.»

«Esatto. Sidney è così e niente di più, mentre a noi serve qualcosa di più, Io, per esempio, devo conoscere il margine di profitto sui costi di ogni libro che pubblichiamo. Altre aziende riescono a ottenere questo tipo di informazione. Come possiamo eliminare gli autori economicamente improduttivi se non sappiamo chi sono? Abbiamo bisogno di qualcuno, in contabilità, che ci faccia guadagnare senza accontentarsi di dirci alla fine dell'anno come abbiamo speso i nostri soldi. Quello io lo so già. Se ci bastasse un bravo contabile potrei arrangiarmi da solo. Sapevo che lo avresti difeso, James. È patetico, un po' antipatico e non molto efficiente. È naturale che eserciti su di te una certa attrazione. Più in basso uno è più ti piace, non riesci a trattenerti. Dovresti curare questa tua sindrome del cuore che sanguina.»

James si era alterato in viso, ma riuscì a dire abbastanza tranquillamente: «Sydney non mi è particolarmente simpatico. Mi faccio piccolo dalla vergogna ogni volta che mi chiama signor de Witt. Gli ho detto che preferivo de Witt o James ma mi ha guardato come se gli avessi proposto una sconcezza. Però è un contabile competente ed è qui da diciannove anni. Conosce l'azienda, conosce noi e sa come lavoriamo».

«Come lavoravamo, James, come lavoravamo.»

«Si è sposato solo un anno fa» disse Frances, «ha un bambino appena nato.»

«Questo non significa che sappia far bene il suo lavoro.»

«Hai pensato a qualcun altro in particolare?» chiese de Witt.

«Ho chiesto alla Patterson Macintosh, i cacciatori di teste, di procurarmi qualche nominativo.»

«Costerà una bella cifra. I cacciatori di teste sanno farsi pagare. Strano che ormai non si possa assumere nessuno senza ricorrere ai cacciatori di teste, che non si possa migliorare il rendimento senza il parere degli esperti in produttività e si debba chiamare un consulente amministrativo che ci spieghi come dirigere l'azienda. La metà delle volte i cosiddetti esperti sono solo una copertura cui si ricorre per sfrondare il personale quando l'amministrazione non ha il coraggio di farlo direttamente. Avete mai visto un consulente amministrativo che non consigli di licenziare qualcuno? Sono pagati per quello, ma solo pochi riescono a capirlo da soli.»

«Avresti dovuto consultarci» disse Frances.

«Vi sto consultando.»

«Se è così, l'argomento è chiuso. Innocent House non dev'essere venduta.»

«Lo sarà se solo uno di voi acconsente a venderla. Non serve altro. Avete dimenticato quante azioni ho io? E la casa non è tua, Fran. La tua famiglia l'ha venduta all'azienda nel 1940, ricorda. È vero, l'ha venduta a un prezzo troppo basso, ma probabilmente non credeva molto alle sue possibilità di sopravvivenza con i bombardamenti sull'East End. Era assicurata per un valore inferiore al suo e, una volta distrutta, sarebbe comunque irripetibile. Mettiti in testa, Fran, che non è più la casa dei Peverell. Ma di che ti preoccupi? Non hai figli. Non ci sono eredi Peverell.»

Frances trasalì e fece per alzarsi, ma de Witt le disse sottovoce: «No, Frances, non andartene. È una questione che dobbiamo discutere tutti insieme».

«Non c'è niente da discutere.»

Ci fu un silenzio, rotto infine dalla voce di Dauntsey. «Si chiederà anche alle mie poesie di rendere il loro otto virgola cinque per cento netto?»

«Seguiteremo a tenere i tuoi libri in catalogo, Gabriel, naturalmente. Ci sono alcuni titoli che dovremo conservare.»

«Speriamo che i miei non pesino troppo sul bilancio.»

«Vendere significherà il tuo trasloco dal numero 12. Skolling vuole tutta la proprietà, cioè anche le due case oltre all'edificio centrale. Mi dispiace.»

«Be', dopotutto ho abitato al numero 12 per più di dieci anni pagando un affitto irrisorio.»

«L'aveva stabilito Henry Peverell e tu ne avevi tutto il diritto.» Etienne tacque per un momento, poi aggiunse: «E lo hai tuttora. Ma devi capire che non si può andare avanti così».

«Oh sì, lo capisco. Non si può andare avanti così.»

Etienne proseguì, come se non avesse sentito.

«Ed è ora di liberarsi anche di George. Avremmo dovuto mandarlo in pensione da anni. Il centralinista è il primo contatto che si ha con l'azienda dall'esterno. Ci vuole una ragazza giovane, attiva, simpatica, non un vecchio di sessantotto anni. Ne ha sessantotto, no? E non ditemi che è qui da ventidue anni. Lo so, ed è quello il guaio.»

«Non fa solo il centralinista» disse Frances, «apre il portone la mattina, controlla il sistema d'allarme, sa aggiustare un po' di tutto.»

«E ha molte occasioni per dimostrarlo, immagino. Qui c'è sempre qualcosa che non funziona. È venuto il momento di traslocare in un palazzo moderno, costruito secondo le nostre esigenze e tenuto in efficienza con una manutenzione perfetta. E poi, noi non ci siamo adeguati al progresso tecnologico. Ricordo che vi ritenevate già pericolosamente all'avanguardia per aver sostituito qualche macchina da scrivere con i computer. C'è un'altra buona notizia: forse riusciremo a strappare Sebastian Beacher al suo editore. Non si trova bene, non è contento.»

«Ma è uno scrittore pessimo» esclamò Frances «e come essere umano non vale di più.»

«L'editoria non consiste nel pronunciare giudizi morali ma nel dare al pubblico ciò che chiede.»

«È il ragionamento di chi fabbrica sigarette.»

«Certo, sigarette, whisky qualsiasi cosa.»

«Il paragone non regge» disse de Witt. «Si potrebbe obiettare che l'alcol può far bene se usato con moderazione. Un brutto libro resta sempre un brutto libro.»

«Brutto per chi? E che cosa vuol dire brutto? Beacher sceglie una trama avvincente, tiene viva l'azione e aggiunge una miscela di sesso e violenza che, a quanto risulta, è quello che piace. Chi siamo noi per dire ai lettori che cosa va bene per loro? E poi, non hai sempre sostenuto anche tu che l'importante è che la gente legga? Lasciamoli cominciare con i romanzi sentimentali e dozzinali, poi forse andranno avanti e arriveranno a Jane Austen o George Eliot. Anche se non vedo la necessità che vadano avanti, voglio dire che arrivino a leggere i classici. Questo è un argomento che riguarda te, non me. Che male c'è se leggono i romanzetti dozzinali, visto che gli piacciono? È presuntuoso e paternalistico giustificare il romanzo popolare solo come presupposto a letture più elevate. Quelle che tu e Gabriel sostenete.»

«Secondo te, allora, non si devono dare giudizi di merito?» chiese Dauntsey. «Ma se è quello che facciamo tutta la vita, ogni giorno?»

«Secondo me, non bisogna sostituirsi agli altri nel giudicare. Io, come editore, non lo devo fare. Ma la questione è un'altra ed è ineluttabile: se non posso ricavare un profitto dalla letteratura popolare, buona o cattiva che sia, non posso pubblicare libri meno popolari per quella che voi ritenere la minoranza con diritto di discriminazione.»

Frances Peverell gli si rivolse col viso dal colorito acceso, stentando a controllare la propria voce. «Perché seguiti a dire "io"? "io non devo fare" "io posso pubblicare." Tu sarai anche il presidente, ma non sei l'azienda. L'azienda siamo noi. Tutti insieme. Noi cinque. E questa non è la riunione del comitato editoriale. Quella ci sarà la settimana prossima. Noi siamo qui per parlare di Innocent House.»

«D'accordo. Propongo di accettare l'offerta di Skolling e di avviare le trattative.»

«E dove vorresti che ci trasferissimo?»

«Ai Docks, sul fiume. Possibilmente verso est. Dovremo decidere se comprare o fare un contratto d'affitto a lunga scadenza, entrambe le soluzioni sono possibili. Ora che funziona la Docklands Light Railway ed è stata estesa la rete della metropolitana, sarà più facile arrivarci. Non avremo più bisogno del motoscafo.»

«Vuoi licenziare anche Fred, dopo tanti anni?»

«Mia cara Frances, Fred è un bravo marinaio, non avrà difficoltà a trovare un altro lavoro.»

«È tutto troppo affrettato, Gerard» intervenne Claudia. «Sono d'accordo anch'io che probabilmente dovremo rinunciare a questa casa, ma non è necessario deciderlo stamattina. Prepara un progetto, con delle cifre, poi, quando avremo avuto il tempo di riflettere ne discuteremo insieme.»

«Perderemo l'offerta» obiettò Gerard.

«Tu credi? No, non preoccuparti, se Hector Skolling vuole la casa non rinuncerà ad averla solo perché deve aspettare una settimana ad avere la risposta. Digli di sì, se ti fa sentire più tranquillo, potrai sempre ritirarti se decidessimo di non vendere.»

«Volevo parlare del nuovo romanzo di Esmé Carling» disse James de Witt. «Durante l'ultima riunione avevi accennato all'eventualità di rifiutarlo.»

«*Morte all'Isola del Paradiso*? L'ho rifiutato. Credevo che fossimo d'accordo.

«No, non eravamo d'accordo.» De Witt parlava lentamente, a bassa voce come con un bambino testardo. «Ne avevamo parlato brevemente e avevamo rimandato la decisione.

«Come la maggior parte delle nostre decisioni. Voi quattro mi ricordate una vecchia definizione di riunione aziendale: l'incontro di persone che preferiscono il piacere della conversazione al vigore dell'azione e alla responsabilità della decisione. Mi pare che più o meno fosse così. Ho parlato ieri con l'agente di Esmé e l'ho informata. Poi ho anche scritto una lettera con fotocopia alla Carling. Ritengo che nessuno qui sia seriamente disposto a sostenere che Esmé Carling è una brava scrittrice o almeno una scrittrice che fa vendere i libri. Io, personalmente, vorrei una cosa o l'altra e, meglio ancora, tutt'e due.»

«Abbiamo pubblicato di peggio» disse de Witt.

Etienne ebbe una piccola esplosione d'ironia. «Solo Dio sa perché la difendi tanto, James. Proprio tu, di solito incline a pubblicare raffinatezze da Booker Prize, lavoretti sensibili, atti a impressionare la mafia letteraria. Cinque minuti fa mi criticavate perché volevo fare entrare tra i nostri autori Sebastian Beacher. Non vorrete dirmi che *Morte all'Isola del Paradiso* avrebbe giovato al buon nome della Peverell Press? Dò per scontato che non lo consideriate come il Whitbread Book dell'anno. Tra l'altro sarei disposto a considerare con più simpatia il Booker Prize se ogni tanto mi mandassero almeno l'elenco dei primi selezionati.»

«Sono d'accordo» rispose James «che probabilmente è venuto il momento di sciogliere il contratto con la Carling. È sulla prassi che non sono d'accordo. Durante l'ultima riunione, te ne ricorderai, avevo proposto che pubblicassimo il suo ultimo romanzo e poi, con tatto, le dicessimo che volevamo eliminare il catalogo di letteratura poliziesca.»

«Poco convincente» obiettò Claudia, «visto che non abbiamo altri autori oltre a lei.

James proseguì, rivolto direttamente a Gerard. «Il libro avrà bisogno di una revisione accurata, ma lei l'accetterà se verrà fatta con discrezione. La trama va rimpolpata e la parte centrale è senz'altro debole. Ma la descrizione dell'isola è bella. La Carling è bravissima quando si tratta di creare un'atmosfera in cui si avverta l'imminenza del pericolo. La caratterizzazione dei personaggi, poi, rappresenta un passo avanti rispetto all'ultimo libro. Non ci perderemo niente a pubblicarlo. È una nostra autrice da trent'anni, è stata una lunga collaborazione, vorrei che si concludesse con un gesto di buona volontà e generosità da parte nostra. Tutto qui.»

«Ma è già conclusa» disse Gerard Etienne «e noi siamo una casa editrice, non un istituto di beneficenza. Mi dispiace, James, la Carling se ne va.»

«Avresti potuto aspettare almeno la riunione del comitato editoriale.»

«Avrei aspettato, infatti, se non mi avesse telefonato la sua agente dicendomi che la Carling insisteva per sapere se avevamo fissato il giorno per l'uscita del libro e se pensavamo di dare un ricevimento per la presentazione. Un ricevimento! Piuttosto una veglia funebre. Inutile tergiversare. Le ho detto che il libro era inferiore al livello accettabile e che non intendevamo pubblicarlo. Ieri gliel'ho confermato per scritto.»

«L'avrà presa male.»

«Certo che l'ha presa male. Gli autori prendono sempre male un rifiuto. Lo ritengono pari a un infanticidio.»

«E i libri in catalogo?»

«Forse riusciremo a ricavarne un po' di soldi.»

«James ha ragione» disse all'improvviso Frances Peverell. Eravamo d'accordo che ne avremmo ridiscusso. Tu non eri autorizzato a parlare né con Esmé Carling né con Velma Pitt-Cowley. Si poteva pubblicare il libro e dirle con gentilezza che sarebbe stato l'ultimo. Gabriel, non sei d'accordo? Non pensi che avremmo dovuto accettare *Morte all'Isola del Paradiso*?»

I quattro soci guardarono Dauntsey come se aspettassero un giudizio d'appello. Il vecchio teneva gli occhi bassi su un foglio, poi li alzò e sorrise a Frances con dolcezza.

«Non credo che avrebbe attutito il colpo. Non si può rifiutare un autore, si rifiuta un libro. Se pubblicheremo il suo ultimo libro lei ce ne porterà un altro e noi ci troveremo ad affrontare le stesse difficoltà. Gerard ha agito prematuramente e, immagino, senza molto tatto, ma credo che la decisione fosse quella giusta. Un romanzo o merita di essere pubblicato o no, senza vie di mezzo.»

Etienne cominciò a riunire i fogli davanti a sé.

«Va bene, sono contento che almeno una cosa è sistemata.»

«Una soltanto, credo che tu te ne sia reso conto» disse de Witt. «Non ci saranno più trattative per la vendita di Innocent House fino alla prossima riunione, dopo che tu ci avrai dato le cifre e un progetto completo di ristrutturazione dell'azienda.»

«Il progetto l'avete già, ve l'ho dato il mese scorso.»

«Vorremmo qualcosa di più comprensibile. Ci riuniremo a una settimana da oggi. Sarebbe utile se ci mettessi a disposizione il materiale con un giorno di anticipo. Ci serve un'alternativa. Un piano che preveda la vendita di Innocent House e un altro che la escluda.»

«Per la seconda ipotesi non ci sono piani da proporre» rispose Etienne. «O concludiamo l'affare con Skolling o si arriva alla bancarotta. E Skolling non è un tipo paziente.»

«Tienilo tranquillo con una promessa» disse Claudia. «Assicuragli che se decideremo di vendere lui avrà l'opzione.»

Etienne sorrise. «Ah no, non posso fare questo genere di promesse. Quando si sapesse in giro che lui è interessato a comprare potremmo alzare il prezzo di altre cinquantamila sterline. Non penso che sarebbe facile ma si può tentare. Pare che il Greyfriars Museum cerchi uno spazio per la sua raccolta di marine.»

«Tu» disse Frances Peverell «non venderai Innocent House né a Hector Skolling né a nessun altro. Chi venderà questa casa dovrà passare sul mio cadavere. O sul tuo.»

13

Nell'ufficio delle segretarie, Mandy alzò gli occhi a guardare Blackie che entrava e, rigida, impettita, col viso scarlatto andava alla scrivania, si sedeva al computer e cominciava a battere i tasti. Dopo un momento la curiosità ebbe il sopravvento sulla discrezione e Mandy chiese: «Che cos'è successo? Non è rimasta a verbalizzare l'assemblea? Credevo che lo facesse sempre».

La voce di Blackie era strana, aspra, ma con una vendicativa nota di trionfo. «Non più, a quanto pare.»

Poveraccia, l'hanno sbattuta fuori, pensò Mandy. «Che cosa c'è di così segreto?» chiese. «Che cosa stanno combinando là dentro?»

«Che cosa stanno combinando?» Le mani di Blackie smisero di tessere la loro rapida trama sulla tastiera. «Stanno rovinando l'azienda, ecco quello che stanno combinando. Stanno spazzando via tutto quello per cui il signor Peverell ha lavorato, si è preoccupato, si è sacrificato, per più di trent'anni. Stanno progettando di vendere Innocent House. Il signor Peverell era molto legato a questo palazzo. Appartiene alla sua famiglia da più di centosessant'anni. Innocent House e la Peverell Press sono una cosa sola. Se una non c'è più non c'è più neanche l'altra. È da quando il signor Etienne è andato in pensione che il signor Gerard progetta di vendere lo stabile e adesso che il presidente è lui nessuno può impedirglielo. Comunque agli altri interessa poco. Alla signorina Frances dispiacerà, ma è innamorata di lui, e poi nessuno bada a quello che dice la signorina Frances. La signorina Claudia è sua sorella e il signor de Witt non ha il coraggio di opporsi alle sue decisioni. Nessuno ce l'ha quel coraggio. Forse il signor Dauntsey, ma è vecchio e non gl'importa più di niente. Insomma nessuno è in grado di far fronte alle decisioni del signor Gerard, ma lui sa come la penso e perciò non ha voluto che fossi presente alla riunione. Sa che non sono d'accordo con lui e che lo fermerei, se potessi.»

Stava per piangere, Mandy se ne accorse e avrebbe voluto consolarla ma era imbarazzata perché capiva che Blackie si sarebbe pentita, più tardi, di quello sfogo che non le era abituale. «È un villano» disse. «Ho visto anch'io come la tratta, a volte. Perché non se ne va e si cerca un lavoro a giornata? Si fa dare dal signor Gerard quello che le spetta e gli dice anche dove deve metterselo, questo lavoro.»

Blackie cercò, a fatica, di riprendersi. «Non dica sciocchezze, Mandy, non ho nessuna intenzione di licenziarmi; io sono una segretaria personale qualificata, non un'impiegata a giornata. Non lo sono mai stata e non lo sarò mai.»

«Oh, c'è di peggio che lavorare a giornata. Vuole un caffè? Glielo faccio adesso, invece di aspettare la solita ora, magari con due biscottini.»

«Va bene, ma non perda tempo a chiacchierare con la signora Demery. A proposito, Mandy, io le ho parlato in confidenza e ho detto più di quello che avrei dovuto, ma mi raccomando: tutto deve restare tra queste quattro mura.»

Illusioni, pensò Mandy. Non si rendeva conto la signorina Blackett che in tutta la Peverell non si parlava d'altro? «So tenere la bocca chiusa» disse. «Non sono fatti miei, no? Quando traslocherete io me ne sarò già andata.»

Si era appena alzata in piedi quando squillò il telefono sulla sua scrivania. Era George, con una voce preoccupata, bassa come quella di un cospiratore, tanto che non si riusciva quasi a capire che cosa diceva.

«Mandy, dov'è la signorina FitzGerald? Non posso far uscire Blackie dalla sala del consiglio e qui c'è la signora Carling che vuol parlare con il signor Gerard e non credo che possa aspettare ancora...»

«Tutto bene, George, la signorina Blackett è qui.» Mandy le passò il ricevitore. «È George. La signora Carling è in sala d'aspetto e strilla che vuol vedere il signor Gerard.»

«Non può.»

Blackie prese il ricevitore ma non riuscì a parlare perché la porta si spalancò e la signora Carling irruppe nella stanza, spinse Mandy da parte ed entrò, decisa, nell'ufficio adiacente. Ne uscì subito e le aggredì, tutte e due.

«Dov'è? Dov'è Gerard Etienne?»

Blackie, ostentando una calma dignitosa, aprì l'agenda. «Non risulta che lei abbia un appuntamento, signora Carling.»

«Certo che non ce l'ho uno schifo di appuntamento. Dopo trent'anni, non ho bisogno dell'appuntamento per parlare con il mio editore. Non sono un agente venuto a vendergli uno spazio pubblicitario. Dov'è?»

«È all'assemblea dei soci, signora Carling.»

«Credevo che l'assemblea fosse sempre il primo giovedì del mese.»

«Il signor Gerard l'ha spostata a oggi.»

«Allora dovranno interromperla. Sono nella sala del consiglio, immagino.»

Si avviò alla porta, ma Blackie fu più svelta e andò ad appoggiarvisi contro con la schiena.

«Lei non può farlo, signora Carling. I soci non vanno disturbati durante l'assemblea neanche per una telefonata urgente.»

«Allora aspetterò che abbiano finito.»

Blackie, che era ancora in piedi, la vide andare a occupare la sua sedia davanti al computer, ma si mantenne calma.

«Non so quando finiranno. Può darsi che si facciano portare qualche panino dal bar. Ma lei non aveva un incontro con i lettori in una libreria di Cambridge proprio a ora di pranzo? Dirò al signor Gerard che l'ha cercato e, senza dubbio, si metterà in contatto con lei non appena avrà un momento libero.»

Il contrattempo recente, il bisogno di ristabilire la propria posizione davanti a Mandy avevano reso la voce di Blackie più autoritaria di quanto non sarebbe stato opportuno ma, anche tenuto conto di queste attenuanti, la reazione che suscitò fu a dir poco feroce. La signora Carling balzò in piedi con uno scatto che fece ruotare la sedia su se stessa e andò a mettersi di fronte a Blackie, così vicina che quasi si toccavano. Lei era più bassa di sette o otto centimetri, ma Mandy pensò che la differenza di statura non la rendeva meno minacciosa, al contrario.

Aveva i muscoli del collo tesi come corde, gli occhi stralunati e dalla bocca, piccola e cattiva, come una ferita sanguinante sotto il naso a becco, sputava veleno.

«Non appena avrà un momento libero, eh? Ma sentitela questa cretina, questa imbecille presuntuosa! Ma con chi crede di parlare? Non lo sa che è col mio talento che la Peverell paga il suo stipendio da vent'anni? Non si è ancora accorta che lei qui non conta niente? Solo perché lavorava col signor Peverell e lui le dava corda e aveva tanta pazienza che la faceva anche sentire importante, crede di potersi dare delle arie con quelli che erano qui quando lei aveva ancora il moccio al naso. Il vecchio Henry la viziava, eh già, ma lo so io quello che pensava. E perché lo so? Perché me l'aveva detto lui. Non ne poteva più di vedersela girare intorno col suo sguardo da mucca innamorata, la sua devozione gli dava la nausea, ma non se la sentiva di mandarla via. Poverino, non ne aveva mai avuto di coraggio, altrimenti a quest'ora non sarebbe Gerard Etienne il presidente. Ora, cara signorina, vada a dirgli che lo voglio vedere, e nel suo interesse, non nel mio.»

«Non è vero» disse Blackie. Aveva le labbra livide, irrigidite tanto che a Mandy parve che quasi non riuscisse a muoverle. «Non è vero.»

Adesso Mandy aveva quasi paura. Era abituata a veder litigare negli uffici. In più di tre anni di lavoro ora qua ora là era stata testimone di plateali esplosioni di collera e come una barchetta aveva galleggiato impavida tra i relitti, in mari tumultuosi. Non le dispiaceva del tutto una bella lite impiegatizia, non c'era migliore antidoto alla noia. Ma questa era una lite diversa, nella quale, lo sentiva, c'era una vera sofferenza, un dolore reale e adulto e una cattiveria adulta che scaturiva da un odio terrificante. Quella era una pena che non poteva essere attenuata da una tazza di caffè o da un paio di biscotti tolti dalla scatola di latta che la signora Demery riservava ai soci. Per un attimo temette addirittura di vedere Blackie gettare indietro la testa con un ululato angoscioso. Avrebbe voluto tenderle una mano per confortarla ma capiva, istintivamente, che non poteva darle nessun conforto e che quel tentativo a Blackie, in seguito, non sarebbe stato gradito.

La porta sbatté. La signora Carling se n'era andata.

Blackie disse ancora: «È una bugia. Sono tutte bugie. Lei non sa niente.»

«Certo che non sa niente» assentì energicamente Mandy. «È bugiarda, si vede subito. Parla perché è una brutta strega gelosa, non bisogna neanche ascoltarla.»

«Vado un momento in bagno.»

Stava per vomitare, si vedeva. Mandy si chiese se avrebbe fatto bene ad accompagnarla ma poi decise che era meglio di no. Blackie uscì come un automa e per poco non urtò contro la signora Demery che entrava portando due pacchetti.

«Sono arrivati con la seconda consegna» disse «e ho pensato di portarveli. Che cos'ha Blackie?»

«È agitatissima. I soci non hanno voluto che fosse presente all'assemblea e per di più è arrivata la signora Carling che voleva parlare a tutti i costi col signor Gerard e lei non l'ha fatta entrare.»

La signora Demery intrecciò le braccia e si appoggiò alla scrivania di Blackie. «La Carling avrà ricevuto stamattina la lettera dove le dicevano che non vogliono pubblicare il suo ultimo romanzo.»

«Ma lei come lo sa, signora Demery?»

«Io quello che succede qui prima o poi lo vengo sempre a sapere. E si ricordi quello che le dico, con la Carling non finisce così.»

«Se il libro è brutto perché non prova a migliorarlo o a scriverne addirittura un altro?»

«Perché ha paura di non riuscirci, ecco perché. Succede così agli autori quando gli rifiutano un libro. Cominciano a pensare di non essere più bravi e gli viene il blocco dello scrittore. Perciò sono così difficili da trattare. Bisogna continuare a dirgli che sono bravi, altrimenti cadono a pezzi. L'ho constatato più di una volta. Il vecchio Peverell sapeva come comportarsi con loro. Aveva un tocco magico con gli autori, il signor Peverell. Il signor Gerard no, lui è diverso, non capisce perché non riescono a lavorare senza lamentarsi. Ci sono delle cose che non capisce, non è colpa sua.»

Era un punto di vista che Mandy sentiva di condividere. Poteva dire a Blackie che il signor Gerard era un villano e poteva anche pensarlo, però non lo trovava antipatico. Pensava che, se si fosse presentata l'occasione, sarebbe andata d'accordo con lui. Smisero di chiacchierare perché era tornata Blackie, prima di quanto Mandy avesse previsto. La signora Demery scivolò via, svelta, e Blackie tornò a sedersi senza aprire bocca davanti al suo computer.

Per un'ora lavorarono in un silenzio opprimente che Blackie interrompeva ogni tanto per dare a Mandy qualche incombenza. La mandò a fare tre fotocopie di un manoscritto appena arrivato che, a giudicare dai primi tre paragrafi, Mandy pensò che non sarebbe mai stato pubblicato; le passò un mucchio di roba noiosissima da copiare e infine le disse di scartare tutto ciò che risaliva a più di due anni prima da un cassetto con la scritta "In sospeso", una sorta di deposito per tutte le carte cui era difficile trovare una sistemazione, ma che non si aveva il coraggio di buttare via. Non era molto il materiale che fosse lì da più di due anni e spulciare quel cassetto era un lavoro poco entusiasmante. Mandy si sentì ingiustamente punita per le confidenze che Blackie non era riuscita a trattenere.

L'assemblea dei soci finì prima del solito ed erano solo le undici e mezzo quando Gerard Etienne, seguito da sua sorella e da Gabriel Dauntsey, attraversò a passo svelto la stanza dov'erano Blackie e Mandy ed entrò nel suo ufficio. Claudia Etienne si era fermata a parlare un momento con Blackie quando la porta interna si spalancò e Gerard ricomparve. Mandy si accorse che tratteneva a stento la collera. «Ha preso lei la mia agenda personale?» chiese a Blackie.

«Certamente no, signor Gerard. Non è nella scrivania, nel cassetto a destra?»

«Se fosse lì non glielo avrei chiesto.»

«L'ho aggiornata lunedì pomeriggio e poi l'ho messa via. Da allora non l'ho più vista.»

«Ieri mattina c'era. Se non l'ha presa lei la cerchi. Riconoscerà, spero, che spetta lei aver cura della mia agenda. Se non la trovasse, vorrei poter riavere almeno la matita attaccata all'agenda. È d'oro e mi è molto cara.» Il viso di Blackie era scarlatto. Claudia osservava la scena con le sopracciglia inarcate in una espressione sardonica. Mandy, all'odore della battaglia, si era messa a studiare gli appunti stenografati come fossero diventati improvvisamente incomprensibili.

«Mi sta accusando di furto, signor Gerard?» La voce di Blackie faceva temere che fosse alle soglie di una crisi isterica. «Lavoro in questo ufficio da ventisette anni, ma...» Non riuscì a proseguire.

«Non faccia la sciocca» disse Gerard infastidito. «Nessuno l'accusa di niente.» Gli cadde lo sguardo sul serpente attorcigliato alla maniglia dello schedario. «E, per l'amor del cielo, butti via quell'accidenti di serpente. Lo butti nel fiume. Sembra che l'ufficio sia un asilo infantile.»

Rientrò nella sua stanza insieme a Claudia. Senza una parola, Blackie prese il serpente e lo chiuse nel cassetto centrale della sua scrivania.

«Che cosa sta guardando?» chiese a Mandy. «Se non ha niente da fare le trovo io un po' di lavoro. Nel frattempo potrebbe andarmi a prendere un caffè.»

Armata di questo nuovo pettegolezzo per la delizia della signora Demery, Mandy obbedì volentieri.

14

Declan doveva arrivare per la gita sul fiume alle sei e mezzo ed erano le quattro e un quarto quando Claudia entrò nell'ufficio di suo fratello. Erano rimasti solo loro due in tutto il palazzo. Gerard lavorava sempre fino a tardi il giovedì, che era anche la sera in cui la maggior parte dei dipendenti usciva prima per approfittare dell'orario prolungato dei negozi. Era seduto alla scrivania, nel cerchio di luce della lampada, ma si alzò in piedi quando Claudia entrò. Era sempre molto corretto, con lei, sempre impeccabile. Claudia si chiedeva se non fosse un modo per evitare una confidenza eccessiva.

Gli sedette di fronte e disse subito: «Ascoltami, Gerard, io ti sosterrò nella vendita di Innocent House e in tutti gli altri progetti per il futuro dell'azienda. Con il mio appoggio avrai la maggioranza. Però ho bisogno di soldi: trecentocinquantamila sterline. Voglio che compri metà delle mie azioni, o tutte se preferisci».

«Non posso permettermelo.»

«Puoi, se vendi Innocent House. Una volta steso l'atto di vendita puoi farti dare subito un milione, o quasi. Le mie azioni ti danno la maggioranza assoluta, cioè il potere assoluto. Vale la pena di pagarlo. Io resterò nell'azienda, ma con meno azioni o con niente del tutto.»

«Vale certo la pena di pensarci» rispose Gerard tranquillamente, «ma non per il momento. E poi io non posso usare il danaro ricavato dalla vendita dello stabile perché appartiene a tutti i soci e perché ne avrò bisogno per il trasferimento e per la realizzazione di altri progetti. Ma tu potresti realizzare trecentocinquantamila sterline. Quello che è possibile per me lo è anche per te.»

«Sì, ma sarebbe un'operazione laboriosa e soprattutto lenta e a me o soldi servono presto. Alla fine del mese.»

«Perché? Che cosa ne vuoi fare?»

«Voglio investirli nell'antiquariato, insieme a Declan Cartwright. Gli si offre l'occasione di comprare il negozio del vecchio Simon: trecentocinquantamila sterline per i quattro piani della proprietà, compresa la merce. È un prezzo ottimo. Simon è molto affezionato a Declan e preferirebbe che fosse lui a succedergli, ma non può aspettare. È vecchio, ammalato e ha fretta di concludere.»

«Cartwright è un bel ragazzo, ma non si vende un po' caro a trecentocinquantamila sterline?»

«Gerard, io non sono una sciocca. Non ho nessuna intenzione di mettergli i soldi in mano e disinteressarmene. I soldi saranno ancora miei, investiti in un'attività comune. Neanche Declan, del resto, è sciocco, sa quello che fa.»

«Pensi di sposarlo?»

«Forse. Ti sorprende?»

«Un po'.» Dopo una pausa Gerard aggiunse: «Ho l'impressione che tu tenga a lui più di quanto lui non tenga a te. Ed è sempre un rischio».

«No, siamo pari, almeno più di quanto credi. Lui prova per me tutto quanto è in grado di provare e io altrettanto, solo che il nostro potenziale d'affetto è diverso. Ecco. Ciascuno di noi dà all'altro tutto quello che ha da dare.»

«Quindi ti proponi di comprarlo.»

«Non abbiamo sempre fatto così, io e te? Quando abbiamo voluto una cosa ce la siamo comprata. E tu e Lucinda? Sei sicuro di non sbagliare? Lo dico per te, di lei non mi preoccupo. Non mi lascio ingannare da quell'aria di virtuosa fragilità. Sa badare a se stessa. Come tutti quelli della sua classe sociale.»

«Io la voglio sposare.»

«Non è necessario dirlo con questo tono polemico. Nessuno te lo impedisce. Tra l'altro, ti proponi di dirle la verità su di te... su di noi? O, più esattamente, ti proponi di avvertire la sua famiglia?»

«Risponderò alle loro domande, se saranno ragionevoli. Finora non me ne hanno fatte, ragionevoli o no. Non sono più i tempi, grazie a Dio, in cui si chiedeva il consenso al padre e il fidanzato doveva dimostrare la propria idoneità morale e finanziaria. Lei, in ogni caso, ha solo un fratello che sembra dia per scontato che io abbia una casa per ospitarla e i soldi necessari a offrirle qualche agio.»

«Ma tu non ce l'hai una casa. Non me la vedo Lucinda nel tuo appartamento di Barbican. Non c'è niente che valga quanto un po' di spazio a disposizione.»

«Credo che preferisca lo Hampshire, ma ne parleremo quando sarà più vicina la data del matrimonio. Io continuerò a tenere la casa di Barbican, è comoda così vicina all'ufficio.»

«Speriamo che vada tutto bene. Sinceramente vedo più possibilità per me e Declan che per voi due. Noi non scambiamo il sesso per l'amore. E tu potresti trovare qualche difficoltà a sciogliere il tuo matrimonio. Credo che Lucinda sia di quelle che sviluppano degli scrupoli religiosi davanti all'ipotesi di un divorzio. Comunque il divorzio è volgare, costa caro e crea disordine. D'accordo, lei non potrebbe impedirlo dopo due anni di separazione, ma sarebbero anni molto sgradevoli. E poi è sempre un fallimento, non ti farebbe piacere, credo, che venisse reso pubblico.»

«Non mi sono ancora sposato, è prematuro parlare di matrimonio fallito. Non succederà.»

«Francamente, Gerard, non capisco che cosa ti aspetti da questo matrimonio, oltre a una bella moglie di diciotto anni più giovane di te.»

«Molti penserebbero che è già una buona prospettiva.»

«I più sprovveduti lo penserebbero. In realtà è una ricetta per il disastro. Tu non sei un membro della famiglia reale, non devi sposare una ragazza inadatta a te purché vergine, per dare seguito a una dinastia. O è questo che vuoi, fondare una famiglia? Dev'essere così. Col passare degli anni sei diventato un conformista. Vuoi una vita regolare, i figli.»

«È un ottimo motivo per sposarsi. Il solo, direbbero alcuni.»

«La verità è che ti sei stancato di passare da una all'altra e adesso vuoi sistemarti con una ragazza giovane, bella, vergine e possibilmente di buona famiglia. Io, sinceramente, penso che ti saresti trovato meglio se avessi sposato Frances.»

«Non ci ho mai pensato.»

«Lei sì. È facile capire com'è andata. Da una parte una ragazza che ha quasi trent'anni, ovviamente desiderosa di avere un'esperienza sessuale, dall'altra il mio intraprendente fratellino; che vuoi di più? Ma è stato uno sbaglio. Ti sei fatto un nemico di James de Witt e non te lo potevi permettere.»

«Lui non mi ha mai detto niente.»

«Certo che non ti ha detto niente, non è nel suo carattere. James non parla. Però ti dò un consiglio: non avvicinarti troppo al balcone dell'ultimo piano di Innocent House. Una morte violenta può bastare, in questa casa.»

«Grazie, ma se mi capitasse qualcosa del genere» rispose Gerard con calma, «non sarebbe James il primo di cui sospettare. Dopotutto se non mi fossi ancora sposato e non avessi cambiato testamento, tu avresti le mie azioni, la mia casa e il danaro della mia assicurazione. Potresti comprarti molti pezzi di antiquariato con una bella fetta di un patrimonio di due milioni e mezzo di sterline.»

Claudia era già sulla porta quando Gerard, con molta freddezza, senza alzare gli occhi dalla scrivania, disse: «A proposito, l'attentatore alla tranquillità aziendale ha colpito ancora».

Claudia si voltò e chiese bruscamente: «Come? Dove? Che cos'è successo?».

«Oggi, alle dodici e mezzo, per essere precisi, qualcuno ha mandato un fax da qui alla Better Books di Cambridge annullando l'incontro della Carling con i lettori. Quando lei è arrivata, ha trovato che gli annunci erano stati staccati, il tavolo e le sedie rimossi, le giovani promesse della letteratura se n'erano andate e i libri ormai erano già quasi tutti nell'ufficio sul retro. Pare che mandasse scintille dalla rabbia. Quasi rimpiango di non essere stato lì a vederla.»

«Dio! Quando l'hai saputo?»

«Mi ha telefonato la sua agente, Velma Pitt-Cowley, alle due e mezzo; ero appena tornato in ufficio dopo pranzo. Mi cercava da più di un'ora, la Carling le aveva telefonato dal negozio.»

«E te ne sei stato zitto fino adesso?»

«Avevo cose più importanti da fare questo pomeriggio che mettermi a girellare per gli uffici a raccogliere gli alibi. Veramente toccherebbe a te, ma non ne ricaveremmo niente comunque. Questa volta, poi ho un sospetto. Comunque non è una cosa importante.»

«Sì, se non si trattasse di Esmé Carling» ribatté Claudia. «Di' pure che è antipatica, disprezzala, compiangila ma non sottovalutarla. Potrebbe rivelarsi un nemico più pericoloso di quanto credi.»

15

La saletta al piano superiore del Connaught Arms di Waterloo Road era affollata. Matt Bayliss, titolare della licenza, non aveva più dubbi sul successo della serata di lettura di versi. Alle nove gli incassi al bar erano già molto alti per un giovedì sera. La saletta di solito veniva usata per qualche pranzo (non c'era molta richiesta di cene importanti al Connaught Arms) ma la si poteva sfruttare anche in altre occasioni ed era stato suo fratello Colin, che lavorava per una associazione artistica, che lo aveva convinto a metterla a disposizione per quella serata. Il programma prevedeva una lettura di poesie, già edite, fatta dagli autori e alternata alla presentazione delle opere dei dilettanti presenti in sala che avessero voluto partecipare. L'ammissione costava una sterlina a testa e Matt aveva già allestito, in fondo al locale, un tavolo con dei bicchieri di vino a pagamento. Non avrebbe mai immaginato che la poesia piacesse tanto e che tra i frequentatori abituali fossero così numerosi quelli che amavano esprimersi in versi. La vendita iniziale dei biglietti era stata soddisfacente, ma c'era ancora un gruppo consistente di ritardatari che, insieme ai clienti del bar cui erano giunti gli echi della serata al piano di sopra, si affollavano su per la stretta scala con il boccale della birra in mano.

Gli entusiasmi di Colin erano di varia natura ma tutti di breve durata. Arte nera, arte femminile, arte gay, arte del Commonwealth, arte povera, arte programmata, arte per il popolo. A Matt interessava soprattutto la birra per il popolo, ma non vedeva perché i due interessi non potessero proficuamente incontrarsi. Colin aveva l'ambizione di trasformare il Connaught Arms in un centro di lettura di poesia contemporanea, pista di lancio per nuovi poeti. Matt, guardando il suo aiutante affaccendato ad aprire bottiglie di rosso della California, scopriva in se stesso una inattesa passione per la cultura contemporanea. Ogni tanto saliva dal bar per rendersi conto di come procedeva la serata. Le poesie gli sembravano in gran parte incomprensibili; poche avevano la rima o un metro facile da riconoscere, mancavano cioè di quelli che per lui erano i due elementi fondamentali della poesia, però tutti applaudivano. Poiché fumavano anche i poeti, dilettanti e non, e il pubblico, l'aria stagnante sapeva di birra e di tabacco.

La star della serata, lo si sapeva, era Gabriel Dauntsey. Aveva chiesto di essere tra i primi, ma i poeti che l'avevano preceduto erano, per la maggior parte, usciti dai limiti di tempo, soprattutto i dilettanti non si erano mostrati sensibili ai cauti ammonimenti pronunciati da Colin a bassa voce ed erano quasi le nove e mezzo quando Dauntsey salì sul palco. Venne ascoltato in un rispettoso silenzio e calorosamente applaudito, Matt però ebbe la sensazione che le sue poesie, che parlavano di una guerra che per la maggior parte dei presenti era ormai entrata nella storia, non facessero parte degli interessi del pubblico. Finita la lettura, Colin si fece largo tra la ressa per avvicinarsi al poeta.

«Davvero deve già andare? Pensavamo di uscire a cena, dopo, in un piccolo gruppo...»

«Mi dispiace, non vorrei fare troppo tardi. Dove posso trovare un taxi?»

«Matt può chiamarlo al telefono, ma forse le conviene andarlo a prendere in Waterloo Road, qui a pochi passi.»

Dauntsey si era allontanato senza che quasi nessuno se ne accorgesse e lo ringraziasse e a Matt era rimasta la sensazione che non si fossero comportati bene con quel vecchio signore.

Lo aveva visto uscire da poco quando una coppia anziana gli si avvicinò, nel bar. L'uomo disse: «Se n'è già andato Gabriel Dauntsey? Mia moglie ha la prima edizione delle sue poesie e le farebbe piacere che le facesse un autografo. L'abbiamo cercato di sopra ma non siamo riusciti a trovarlo».

«Siete in automobile?» chiese Matt.

«L'abbiamo lasciata a tre isolati da qui, più vicino non c'era posto.»

«È appena uscito ed è a piedi. Se vi affrettate potete raggiungerlo, ma non andate prima a prendere l'automobile, altrimenti rischiate di non trovarlo più.»

Si erano allontanati in fretta, la donna col libro in mano, lo sguardo impaziente.

Dopo tre minuti erano già tornati. Matt, dall'altra parte del bar, li vide entrare, sorreggendo Gabriel Dauntsey che si tamponava la fronte con un fazzoletto sporco di sangue. Matt si avvicinò.

«Che cos'è successo?»

«È stato aggredito» rispose la donna, molto turbata. «Erano in tre, due neri e un bianco. Gli stavano addosso, ma sono scappati quando ci hanno visti. Però hanno fatto in tempo a portargli via il portafoglio.»

L'uomo cercò una sedia libera e fece sedere Dauntsey. «È meglio chiamare la polizia o un'ambulanza.»

La voce di Dauntsey era più forte e più ferma di quanto Matt non avesse immaginato. «No, no, sto bene. Non voglio né polizia né ambulanza. Ho solo una scalfittura perché ho battuto la fronte, cadendo.»

Matt lo guardò, incerto. Gli parve che si fosse spaventato, ma non che si fosse fatto male. E a che cosa sarebbe servito chiamare la polizia? Ormai trovare i responsabili era impossibile, quindi tutto si sarebbe risolto con una denuncia di aggressione da aggiungere all'elenco dei reati rimasti irrisolti. Matt, pur tenace sostenitore dei meriti della polizia, preferiva non vederla troppo spesso nel suo bar.

La donna guardò il marito e disse con fermezza: «Noi dobbiamo passare proprio davanti al St. Thomas's Hospital, lo porteremo al pronto soccorso. Mi pare la decisione più ragionevole».

Dauntsey non parve avere niente da opporre.

Non vogliono prendersi troppa responsabilità, pensò Matt e non si sentì di biasimarli. Quando se ne furono andati, salì al piano di sopra per controllare se c'era ancora vino e vide, sul tavolo vicino alla porta, una pila di volumetti sottili. Provò un moto di pietà per Gabriel Dauntsey che, poverino, non aveva nemmeno aspettato di firmare i suoi libri. Ma forse era meglio così. Sarebbe stato imbarazzante per tutti se non ne avesse venduto neanche uno.

16

La mattina seguente, 15 ottobre, venerdì, Blackie si svegliò oppressa dal peso di un presagio. Il suo primo pensiero cosciente fu di paura per quello che poteva aspettarla durante il giorno. S'infilò la vestaglia e scese a preparare il tè, incerta se svegliare Joan e, accusando un mal di testa che le avrebbe impedito di uscire di casa, chiederle se poteva lei, più tardi, avvertire l'ufficio, con tutte le sue scuse e l'assicurazione che il lunedì sarebbe stata di sicuro al proprio posto. Allontanò quella tentazione. Il lunedì sarebbe arrivato troppo presto e le avrebbe portato un carico d'ansietà ancora più pesante. E poi un'assenza sarebbe parsa sospetta. Tutti sapevano che non mancava mai in ufficio, nemmeno quando era ammalata. Doveva andare a lavorare, come se fosse un giorno qualsiasi.

Non riuscì a fare colazione. Il solo pensiero delle uova al bacon le diede la nausea e il primo cucchiaio di cereali le impastò la bocca. Alla stazione, comprò come sempre il "Daily Telegraph", ma non lo aprì durante il viaggio e rimase a fissare dal finestrino uno sguardo cieco sul caleidoscopio dei sobborghi del Kent.

Il motoscafo, quella mattina, partì dal Charing Cross Pier con cinque minuti di ritardo. Il signor de Witt, di solito così puntuale, scese correndo i gradini proprio mentre Fred Bowling stava ormai per decidersi a partire senza di lui.

«Scusatemi» disse bruscamente il signor de Witt, «mi sono svegliato tardi. Siete stati gentili ad aspettarmi. Credevo già di dover prendere il secondo motoscafo.»

C'erano tutti adesso, quelli della prima corsa: il signor de

Witt, lei, Maggie FitzGerald e Amy Holden della pubblicità, il signor Elton dell'ufficio legale e Ken del magazzino. Blackie occupò il solito posto a prua. Avrebbe preferito sedersi a poppa, da sola, ma anche questo sarebbe parso sospetto. Le pareva di dover stare attenta a ogni parola, a ogni gesto, come se fosse già sottoposta a un interrogatorio. Sentì James de Witt dire agli altri che la signorina Frances gli aveva telefonato la sera prima, molto tardi, per dirgli che il signor Dauntsey era stato aggredito per strada, subito dopo la lettura di poesia. Lo avevano trovato due persone che erano state anche loro al pub e che lo avevano accompagnato al pronto soccorso del St Thomas's Hospital. Aveva sofferto più per lo spavento che per l'aggressione fisica vera e propria e ormai stava bene. Blackie non fece commenti. Era solo un incidente di poco conto, un altro segno di sfortuna. Sembrava poco importante a paragone dell'ansia che lei portava in sé.

Di solito il tragitto sul fiume le piaceva; era sempre lo stesso, tutti i giorni da venticinque anni e non aveva ancora perso il suo fascino. Ma oggi tutti i punti di riferimento non sembravano altro che tappe sulla strada del disastro: l'elegante parapetto di ferro battuto del Blackfriars Railway Bridge; Southwark Bridge con i gradini che portavano alla Sothwark Causeway, di dove Christopher Wren veniva accompagnato a remi dall'altra parte del fiume quando seguiva i lavori per la costruzione della St. Paul's Cathedral; il London Bridge ai due lati del quale, un tempo, le teste dei traditori venivano esposte infilate su delle aste di ferro, il Traitor's Gate, verde di alghe e di erbacce; e il Dead Man's Hole, sotto il Tower Bridge dove, per tradizione, le ceneri dei morti venivano sparse fuori dai confini della città e infine il Tower Bridge, il bianco-azzurrino della passerella in alto con il suo stemma dorato e, attraccato a riva, l'HMS *Belfast*, l'incrociatore dell'ultima guerra, con i colori dell'Atlantico. Blackie guardò tutto con occhi indifferenti. Cercò di convincersi che quell'ansia era ridicola e ingiustificata. Non aveva che una minima ragione per sentirsi in colpa e forse non era nemmeno una ragione importante o riprovevole. Doveva solo tenere i nervi a posto e tutto sarebbe andato bene. Ma l'ansia che adesso si era trasformata in una vera paura, cresceva di minuto in minuto man mano che Innocent

House si avvicinava; le sembrava che si fosse comunicata anche agli altri. Il signor de Witt era sempre silenzioso e spesso leggeva durante il tragitto sul fiume, ma le ragazze di solito chiacchieravano allegre. Quella mattina, invece, tacevano tutti, mentre il motoscafo oscillava lentamente all'anello di ormeggio, a destra dei gradini.

De Witt, all'improvviso disse: «Innocent House. Bene, eccoci arrivati».

C'era, nella sua voce, una nota falsamente festosa, come fossero tornati da una gita in barca, ma il suo viso era serio. Blackie si chiese che cosa avesse, che cosa stesse pensando. Poi, lentamente, insieme agli altri, salì i gradini lambiti dalla marea ed entrò sul piazzale di marmo, cercando di farsi forza per affrontare quello che la giornata aveva in serbo per lei.

17

George Copeland, in piedi al riparo dietro il banco della sala d'aspetto, conscio della propria imbarazzata inadeguatezza, sentì con sollievo i passi avvicinarsi sull'acciottolato. Dunque il motoscafo era arrivato, finalmente. Lord Stilgoe smise di camminare su e giù nervosamente e tutti e due si voltarono verso la porta. Il gruppetto entrò compatto, con James de Witt in testa. De Witt vide la faccia preoccupata di George e chiese subito: «Cosa c'è che non va, George?».

Fu Lord Stilgoe a rispondere. Senza salutare de Witt disse con aria cupa: «Etienne è sparito. Mi aveva dato appuntamento nel suo ufficio alle nove. Quando sono arrivato ho trovato solo il centralinista e la donna delle pulizie. Non mi aspettavo di essere trattato a questo modo. Il mio tempo è prezioso, anche se quello di Etienne non lo è. Ho un appuntamento all'ospedale, stamattina».

«Che significa: è sparito?» disse de Witt in tono conciliante. «Avrà trovato un po' di traffico lungo la strada.»

«No, dev'essere qui, da qualche parte, signor de Witt» lo interruppe George. «Sono andato a cercarlo nel suo ufficio, vedendo che non rispondeva al citofono e ho visto la giacca appesa alla sedia. Il portone, quando sono arrivato, non era chiuso con la Banham, ho aperto solo con la Yale. E l'allarme non era inserito. Poco fa è arrivata la signorina Claudia, lo sta cercando anche lei.»

Tutti, spinti da un impulso collettivo, entrarono nell'atrio. Claudia, con la signora Demery alle spalle, stava uscendo dall'ufficio di Blackie.

«George ha ragione, dev'essere qui, ma non so dove. C'è la sua giacca sulla sedia e anche il suo mazzo di chiavi nel cassetto a destra della scrivania.» Si rivolse a George. «Ha controllato che non sia al numero 10?»

«Sì, signorina Claudia. Il signor Bartrum è arrivato, ma non c'è nessun altro negli uffici. È andato a dare un'occhiata e poi mi ha richiamato. Ha detto che la Jaguar del signor Gerard è parcheggiata dov'era ieri sera.»

«Le luci erano accese quando lei è arrivato?»

«No, neanche nell'ufficio del signor Gerard. Da nessuna parte.»

In quel momento apparvero Frances Peverell e Gabriel Dauntsey. George vide che il signor Dauntsey non stava bene. Camminava appoggiandosi a un bastone e aveva un piccolo cerotto sulla fronte, a destra. Nessuno disse niente e George pensò di essere stato il solo ad accorgersene.

«Non avete visto Gerard, per caso, al numero 12?» chiese Claudia. «Non riusciamo a trovarlo.»

«No, non era da noi» rispose Frances.

Mandy, che entrava in quel momento, si tolse il casco e disse: «C'è la sua automobile. Arrivando l'ho vista in fondo a Innocent Passage».

«Sì, lo sappiamo, Mandy» replicò brusca Claudia. «Andrò a dare un'occhiata al piano di sopra. Dev'essere in qualche ufficio, non c'è altra spiegazione. Voi aspettatemi qui.»

Si avviò svelta alle scale, seguita dalla signora Demery. Blackie, come se non avesse capito che a lei al pari degli altri era stato detto di aspettare, emise un piccolo sospiro affannoso e si mise goffamente a rincorrerle. Maggie FitzGerald disse: «Ci si poteva giurare che la signora Demery sarebbe entrata in azione» ma aveva parlato con una voce un po' incerta e quando nessuno diede seguito alla sua osservazione arrossì come se si fosse pentita di aver aperto bocca.

Il gruppetto si dispose silenziosamente in semicerchio, quasi mosso, pensò George, da una mano invisibile. Aveva acceso le luci dell'atrio e il soffitto dipinto, che scintillava su di loro, pareva sottolineare col suo splendore, immutato nel tempo, l'inconsistenza delle loro preoccupazioni e la futilità delle loro ansie. Tutti tenevano gli occhi rivolti verso l'alto. George pensò che sembravano le figure di un quadro a soggetto religioso, in attesa di un'apparizione soprannaturale. Aspettò con loro, incerto se il suo posto fosse lì o dietro il banco. Non toccava a lui prendere parte alle ricerche. Come sempre faceva quello che gli era stato detto, era solo un po' stupito che gli altri si fossero adattati ad aspettare. Ma in fondo perché no? Era inutile che tutti si mettessero a girare per Innocent House. Tre potevano bastare. Se il signor Gerard era da qualche parte nel palazzo, la signorina Claudia l'avrebbe trovato. Nessuno parlava o si muoveva, tranne James de Witt che si era spostato in silenzio a fianco di Frances Peverell. Pareva a George che stessero aspettando immobili, come attori in un quadro vivente, da ore e non da pochi minuti.

Ma Amy, con una voce resa acuta e stridula dalla paura disse: «Qualcuno sta gridando. Ho sentito un grido» e si guardò intorno, sconvolta.

James de Witt non si voltò verso di lei, ma verso la scala. «Nessuno ha gridato» affermò con calma. «Lei se lo è immaginato, Amy.»

Ma il grido si ripeté, questa volta più forte, e lo sentirono tutti, un alto grido disperato. Si mossero fino ai piedi della scala, ma non oltre. Era come se nessuno avesse il coraggio di salire il primo gradino. Ci fu un attimo di silenzio, poi dall'alto arrivò un gemito, un lamento, che andò crescendo, e si fece sempre più vicino. George, paralizzato dal terrore, non riuscì a capire di chi fosse quella voce. Non gli pareva una voce umana ma il richiamo di una sirena o il grido di un gatto nella notte.

Maggie FitzGerald bisbigliò: «Oh Dio, oh Dio, che cos'è?».

Poi, con drammatica tempestività, la signora Demery comparve in cima alla scala. A George parve che si fosse materializzata dal nulla. La Demery sorreggeva Blackie, i cui lamenti ora si erano tramutati in cupi, violenti singhiozzi.

«Che cos'è successo, signora Demery?» la voce di de Witt era bassa, ma molto chiara. «Dov'è il signor Gerard?»

«Nell'archivio piccolo. Morto! Assassinato! Ecco che cos'è successo! È là disteso, mezzo nudo, rigido come un pezzo di legno. L'hanno strangolato con quello schifoso serpente, il Sibilante Sid, ce l'ha attorcigliato attorno al collo e con la testa in bocca.»

Finalmente James de Witt si mosse. Con uno scatto corse su per le scale. Frances fece per seguirlo, ma lui si voltò e le disse, in fretta. «No, Frances, no» spingendola via affettuosamente. Anche Lord Stilgoe si avviò per le scale, col passo reso faticoso dall'età, appoggiandosi alla ringhiera. Gabriel Dauntsey esitò un attimo, poi salì anche lui.

«Nessuno mi dà una mano?» gridò la signora Demery. «Non ce la faccio a sorreggerla, è pesante!»

Frances corse subito da lei e mise un braccio attorno alla vita di Blackie. Guardandole, George pensò che era Frances ad avere bisogno di aiuto. Scesero le scale insieme, quasi portando di peso Blackie che si lamentava e diceva: «Mi dispiace tanto, scusatemi». La trasportarono attraverso l'atrio sul retro della casa mentre gli altri, ancora riuniti in gruppo, le guardavano in silenzio.

George tornò al centralino. Era quello il suo posto, dove si sentiva sicuro. Da lì poteva affrontare ogni evenienza. Quei singhiozzi spaventosi adesso erano più sommessi, ma si sentivano ancora le sonore esortazioni della signora Demery e un mormorio indistinto di voci femminili. Cercò di estraniarsi. C'era del lavoro da svolgere ed era bene farlo subito. Cercò di aprire lo sportello di sicurezza sotto il bancone, ma gli tremavano tanto le mani che non riusciva a infilare la chiave nella serratura. Squillò il telefono e lui si rialzò bruscamente, annaspando per afferrare il ricevitore. Era la signora Velma Pitt-Cowley, l'agente di Esmé Carling. Voleva parlare con il signor Gerard. George, colto alla sprovvista, prima restò zitto, poi riuscì a rispondere che il signor Gerard non c'era. Si accorse lui stesso di aver parlato con una voce acuta, spezzata, innaturale.

«Allora mi chiami la signorina Claudia. Lei ci sarà.»

«No» disse George. «No.»

«Che cosa succede? È lei, vero George, al telefono? C'è qualcosa che non va?»

George, sgomento, interruppe la comunicazione. Il telefono riprese subito a suonare, ma lui non rispose, seguitò a guardarlo, tremando, senza riuscire a superare una forte sensazione d'impotenza finché il suono s'interruppe. Mai si era comportato così. Passò un po' di tempo, secondi, minuti. Poi Lord Stilgoe apparve, incombente, di là dal bancone, George sentì l'odore del suo alito e l'impeto del suo rabbioso trionfo.

«Mi chiami New Scotland Yard. Voglio parlare col commissario e, se non c'è, con l'ispettore capo Adam Dalgliesh.»

Parte Seconda

MORTE DI UN EDITORE

18

L'ispettrice della sezione investigativa Kate Miskin spinse via una valigia mezza vuota, aprì il balcone del suo nuovo appartamento ai Docks e, con le mani strette alla ringhiera di quercia lucida, guardò il fiume luccicante fin su, a Limehouse Reach e poi lungo la corrente, fino alla grande curva attorno all'Isle of Dogs. Erano solo le nove e un quarto, ma la nebbia del mattino si era già alzata e il cielo, quasi senza nuvole, brillava di una opaca bianchezza con qualche lieve schiarita azzurro chiaro. Sembrava una giornata di primavera e non di metà ottobre, ma l'odore del fiume era autunnale, forte come l'odore delle foglie umide e della terra scura che si sovrapponeva a quello della salsedine. C'era l'alta marea e sotto le piccole macchie di luce che guizzavano e danzavano sulla superficie increspata dell'acqua come tante lucciole, Kate Miskin immaginava l'impeto della corrente e le pareva quasi di poterne avvertire la violenza. Con quella casa e quella vista dal balcone aveva soddisfatto un'altra delle sue ambizioni, si era allontanata ancora di un passo dall'appartamentino squallido, grande come una scatola, all'ultimo piano degli Ellison Fairweather Buildings, dove aveva passato i primi diciotto anni della sua vita.

Sua madre era morta quando lei aveva pochi giorni, suo padre non si sapeva chi fosse e ad allevarla era stata un'anziana e poco disponibile nonna materna che provava un rancore nei confronti di quella bambina che l'aveva resa prigioniera volontaria di un appartamento, soffocato in mezzo a tutti gli altri, dal quale non osava più uscire la sera per cercare la convivialità, la luce e il calore del pub lì vicino; una nonna sempre più esacerbata dall'intelligenza della nipote e da una responsabilità cui non riusciva ad adattarsi per l'età, la cattiva salute, il carattere. Kate si era resa conto troppo tardi, solo quando la nonna era morta, di averle voluto molto bene. Ora le sembrava che nel momento di quella morte ciascuna avesse pagato all'altra gli arretrati di un amore che le aveva accompagnate per tutta la vita. Sapeva che non si sarebbe mai completamente liberata degli Ellison Fairweather Buildings. Poco prima, mentre caricava in un ascensore moderno e spazioso i quadri a olio, bene imballati, che aveva dipinto lei stessa, si era ricordata dell'ascensore degli Ellison Fairweather, con le pareti impataccate e sporche, piene di scritte, il puzzo di urina, i mozziconi di sigaretta, le lattine di birra vuote. Spesso era guasto, in seguito a qualche atto di vandalismo, e lei e la nonna dovevano trascinarsi la spesa o il bucato ritirato dalla lavanderia su per sette piani, fermandosi a ogni pianerottolo perché la nonna potesse riprendere fiato. Seduta sui gradini, in mezzo ai loro sacchetti di plastica, ascoltando il respiro affannoso della vecchia nonna, lei aveva promesso a se stessa: "Quando sarò grande me ne andrò e non tornerò più agli Ellison Fairweather Buildings. Non ci tornerò più. Non sarò mai più povera. Non sarò mai più costretta a sentire questo odore".

Aveva scelto di entrare nella polizia come una scappatoia, resistendo alla tentazione di iscriversi alla sesta classe o di cercare di andare all'università, desiderosa solo di cominciare a guadagnare per andarsene. Il suo primo appartamento in una casa vittoriana in Holland Park era stato solo l'inizio. Dopo la morte della nonna aveva aspettato nove mesi prima di traslocare convinta che, andandosene prima, avrebbe commesso una diserzione, anche se non sapeva bene da che cosa, forse da una realtà che andava affrontata, e convinta anche della necessità di una espiazione e di una migliore conoscenza di se stessa, due esigenze per soddisfare le quali non esisteva luogo più adatto di quella casa. Sarebbe venuto il momento giusto per andar via, chiudendosi alle spalle la porta su un passato che non poteva essere mistificato, ma che, con le sue miserie, i suoi orrori, sì, i suoi orrori e le sue gioie, andava accettato, risolto e assimilato come parte di sé. Ora quel momento era venuto.

L'appartamento non era, naturalmente, quello che aveva sognato. Lei si era immaginata in uno di quegli ampi magazzini ristrutturati vicino al Tower Bridge con alte finestre e grandi stanze, i soffitti con le travi di quercia e nell'aria il ricordo di un vago odore di spezie. Ma, nonostante ci fosse stato un crollo nel mercato degli immobili, un appartamento così sarebbe stato troppo caro per lei e ora, quello che aveva scelto dopo minuziose ricerche, non rappresentava una brutta alternativa. Aveva fatto un'ipoteca che per lei era molto alta pensando che, finanziariamente, le conveniva comprare il meglio che potesse permettersi. Aveva una bella stanza, cinque metri e mezzo per tre e mezzo, due piccole camere da letto, di cui una con la doccia comunicante. La cucina era abbastanza grande da poterci mangiare e anche bene arredata. Il balcone che dava a sud-ovest e correva lungo tutta la lunghezza del salotto non era molto largo, ma poteva contenere comodamente un tavolo con delle sedie, per apparecchiare fuori, d'estate. Era contenta anche di non aver comprato dei mobili a buon mercato per il suo primo appartamento. Il divano e le due poltrone, di vero cuoio, sarebbero stati bene in quell'ambiente moderno. Ed era stata una fortuna che avesse scelto il marrone rossiccio invece del nero. Il nero sarebbe stato troppo ricercato. Anche il tavolo di olmo, molto semplice, e le sedie erano adatti alla nuova casa.

L'appartamento aveva anche un altro vantaggio. Era sull'angolo dell'isolato, con una doppia vista e due balconi. Dalla camera da letto si godeva l'ampio panorama scintillante di Canary Wharf, la torre come un'immensa matita con la punta di grafite lucente, la curva bianca dell'edificio vicino, l'acqua ferma del vecchio West India Dock e, sopra, la Docklands Light Railway con i suoi treni come giocattoli meccanici. Quella città di vetro e di cemento sarebbe diventata più movimentata quando vi si fossero trasferite le nuove aziende. Dal balcone lei si sarebbe affacciata su una sfilata variopinta e mutevole di mezzo milione di uomini e donne che, frettolosamente, svolgevano la loro vita di lavoro. L'altro balcone dava a sud-ovest sul fiume e sul lento, vecchio traffico del Tamigi: chiatte, barche da diporto, i motoscafi della polizia del fiume e della Port of London Authority, i transatlantici da crociera che risalivano il fiume per ancorarsi al Tower Bridge. A lei piacevano i contrasti, li trovava stimolanti e in quella casa si sarebbe potuta muovere da un mondo all'altro, dal nuovo al vecchio, dall'acqua calma al fiume impetuoso che T.S. Eliot aveva definito "un forte dio bruno".

L'appartamento era particolarmente adatto a un funzionario di polizia, avendo un citofono nell'ingresso, due serrature di sicurezza e una catena alla porta messa apposta per lei. C'era un garage seminterrato per il quale ogni inquilino aveva la propria chiave d'accesso. E anche questo era importante. Il tratto di strada per arrivare a New Scotland Yard era breve, oltretutto la casa era dalla parte giusta del fiume, ma forse qualche volta sarebbe potuta andare in motoscafo fino a Westminster Pier. Avrebbe imparato a conoscere il fiume, sarebbe entrata a far parte della sua vita e della sua storia. Si sarebbe svegliata la mattina al grido dei gabbiani e sarebbe uscita sul balcone in quello spazio vuoto, bianco e freddo. Ora, sospesa tra lo scintillio dell'acqua e l'alto, delicato azzurro del cielo provava un impulso che aveva già avuto in passato e che pareva avvicinarla più di quanto non fosse mai stata prima a un'esperienza religiosa; si sentiva presa da un bisogno quasi fisico nella sua intensità, di pregare, lodare, ringraziare non sapeva chi, di gridare una gioia che era più profonda di quella che le dava il benessere fisico, il raggiungimento di uno scopo o anche la bellezza del mondo tangibile.

Non aveva portato gli scaffali per i libri, che erano a misura della casa vecchia e quelli nuovi, costruiti secondo una sua dettagliata indicazione, ora rivestivano tutta la parete davanti alla finestra. In ginocchio, Alan Scully stava vuotando la prima cassa. Kate si era stupita nel vedere quanti libri aveva comprato da quando l'aveva conosciuto. Nessuna delle opere degli scrittori che aveva studiato a scuola, però lei era ugualmente grata alla Ancroft Comprehensive. Gli insegnanti avevano fatto del loro meglio per lei. Allora, nella sua arroganza giovanile, non aveva saputo apprezzarli, ma adesso capiva che erano stati coscienziosi, si erano dati da fare per mantenere la disciplina, per disimpegnarsi con classi numerose e una decina di lingue diverse, per soddisfare esigenze contrastanti, affrontare i gravi problemi familiari di alcuni scolari e portarli a superare quegli esami che avrebbero aperto loro la possibilità di una vita migliore. Ma la maggior parte di quello che aveva appreso era venuto dopo la scuola. A scuola, dietro il capannone per le biciclette e nel cortile asfaltato, aveva imparato tutto quello che non era importante sul sesso. E niente che fosse importante. Era stato Alan a insegnarglielo, insieme a molte altre cose. Le aveva insegnato quali libri leggere, ma senza arie di superiorità, senza vedersi come una specie di Pigmalione, solo col desiderio di dividere con qualcuno che amava le cose che amava. E adesso era venuto il momento che anche tutto questo finisse.

Sentì che le diceva: «Se vuoi che ci concediamo una pausa, preparo il caffè. O stai solo ammirando il paesaggio?».

«Sto ammirando il paesaggio. Me lo sto godendo. Ti piace la casa, Alan?»

Era la prima volta che lui vedeva la casa e gliel'aveva mostrata con un orgoglio infantile.

«Mi piacerà di più quando l'avrai sistemata. Se la vedrò. Dove vuoi che metta questi libri? Vuoi separare la poesia dalla narrativa, dalla saggistica...? Per il momento Dalgliesh è vicino a Defoe.»

«Defoe? Non sapevo di avere un Defoe. Non mi piace nemmeno. È meglio sistemarli secondo il genere e poi secondo l'autore.»

«Il Dalgliesh è una prima edizione. Ti è parso giusto comprarlo rilegato perché è il tuo capo e lavori con lui?»

«No. Ho letto le sue poesie per vedere se riuscivo a capirlo meglio.»

«Ed è stato così?»

«No, non esattamente. Non riesco a collegare le poesie all'autore. E quando ci riesco, mi fa paura, perché capisco che lui vede troppe cose.»

«Non c'è dedica, non gliel'hai chiesta?»

«Sarebbe stato imbarazzante per entrambi. Non perderci troppo tempo, Alan, mettilo sullo scaffale.»

Gli si avvicinò e gli s'inginocchiò vicino. Non le aveva parlato dei libri che riguardavano il suo lavoro e vide che erano messi in ordine uno sull'altro vicino alla cassa. A uno a uno cominciò a sistemarli sullo scaffale più basso: una copia delle ultime statistiche criminali, *Polizia e indagine criminale, Atti giudiziari 1984*; il Blackstone, *Guida alla Giustizia, Atti giudiziari 1991*; poi il Butterworth, *Regolamento di polizia*; il Keane, *Nuove norme sull'esame degli indizi, il Diritto penale* di Clifford Hogan, il *Manuale di addestramento per il servizio nella polizia* e il Rapporto Sheehy. Kate pensò, ecco una raccolta di libri per una donna che vuole fare carriera e si chiese se, mettendoli da parte senza parlargliene, Alan non avesse voluto esprimere un giudizio, forse inconscio, che andava oltre la sistemazione negli scaffali. Per la prima volta, dopo anni, vide la loro unione con lo sguardo distaccato di un osservatore obiettivo. Da una parte una donna con un buon successo professionale, ambiziosa, consapevole di dove intendeva arrivare. Una donna che, trovandosi ogni giorno di fronte alla disgregazione di vite sregolate aveva scrupolosamente escluso dalla propria qualsiasi forma di disordine. Dall'altra parte, necessario complemento a questa ben pianificata autosufficienza, un amante intelligente, di aspetto gradevole, disponibile quanto bastava, buon compagno di letto e, a questo proposito, non molto esigente. Per tre anni Alan Scully aveva coperto alla perfezione questo ruolo. Lei sapeva di avergli dato, in cambio, affetto, lealtà, gentilezza, comprensione, e tutto senza difficoltà. Ma c'era da stupirsi che, adempiuta la sua funzione, lui volesse diventare per lei qualcosa di più che un elemento complementare?

Kate posò a terra i libri, attratta dal profumo del caffè, anche se non c'era profumo migliore di quello della carta stampata. Bevvero il caffè seduti sul pavimento, con la schiena appoggiata a una cassa ancora chiusa. Lei chiese: «Che volo prenderai mercoledì prossimo?».

«Quello delle undici, BA 175. Hai cambiato idea?»

Kate stava per dire: "No, Alan, è impossibile", ma tacque. Non era impossibile. Avrebbe potuto benissimo cambiare idea. Sarebbe stato più onesto rispondere che non voleva cambiare idea. Avevano parlato tanto e ora lei sapeva che non c'era possibilità di compromesso. Capiva che cosa provava e che cosa voleva Alan. Non cercava di ricattarla. Gli era stata offerta l'occasione di lavorare per tre anni a Princeton e voleva andarci. Era importante per la sua carriera, per il suo futuro, ma sarebbe rimasto a Londra, continuando a fare il solito lavoro in biblioteca se Kate si fosse impegnata a stare con lui, a sposarlo o comunque a vivere insieme e ad avere un figlio da lui. E non perché giudicasse la carriera di Kate meno importante della propria; se fosse stato necessario avrebbe anche rinunciato per un po' alla biblioteca e sarebbe rimasto a casa mentre lei andava a lavorare. Le aveva sempre garantito quella essenziale parità. Ma era stanco di vivere ai margini della sua giornata. Lei era la donna che amava e con la quale intendeva trascorrere tutta la vita. Avrebbe rinunciato a Princeton ma non per continuare a vederla solo quando non era impegnata col lavoro, come un innamorato che non sarebbe mai diventato niente di più.

«Non sono pronta per il matrimonio né per la maternità. Forse non sarò mai pronta, soprattutto per la maternità. Non sarei una brava mamma. Mi è mancato il tirocinio.»

«Non credo che ci voglia un tirocinio.»

«Ci vuole una totale dedizione affettuosa. Io non posso darla. Non si può dare quello che non si ha.»

Alan non replicò, non tentò di convincerla. Non era più il tempo del dialogo.

Disse: «Abbiamo ancora cinque giorni e tutto oggi. Stamattina finiamo di disfare le casse, poi andiamo a mangiare sul fiume, in un pub, magari il Prospect of Whitby. Dovremmo fare a tempo. Tanto da qualche parte si deve pur mangiare. A che ora torni a Scotland Yard?».

«Alle due. Ho solo mezza giornata di permesso, Daniel Aaron oggi è in vacanza. Stasera uscirò il più presto possibile e ceneremo qui. Mangiare fuori una volta al giorno è più che sufficiente. Possiamo prendere qualcosa da portare a casa al ristorante cinese.»

Alan stava mettendo in cucina le tazze del caffè quando suonò il telefono. «È la tua prima telefonata» disse. «Vedi che cosa succede a spedire i biglietti con il cambio d'indirizzo? Nei prossimi giorni sarai oppressa da tutti quelli che ti chiameranno e ti faranno gli auguri per la casa nuova.»

Ma Kate restò poco al telefono e quasi non aprì bocca. Poi abbassò il ricevitore e si voltò verso Alan. «È la Squadra. C'è una morte sospetta. Vogliono che vada subito. È sul fiume. Dalgliesh passa a prendermi con il motoscafo della Divisione

Tamigi. Mi dispiace, Alan.» Sembrava che avesse passato gli ultimi tre anni a dire: "Mi dispiace, Alan".

Si guardarono in viso per un momento, senza parlare, poi lui disse: «Com'era in principio e ora e sempre. Che cosa vuoi che faccia, Kate, che vada avanti a disfare le casse?».

Improvvisamente il pensiero di Alan lì da solo le fu intollerabile. «No, lascia stare. Lo farò io più tardi. Non c'è fretta.»

Ma Alan continuò a disfare le casse, mentre lei andava a togliersi i jeans e la maglietta che si era messa per fare il trasloco e indossava un paio di pantaloni di velluto a coste nocciola chiaro, una bella giacca di tweed e una maglietta a collo alto di lana sottile color crema. Si intrecciò i capelli folti sulla nuca e fissò la treccia con un fermaglio.

Quando tornò Alan le diede, come al solito, un rapido sguardo d'ammirazione. «È la tua tenuta da lavoro? Non sono mai riuscito a capire se ti vesti per Adam Dalgliesh o per l'assassino. Ovviamente non per il cadavere.»

«Questo cadavere» disse Kate «non è stato ritrovato in un fosso.»

Era, rispetto al passato, una novità questa gelosia per Dalgliesh e forse rappresentava sia il sintomo sia la causa del cambiamento che stava avvenendo nei loro rapporti.

Uscirono insieme, in silenzio. Solo quando Kate ebbe chiuso con due giri di chiave la porta alle loro spalle, lui le chiese: «Ti rivedrò prima di partire mercoledì?».

«Non so, Alan. Non so.»

Ma lo sapeva. Se quella indagine si fosse rivelata difficile, come tutto lasciava prevedere, lei avrebbe lavorato sedici ore al giorno, forse di più. Si sarebbe ricordata di quelle poche ore che avevano passato insieme nella casa nuova con piacere e anche con rimpianto, ma la sensazione che l'animava in quel momento era più eccitante, più coinvolgente, era la sensazione che provava ogni volta che veniva chiamata per una nuova indagine. Quello era il suo lavoro, per il quale si era preparata, che le riusciva bene e che le piaceva. Capiva che non avrebbe rivisto Alan per anni, mentre si allontanava da lui, pensierosa, già preparandosi mentalmente al compito che l'aspettava.

Alan aveva lasciato l'automobile in uno degli spazi contrassegnati, a destra, ma non si fermò, proseguì a piedi con Kate e restò con lei ad aspettare il motoscafo della polizia. Quando vide profilarsi la sua lucida sagoma blu si voltò e, senza una parola, tornò a prendere l'automobile. Ma non se ne andò subito. Kate sapeva che la stava ancora guardando mentre il motoscafo si fermava e l'alta figura vestita di scuro, in piedi a prua, le tendeva la mano per aiutarla a salire a bordo.

19

La chiamata raggiunse Daniel Aaron mentre si stava avvicinando a Eastern Avenue. Non ebbe bisogno di fermare l'automobile per riceverla, il messaggio era breve e chiaro. Una morte sospetta in Innocent Walk, a Innocent House. Doveva andarci subito. Robbins avrebbe portato con sé la borsa per i primi rilievi scientifici.

La chiamata non poteva arrivare in un momento migliore. L'aveva accolta con entusiasmo al pensiero che, finalmente, era arrivato il lavoro importante che aspettava. Da tre mesi aveva sostituito Massingham alla Squadra Speciale ed era ansioso di mettere se stesso alla prova. Ma aveva anche un'altra ragione di rallegrarsi. In quel momento stava andando a casa dei suoi genitori, a The Drive, vicino a Ilford, nell'Essex. Era il loro quarantesimo anniversario di matrimonio e, per festeggiarlo, avevano organizzato un pranzo, cui avrebbe partecipato anche la sorella di sua madre col marito. Lui aveva chiesto molto in anticipo un giorno di permesso, sapendo che quella era una ricorrenza familiare cui non poteva ragionevolmente sottrarsi, ma non per questo era contento di presenziarvi. Aveva davanti a sé la prospettiva di un pranzo pretenzioso e squallido nello stesso tempo in un ristorante anonimo ma molto frequentato scelto da sua madre e di un pomeriggio di noiose chiacchiere familiari. Sapeva che sua zia lo considerava un figlio poco premuroso, un nipote avaro di gratificazioni, un cattivo ebreo. Questa volta, data la circostanza, la zia non avrebbe espresso apertamente la sua disapprovazione, dando così una manifesta prova d'indulgenza che non avrebbe comunque alleggerito l'atmosfera.

Curvò in una strada laterale e, senza scendere, si fermò a telefonare. Non sarebbe stato un discorso facile e preferiva non farlo mentre guidava. Formò il numero, con la percezione esatta dei sentimenti contrastanti che lo turbavano in quel momento: il sollievo di poter evitare il pranzo di famiglia con una giustificazione valida, una forte riluttanza al pensiero di dovere annunciare la propria defezione, l'emozione e lo stimolo di quella nuova indagine che prometteva di essere interessante e infine il solito, irrazionale senso di colpa che annullava tutto il resto. Era deciso, comunque, a non perdere tempo in discussioni o spiegazioni troppo prolungate. Kate Miskin forse era già arrivata, i suoi genitori si sarebbero rassegnati. Fu suo padre a rispondere al telefono. «Daniel, non sei ancora partito? Avevi detto che saresti venuto presto, per chiacchierare un po' con noi tranquillamente prima che arrivassero gli zii. Dove sei adesso?»

«Sulla Eastern Avenue. Mi dispiace, papà, ma non posso venire. Ho appena avuto una chiamata dalla Squadra Speciale. Un caso urgente. Un omicidio. Devo andare subito.»

Poi la voce di sua madre, che aveva preso il telefono. «Che cosa stai dicendo, Daniel? Stai dicendo che non vieni? Ma tu devi venire! L'avevi promesso! Ci saranno anche gli zii. È il nostro quarantesimo anniversario di matrimonio. Che festa è se non ho i miei figli vicino? L'avevi promesso!»

«Lo so che l'avevo promesso. Non sarei sulla Eastern Avenue se non avessi avuto tutta l'intenzione di venire. La chiamata mi è arrivata quando ero già per strada.»

«Ma ti eri fatto dare un permesso. A che cosa serve un permesso se poi ti dicono che devi tornare indietro? Non puoi farti sostituire? Possibile che tocchi sempre a te?»

«Non è vero che tocca sempre a me. Oggi sì. È un'emergenza. Un omicidio.»

«Un omicidio! E tu preferisci occuparti di un omicidio invece di stare con i tuoi genitori. Omicidio! Morte! Non potresti pensare ai vivi, piuttosto?»

«Scusa, mamma, devo andare» disse Daniel e aggiunse un augurio che suonò sinistro: «Divertitevi».

Era andata peggio del previsto. Restò per un momento fermo in automobile cercando di calmarsi, di soffocare un'irritazione che stava diventando collera. Abbassò la frizione, innestò la prima, trovò un passo carraio per fare una retromarcia e tornò a immettersi sulla strada principale. Era il momento del massimo traffico del mattino, ma in realtà si trattava di una lenta, monotona processione. Anche i semafori pareva gli fossero contrari, diventavano rossi uno dopo l'altro con una malvagità esasperante. La scena di morte violenta alla quale si stava avvicinando con quella noiosa lentezza gli pareva così lontana da non poterla nemmeno immaginare, ma quando l'avesse avuta davanti agli occhi, era certo che tutti i suoi pensieri e le sue energie si sarebbero concentrati nell'adempimento del compito che gli era stato assegnato. Per ora, mentre fisicamente si allontanava, con lentezza, un chilometro dopo l'altro, dalla strada per Ilford, non riusciva a smettere di pensare a quella casa e alla sua vita.

Quando aveva dieci anni e David tredici, la sua famiglia aveva traslocato dalla casa di Whitechapel, dove lui era nato. Ancora pensava al numero 27 di Balaclava Terrace come alla "casa". Era una delle poche strade che non erano state distrutte dai bombardamenti e che fosse caparbiamente sopravvissuta mentre le case lì intorno venivano demolite tra nuvole di polvere acre e i grattacieli sorgevano come una città nuova ed estranea. Anche Balaclava Terrace sarebbe dovuta sparire se non fosse stato per la bizzarria e la determinazione di una donna anziana che abitava in una piazza vicina, i cui sforzi per conservare almeno una piccola parte dell'East End avevano coinciso con la mancata disponibilità economica delle autorità locali a intraprendere progetti più avventurosi. Così Balaclava Terrace era ancora al suo posto, imborghesita naturalmente, diventata rifugio dal cattivo gusto moderno per giovani dirigenti d'industria, dipendenti del London Hospital e studenti di medicina che prendevano in affitto gli appartamenti in coabitazione. Nessuno della famiglia di Daniel era mai tornato a Balaclava Terrace. I suoi genitori, andandosene, avevano realizzato un sogno che li aveva quasi spaventati quando aveva cominciato ad avvicinarsi alla realtà, ed era stato argomento di bisbigliate conversazioni notturne, che lui aveva colto in parte. Suo padre, ottenuto un diploma di contabile, aveva avuto una promozione. Il trasloco rappresentava la liberazione dal passato, uno spostamento a nord-est che significava anche un progresso, un modo per allontanarsi ancora di qualche chilometro da quel lontano villaggio polacco con un nome impronunciabile, dal quale erano arrivati i suoi bisnonni. Ma rappresentava anche un'ipoteca, la necessità di fare conti angosciosi, di soppesare le alternative.

Tutto era andato bene. A sei mesi dal trasloco l'imprevedibile morte di un collega aveva rappresentato per suo padre un'altra promozione e, insieme, la sicurezza economica. Nella casa di Ilford c'era una cucina con un'attrezzatura moderna e un salotto composto di tre camere comunicanti. Le donne che frequentavano la sinagoga erano ben vestite e ora anche sua madre era tra le più eleganti. Daniel nutriva il sospetto di essere l'unico membro della famiglia a rimpiangere Balaclava Terrace. Si vergognava della casa di Ilford e si vergognava di se stesso perché sapeva che non era giusto disprezzare ciò che era stato conquistato con tanta fatica. Pensava che se un giorno avesse invitato a casa sua Kate Miskin avrebbe preferito mostrarle Balaclava Terrace e non The Drive, a Ilford. Ma poteva interessare a Kate Miskin dove e come viveva lui? Non c'era ragione di invitarla a casa. Lavorava con lei nella Squadra Speciale solo da tre mesi. Che cosa aveva a che fare l'ispettrice Kate Miskin con la sua vita familiare?

Pensava di aver capito che la propria insoddisfazione affondava le radici nell'invidia. Quasi fin dalla prima infanzia si era accorto che suo fratello maggiore era il prediletto di sua madre. Lei aveva trentacinque anni quando David era nato e aveva quasi rinunciato alla speranza di avere un figlio. L'amore travolgente che aveva provato per il primogenito era stato una rivelazione di un'intensità tale da assorbire quasi tutta la sua capacità di sentimenti materni. Tre anni dopo era nato lui, accolto di buon grado, ma non desiderato in modo ossessivo. Daniel si ricordava di aver visto, a quattordici anni, una donna che guardava un neonato dentro una carrozzina, figlio di una vicina di casa, e aveva detto alla madre: «È il quinto? Eppure tutti portano con sé la loro dose d'amore, vero?» Lui non aveva mai avuto l'impressione di aver portato con sé la sua dose d'amore.

Poi, a undici anni, David aveva avuto l'incidente. Daniel si ricordava ancora la ripercussione che aveva avuto su sua madre. Lo sguardo impazzito mentre stava aggrappata a suo padre, il viso bianco di paura e di dolore, un viso improvvisamente estraneo e stravolto, i singhiozzi irrefrenabili, le lunghe ore al capezzale di David al London Hospital, mentre lui era affidato alle cure dei vicini. Infine a David avevano dovuto amputare la gamba sotto il ginocchio. Lei aveva riportato a casa il suo figlio maggiore mutilato con una tenerezza esultante, come se lo avesse resuscitato. Daniel sapeva di non aver mai avuto nessuna possibilità di competere con David. David era coraggioso, non si lamentava mai, era stato un bambino facile. Lui era malinconico, geloso, difficile. Anche intelligente. Forse più di David, ma aveva rinunciato presto alla rivalità sul piano accademico. Era stato David a iscriversi alla London University, a laurearsi in legge, a diventare avvocato. Ora aveva un posto in uno studio penale. Ed era stata una sfida la sua quando, a diciotto anni, appena uscito di scuola, era entrato nella polizia.

A se stesso diceva, credendoci solo a metà, che i suoi genitori se ne vergognavano. Certo non si vantavano della sua carriera come di quella di David. Ricordava un frammento di conversazione all'ultimo pranzo di compleanno di sua madre. Nell'accoglierlo sulla porta lei gli aveva detto: «La signora Forsdyke non sa che fai il poliziotto. Naturalmente glielo accennerò se mi chiederà di che cosa ti occupi».

Suo padre aveva soggiunto, tranquillamente: «Dirai anche che è nella Squadra Speciale dell'ispettore capo Dalgliesh, chiamata a risolvere le indagini più complicate».

Con un'aggressività della quale era stato il primo a sorprendersi, lui aveva ribattuto: «Non sono sicuro che questo basterà a lavare la vergogna. Come reagirà la vecchia carampana? Sverrà con la testa sul cocktail di gamberi? Perché il mio lavoro dovrebbe interessarle se non ha paura che suo marito sia nel mirino della polizia?». Oh Dio, aveva pensato, ci sono ricascato. E per di più il giorno del suo compleanno. «Basta, state allegri, un figlio rispettabile l'avete. Raccontate alla signora Forsdyke che David passa il suo tempo a dir bugie per tenere i suoi clienti fuori dalla galera mentre io passo il mio tempo a dir bugie per metterli dentro.»

Bene, oggi avrebbero potuto divertirsi a criticarlo durante gli antipasti. Ci sarebbe stata anche Bella, naturalmente. Era avvocato, come David, ma avrebbe trovato il tempo per festeggiare l'anniversario di matrimonio dei genitori del suo futuro marito. Bella, la nuora perfetta. Bella che stava studiando l'yddish, che andava in Israele due volte all'anno e raccoglieva i fondi per gli aiuti agli immigrati dalla Russia e dall'Etiopia, che frequentava il Beit Midrash, il centro per lo studio del Talmud, presso la sinagoga, che osservava lo sabbath. Bella che lo guardava con occhi carichi di rimprovero e si preoccupava per la sua anima.

Era inutile dire loro "Non ci credo più". Quanto ci credevano i suoi genitori, l'uno e l'altro? Se li avessero messi al banco dei testimoni e avessero chiesto loro, sotto giuramento, se credevano veramente che Dio avesse dato la Torah a Mosè sul Sinai, avvertendoli che la loro vita dipendeva da quella risposta, che cosa avrebbero detto? L'aveva fatta anche a suo fratello quella domanda e ancora si ricordava la risposta che lo aveva sorpreso allora come lo sorprendeva adesso, perché gli faceva intravedere la sconcertante possibilità che esistessero in David un acume, una sottigliezza che non aveva mai colto.

«Probabilmente mentirei. Ci sono cose nelle quali si crede e per le quali è giusto morire, siano o non siano rigorosamente vere.»

Sua madre, naturalmente, non avrebbe mai trovato il coraggio di dire: "Non m'importa che tu creda o no, io voglio che tu sia qui con noi per lo sabbath, voglio che tutti ti vedano alla sinagoga con tuo padre e tuo fratello". E non era disonestà intellettuale, anche se lui cercava di convincersi del contrario. Si sarebbe potuto obiettare che pochi tra gli aderenti a una religione ne accettavano in assoluto il dogma, tranne i fondamentalisti e sapeva Dio se non erano peggio di qualsiasi ateo. Lo sapeva Dio com'era naturale e universale lasciarsi scivolare nel linguaggio della fede. E forse sua madre aveva ragione, anche se non si sarebbe mai risolta a dire la verità. Le forme esteriori erano importanti, praticare una religione non era solo una questione di adesione mentale, frequentare la sinagoga equivaleva ad affermare: ecco dove sto io, questa è la mia gente, questi sono i valori secondo i quali cerco di vivere, così mi hanno fatto le generazioni di coloro che sono nati prima di me, questo è ciò che io sono. Ricordava le parole che gli aveva detto suo nonno dopo il bar mitzvah: «Che cos'è un ebreo se non ha la fede? Quello che Hitler non è riuscito a farci lo faremo noi a noi stessi?». Le antiche ferite si riaprivano. A un ebreo non era concesso l'ateismo. Gravato del peso della colpa fin dall'infanzia, non poteva rinnegare la fede senza sentire il bisogno di chiedere perdono a un Dio in cui non credeva più. Era sempre lì, al fondo della sua mente, silenzioso testimone della sua apostasia, quell'esercito straziante, quell'umanità nuda, i giovani, gli adulti, i bambini, che fluivano come un'oscura marea dentro le camere a gas.

E ora, fermo a un altro semaforo rosso, pensando a quella casa che non sarebbe mai stata una vera casa, vedendo con il nitido sguardo della mente i vetri scintillanti, le tendine di pizzo rialzate ai lati con un fiocco, il prato impeccabile davanti all'ingresso, Daniel pensò: perché devo identificare me stesso con i torti che gli altri hanno inferto alla mia razza? La colpa è un peso grave, devo portare anche il peso dell'innocenza? Sono ebreo, non basta? Devo rappresentare a me stesso e agli altri tutto il male del genere umano? Era arrivato a The Highway e misteriosamente, come succede spesso, il traffico si era diradato e lui procedeva rapidamente verso Innocent House. Ancora cinque minuti e poi sarebbe arrivato. Quella morte non era come tante altre, il suo mistero non sarebbe stato risolto facilmente. Non avrebbero incaricato la sua squadra se si fosse trattato di una morte qualsiasi. Per chi era coinvolto direttamente non esistevano morti qualsiasi né indagini qualsiasi. Per lui quella era l'occasione di dimostrare ad Adam Dalgliesh che non aveva sbagliato a sceglierlo per sostituire Massingham e non se la sarebbe fatta sfuggire. Non c'era niente di personale o professionale che contasse di più.

20

Il motoscafo della polizia, frangendo l'impeto della corrente, girò attorno alla curva del fiume tra Rotherhithe e Narrow Street. La brezza si era intensificata, era diventata un vento leggero e la mattinata era più calda di come era parsa a Kate appena sveglia. Qualche nuvola, sottili strisce di vapore bianco scorrevano e si dissolvevano contro l'azzurro pallido del cielo. Kate aveva già visto Innocent House dal fiume, ma quando apparve con teatrale subitaneità dietro la curva di Limehouse Reach, per lo stupore le mancò un attimo il respiro e, alzando gli occhi a guardare Dalgliesh, si accorse che sorrideva. Nella luce del mattino il palazzo scintillava con una intensità così irreale da farle pensare per un momento che fosse illuminato da un riflettore. Mentre, a motore spento, il motoscafo veniva accostato alla fila di copertoni appesi a destra dei gradini dell'attracco, sarebbe riuscita a crederlo parte della scena di un film, un palazzo inconsistente, fatto di cartapesta e colla, dietro le cui pareti fragili il regista, gli attori, gli addetti alle luci si affaccendavano attorno a un cadavere mentre la truccatrice si chinava ad asciugare un sopracciglio lucido e ad applicare un'ultima cucchiaiata di sangue artificiale. Quella fantasia la sconcertò, non era incline a crearsi immagini teatrali, a cedere all'irrealtà, ma la sensazione di vivere un momento particolare in cui era insieme osservatore e protagonista era difficile da allontanare e le venne confermata dalla studiata immobilità del gruppo di persone che li aspettava.

Erano due uomini e due donne. Le donne stavano un passo più avanti al centro, gli uomini ai lati. Immobili come statue, sul piazzale di marmo, osservavano le operazioni di attracco del motoscafo con un'espressione seria e, pareva, di disapprovazione. Durante il tragitto Dalgliesh aveva avuto il tempo di informarla e Kate poteva intuire chi fossero. La donna alta e bruna doveva essere Claudia Etienne, la sorella del morto; alla sua sinistra c'era Frances, l'ultima dei Peverell. Il più vecchio dei due uomini, che pareva avere più di settant'anni, era Gabriel Dauntsey, il responsabile della collana di poesia; il più giovane era James de Witt. Sembravano in posa come se il regista li avesse disposti secondo l'angolo di visuale della macchina da presa, ma quando Dalgliesh si avvicinò il gruppetto si sciolse e Claudia Etienne venne avanti con la mano tesa per fare le presentazioni. Poi si voltò e loro la seguirono lungo una stradina di acciottolato ed entrarono dalla porta laterale del palazzo.

Un uomo anziano era seduto al centralino dietro il banco della sala d'aspetto. Aveva un viso perfettamente ovale, pallido e affabile, con delle piccole chiazze rosse sotto gli occhi miti, sembrava un vecchio clown. Alzò lo sguardo su di loro mentre entravano e Kate lesse in quegli occhi lucidi un'apprensione, una richiesta d'aiuto. Era uno sguardo che conosceva. L'intervento della polizia poteva essere ritenuto necessario e addirittura atteso con impazienza, ma raramente veniva salutato senza ansia anche da chi era innocente. Per un attimo si chiese distrattamente quali fossero le professioni i cui rappresentanti venivano accolti nelle case senza riserve. Medici e idraulici erano i primi nell'elenco, probabilmente subito dopo le levatrici. Chi sa che cosa si provava, pensò, nel sentirsi salutare con un "Eccola, grazie a Dio" detto col cuore. Squillò il telefono. Il vecchio rispose. Nella sua voce bassa e molto gradevole alitava una nota d'angoscia e gli tremavano le mani.

«Peverell Press, buongiorno. No, il signor Gerard non è in ufficio. Posso farla richiamare più tardi da qualcun altro?» Alzò di nuovo lo sguardo, questa volta su Claudia Etienne e disse, smarrito: «È la segretaria di Matthew Evans, della Faber, signorina Etienne. Vuole parlare con il signor Gerard. È per la riunione di mercoledì sulla pirateria editoriale».

Claudia prese il ricevitore. «Sono Claudia Etienne. Per favore riferisca al signor Evans che lo richiamerò appena mi sarà possibile. L'ufficio è chiuso per tutto il giorno. C'è stato un incidente. Gli dica che Gerard Etienne è morto. Capirà certamente perché non posso parlargli in questo momento.»

Senza aspettare una risposta interruppe la comunicazione e si rivolse a Dalgliesh: «Mi pare inutile cercare di nascondere la verità. La morte è la morte. Non è un inconveniente transitorio, una difficoltà circoscritta. Non si può fingere che non ci sia. E in ogni caso i giornali non tarderanno a impadronirsi della notizia».

La sua voce era aspra, lo sguardo dei suoi occhi scuri era duro. Sembrava posseduta dalla collera più che dal dolore. Con più calma, disse al centralinista: «George, metta un messaggio sulla segreteria telefonica: gli uffici resteranno chiusi per tutto il giorno. Poi vada a bere un caffè, dev'esserci la signora Demery da qualche parte. Può darsi che arrivi ancora qualcuno degli impiegati, rimandi tutti a casa.»

«Ma ci andranno, signorina Claudia?» obiettò George. «Accetteranno che sia io a dirglielo?»

Claudia aggrottò la fronte. «Forse no. Sarebbe meglio che lo facessi io o, meglio ancora, il signor Bartrum. È già qui, no?»

«È nel suo ufficio al numero 10, signorina Claudia. Ha molto lavoro e ha detto che preferiva restare. Ha ritenuto che fosse possibile, visto che non è nella casa grande.»

«Lo chiami col citofono, George, e gli chieda di venire da me. Parlerà lui con gli altri, man mano che arriveranno. Qualcuno potrà portarsi il lavoro a casa. Avverta tutti che li riunirò lunedì prossimo.»

Claudia si rivolse a Dalgliesh. «Ho dato disposizioni per rimandare a casa il personale. Spero di non aver sbagliato. Mi è parso meglio non avere troppa gente intorno.»

«Dovremo interrogare tutti, ma si può aspettare. Chi ha trovato suo fratello?»

«Io. Con me c'era Blackie, la signorina Blackett, segretaria di Gerard, e anche la signora Demery, la donna delle pulizie. Siamo salite insieme.»

«Chi è entrata per prima?»

«Io.»

«Allora mi accompagni. Suo fratello, di solito, saliva a piedi o in ascensore?»

«A piedi. Ma non andava quasi mai all'ultimo piano. È per questo che non mi spiego come mai fosse nell'archivio piccolo.»

«Saliamo a piedi anche noi.»

«Ho chiuso la porta a chiave» disse Claudia Etienne «dopo che avevamo trovato il corpo di mio fratello. Lord Stilgoe mi ha chiesto la chiave e gliel'ho data. Ci teneva tanto. Forse pensava che qualcuno di noi tornasse indietro ad alterare le prove.»

Ma Lord Stilgoe si era già fatto avanti. «Mi è parso giusto prendere la chiave, ispettore. Devo parlarle a quattr'occhi. L'avevo fatta avvertire, sapevo che prima o poi qui sarebbe successa una tragedia.»

Restituì la chiave, con la mano tesa, ma fu Claudia a prenderla. «Lord Stilgoe, lei sa com'è morto Gerard Etienne?» chiese Dalgliesh.

«No, come potrei saperlo?»

«Allora parleremo più tardi.»

«Ma ho visto il cadavere, naturalmente. Ho ritenuto che fosse mio dovere. Che abominio. Io l'avevo messa in guardia, ispettore Dalgliesh. Questo oltraggio rientra nella campagna contro di me e contro il mio libro.»

«A più tardi, Lord Stilgoe» ripeté Dalgliesh.

Stava, come sempre, prendendo tempo prima di vedere la vittima. Kate sapeva che, sebbene si muovesse immediatamente quando veniva chiamato a indagare su un omicidio, una volta arrivato sul posto agiva sempre con una calma speciale. Una volta l'aveva visto frenare con un gesto della mano l'attivismo di un sergente del reparto investigativo. «Calma, sergente» gli aveva detto «non sei un medico. I morti non risuscitano.»

«Vogliamo salire?» chiese a Claudia Etienne.

Claudia si voltò verso il gruppetto silenzioso dei tre soci che, insieme a Lord Stilgoe, sembrava aspettassero istruzioni. «Forse è meglio che aspettiate nella sala del consiglio» disse. «Vi raggiungerò appena mi sarà possibile.»

Lord Stilgoe, con un accento più ragionevole di quanto Kate non si aspettasse, si congedò. «Io ora devo andare purtroppo, ispettore. Per questo avevo preso un appuntamento così presto con Etienne; volevo discutere alcune modifiche da apportare alle mie memorie prima di entrare in ospedale per una piccola operazione. Devo essere lì alle undici. Non voglio correre il rischio di presentarmi in ritardo e dover rimandare a chissà quando. Telefonerò a lei o al commissario dall'ospedale.»

Kate ebbe l'impressione che de Witt e Dauntsey considerassero con sollievo la decisione di Lord Stilgoe.

Passarono tutti nell'atrio. Kate trattenne il respiro per la meraviglia. Restò ferma per un momento, ma seppe resistere alla tentazione di guardarsi attorno in modo troppo evidente. Un poliziotto si intrometteva sempre, necessariamente, nella vita altrui; era offensivo comportarsi da turista. Le parve, però, di essere riuscita in un solo attimo, come per una rivelazione, a cogliere anche i particolari di quello splendore, gli intarsi intricati del pavimento, le sei colonne di marmo screziato con i loro capitelli scolpiti, la ricchezza del soffitto dipinto, che presentava un panorama abbagliante della Londra del diciottesimo secolo, ponti, guglie, torri, case, navi alberate, tutto legato dal corso azzurro del fiume; poi la scala a doppia rampa, la balaustra che scendeva con un'ampia curva e terminava con un bronzo raffigurante dei bambini ridenti in groppa a un delfino che reggevano grandi lampade a globo. Man mano che salivano lo splendore si faceva meno appariscente, le decorazioni più contenute, ma era ancora attraverso nobiltà, armonia, eleganza che si muovevano con passo fermo verso la sinistra profanazione del delitto.

Al terzo piano c'era una porta rivestita di panno verde che era aperta su una scala stretta. Salirono in fila, Claudia Etienne con Dalgliesh alle spalle e Kate dietro. La scala piegava a destra, e gli ultimi sei gradini portavano a un corridoietto non più largo di tre metri dove, a sinistra, c'era la griglia di un ascensore. La parete di destra era senza porte ma ce n'era una a sinistra, vicino all'ascensore e un'altra, aperta, di fronte.

«Questo è l'archivio» disse Claudia Etienne «dove teniamo vecchi contratti, documenti... Bisogna passare di qui, l'archivio piccolo è in fondo.»

L'archivio, lo si vedeva chiaramente, era composto di due stanze cui era stata tolta la parete di mezzo, quindi aveva una larghezza media, ma era lungo quasi quanto un lato della casa. Le file di scaffali di legno disposte ad angolo retto rispetto alla porta e alte fin quasi al soffitto erano così vicine l'una all'altra che restava poco spazio per muoversi. Dall'alto, tra le file pendevano delle lampadine senza schermo. La luce del giorno entrava da sei grandi finestre attraverso le quali Kate vide un parapetto di pietra scolpito secondo un disegno molto elaborato. Girarono a destra, in poco più di un metro di spazio libero tra scaffali e la parete e trovarono un'altra porta.

Claudia Etienne, in silenzio, porse a Dalgliesh la chiave. Lui la prese e disse: «Se si sente di entrare, vorrei che mi confermasse che la stanza e il corpo di suo fratello sono ancora esattamente come lei li aveva visti la prima volta. Se pensa che sia troppo penoso per lei, non si preoccupi. La sua presenza ci può essere utile, ma non è indispensabile».

«Va bene» rispose Claudia. «Meglio oggi che domani. Oggi riesco ancora a pensare che non sia vero. Domani forse capirò che la realtà è questa e che è irreversibile.»

Erano le sue parole che a Kate sembravano irreali. C'era una nota artificiosa, quasi istrionica in quelle inflessioni di voce perfettamente bilanciate, come se fossero state studiate in anticipo. Ma si disse che non doveva dare giudizi affrettati. Era troppo facile interpretare in un modo sbagliato il disorientamento causato dal dolore. Lei sapeva meglio di molti altri quanto stranamente inopportuna apparisse talvolta la prima manifestazione verbale di una emozione violenta o di un lutto. Si ricordò della moglie di un autista di autobus ucciso a coltellate in un pub di Islington, la cui reazione istantanea era stata di rammarico perché quella mattina il marito non si era cambiato la camicia e non aveva imbucato la scheda di un gioco a premi. Eppure aveva amato suo marito e soffriva profondamente per la sua morte.

Dalgliesh prese la chiave dalle mani di Claudia Etienne, la girò senza difficoltà nella serratura e aprì la porta. Un odore acido e gassoso era diffuso nell'aria come qualcosa che potesse irreparabilmente contagiare chi entrava. Il cadavere seminudo parve balzare loro incontro con la macabra teatralità della morte e restare per un attimo sospeso nell'irrealtà, come un'immagine bizzarra e possente, una torbida macchia in uno spazio intatto.

Era supino, i piedi verso la porta. Aveva pantaloni grigi e calze grigie. Le scarpe, di pelle sottile, sembravano nuove, come se le suole non avessero mai calpestato un pavimento. Era strano, pensò Kate, che si osservassero questi particolari. Il morto era nudo nella parte superiore del corpo, aveva il braccio destro teso in fuori e nella mano stringeva una camicia bianca, appallottolata. Il serpente di velluto gli stava attorcigliato due volte intorno al collo, con la coda appoggiata sul petto e la testa ficcata nella bocca spalancata. Negli occhi, aperti e vitrei, gli inconfondibili occhi della morte, parve a Kate di cogliere uno sguardo di oltraggiato stupore. I colori erano tutti forti, innaturali, brillanti: il castano scuro e lucente dei capelli, lo strano rosso rosato che gli macchiava il viso e il torace, il rigido biancore della camicia, il verde livido del serpente. Dal cadavere emanava una così vivida impressione di forza fisica che Kate istintivamente indietreggiò e si accorse che con la spalla aveva urtato leggermente la spalla di Claudia. Disse: «Mi scusi» e quella frase convenzionale suonò inadeguata anche se era riferita solo a un breve contatto fisico. Poi anche quell'immagine di forza perse d'intensità e la realtà tornò a riaffermarsi. Il cadavere tornò a essere quello che era, solo carne morta grottescamente addobbata, messa in mostra come su un palcoscenico.

Ora, in piedi sulla soglia, Kate colse, in un rapido sguardo, tutti i particolari della stanza. Era piccola, non più di tre metri e mezzo per due e mezzo, squallida come il palco allestito per un'esecuzione capitale, nessun tappeto sulle assi di legno del pavimento, neanche un quadro alle pareti. C'era una sola finestra a saliscendi, alta e stretta, perfettamente chiusa, e una sola lampadina schermata appesa al centro del soffitto. Dall'alto della intelaiatura della finestra pendeva un cordone spezzato, non più lungo di sette, otto centimetri. A sinistra della finestra c'era un piccolo camino vittoriano di piastrelle colorate, a disegni di frutta e fiori. La grata era stata tolta e sostituita con un'antiquata stufetta a gas. Appoggiato alla parete di fronte c'era un tavolo di legno con una lampada da lettura, nera, moderna, col braccio pieghevole e, vicino, due vassoi da ufficio in filo di ferro, che contenevano dei raccoglitori gialli. Kate si rese conto che c'era qualche particolare anomalo e cominciò col cercare il pezzo del cordone che mancava dalla finestra. Era sotto il tavolo, come se qualcuno lo avesse spinto con un piede senza volere o buttato lì sotto per toglierlo di mezzo. Claudia Etienne era ancora in piedi dietro di lei. Kate aveva la percezione esatta della sua immobilità, del suo respiro leggero e controllato.

Dalgliesh chiese: «È così che aveva trovato la stanza? Non c'è niente che la colpisca e che prima non avesse osservato?».

«No, non è cambiato niente» rispose Claudia. «Sarebbe impossibile, del resto. Io ho chiuso la porta a chiave quando siamo venute via. Non ho osservato com'era la stanza, appena entrata... l'ho visto.»

«Ha toccato il cadavere?»

«Mi sono inginocchiata vicino a lui e gli ho toccato la faccia. Era fredda, ma ormai avevo già capito che era morto. Sono rimasta lì in ginocchio poi, quando Blackie e la signora Demery sono andate via, credo...» s'interruppe, poi concluse con fermezza: «Ho appoggiato per un attimo la guancia contro la sua».

«Che cosa mi può dire ancora della stanza?»

«È così strana, adesso. Non vengo spesso quassù. Ci sono venuta l'ultima volta quando ho trovato il cadavere di Sonia Clements... ma mi sembra diversa, più vuota, più pulita. E poi manca una cosa: il dittafono. Gabriel, il signor Dauntsey, invece di dettare direttamente alla dattilografa, usa il dittafono e poi lo lascia sul tavolo. E l'altra volta non mi ero accorta neanche di quel cordone spezzato appeso alla finestra. Dov'è l'altro pezzo? Sotto il corpo di Gerard?»

«È sotto il tavolo» disse Kate.

Claudia Etienne guardò sotto il tavolo. «È strano, dovrebbe essere sotto la finestra.»

Vacillò e Kate tese una mano per sostenerla, ma lei si ritrasse subito.

«Grazie per averci accompagnato, signorina Etienne» disse Dalgliesh, «so che non è stato facile. Non ho bisogno di chiederle altro. Kate, vuoi...»

Ma prima che Kate potesse muoversi, Claudia Etienne disse: «Non mi tocchi. Sono perfettamente in grado di scendere da sola. Potrete trovarmi con gli altri nella sala del consiglio, se avrete bisogno di me». Ma nell'andarsene dovette fermarsi sui gradini stretti del corridoio. Dall'archivio piccolo si sentirono delle voci maschili, dei passi veloci e leggeri e, dopo poco, entrarono, in fretta, Daniel Aaron e due agenti della scientifica, Charlie Ferris e il suo assistente.

«Mi dispiace essere in ritardo» disse Aaron a Dalgliesh «c'era molto traffico in Whitechapel Road.»

Quando i suoi occhi incontrarono quelli di Kate si strinse nelle spalle con un piccolo sorriso contrito. Kate lo trovava simpatico e lo rispettava. Le piaceva lavorare con lui. Rappresentava sotto tutti gli aspetti un passo avanti in confronto a Massingham, ma anche a lui, come a Massingham, non faceva piacere vederla arrivare per prima sulla scena del delitto.

21

I quattro soci erano entrati insieme nella sala del consiglio al primo piano non tanto in seguito a una decisione ponderata quanto per la sensazione inespressa che fosse più prudente restare uniti, ascoltare quello che dicevano gli altri, godere almeno dell'ambiguo conforto dell'umana fratellanza, senza ritirarsi in un isolamento sospetto. Ma non avevano niente di cui occuparsi e nessuno osava farsi portare fascicoli, carte o magari qualcosa da leggere per non dare prova di crudele indifferenza. C'era uno strano silenzio a Innocent House. Da qualche parte, lo sapevano, i pochi dipendenti che non se n'erano ancora andati si consultavano, discutevano, ragionavano. C'erano cose di cui anche loro avrebbero dovuto parlare, si sarebbero dovuti accordare almeno su una risistemazione provvisoria del lavoro, ma in quel momento sarebbe stata una prova di brutale insensibilità, un po' come derubare il morto.

Ma quella prima attesa non fu lunga. L'ispettore Dalgliesh era arrivato da dieci minuti soltanto, quando entrò nella sala del consiglio con l'ispettrice Miskin. Mentre si avvicinava al tavolo in silenzio, quattro paia di occhi osservavano la figura alta e vestita di scuro con una sorta di profondo riserbo, come se la sua presenza, desiderata e in parte anche temuta, fosse un'intrusione in un dolore che univa loro soltanto. Restarono seduti, immobili, finché lui scostava una sedia dal tavolo per l'ispettrice e sedeva a sua volta, con le mani appoggiate al tavolo.

«Mi dispiace avervi fatto aspettare, ma purtroppo le attese e la confusione sono inevitabili dopo una morte che non ha ancora trovato una spiegazione. Avrò bisogno di parlare con ciascuno di voi separatamente e spero abbastanza presto. Vi procurerei molto disagio se occupassi qui una stanza con un telefono? Mi servirebbe solo per oggi. Da domani ci verrà assegnato un ufficio al distretto di Wapping per tutta la durata dell'indagine.»

«Anche se lei occupasse tutto il palazzo per un mese sarebbe niente in confronto al disagio di un omicidio» ribatté Claudia.

«Se è stato un omicidio» osservò a bassa voce de Witt e fu come se la stanza, già silenziosa, lo diventasse ancora di più, nell'attesa della risposta di Dalgliesh.

«Non possiamo essere certi della causa della morte se non dopo l'autopsia. Il medico legale sarà qui tra breve e allora saprò quando potremo avere una risposta. È probabile che vengano fatte alcune ricerche di laboratorio che richiederanno dell'altro tempo.»

«Lei può usare l'ufficio di mio fratello. Mi sembra il più adatto. È a pianterreno, a destra, nella parte anteriore della casa. Per arrivarci bisogna passare dall'ufficio della segretaria, la signorina Blackett, ma se preferisce possiamo spostarla. Le serve altro?»

«Vorrei, per piacere, un elenco di tutti i dipendenti attualmente alle dipendenze dell'azienda, con l'indicazione delle stanze occupate da ciascuno e inoltre i nomi di chi, indipendentemente dalla possibilità che se ne sia andato in seguito, era presente nell'azienda durante il periodo in cui si sono verificati gli scherzi che avete lamentato. Immagino che abbiate già fatto qualche ricerca, a suo tempo. Vorrei avere i particolari degli incidenti e sapere che cosa avete scoperto, sempre che abbiate scoperto qualche cosa.»

«Allora lei è già al corrente di quegli episodi?» chiese de Witt.

«La polizia era stata informata. Mi sarebbe utile anche una pianta dell'edificio.»

«Ne abbiamo una in archivio» rispose Claudia. «C'è stato qualche cambiamento all'interno, due anni fa, e l'architetto ha fatto dei nuovi disegni per l'interno e per l'esterno. Il progetto originale del palazzo con le decorazioni è in archivio, ma non credo che siano i particolari architettonici a interessarla.»

«Non in questo caso. Avete un sistema di sicurezza? Chi ha le chiavi?»

«Ciascuno dei soci ha le chiavi di tutte le porte» rispose la signorina Etienne. «L'ingresso ufficiale è dal piazzale sul fiume, ma viene usato solo nelle grandi occasioni quando la maggior parte degli ospiti arriva in motoscafo. Ormai non capita spesso. L'ultima volta è stata quando abbiamo celebrato la festa dell'estate e, insieme, il fidanzamento di mio fratello, il 10 di luglio. La porta su Innocent Walk è l'ingresso principale su strada, ma l'architettura di questo palazzo è così strana che chi entrasse di lì dovrebbe passare dai locali della servitù e dalla cucina. Perciò è sempre stato chiuso con una chiave e con un catenaccio. E lo è tuttora. Lord Stilgoe ha controllato tutte le porte prima che lei arrivasse.» Claudia Etienne parve sul punto di fare qualche commento sull'attività di Lord Stilgoe ma si trattenne e proseguì: «La porta che usiamo di solito è quella laterale su Innocent Lane. Lei è, appunto, entrato di lì. Durante il giorno, finché George Copeland è al centralino, viene tenuta aperta. George ha una chiave di quella porta, ma non della porta posteriore né di quella che dà sul fiume. Il sistema d'allarme è controllato dal pannello vicino al centralino. Le porte e le finestre sui tre piani vengono chiuse la sera. Il sistema d'allarme è un po' rudimentale, temo, ma i furti non hanno mai costituito un problema per noi. Il palazzo in sé non ha prezzo, naturalmente, ma pochi dei quadri, per esempio, sono originali. C'è una grossa cassaforte nell'ufficio di Gerard e quando le bozze del libro di Lord Stilgoe sono state alterate abbiamo installato altri armadietti di sicurezza in tre uffici e sotto il bancone del centralino per riporre, la sera, manoscritti o documenti importanti».

«Al mattino» chiese Dalgliesh «chi arriva per primo e apre?»

«Di solito è George Copeland» rispose Dauntsey. «Il suo orario di lavoro inizia alle nove e a quell'ora, di solito, è già al centralino. È una persona molto affidabile. Ma abita a sud del fiume e se, eccezionalmente, ritarda sono io ad aprire o la signorina Peverell. Abitiamo in due appartamenti qui accanto, al numero 12, nella casa a sinistra di Innocent House. Tutto, dunque, avviene un po' a caso. Chi arriva prima apre e stacca l'allarme. La porta su Innocent Lane ha una chiave Yale e una chiusura di sicurezza. Questa mattina George è arrivato per tempo, come al solito, e si è accorto che non era stata inserita la chiusura di sicurezza, ha aperto solo con la Yale. Ma anche il sistema d'allarme era staccato, quindi ha pensato che fosse già arrivato qualcuno di noi.»

«Chi di voi quattro ha visto per ultimo Gerard Etienne?» chiese Dalgliesh.

«Io» rispose Claudia. «Sono passata da lui nell'andare a casa, poco prima delle sei e mezzo. Forse era rimasto qualcun altro negli uffici, ma non credo, anche se naturalmente non ho chiesto né controllato di persona.»

«Erano in molti a sapere che suo fratello si fermava in ufficio fino a tardi il giovedì?»

«Tra i dipendenti lo si sapeva. È probabile che lo sapesse qualcuno anche all'esterno.»

«Le è parso che si comportasse come al solito? Le ha detto che intendeva andare per qualche motivo nell'archivio piccolo?»

«No, mi è parso che si comportasse come al solito e non ha parlato dell'archivio piccolo. Per quanto ne so io, non ci andava mai. Non capisco perché fosse lì o perché sia morto lì... se, in realtà, è proprio nell'archivio piccolo che è morto.»

Di nuovo quattro paia di occhi fissarono intensamente Dalgliesh, che però non fece commenti. Dopo aver posto formalmente la domanda che tutti si aspettavano sulla possibilità che qualcuno avesse desiderato la morte di Etienne, avendo ricevuto da tutti la stessa risposta, altrettanto prevedibile, si alzò dalla sedia e l'ispettrice, che non aveva mai aperto bocca, si alzò anche lei. Poi Dalgliesh ringraziò tutti e l'ispettrice si fece da parte in modo da lasciarlo uscire per primo.

Quando se ne furono andati ci fu un mezzo minuto di silenzio, poi de Witt disse: «Non è esattamente il tipo di poliziotto cui si chiede che ore sono. A me sembra capace di terrorizzare un innocente, Dio sa che effetto fa ai colpevoli. Tu lo conoscevi già, Gabriel. Dopotutto siete colleghi».

Dauntsey alzò gli occhi. «Ho letto le sue poesie, ma non mi pare di averlo mai visto prima di oggi. È un buon poeta.»

«Ah, questo lo so. Mi sorprende solo che tu non abbia mai

cercato di sottrarlo al suo editore. Speriamo che sia anche un buon investigatore.»

«Non è strano» disse Frances «che non ci abbia mai chiesto niente del serpente?»

«Che cosa avrebbe dovuto chiederci?» disse Claudia bruscamente.

«Se sapevamo dov'era.»

«Ah ce lo chiederà» concluse de Witt. «Credete a me, ce lo chiederà.»

22

Nell'archivio piccolo, Dalgliesh chiese: «È riuscita a parlare con il dottor Kynaston, Kate?».

«No, signore. È in Australia, è andato a trovare suo figlio. Verrà il dottor Wardle. Era nel suo laboratorio, non dovrebbe tardare.»

Era un inizio sfavorevole. Dalgliesh era abituato a lavorare con il dottor Miles Kynaston, lo trovava simpatico e, soprattutto lo riteneva il miglior medico legale che ci fosse in Inghilterra. Era sicuro, forse irragionevolmente, che sarebbe stato Kynaston a chinarsi su quel cadavere, che sarebbero state le sue grosse dita nei guanti di latice, sottili come una seconda pelle, ad affaccendarsi attorno a quelle membra rigide come se potessero ancora tendersi sotto le sue mani che cercavano, indagavano. Reginald Wardle era un bravo medico legale altrimenti non sarebbe stato chiamato a collaborare con la polizia metropolitana. Avrebbe fatto certamente un buon lavoro. Il suo referto sarebbe stato accurato quanto quello di Kynaston e consegnato in tempo utile. Se si fosse arrivati a un processo, Wardle sarebbe stato altrettanto efficiente al banco dei testimoni, prudente ma chiaro, incrollabile nel controinterrogatorio. Ma Dalgliesh lo aveva sempre trovato irritante e sospettava che quella leggera antipatia, non tale certo da poter essere definita avversione o da pregiudicare il lavoro comune, fosse reciproca.

Wardle, all'occorrenza, era sollecito nel presentarsi sulla scena del delitto, nessuno avrebbe potuto rimproverarlo del contrario, ma arrivava sempre con l'aria disimpegnata di chi non ha fretta, quasi a dimostrare la scarsa importanza che la morte violenta, e in particolare il cadavere che era stato chiamato a esaminare, avevano, nella sua personale scala dei valori. Lo si sentiva perfino sbuffare e borbottare, chino sul cadavere, come se il problema che era stato chiamato a risolvere fosse più irritante che interessante, non tale, comunque, da giustificare che la polizia lo avesse strappato dalle ben più importanti ricerche che lo trattenevano in laboratorio. Dopo l'esame preliminare del cadavere era solito dare il minimo di informazioni necessario, forse per prudenza, ma spesso sembrava lasciar credere di essere stato sollecitato dalla polizia a dare dei giudizi prematuri. Le parole che pronunciava più frequentemente davanti al cadavere erano: «Meglio aspettare, meglio aspettare Appena possibile lo metteremo sul tavolo dell'autopsia e allora vedremo».

Era, anche, un buon amministratore di se stesso. Sulla scena del delitto poteva far sospettare che, tra colleghi, fosse noioso e scorbutico, ma si diceva che, stranamente, dopo una cena si rivelasse un brillante conversatore cui forse mangiare gratis spesso piaceva più che esercitare la professione. Dalgliesh, che non riusciva a capire come si potesse anche solo intervenire, escludendo a priori la possibilità di divertirsi, a certe cene che inevitabilmente si prolungavano oltre il necessario e, di solito, erano anche cattive, per la soddisfazione di non pagare il conto, aggiungeva anche questo particolare all'elenco delle colpe di Wardle. Ma una volta entrato nella sala dove si svolgeva l'autopsia, il dottor Wardle era diverso. Sembrava, forse perché si trovava nel suo dominio incontestato, che fosse orgoglioso di dimostrare le proprie capacità, del resto considerevoli, e si dimostrava anche propenso a discutere le proprie opinioni e a proporre nuove teorie scientifiche.

Con Charlie Ferris, Dalgliesh aveva già lavorato ed era stato contento di vederlo arrivare. Lo chiamavano "il furetto", ma più spesso quando non era presente perché era un soprannome fin troppo appropriato. Aveva gli occhi piccoli, pungenti, con le ciglia chiare; il naso lungo, sensibile a ogni specie di odore e le dita sottili e meticolose che riuscivano a raccogliere anche oggetti piccolissimi come per una forza magnetica. Aveva un aspetto poco comune, a volte addirittura grottesco quando, prima di mettersi al lavoro, indossava pantaloni, corti o lunghi, di tessuto elasticizzato, una maglietta, guanti da chirurgo in latice e cuffia da bagno. Secondo il suo credo professionale non c'era assassino che si allontanasse dalla scena del delitto senza lasciare almeno una prova tangibile e toccava a lui trovarla.

Dalgliesh gli disse: «Fai le tue solite ricerche, Charlie, ma ci vorrà un tecnico per staccare quella stufetta a gas e stendere un rapporto. Chiamalo, di' che è urgente. Se c'è del pietrisco che blocca la canna fumaria, voglio che sia mandato al laboratorio con i campioni di qualsiasi altro frammento libero si trovi all'interno del camino. La stufa è un modello vecchio, di quelli che si usavano nelle camere dei bambini, ha un rubinetto che si può togliere. Non so se potremo ricavarne qualche impronta utile, quasi certamente no, ma il rilievo va fatto su tutta la superficie della stufa. Il cordone della finestra è importante. Vorrei sapere se si è rotto perché era logoro e si è strappato o se è stato deliberatamente sfilacciato. Penso che non otterremo niente più di un semplice parere, ma può anche darsi che dal laboratorio riescano ad aiutarci».

Dalgliesh lasciò gli agenti al lavoro e tornò accanto al cadavere, lo osservò ancora attentamente poi lo toccò su una guancia. Era la ruvidezza della pelle che gli dava quell'impressione di un leggero calore? O erano le sue dita a trasmettere per pochi secondi una vita fittizia a quella carne morta? Scese con la mano fino alla mascella attento a non spostare il serpente. La carne era morbida, l'osso si mosse sotto la sua delicata pressione.

Disse a Kate e a Dan: «Guardate che cosa riuscite a capire di questa mascella. State attenti. Voglio che il serpente rimanga a posto fin dopo l'autopsia».

Si inginocchiarono tutti e due, a turno, accanto al cadavere, Kate per prima. Toccarono la mascella, guardarono la faccia da vicino, posarono le mani sul torace nudo.

«Il rigor mortis è presente nella parte superiore del corpo, ma la mascella è libera.»

«Che cosa significa?»

Fu Kate a rispondere. «Significa che qualcuno ha interrotto il processo di irrigidimento della mascella qualche ora dopo la morte. Probabilmente è stato necessario per introdurre nella bocca del morto la testa del serpente. Ma perché darsi tanto da fare? Non bastava avierglielo stretto intorno al collo? Ormai lo scopo era raggiunto alla perfezione.»

«Ma con minore drammaticità» osservò Dalgliesh.

«Forse. In ogni caso questa mascella forzata prova che qualcuno è tornato vicino al cadavere dopo ore dalla morte. Forse l'assassino... se si tratta di omicidio. O forse qualcun altro. Ma noi non avremmo mai sospettato un successivo intervento sulla scena del delitto se il serpente fosse stato solo stretto intorno al collo della vittima.»

«Forse» disse Daniel «era proprio quello che l'assassino voleva che sapessimo.»

Dalgliesh guardò attentamente il serpente. Era lungo circa un metro e mezzo e palesemente ideato per tenere lontani gli spifferi. La parte superiore era di velluto a righe, quella di sotto era di una stoffa più pesante, marrone. Sotto la morbidezza del velluto, l'imbottitura era granulosa al tatto.

Qualcuno stava attraversando senza fretta l'archivio grande, i passi si avvicinavano lentamente. Daniel disse: «Pare che sia arrivato il dottor Wardle».

Era alto quasi un metro e novanta, la testa emergeva, massiccia, dalle spalle larghe e ossute dalle quali una giacca dalle misure sbagliate pendeva come da un attaccapanni. Col naso a becco, chiazzato di rosso, la voce rauca e rabbiosa, gli occhi che lanciavano sguardi penetranti, le sopracciglia cespugliose, forti, sovrabbondanti tanto da sembrare che vivessero di vita propria, il dottor Wardle era, a vederlo e ad ascoltarlo, lo stereotipo di un colonnello irascibile. La sua statura avrebbe potuto rappresentare uno svantaggio in un lavoro in cui i cadaveri spesso giacevano nascosti nei fossi, nei canali, negli armadi, in tombe improvvisate, ma quel suo corpo così lungo riusciva a insinuarsi con inattesa facilità, quasi con grazia, nei posti più scomodi. Si guardò in giro per la stanza, deplorando la modestia dell'arredo e la sgradevolezza di un lavoro che l'aveva costretto a lasciare il suo microscopio, poi si chinò sul cadavere ed emise un sospiro lugubre.

«Lei vorrà sapere circa a che ora è morto, eh, ispettore. Questa è la domanda che viene subito dopo quella di prammatica:

"è morto?" e io le rispondo che sì, è morto. Su questo siamo tutti d'accordo. Il cadavere è freddo, il rigor mortis è presente. Una interessante eccezione, di cui parleremo dopo, fa pensare che la morte sia avvenuta da tredici a quindici ore fa. La stanza è calda, in un modo innaturale, data la stagione. Avete misurato quanti gradi sono? Ventidue gradi. La temperatura ambientale e un metabolismo sufficientemente alto al momento della morte potrebbero aver ritardato l'inizio del rigor. Avrete già discusso tra voi, senza dubbio, questa anomalia. Mi dica, ispettore. Me ne parli lei. O lei, ispettrice. Vedo che non aspettate altro.»

Dalgliesh era quasi certo che stesse per aggiungere: "È troppo sperare che leviate le mani da quel cadavere?". Guardò Kate che disse: «La mascella è allentata. Il rigor mortis comincia dalla faccia, dalla mascella e dal collo, tra le cinque e le sette ore dopo la morte e dopo dodici ore è esteso a tutto il corpo. Poi scompare nello stesso ordine di tempo. Dunque o se n'è già andato dalla mascella e questo anticipa l'ora della morte di circa sei ore o significa che la bocca è stata aperta con la forza. Io propendo per questa seconda ipotesi. I muscoli facciali non sono allentati».

«A volte mi chiedo, ispettore» disse Wardle, «perché vi diate la pena di chiamare un medico.»

Kate proseguì, imperterrita: «Questo significa che la testa del serpente è stata messa nella bocca della vittima non al momento della morte, ma almeno cinque o sette ore dopo. Dunque la morte non è dovuta a soffocamento o almeno non per mezzo del serpente. Ma questo noi non l'avevamo mai pensato».

«Le macchie e la posizione del cadavere» disse Dalgliesh «suggeriscono che la morte sia sopravvenuta mentre la vittima era a faccia in giù e in seguito sia stata sdraiata sulla schiena. Sarebbe interessante sapere perché.»

«Forse» suggerì Kate «per poter meglio avvolgere il serpente intorno al collo del morto e mettergli la testa in bocca.»

«Forse.»

Dalgliesh non disse altro e lasciò che il dottor Wardle proseguisse l'esame. Aveva già violato il suo territorio più di quanto non consigliasse la prudenza. Riteneva che ci fossero ben pochi dubbi sulla causa di quella morte e si chiedeva se fosse per cautela o per dispetto che Wardle taceva. Certo nessuno dei due si trovava di fronte per la prima volta a un avvelenamento per monossido di carbonio. Il colore livido, dopo la morte, molto pronunciato a causa della aumentata viscosità del sangue, il rosso intenso della pelle del viso, così brillante che il cadavere sembrava dipinto, erano indicazioni inconfondibili.

«Roba da manuale, eh?» disse Wardle. «Non c'era bisogno di un medico legale e di un ispettore capo della polizia metropolitana per diagnosticare un avvelenamento da monossido di carbonio. Ma non cantiamo vittoria. Stendiamolo sul tavolo, poi gli alchimisti della scientifica prenderanno i loro campioni di sangue e ci daranno una risposta attendibile. Vuole che glielo lasciamo in bocca, il serpente, Dalgliesh?»

«Sì. Preferirei non muoverlo fino all'autopsia.»

«Che, senza dubbio, pretenderà che sia fatta subito, o prima di subito.»

«Non è sempre così?»

«Posso farla stasera. Ero invitato a cena, ma la mia ospite ha annullato l'invito perché ha l'influenza, o così dice. Alle sei e mezzo all'obitorio, se per lei va bene. Telefonerò che ci aspettino. Sta arrivando il furgone del macellaio?»

«Dovrebbe essere qui da un momento all'altro» disse Kate.

Dalgliesh si rendeva conto che l'autopsia si poteva fare anche senza di lui, ma voleva essere presente. Wardle si stava mostrando inaspettatamente disposto a collaborare, ma Dalgliesh ricordò a se stesso che lo era sempre nelle situazioni di emergenza.

23

Appena vide la signora Demery, Dalgliesh capì che gli sarebbe stato facile parlare con lei, aveva già conosciuto persone di quel genere. Le signore Demery, glielo aveva insegnato l'esperienza, non avevano inibizioni nei confronti della polizia che ritenevano, in assoluto, un'istituzione benefica e tendenzialmente dalla loro parte, ma, nello stesso tempo, non vedevano alcun motivo di trattare i suoi rappresentanti con eccessivo rispetto né di attribuire agli agenti di sesso maschile facoltà mentali superiori a quelle di tutti gli uomini di questo mondo. Le signore Demery, senza dubbio, erano pronte a mentire, come tutti i testimoni, quando si trattava di proteggere se stesse, ma essendo oneste e non gravate dal peso dell'immaginazione, preferivano dire la verità perché consideravano che equivalesse a prendersi un fastidio in meno e, una volta detta, non vedevano la ragione di torturarsi la coscienza con i dubbi sulle proprie reali motivazioni e sulle intenzioni altrui. Erano ostinatamente ferme, incrollabili e, all'occasione, irriverenti nel controinterrogatorio. Dalgliesh aveva l'impressione che trovassero gli uomini leggermente ridicoli, soprattutto quelli in toga e parrucca pronti a pontificare con voci arroganti sulle teste degli altri e che, da quelle irritanti creature, non volessero essere rimproverate, intimidite o represse.

Ora l'ultimo esemplare di questa eccellente categoria gli stava di fronte e con i suoi occhi che sprizzavano intelligenza gli manifestava una sincera ammirazione. Aveva i capelli, chiaramente ossigenati di fresco, di un bel color arancio dorato, pettinati nello stile che si vede nelle fotografie edoardiane, raccolti dietro e ai lati a colpi di spazzola e con una frangetta di ricciolini bassa sulla fronte. Col suo naso puntuto e lucido e gli occhi un po' sporgenti, gli ricordava uno strano tipo di barboncino particolarmente sveglio.

Senza aspettare che parlasse lui per primo, la signora Demery gli disse: «Conoscevo il suo papà, signor Dalgliesh».

«Davvero, signora Demery? Quando l'ha conosciuto? Durante la guerra?»

«Sì, proprio così. Io e il mio fratello gemello eravamo sfollati nel vostro villaggio. Non se li ricorda i gemelli Carter? No, è impossibile, lei allora non passava neanche come un lampo nella testa di suo padre. Che signore gentile era! Noi non eravamo alloggiati al rettorato, loro tenevano solo le ragazze madri. Stavamo con la signorina Pilgrim, nella sua villetta. Dio, signor Dalgliesh, che brutto posto quel villaggio, non so come ci si è adattato lei, quando era bambino. Mi ha fatto venire un disgusto della campagna che mi è durato tutta la vita. Fango, pioggia, e quella puzza che veniva dall'aia davanti alle case. Per non parlare della noia.»

«Forse per dei bambini di città non c'erano molti passatempi.»

«Non è vero, di cose da fare ce n'erano ma appena ci si provava si finiva nei pasticci.»

«Come bloccare il ruscello?»

«Allora l'aveva sentito dire anche lei! Chi andava a pensare che sarebbe finito nel retrocucina della signora Piggott e le avrebbe annegato il gatto? Ma guarda un po', lo sapeva anche lei...» La faccia della signora Demery esprimeva una intensa soddisfazione.

«Voi due, lei e suo fratello, fate parte del folklore del villaggio, signora Demery.»

«Davvero? Questa è bella. Si ricorda i maialini del signor Stuart?»

«Anche il signor Stuart se li ricorda. Ha più di ottant'anni, ma ci sono avvenimenti che s'imprimono nella memoria.»

«Doveva essere una gara di corsa vera e propria. Avevamo messo i maialini tutti in fila, insomma più o meno in fila, ma loro sono scappati chi qua chi là. Be', quasi tutti, veramente, sono andati sulla strada per Norwich. Ma, oh Dio, signor Dalgliesh, che brutto posto era quel villaggio! Il silenzio! La sera stavamo distesi a letto con gli occhi aperti ad ascoltarlo, il silenzio. Era come essere morti. E il buio! Mai visto un buio come quello. La pece! Era come una grande coperta di lana nera che ti schiacciava fino a che non ti sentivi soffocare. Io e Billy non lo sopportavamo. Prima dello sfollamento non avevamo mai avuto un incubo. Quando la mamma veniva a trovarci non facevamo che strillare. Me le ricordo quelle visite, la mamma che ci trascinava per il viottolo e io e Billy a urlare che volevamo tornare a casa. Le dicevamo che la signora Pilgrim non ci dava abbastanza da mangiare e che ci correva dietro per picchiarci con la ciabatta. Che non ci dava tanto da mangiare era vero, per tutto il tempo che siamo stati da lei non abbiamo assaggiato neanche un buon bocconcino. Alla fine la mamma non ce l'ha fatta più e ci ha riportati a casa. Allora siamo stati bene e ci siamo divertiti soprattutto quando sono cominciati i bombardamenti. Avevamo in giardino uno di quei rifugi Anderson e ci rannicchiavamo tutti là dentro, la mamma, la nonna, la zia Edie e la signora Powell che stava al numero 42 dopo che era stata bombardata anche lei.»

«Non c'era buio nel rifugio Anderson?»

«Avevamo le pile, no? E quando gli aerei non erano proprio sulle nostre teste si poteva uscire a guardare i fari dell'antiaerea che si incrociavano nel cielo. E che rumore! Quell'artiglieria antiaerea sembrava un gigante che fa a pezzi una lamiera ondulata. La mia mamma lo diceva sempre: date ai figli un'infanzia felice e la vita non potrà più fargli troppo male.»

Dalgliesh capì che sarebbe stato controproducente discutere questa ottimistica visione pedagogica. Stava per suggerire con cautela che era giunto il momento di venire allo scopo principale di quella conversazione, quando la signora Demery lo prevenne.

«Bene, abbiamo parlato abbastanza del passato. Lei voleva chiedermi qualcosa sull'omicidio.»

«È rimasta impressionata, signora Demery?»

«Logico. Lui non se l'è messo da solo il serpente intorno al collo. L'hanno strangolato, vero?»

«Non sapremo com'è morto finché non avremo il risultato dell'autopsia.»

«Be', quando l'ho visto ho pensato subito che l'avevano strangolato, con quella faccia tutta rosa e il serpente ficcato in bocca. Si figuri, non avevo mai visto un cadavere con un'aria così sana. Era meglio morto che vivo e sì che da vivo non era male. Era piuttosto bello. Pensavo sempre che somigliava un po' a Gregory Peck da giovane.»

Dalgliesh le chiese di descrivere esattamente che cosa era successo da quando era arrivata quella mattina a Innocent House.

«Lavoro qui tutti i giorni, tranne il mercoledì. Dalle nove alle cinque. Il mercoledì viene l'impresa di pulizia per uffici "La Superiore". Almeno loro si fanno chiamare così. Sarebbe meglio che si facessero chiamare "L'Inferiore". Lavorano meglio che possono, almeno credo, ma non è come quando si è veramente affezionati a un posto. George arriva mezz'ora prima e gli apre la porta. Alle dieci, di solito, hanno già finito.»

«Chi l'ha fatta entrare stamattina, signora Demery? Ha le chiavi?»

«No, Il vecchio signor Etienne voleva darmele, ma io ho preferito non prendermi questa responsabilità. Ci sono già troppe chiavi nella mia vita. Di solito è George ad aprire. Oppure il signor Dauntsey o la signorina Frances. Dipende da chi arriva prima. Questa mattina il signor Dauntsey e la signorina Frances non erano ancora arrivati, ma c'era George e mi ha aperto lui. Bene, mi sono messa a pulire la cucina e fino a poco prima delle nove non è successo niente, poi è comparso Lord Stilgoe e ha detto che aveva un appuntamento con il signor Gerard.»

«E lei era presente?»

«Sì, per caso c'ero anch'io. Stavo facendo due chiacchiere con George. Lord Stilgoe era tutt'altro che contento che non ci fosse nessuno oltre a me e al centralinista. George aveva citofonato in tutti gli uffici per cercare il signor Gerard e stava dicendo a Lord Stilgoe che poteva attendere lì, nella sala d'aspetto, quando è arrivata la signorina Etienne che ha chiesto a George se il signor Gerard era in ufficio. George le ha detto che l'aveva chiamato col citofono ma non gli aveva risposto nessuno. Allora lei ha attraversato l'atrio ed è andata direttamente nell'ufficio del signor Gerard. Io e Lord Stilgoe l'abbiamo accompagnata. C'era la giacca sulla sedia e la sedia era spostata indietro dalla scrivania e questo mi è sembrato un po' strano. Poi la signorina Claudia ha cercato nel cassetto a destra e ha trovato le chiavi. Il signor Gerard metteva sempre il mazzo di chiavi in quel cassetto quando era in ufficio, perché era pesante e gli sformava la tasca. La signorina Claudia ha detto: "Dev'essere qui, da qualche parte. Forse è al numero 10 con il signor Bartrum". Così siamo tornati nella sala d'aspetto e George ci ha detto che aveva già chiamato il numero 10 e che il signor Bartrum era arrivato ma non aveva visto il signor Gerard, anche se la Jaguar era lì. Il signor Gerard la parcheggiava sempre in Innocent Passage perché era più al sicuro. Dunque la signorina Claudia ha detto: "Dev'essere qui, da qualche parte. È meglio che ci mettiamo a cercarlo". Intanto era arrivato il primo motoscafo ed erano arrivati anche la signorina Frances e il signor Dauntsey.»

«Sembrava preoccupata, la signorina Etienne?»

«Preoccupata no, era, insomma, stupita. Allora ho detto: "Io ho già pulito tutta la parte dietro della casa e il pianterreno, quindi in cucina so che non c'è". La signorina Claudia ha risposto qualcosa come "cosa sarebbe andato a fare in cucina" e ha cominciato a salire le scale e io e la signorina Blackett le siamo andate subito dietro.»

«Non me l'aveva detto che c'era anche la signorina Blackett.»

«No? Be', era arrivata col motoscafo. Non si bada più tanto a lei adesso che il signor Peverell è morto. Comunque era lì, ancora col soprabito addosso ed è venuta su con noi.»

«In tre per cercare una persona?»

«Già, proprio così. Io sono andata per curiosità, credo. O forse era un presentimento. La signorina Blackett non so perché è venuta. Deve chiederlo a lei. La signorina Claudia ha detto: "Ricominciamo a cercarlo dall'ultimo piano" e così abbiamo fatto.»

«Ed è andata subito nell'archivio?»

«Sì, e poi nell'archivio piccolo. La porta non era chiusa a chiave.»

«Come l'ha aperta, signora Demery?»

«Non capisco. L'ha aperta come si apre qualsiasi porta.»

«L'ha spalancata? L'ha aperta adagio adagio? Sembrava che avesse paura?»

«No, almeno non me ne sono accorta. Ha aperto la porta e basta. E lui era lì. Disteso sulla schiena con la faccia tutta rosa, il serpente intorno al collo e la testa del serpente in bocca. Aveva gli occhi aperti, sbarrati. Erano orribili quegli occhi! Insomma io ho capito subito che era morto, anche se, come le ho già detto, non l'avevo mai visto così bello. La signorina Claudia si è avvicinata, lì per terra vicino a lui. Ha detto: "Andate a telefonare alla polizia. Fuori di qui, tutt'e due". Aveva una voce un po' brusca, ma, d'altra parte, era suo fratello. Io capisco subito quando non sono gradita e me ne sono andata. Non ci tenevo a restare.»

«E la signorina Blackett?»

«Era proprio dietro di me. Io mi aspettavo che si mettesse a gridare, invece no, le usciva dalla gola una specie di lamento, alto, che non finiva più. Le ho messo un braccio intorno alle spalle. Tremava fortissimo. Le ho detto: "Venga, cara, venga, tanto qui non può fare niente". Siamo scese per le scale. Ho pensato che facevamo più presto perché l'ascensore qui è un disastro. Ma forse era meglio l'ascensore perché la signorina Blackett tremava tanto che non riuscivo a farla scendere. Due o tre volte le si sono piegate le gambe e stava per cadere. Avevo pensato anche di farla sedere su un gradino e andare a cercare aiuto. In qualche modo siamo arrivate in fondo alle scale e lì c'erano Lord Stilgoe, il signor de Witt e gli altri, fermi che ci guardavano. Avevano capito dalla mia faccia e dalle condizioni della signorina Blackett che era successo qualcosa di brutto. Così gliel'ho detto. Per un momento è stato come se non avessero capito, poi il signor de Witt si è messo a correre su per le scale e Lord Stilgoe e il signor Dauntsey gli sono andati dietro.»

«Poi che cos'è successo, signora Demery?»

«Poi ho aiutato la signorina Blackett a sedersi su una sedia e sono andata a prenderle un po' d'acqua.»

«Non ha telefonato alla polizia?»

«Ho pensato che potevano farlo gli altri. Tanto il morto era lì e non se ne poteva andare. Che fretta c'era? Ed è stato meglio così, perché Lord Stilgoe è tornato, è andato subito da

George, al centralino, e gli da detto: "Mi chiami New Scotland Yard. Voglio parlare col Commissario e se lui non c'è con l'ispettore capo Adam Dalgliesh". Ha potuto partire addirittura dall'alto, è logico. Poi la signorina Claudia mi ha chiesto di andare a fare un po' di caffè forte e io sono andata. Era bianca come un lenzuolo. C'è poco da stupirsi, no?»

«Il signor Gerard Etienne» chiese Dalgliesh «aveva assunto la carica di presidente e amministratore delegato da poco tempo, non è vero? Era benvoluto?»

«Mah, non lo porterebbero fuori di qui in un sacco di plastica se fosse stato benvoluto. Qualcuno ce l'aveva con lui, questo è sicuro. Ma non era facile prendere il posto del vecchio signor Peverell. Tutti lo rispettavano, il signor Peverell. Era una persona speciale. Però io sono sempre andata d'accordo anche col signor Gerard. Io non badavo a lui e lui non badava a me. Non credo, però, che molti qui piangeranno per la sua morte. Certo, un delitto è un delitto e fa impressione, su questo non ci sono dubbi. Non mi meraviglierei che fosse un danno anche per l'azienda. Però io ho un'idea. Lei veda se le dice qualche cosa. Non sarà che si è suicidato e quello che fa tutti quegli scherzi qui da noi gli ha messo il serpente intorno al collo, dopo, per vedere che cosa succedeva? Forse vale la pena di pensarci.»

Dalgliesh non disse che ci aveva già pensato anche lui. Chiese: «La sorprenderebbe sapere che si è suicidato?».

«A dire la verità sì. Era troppo soddisfatto di sé. E poi perché suicidarsi? D'accordo, l'azienda ha un po' di difficoltà, ma c'è qualche azienda che non ne ha? Le difficoltà poteva superarle. Non lo vedo come un Robert Maxwell. Sì, però anche di Robert Maxwell chi andava a pensarlo? La verità è che non si può mai sapere. La gente è misteriosa. Misteriosa. Ne avrei io qualcuna da raccontarle su come è misteriosa la gente.»

Kate intervenne: «La signora Etienne sarà stata distrutta dal dolore nel trovarlo così. Era suo fratello».

La signora Demery trasferì la sua attenzione su Kate, ma si mostrò poco compiaciuta della intrusione di una terza persona nel suo tête-a-tête. «Faccia una domanda chiara, ispettrice, se vuole una risposta chiara. Era distrutta dal dolore la signorina Claudia? È questo che vuole sapere, no? Vada a chiederlo a lei. Io non lo so. Stava lì, con la testa bassa sopra il cadavere e non si è mai voltata, non l'ho mai vista in faccia per tutto il tempo che sono rimasta nella stanza insieme alla signorina Blackett, cioè non molto a lungo. Non so che cosa provava. So solo quello che ha detto.»

«"Fuori di qui, tutt'e due". Parole dure.»

«Aveva avuto un brutto colpo, forse è per quello. Giudicate voi.»

«Voleva restare sola col morto.»

«Pare di sì. Ma io stavo già per andarmene. Qualcuno doveva pur aiutare la signorina Blackett a scendere le scale.»

«Lei ha un buon posto di lavoro, qui, signora Demery?» chiese Dalgliesh. «Si trova bene?»

«È un posto adatto a me, signor Dalgliesh. Ho sessantatré anni. D'accordo, non sono molti, ho ancora i miei occhi e le mie gambe, e lavoro molto meglio di certe persone che non nomino. Ma non si cerca un nuovo lavoro a sessantatré anni e a me lavorare piace. Morirei di noia chiusa in casa. E poi è una questione di abitudine, vengo qui da più di vent'anni. Non a tutti piacerebbe, ma io mi trovo bene. È anche vicino a casa mia... più o meno. Io abito a Whitechapel. Adesso ho un bell'appartamentino moderno.»

«Come viene alla Peverell?»

«Con la metropolitana fino a Wapping, poi a piedi. Non è lontano e io non ho paura delle strade di Londra. Ci cammino da quando lei non era neanche nato. Il vecchio signor Peverell voleva mandarmi a prendere con un taxi tutte le mattine se avevo paura di stancarmi a venire a piedi. L'avrebbe fatto davvero. Era un signore proprio speciale, il signor Peverell. Però questo dimostra anche che apprezzava il mio lavoro. È bello essere stimati.»

«È vero. Mi dica, signora Demery, chi fa le pulizie negli archivi, in quello grande e in quello piccolo dove è stato trovato il signor Etienne? Se ne occupa lei o l'impresa di pulizia?»

«Io. Quelli dell'impresa non salgono mai all'ultimo piano, il vecchio signor Peverell non voleva, aveva paura che fumassero e che tutte quelle carte prendessero fuoco. Inoltre è tutta roba riservata. Io ho dato un'occhiata, ma ho visto solo vecchie lettere e manoscritti. Non ci sono note personali sui dipendenti, quello che s'intende di solito per documenti riservati. Eppure il signor Peverell teneva molto all'archivio e aveva detto che di quelle due stanze ero responsabile io. Ma non ci va quasi mai nessuno lassù, tranne il signor Dauntsey e quindi non me ne preoccupo molto. Sarebbe inutile. Salgo una volta al mese, il lunedì, a dare una spolverata.»

«Usa l'aspirapolvere per pulire il pavimento?»

«Se vedo che ce n'è bisogno sì, altrimenti no. Come le ho detto, ci lavora solo il signor Dauntsey e lui lascia tutto in ordine. C'è già abbastanza da fare nel resto della casa senza trasportare l'aspirapolvere fin lassù per buttare via il tempo dove non è necessario.»

«Capisco. Quando è stata l'ultima volta che ha pulito l'archivio piccolo?»

«Gli ho dato una spolverata veloce tre settimane fa, di lunedì. Ci tornerò lunedì prossimo. Almeno, è quello che pensavo di fare, ma credo che troverò la porta chiusa.»

«È così, infatti. Vogliamo andarci adesso?»

Presero il vecchio ascensore che era lento ma saliva senza troppi sobbalzi. La porta dell'archivio piccolo era aperta. Il tecnico della società del gas non era ancora arrivato, ma i due agenti della scientifica e i fotografi erano ancora lì. A un cenno di Dalgliesh si misero in piedi, in disparte.

«Non entri, signora Demery» disse Dalgliesh, «resti pure sulla porta e mi dica se vede qualcosa di diverso dal solito.»

La signora Demery esaminò lentamente la stanza. Indugiò un momento con lo sguardo sul profilo tracciato col gesso per terra, dov'era stato tolto il cadavere, ma non fece commenti. Dopo una pausa di pochi secondi, disse: «Hanno dato una bella pulita, i suoi uomini».

«No, nessuno ha pulito qui, signora Demery.»

«Eppure sì. Non vedo una polvere vecchia di tre settimane. Guardi la mensola del camino e il pavimento. Sul pavimento è stato passato un aspirapolvere. Incredibile! L'assassino ha pulito la stanza prima di uccidere! E l'ha pulita col mio aspirapolvere Hoover!»

Si voltò verso Dalgliesh che vide nei suoi occhi una confusa espressione di risentimento per un oltraggio subito e di timore superstizioso. Niente della morte di Etienne l'aveva colpita nel vivo come quella cella della morte ripulita in anticipo.

«Come lo sa, signora Demery?»

«Io l'aspirapolvere Hoover lo tengo nello stanzino a pianterreno, vicino alla cucina. Stamattina, quando sono andata a prenderlo, mi sono detta: "Qualcuno l'ha usato".»

«Come l'ha capito?»

«Perché ho visto che era schiacciato il tasto per i pavimenti. L'aspirapolvere, vede, ha due posizioni, pavimenti e tappeti. Quando l'avevo messo via era schiacciato il tasto per i tappeti, perché avevo appena pulito i tappeti nella sala del consiglio.»

«Ne è sicura, signora Demery?»

«Non tanto da giurarlo in tribunale. Ci sono delle cose su cui si può giurare e altre no. Io potrei anche aver cambiato la posizione senza accorgermene. Tutto quello che so con certezza è che quando l'ho preso stamattina ho pensato: "Qualcuno l'ha usato".»

«Non si è informata, non ha chiesto...?»

«A chi potevo chiedere, ero sola. E poi nessuno dei dipendenti dell'azienda prenderebbe l'aspirapolvere per venire a pulire l'archivio. Perché dovrebbero farlo? È il mio lavoro non il loro. Piuttosto qualcuno dell'impresa di pulizia, ma anche questo sarebbe strano perché portano sempre la loro attrezzatura.»

«L'aspiratore era al solito posto?»

«Sì. E il filo elettrico era avvolto regolarmente, come l'avevo lasciato. Ma era cambiata la posizione.»

«C'è qualcos'altro che la colpisce in questa stanza?»

«Be', manca il cordone della finestra. Forse l'hanno portata via i suoi uomini. Era vecchio e sfilacciato. Quel lunedì, quando avevo fatto un po' di pulizia, avevo avvertito il signor Dauntsey che il cordone andava cambiato e lui mi aveva risposto: "Lo dirò a George". George fa tutte queste piccole riparazioni, ha le mani d'oro. La finestra era mezza aperta. Il signor Dauntsey la tiene sempre così. Non gli è importato molto di quello che gli dicevo, mi ha risposto solo: "Lo dirò a George". Anche il tavolo è stato spostato. Io non lo muovo mai quando spolvero. Guardi anche lei. Sul muro c'è il segno di dov'era prima. E manca il dittafono del signor Dauntsey. Una volta c'era un divano letto, ma è stato tolto dopo il suicidio della signorina Clements. Anche questo è strano: in questa stanza abbiamo avuto due morti, signor Dalgliesh. Sarebbe meglio chiuderla davvero.»

Prima di finire d'interrogarla, Dalgliesh chiese alla signora Demery di non parlare con nessuno della possibilità che qualcuno avesse usato l'aspirapolvere, ma non osava sperare che sarebbe riuscita a tacere per molto tempo.

Quando se ne fu andata, Daniel disse: «È affidabile, signore, questa testimonianza? È possibile che la signora Demery abbia capito veramente che la stanza è stata pulita da poco? Non se lo sarà immaginato?».

«È lei l'esperta in materia di pulizie, Daniel. E anche la signorina Etienne aveva osservato che la stanza era molto pulita. Questo pavimento è senza polvere, perfino negli angoli. Qualcuno l'ha pulito da poco e non è stata la signora Demery.»

24

Nella sala del consiglio, i quattro soci aspettavano ancora. Gabriel Dauntsey e Frances Peverell sedevano al tavolo ovale, vicini ma senza sfiorarsi. Frances stava con la testa china, assolutamente immobile. De Witt era in piedi vicino alla finestra con una mano appoggiata al vetro, come se avesse bisogno di sostenersi. Anche Claudia era in piedi e osservava attentamente una grande copia, appesa vicino alla porta, di un quadro del Canaletto che rappresentava il Canal Grande. Lo splendore della sala smorzava e sottolineava a un tempo il fardello di paura, dolore, rabbia, rimorso di ciascuno di loro. Erano come attori di una commedia troppo complicata, dove fosse stato profuso un patrimonio per il lusso dello scenario affidandosi poi ad attori dilettanti che avevano studiato male il dialogo ed erano rigidi e inesperti nei movimenti. Quando Dalgliesh e Kate se n'erano andati Frances Peverell aveva detto: «Lasciamo la porta aperta» e de Witt, senza una parola, si era alzato e l'aveva socchiusa. Avevano bisogno di sentire la presenza del mondo esterno, un suono di voci umane, anche se rare, anche se deboli. La porta chiusa avrebbe avuto lo stesso significato simbolico della sedia vuota al centro del tavolo, avrebbe escluso l'attesa dell'ingresso impaziente di Gerard, come la sedia vuota escludeva la possibilità della sua presenza autoritaria.

Senza staccare gli occhi dal quadro, Claudia disse: «A Gerard non è mai piaciuto il Canaletto. Trovava la sua fama eccessiva e i suoi quadri troppo minuziosi, troppo piatti. Diceva che quando li guardava gli pareva di vedere i ragazzi di bottega dipingere le onde».

«No, era solo questo quadro che non gli piaceva, non il Canaletto» obiettò de Witt. «Non sopportava di dover spiegare a tutti che era una copia.»

La voce di Frances era quasi impercettibile. «Non gli piaceva il quadro perché gli ricordava che il nonno aveva dovuto vendere l'originale in un momento difficile e per circa un quarto del suo valore reale.»

«No» ribatté Claudia con fermezza, «non gli piaceva il Canaletto.»

De Witt si staccò lentamente dalla finestra. «La polizia ha tempi lunghi» disse. «La signora Demery si starà divertendo, immagino, a dare la sua interpretazione preferita della donna delle pulizie nata e cresciuta nell'East End, di buon carattere ma svelta di lingua. Spero che l'ispettore sappia apprezzare lo spettacolo.»

Claudia si distolse dall'esame del quadro. «Lei è veramente così, non puoi dire che interpreti un personaggio. È vero però che se si eccita diventa loquace. Dobbiamo stare attenti a non fare altrettanto. A non diventare loquaci. A non parlare troppo. A non dire alla polizia quello che non deve sapere.»

«A cosa stai pensando?» chiese de Witt.

«Sto pensando che noi non eravamo d'accordo sul futuro dell'azienda. La polizia ragiona secondo schemi fissi, e poiché la maggior parte dei criminali agisce secondo schemi fissi, la sua forza probabilmente sta in questo.»

Frances Peverell rialzò la testa. Nessuno l'aveva vista piangere, ma il suo viso era esausto, tumefatto, gli occhi opachi sotto le palpebre gonfie e quando parlò fu con una voce incrinata e un po' querula.

«Che cosa importa se la signora Demery parla? Che cosa importa quello che diciamo? Nessuno qui ha niente da nascondere. Quello che è successo è chiaro. Gerard è morto per cause naturali o per un incidente e qualcuno, forse la stessa persona che si diverte a farci degli scherzi, l'ha visto morto e ha pensato di trasformare la sua morte in un mistero. Dev'essere stato atroce per te, Claudia, trovarlo con quel serpente intorno al collo. Ma è tutto chiaro. Deve essere così. Un incidente.»

Claudia le si rivoltò contro come se fossero nel pieno di una lite. «Che genere d'incidente? Secondo te, Gerard ha avuto un incidente? Che genere d'incidente?»

Frances parve contrarsi sulla sedia, ma la sua voce era ferma. «Non lo so. Io non c'ero quando è successo. Era solo un'ipotesi.»

«Un'ipotesi imbecille.»

«Claudia!» Il richiamo di de Witt era più affettuoso che severo. «Non dobbiamo litigare. Dobbiamo essere calmi e restare uniti.»

«Come possiamo restare uniti? Dalgliesh vuole vederci separatamente.»

«Non dicevo materialmente uniti. Uniti come soci. Come gruppo.»

Senza ascoltare le parole di de Witt, Frances disse, seguendo un proprio pensiero: «Potrebbe essere morto di un attacco di cuore. O di un ictus. È possibile. Succede anche a persone molto sane».

«Gerard aveva un cuore perfetto» replicò Claudia. «Non si sale in vetta al Cervino se si ha il cuore debole. E io non riesco a immaginare nessuno più lontano di Gerard da una morte per ictus.»

«Non sappiamo ancora com'è morto» disse de Witt, conciliante. «Non potremo saperlo se non dopo l'autopsia. Intanto che cosa succederà qui?»

«Andremo avanti» rispose Claudia. «È ovvio. Andremo avanti.»

«Purché non ci venga a mancare il personale. Può darsi che nessuno voglia più lavorare alla Peverell, soprattutto se la polizia lascerà intendere che quella di Gerard non è stata una morte naturale.»

La risata di Claudia fu aspra come un singhiozzo. «Naturale! Certo che non è stata una morte naturale. Davanti a un cadavere seminudo, con un serpente di pezza intorno al collo e con la testa del serpente in bocca, neanche il poliziotto meno sospettoso parlerebbe di morte naturale.»

«Volevo dire se la polizia parlerà di omicidio. Tutti abbiamo in mente questa parola. Tanto vale dirla.»

«Omicidio?» disse Frances. «Perché qualcuno avrebbe dovuto ucciderlo? E poi non c'era sangue da nessuna parte, non è così? Non è stata trovata un'arma. E nessuno può averlo avvelenato. Avvelenato con che cosa? Quando l'avrebbe preso, il veleno?»

«Ci sono altri modi» disse Claudia.

«Pensi che sia stato strangolato con il serpente? O soffocato? Ma Gerard era forte. Solo uno più forte di lui poteva riuscirci.» Poi, visto che nessuno rispondeva, Frances aggiunse: «Sentite, io non capisco perché ci teniate tanto tutti e due a dare per certo che Gerard è stato ucciso».

De Witt andò a sedersi vicino a lei e le disse con delicatezza: «Frances, nessuno lo dà per certo, stiamo solo considerando questa possibilità. Ma tu hai ragione, è meglio aspettare di sapere com'è morto. Intanto non faccio che chiedermi perché era nell'archivio piccolo. Non saliva mai al piano di sopra, vero Claudia?».

«No, e anche questa volta non intendeva fermarsi lì a lavorare, altrimenti non avrebbe lasciato le chiavi nel cassetto. Sai com'era scrupoloso in queste cose. Metteva le chiavi nel cassetto solo quando lavorava alla scrivania. Se usciva dall'ufficio, anche per poco, s'infilava la giacca e si metteva le chiavi in tasca. Tutti l'abbiamo visto fare così, infinite volte.»

«Anche se è stato trovato nell'archivio, non è detto che sia morto lì» disse de Witt.

Claudia andò a sedersi di fronte a lui e parlò sporgendosi attraverso il tavolo. «Pensi che possa essere morto nel suo ufficio?»

«Non lo so, forse è morto o è stato ucciso nel suo ufficio e poi qualcuno l'ha spostato di lì. Potrebbe essere morto seduto alla scrivania per un ictus o un attacco di cuore, come dice Frances, e poi il suo corpo è stato messo nell'archivio.»

«Ma ci voleva molta forza.»

«No, sarebbe bastato usare uno dei carrelli per i libri e caricarlo in ascensore. C'è quasi sempre un carrello vuoto davanti all'ascensore.»

«Ma la polizia dev'essere in grado di capire se un morto è stato spostato da un posto all'altro.»

«Sì, se tutto è avvenuto all'aperto, se cioè ci sono resti di terra, ramoscelli, erba, tracce che il corpo sia stato trascinato. Non sono sicuro che sia altrettanto facile quando tutto si svolge all'interno di un edificio. Certo staranno prendendo in esame anche questa possibilità. Si degneranno pure di dirci qualche cosa prima o poi, anche se non sembra che abbiano fretta.»

Claudia e de Witt parlavano come se fossero soli nella stanza, ma Frances disse all'improvviso: «Dovete proprio discutere della morte di Gerard come se fosse un indovinello, un poliziesco, una storia che avete letto o visto alla televisione? È di Gerard che stiamo parlando, non di un estraneo o del personaggio di una commedia. Gerard è morto. È al piano di sopra con quel serpente intorno al collo e noi stiamo seduti qui come se non ce ne importasse niente».

Claudia posò su di lei uno sguardo indagatore che aveva anche una sfumatura di disprezzo. «Cosa vuoi che facciamo? Che stiamo zitti? Che leggiamo un buon libro? Che chiediamo a George se sono arrivati i giornali? Secondo me parlare aiuta. Era mio fratello. Se io riesco a non perdere la calma puoi riuscirci anche tu. Hai diviso il suo letto, anche se per poco, ma non hai mai diviso la sua vita.»

«E tu, Claudia» disse con calma de Witt, «hai mai diviso la sua vita? E noi?»

«Nessuno, ma quando questa morte mi colpirà veramente, quando crederò a quello che è avvenuto allora piangerò, non temere. Piangerò per lui, ma adesso no, non ancora, non qui.»

Gabriel Dauntsey era rimasto seduto con gli occhi fissi di là dalla finestra, sul fiume. Parlò per la prima volta e tutti si voltarono a guardarlo come se si accorgessero in quel momento che c'era anche lui.

«Io penso» disse tranquillamente «che Gerard potrebbe essere morto per avvelenamento da monossido di carbonio. Aveva la pelle rosea, e questo è uno dei sintomi, poi nella stanza c'era un calore innaturale. Non ti sei accorta, Claudia, che la stanza era molto calda?»

Per un attimo ci fu silenzio, poi Claudia disse: «Non mi sono accorta di niente, solo di Gerard e del serpente. Pensi che sia morto per le esalazioni di gas?».

«Sì, potrebbe darsi. Per il gas.»

La parola passò nell'aria come un sibilo. «Ma il nuovo gas inglese non è innocuo?» chiese Frances. «Credevo che non ci si potesse più suicidare mettendo la testa nel forno.»

«È perfettamente sicuro solo se usato in modo corretto» spiegò de Witt. «Ma se Gerard ha acceso la stufa mentre la stanza non era adeguatamente aerata e la stufa ha funzionato male, può essersi formato del monossido di carbonio. Gerard allora avrà cominciato a sentirsi la testa confusa e avrà perso conoscenza prima di capire quello che stava succedendo.»

«E dopo» intervenne Frances «qualcuno lo ha trovato morto, ha spento il gas e gli ha messo il serpente intorno al collo. Come avevo detto, è stato un incidente.»

Dauntsey parlò a bassa voce, con calma. «Non è tutto così semplice. Perché Gerard aveva acceso la stufa a gas? Non faceva particolarmente freddo ieri sera. E se l'ha accesa, perché ha chiuso la finestra? Era chiusa quando l'ho visto morto, ma io l'avevo lasciata aperta nell'andarmene, lunedì sera, l'ultima volta che ero stato lì a lavorare.»

«E se Gerard aveva deciso di dover restare nell'archivio piccolo tanto da aver bisogno di scaldarsi, perché aveva lasciato la giacca e le chiavi in ufficio? Ci sono molte incongruenze.»

Seguì un silenzio che Frances interruppe all'improvviso. «Ci siamo dimenticati di Lucinda. Qualcuno deve avvertirla.»

«Dio mio, sì!» esclamò Claudia. «Ci si dimentica sempre di Lucinda. Per varie ragioni non credo che il dolore la spingerà a gettarsi nel Tamigi. C'è sempre stato qualcosa di strano in quel fidanzamento.»

«In ogni caso» osservò de Witt, «non possiamo permettere che legga la notizia domani sui giornali o che la senta annunciare a South East News. Uno di noi dovrebbe telefonare a Lady Norrington, lei poi lo dirà con cautela a sua figlia. Sarebbe meglio che ci pensassi tu, Claudia.»

«È giusto, anche se consolare gli afflitti non è la mia specialità. Meglio che lo faccia subito. Telefonerò dal mio ufficio, se non ci troverò già la polizia al lavoro. È come avere i topi in casa. Temi sempre che siano dappertutto anche quando non li vedi e non li senti e una volta che hai quell'impressione addosso non te ne liberi più.»

Si alzò e si avviò alla porta a testa alta, in un atteggiamento innaturale, ma con passo incerto. Anche Dauntsey cercò di alzarsi per accompagnarla, ma le gambe irrigidite non lo assecondarono e fu de Witt che le si mise rapidamente al fianco.

Lei però, scuotendo la testa, allontanò il braccio che lui le offriva per sostenerla e uscì.

Dopo meno di cinque minuti tornò indietro. «Non c'era» disse «e non è il genere di messaggio che si può lasciare sulla segreteria telefonica. Riproverò più tardi.»

«E tuo padre?» chiese Frances. «Non è più importante di Lucinda?»

«Certo che è più importante. Andrò da lui stasera.»

Senza bussare, il sergente Robbins si affacciò sulla soglia.

«L'ispettore Dalgliesh si scusa per l'attesa, più lunga del previsto. Aspetta il signor Dauntsey nell'archivio.»

Dauntsey si alzò subito, ma dopo essere stato seduto così a lungo aveva ancora maggiore difficoltà nei movimenti, urtò la sedia e il bastone, appeso alla spalliera, cadde a terra con rumore secco. Si chinò, contemporaneamente a Frances, per raccoglierlo e dopo un breve tramestio e qualche parola scambiata sottovoce come tra due cospiratori, fu Frances a emergere da sotto il tavolo, rossa in viso e col bastone in mano. Quando lo diede a Dauntsey, lui lo osservò per qualche istante a testa bassa, poi lo riappese alla sedia e andò alla porta, lentamente ma senza vacillare.

«Chissà perché» disse Claudia Etienne quando si fu allontanato, «Gabriel ha avuto il privilegio di essere interrogato per primo.»

«Probabilmente» rispose James de Witt, «perché passa più tempo di noi nell'archivio piccolo.»

«Io credo di non esserci mai stata a lavorare» disse Frances. «Sono salita lassù quando hanno portato via il divano letto, poi non ci sono più tornata. Nemmeno tu ci vai mai, vero James?»

«A lavorare, mai, o almeno non per più di mezz'ora. L'ultima volta ci sono stato tre mesi fa, per cercare il contratto che abbiamo con Esmé Carling. Veramente non sono nemmeno riuscito a trovarlo.»

«Non hai trovato il suo fascicolo?»

«Sì, il fascicolo l'ho trovato e l'ho portato nell'archivio piccolo per controllarlo, ma il contratto non c'era.»

«Niente di strano» disse Claudia con noncuranza, «fa parte dei nostri autori da trent'anni, l'avranno messo nella cartelletta sbagliata vent'anni fa.» Poi, con un vigore improvviso, aggiunse: «Sentite, non capisco perché dobbiamo sprecare il nostro tempo solo perché Adam Dalgliesh vuol fare due chiacchiere tra colleghi con un vecchio poeta. È assurdo che restiamo qui».

«Aveva detto che voleva vederci insieme» obiettò Frances, incerta.

«Ci ha già visti insieme. Adesso mi sembra che intenda chiamarci uno per uno. Quando vorrà parlare con me, mi troverà nel mio ufficio. Diteglielo.»

Se ne andò e James concluse: «Ha ragione. Nessuno si sente di mettersi a lavorare, probabilmente, ma restare qui seduti ad aspettare, davanti a quella sedia vuota, è peggio».

«Ma noi non la guardiamo quella sedia, non è vero?» disse Frances. «Evitiamo di guardarla, teniamo gli occhi voltati da un'altra parte, quasi come se la morte di Gerard fosse un pensiero fastidioso. Io non mi sento di lavorare, ma vorrei ancora un po' di caffè.»

«Allora andiamo a prenderlo. La signora Demery dev'essere qua, da qualche parte. Mi piacerebbe conoscere la sua versione del colloquio con Dalgliesh. A che altro potremmo ricorrere per alleggerire l'atmosfera?»

Si avviarono insieme verso la porta. Sulla soglia Frances si fermò. «James, io ho paura. Dovrei provare dolore, sgomento, orrore per la morte di Gerard. Sono stata la sua amante. Lo amavo, un tempo, e adesso lui è morto. Dovrei pensare a lui, alla irreparabilità della sua morte. Dovrei pregare per lui. Ho provato ma mi sono venute in mente solo parole insignificanti. In me c'è solo un ignobile egoismo e tanta paura.»

«Paura della polizia? Dalgliesh è una persona gentile.»

«Sarebbe più semplice se avessi paura di lui, ma io ho paura di quello che sta succedendo qui. Quel serpente... Chiunque abbia fatto una cosa tanto atroce a Gerard è un'incarnazione del male. Non senti anche tu la presenza del male a Innocent House? Io ho l'impressione che fossero mesi che la sentivo e che questa sia la conclusione inevitabile, cui ci hanno portato tutti quegli scherzi cattivi. La mia mente dovrebbe essere occupata solo dal dolore per la morte di Gerard e invece è piena di paura e del terribile presentimento che non siamo ancora arrivati alla fine.»

«Non ci sono emozioni giuste o sbagliate» le disse James affettuosamente, «ci sono solo le emozioni che si provano. Credo che nessuno di noi soffra veramente per la morte di Gerard, nemmeno Claudia. Gerard aveva molte qualità ma non suscitava affetto. Quello di cui cerco di persuadermi è che il dolore per una morte probabilmente è solo quella universale e impotente tristezza che viene dal vedere distrutte giovinezza, intelligenza, salute. E anche questo sentimento viene modificato da una curiosità affascinata, resa più sapida dalla paura.» James cercò lo sguardo di Frances e aggiunse: «Io sono qui, Frances, quando avrai bisogno di me, se avrai bisogno di me, cercami. Non ti darò fastidio. Non tenterò di prevaricare solo perché la commozione e la paura ti hanno resa più vulnerabile. Ti voglio solo offrire quello di cui avrai bisogno quando ne avrai bisogno».

«Lo so. Ti ringrazio, James.»

Per un attimo Frances posò la mano sulla guancia di James. Era la prima volta che, spontaneamente, cercava un contatto fisico con lui. Poi si voltò verso la porta e così non vide la gioia, l'esultanza che gli illuminavano il viso.

25

Vent'anni prima Dalgliesh aveva ascoltato Gabriel Dauntsey leggere le sue poesie alla Purcell Room sul South Bank. Non aveva intenzione di dirglielo ma, mentre lo aspettava, l'episodio gli era tornato in mente con tanta chiarezza, che all'avvicinarsi dei suoi passi attraverso l'archivio provò una sensazione simile a un ansioso entusiasmo giovanile. Delle due guerre mondiali era la prima ad aver prodotto un maggior numero di opere di poesia e spesso lui si era dedicato a cercare di individuarne la ragione. Era stata la morte dell'innocenza, segnata dall'anno 1914, a originare una crescita della poesia o la contemplazione di un cataclisma che aveva spazzato via una generazione e più di vividi ingegni? Ma per qualche anno (solo tre, possibile?) era parso che Dauntsey potesse diventare il Wilfred Owen del suo tempo, della sua guerra, una guerra diversa. Poi, la promessa di quei due primi volumi non era stata mantenuta. Dauntsey non aveva scritto altro. Dalgliesh aveva pensato che parlare di promessa, intesa come ipotesi di sviluppo per un talento non ancora pienamente manifestato, non era giusto per Dauntsey. Una o due di quelle poesie giovanili avevano un valore compiuto che pochi poeti del dopoguerra avevano raggiunto.

Da quella lettura Dalgliesh aveva scoperto della vita di Dauntsey quello che Dauntsey stesso voleva che si sapesse. Viveva in Francia e, allo scoppio della guerra, si era trovato in Inghilterra per ragioni di lavoro. Sua moglie e i suoi due bambini erano rimasti bloccati dall'invasione tedesca e di loro nessuno aveva saputo più niente, non se n'era trovata traccia nei documenti ufficiali e solo finita la guerra, dopo alcuni anni di ricerca, si era scoperto che tutti e tre avevano assunto un nome falso per evitare di essere internati ed erano morti in un bombardamento aereo sulla Francia occupata. Dauntsey aveva prestato servizio nel comando bombardieri della Royal Air Force, ma gli era stata risparmiata l'estrema beffa del destino, non aveva partecipato a quella incursione. La sua era stata la poesia della guerra moderna, della distruzione e del terrore, della solidarietà e del coraggio, della viltà e della disfatta. I suoi versi forti, intricati, brutali erano illuminati da passaggi di lirica bellezza, come folgoranti esplosioni all'interno della mente. I grandi Lancaster che si alzavano come pesanti bestie con un carico di morte nel ventre, il cielo buio e silenzioso che bruciava in un terrore mostruosamente fragoroso, l'equipaggio dall'aria quasi fanciullesca del quale lui, un po' più vecchio, era responsabile, che partiva, ammassato in quel fragile guscio di metallo, una notte dopo l'altra, sapendo che, secondo il calcolo della sopravvivenza, quella poteva essere la volta in cui sarebbero precipitati come torce fiammeggianti. E il senso di colpa, il pensiero che quel terrore notturno, a un tempo temuto e desiderato, fosse un'espiazione, come se ci fosse stato un tradimento che solo la morte poteva cancellare, un tradimento individuale che rifletteva una desolazione universale più grande.

E adesso era lì, un vecchio mediocre, ammesso che un vecchio possa mai essere definito mediocre, non curvo, anzi ben dritto per uno sforzo di disciplina, come se spirito di sopportazione e coraggio potessero riuscire a sopraffare gli insulti del tempo. La vecchiaia in qualche caso produce una morbida rotondità che stempera il carattere in impalpabili minuzie oppure, era il caso di Dauntsey, consuma il viso così che le ossa sporgano come quelle di uno scheletro temporaneamente ricoperto di uno strato di carne secca e delicata come la carta. Ma i capelli di Dauntsey, benché grigi, erano ancora folti, gli occhi scuri e attenti come se li ricordava, e quegli occhi ora lo stavano fissando con uno sguardo ironico e interrogativo.

Dalgliesh scostò la sedia dal tavolo e la mise vicino alla porta. Dauntsey sedette.

«Lei stamattina è salito qui con Lord Stilgoe e il signor de

Witt» disse Dalgliesh. «C'è qualcosa che l'ha colpita in questa stanza, oltre alla presenza del cadavere?»

«Niente altro, dapprima, a parte l'odore sgradevole. Un cadavere, seminudo, addobbato in modo così grottesco, colpisce i sensi. Un minuto dopo, forse meno, ho notato anche il resto, e con particolare chiarezza. La camera mi è apparsa diversa. Strana. Sembrava priva di gran parte del suo contenuto, anche se non era così, in realtà; pulita in modo assurdo e più calda del solito. Il cadavere appariva molto... in disordine e la camera molto in ordine. La sedia era al suo posto, le cartelle dell'archivio sul tavolo. Mi sono accorto, naturalmente, che mancava il dittafono.»

«Il materiale d'archivio era dove lei l'aveva lasciato?»

«No, a quanto ricordo. I due vassoi che contenevano i raccoglitori erano stati invertiti. Quello che ne conteneva un numero minore avrebbe dovuto essere a sinistra. Ne avevo lasciato due gruppi, quello a destra più alto di quello a sinistra. Io lavoro su un certo numero di raccoglitori per volta, da sei a dieci, di solito secondo il contenuto. Man mano che finisco di esaminare uno lo passo dal vassoio di sinistra a quello di destra. Quando li ho finiti tutti li riporto nell'archivio grande e infilo un righello alla loro altezza nello scaffale per ricordarmi dove sono arrivato.»

«Infatti abbiamo visto un righello in uno spazio vuoto sull'ultimo scaffale in basso, nella seconda fila. Vuol dire che finora ha completato una fila soltanto?»

«È un lavoro che procede molto lentamente. Io, poi, tendo a soffermarmi anche su vecchie lettere che non meriterebbero di essere conservate. Ma molte altre lo meritano, invece, sono lettere dirette a Henry Peverell e a suo padre da scrittori contemporanei, anche se non editi da noi. Lettere di H.G. Wells, di Arnold Bennett, di membri del gruppo di Bloomsbury, qualcuna anche di epoche precedenti.»

«Che metodo di lavoro usa?»

«Dò al dittafono una descrizione dei contenuti di ogni cartella con una indicazione che può essere "distruggere", "tenere in sospeso", "conservare" o anche "importante". Una dattilografa trascrive la cassetta e, periodicamente, l'elenco del materiale viene esaminato dal consiglio di amministrazione.

Finora non abbiamo ancora distrutto niente. Finché possiamo contare sul futuro dell'azienda, sarebbe sciocco eliminare dei documenti.»

«Quando è stata l'ultima volta che ha lavorato qui?»

«Lunedì. Ci sono rimasto tutto il giorno. La signora Demery è comparsa verso le dieci, ma ha detto che non voleva disturbarmi e se n'è andata. La stanza viene pulita ogni tre settimane e anche allora piuttosto superficialmente. La signora Demery mi aveva detto che il cordone della finestra era sfilacciato e io le avevo risposto che avrei incaricato George di ripararlo, ma non me n'ero ancora occupato.»

«Lei non se n'era accorto?»

«No. La finestra era aperta da varie settimane. Io preferisco. Probabilmente me ne sarei accorto quando avesse cominciato a fare freddo.»

«Come viene scaldata questa stanza?»

«Sempre con una stufa elettrica, che veramente è di mia proprietà. Io la preferisco a quella a gas. Non perché giudichi pericolose le stufe a gas ma perché non fumo e non trovo mai un fiammifero quando ne ho bisogno. Mi è sempre parso più semplice portarmi la stufa elettrica da casa. È molto leggera e la sera me la riporto indietro o, se so di dovermi occupare dell'archivio il giorno dopo, la lascio addirittura qui. Lunedì l'avevo portata a casa.»

«E la porta non era chiusa a chiave quando lei se n'è andato?»

«No, non la chiudo mai a chiave. La chiave è nella serratura, di solito da questa parte, ma io non l'ho mai usata.»

«La serratura sembra relativamente nuova. Chi l'ha fatta montare?»

«Henry Peverell. Gli piaceva venire ogni tanto a lavorare quassù. Non so perché, ma amava la solitudine. Forse ha fatto mettere una serratura per avere una possibilità in più di isolarsi.»

«Ma non è rimasta inutilizzata per cinque anni» disse Dalgliesh. «Qualcuno l'ha oliata e la chiave gira senza difficoltà.»

«Sì? Io non la uso e quindi non me ne sono accorto. Però è strano che sia stata oliata. Può averlo fatto la signora Demery, ma mi sembra improbabile.»

«Le era simpatico Gerard Etienne?» chiese Dalgliesh.

«No, ma lo rispettavo. Non per le qualità che di solito generano rispetto, lo rispettavo perché era così diverso da me. Aveva tutte le virtù insite nei suoi difetti. E poi era giovane. Non che lo si dovesse ammirare per questo, non era merito suo, ma gli dava un entusiasmo che la maggior parte di noi qui non ha più e che penso sia ciò di cui l'azienda ha bisogno. Noi possiamo aver disapprovato quello che faceva o protestato per quello che si proponeva di fare, ma almeno lui sapeva dove voleva andare. Temo che ora ci sentiremo un po' sbandati.»

«Chi nominerete amministratore delegato?»

«Oh, sua sorella, Claudia Etienne. La carica, qui, va a chi ha il maggior numero di azioni. Per quanto posso immaginare, Claudia Etienne erediterà le azioni di suo fratello e questo le darà la maggioranza assoluta.»

«E che cosa farà con la maggioranza assoluta?»

«Non lo so, bisogna chiederlo a lei, che probabilmente non lo saprà ancora. Ha appena perso un fratello, non credo che dedichi molto tempo a pensare al futuro della Peverell Press.»

Dalgliesh chiese a Dauntsey come aveva passato il giorno e la sera precedenti. Dauntsey abbassò gli occhi con un piccolo sorriso contrariato. Era troppo intelligente per non capire che quello che gli si chiedeva era un alibi. Restò zitto per un po', come per mettere ordine nei suoi pensieri, poi disse: «Sono stato all'assemblea dei soci dalle dieci fino alle undici e mezzo. A Gerard piaceva contenere le assemblee entro le due ore, ma ieri l'abbiamo interrotta addirittura prima del solito. Dopo ha scambiato qualche parola con me, mentre uscivamo dalla sala del consiglio, sul futuro della collana di poesie. Credo che volesse anche assicurarsi il mio appoggio per il suo progetto di vendere Innocent House e trasferire l'azienda nella zona dei Docks».

«Lei la giudicava una soluzione auspicabile?»

«Una soluzione necessaria.» Dauntsey tacque per un momento, e infine aggiunse: «Purtroppo». Di nuovo tacque, poi proseguì lentamente, con fermezza ma senza enfasi, interrompendosi ogni tanto per scegliere una parola piuttosto che un'altra e aggrottando la fronte come se i ricordi gli apparissero penosi o incerti. Dalgliesh ascoltò in silenzio il monologo.

«Uscito da Innocent House, sono tornato a casa per prepararmi ad andare a pranzo. Quando dico prepararmi intendo passarmi un pettine tra i capelli e lavarmi le mani. Non ci ho messo molto tempo. Ho portato un giovane poeta, Damien Smith, a pranzo da Ivy. Gerard diceva che James de Witt e io spendiamo, per invitare i giovani autori, somme inversamente proporzionali alla loro importanza nella casa editrice. Io, però, ho pensato che a quel ragazzo sarebbe piaciuto andare a pranzo da Ivy. L'appuntamento era all'una. Ho preso un motoscafo al London Bridge e poi un taxi fino al ristorante. Abbiamo chiacchierato per due ore, durante il pranzo, e quando sono tornato a casa erano circa le tre e mezzo. Mi sono fatto una tazza di tè e sono tornato qui alle quattro. Ho lavorato per un'ora e mezzo circa.

«L'ultima volta che ho visto Gerard è stata quando sono sceso nel bagno a pianterreno, quello nella parte posteriore della casa. Le signore di solito usano il bagno del primo piano. Gerard usciva mentre io entravo. Non ci siamo parlati ma, se non ricordo male, lui mi ha fatto un cenno con la testa o un sorriso, insomma ci siamo scambiati un rapido saluto. Poi non l'ho più visto. Sono tornato a casa e, nelle due ore successive ho dato un'occhiata alle poesie che avevo scelto per la serata di lettura e mi sono fatto un caffè. Ho ascoltato il notiziario Bbc delle sei. Poco dopo Frances Peverell mi ha telefonato per farmi gli auguri e mi ha proposto di venire ad ascoltarmi. Pensava, credo, che almeno qualcuno della casa editrice dovesse essere presente. Ne avevamo parlato qualche giorno prima e l'avevo convinta a non venire. Sapevo che anche Marigold Riley avrebbe letto le sue poesie che non sono brutte ma sono spesso scurrili ed ero sicuro che a Frances non sarebbero piaciute né le poesie né il pubblico né l'atmosfera generale. Le ho ripetuto che preferivo andare solo perché la sua presenza mi avrebbe reso nervoso. E in gran parte era vero. Da quindici anni non leggevo niente di mio in pubblico. La maggior parte dei presenti probabilmente mi credeva già morto. Mi ero già pentito di aver accettato di partecipare. Se ci fosse stata anche Frances avrei seguitato a pensare che si sentiva a disagio e a chiedermi fino a che punto trovasse sgradevole la serata, col risultato che sarei stato peggio anch'io. Ho chiamato un taxi e sono uscito, poco dopo le sette e mezzo.»

«Poco dopo? Quando?»

«Ho prenotato il taxi per le sette e tre quarti e credo di averlo aspettato qualche minuto, non di più.» Dopo una pausa, Dauntsey riprese: «Quello che è successo al Connaught Arms credo che non la interessi molto. C'erano parecchie persone che potrebbero confermare la mia presenza. Ho l'impressione che la lettura sia andata meglio di quanto immaginassi, ma c'era molta gente e molto rumore. Non sapevo che ormai la poesia facesse spettacolo. Tutti bevevano e fumavano e qualcuno, tra i poeti, gigioneggiava un po'. Tutto andava troppo per le lunghe. Volevo chiedere al proprietario di chiamarmi un taxi, ma era occupato a parlare con un gruppo di persone e me ne sono andato senza dir niente a nessuno. Mi ripromettevo di prendere il taxi in fondo alla strada, ma prima di arrivarci sono stato aggredito. Erano in tre, due neri e un bianco, ma non riuscirei a identificarli. Li ho visti mentre scappavano, il colpo mi era arrivato da dietro, li ho sentiti che mi frugavano nelle tasche. Era inutile aggredirmi, bastava che mi chiedessero il portafoglio e glielo avrei dato subito. Che altro potevo fare?».

«E l'hanno preso?»

«Certo, l'hanno preso. Almeno quando l'ho cercato non c'era più. La caduta mi aveva lasciato stordito per un momento, quando mi sono riavuto c'erano un uomo e una donna chini su di me. Erano stati alla lettura e avevano cercato di raggiungermi. Nel cadere avevo battuto la fronte, mi usciva un po' di sangue. Mi sono tolto di tasca il fazzoletto e me lo sono tenuto sulla ferita. Ho chiesto che mi accompagnassero a casa, ma loro hanno detto che dovevano passare vicino al St Thomas's Hospital e hanno insistito per lasciarmi lì, pensando che dovessi fare una radiografia. Non sono riuscito a convincerli a portarmi a casa o a un taxi. Erano molto gentili, ma forse volevano anche evitare una deviazione troppo lunga. All'ospedale ho dovuto aspettare un po', ero al pronto soccorso e c'era qualche emergenza in più del solito. Finalmente un'infermiera mi ha medicato e mi ha detto di aspettare perché mi avrebbero fatto una radiografia. Questo si è tradotto in un'altra attesa. Il risultato della radiografia è stato buono, ma volevano ugualmente trattenermi in osservazione per una notte. Ho assicurato che sarei stato perfettamente accudito a casa e che non ero disposto a farmi ricoverare. Ho chiesto che telefonassero a Frances dicendole quello che era successo e che mi chiamassero un taxi. Ero quasi certo che Frances mi stesse aspettando per chiedermi com'era andata la serata e che fosse preoccupata vedendo che alle undici non ero ancora tornato. Era ormai l'una e mezzo quando sono arrivato a casa. Ho avvertito subito Frances. Lei voleva ospitarmi per la notte ma io le ho detto che stavo bene e avevo solo bisogno di un buon bagno caldo. Dopo il bagno l'ho richiamata e lei è scesa subito.»

«Non aveva insistito per venire subito da lei, appena tornato?»

«No, Frances è molto attenta a non imporre la sua presenza quando pensa che qualcuno preferisca star solo e io, infatti, volevo star solo almeno per un po'. Non mi sentivo ancora in condizione di raccontare, spiegare e ascoltare espressioni di solidarietà. Avevo solo bisogno di bere qualcosa di forte e fare un bagno. Soddisfatte queste due esigenze, ho ritelefonato a Frances. Sapevo che era in ansia e non volevo farla aspettare fino al mattino per sapere cos'era successo. Credevo che un bicchiere di whisky mi avrebbe giovato, invece mi ha dato la nausea. Forse era la reazione al trauma che mi arrivava in ritardo. Quando Frances ha suonato il campanello stavo veramente poco bene. Siamo rimasti seduti a parlare per un po' di tempo, poi lei ha insistito che andassi a letto e ha detto che sarebbe rimasta con me nel caso avessi bisogno di qualcosa durante la notte. Probabilmente pensava che mi sentissi peggio di quanto davo a vedere e che fosse meglio che lei mi stesse vicina per chiamare eventualmente un medico. Non ho cercato di dissuaderla, per quanto sapessi che mi sarebbe bastata una notte di sonno per riprendermi. Pensavo che Frances avrebbe dormito nella camera degli ospiti, ma credo che sia rimasta in salotto, accanto alla mia camera da letto, avvolta in una coperta. Quando mi sono svegliato, la mattina, lei s'era già alzata e mi aveva preparato una tazza di tè. Voleva che rimanessi a casa ma, una volta vestito, ho visto che stavo veramente meglio, e ho deciso di andare a Innocent House. Siamo entrati insieme, subito dopo l'arrivo del primo motoscafo. È stato allora che ci hanno detto che non si riusciva a sapere dove fosse Gerard.»

«Era la prima volta che capitava di non trovarlo?»

«Sì. Gerard, di solito, rimaneva in ufficio più a lungo di noi, in particolare il giovedì. La mattina arrivava più tardi, tranne quando avevamo la riunione dei soci che lui voleva che cominciasse immancabilmente alle dieci. Io pensavo che fosse tornato a casa circa alla stessa ora in cui io ero uscito per andare al Connaught Arms.»

«Ma non l'aveva visto nell'uscire?»

«No, non l'avevo visto.»

«E aveva visto qualcuno entrare a Innocent House?»

«No, nessuno.»

«E quando avete avuto la notizia che Gerard Etienne era morto, voi tre siete saliti nell'archivio piccolo?»

«Sì, siamo saliti insieme, Stilgoe, de Witt e io. È stata una reazione istintiva, immagino, il bisogno di rendersi conto coi propri occhi di un evento incredibile. James è andato avanti, Stilgoe e io non siamo riusciti a tenergli dietro. Quando siamo arrivati, Claudia era ancora inginocchiata vicino a suo fratello. Si è alzata, ci ha guardato e ha teso un braccio verso di noi. È stato un gesto strano. Come se volesse esporre pubblicamente quello spettacolo orribile.»

«E per quanto tempo siete rimasti in quella stanza?»

«Forse meno di un minuto, ma è parso molto di più. Stavamo uno vicino all'altro, appena oltre la soglia, e guardavamo, fissavamo, increduli, sconvolti. Credo che nessuno abbia parlato. Io so di non aver aperto bocca. Tutto nella stanza appariva estremamente vivido. L'emozione, il turbamento parevano stimolare nel mio sguardo una straordinaria intensità di percezione. Vedevo ogni particolare del cadavere di Gerard e anche della stanza con una chiarezza sbalorditiva. Poi Stilgoe ha parlato. Ha detto: "Telefonerò alla polizia. Qui non possiamo fare niente. La stanza dev'essere immediatamente chiusa a chiave. La chiave la terrò io". È uscito. Siamo usciti anche noi, tutti insieme. Claudia ha chiuso la porta e Stilgoe ha preso la chiave. Il resto lo sa anche lei.»

26

Durante le innumerevoli discussioni sulla tragedia che avrebbero tenuto occupati i dipendenti della Peverell Press nelle settimane e nei mesi successivi, tutti convenivano che l'esperienza che si era trovata a dover affrontare Marjorie Spenlove era stata quanto meno singolare. La signorina Spenlove, caporedattrice responsabile, era arrivata a Innocent House puntualmente alla solita ora, le nove e un quarto. Aveva mormorato un "buongiorno" a George che, paralizzato davanti alla tastiera del centralino, non se n'era neanche accorto. Lord Stilgoe, Dauntsey e de Witt erano nell'archivio piccolo con il morto, la signora Demery stava assistendo Blackie nel bagno del pianterreno, circondata dal resto degli impiegati e, per qualche minuto, l'atrio era rimasto deserto. La signorina Spenlove era andata subito nel suo ufficio, si era tolta la giacca e si era messa al lavoro. Quando lavorava dimenticava tutto, pensava solo al testo che aveva davanti. Era universalmente riconosciuto, alla Peverell Press che in nessun testo licenziato dalla signorina Spenlove fosse mai stato riscontrato un errore sfuggito al suo controllo. Lei dava il meglio di sé nella saggistica perché trovava difficile qualche volta, quando si trattava di giovani romanzieri moderni, distinguere tra gli errori di grammatica e le loro colte e apprezzate libertà stilistiche. La sua competenza andava oltre l'esame della parola, non c'era inesattezza geografica o storica che le sfuggisse, né contraddizione meteorologica, topografica o di abbigliamento che passasse inosservata al suo controllo. Gli autori la stimavano anche se, dopo un incontro con lei per l'approvazione della stesura definitiva del testo, si sentivano come dopo un esame particolarmente traumatizzante con una maestra molto severa.

Il sergente Robbins e un agente del reparto investigativo, appena arrivati, avevano perlustrato l'edificio. Non era stata una ricerca molto accurata, perché nessuno poteva pensare che l'assassino si aggirasse ancora lì intorno, a meno che non facesse parte del personale. Era stato così che il sergente Robbins aveva trascurato la piccola stanza da bagno del secondo piano. Mentre scendeva a cercare Gabriel Dauntsey, al suo udito acuto era giunto un colpetto di tosse proveniente dall'ufficio lì accanto. Aveva aperto la porta e si era trovato davanti una signora non giovane, seduta a una scrivania e intenta al lavoro, che, guardandolo severamente al disopra degli occhiali a mezzaluna, aveva chiesto: «E lei chi è?».

«Sono il sergente Robbins della Polizia Metropolitana, signora. Com'è entrata qui?»

«Dalla porta. Io qui lavoro. Questo è il mio ufficio. Sono una caporedattrice della Peverell Press e, come tale, ho il diritto di trovarmi dove sono. Dubito che di lei si possa dire altrettanto.»

«Io sono in servizio, signora. Il signor Gerard Etienne è stato trovato morto in circostanze sospette.»

«Mi sta dicendo che è stato ucciso?»

«Non possiamo ancora esserne sicuri.»

«Quando è morto?»

«Lo sapremo con maggior precisione dopo il risultato dell'autopsia.»

«Com'è morto?»

«Non si conoscono ancora le cause della morte.»

«Ho l'impressione, giovanotto, che lei sappia ben poco. Si ripresenti quando sarà meglio informato.»

Il sergente Robbins aveva aperto la bocca, poi l'aveva richiusa e l'aveva tenuta ben stretta per impedirsi di rispondere: "Sì, signora maestra. Va bene, signora maestra". Era uscito, si era richiuso la porta alle spalle e solo a metà scala si era accorto di non aver chiesto a quella signora come si chiamava. L'avrebbe saputo presto. Era una piccola dimenticanza in un breve colloquio che, lo capiva, non era stato molto felice. E capiva anche, essendo onesto e incline a un sia pur moderato esercizio della mente, che la ragione stava in parte in una misteriosa somiglianza di quella signora, nell'aspetto e nella voce, con la signorina Addison, la sua prima maestra dopo l'asilo, convinta che i bambini fossero più bravi e più felici se capivano fin dall'inizio da dove veniva l'autorità.

La signorina Spenlove era rimasta impressionata dalla notizia più di quanto non avesse lasciato intendere al sergente Robbins. Dopo aver completato la pagina che stava rivedendo, aveva chiamato il centralino.

«George, mi può passare la signora Demery?» Per avere un'informazione aveva pensato bene di rivolgersi a un'esperta. «Signora Demery? C'è un giovanotto che gira per gli uffici e dice di essere un sergente della Polizia Metropolitana. Mi ha raccontato che il signor Etienne è morto e che forse è stato assassinato. Se lei ne sa qualcosa, perché non viene su da me in ufficio a spiegarmi di che si tratta? Ne approfitto per dirle che sono pronta per il caffè.»

La signora Demery aveva abbandonato la signorina Blackett alle cure di Mandy e non aveva chiesto di meglio che aderire a quella cortese richiesta.

27

Dalgliesh, insieme a Kate, si trasferì per concludere i colloqui con i soci nell'ufficio di Gerard; Daniel era nell'archivio piccolo, dove l'operaio del gas stava già smontando la stufa; poi, dopo aver mandato al laboratorio i campioni di tutti i detriti trovati nel camino, sarebbe andato al distretto di Wapping ad allestire l'ufficio cui avrebbe fatto capo l'indagine. Dalgliesh aveva già parlato col sovrintendente del distretto che si era rassegnato a quella ospitalità forzata e aveva concesso temporaneamente l'uso di uno dei locali del distretto. Dalgliesh si augurava che non sarebbe stato per molto. Se si trattava di un omicidio, e ormai non ne dubitava più, il numero delle persone sulle quali indagare sarebbe stato limitato.

Non aveva voluto sedersi alla scrivania di Etienne, in parte per riguardo alla sensibilità dei soci, ma soprattutto perché era probabile che una distesa di un metro e venti di quercia lucida e chiara tra lui e il soggetto da interrogare esercitasse una funzione inibitoria od ostile, poco favorevole alle confidenze utili e spontanee. C'era però, nella stanza, vicino alle finestre, un piccolo tavolo da riunione con sei sedie e venne usato quello. Il tragitto dalla porta era lungo e tale da intimidire chiunque, anche i più disinvolti, ma Dalgliesh era quasi certo che Claudia e de Witt non se ne sarebbero curati.

La stanza, lo si vedeva ancora, era stata un tempo una sala da pranzo, ma la sua eleganza era stata profanata da un divisorio che tagliava in senso orizzontale l'ovale degli stucchi del soffitto e bloccava per il lungo una delle alte finestre affacciate su Innocent Passage. Lo splendido camino di marmo scolpito era rimasto nella parte destinata alla signorina Blackett. E lì, nell'ufficio di Etienne, i mobili, la scrivania, le sedie, il tavolo delle riunioni, erano moderni, di una modernità quasi aggressiva. Forse erano stati scelti perché fossero deliberatamente in contrasto con le colonne di marmo e le trabeazioni di porfido, con il fasto dei due lampadari uno dei quali quasi toccava il divisorio, con l'oro delle cornici contro il verde pallido delle pareti. I quadri rappresentavano convenzionali scene campestri, alcuni risalivano certamente all'epoca vittoriana. Erano belli, ma troppo insistiti nei particolari e troppo sentimentali per i suoi gusti. Dalgliesh, pensò che forse non erano sempre stati appesi lì e si chiese quali ritratti della famiglia Peverell avessero un tempo illeggiadrito quelle pareti. Era rimasto ancora un pezzo dell'arredamento originale, una wine-table di marmo e bronzo, stile reggenza. Una testimonianza degli antichi splendori, almeno, era ancora presente. Dalgliesh si chiese che cosa pensasse Frances Peverell della dissacrazione di quella stanza e se ora, con la morte di Gerard Etienne, il divisorio sarebbe stato tolto. Si chiese anche se Gerard Etienne fosse stato guidato da un disinteresse per la bellezza dell'architettura in generale o dal disprezzo per quella casa in particolare. Il divisorio, quei mobili moderni così discordanti non erano un modo di sottolineare quanto poco adatta fosse la stanza ai suoi progetti per il futuro dell'azienda, un rifiuto manifesto di un passato dominato dai Peverell e non dagli Etienne?

Claudia Etienne superò con grazia disinvolta i nove metri necessari per avvicinarsi a lui e si mise a sedere come per concedergli un favore. Era molto pallida, ma si controllava, anche se Dalgliesh sospettava che quelle mani infilate nelle tasche della giacca di maglia avrebbero rivelato qualcosa di più del suo viso teso e grave. Le espresse le sue condoglianze con semplicità e, si augurò, con sincerità, ma lei lo interruppe.

«È qui per la questione di Lord Stilgoe?»

«No, per la morte di suo fratello. Lord Stilgoe è entrato in contatto con me indirettamente attraverso un amico comune. Aveva ricevuto una lettera anonima e sua moglie ne era rimasta molto impressionata perché l'aveva vista come una minaccia di morte. Lord Stilgoe, allora, aveva chiesto che la polizia gli assicurasse ufficialmente che non esisteva alcun sospetto di violenza nelle tre morti legate a Innocent House: due autori e Sonia Clements.»

«E lei, naturalmente, è stato in grado di assicurarglielo.»

«Non io, ma gli uffici di polizia interessati. Credo che abbia avuto la conferma tre giorni fa.»

«Mi auguro che si ritenga soddisfatto. L'egocentrismo di Lord Stilgoe rasenta la paranoia. Speriamo non veda perfino nella morte di Gerard un attentato al suo libro di memorie. Trovo ancora strano, ispettore, che lei sia venuto qui di persona, e con tanto spiegamento di forze. Lei riserva alla morte di mio fratello la procedura che di solito segue a un omicidio?»

«O a una morte immotivata o sospetta. Ecco perché sono costretto a disturbarla. Le sarei grato se lei collaborasse con noi non solo personalmente ma spiegando, per esempio, ai dipendenti che questa invasione nella loro vita privata e questa interferenza nel loro lavoro sono inevitabili.»

«Credo che capiranno.»

«Avremo bisogno di rilevare delle impronte digitali in modo da procedere per eliminazione. I dati che non risulteranno necessari quali prove verranno eliminati al termine dell'indagine.»

«Sarà un'esperienza nuova per noi. Se è necessario l'accetteremo. Immagino che lei chiederà a tutti, ai soci soprattutto, di fornire un alibi.»

«Ho bisogno di sapere che cos'ha fatto lei, signorina Etienne, e con chi, dalle sei del pomeriggio di ieri in poi.»

«Lei, ispettore» disse Claudia, «ha il compito poco invidiabile di esprimermi il suo cordoglio per la morte di mio fratello, chiedendomi nello stesso tempo un alibi che dimostri che non l'ho ucciso io. Lo assolve con garbo questo compito, mi congratulo, d'altra parte dev'esserci più che abituato. Ero sul fiume con un amico, Declan Cartwright, ieri sera. Quando lo chiederà a lui, per verificare quanto le sto dicendo, le dirà di me che sono la sua fidanzata. Io preferisco usare la parola amante. Siamo partiti poco dopo le sei e mezzo, quando è tornato il motoscafo che aveva accompagnato i dipendenti dell'azienda a Charing Cross Pier. Siamo stati sul fiume fino alle dieci e mezzo circa, forse un po' di più, poi siamo tornati qui e io ho accompagnato Declan in automobile a casa sua, vicino a Westbourne Grove. Abita sopra un negozio d'antiquariato che gestisce per conto del proprietario. Naturalmente le darò l'indirizzo. Sono stata con lui fino alle due, poi sono tornata a Barbican. Abito nella stessa casa di mio fratello. Io sto al piano di sotto.»

«Una gita sul fiume abbastanza lunga per essere in ottobre, di sera.»

«Era una bella sera d'ottobre. Siamo scesi lungo la corrente fino alla barriera, poi siamo tornati indietro e siamo sbarcati a Greenwich Pier. Abbiamo cenato a Le Papillon in Greenwich Church Street. Avevamo prenotato un tavolo per le otto, credo che ci siamo trattenuti per un'ora e mezzo. Poi abbiamo risalito la corrente oltre Battersea Bridge e, come le ho detto, poco dopo le dieci e mezzo eravamo qui.»

«Qualcuno l'ha vista, oltre al personale e ai clienti del ristorante?»

«Non c'era un gran viavai sul fiume, tuttavia molti ci avranno visti, ma non è detto che se ne ricordino. Io stavo nella timoneria e Declan è rimasto quasi sempre con me. Abbiamo visto almeno due motoscafi della polizia sul fiume. Forse loro si saranno accorti di noi, è il loro mestiere.»

«Nessuno l'ha vista mentre saliva in motoscafo o al ritorno?»

«No, che io sappia. Noi non abbiamo visto né sentito nessuno.»

«Non le viene in mente nessuno che potesse desiderare la morte di suo fratello?»

«Me l'ha già chiesto.»

«Glielo richiedo ora. Questo è un colloquio riservato.»

«Un colloquio riservato? Davvero? Quello che uno dice a un poliziotto non lo viene a sapere nessun altro? In ogni modo la risposta è la stessa. Non conosco nessuno che odiasse Gerard tanto da ucciderlo. Ci sono alcuni cui non dispiacerà che sia morto. Non c'è morte che sia universalmente rimpianta, qualcuno che ne tragga vantaggio si trova sempre.»

«E chi trae vantaggio da questa morte?»

«Io. Io sono l'erede di Gerard. Non lo sarei più stata dopo il suo matrimonio, naturalmente. Stando così le cose io eredito le sue azioni della casa editrice, il suo appartamento di Barbican, il danaro della sua assicurazione sulla vita. Lo conoscevo poco, non eravamo cresciuti insieme, come due affezionati fratellini. Abbiamo frequentato una scuola diversa e, all'università, una facoltà diversa, abbiamo avuto una vita diversa. Il mio appartamento di Barbican è sotto il suo, ma non abbiamo mai avuto l'abitudine di andare a bussare l'uno alla porta dell'altro. Sarebbe parsa a entrambi una indiscrezione grave. Però gli volevo bene. Lo stimavo. Stavo dalla sua parte. Se è vero che è stato ucciso spero che il suo assassino marcisca in prigione per tutta la vita. Si fa per dire. Siamo tutti pronti a dimenticare i morti e a perdonare i vivi. Forse abbiamo bisogno di mostrarci pietosi perché siamo tristemente consapevoli che un giorno saremo noi ad avere bisogno di pietà. Ecco, qui ci sono le chiavi di Gerard. Lei ha chiesto una copia di tutte. Ho tolto queste dal cruscotto dell'automobile e qui ci sono quelle di casa.»

Dalgliesh prese le chiavi. «Grazie. Non c'è bisogno che le assicuri che resteranno a me o a qualcuno della mia squadra. Suo padre ha saputo di aver perso un figlio?»

«Ancora no. Andrò io a Bradwell-on-Sea nel tardo pomeriggio. Mio padre vive come un eremita e non riceve telefonate. Preferirei comunque dirglielo a voce. Vuole parlare anche con lui?»

«Sì, è importante. Le sarei grato se gli chiedesse se posso vederlo domani, all'ora che preferisce.»

«Glielo chiederò, ma non sono sicura che mi dirà di sì. Ha una spiccata avversione per chiunque lo vada a trovare. Abita con una vecchia francese, Estelle, che si occupa di lui. Il figlio di Estelle gli fa da autista, ha sposato una ragazza del luogo e quando la madre morirà credo che prenderanno il suo posto. Lei, prima, il posto non glielo lascia di sicuro. Considera un privilegio poter dedicare la vita a un eroe francese. Mio padre, come sempre, ha saputo organizzare bene la sua vita. Lo dico perché lei sappia che cosa aspettarsi da lui. Non credo che riceverà una buona accoglienza. È tutto?»

«Ho bisogno di parlare con il parente più prossimo di Sonia Clements.»

«Sonia Clements? Che nesso potrebbe esserci tra il suo suicidio e la morte di Gerard?»

«Per il momento direi nessuno. Ma lei sa se esiste un parente, qualcuno con cui viveva?»

«So che aveva una sorella, ma non vivevano insieme, almeno negli ultimi tre anni. È una suora, fa parte di una comunità di Kemptown, vicino a Brighton. Hanno un ricovero per i malati terminali, credo che si chiami St Anne's Convent. Sono sicura che la madre superiora le permetterà di parlarle. I poliziotti sono come gli ispettori delle tasse: per quanto sgradevole o inopportuna sia la loro presenza, quando bussano bisogna farli entrare. Vuole altro da me?»

«Sulla porta dell'archivio piccolo verranno messi i sigilli e vorrei fare lo stesso con il grande.»

«Per quanto tempo?»

«Per tutto il tempo necessario. Sarà un inconveniente grave?»

«Certo. Gabriel Dauntsey sta riesaminando tutti i vecchi contratti ed è già in ritardo sul tempo previsto.»

«Non dubito che sia un inconveniente. Ho chiesto se sarà un inconveniente grave. Il lavoro dell'azienda potrà andare avanti anche senza l'accesso a quelle due stanze?»

«Se lei ritiene indispensabile chiuderle, ci arrangeremo.»

«Grazie.»

Dalgliesh concluse il colloquio con qualche domanda su quegli scherzi misteriosi che si erano verificati a Innocent House e sui mezzi che erano stati usati per scoprire il colpevole. L'indagine risultava, nel suo insieme, tanto superficiale quanto priva di esito.

«Gerard aveva più o meno lasciato che me ne occupassi io» disse Claudia, «ma non ho concluso molto. Sono riuscita solo a fare un elenco degli incidenti nell'ordine in cui erano avvenuti e delle persone che al momento erano presenti in azienda o avrebbero comunque potuto interferire. Praticamente tutti, tranne chi era in vacanza, o a casa ammalato. Era come se l'autore di quelle trovate avesse scelto deliberatamente ogni volta un momento in cui tutti i soci e la maggior parte dei dipendenti erano a Innocent House e avrebbero potuto essere incolpati. Gabriel Dauntsey ha un alibi per l'ultimo incidente, quel fax che è partito da qui ieri diretto alla Better Books di Cambridge. Stava andando a pranzo da Ivy con uno dei nostri autori, ma gli altri soci, i redattori, tutti erano qui. Gerard e io abbiamo preso il motoscafo per Greenwich e abbiamo fatto una colazione veloce alla Trafalgar Tavern, ma quando siamo usciti dall'ufficio era già l'una e venti. L'episodio più recente, però, è la sparizione dell'agenda di mio fratello. Avrebbero potuto prenderla dal cassetto della scrivania mercoledì in qualsiasi momento. Lui si è accorto che non c'era più ieri mattina, appena entrato in ufficio.»

«Mi parli del serpente» disse Dalgliesh.

«Il Sibilante Sid? Dio sa quando è comparso la prima volta. Saranno cinque anni. Qualcuno l'ha lasciato qui dopo una festa di Natale per i dipendenti. La signorina Blackett lo usava per tenere aperta la porta tra il suo ufficio e quello di Henry Peverell. Era diventato una specie di portafortuna. La Blackett, non so perché, gli era particolarmente affezionata.»

«E ieri suo fratello le da detto di buttarlo nel fiume?»

«L'ha saputo dalla signora Demery? Sì, è così. Gerard non era particolarmente di buonumore dopo l'assemblea dei soci e, chi sa perché, vedere quel serpente gli ha dato fastidio. La signorina Blackett l'ha messo nel cassetto della scrivania.»

«L'ha vista lei?»

«Sì. Io, Gabriel Dauntsey e la stenodattilografa a giornata, Mandy Price. Credo che la notizia abbia fatto rapidamente il giro degli uffici.»

«Suo fratello era di malumore dopo l'assemblea dei soci?»

«Non ho detto questo. Ho detto che non era particolarmente di buonumore. Come tutti noi, del resto. Non è un mistero che la Peverell Press è in difficoltà. Dovremo rassegnarci a vendere Innocent House se vogliamo andare avanti.»

«Una triste prospettiva per la signorina Peverell.»

«È spiacevole per tutti, credo. Il sospetto che qualcuno di noi abbia ucciso Gerard per non vendere il palazzo è addirittura ridicolo.»

«Io non ho avanzato questo sospetto» disse Dalgliesh. Poi la congedò.

Claudia era quasi alla porta quando Daniel mise dentro la testa. Aprì, la fece passare, e aspettò, per parlare, che lei fosse uscita.

«Il tecnico del gas ha finito, signore. È come pensavamo. La canna fumaria era bloccata. Pare che si siano staccate delle incrostazioni dall'interno del camino, ma c'è anche una caduta di pietrisco che si è accumulato negli anni. Il tecnico farà una dichiarazione scritta, ma non ha dubbi su quello che è successo. Con la canna fumaria in quello stato, la stufa non poteva non provocare la morte.»

«Solo, però, in una stanza senza un'opportuna aerazione» osservò Dalgliesh. «È capitato altre volte. Una stufa a gas accesa e una finestra chiusa, e il risultato è letale.»

«C'era un pezzo di pietrisco particolarmente grosso» spiegò Daniel «incastrato nella canna fumaria. Potrebbe essere caduto dall'interno del camino, oppure qualcuno potrebbe avercelo fatto cadere. È impossibile capirlo. Sarebbe bastato dare qualche colpo per staccare anche un frammento molto grosso. Vuol venire a dare un'occhiata, signore?»

«Sì, subito.»

«E vuole che mandi anche la stufa oltre ai campioni di pietrisco in laboratorio?»

«Sì, Daniel, mandi tutto.» Dalgliesh non ebbe bisogno di aggiungere che voleva anche le impronte e le fotografie. Lavorava, come sempre, con gente che sapeva bene che cosa comportava un'indagine su un caso di morte violenta.

Mentre salivano le scale, chiese: «Ha saputo niente di quel dittafono che non si trova più e dell'agenda di Etienne?».

«Finora no. La signorina Etienne si è data da fare a frugare nei cassetti di tutti i dipendenti che erano stati rimandati a casa o che, per qualche motivo, non erano venuti a lavorare. Non credo che si debba richiedere un mandato di perquisizione.»

«Per il momento non è necessario e credo che non lo sarà nemmeno in seguito. La perquisizione potrà aver luogo lunedì quando tutti saranno presenti. Se il dittafono è stato prelevato dall'assassino per qualche ragione specifica, ora probabilmente è in fondo al fiume. Se l'ha preso il solito burlone, prima o poi salterà fuori da qualche parte. Le due ipotesi valgono anche per l'agenda.»

«Pare che il dittafono fosse l'unico di quel tipo esistente negli uffici» disse Daniel. «Apparteneva al signor Dauntsey. Gli altri sono i soliti registratori, a corrente o a batteria, più grandi, per normali cassette sette per undici. Il signor de Witt chiede se può essere interrogato il prima possibile, signore. Abita con un amico molto malato e gli ha promesso di tornare a casa presto.»

«D'accordo. Lo farò chiamare appena avremo finito qui.»

Il tecnico del gas, che si era già rimesso la giacca ed era pronto ad andarsene, non mancò di manifestare la propria disapprovazione, palesemente diviso tra un interesse quasi possessivo per l'oggetto che era stato chiamato a esaminare e l'insulto professionale che gli provocava l'uso cattivo che ne era stato fatto.

«Erano forse vent'anni che non vedevo una stufa come questa. Dovrebbero metterla in un museo. Però non è che funzioni male. È solida, ben costruita. Una volta le stufe di questo tipo venivano messe nelle stanze dei bambini. Il rubinetto, infatti, si può togliere, per evitare che i bambini lo aprano, senza volere. È facile capire che cos'è successo, ispettore. La canna fumaria è completamente bloccata. Il pietrisco si è andato accumulando per anni. Questa stufa sa il cielo quando è stata usata l'ultima volta. Ho visto altri casi di questo genere e ne vedrò ancora. E non si può dire che gli utenti non siano stati avvertiti. Per le stufe a gas ci vuole aria. Se manca l'aerazione la stufa funziona male e produce monossido di carbonio.»

«Sarebbe andato tutto bene se la finestra fosse stata aperta?»

«Probabilmente sì. La finestra è alta e stretta ma se fosse stata aperta, non sarebbe successo niente di male. Come avete trovato il morto? Addormentato su una sedia, no? Di solito capita così. Viene un po' di sonnolenza, ci si addormenta e non ci si sveglia più.»

«Ci sono modi peggiori per andarsene» disse Daniel.

«Non per un tecnico del gas. Sarebbe un'offesa alla sua competenza e al prodotto in sé. Lei, ispettore, avrà bisogno di una dichiarazione scritta. Gliela farò avere subito. Era giovane, eh, poveretto? Peggio ancora. Non so neanch'io perché, ma è peggio se muore un giovane.» Il tecnico aprì la porta e, prima di uscire, si guardò intorno. «Chi sa come mai era venuto a lavorare qui. Strana scelta. In un palazzo così grande, pieno di uffici, che bisogno aveva di chiudersi quassù?»

28

James de Witt si richiuse la porta alle spalle e vi restò appoggiato per un momento con naturalezza, quasi si stesse chiedendo se, dopotutto, valesse la pena di entrare, poi attraversò tranquillamente la stanza e spostò la sedia vuota a fianco del tavolo.

«Va bene lo stesso se mi metto qui? M'intimidisce stare seduto di fronte come un antagonista. Mi riporta a vecchie reminiscenze scolastiche.» Era vestito in modo disinvolto, blue jeans scuri e un maglione a coste, molto largo, con toppe di pelle ai gomiti e alle spalle, che sembrava un residuato militare. Su di lui era un completo quasi elegante.

Era molto alto, certo più di un metro e ottanta, dinoccolato, con un accenno di goffaggine nelle giunture lunghe e ossute. Il viso, la cui espressione ricordava quella ironica e triste di un clown, era magro e intelligente, con le guance incavate sotto gli zigomi sporgenti. Un ciuffo ondulato e pesante di capelli castano chiaro gli attraversava la fronte che era molto alta. Aveva gli occhi lunghi e stretti, un po' sonnolenti, sotto le palpebre pesanti, ma erano occhi cui sfuggiva poco e che non lasciavano trapelare niente. Quando parlò, il suo accento gradevole e strascicato apparve in contrasto con le sue parole.

«Ho appena visto Claudia. Mi è sembrata disperatamente stanca. Era proprio necessario interrogarla? Non dimentichiamo che ha perso il suo unico fratello in circostanze spaventose.»

«Non è stato un vero interrogatorio» rispose Dalgliesh. «Se la signorina Etienne non si fosse sentita di andare avanti o se l'avessi vista troppo sofferente, avrei senz'altro rimandato il colloquio.»

«E Frances Peverell? Anche per lei questa è una prova durissima. Non può aspettare a parlarle fino a domani mattina?»

«No, a meno che non sia veramente così turbata da non potermi rispondere. In questo genere di indagini abbiamo bisogno di tutte le informazioni possibili nel più breve tempo possibile.»

Kate si chiese se non fosse preoccupato più per Frances Peverell che per Claudia Etienne.

«Questo era il turno di Frances, credo» disse de Witt. «Le sono passato avanti, mi dispiace, ma la mia organizzazione domestica si è, spero temporaneamente, disintegrata e il mio amico Rupert Farlow resterebbe solo se non fossi a casa per le quattro e mezzo. Rupert Farlow è, in realtà, il mio alibi. Presumo che lo scopo principale di questo colloquio sia che io fornisca un alibi, no? Dunque: sono tornato a casa ieri, con il motoscafo delle cinque e mezzo e un'ora dopo sono arrivato a Hillgate Village. Ho preso la Circle Line da Charing Cross a Notting Hill Gate. Rupert può confermare che sono stato a casa con lui tutta la sera. Non è venuto a trovarci nessuno e, stranamente, nessuno ha telefonato. Sarebbe bene che lei prendesse un appuntamento prima di parlare con Rupert per avere la conferma del mio alibi. È molto ammalato, ci sono giorni in cui sta meglio e altri no.»

Dalgliesh chiese anche a de Witt se conosceva qualcuno che avrebbe potuto desiderare la morte di Gerard Etienne. «Un avversario politico, per esempio» aggiunse, «intendendo la parola in senso lato.»

«Buon Dio, no! Gerard era un liberal senza macchia, a parole se non nelle azioni. E, in fondo, sono le parole che contano. Le sue opinioni, dalla prima all'ultima, aderivano a uno schema correttamente liberal. Sapeva che cosa non si può dire o pubblicare in Inghilterra oggi e non lo diceva e non lo pubblicava. Forse lo pensava, come tutti noi, ma non è ancora una colpa. In realtà, non credo che fosse molto interessato a questioni di ordine politico o sociale, nemmeno se riguardavano l'editoria. Mostrava di occuparsene quando lo riteneva opportuno, ma non era quello che gli premeva, che gli stava a cuore.»

«Che cosa gli premeva, allora? Che cosa gli stava a cuore?»

«La notorietà. Il successo. Se stesso. La Peverell Press. Avrebbe voluto essere a capo di una delle più grandi, anzi, della più grande casa editrice privata inglese. Quella di maggior successo. Gli piaceva la musica: Beethoven e Wagner in particolare. Era un buon pianista. Sensibile. Peccato che nel contatto umano quella sensibilità gli venisse meno. Gli stava a cuore una donna, forse. L'ultima.»

«Era fidanzato?»

«Sì, con la sorella del conte di Norrington. Claudia ha telefonato alla anziana vedova, Lady Norrington, che ora, probabilmente, starà cercando di dare la notizia alla figlia.»

«Il fidanzamento presentava qualche difficoltà?»

«No, non direi. Claudia potrebbe saperlo, ma non credo. Gerard parlava poco di Lady Lucinda. La conoscevamo, naturalmente. Gerard aveva dato un ricevimento a Innocent House per il fidanzamento e insieme per il compleanno di lei, il 10 luglio, invece della nostra solita festa dell'estate. Credo che l'avesse conosciuta a Bayreuth l'anno scorso, ma ho avuto l'impressione, potrei sbagliarmi, che lei non fosse stata attratta da Wagner a Bayreuth. Mi sembra che fosse andata con sua madre a far visita a dei cugini nel continente. So poco di più sul suo conto. Il fidanzamento ci aveva sorpreso, non pensavamo che Gerard avesse l'ambizione di salire nella scala sociale, ammesso che di questo si trattasse. D'altra parte l'apporto di Lady Lucinda non significava un progresso economico per l'azienda. Nobiltà molta, ma danaro poco. È risaputo, però, che quando in quelle famiglie ci si lamenta di essere poveri è solo perché si deve far fronte a qualche temporanea difficoltà per pagare le tasse dell'erede che studia a Eton. In ogni caso, si può affermare che Lady Lucinda rientrasse negli interessi di Gerard. E poi c'era la montagna. Se avesse chiesto a Gerard che cosa gli piaceva di più avrebbe detto, senza dubbio, la montagna. Anche se, per quanto ne so io, ne aveva scalata una sola nella vita.»

«E quale?» chiese a bruciapelo Kate.

De Witt le sorrise e quel sorriso inatteso parve trasformarlo fisicamente. «Il Cervino. Questo probabilmente dice sul conto di Gerard Etienne più di quanto vi fosse utile sapere.»

«Devo supporre» disse Dalgliesh «che intendesse apportare

dei cambiamenti nel corpo dell'azienda. Non tutti sarebbero stati graditi.»

«Non graditi, ma necessari e lo sono ancora. La manutenzione del palazzo assorbe da decenni il profitto annuale dell'azienda. Per stare a galla dovremmo ridurre a metà il catalogo, licenziare i due terzi dei dipendenti, togliere il trenta per cento dai nostri stipendi, accontentarci di pubblicare testi già esenti da diritti, diventare una piccolissima, raffinata casa editrice. Un programma che non sarebbe andato bene a Gerard Etienne.»

«E a voialtri?»

«Oh noi qualche volta brontolavamo, protestavamo contro ciò che ormai appariva inevitabile, ma sapevamo, credo, che Gerard aveva ragione: o ingrandirsi o chiudere. Oggi non si sopravvive senza una produzione specializzata. Gerard voleva rilevare una casa editrice con un nutrito catalogo legale, ce n'è giusto una pronta per essere spennata, ed entrare nell'editoria didattica. Ci volevano soldi, per non parlare dell'energia e di una buona dose di aggressività sul piano commerciale. Non so chi di noi ne sarebbe stato capace. Non so che cosa succederà adesso. Avremo un'assemblea dei soci, confermeremo a Claudia la carica di presidente e amministratore delegato e rimanderemo le decisioni spiacevoli di altri sei mesi. Gerard si divertirebbe. Direbbe che siamo coerenti con noi stessi.»

Dalgliesh concluse il colloquio, preoccupato di non prolungarlo troppo, chiedendo brevemente a de Witt la sua opinione sull'autore delle burle aziendali.

«Non so chi possa essere» rispose de Witt. «Ne abbiamo parlato, perdendo una quantità di tempo, durante le assemblee mensili dei soci, ma non siamo riusciti ad arrivare a una conclusione. È strano. Abbiamo solo trenta dipendenti, non dovrebbe essere difficile trovare un indizio, se non altro per esclusione. È vero che la maggior parte di quei trenta è con noi da anni e io sarei pronto ad affermare che tutti, vecchi e nuovi, sono al disopra di ogni sospetto. E gli incidenti sono avvenuti quando praticamente tutti erano presenti. Forse chi li ha ideati ha pensato proprio a questo, a rendere difficile il processo di esclusione. La scomparsa dei disegni di Guy Fawkes e la manomissione delle bozze di Lord Stilgoe ci hanno fatto passare momenti difficili.»

«Però, in entrambi i casi non si è arrivati alla catastrofe.»

«A conti fatti, no. Questa storia del Sibilante Sid sembra appartenere a un'altra categoria. Non si tratta più di intralciare il lavoro dell'azienda, mettere la testa del serpente in bocca a Gerard è stato un gesto di malvagità perversa diretto contro di lui in particolare. Le risparmio la domanda e le dico addirittura che io sapevo dov'era nascosto il Sibilante Sid. Credo che lo sapesse tutta la casa editrice dal momento in cui la signora Demery aveva finito il giro degli uffici.»

Dalgliesh pensò che era il momento di congedarlo. Disse: «Con che mezzo va a Hillgate Village?».

«Ho prenotato un taxi, impiegherei troppo tempo se andassi col motoscafo a Charing Cross. Sarò qui domani mattina alle nove e mezzo, nel caso lei volesse sapere ancora qualcosa da me. Non penso che mi resti molto da dirle. Oh, potrei anche assicurarle che non ho ucciso Gerard, che non gli ho messo il serpente intorno al collo, anche perché mi sarebbe stato difficile convincerlo dei pregi letterari della narrativa gassandolo a morte.»

«Ritiene che sia morto intossicato dal gas?»

«Perché, non è così? L'idea è di Dauntsey e sarebbe un buon motivo per scartarla, ma più ci penso e più mi pare credibile.»

E de Witt uscì con la stessa distratta eleganza con la quale era entrato.

Dalgliesh si disse che interrogare in un'indagine le persone sospette era molto simile a trovarsi in commissione per un concorso. Si aveva sempre la tentazione di dare subito una valutazione di ciascun candidato e di giudicarlo prima di ascoltare gli altri. Aspettò in silenzio. Kate, come al solito, capì che era prudente tenere per sé le proprie opinioni, ma c'erano due o tre osservazioni pungenti che le sarebbe piaciuto fare sul conto di Claudia Etienne.

L'ultima fu Frances Peverell. Entrò con la docilità della scolara beneducata ma la sua compostezza venne meno quando vide la giacca di Etienne appesa allo schienale della sedia.

«Non pensavo che fosse ancora qui» disse e fece un passo avanti, con la mano tesa, per prenderla. Poi si trattenne, si voltò verso Dalgliesh e lui vide che aveva gli occhi pieni di lacrime.

«Mi dispiace, signorina Peverell» disse. «Avrei dovuto farla portare via.»

«Poteva toglierla Claudia, forse, ma aveva altro da pensare. Povera Claudia. Dovrà occuparsi delle cose che appartenevano a Gerard, dei suoi vestiti...»

Si mise a sedere e guardò Dalgliesh come un'ammalata che aspetti il parere del medico. Aveva un viso dolce, i capelli castano chiaro con qualche piccola ciocca dorata e una frangetta che le arrivava alle sopracciglia diritte. Gli occhi erano verde-azzurro. Dalgliesh pensò che da molto tempo avessero quello sguardo affaticato e ansioso, non solo ora per il dolore di quanto era accaduto, e si chiese se Henry Peverell fosse stato un buon padre. La donna seduta davanti a lui non aveva niente del fastidioso egocentrismo di una figlia unica viziata. Sembrava una donna che per tutta la vita avesse corrisposto alle necessità altrui, abituata a ricevere più critiche che lodi. Non aveva niente della padronanza di sé di Claudia Etienne o della disimpegnata eleganza di de Witt. Indossava una gonna di morbido tweed azzurro e nocciola con una maglietta di lana azzurra e il cardigan uguale, ma senza il solito filo di perle. Avrebbe potuto vestirsi allo stesso modo, pensò Dalgliesh, negli anni Trenta o negli anni Cinquanta, era l'abbigliamento che una signora inglese della buona borghesia portava quotidianamente; poco interessante, convenzionale, di un costoso buon gusto e tale da non urtare nessuno.

«Anch'io penso che sia un dovere molto penoso» disse Dalgliesh con delicatezza «occuparsi di quanto apparteneva a una persona cara che è morta. Gli orologi, i gioielli, i libri, i quadri, si possono dare agli amici, è normale, è giusto. Ma i vestiti non si possono regalare per ricordo. Sembra, paradossalmente, che non possiamo immaginarli indossati da persone che conosciamo; meglio, piuttosto, da un estraneo.»

Frances si affrettò a rispondere, grata di essere stata capita. «Ho provato la stessa cosa quando è morto papà. Ho finito col dare tutti i suoi vestiti, le sue scarpe all'Esercito della Salvezza. Spero che abbiano trovato qualcuno che ne aveva bisogno, ma è stato come farlo uscire dalla nostra casa, dalla mia vita.»

«Lei voleva bene a Gerard Etienne?»

Frances abbassò gli occhi sulle mani, intrecciate sulle ginocchia, poi, improvvisamente alzò la testa e cercò lo sguardo di Dalgliesh. «Io lo amavo. Preferisco che lei lo sappia da me, tanto prima o poi lo scoprirebbe comunque. Abbiamo avuto una relazione che è finita una settimana prima del suo fidanzamento.»

«Per una decisione comune?»

«No, non per una decisione comune.»

Dalgliesh non ebbe bisogno di chiederle che cosa aveva provato per questo tradimento. Quello che aveva provato e che provava ancora lo portava scritto chiaro in viso.

«Mi dispiace» le disse. «Parlare della sua morte non dev'essere facile per lei.»

«Sarebbe più penoso non poterne parlare. Per piacere, signor Dalgliesh, mi dica se è stato ucciso.»

«Non possiamo esserne certi, ma è probabile, non solo possibile. Ecco perché sono costretto a farle qualche domanda. Vorrei che mi spiegasse con esattezza tutto quello che è successo ieri sera.»

«Credo che Gabriel, il signor Dauntsey, le abbia già detto di essere stato aggredito per strada. Io non ero andata con lui alla lettura di poesia perché mi aveva detto con molta fermezza che preferiva andarci da solo. Credo che temesse che non mi sarei divertita, ma, secondo me, qualcuno della Peverell Press avrebbe dovuto essere presente, era la prima volta dopo quindici anni che leggeva i suoi versi in pubblico e non era giusto lasciarlo solo. Forse se lo avessi accompagnato non sarebbe stato aggredito. Verso le undici e mezzo ho ricevuto la telefonata dal St Thomas's in cui mi si diceva che era lì, in attesa che gli facessero una radiografia e mi si chiedeva se sarei stata con lui qualora fosse stato rimandato a casa. Evidentemente si era rifiutato di passare la notte in ospedale e volevano essere certi che ci fosse qualcuno ad assisterlo. L'ho aspettato affacciata alla finestra della cucina, ma non ho sentito arrivare il taxi. La porta d'ingresso del suo appartamento è in Innocent Lane ma forse il taxista aveva curvato in fondo alla strada e l'aveva lasciato all'angolo. Credo che mi abbia telefonato appena entrato in casa. Mi ha detto che stava bene, non aveva riportato nessuna frattura e voleva fare un bagno, poi gli avrebbe fatto piacere se fossi scesa da lui. Non credo che lo desiderasse veramente, ma certo sapeva che non sarei stata tranquilla se non mi fossi assicurata che stava bene davvero.»

«Lei non ha una chiave del suo appartamento?» chiese Dalgliesh. «Come mai non è andata ad aspettarlo lì?»

«Io ho la sua chiave e lui ha la mia. È una misura di prudenza nel caso ci fosse un incendio o un'inondazione e uno di noi dovesse entrare in casa mentre l'altro non c'è. Ma non mi permetterei mai di usare quella chiave se non fosse Gabriel a chiedermelo.»

«Quanto tempo è passato prima che lei scendesse dal signor Dauntsey?»

Era una domanda di importanza vitale. Dauntsey avrebbe potuto uccidere Etienne prima di andare, alle sette e quarantacinque, alla lettura di poesia. I tempi erano stretti, ma avrebbe potuto farcela. L'unica occasione, però, di tornare sul luogo del delitto, sarebbe stata oltre l'una del mattino.

Dalgliesh ripeté la domanda: «Quanto tempo è passato prima che il signor Dauntsey le telefonasse di scendere? Potrebbe dirmelo il più esattamente possibile?».

«Non molto tempo, otto o dieci minuti, forse meno. Otto. Il tempo di fare il bagno. La sua stanza da bagno è sotto la mia, io non sento quando la vasca si riempie ma sento quando si svuota. Ieri sera sono stata apposta ad ascoltare quando l'acqua cominciava a scendere dallo scarico.»

«Ed erano passati circa otto minuti prima che lei la sentisse?»

«Non ho guardato l'orologio, non c'era ragione, ma sono sicura che non era passato molto tempo.» Poi, come colpita all'improvviso da un pensiero, Frances aggiunse: «Ma questo non può significare che lei sospetta di Gabriel, che pensa che sia tornato a Innocent House e abbia ucciso Gerard!».

«Il signor Etienne è morto molto prima di mezzanotte. Noi ora stiamo considerando la possibilità che il serpente gli sia stato avvolto intorno al collo quando era già morto da qualche ora.»

«Ma allora qualcuno dovrebbe essere tornato apposta nell'archivio piccolo, sapendo che Gerard era morto, che era lì a terra! La sola persona che poteva saperlo era l'assassino. Lei sta dicendo che l'assassino è tornato nell'archivio piccolo.»

«Se esiste un assassino. Non possiamo ancora affermarlo con certezza.»

«Ma Gabriel stava male, era stato aggredito per strada! Ed è vecchio, ha più di settant'anni. Soffre di reumatismi. Spesso cammina appoggiandosi a un bastone. Non avrebbe fatto in tempo...»

«Ne è veramente sicura, signorina Peverell?»

«Sì, ne sono sicura. E poi il bagno lo ha fatto, ho sentito l'acqua scendere dallo scarico.»

«Ma lei» obiettò Dalgliesh con cautela «non sa se in quell'acqua il signor Dauntsey aveva fatto il bagno.»

«E a che altro gli sarebbe servita? Se avesse lasciato aperto il rubinetto e tolto il tappo, e credo che sia questo che lei suggerisce, avrei sentito subito l'acqua uscire dallo scarico, invece non l'ho sentita finché non sono passati circa otto minuti, poi lui mi ha richiamata, ha detto che era pronto e sono scesa subito. Era in vestaglia, si vedeva che aveva appena fatto il bagno, aveva il viso e i capelli ancora umidi.»

«E poi che cos'è successo?»

«Aveva già bevuto un po' di whisky e mi ha detto che non aveva bisogno d'altro, così ho insistito perché andasse a letto. Avevo già deciso di restare fino all'indomani mattina e lui mi ha spiegato dov'erano le lenzuola per la camera degli ospiti. Credo che fossero anni che nessuno dormiva lì. Gabriel si è addormentato quasi subito e io mi sono messa sulla poltrona del salotto davanti alla stufa elettrica. Ho lasciato la porta aperta, per sentire se mi chiamava, ma non si è mai svegliato. Poco dopo le sette mi sono alzata e ho preparato il tè. Ho cercato di non far rumore ma credo che lui mi abbia sentito. Erano le otto quando si è alzato. Nessuno dei due aveva fretta. Sapevamo che c'era George ad aprire il portone di Innocent House. Abbiamo fatto colazione con due uova alla coque e, poco dopo le nove, siamo usciti.»

«Lei non è salita a vedere il cadavere del signor Etienne?»

«No, è salito Gabriel. Io no. Ho aspettato con gli altri in fondo alle scale. Ma quando ho sentito quell'alto, orribile lamento ho capito subito che Gabriel era morto.»

Dalgliesh vide che stava per essere ripresa dall'angoscia. Per il momento aveva saputo abbastanza. La ringraziò con gentilezza e la lasciò andare.

Quando restò solo con Kate, dopo un momento di silenzio, Dalgliesh disse: «Bene, Kate, eccoci in possesso di alibi disinteressati e convincenti; l'amante di Claudia Etienne, l'ospite infermo di de Witt e Frances Peverell, palesemente incapace di credere che Gabriel Dauntsey possa macchiarsi di qualsiasi colpa, non parliamo poi di un delitto. Ha cercato di essere scrupolosa nell'indicare la durata del tempo intercorso tra il rientro a casa di Dauntsey e la telefonata con la quale la invitava a scendere. È una persona onesta ma i suoi otto minuti mi sembrano pochi».

«Vorrei sapere» disse Kate «se si è resa conto di dare a se stessa un alibi mentre ci forniva quello di Dauntsey. Ma non è importante, credo. Lei potrebbe essere tornata a Innocent House a fare quel lavoro del serpente in qualsiasi momento prima che Dauntsey tornasse a casa. E avrebbe anche avuto tutte le possibilità di uccidere Etienne. Non ha alibi per la prima parte della serata di ieri. È stata svelta a cogliere quel particolare della vasca da bagno e a farci osservare che non sarebbe stata la stessa cosa se Dauntsey avesse aperto il rubinetto e avesse lasciato scorrere l'acqua senza mettere il tappo.»

«Infatti. Ma c'è un'altra possibilità. Provi a pensarci, Kate.»

Kate ci pensò e disse: «Ho capito: potrebbe anche essere andata così».

«Quindi dobbiamo sapere qual è la capacità della vasca e quanto ci vuole a riempirla. Inutile fare delle prove con Dauntsey. Robbins terrà conto che ha settantasei anni e soffre di reumatismi. Calcolerà su queste basi il tempo che avrebbe impiegato ad andare dalla porta di casa, in Innocent Lane, all'archivio piccolo a fare quello che doveva e a tornare indietro.»

«Servendosi delle scale?»

«Scale o ascensore non fa differenza. Anzi, viste le condizioni dell'ascensore forse si fa più presto a salire e scendere per le scale.»

Mentre stavano riunendo i fogli per andarsene, Kate ripensò a Frances Peverell. Dalgliesh era stato molto gentile con lei, ma quando mai era aggressivo durante un interrogatorio? Era sincero quando aveva parlato dei vestiti dei morti. Nello stesso tempo si era guadagnato la fiducia di Frances Peverell. Forse provava compassione per lei, forse gli era anche simpatica, ma nessun sentimento personale avrebbe potuto influenzarlo nel condurre l'indagine. E di me che cosa pensa? si chiese Kate e non per la prima volta. Sarebbe stato sempre così freddo e distaccato, Dalgliesh, in tutti gli aspetti della sua vita professionale? Mi rispetta, pensò, è contento di avermi nella sua squadra, ha fiducia in me e qualche volta mi pare che gli faccia piacere la mia compagnia. Ma quanto durerebbe tutto questo se facessi uno sbaglio nel lavoro?

«Devo tornare a Scotland Yard per un paio d'ore» disse Dalgliesh. «Ci ritroveremo all'obitorio anche con Daniel per l'autopsia, ma non credo di poter restare fino alla fine. Alle otto ho un incontro col commissario e col ministro della Camera dei Comuni. Non so quando sarò libero, ma in ogni caso verrò subito al distretto di Wapping e faremo il punto dell'indagine.»

La notte sarebbe stata lunga.

29

Erano le tre meno due minuti e Blackie era sola, seduta alla scrivania. Si sentiva oppressa da una svogliatezza che in parte era una reazione ritardata a quella terribile esperienza, in parte era paura, ma che comunque trasformava ogni azione, ogni gesto in uno sforzo intollerabile. Avrebbe potuto andare a casa, anche se nessuno glielo aveva detto. C'erano delle pratiche da archiviare, delle lettere che Gerard Etienne le aveva dettato e che andavano scritte a macchina, ma sembrava quasi scandaloso e anche inutile archiviare pratiche che lui non avrebbe mai consultato e scrivere lettere che lui non avrebbe mai firmato. Mandy se n'era andata da un'ora e mezzo, probabilmente l'avevano avvertita che non c'era più bisogno di lei. Blackie l'aveva guardata prendere dall'ultimo cassetto il suo casco rosso e chiudersi la cerniera del giubbotto di cuoio attillato. Con quella calotta lucente, il corpo magro, le gambe lunghe nei gambali neri e rigidi si era trasformata istantaneamente, come sempre, nella caricatura di un insetto esotico.

Le ultime parole che le aveva detto, con un accenno di imbarazzata solidarietà, erano state: «Non perda il sonno a pensare a lui. Io non lo perdo di sicuro, anche se, per quel poco che l'ho visto, non mi era antipatico. Ma con lei si comportava come un villanzone. Si sente bene, voglio dire, ce la fa a tornare a casa?

Lei aveva risposto: «Sì, grazie Mandy, sto benissimo adesso. È stato un brutto colpo. Dopotutto ero la sua segretaria personale. Lei l'ha conosciuto solo per poche settimane come dattilografa a giornata».

Quelle parole, un goffo tentativo di ristabilire la propria dignità, erano suonate alle sue stesse orecchie scostanti e ampollose. Mandy le aveva accolte con una scrollata di spalle e se n'era andata senza aggiungere altro. L'eco dei suoi saluti alla signora Demery era risuonata per tutto l'atrio.

Si era molto divertita Mandy a farsi interrogare dalla polizia e subito dopo era andata in cucina a raccontare tutto alla signora Demery, a George e ad Amy. Blackie si sarebbe unita volentieri a loro, ma le era parso inadeguato alla sua posizione farsi vedere spettegolare con dei dipendenti a basso livello. Sapeva inoltre che non avrebbero gradito la sua intrusione nelle loro confidenze e ragionamenti. D'altra parte, neanche i soci l'avevano voluta quando si erano chiusi nella sala del consiglio e nessuno li aveva visti più tranne la signora Demery quando l'avevano chiamata perché portasse ancora caffè e panini. Non c'era un posto a Innocent House dove fosse gradita o dove potesse ancora sentirsi a proprio agio.

Ripensò alle ultime parole di Mandy. L'aveva detto anche alla polizia che il signor Gerard aveva trattato lei, la sua segretaria personale, come un villanzone? Certo che l'aveva detto. Perché avrebbe dovuto tacere qualsiasi cosa fosse successa a Innocent House, visto che era solo un'estranea, una che era arrivata molto tempo dopo l'inizio di una serie di scherzi, e poteva permettersi di considerare con atteggiamento distaccato e quasi divertito tutto quel trambusto, sicura che nessuno dubitasse della sua innocenza, immune da inclinazioni personali, libera da lealtà vincolanti? Mandy, coi suoi occhietti acuti cui non sfuggiva niente, doveva essere stata una festa per la polizia. L'avevano trattenuta a lungo, quasi un'ora, molto più di quanto non giustificasse la sua posizione rispetto all'azienda. Ancora una volta, e inutilmente poiché nulla ormai si poteva cambiare, Blackie ripensò al colloquio che lei stessa aveva avuto con la polizia. Non era stata tra i primi a essere chiamata. Aveva avuto il tempo di prepararsi, di pensare a quello che avrebbe detto. E ci aveva pensato, infatti. La paura le aveva affinato l'ingegno.

Il colloquio aveva avuto luogo nell'ufficio della signorina Claudia. C'erano solo l'ispettrice e un sergente. Lei si era aspettata di trovare anche l'ispettore capo Dalgliesh e quando aveva visto che non c'era era rimasta sconcertata, tanto che alle prime domande aveva risposto in modo incerto perché non capiva se l'interrogatorio fosse già cominciato o se si dovesse aspettare Dalgliesh. Si era anche meravigliata che non ci fosse un registratore. Nei telefilm polizieschi, che erano la trasmissione preferita di sua cugina al Weaver's Cottage, c'era sempre un registratore, ma forse l'avrebbero portato dopo, quando avessero interrogato sotto cauzione qualcuno o qualcuna di cui sospettavano veramente. In quel caso avrebbe chiesto la presenza di un avvocato. Adesso era sola. Non si era parlato di cauzione, non c'era stato niente che facesse pensare a qualcosa di più che a una chiacchierata preliminare, priva di qualsiasi formalità. Era stata l'ispettrice a fare quasi tutte le domande, mentre il sergente aveva preso degli appunti, intervenendo solo ogni tanto, senza mostrare eccessiva deferenza nei confronti del suo ufficiale superiore ma con una tranquillità, una sicurezza che facevano pensare che fossero abituati a lavorare insieme. Erano stati tutti e due molto beneducati, quasi gentili, ma lei non si era lasciata ingannare, aveva capito che le stavano facendo un vero interrogatorio e che le espressioni di solidarietà, le gentilezze rientravano nella loro tecnica particolare. Si stupiva, ripensandoci, di essersene accorta, di aver capito, pur nel tumulto della paura, che quelli erano dei nemici.

Avevano cominciato con qualche domanda preliminare. Le avevano chiesto da quanto tempo lavorava nell'azienda, qual era il sistema di chiusura notturna, chi aveva le chiavi e controllava il sistema d'allarme, come si svolgeva il suo lavoro nel corso della giornata e perfino come si organizzava per la pausa del pranzo. Mentre rispondeva aveva cominciato a sentirsi via via più tranquilla, anche se sapeva che le domande erano state scelte proprio a quello scopo.

Poi l'ispettrice Miskin aveva detto: «Lei ha lavorato con il signor Henry Peverell per ventisette anni, fino a quando è morto e poi con il signor Etienne, da quando, nel gennaio scorso, aveva assunto la carica di presidente e amministratore delegato. Dev'essere stato un passaggio difficile, per lei e per l'azienda».

Si era aspettata un'osservazione del genere e aveva già la risposta pronta.

«Una differenza c'è stata, naturalmente. Io avevo lavorato con il signor Peverell per tanto tempo e lui si fidava di me completamente. Il signor Gerard era più giovane e aveva altri metodi di lavoro. Io ho dovuto adattarmi a due personalità diverse. È quello che capita a tutte le segretarie personali quando cambia il principale.»

«Lavorava volentieri con il signor Etienne? Provava simpatia per lui?» Era stato il sergente a chiederglielo e con uno sguardo incalzante aveva cercato la risposta nei suoi occhi.

Lei aveva risposto: «Lo rispettavo».

«Non è la stessa cosa.»

«Non sempre si può provare simpatia per i propri superiori. Cominciavo ad abituarmi a lui.»

«E lui a lei? E il resto dell'azienda? Il signor Etienne stava portando dei cambiamenti e i cambiamenti sono sempre causa di disagio, soprattutto in una organizzazione consolidata da tempo. Lo vediamo anche da noi, a Scotland Yard. Non c'erano stati licenziamenti, minacce di licenziamento, un progetto di trasferimento verso la foce del fiume in un palazzo nuovo, dopo aver venduto Innocent House?»

«Bisogna chiederlo alla signorina Claudia. Il signor Etienne non discuteva con me la sua politica aziendale.»

«A differenza del signor Peverell. Non dev'essere stato piacevole da persona di fiducia diventare una comune segretaria.»

Lei non aveva risposto. L'ispettrice Miskin si era sporta in avanti attraverso il tavolo, con un atteggiamento confidenziale, come fossero state due ragazze che si scambiavano qualche segreto femminile. «Ci parli del serpente» le aveva detto. «Ci parli del Sibilante Sid.»

Lei aveva spiegato che il serpente era stato portato in ufficio circa cinque anni prima, a Natale, da una dattilografa a giornata della quale nessuno ricordava il nome o l'indirizzo. Se l'era dimenticato dopo la festa di Natale e nessuno se n'era accorto fino a sei mesi dopo, quando era stato trovato in fondo a un cassetto della sua scrivania. Blackie lo aveva usato per avvolgerlo intorno alla maniglia della porta tra il suo ufficio e quello del signor Peverell. Il signor Peverell voleva che quella porta restasse sempre socchiusa per poterla chiamare quando aveva bisogno di lei. Non gli era mai piaciuto usare il telefono. Il Sibilante Sid era diventato una specie di portafortuna, veniva portato d'estate alla gita sul fiume e d'inverno alla festa di Natale, ma ormai non serviva più a tenere aperta la porta. Il signor Etienne preferiva che restasse chiusa.

«Dove lo teneva, di solito, il serpente?» aveva chiesto il sergente.

«Di solito arrotolato sulla cassettiera a sinistra, oppure appeso o arrotolato attorno alla maniglia di un cassetto.»

«Ci dica che cos'è successo ieri. Il signor Etienne le ha detto che non voleva più vedere in ufficio quel serpente.»

Lei aveva risposto, cercando di mantenere calma la voce. «È uscito dal suo ufficio e ha visto il Sibilante Sid pendere da una maniglia in cima alla cassettiera. Gli è parso un oggetto poco adatto a un ufficio e mi ha detto di buttarlo via.»

«E lei che cos'ha fatto?»

«L'ho messo nel cassetto di destra della mia scrivania.»

«Mi dica, signorina Blackett» aveva detto l'ispettrice Miskin, «è molto importante e sono sicura che lei è tanto intelligente da capire perché: chi c'era in ufficio quando lei ha messo il serpente nel cassetto?»

«Solo Mandy Price, che lavora nella mia stanza, il signor Dauntsey e la signorina Claudia. Dopo, la signorina Claudia è entrata con il signor Etienne nel suo ufficio, il signor Dauntsey ha dato a Mandy una lettera da scrivere a macchina e poi se n'è andato.»

«Non c'era nessun altro?»

«Nella stanza non c'era nessun altro, ma immagino che qualcuno, tra quelli che erano presenti, abbia raccontato in giro che cos'era successo. Non credo, per esempio, che Mandy abbia tenuto la bocca chiusa. E poi, chiunque avesse cercato il serpente avrebbe guardato nel cassetto di destra della mia scrivania. Era logico che fosse lì.»

«E non ha pensato che poteva buttarlo via?»

Ora, ripensandoci, Blackie capiva di aver reagito troppo impulsivamente a quella domanda e forse con troppo risentimento nella voce.

«Buttare via il Sibilante Sid? No, perché avrei dovuto buttarlo via? Al signor Peverell piaceva tanto. Lo trovava divertente. Non dava nessun fastidio, dopotutto nel mio ufficio non entrano mai degli estranei. Comunque l'avevo messo in quel cassetto, pensavo che forse avrei potuto portarmelo a casa.»

Le avevano fatto delle domande sulla visita di Esmé Carling e sull'insistenza con la quale aveva cercato di parlare con il signor Etienne. Lei aveva capito che ne avevano già parlato con qualcun altro, che nessuno di quegli argomenti era del tutto nuovo per loro, e aveva detto la verità o almeno quella parte di verità di cui si sentiva di parlare.

«La signora Carling, tra i nostri autori non è certo la più facile da trattare. Credo che la sua agente le avesse detto che il signor Etienne non voleva pubblicare il suo ultimo libro. Lei insisteva per parlargli, e ho dovuto spiegarle che era all'assemblea dei soci e non si poteva disturbarlo. Lei, per dispetto, ha detto delle cose molto offensive sul conto del signor Peverell e del rapporto di fiducia che esisteva tra noi. Credo che pensasse che avevo fatto sentire troppo la mia influenza nell'azienda.»

«Ha minacciato di tornare indietro per vedere il signor Etienne più tardi nella serata?»

«No, assolutamente. Forse avrebbe insistito per restare ad aspettarlo fino al termine della riunione, ma aveva un incontro con i lettori in una libreria di Cambridge.»

«Incontro annullato da un fax partito da questo ufficio alle dodici e trenta. Lo aveva mandato lei quel fax, signorina Blackett?»

Lei aveva fissato lo sguardo negli occhi grigi dell'ispettrice. «No, non l'avevo mandato io.»

«Sa chi l'aveva mandato?»

«No, non lo so. Era l'ora della pausa per il pranzo. Io stavo mangiando, in cucina, una confezione di spaghetti alla bolognese che avevo comprato da Marks & Spencer. Tutti entravano e uscivano contemporaneamente. Non posso ricordare dove si trovava ciascuno alle dodici e trenta precise. So soltanto che io non ero in ufficio.»

«E il suo ufficio non era chiuso a chiave?»

«No, certo, non chiudiamo mai a chiave gli uffici durante il giorno.»

Erano andati avanti così. Domande su quei vecchi scherzi, domande sull'ora in cui era uscita dall'ufficio la sera prima, sul tragitto per tornare a casa, sull'ora in cui era arrivata e su come aveva passato la serata. Non era stato difficile rispondere. Poi l'ispettrice Miskin aveva concluso il colloquio anche se non era ben chiaro perché si dovesse considerarlo concluso e allora Blackie, nell'andarsene, si era accorta che le tremavano tanto le gambe che aveva dovuto aggrapparsi allo schienale della sedia per qualche secondo prima di essere sicura di poter arrivare alla porta senza barcollare.

Aveva cercato per due volte di telefonare al Weaver's Cottage, ma non le aveva risposto nessuno. Joan doveva essere da qualche parte in paese, o era andata in città a fare spese. Meglio così. Quelle erano notizie da dare a voce, non al telefono. Si chiese se era il caso di avvertire che sarebbe tornata prima del solito, ma anche il gesto di alzare il ricevitore le parve troppo faticoso. Mentre cercava di trovare un po' di energia per muoversi, la porta si aprì. La signorina Claudia restò sulla soglia. «Lei è ancora qui? La polizia preferisce che vadano via tutti. Non è stata avvertita? Fred Bowling ha già il motoscafo pronto e può portarla a Charing Cross.» Vide il viso di Blackie e aggiunse: «Che cos'ha, si sente male? Vuole che qualcuno l'accompagni a casa?».

A quella proposta Blackie si sgomentò. Chi avrebbe dovuto accompagnarla? La signora Demery, lo sapeva, non se n'era ancora andata, stava preparando innumerevoli bricchi di caffè per i soci e per la polizia, ma certamente non sarebbe stata entusiasta di affrontare un viaggio di un'ora e mezzo nel Kent. Blackie non stentava a immaginarselo, quel viaggio, le chiacchiere, le domande, l'arrivo al Weaver's Cottage con la signora Demery che la scortava come se fosse stata una minorenne traviata o una carcerata sotto sorveglianza. Joan si sarebbe sentita in dovere di offrire un tè alla sua accompagnatrice. Blackie si vedeva già seduta in salotto con loro due. La signora Demery avrebbe dato la propria colorita versione degli avvenimenti, ora chiacchierona e volgare, ora triste e inquieta. Una presenza di cui sarebbe stato difficile sbarazzarsi. «Sto bene, sto bene, la ringrazio, signorina Claudia» rispose. «Mi dispiace essere così sciocca. È stato un brutto colpo.»

«È stato un brutto colpo per tutti noi.»

La signorina Claudia aveva parlato con voce indifferente.

Forse quelle parole non avevano il peso di un rimprovero, anche se sembrava così. Si era interrotta, come se dovesse dire qualcosa ancora o le sembrasse giusto farlo. Infine aveva aggiunto: «Non c'è bisogno che venga lunedì, stia pure a casa. Se la polizia avrà bisogno di lei saprà dove trovarla». Poi se n'era andata.

Era la prima volta che erano rimaste sole, loro due, anche se per poco, da quando era stato scoperto il cadavere, e Blackie avrebbe voluto trovare qualche parola di condoglianza, ma che cosa si poteva dire di sincero che non fosse in contrasto con la realtà? "Mi era antipatico e io ero antipatica a lui, ma mi dispiace che sia morto." Ma era vero?

Ogni giorno, a Charing Cross, nell'ora di punta, era abituata a sentirsi trasportare, fiduciosa, motivata, dalla corrente di pendolari come lei. Adesso le pareva strano trovarsi lì, a metà pomeriggio, con un'affluenza di pubblico eccezionalmente scarsa per un venerdì e intorno un'aria inerte, indefinita, senza tempo. Una coppia di anziani, vestiti con gli abiti migliori, soprattutto la donna, per far buona figura in viaggio, studiava attentamente il tabellone dell'orario. L'uomo si trascinava dietro una valigia con le ruotine, legata con una cinghia. A una parola della donna, si mosse malamente e la valigia cadde con un tonfo. Blackie osservò per un momento gli sforzi dei due vecchi per raddrizzarla, poi si avvicinò, disponendosi ad aiutarli. Ma mentre si dava da fare a rimettere in sesto quella massa pesante e poco maneggevole sentiva su di sé il loro sguardo ansioso e diffidente, quasi la sospettassero di avere delle mire sulla loro roba. Quando ebbe portato a termine il suo intervento le mormorarono qualche parola di ringraziamento e si allontanarono tenendosi la valigia in mezzo e dandole qualche affettuoso colpetto ogni tanto come per tranquillizzare un cane recalcitrante.

Blackie vide sul tabellone che al suo treno mancava mezz'ora, proprio il tempo per un caffè. Bevendolo a piccoli sorsi, godendo dell'aroma familiare, con la tazza tiepida tra le mani, quel viaggio inatteso, prima dell'ora solita, le parve un favore speciale: la stazione poco affollata che non le ricordava i disagi dell'ora di punta ma la partenza per le vacanze di quando era bambina; tutto quel tempo per bere il caffè; la rassicurante certezza di arrivare a casa prima che fosse buio. Ma su quel piacere calò il peso di quanto era avvenuto, quell'insistente ossessivo impasto di paura e di senso di colpa. Si chiese se sarebbe mai riuscita a liberarsene. Ma finalmente stava tornando a casa. Non aveva ancora pensato fino a che punto avrebbe potuto confidarsi con sua cugina. C'erano cose che non poteva e non doveva dirle. Ma almeno avrebbe potuto contare sul confortante buon senso di Joan, sul pacifico ordine domestico del Weaver's Cottage.

Il treno, mezzo vuoto, partì in orario, ma in seguito lei non avrebbe ricordato niente del viaggio, di come avesse ripreso l'automobile al parcheggio di East Marling e fosse andata a casa. Le era rimasto impresso nella mente solo quello che aveva visto quando era arrivata davanti al cancello ed era rimasta immobile, con gli occhi sbarrati, in un terrore incredulo. Davanti a lei, nella luce del sole autunnale c'era il giardino: violato, desolato, sconvolto, sradicato, smembrato. Dapprima, disorientata da quello spettacolo inatteso, confusa dal ricordo dei grandi temporali degli anni precedenti, pensò che il Weaver's Cottage fosse stato colpito da una anomala, circoscritta tromba d'aria. Ma fu solo per un momento. Quella rovina non aveva la grandiosità di un evento naturale, era meschina, intenzionale, era opera dell'uomo.

Scese dall'automobile, le gambe non sembravano fare più parte del suo corpo, camminò rigida fino al cancello e vi si aggrappò per sostenersi. Ora poteva vedere, pezzo a pezzo, la barbarie che era stata compiuta. Al ciliegio fiorito a destra del cancello, con la sua tavolozza autunnale che tingeva l'aria di rossi brillanti e di gialli, erano stati strappati i rami più bassi e le cicatrici, sulla corteccia nuda, si vedevano ancora. Il gelso in mezzo al prato, l'orgoglio di Joan, era stato profanato allo stesso modo e la panca a listelli di legno dipinto di bianco che girava tutt'intorno al tronco era sfondata, ridotta a grosse schegge, come se qualcuno vi fosse saltato sopra con degli stivali pesanti. I cespugli di rose, forse perché erano pieni di spine, avevano i rami intatti ma erano stati sradicati e il letto delle prime margherite di San Michele e i primi crisantemi bianchi, che Joan aveva predisposto che dovessero creare una macchia pallida contro la siepe scura, ora formavano una lunga striscia inerte sul sentiero. Le rose in alto sul portico avevano sfidato l'aggressione, ma la clematide e il glicine erano stati strappati e, senza di loro, la casa appariva stranamente nuda e indifesa.

Dentro non c'era nessuno. Blackie passò da una stanza all'altra, seguitando a chiamare Joan anche quando apparve ormai evidente che non c'era. Stava cominciando ad avvertire una prima trafittura di vera angoscia quando sentì sbattere il cancello e vide sua cugina spingere la bicicletta lungo il viale. Le corse incontro, gridando: «Che cos'è successo? Stai bene?».

Joan non si meravigliò che fosse a casa addirittura qualche ora prima del solito. Disse con voce cupa: «Lo vedi da sola che cos'è successo. Vandali. Due in motocicletta. Per poco non li coglievo sul fatto. Stavano andando via proprio mentre arrivavo dal paese, ma non ho fatto in tempo a leggere i numeri di targa».

«Hai telefonato alla polizia?»

«Certo, ma vengono da East Marling e se la prendono comoda. Tutto questo non sarebbe successo se ci fosse stato ancora il nostro vecchio agente del paese. Quelli di East Marling è inutile che si affrettino, non li prenderanno mai. Nessuno li prenderà. E anche se li arrestassero se la caverebbero con una multa o una condanna con la condizionale. Dio mio, se la polizia non è in grado di proteggerci, lasci almeno che ci difendiamo da soli. Avessi avuto una pistola...»

«Non si può ammazzare qualcuno solo perché ti ha devastato il giardino» obiettò Blackie.

«Non si può? Io mi sentirei di farlo.»

Mentre entravano in casa, Blackie si accorse, stupita e imbarazzata, che Joan aveva pianto. Ne portava i segni inconfondibili, gli occhi piccoli e spenti, ancora striati di sangue, la faccia gonfia, di un grigiore malsano, chiazzata di rosso. Contro l'insulto subito la sua calma abituale aveva perso ogni potere. Avrebbe sopportato meglio un'aggressione personale. Ora però la collera aveva avuto il sopravvento sul dolore e la collera di Joan non era cosa da poco.

«Sono tornata in paese a vedere che altro avevano fatto. Non molto, a quanto pare. Erano entrati al Moonraker's Arm e avevano fatto una confusione tale che la signora Baker si era rifiutata di andare avanti a servirli e lui, Baker, li aveva buttati fuori. Per tutta risposta, loro avevano cominciato a girare in cerchio con le moto nel parco finché la signora Baker non era andata a dirgli che non era permesso. Allora erano stati molto villani, l'avevano presa in giro, avevano fatto ancora più fracasso seguitando a dare delle accelerate al motore. Poi, quando Backer li ha minacciati di chiamare la polizia, se ne sono andati e secondo me si sono vendicati sul mio giardino.»

«E se tornano?»

«Perché dovrebbero tornare? Cercheranno qualcos'altro di bello da distruggere. Dio, che razza di generazione abbiamo allevato. Sono meglio alimentati, meglio istruiti, meglio seguiti di tutti quelli che li hanno preceduti e si comportano come crudeli mascalzoni. Dove abbiamo sbagliato? E non venirmi a parlare della disoccupazione. Saranno anche stati disoccupati ma i soldi per comprarsi quelle moto lussuose li hanno trovati e due di loro avevano la sigaretta in bocca.»

«Non sono tutti così i giovani, Joan. Non puoi giudicare una generazione sull'esempio di pochi.»

«Ma sì, hai ragione. Sono contenta che tu sia a casa.»

Era la prima volta, in quei diciannove anni passati insieme, che Joan esprimeva il bisogno del sostegno e del conforto di Blackie. Proseguì: «È stato gentile il signor Etienne a lasciarti venire via prima. Che cos'è successo? Ti ha telefonato qualcuno del paese? Ma no, è impossibile, tu eri già in viaggio quando quelli erano qui».

Allora Blackie, in modo conciso ma vivace, le raccontò che cos'era successo a Innocent House.

La notizia di quell'avvenimento, terribile e stravagante insieme, ebbe il merito di distogliere Joan dal pensiero del suo giardino. Si mise a sedere sulla sedia che trovò più vicina, come se le gambe stessero per venirle meno, e ascoltò in silenzio, senza esclamazioni di orrore o di stupore. Quando Blackie ebbe finito si alzò e la guardò negli occhi per un buon quarto di minuto quasi ad assicurarsi che non fosse impazzita. Poi, rianimata, disse: «Vieni, siediti qui. Ora accendo il camino. Abbiamo avuto tutt'e due un brutto colpo, ora è importante potersene stare tranquille al caldo. Vado a prendere un po' di whisky, poi parliamo, ne abbiamo bisogno.»

Mentre Joan sprimacciava il cuscino della poltrona accanto al camino perché lei stesse più comoda e le portava lo sgabello per appoggiare i piedi con una premura che non le era abituale, Blackie non poté fare a meno di osservare che la voce e il viso di sua cugina esprimevano una arcigna soddisfazione piuttosto che il rancore per l'insulto subito e pensò che niente come il terrore sofferto da altri per un delitto riusciva a distogliere il pensiero dalle proprie, più grossolane, disavventure.

Quaranta minuti dopo, seduta davanti al fuoco scoppiettante, calmata dal calore e dall'effetto penetrante del whisky che lei e la cugina tenevano sempre pronto per i momenti di emergenza, Blackie si sentì finalmente lontana dai cupi eventi della giornata. Arabella si stiracchiò delicatamente sul tappeto e piegò estatica le zampette, il pelo arrossato dalla fiamma danzante. Joan aveva acceso il forno prima che si mettessero a sedere e Blackie ora sentiva un primo accenno del profumo appetitoso dell'agnello filtrare di sotto la porta della cucina. Si rese conto che aveva fame e che avrebbe potuto anche sedersi volentieri a tavola. Si sentiva fisicamente leggera, come se un peso di colpa e di paura le fosse scivolato dalle spalle. Nonostante avesse deciso di tacere si trovò a confidarsi con Joan a proposito di Sidney Bartrum.

«Vedi, io sapevo che doveva essere licenziato. L'avevo scritta a macchina io la lettera del signor Gerard per quella ditta di cacciatori di teste. Naturalmente non potevo dire chiaro e tondo a Sidney quello che stava per capitargli. Ho sempre pensato che una segretaria personale dev'essere soprattutto discreta, ma non mi sembrava giusto non avvertirlo. È sposato da un anno e adesso gli è nata anche una bambina. E ha più di cinquant'anni. Credo, almeno. Non sarà facile per lui trovare un altro lavoro. Così, quando ho saputo che doveva vedere il signor Gerard per un preventivo di spese ho lasciato una copia della lettera sulla mia scrivania. Il signor Gerard lo faceva sempre aspettare e io sono uscita dall'ufficio per dargli la possibilità di leggere la lettera. Ero sicura che l'avrebbe letta. Se ci si trova una lettera davanti agli occhi, viene istintivo darle un'occhiata.»

Ma quella iniziativa, così estranea al suo carattere e al suo modo di comportarsi, non era stata improntata alla pietà. Lei ora lo sapeva e si chiedeva perché non lo avesse capito prima. Quello che lei aveva provato era il bisogno di fare causa comune con Sydney Bartrum, perché tutti e due erano vittime del malcelato disprezzo del signor Gerard. Per la prima volta, aveva compiuto un gesto di sfida. Era questo che le aveva dato il coraggio, in seguito, per quell'altro tragico gesto di ribellione?

«Ma l'aveva poi letta la lettera?» chiese Joan.

«Non è possibile che non l'abbia letta. Però non mi ha tradita, o almeno il signor Gerard non me ne ha parlato né mi ha rimproverato per non essere stata più attenta. Il giorno dopo, però, Sidney ha chiesto un appuntamento con lui e credo che volesse sapere se il suo posto di lavoro era sicuro. Non ho sentito le loro voci, ma non hanno parlato a lungo e, quando è uscito, Sydney aveva gli occhi pieni di lacrime. Pensa, Joan, piangeva, alla sua età! Ecco» aggiunse Blackie «perché non l'ho detto alla polizia.»

«Non hai detto che piangeva?»

«Non ho detto neanche della lettera. Non ho detto niente.»

«Ed è l'unica cosa che hai taciuto?»

«Sì» mentì Blackie, «l'unica.»

«Secondo me hai fatto bene» sentenziò con l'imparzialità di un giudice la signora Willoughby, le gambe robuste divaricate, la mano tesa verso la bottiglia di whisky. «Perché dare spontaneamente un'informazione che potrebbe essere considerata irrilevante o, peggio, male interpretata? Se te lo chiederanno esplicitamente, allora dirai la verità.»

«È quello che ho pensato anch'io. Tanto più che non possiamo nemmeno essere sicuri che si tratti di un omicidio. Voglio dire che il signor Gerard potrebbe essere morto per cause naturali, per esempio per un attacco di cuore, e qualcuno, dopo, potrebbe avergli avvolto il serpente intorno al collo. Lo pensano quasi tutti. Sarebbe un tipico scherzo da ufficio.»

Ma la signora Willoughby respinse subito questa comoda soluzione. «Oh, io credo che possiamo essere sicuri che sia stato ucciso. Qualsiasi cosa fosse stata fatta dopo, sul cadavere, la polizia non si sarebbe trattenuta a Innocent House così a lungo, soprattutto non sarebbe intervenuto un funzionario al livello dell'ispettore capo Dalgliesh. Ne ho sentito parlare. Non l'avrebbero mandato se avessero pensato a un caso di morte naturale. Tu ora dirai che la telefonata a Scotland Yard l'aveva fatta Lord Stilgoe e forse, effettivamente, questo può avere influenzato la polizia. Un titolo fa sempre impressione. Lo so anch'io che esistono i suicidi e gli incidenti, ma, da quello che ho sentito, qui non si tratta né dell'uno né dell'altro. Se vuoi il mio parere, è stato un omicidio, ed è una faccenda interna all'azienda.»

«Però non è stato Sydney. Sydney Bartrum non farebbe male a una mosca.»

«A una mosca no, ma a qualcosa di più grosso e di più pericoloso sì. Comunque, la polizia controllerà tutti i vostri alibi. Peccato che tu ieri sera ti sia fermata a fare spese nel West End invece di venire subito a casa. Certo non ci sarà nessuno da Liberty o da Jaeger che possa testimoniare per te.»

«Non credo proprio. Non ho comprato niente, ho solo guardato, c'era troppa folla.»

«È ridicolo, naturalmente, supporre che tu abbia qualcosa a che vedere con tutta questa storia, ma la polizia deve mettere tutti sullo stesso piano, almeno all'inizio. Be', inutile preoccuparsi fino a che non sappiamo con esattezza l'ora della morte. Chi è stato l'ultimo a vederlo? L'hanno già stabilito?»

«È stata la signorina Claudia, credo. Di solito è tra gli ultimi a uscire.»

«Evidentemente stavolta qualcuno è uscito dopo di lei, e cioè l'assassino. Ma come avrà fatto, mi chiedo, a convincere il signor Etienne a salire nell'archivio piccolo? Probabilmente è morto proprio lì. Anche se lo avesse strangolato o soffocato con il Sibilante Sid, l'assassino dovrebbe prima averlo ridotto all'impotenza. Un uomo giovane e sano non si lascia buttare a terra e ammazzare senza reagire. Probabilmente era stato drogato o stordito con un colpo abbastanza forte da buttarlo a terra, ma non tanto da lasciare il segno.»

La signora Willoughby, avida lettrice di romanzi polizieschi, aveva acquistato una certa dimestichezza con assassini inclini a seguire le tecniche più elaborate. «Potrebbero avergli messo un sonnifero nel tè del pomeriggio» proseguì. «Un sonnifero insapore e ad azione lenta. Non è facile. Può anche darsi, invece, che la vittima sia stata strangolata con qualcosa di morbido, di cui non è rimasta traccia, un paio di collant o una calza. Se fosse stata usata una corda il segno sotto il serpente sarebbe stato visibile. Certo la polizia avrà valutato tutte queste possibilità.»

«Sono sicura, Joan, che avranno già pensato a tutto.»

Mentre sorseggiava il suo wisky, Blackie si disse che era stranamente tranquillizzante quel caotico interesse di Joan per tutta la vicenda e la sua voglia di fare sempre nuove supposizioni. Non per niente nella sua camera da letto c'erano cinque scaffali di romanzi gialli, Agatha Christie, Dorothy L. Sayers, Margery Allingham, Ngaio Marsh, Josephine Tey e, tra gli autori più recenti, solo i pochi che venivano considerati degni di figurare tra quei professionisti dell'età d'oro del crimine. Dopotutto, perché Joan avrebbe dovuto dolersi personalmente di quella morte? Era stata a Innocent House una volta sola, tre anni prima, per la festa natalizia dell'azienda, conosceva personalmente solo qualcuno dei dipendenti e gli altri appena per nome. Attraverso le sue elucubrazioni, l'orrore di quanto era avvenuto a Innocent House cominciava a sembrare irreale, meno terrificante, una elegante complicazione a sfondo letterario, senza cordoglio, senza sofferenza, senza smarrimento, in cui la colpa e la paura avevano acquistato una speciale asetticità, si erano ridotti a un ingegnoso rompicapo. Blackie fissò le fiamme danzanti dalle quali pareva emergere la figura di Miss Marple, la borsetta tenuta al sicuro, stretta al petto, il mite sguardo di donna anziana rivolto verso di lei a rassicurarla che non c'era niente da temere, perché tutto sarebbe andato bene.

Fuoco e whisky si allearono per infonderle una sonnolenta soddisfazione; la voce di sua cugina le arrivava ormai solo a tratti, come da lontano. Dovevano mettersi subito a tavola, altrimenti si sarebbe addormentata. Si alzò e disse: «Non è ora di pensare alla cena?».

30

Si erano incontrati alle sei e un quarto alla fermata di Greenwich, sui gradini che scendevano al fiume, tra un muro alto e la passerella di una casa galleggiante. Era un posto adatto, isolato. C'era una piccola spiaggia sassosa e lui, ora, mentre si stava allontanando dal fiume per tornare a casa sentiva ancora frangersi leggermente a riva le piccole onde che si andavano esaurendo, il crepitio, lo sfrigolio metallico dei ciottoli, il riflusso della marea che si ritirava. Gabriel Dauntsey era arrivato per primo all'appuntamento ma non si era voltato quando aveva sentito Bartrum farglisi accanto. Poi aveva parlato, e la sua voce aveva una intonazione gentile, quasi di scusa.

«Ho pensato che avremmo dovuto incontrarci, Sydney. Io l'ho vista entrare a Innocent House ieri sera. La finestra del mio bagno dà su Innocent Lane. Ho guardato fuori, per caso, e l'ho vista. Erano circa le sei e quaranta.»

Sydney aveva immaginato che cosa si sarebbe sentito dire e ora che quelle parole erano state pronunciate provava una sensazione molto simile al sollievo.

Desiderando con tutto se stesso di essere creduto, aveva detto: «Ma sono uscito di nuovo, quasi subito. Lo giuro. Se lei avesse aspettato, se avesse guardato per un minuto ancora, mi avrebbe visto. Non mi ero spinto al di là della sala d'aspetto. Mi ero scoraggiato. Avevo pensato che era inutile discutere e supplicare. Niente l'avrebbe commosso, niente gli avrebbe fatto cambiare idea. Le giuro, signor Dauntsey, che dopo aver lasciato l'ufficio ieri sera non l'ho più visto».

«Sì, niente gli avrebbe fatto cambiare idea. Gerard non era sensibile alle suppliche. Né alle minacce.»

«E di cosa avrei potuto minacciarlo? Io non avevo alcun potere. Se mi avesse licenziato la settimana dopo, non avrei potuto fermarlo. E se avessi tentato di ribattere mi avrebbe dato una di quelle lettere di referenze compilate con tanta abilità che non si possono contestare, anche se si è sicuri che non serviranno mai a trovare un lavoro. Ero nelle sue mani. Sono contento che sia morto. Se fossi religioso ringrazierei Dio in ginocchio per la sua morte. Ma non l'ho ucciso io. Lei deve credermi. Se non mi crede lei, signor Dauntsey, chi mi crederà, Dio mio?»

L'uomo al suo fianco non si era mosso, non aveva parlato, aveva seguitato a guardare la distesa nera e deserta del fiume. Infine, umilmente, Sydney aveva chiesto: «Che cosa farà?».

«Niente. Dovevo vederla, Bartrum, per sapere se l'aveva detto alla polizia o se si proponeva di dirlo. Mi è stato chiesto, naturalmente, se avevo visto qualcuno entrare a Innocent House. A tutti noi è stato chiesto. Ho mentito. Mi propongo di continuare a mentire, ma sarebbe inutile se lei ne avesse già parlato con la polizia o se temesse per il futuro di non reggere emotivamente.»

«No, non ne ho parlato con nessuno. Alla polizia ho detto che ero tornato a casa alla solita ora, poco prima delle sette. In verità, appena avevo saputo quello che era successo avevo telefonato a mia moglie dall'ufficio, prima dell'arrivo della polizia, e le avevo raccomandato di confermare, se qualcuno avesse telefonato per chiederlo, che ero rientrato alla solita ora. Ero arrivato per primo, stamattina, avevo l'ufficio tutto per me. Mi era dispiaciuto chiedere a mia moglie di dire una bugia, ma a lei non era importato molto. Sapeva che ero innocente, che non avevo fatto niente di male. Stasera le spiegherò tutto con più calma. Capirà.»

«Le ha telefonato prima di sapere che quella morte era forse conseguenza di un delitto?»

«Ho capito fin dall'inizio che era un delitto. Il serpente, quel cadavere seminudo. Poteva essere una morte naturale?» Sydney aveva aggiunto con semplicità: «Grazie per aver taciuto, signor Dauntsey. Non lo dimenticherò».

«Non deve ringraziarmi. Era la decisione più logica da prendere. Non le ho fatto un favore. Non mi deve essere riconoscente. È stata soprattutto una questione di buon senso. Se la polizia perde il suo tempo a sospettare degli innocenti ha meno possibilità di scoprire il colpevole. E io non sono più sicuro, come un tempo, che la polizia non commetta degli errori.»

Sydney si era fatto coraggio e aveva chiesto: «E lei vuole che lo prendano, il colpevole? Ci tiene molto?».

«Vorrei che scoprissero chi ha messo il serpente intorno al collo di Gerard e gli ha ficcato la testa in bocca. È stata una cosa abominevole, una profanazione della morte. Vorrei che il colpevole fosse arrestato e l'innocente vendicato. Credo che molti lo vorrebbero. Dopotutto è questa la giustizia, come la si intende di solito. Ma non mi sento personalmente colpito dalla morte di Gerard, da nessuna morte, non più. Dubito di avere la capacità di sentimenti profondi. Non l'ho ucciso io. Quanto a uccidere ho già fatto più della mia parte. Non so chi è stato, ma questo assassino e io abbiamo una cosa in comune. Non abbiamo dovuto guardare la nostra vittima negli occhi. C'è un aspetto particolarmente ignobile in un assassino che non è nemmeno costretto ad affrontare la realtà di quello che ha fatto.»

Sydney si era ridotto all'ultima umiliazione: «E il mio lavoro, signor Dauntsey? Crede che sia sicuro, adesso? È importante per me. Non sa che progetti abbia la signorina Etienne? E gli altri soci? So che ci saranno dei cambiamenti. Posso imparare sistemi contabili più moderni, se è necessario. Non me ne avrò a male se vorrete mettere sopra di me qualcuno con maggiori capacità. Lavorerò senza creare difficoltà anche in una posizione subordinata.» Sydney aveva aggiunto con amarezza: «Quella che il signor Gerard riteneva fosse adatta per me».

Dauntsey aveva risposto: «Non so cosa verrà deciso, ma direi che non ci saranno grandi cambiamenti per almeno sei mesi. E, per quanto mi riguarda, il suo posto è sicuro».

Poi si erano allontanati insieme e, senza più dirsi niente, erano arrivati fino alla strada laterale, lì vicino, dove entrambi avevano lasciato l'automobile.

31

La casa che Sydney e Julie Bartrum avevano scelto e che lui stava comprando dopo avere ottenuto il prestito più alto possibile, era vicino a Buckhurst Hill Station, in una stradina stretta e scoscesa che sembrava un sentiero di campagna più che una strada periferica di una grande città. Era una casa tipica degli anni Trenta, con un bovindo, un portico e un giardinetto sul davanti. Tutto quello che conteneva era stato scelto da Julie e da Sydney insieme. Nessuno dei due vi aveva portato niente che appartenesse al passato tranne i ricordi. Era questa casa, questa sicurezza faticosamente conquistata, pensava Sydney, che Gerard Etienne aveva cercato di portargli via insieme a tante altre cose. Se avesse perso il lavoro, che speranze poteva avere, a cinquantadue anni, di trovarne un altro allo stesso stipendio? I soldi della liquidazione sarebbero scivolati via un mese dopo l'altro fino a quando anche pagare il mutuo per la casa sarebbe diventato un peso insostenibile.

Julie uscì dalla cucina appena sentì la chiave girare nella serratura. Gli tese le braccia e lo baciò su una guancia, come sempre, ma le sue braccia quella sera erano rigide e la loro stretta quasi disperata.

«Caro, che cosa c'è? Che cos'è successo? Non ti ho richiamato, mi avevi detto di non farlo.»

«No, sarebbe stata un'imprudenza. Non preoccuparti, andrà tutto bene.»

«Ma tu mi hai detto che il signor Etienne è morto. Che l'hanno ucciso.»

«Vieni in salotto, Julie, adesso ti spiego tutto.»

In salotto, lei gli restò seduta molto vicina e con molta calma lo ascoltò parlare. Alla fine disse: «Non possono pensare che tu abbia niente a che vedere con tutto questo. Sarebbe ridicolo e stupido. Tu non faresti mai male ad anima viva. Tu sei gentile, buono e sensibile. Non possono dubitare di te».

«No, certo. Ma anche gli innocenti qualche volta vengono presi di mira, interrogati, sospettati. Qualche volta perfino arrestati e processati. Succede. E io sono uscito dall'ufficio per ultimo. Avevo un lavoro importante da finire e mi sono fermato un po' più del solito. Ecco perché stamattina, appena ho saputo, ti ho telefonato. Mi è sembrato più semplice dire alla polizia che ero tornato a casa alla solita ora.»

«È stato più semplice, hai fatto bene, caro. Sono contenta che tu ci abbia pensato.»

Sydney era un po' stupito che avesse accettato di dire una bugia senza imbarazzo, senza sensi di colpa. Forse le donne mentivano più facilmente degli uomini se pensavano che la ragione di quella menzogna fosse giusta. Non avrebbe dovuto provare rimorso per averle procurato una crisi di coscienza. Come lui, Julie sapeva quali erano le basi della loro reciproca lealtà.

«Ha chiamato qualcuno?» le chiese. «Qualcuno della polizia?»

«Sì, qualcuno ha chiamato. Ha detto che era il sergente Robbins. Ha voluto sapere solo a che ora eri tornato ieri sera. Nient'altro. Non mi ha dato spiegazioni, non mi ha detto che il signor Gerard era morto.»

«E tu non gli hai fatto capire che lo sapevi?»

«No, certo. Tu mi avevi avvertita. Gli ho chiesto di cosa si trattava e lui mi ha risposto che me lo avresti spiegato tu a casa, che stavi bene e che non dovevo preoccuparmi.»

Dunque la polizia non aveva perso tempo a mettersi in moto. Be', c'era da aspettarselo. Avevano voluto controllare prima che lui avesse il tempo di trovarsi un alibi.

«Lo vedi, Julie?» disse. «È stato un bene che tu fossi preparata a rispondere.»

«Sì. Ma tu pensi davvero che il signor Gerard sia stato ucciso?»

«Pare che non sappiano ancora com'è morto. Può darsi che

sia stato ucciso, ma è una possibilità tra le altre. Forse ha avuto un attacco di cuore e il serpente gliel'hanno messo intorno al collo dopo.»

«Sydney, ma è terribile, chiunque sia stato! È un gesto morboso, perverso.»

«Non pensarci. È una cosa che non ci riguarda, che non ci deve sfiorare. Stiamo attenti solo a non smentire quello che abbiamo detto e nessuno potrà farci del male.»

Julie non sapeva quanto, invece, quella morte li riguardasse da vicino, non sapeva che era la loro salvezza. Lui non le aveva confidato che rischiava di perdere il lavoro e che odiava Etienne e ne aveva paura. Non lo aveva fatto in parte perché non voleva preoccuparla ma, se ne rendeva conto, soprattutto per orgoglio. Aveva bisogno che lei lo giudicasse un uomo di successo, rispettato, indispensabile all'azienda. Ora non ci sarebbe stato più bisogno di dirle la verità. Decise di non parlarle neanche del colloquio con Dauntsey. Perché angustiarla inutilmente? Tutto sarebbe andato bene.

Prima di cena, come al solito, andarono insieme a guardare la loro bambina addormentata. Era nella sua stanzetta sul retro della casa che lui stesso aveva arredato, con l'aiuto di Julie. Non l'aveva ancora vista promossa dalla cesta di vimini al lettino con le sponde, supina, senza cuscino, come gli aveva spiegato Julie che doveva stare un neonato. Non aveva aggiunto "per evitare la morte nella culla", ma tutti e due sapevano che era quello il pericolo. Il loro costante terrore inespresso era che succedesse qualcosa di male alla bambina. Sydney le accarezzò la testina lanuginosa. Era incredibile come potessero esistere capelli così morbidi, una testina così vulnerabile. In uno slancio d'amore la prese in braccio e se l'avvicinò alla guancia per avvolgere madre e figlia in un unico abbraccio forte, infinito, tenace, per farsene uno scudo contro tutte le paure del momento e quelle che dovevano ancora venire.

La casa era il suo regno. Diceva a se stesso che se l'era guadagnato con l'amore, ma lo considerava con il feroce senso di possesso del conquistatore. Era suo di diritto e avrebbe ucciso dieci Gerard Etienne per non perderlo. Prima di Julie nessuno lo aveva trovato degno d'amore. Scialbo, scarno, timido, mai spiritoso o brillante, sapeva di non potere essere amato, glielo avevano insegnato gli anni passati all'orfanotrofio. Quando sei degno di essere amato tuo padre non muore, tua madre non ti abbandona. All'orfanotrofio il personale applicava nel modo migliore gli insegnamenti ricevuti uniformandosi alla saggezza dei tempi, ma i bambini non erano amati. Le attenzioni, come il cibo, venivano scrupolosamente distribuite a turno. E i bambini sapevano di essere stati rifiutati. Era un concetto che lui aveva assimilato con il porridge del mattino. E dopo l'orfanotrofio c'era stato un succedersi di stanzette ammobiliate, di piccoli appartamenti, di scuole serali, di tazze di caffè acquoso, di pranzi solitari in ristoranti a buon mercato, di colazioni preparate in cucine in comune con altri, di piaceri solitari, di sesso solitario, insoddisfacente, che faceva sentire colpevoli.

Ora si vedeva come un uomo che avesse passato tutta la sua vita nascosto in una semioscurità. Con Julie era emerso al chiarore del sole, i suoi occhi erano rimasti abbagliati da un mondo che non aveva neanche immaginato, fatto di luce, di suoni, di colori e di sensazioni. Non gli dispiaceva che Julie fosse già stata sposata; quando facevano l'amore riusciva a dargli l'impressione di essere lei l'inesperta, lei che per la prima volta si sentiva appagata. E forse, pensava, era davvero così. Il sesso con Julie era stato una rivelazione. Mai avrebbe creduto che potesse essere così semplice e così bello. Era anche contento, e ne provava sollievo e rimorso, che il primo matrimonio di Julie fosse stato infelice e che suo marito, Terry, l'avesse abbandonata. Non avrebbe mai dovuto temere di essere messo a confronto con un primo amore idealizzato e reso eterno dalla morte. Parlavano raramente del passato; per entrambi la gente che apparteneva a quel passato era diversa. Una volta, quando erano appena sposati, lei gli aveva detto: «Io pregavo di trovare qualcuno da amare, qualcuno da rendere felice e che sapesse rendermi felice. Qualcuno che mi desse un figlio. Avevo quasi perso le speranze. Poi ho trovato te. Mi sembra un miracolo, la risposta a una preghiera». Quelle parole lo avevano messo in uno stato di esaltazione. Per un attimo si era creduto un messaggero divino. Lui, che per tutta la vita aveva saputo soltanto che cosa significava sentirsi impotenti, ora si era inebriato di una sensazione di potenza.

Era stato felice alla Peverell Press fino a che Gerard Etienne non aveva assunto la direzione dell'azienda. Sapeva di essere sempre stato un contabile stimato e coscienzioso. Aveva lavorato spesso fuori orario senza essere pagato. Aveva fatto tutto quello che Jean-Philippe Etienne e Henry Peverell si aspettavano da lui e quello che si aspettavano rientrava nelle sue capacità. Ma poi uno, ormai vecchio, si era ritirato, l'altro era morto e il giovane Gerard Etienne aveva occupato la poltrona presidenziale. Fino a quel momento non aveva avuto un ruolo importante nella casa editrice, aveva osservato, imparato e aspettato l'occasione buona, laureandosi nel frattempo in economia aziendale e progettando una pianificazione dell'azienda che non comprendeva la presenza di un contabile di cinquantadue anni con qualifiche professionali limitate. Gerard Etienne, giovane, abituato al successo, ricco, bello, che in tutta la sua vita di privilegiato aveva preso quello che voleva senza scrupoli, voleva togliere a lui, Sydney Bartrum, tutto quello che gli rendeva la vita degna di essere vissuta. Ma adesso Gerard Etienne era morto, era disteso su un tavolo dell'obitorio della polizia, con un serpente infilato in bocca.

Strinse più forte il braccio attorno a sua moglie e disse: «Andiamo a cena, Julie. Ho fame».

32

L'ingresso su strada del distretto di polizia di Wapping è così discreto da poter passare inosservato. Dal fiume, la facciata di mattoni, piacevole e senza pretese, e il carattere domestico di un bovindo affacciato sull'acqua fanno pensare a un vecchio ufficio pubblico, ex residenza di un mercante del Settecento che avesse scelto di abitare sopra il suo magazzino. Daniel, alla finestra della stanza che avevano avuto il permesso di occupare per la durata dell'indagine, guardava la scaletta che scendeva al fiume, la piccola flotta dei motoscafi della polizia attraccati ai tre lati del pontile galleggiante, e, sistemato con discrezione in disparte, il lettino a ruote di acciaio inossidabile per accogliere e lavare i corpi degli annegati, e pensò che, dall'acqua, pochi tra i viaggiatori più perspicaci non avrebbero capito a cosa era adibita quella casa.

Aveva avuto molto da fare da quando era arrivato, insieme al sergente Robbins, passando per il parcheggio e poi su, per la scala di ferro, attraverso l'abituale andirivieni del distretto. Aveva disposto i computer, sgombrato i tavoli per Dalgliesh, per sé e per Kate, aveva preso con il coroner gli accordi per l'autopsia ed era entrato in contatto con il laboratorio di medicina legale. Le fotografie della scena del delitto erano già allineate su un tabellone appeso al muro e la loro assenza di chiaroscuri pareva ridurre l'orrore a un esercizio di tecnica fotografica. Aveva anche parlato con Lord Stilgoe che era in una camera privata alla London Clinic. Per fortuna gli effetti di un'anestesia generale, i vezzeggiamenti delle infermiere e l'assiduità dei visitatori avevano distolto dal delitto l'attenzione del malato, il quale aveva ascoltato la relazione di Daniel con sorprendente equanimità senza nemmeno pretendere, come ci si sarebbe potuti aspettare, l'immediata presenza di Dalgliesh al suo capezzale. Daniel aveva informato anche l'Ufficio Stampa Metropolitano. Quando la notizia avesse cominciato a diffondersi, la polizia avrebbe avuto la responsabilità di organizzare una o più conferenze stampa e i collegamenti con i media. C'erano alcuni particolari che, nell'interesse dell'indagine, non avrebbero dovuto essere divulgati ma l'indomani, al più tardi, tutti a Innocent House avrebbero saputo quale bizzarro uso era stato fatto di quel serpente, in poche ore la notizia avrebbe fatto il giro di tutti i bar e sarebbe arrivata ai giornali. L'Ufficio Stampa Metropolitano avrebbe avuto molto da fare.

Robbins gli si era avvicinato prendendo quel momento di inattività del suo superiore a pretesto per una pausa. «È interessante trovarsi qui, vero?» disse. «È il più vecchio distretto di polizia di tutto il Regno Unito.»

«Se stai per dirmi che la polizia del fiume è stata istituita nel 1798, trentun anni prima della polizia metropolitana, ti avverto che lo so già.»

«Però forse non ha visto il loro museo, signore. È nella carpenteria del vecchio arsenale. Mi avevano portato a visitarlo quando ero alla scuola di addestramento. Vi sono esposti oggetti interessantissimi: catene di ferro da legare alle gambe dei carcerati, sciabole della polizia, vecchie divise, una valigetta da chirurgo con tutti i ferri, verbali dell'inizio dell'Ottocento, testi dell'inchiesta sul disastro della *Princess Alice*. Una raccolta affascinante.»

«Dev'essere per quello che siamo stati ricevuti con tanto poco entusiasmo. Forse temono che la polizia metropolitana voglia mettere le mani sul loro museo o che noi ci portiamo a casa alla spicciolata i pezzi più belli.»

In quel momento il fiume eruppe in un tumulto spumeggiante. Due gommoni semirigidi ad alta velocità, arancioni, neri e grigi, ciascuno con due uomini col casco e un giubbotto verde fluorescente, tra spruzzi e virate girarono intorno ai motoscafi della polizia, come pericolosi giocattoli per adulti, prima di scendere rombando lungo la corrente.

«Non hanno sedili» disse Robbins «e quei rulli non devono essere comodi. Credo che facciano i settanta all'ora. Ci sarà il tempo di dare un'altra occhiata al museo, signore?»

«Non ci conterei.»

Del sergente Robbins, arrivato alla polizia direttamente dall'università, con un brillante diploma in storia, Daniel pensava che fosse troppo bravo per essere vero, il compendio del figlio ideale, aspirazione di ogni madre: viso aperto, ambizioso senza essere aggressivo, metodista devoto, promesso, così si diceva, a una ragazza della sua parrocchia. Dopo un fidanzamento improntato alla virtù si sarebbero certamente sposati e avrebbero prodotto figlioletti ammirevoli che avrebbero frequentato le scuole giuste, superato gli esami giusti, senza dare dispiaceri o preoccupazioni ai loro genitori, e si sarebbero fatti strada nella vita come insegnanti, assistenti sociali, e forse anche poliziotti. Secondo Daniel, già da molto tempo Robbins avrebbe dovuto dare le dimissioni, disilluso da un'etica maschilista che così spesso degenerava nella violenza, dalla necessità di ricorrere a trucchi e compromessi e dal lavoro in se stesso, con la sua quotidiana testimonianza di sordidi crimini e disumana violenza degli uomini contro i propri simili. Invece, a quanto pareva, Robbins restava immune da emozioni e, nello stesso tempo, fedele ai propri ideali. Daniel immaginava che avesse una vita segreta; quasi tutti l'avevano, era più o meno impossibile vivere senza una vita segreta, ma Robbins pareva riuscire particolarmente bene a tenerla nascosta. Sempre secondo Daniel, sarebbe convenuto al ministero degli Interni affidargli un giro di propaganda per convincere giovani idealisti che avessero appena finito le scuole dei vantaggi che offriva una carriera nella polizia.

Si rimisero al lavoro, Mancava poco tempo all'appuntamento all'obitorio, ma non era una giustificazione per sprecarlo. Daniel sedette alla scrivania e si mise a studiare la pratica relativa alla morte di Etienne. Fin da un primo sguardo superficiale era rimasto sorpreso dalla quantità di lavoro che Gerard Etienne aveva assommato su di sé. La casa editrice pubblicava circa sessanta titoli all'anno, con trenta dipendenti in tutto. Il mondo dell'editoria gli era estraneo, non aveva idea se l'attività della Peverell rientrasse nella media, ma la struttura amministrativa gli sembrava sproporzionata e il carico di lavoro di Etienne eccessivo. De Witt era il direttore editoriale insieme a Gabriel Dauntsey che collaborava con lui per la collana di poesia ma per il resto faceva poco, a parte il lavoro d'archivio. Claudia Etienne era responsabile delle vendite e della pubblicità e direttrice del personale, Frances Peverell si occupava dei contratti e dei diritti, Gerard Etienne, come presidente e amministratore delegato, soprintendeva alla produzione, alla contabilità e al magazzino e svolgeva il compito di gran lunga più pesante.

Daniel era anche interessato a scoprire fino a che punto Etienne avesse portato avanti il progetto di vendere Innocent House. Le trattative con Hector Skolling erano andate a rilento per mesi, ma recentemente erano state riprese. Sfogliando i verbali delle assemblee mensili dei soci, trovò scarsi riferimenti a tutto quello che, invece, stava avvenendo. Mentre Dalgliesh e Kate svolgevano gli interrogatori formali, lui era riuscito a sapere quasi altrettanto ascoltando i pettegolezzi della signora Demery e chiacchierando con George e con i pochi dipendenti rimasti in ufficio. Ai soci poteva premere di presentare il quadro di un'amministrazione unita da uno scopo comune, ma per il momento la realtà appariva ben diversa.

Suonò il telefono, Era Kate. Disse che stava andando a casa a cambiarsi. Dalgliesh era stato chiamato a Scotland Yard e tutti e due si sarebbero ritrovati con Daniel all'obitorio.

33

L'obitorio era stato da poco ristrutturato, ma all'esterno era rimasto sempre uguale. Era una costruzione a un solo piano di mattoni grigi londinesi, cui si arrivava da una breve strada senza sbocco. Davanti c'era un cortile circondato da un muro alto più di due metri. Non una targa né un numero indicavano la sua funzione; chi aveva qualcosa da fare all'obitorio sapeva già dov'era. Ai curiosi poteva sembrare la sede di un'impresa commerciale, triste e non particolarmente florida, dove la merce veniva consegnata in furgoni anonimi e scaricata con discrezione. A destra dell'ingresso c'era un garage sufficiente a ospitare due furgoni mortuari. Una porta a due battenti si apriva su un piccolo atrio. A sinistra, c'era una sala d'aspetto dove Dalgliesh quando arrivò, un minuto prima delle sei e mezzo, trovò Kate e Daniel ad aspettarlo. Nel tentativo di renderla più accogliente, la sala d'aspetto era stata dotata di un tavolo rotondo, quattro sedie e un grosso televisore che Dalgliesh non aveva mai visto spento. Forse aveva una funzione terapeutica più che d'intrattenimento, perché i tecnici del laboratorio, quando avevano, imprevedibilmente, un po' di tempo libero sentivano il bisogno di sostituire, anche se per qualche minuto, alla muta decomposizione della morte le effimere immagini luccicanti del mondo dei vivi.

Dalgliesh vide che Kate non indossava come al solito giacca e pantaloni di tweed, ma dei jeans e una giacca di tela e aveva nascosto la sua grossa treccia bionda dentro un berrettino con la visiera. Sapeva perché. Anche lui si era cambiato vestito. L'odore per metà dolciastro e per metà acido del disinfettante dopo la prima mezz'ora non si sentiva quasi più, ma i vestiti ne restavano impregnati per giorni e diffondevano negli armadi un odore di morte. Dalgliesh aveva imparato presto a non mettersi addosso, per un'autopsia, niente che non potesse essere buttato in lavatrice e, appena tornato a casa, con un'insistenza quasi ossessiva, restava il più possibile sotto la doccia, il viso rivolto verso il getto dell'acqua, a lavare via insieme all'odore anche le immagini. Avrebbe dovuto incontrarsi con il commissario alle otto, alla Camera dei Comuni, nell'ufficio del ministro. Era indispensabile che prima passasse da casa, in Queenhithe, a lavarsi. Non aveva dimenticato – e come avrebbe potuto essere diversamente? – la prima autopsia cui aveva assistito quando era un giovane agente della sezione investigativa. Una prostituta di ventidue anni era stata uccisa ed era stato difficile, ricordava, avere il riconoscimento ufficiale perché non si riusciva a trovare un parente o un amico. Il corpo bianco, denutrito era disteso sul tavolo, con i segni dello strangolamento rossi come stimmate e sembrava, nel suo pallore gelido, l'estrema, muta testimonianza della crudeltà maschile. Guardando la falange burocratica presente nella sala dell'obitorio, Dalgliesh aveva pensato che Teresa Burns stava ricevendo da morta molta più attenzione dai rappresentanti dello stato di quanta ne avesse avuta in vita. Il medico era McGregor, un famoso individualista della vecchia scuola, presbiteriano convinto, che eseguiva le autopsie in uno spirituale, se non materiale, odore di santità. Dalgliesh ricordava come avesse redarguito un tecnico di laboratorio che aveva reagito con una breve risata alla spiritosaggine di un collega. «Qui non si ride» aveva detto. «Non sto sezionando una rana.»

Il dottor McGregor voleva solo musica religiosa quando lavorava e aveva una preferenza per i salmi, la cui lugubre cadenza tendeva a rallentare il ritmo del lavoro e a deprimere lo spirito. Ma da un'autopsia del dottor McGregor, quella di un bambino che era stato ucciso, accompagnata dal *Pie Jesu* di Fauré, Dalgliesh aveva tratto il tema per una delle sue poesie più belle e pensava di dovergliene essere grato. A Wardle importava poco quale musica si suonasse mentre lavorava, purché non fosse musica pop, e in quel momento stavano ascoltando le solite anodine melodie trasmesse sulla modulazione di frequenza del programma classico.

C'erano due sale per l'autopsia, una con quattro tavoli per la dissezione, un'altra molto più piccola. Reginald Wardle preferiva quest'ultima quando si trattava di omicidio, ma lo spazio era poco e si creava inevitabilmente un po' di confusione perché i professionisti della morte violenta spingevano per farsi avanti; c'erano il medico e il suo assistente, i due inservienti dell'obitorio, quattro agenti di polizia, l'agente di collegamento con il laboratorio della centrale, il fotografo con il suo aiutante, l'agente che era stato chiamato per primo sulla scena del delitto, quelli incaricati del rilievo delle impronte e un medico tirocinante che Wardle aveva presentato come il dottor Manning, il quale annunciò subito che avrebbe distribuito degli appunti perché aveva una insofferenza particolare per usare il microfono sospeso nel vuoto. Con i loro camici di cotone color nocciola, pensò Dalgliesh, sembravano un gruppo di traslocatori che andassero a rilento, solo gli involucri di plastica attorno alle scarpe suggerivano che il loro compito potesse essere più sinistro. Gli inservienti avevano le visiere protettive ancora alzate. Più tardi, al momento di ricevere gli organi nel recipiente e pesarli, l'avrebbero abbassata per proteggersi contro il contagio dell'Aids o quello, più frequente, di un'epatite B. Il dottor Wardle portava il solito camice verde chiaro sopra i pantaloni e una camicia a maniche corte. Come la maggior parte dei medici legali era incurante della propria incolumità.

Il cadavere, impacchettato e sigillato nel suo sudario di plastica, era disteso sul carrello nella stanza accanto. A un cenno di Dalgliesh gli inservienti tagliarono l'involucro al centro, per il lungo, presero i due lembi e li aprirono con uno strappo. Si sentì uno sbuffo d'aria, quasi un sospiro, e la plastica crepitò come una scarica elettrica. Il cadavere era lì, esposto improvvisamente alla vista, simile al contenuto di un enorme pacchetto natalizio a sorpresa. Gli occhi di Etienne erano più offuscati, solo il serpente che gli stava premuto contro la guancia, con la testa che gli riempiva la bocca, sembrava avere vita ed energia. Dalgliesh venne colto da un intenso desiderio che lo togliessero di lì, perché solo allora il morto avrebbe riacquistato dignità, ma si ricordò che proprio lui aveva raccomandato di non spostarlo fin dopo l'autopsia e si trattenne dal tendere la mano e strappare lui stesso il serpente dal cadavere. Compiuto il riconoscimento ufficiale, diede il via al procedere dell'esame.

«Questo è il cadavere che ho visto per la prima volta venerdì 15 ottobre a Innocent House, Innocent Walk, Wapping.»

Dalgliesh nutriva un grande rispetto nei confronti dei due inservienti, Marcus e Len, per le loro qualità umane e per l'attenzione con la quale svolgevano il loro lavoro. Molti, anche nella polizia, stentavano a credere che un uomo potesse scegliere di lavorare in un obitorio se non per una inclinazione psicologica deviata, o meglio sinistra, ma Len e Marcus andavano felicemente esenti anche da quel crudo umorismo mortuario dietro il quale si nascondeva qualcuno dei loro colleghi per difendersi dall'orrore e dal disgusto, e lavoravano con una competenza, uno spirito pratico, una tranquillità che non mancava mai di colpirlo. Aveva visto anche quanta pena si prendevano per dare a un morto un aspetto che non ferisse troppo il parente che si fosse presentato per il riconoscimento. Vedevano cadaveri clinicamente smembrati e se quello di un vecchio, di un malato, di chi era morto per cause naturali poteva rappresentare una tragedia per chi l'aveva amato in vita, ma non per un estraneo, che cosa provavano loro di fronte a un giovane ucciso, a una donna violentata, alle vittime di un incidente o di una aggressione? In un'epoca in cui ogni sofferenza, anche quelle comuni alla condizione umana, pareva non si potesse sopportare senza una parola di consiglio, chi consigliava Len e Marcus? Ma loro almeno non correvano il rischio di deificare chi aveva successo, danaro, notorietà. All'obitorio erano tutti uguali. Quello che importava a Len e a Marcus non era il numero di medici famosi che si erano riuniti intorno al letto di morte né lo splendore delle esequie che erano state predisposte, ma lo stato di decomposizione del cadavere e la necessità o meno di metterlo nel grande frigorifero dell'obitorio.

La barella d'acciaio sulla quale era disteso il corpo nudo del morto era stata posata a terra perché il fotografo potesse muoversi meglio. Quando, dopo i primi scatti, videro il fotografo assentire, i due inservienti voltarono delicatamente il cadavere, attenti a non spostare il serpente. Infine, con il cadavere disteso sulla schiena, la barella d'acciaio venne messa sui cavalletti ai piedi del tavolo anatomico, con il buco di drenaggio in corrispondenza dello scarico. Il dottor Wardle procedette come di consueto a un esame generale, poi concentrò la sua attenzione sulla testa. Strappò il nastro adesivo, staccò con cautela il serpente, come se fosse un campione biologico di particolare interesse e cominciò a osservare la bocca del morto. Dalgliesh pensò che sembrava un dentista zelante. Si ricordava che Kate Miskin gli aveva confidato, quando aveva cominciato a lavorare con lui e le era più facile confidarsi, che era questa parte dell'autopsia, non quella successiva della rimozione e pesatura degli organi principali, che la disturbava fisicamente, perché le pareva che il sistema nervoso fosse solo in uno stato d'inerzia del quale potesse ancora liberarsi per rispondere, come avrebbe fatto in vita, al contatto con quelle dita guantate e indagatrici. Dalgliesh sentiva la presenza di Kate alle sue spalle, ma non la guardava. Era sicuro che non sarebbe svenuta né in quel momento né dopo, ma intuiva che, come lui, provava qualcosa di più che un interesse professionale nell'assistere allo smembramento del corpo di un uomo che era stato giovane e sano e sentì una volta ancora una fitta di rammarico al pensiero che il lavoro della polizia significasse il sacrificio di tanta sensibilità e innocenza.

A un tratto il dottor Wardle emise un brontolio che veniva dal profondo, quasi un ruggito, come faceva quando scopriva qualcosa d'interessante.

«Guardi qui, Adam. Guardi il palato. C'è un graffio, lo si vede benissimo. Direi che è successivo al decesso.»

Dalgliesh non era più l'ispettore capo, come sulla scena del delitto; ora Wardle, nel suo regno, padrone di sé come sempre quando lavorava, l'aveva chiamato per nome.

Dalgliesh si chinò sul cadavere. «Sembrerebbe che dopo morto gli avessero a forza infilato o estratto dalla bocca qualcosa di affilato» disse. «Dal segno rimasto non vedo che altro potrebbe essere.»

«Anch'io ho la stessa impressione, benché sia difficile averne la sicurezza assoluta. La direzione del graffio è dal fondo del palato fin quasi ai denti.» Il dottor Wardle si fece da parte per lasciare che anche Kate e Daniel, a turno, guardassero in bocca al cadavere, poi aggiunse: «È impossibile stabilire con esattezza quando è successo, ma certamente dopo la morte. Forse Etienne si era messo in bocca questo oggetto, va' a sapere cos'era, e qualcun altro l'ha tolto».

«Ma l'ha tolto a fatica» disse Dalgliesh «e, probabilmente, in fretta. Più in fretta e con minor fatica se non era ancora presente il rigor mortis. Ma dopo, quanta forza ci sarebbe voluta per aprire la mascella?»

«Non moltissima, se la bocca fosse stata aperta in modo da potervi introdurre le dita di tutt'e due le mani. Un bambino non ci sarebbe riuscito, ma non è un bambino che stiamo cercando.»

«Se la testa del serpente» disse Kate «fosse stata infilata nella bocca immediatamente dopo aver tolto l'oggetto tagliente e subito dopo la morte, non ci dovrebbero essere delle macchie di sangue sul serpente? Per quanto tempo avrebbe sanguinato il palato dopo la morte?»

«Subito dopo la morte?» chiese il dottor Wardle. «Non molto. Ma noi sappiamo solo che Etienne non era vivo quando gli si è graffiato il palato.»

Guardarono tutti insieme la testa del serpente. «Questo serpente» disse Dalgliesh «è stato per quasi cinque anni in giro per Innocent House. Di macchie ce ne sono molte, apparentemente nessuna è di sangue. Dal laboratorio potranno dirci qualcosa di più. Se è stato messo nella bocca quando ne era appena stato estratto l'oggetto tagliente, una traccia biologica dovrebbe esserci.»

«Potrebbe darci un'idea, dottore, di che tipo di oggetto si tratta?» chiese Daniel.

«Non ci sono altre lesioni sui tessuti molli all'interno della bocca, quindi bisogna pensare a un oggetto che è entrato in bocca facilmente. Perché ci sia entrato per poi uscirne non lo so, è compito vostro scoprirlo.»

«Se Etienne voleva nasconderlo, perché non se l'è messo nella tasca dei pantaloni?» disse Daniel. «Tenendolo in bocca non poteva più parlare. Nessuno può parlare tenendo un oggetto, anche piccolo, tra la lingua e il palato. Ma supponiamo che Etienne sapesse che stava per morire. Supponiamo che fosse intrappolato in quella stanza con il gas che usciva dalla stufa, la chiave del rubinetto che non si trovava, la finestra che non si apriva...»

Kate lo interruppe. «Ma anche se lo avesse messo nella tasca dei pantaloni gli sarebbe stato trovato addosso dopo morto...»

«A meno che l'assassino non sapesse che questo oggetto misterioso era lì ed Etienne, temendo che tornasse a riprenderlo o che comunque lo trovasse, anche se ne aveva ignorato l'esistenza, se l'è messo in bocca, per avere la certezza che sarebbe stato trovato solo al momento dell'autopsia.»

«Ma lui sapeva!» esclamò Kate. «L'assassino lo sapeva che l'oggetto era lì. È tornato indietro a cercarlo e l'ha anche trovato, ne sono quasi certa. Ha aperto la mascella con uno sforzo, l'ha tirato fuori e poi, perché la mascella allentata non destasse sospetti, ha usato il serpente per far pensare a uno scherzo macabro.»

Kate e Daniel ormai si parlavano fitto l'un l'altro. La sala sarebbe parsa vuota senza loro due. Daniel disse: «Ma l'assassino poteva davvero credere che non ci saremmo accorti di quel graffio sul palato?».

«Via, Daniel, lui non sapeva di averlo fatto, quel graffio. Quel che sapeva era che doveva intervenire sul rigor mortis e che noi ce ne saremmo accorti. Perciò ha usato il serpente. E se non fosse stato per quel graffio noi ci saremmo cascati. Ora dobbiamo cercare un assassino che fosse in grado di calcolare i tempi del rigor mortis e che presumesse che il cadavere sarebbe stato scoperto relativamente presto. Se il morto fosse potuto restare indisturbato dov'era per un altro giorno, il serpente non sarebbe stato necessario.»

Stavano correndo il rischio, pensò Dalgliesh, di teorizzare gli avvenimenti in anticipo. L'autopsia non era stata completata. Non c'era ancora una conferma sulla causa della morte anche se lui sapeva, come Wardle, quale probabilmente sarebbe stato l'esito definitivo.

«Noi parliamo di un oggetto» disse Kate, «ma che tipo di oggetto? Piccolo e affilato. Una chiave? Un mazzo di chiavi? Una scatoletta di metallo?»

«O la cassetta di un piccolo dittafono?» suggerì tranquillamente Dalgliesh e se ne andò prima che l'autopsia fosse terminata. Il dottor Wardle stava dicendo al suo assistente che i campioni di sangue per il laboratorio dovevano essere presi dalla vena femorale, non dal cuore, e gliene spiegava la ragione. Dalgliesh dubitava che ci fosse ormai molto altro da sapere da quell'autopsia, ma sapeva che, in ogni caso, sarebbe stato informato subito. Doveva leggere una documentazione prima dell'incontro alle otto alla Camera dei Comuni e non aveva molto tempo davanti a sé. Sarebbe stato inutile passare da Scotland Yard prima di andare a casa e il suo autista, William, aveva già preso la cartella dal suo ufficio e ora lo aspettava in cortile, con una espressione ansiosa ma rigorosamente controllata sulla faccia paffuta.

La pioggia greve del pomeriggio si era ridotta a una pioggerella leggera ma insistente e, dal finestrino aperto a metà, Dalgliesh sentiva il penetrante odore di salmastro che saliva dal Tamigi. Il semaforo, sull'argine, tingeva l'aria di bagliori rossastri e, mentre aspettava il momento di passare, un cavallo della polizia, i fianchi scintillanti, batteva delicatamente gli zoccoli sull'asfalto. La sera calava rapida sulla città, trasformandola in una fantasmagoria di luci in cui le strade e le piazze si frantumavano in fluttuanti anelli rossi, verdi, bianchi. Dalgliesh aprì la cartella e ne tolse la documentazione per poterle dare almeno un'occhiata. Era il momento di cambiare marcia e volgere la mente a più immediate e forse, in prospettiva, più importanti preoccupazioni. Di solito non lo trovava difficile, ma ora non riusciva ad allontanare da sé le immagini dell'obitorio.

Qualcosa di piccolo, qualcosa di tagliente era stato estratto a forza dalla bocca di Etienne quando il rigor mortis aveva già colpito la parte superiore del suo corpo. Forse una cassetta. Lo si poteva pensare, considerando che era sparito il dittafono. Forse Etienne aveva inciso sulla cassetta il nome dell'assassino, che era tornato più tardi e aveva fatto sparire la prova. Ma la sua mente rifiutava questa supposizione così semplice. Chi aveva ucciso Etienne si era preoccupato che nella stanza non restasse niente che potesse consentirgli di lasciare un messaggio. Il pavimento e la mensola del camino erano stati ripuliti minuziosamente, tutti i fogli erano stati portati via, l'agenda con la matita d'oro era stata fatta sparire il giorno prima. L'assassino o l'assassina aveva pensato anche a quello. Etienne non era riuscito neppure a scarabocchiare il suo nome sul pavimento di legno. In questo contesto era impossibile pensare a un dittafono lasciato a disposizione della vittima.

C'era, naturalmente, un'altra spiegazione. Il dittafono poteva essere stato lasciato nella stanza per uno scopo preciso e se era così l'indagine prometteva di essere anche più misteriosa e più intricata di quanto non si fosse pensato all'inizio.

34

Quando Dalgliesh tornò al distretto di Wapping erano le dieci e mezzo passate e Robins era già stato mandato a casa. Kate e Daniel avevano comprato dei panini tornando dall'obitorio e avevano cenato con quelli e del caffè mentre si andava facendo notte. Avevano già avuto giornate di lavoro lunghe dodici ore ma questa non era ancora finita. Dalgliesh avrebbe voluto sapere se erano stati fatti dei progressi e avere un'idea esatta dei loro immediati spostamenti prima di dare inizio alla nuova fase dell'indagine.

Restò seduto a un tavolo per dieci minuti a esaminare un fascio di carte che Daniel aveva portato dall'ufficio di Gerard Etienne, poi, chiudendo la cartelletta senza commenti, guardò l'orologio e disse: «Bene: considerati gli elementi in nostro possesso, a quali conclusioni siete arrivati, per il momento?».

Daniel rispose immediatamente. Kate l'aveva immaginato e non se ne dispiacque. Avevano lo stesso grado, lei in più aveva l'anzianità di servizio, ma non sentiva la necessità di sottolinearlo. C'era un vantaggio a parlare per primi, impediva agli altri di appropriarsi delle tue idee ed era comunque una prova di interesse e buona volontà. D'altra parte c'era una certa saggezza nel saper aspettare il proprio momento. Daniel stava facendo un discorsetto che filava alla perfezione; probabilmente, pensò Kate, se l'era preparato mentre tornavano dall'obitorio.

«Morte naturale, suicidio, incidente od omicidio? Le prime due ipotesi sono da scartare. Non abbiamo bisogno delle analisi di laboratorio per avere la certezza che la morte sia avvenuta per avvelenamento da monossido di carbonio, ce lo ha detto l'autopsia. Ci ha detto anche che la vittima era un uomo robusto e in buona salute. Tracce riconducibili a un suicidio non ce ne sono, quindi mi pare inutile perdere tempo in questa direzione.

«Veniamo ora alla morte accidentale. Che cosa dobbiamo pensare in questo caso? Etienne può aver deciso, per qualche ragione, di salire a lavorare nell'archivio, ha lasciato la giacca sulla sedia nel suo ufficio al piano di sotto e le chiavi in un cassetto della scrivania. Poi ha avuto freddo, ha acceso la stufa con dei fiammiferi che non è provato avesse su di sé, si è immerso nel lavoro e non si è accorto se non troppo tardi che la stufa funzionava male. A parte le palesi incongruenze, se fosse andata così lo si sarebbe trovato accasciato sulla scrivania, non disteso a terra mezzo nudo, con la testa verso la stufa. Non teniamo conto, per ora, del serpente. Penso che dobbiamo fare una distinzione netta tra quello che è stato fatto a Etienne al momento della morte e quello che è stato fatto, in seguito, al suo cadavere. È ovvio che qualcuno l'ha trovato quando il rigor era già in atto nella parte superiore del corpo, ma niente prova che la persona che gli ha messo il serpente in bocca gli abbia anche tolto la camicia e lo abbia spostato dal tavolo a terra, dove l'abbiamo trovato.»

«La camicia dev'essersela tolta da solo» intervenne Kate. «La teneva stretta in una mano. Sembra quasi che se la sia tolta per spegnere la stufa. Guarda la fotografia. La mano destra stringe ancora una parte della camicia che per il resto gli sta appoggiata addosso. Io credo che sia morto a faccia in giù e che l'assassino l'abbia rivoltato, forse con un piede e poi gli abbia forzato la bocca. Guarda le ginocchia, sono leggermente piegate. Non è morto in quella posizione. Anche l'esame necroscopico concorda con questa ipotesi. Ha strisciato attraverso la stanza per raggiungere la stufa.»

«Va bene, d'accordo. Ma come poteva sperare di spegnerla? La camicia avrebbe preso fuoco.»

«Lo so anch'io che non poteva sperare di spegnerla, ma sembra proprio che fosse quello che intendeva fare. Forse aveva la mente già confusa.»

Dalgliesh li ascoltava discutere senza intervenire.

«Questo fa pensare che sapesse che cosa gli stava capitando. Ma, se lo sapeva, la cosa più logica da fare era aprire la finestra, far entrare l'aria e poi spegnere la stufa.»

«Procediamo per supposizioni: forse la porta era chiusa dall'esterno, forse il rubinetto della stufa era stato portato via. Quando Etienne ha cercato di aprire la finestra, il cordone si è spezzato perché qualcuno, sfilacciandolo, aveva fatto in modo che non resistesse appena si fosse tentato di tirarlo. L'assassino doveva aver prima spostato le sedie e il tavolo perché Etienne non potesse salirci per arrivare alla finestra e spaccare il vetro. Il telaio della finestra era saldamente fissato alla parete. L'unico modo per fare entrare un po' d'aria era tirare qualcosa contro il vetro.»

«La cassetta di un dittafono, forse?» suggerì Daniel.

«No, troppo piccola, troppo fragile. Però Etienne potrebbe aver provato. Potrebbe aver picchiato il vetro con i pugni, ma non ha lividi sulle nocche delle dita. Credo che i mobili siano stati tolti prima che lui entrasse nella stanza. Sappiamo, dai segni rilevati sul muro, che il tavolo, di solito, era sette o otto centimetri più a sinistra.»

«Non è una prova. Forse l'aveva spostato la donna delle pulizie.»

«Non ho detto che sia una prova, Daniel, ma forse è importante. Sia Gabriel Dauntsey sia la signora Demery hanno detto che il tavolo non era nella posizione in cui si trovava di solito.»

«Questo non li rende esenti da sospetto.»

«Non l'ho detto, infatti. Di Dauntsey è chiaro che si può sospettare. Nessuno aveva più di lui tutte le opportunità di commettere il delitto. Ma se fosse stato Dauntsey a spostare il tavolo e le sedie, non avrebbe avuto difficoltà a rimettere il tavolo al posto giusto. A meno che, naturalmente, non avesse fretta.» Kate s'interruppe, poi si rivolse a Dalgliesh, improvvisamente eccitata. «Ma lui aveva fretta, vero signore, perché doveva tornare entro il tempo che gli sarebbe stato necessario a fare il bagno.»

«Non precipitiamo» disse Daniel. «È solo una congettura.»

«Io la chiamerei una deduzione logica.»

Dalgliesh parlò, per la prima volta. «La tesi di Kate è ragionevole ed è coerente ai fatti, così come li conosciamo. Ma quello che ci manca è la scintilla di una prova concreta. E non dimentichiamo il serpente. Avete scoperto chi sapeva che era nel cassetto della scrivania della signorina Blackett, oltre a lei stessa, naturalmente, a Mandy Price, a Dauntsey e ai due Etienne?»

Fu Kate a rispondere: «Nel pomeriggio la notizia aveva già fatto il giro degli uffici, signore. Mandy aveva raccontato alla signora Demery, mentre facevano il caffè insieme, in cucina, poco dopo le undici e mezzo, che Etienne aveva detto alla signorina Blackett di buttare via il serpente. La signora Demery ammette di averlo riferito a una o due persone mentre portava col carrello il tè del pomeriggio. "Una o due persone" probabilmente significa tutto il palazzo, stanza per stanza. È stata un po' vaga quando le ho chiesto come si fosse espressa con esattezza, ma Maggie FitzGerald della pubblicità è certa che a loro è stato detto che il signor Gerard aveva ordinato alla signorina Blackett di buttar via il serpente e che lei l'aveva messo nel cassetto della scrivania. Sydney Bartrum, della contabilità, afferma di non averne saputo niente. Lui e i suoi colleghi, dice, non avrebbero avuto il tempo di ascoltare i pettegolezzi d'ufficio e non ne avrebbero avuto neanche l'occasione perché la contabilità è al numero 10 e il tè del pomeriggio se lo fanno sempre per conto loro. De Witt e la signorina Peverell hanno ammesso che lo sapevano. E dopotutto, non era nel cassetto della signorina Blackett che chiunque sarebbe andato a cercare il serpente? Lei era affezionata al Sibilante Sid e non l'avrebbe mai buttato via».

«Perché la Demery si era data tanto da fare a diffondere la notizia? Non era una storia molto interessante.»

«No, ma tale da far circolare un po' d'interesse. Quasi tutti sapevano o sospettavano che a Gerard Etienne non sarebbe dispiaciuto mettere la signorina Blackett alla porta. Probabilmente si chiedevano quanto ancora avrebbe retto lei a sopportarlo e se non si sarebbe decisa ad andarsene da sola prima di essere buttata fuori. Ormai ogni nuovo contrasto tra quei due faceva notizia.»

«Vedete dunque» disse Dalgliesh «com'è importante il serpente. O è stato l'assassino ad avvolgerlo intorno al collo di Etienne e a mettergliene la testa in bocca, probabilmente per giustificare l'interruzione del rigor della mascella, o l'autore dei vari scherzi che si sono verificati nell'azienda ha visto per caso il cadavere e ha pensato che fosse una buona occasione per una beffa più disgustosa delle altre. Ma se è stato l'assassino, dobbiamo pensare che lui e il cosiddetto burlone siano la stessa persona? Che quegli scherzi facciano tutti parte di un piano che risale al primo incidente? Sarebbe una spiegazione per quel cordone della finestra sfilacciato. Forse era un progetto prestabilito, che ha avuto modo di svolgersi in un arco di tempo. Oppure l'assassino si è reso conto dell'importanza di quella mascella allentata e ha usato il serpente perché non si capisse che aveva tolto un oggetto dalla bocca di Etienne?»

«C'è un'altra possibilità, signore» disse Daniel. «Supponiamo che il burlone, chiamiamolo così, abbia trovato il cadavere e, pensando che si trattasse di morte naturale o accidentale, abbia deciso di confondere le idee a tutti facendola passare per un omicidio. Potrebbe essere stato lui (o lei) a spostare il tavolo e a mettere il serpente intorno al collo di Etienne.»

«Non potrebbe aver sfilacciato il cordone della finestra» obiettò Kate, «quello è un lavoro che è stato fatto prima. E poi, perché spostare il tavolo? Poteva servire a confondere le acque e a far scambiare una morte accidentale per un delitto solo se il burlone avesse saputo che Etienne era morto per avvelenamento da monossido di carbonio.»

«Ma lo sapeva. Ha spento lui la stufa.»

«L'avrebbe spenta in ogni caso. La stanza è piccola, doveva essere come una fornace.» Kate si rivolse a Dalgliesh. «Secondo me, signore, solo un'ipotesi è coerente con tutti i particolari. La morte doveva sembrare un avvelenamento da monossido di carbonio. L'assassino aveva deciso che sarebbe stato lui stesso, da solo, a trovare il cadavere. Gli sarebbe bastato rimettere a posto il rubinetto e spegnere il gas, com'è ovvio, per non soffocare anche lui, rimettere a posto il tavolo e la sedia, portare via la cassetta e dare l'allarme. Ma non è riuscito a trovare la cassetta e quando ci è riuscito non ha potuto prenderla se non rompendo il rigor della mascella. Sapeva che un investigatore con un po' d'esperienza o un medico legale se ne sarebbero accorti e così ha usato il serpente per far pensare che si trattasse di una morte accidentale complicata dallo spirito perverso del burlone del luogo.»

«Perché si è portato via il dittafono?» disse Daniel.

«Perché lasciarlo? Tanto valeva prendere anche il dittafono e gettarlo nel fiume con la cassetta.» Kate si rivolse a Dalgliesh. «Pensa che si possa trovarlo facendo scandagliare il fiume?»

«È estremamente improbabile» disse Dalgliesh «e anche se lo si trovasse, il nastro non sarebbe intatto. L'assassino avrebbe certamente cancellato qualsiasi messaggio. Dubito che la spesa della ricerca sarebbe giustificata, ma potreste informarvi qui al distretto. Chiedete com'è il fondo del fiume a Innocent House.»

«Un'altra domanda, signore» disse Daniel. «Se l'assassino voleva lasciare un messaggio per la sua vittima, perché ha usato una cassetta? Perché non l'ha scritto su un foglio di carta? Avrebbe dovuto recuperarlo in ogni caso e sarebbe stato altrettanto facile con un foglio di carta, forse più facile.»

«Ma non altrettanto sicuro. Se Etienne avesse fatto in tempo, prima di perdere conoscenza avrebbe potuto strappare il foglio e nascondere i pezzi separatamente. Ma anche se non l'avesse strappato, un foglio di carta si nasconde più facilmente di un nastro. L'assassino sapeva che non avrebbe avuto molto tempo a disposizione. Aveva bisogno di riprendersi il messaggio e subito. E c'è un'altra ragione: una voce non può passare inosservata, un messaggio scritto sì. La domanda più interessante che ci si pone in tutta questa storia è: perché lasciare un messaggio?»

«Per una forma di autogratificazione. Per avere l'ultima parola» rispose Daniel. «Per dire: guardate come sono bravo.»

«O per spiegare a qualcuno perché Etienne doveva morire» proseguì Dalgliesh. «Se la ragione era questa, allora il movente del delitto può essere più oscuro. Può avere le sue radici nel passato, anche in un passato lontano.»

«Ma se è così, perché aspettare fino adesso? Se l'assassino è qui, a Innocent House, Etienne avrebbe potuto essere ucciso in qualsiasi momento negli ultimi vent'anni. È entrato alla Peverell Press subito dopo Cambridge. Che cos'è successo di recente da rendere necessaria la sua morte?»

«Etienne» disse Dalgliesh «era presidente e amministratore

delegato, aveva proposto con insistenza la vendita di Innocent House e si era fidanzato.»

«Pensa che sia importante questo fidanzamento, signore?»

«Tutto può essere importante, Kate. Domani mattina andrò a parlare con il padre di Etienne. So che Claudia Etienne verso sera sarebbe andata a Bradwell-on-Sea a dargli la notizia e a chiedergli se poteva ricevermi. Non si sarebbe fermata da lui stanotte. Domani vi aspetta a casa di Etienne, a Barbican, per le quattro. Ma l'impegno principale è controllare tutti gli alibi, a cominciare dai soci e dai dipendenti di Innocent House. Daniel, lei dovrebbe andare con Robbins da Esmé Carling e scoprire che cos'ha fatto quando è uscita dalla Better Books di Cambridge. Il dieci luglio c'è stata la festa di fidanzamento di Gerard Etienne. Controllate l'elenco degli invitati e interrogate chi era presente. Quello che dovete cercare di sapere, con molto tatto, è se hanno girato per il palazzo e se hanno visto qualcosa di strano o di sospetto. Ma è sui soci che dovremo, soprattutto, concentrare la nostra attenzione. C'è qualcuno che ha visto Claudia Etienne e il suo compagno sul fiume? E a che ora? Chiedete al St Thomas's Hospital a che ora è stato portato lì Gabriel Dauntsey e quando se n'è andato e controllate se gli orari corrispondono a quelli del suo alibi. Io andrò a Bradwell-on-Sea, ma dovrei essere di ritorno nel primo pomeriggio. Ora direi che possiamo considerare chiusa la giornata.»

35

I soci trascorsero la serata di venerdì ciascuno per conto proprio. In piedi vicino al tavolo di cucina, mentre cercava di trovare un po' di energia per decidere cosa mangiare, Frances pensò che non c'era da stupirsi. Fuori da Innocent House conducevano tutti vite separate; qualche volta le sembrava che fosse un tentativo deliberato di stabilire una distanza tra di loro, quasi a dimostrare che in comune avevano solo il lavoro. Raramente discorrevano dei propri impegni di vita sociale, a lei era capitato qualche volta di essere invitata a un ricevimento di un altro editore e restare sorpresa nel vedere la testa liscia e accurata di Claudia apparire per un attimo, in uno squarcio nella distesa delle facce animate e vocianti degli ospiti, o di essere a teatro con una vecchia compagna di collegio e vedere Dauntsey farsi strada nella fila di poltrone davanti a lei. In quelle occasioni si salutavano educatamente, come semplici conoscenti. Ma ora sentiva che era qualcosa di più profondo dell'abitudine a tenerli lontani, col trascorrere della giornata erano diventati sempre più restii a discutere della morte di Gerard, la franchezza di quell'ora passata insieme nella sala del consiglio era stata sostituita da una cauta diffidenza che impediva un atteggiamento più confidenziale.

James, lei lo sapeva, non aveva scelta: doveva andare a casa da Rupert. Gli invidiava il fatto di essere necessario a qualcuno. Non aveva mai conosciuto il suo amico, da quando era arrivato non era più stata invitata a casa di James e ora si chiedeva come fosse la loro vita insieme. Ma lui almeno aveva qualcuno con cui dividere le angosce di quella giornata, una giornata che ora sembrava troppo lunga. Per un tacito accordo erano usciti da Innocent House prima del solito, Claudia aveva chiuso la porta e inserito l'allarme, lei l'aveva aspettata e le aveva chiesto: «Stai bene, Claudia? Sei sicura di non aver bisogno di niente?» e mentre pronunciava quelle parole era stata colpita dalla loro banalità, dalla loro futilità. Si era chiesta se avrebbe dovuto proporre a Claudia di andare a casa con lei, ma aveva avuto paura che potesse sembrare un'ammissione di debolezza, il proprio bisogno di un po' di compagnia. E poi Claudia aveva il suo fidanzato. Se era il suo fidanzato. Era più verosimile che si appoggiasse a lui per non restare sola.

Claudia le aveva risposto: «In questo momento ho solo bisogno di andare a casa e mettermi tranquilla». Poi aveva aggiunto: «E tu, Frances, stai bene? Sei sicura di non aver bisogno di niente?».

La stessa domanda insulsa, cui era impossibile rispondere. Come si sarebbe comportata Claudia se lei le avesse detto: "No, non sto bene. Non voglio rimanere sola. Stai con me, Claudia, stanotte. Ti preparo la camera degli ospiti".

Certo, avrebbe potuto telefonare a Gabriel. Chi sa che cosa stava facendo, che cosa stava pensando in quell'appartamento squallido e male ammobiliato proprio sotto il suo. Anche lui le aveva detto: «Sei sicura di non aver bisogno di niente, Frances? Telefonami se non vuoi stare da sola». Lei avrebbe voluto che le dicesse: "Ti dispiace se salgo da te, Frances? Non voglio stare da solo". Invece aveva lasciato a lei quella responsabilità. Una telefonata che tradiva una debolezza, una necessità, forse non gli sarebbe stata gradita. Che cosa c'era a Innocent House, si chiese Frances, che rendeva così difficile alle persone esprimere una necessità umana o scambiarsi una semplice gentilezza?

Aprì una confezione di zuppa di funghi e si fece un uovo alla coque. Era molto stanca. La notte prima, quelle ore di sonno inquieto, continuamente interrotto, raggomitolata sulla poltrona di Gabriel, non erano state la preparazione migliore a una giornata in cui la violenza del trauma non aveva lasciato respiro. Ma capiva che non era venuto ancora per lei il momento di andare a dormire. Lavò le poche cose che aveva sporcato per la cena, andò in quella che era stata la vecchia cmera da letto di suo padre e che lei aveva trasformato in un piccolo salotto e si mise a sedere davanti al televisore. Le immagini colorate e lucenti scorrevano davanti ai suoi occhi; il notiziario, un documentario, una commedia brillante, un vecchio film, una novità teatrale. Premeva i tasti del telecomando, passando da un canale all'altro; le facce che cambiavano continuamente, sorridenti, ridenti, serie, autorevoli, le bocche che si aprivano e si chiudevano continuamente erano una droga per la vista, non significavano niente, non evocavano emozioni, ma almeno offrivano una compagnia fittizia, una distrazione superficiale e irrazionale.

All'una andò a letto e si portò un bicchiere di latte caldo con un po' di whisky, che non mancò di produrre il suo effetto perché la fece scivolare in uno stato di incoscienza. Il suo ultimo pensiero fu che, finalmente, avrebbe goduto del privilegio di un buon sonno.

Il vecchio incubo, che conosceva bene, tornò nelle prime ore ma in una forma nuova, più terribile, più intensamente simile alla realtà. Camminava lungo il tunnel di Greenwich tra suo padre e la signora Rawlings che la tenevano per mano, ma la loro stretta la imprigionava invece di proteggerla. Non poteva scappare e non avrebbe saputo dove scappare. Dietro di sé sentiva scricchiolare la volta del tunnel ma non osava voltare la testa perché anche guardarsi indietro sarebbe stato terribile. Davanti ai suoi passi si stendeva il tunnel, più lungo di quanto non fosse in realtà, con un cerchio di vivida luce solare allo sbocco. Man mano che andavano avanti il tunnel si allungava e il cerchio diventava sempre più piccolo fino a ridursi a un piattino luminoso che, lei lo sapeva, si sarebbe trasformato in una luce piccola come una capocchia di spillo e poi sarebbe scomparso. Suo padre camminava eretto senza guardarla, senza parlare. Indossava il cappotto di tweed con la mantellina che portava sempre d'inverno e che lei aveva dato all'Esercito della Salvezza. L'aveva rimproverata per averlo regalato senza chiedergliene il permesso, ma poi era andato a cercarlo e se l'era ripreso. A Frances non pareva strano che suo padre avesse un serpente avvolto intorno al collo. Era un vero serpente, grande come un cobra, che si tendeva e si contraeva avvolto attorno alle sue spalle, col suo sibilo malvagio, pronto a mozzargli il respiro. Sopra di loro, dalla volta bagnata del tunnel, cadevano grosse gocce e lei vedeva che non erano d'acqua ma di sangue. Ma ecco che improvvisamente si liberava e cominciava a correre, gridando, verso quel punto di luce irraggiungibile mentre la volta scricchiolava, cadeva e su di lei, escludendo l'ultimo bagliore di luce, si rovesciava la nera, distruggitrice ondata di morte.

Si svegliò e si trovò accasciata contro la finestra, con le mani che picchiavano contro i vetri. Appena ebbe ripreso coscienza si sentì sollevata, l'orrore di quell'incubo le opprimeva ancora la mente, ma almeno sapeva che era stato solo un incubo. Tornò a letto e accese la lampada sul comodino. Erano quasi le cinque. Ormai non sarebbe riuscita a riaddormentarsi. S'infilò la vestaglia, tirò le tende e aprì la finestra. Con la camera buia alle spalle, vide lo scintillio del fiume e qualche stella. Il terrore provocato da quel sogno stava passando, ma aveva dato luogo a quell'altro terrore dal quale non aveva speranza di svegliarsi.

A un tratto pensò ad Adam Dalgliesh. Anche la sua casa era sul fiume, a Queenhithe. Cercò di ricordarsi come mai sapesse che abitava lì e le vennero in mente alcuni articoli pubblicati in occasione di un suo libro di poesie, un libro che aveva avuto successo. Dalgliesh era molto riservato, ma almeno questo particolare si era saputo. Era strano che le loro vite fossero legate da quella nera marea carica di storia. Si chiese se anche lui fosse sveglio, se, a un chilometro o due da lì, risalendo la corrente, stesse affacciato con la sua alta figura scura sopra lo stesso fiume pericoloso.

Parte Terza

LAVORO IN CORSO

36

Sabato, 16 ottobre, alle nove, Jean-Philippe Etienne fece la consueta passeggiata mattutina. Né l'ora né il percorso variavano mai, in qualunque stagione e con qualunque tempo. Camminava lungo lo stretto argine roccioso tra le paludi e i campi arati dove si diceva fosse stato il forte romano di Othona, passava accanto alla cappella di St Peter-on-the-Wall dietro il promontorio, fino all'estuario del Blackwater. Raramente incontrava qualcuno nella sua peregrinazione mattutina, nemmeno d'estate, quando sarebbe stato più facile, di buon'ora, imbattersi in un appassionato ornitologo o in qualcuno che andasse a visitare la cappella, ma anche in questo caso si sarebbe limitato a un cortese buongiorno e niente più. Nei dintorni si sapeva che era a Othona House in cerca di solitudine e che non desiderava che questa solitudine venisse violata. Non riceveva telefonate né visite. Ma quella mattina, alle dieci e mezzo, gli avrebbe fatto visita qualcuno che non poteva essere respinto.

Ora, nella luce che si andava facendo più intensa, guardò, oltre il tranquillo canale dell'estuario, l'isola di Mersea e pensò a quello sconosciuto ispettore Dalgliesh. Il messaggio che aveva mandato alla polizia attraverso Claudia non lasciava adito a incertezze: sul conto della morte di suo figlio lui non aveva informazioni da offrire, ipotesi da avanzare, spiegazioni da proporre, nomi di persone delle quali si potesse sospettare. La sua opinione era che la causa della morte di Gerard fosse accidentale, per quanto inconsuete e poco rassicuranti fossero le circostanze. Una morte accidentale sembrava una spiegazione più verosimile di qualsiasi altra, certo più verosimile di un assassinio. La parola gli si ripercosse nella testa in tutto il suo orrore, evocando solo ripugnanza e disgusto.

Ora, fermo, quasi pietrificato sulla stretta riva sassosa dove onde minuscole si esaurivano in sporchi ghirigori di schiuma, guardando i fanali di là dall'acqua morire a uno a uno mentre il giorno si faceva più chiaro, offrì a suo figlio il riluttante tributo della memoria. I ricordi suscitavano quasi sempre in lui turbamenti profondi, ma poiché gli assillavano la mente e non riusciva a ricacciarli indietro era forse meglio accettarli, razionalizzarli e disciplinarli. Gerard era arrivato all'adolescenza con la grande, basilare certezza di essere figlio di un eroe. Era importante, lo sarebbe stato per qualsiasi ragazzo, ma soprattutto per un ragazzo orgoglioso come lui. Poteva sentirsi offeso da suo padre, poco amato, sottovalutato, trascurato, ma dell'amore poteva fare a meno se l'orgoglio era soddisfatto, l'orgoglio del nome e di ciò che quel nome rappresentava. Era sempre stato importante per Gerard sapere che l'uomo del quale portava in sé i geni era stato messo alla prova come pochi della sua generazione e non aveva fallito. Erano passati decenni, i ricordi si erano indeboliti, ma un uomo poteva ancora essere giudicato per quello che aveva fatto in quei tumultuosi anni di guerra. La reputazione di Jean Philippe era adamantina, inviolabile. Quella di altri eroi della Résistance era stata offuscata dalle rivelazioni degli anni successivi, ma la sua no. Le medaglie, che ora non portava più, erano state guadagnate onestamente.

Jean-Philippe aveva constatato l'effetto che questa consapevolezza aveva avuto su Gerard, il bisogno continuo dell'approvazione e del rispetto di suo padre, la voglia di competere con lui, di affermarsi ai suoi occhi. Non era per questo che aveva scalato il Cervino quando aveva ventun anni? Prima non aveva mai mostrato alcun interesse per la montagna. Era stata un'impresa che aveva richiesto tempo e danaro. Gerard aveva scelto la migliore guida di Zermatt che, giustamente, gli aveva imposto alcuni mesi di allenamento prima di tentare la scalata e aveva messo altre severe condizioni: il gruppo sarebbe tornato indietro prima dell'attacco finale alla vetta se lui avesse giudicato che Gerard potesse arrecare danno a se stesso e agli altri. Ma erano arrivati fino in cima. La montagna era stata conquistata. Una vittoria che Jean-Philippe non aveva avuto.

E poi c'era stata la Peverell Press, dove, negli ultimi anni, Jean-Philippe sapeva di essere stato poco più di una presenza, tollerata, indisturbata, discreta. Gerard, quando il potere fosse passato nelle sue mani, avrebbe saputo dare una nuova impronta alla casa editrice. E Jean-Philippe gli aveva dato quel potere. Aveva trasferito venti delle proprie azioni a Gerard e quindici a Claudia. A Gerard sarebbe bastato garantirsi il sostegno di sua sorella per essere sicuro di controllare la maggioranza. E perché no? I Peverell avevano avuto il loro momento, adesso toccava agli Etienne.

Ma Gerard era venuto, un mese dopo l'altro, a rendergli conto di quello che aveva fatto, come un amministratore al padrone. Non gli aveva chiesto consiglio né assenso. Non andava da lui per essere consigliato o approvato. Qualche volta a Jean-Philippe quel viaggio era parso una forma di riparazione, una penitenza imposta a se stesso, un dovere filiale assunto nei confronti di un vecchio che non si curava più di niente e si lasciava scivolare dalle dita irrigidite quei fragili legami che lo tenevano unito alla famiglia, all'azienda, alla vita. L'aveva ascoltato, qualche volta aveva fatto qualche osservazione, ma non era mai riuscito a dire: "Non voglio sapere. Non me ne importa più. Vendi Innocent House, se vuoi, trasferisciti ai Docks, cedi l'azienda, brucia gli archivi. Quello che restava del mio interesse per la Peverell Press se n'è andato insieme a quei granelli di ossa triturate che ho buttato nel Tamigi. Rispetto alle preoccupazioni per cui ti dai tanto da fare, io sono morto come Henry Peverell. Non credere, perché ti parlo e ancora svolgo qualche funzione umana, che sia vivo". Sedeva immobile e, di quando in quando, tendeva una mano tremolante, verso il bicchiere del vino, senza stelo, con il fondo pesante, tanto più facile da maneggiare, ora, di un calice sottile. La voce di suo figlio gli arrivava come da lontano.

«È difficile capire se è meglio comprare o prendere in affitto. Per principio io sono favorevole a comprare. Gli affitti per ora sono molto bassi, ma non lo saranno più quando le occasioni cominceranno a scarseggiare. D'altra parte sembrerebbe ragionevole firmare un contratto d'affitto per i prossimi cinque anni e tenere il capitale libero in vista di un ampliamento generale. Un editore si occupa di libri non di proprietà immobiliari. Negli ultimi cent'anni la Peverell Press ha speso un capitale per la manutenzione di Innocent House, come se il palazzo fosse l'azienda. Perdere quello sembrava dovesse equivalere a perdere la Peverell. Mattoni e calcina eretti a simboli, e tutto a danno della carta stampata.»

«Pietra e marmo» aveva detto Jean-Philippe e poiché Gerard aggrottava la fronte aveva ripetuto: «Pietra e marmo, non mattoni e calcina».

«La facciata posteriore è di mattoni. L'architettura è un miscuglio di stili. Dicono che Charles Fowler abbia unito con tanta genialità l'eleganza tardo georgiana al gotico veneziano del quindicesimo secolo, ma per me avrebbe fatto meglio a non provarci. Hector Skolling sarà il benvenuto a Innocent House.»

«Frances ne soffrirà.»

L'aveva detto tanto per aver qualcosa da dire. I sentimenti di Frances lo lasciavano indifferente. Il sapore del vino era forte e buono. Per fortuna riusciva ancora a gustare quei robusti vini rossi.

Gerard aveva risposto: «Le passerà. Tutti i Peverell si sono sempre sentiti obbligati ad amare Innocent House, ma io non credo che a Frances importi veramente molto». Seguendo un'associazione di idee aveva aggiunto: «Hai letto l'annuncio del mio fidanzamento sul "Times" di lunedì scorso?».

«No, non leggo più i giornali. Lo "Spectator" pubblica un riassunto delle principali notizie della settimana. Una mezza pagina, che basta ad assicurarmi che il mondo va sempre avanti allo stesso modo. Spero che sarai felice nel matrimonio. Io lo sono stato.»

«Sì, ho sempre pensato che tu e la mamma andaste molto d'accordo.»

Jean-Philippe aveva sentito il suo imbarazzo. Quelle parole, rozzamente inadeguate, erano rimaste sospese nell'aria come un filo di fumo acre. «Non pensavo a tua madre» aveva replicato a bassa voce.

E ora, con lo sguardo perso sulla distesa d'acqua tranquilla, gli pareva di essere stato veramente vivo solo in quei tumultuosi e confusi anni di guerra. Era stato giovane, molto innamorato, eccitato dalla presenza costante del pericolo, stimolato dall'ardore del comando, esaltato da un patriottismo semplice e fiducioso che per lui era diventato una religione. Tra le confuse professioni di lealtà negli anni della Francia di Vichy, la sua era stata chiara e assoluta. Niente, da allora, aveva incrinato la meraviglia, l'eccitazione, il fascino di quegli anni. Mai, in seguito, aveva vissuto, giorno per giorno, con tanta intensità. Perfino dopo che Chantal era stata uccisa, la sua determinazione non aveva vacillato anche se si rendeva conto che era un controsenso da parte sua accusare della sua morte sia i maquis sia i tedeschi che occupavano la Francia. Non aveva mai creduto che l'efficacia della resistenza fosse nell'azione armata o nell'uccisione di singoli soldati tedeschi. E poi, nel 1944, era arrivata la liberazione, il trionfo e, insieme, una reazione così inattesa e così forte che l'aveva lasciato in uno stato di depressione, quasi di apatia. Solo allora, nel momento del trionfo, aveva avuto il modo e il tempo di piangere la morte di Chantal. Si sentiva svuotato della capacità di provare qualsiasi emozione se non quel dolore schiacciante che, nella sua triste inutilità, sembrava parte di un più grande dolore universale.

Aveva retto male alla vendetta, aveva guardato con nausea e disgusto le teste rasate delle donne accusate di "rapporti sentimentali con il nemico", le ritorsioni, le eliminazioni effettuate dai maquis, la giustizia sommaria che aveva condannato e ucciso trenta persone a Puy-de-Dôme senza un processo regolare. Era stato contento, come la maggior parte della popolazione, quando era stato stabilito che i processi dovessero avvenire secondo la legge, ma non era stato soddisfatto né della procedura né dei verdetti. Non gli piacevano i collaborazionisti che avevano tradito la Résistance o che avevano torturato o ucciso, ma in quegli anni di ambiguità, molti che avevano collaborato col regime di Vichy avevano fatto ciò che credevano giusto per la Francia e se le forze dell'Asse avessero vinto forse si sarebbe detto che avevano servito la patria. C'erano persone per bene che si erano messe dalla parte sbagliata per motivi non del tutto ignobili, per debolezza, per odio verso il comunismo o sedotti dall'insidiosa attrattiva del fascismo. Lui non si sentiva di odiare nessuno di loro. Gli ripugnavano ormai la propria fama, il proprio eroismo la propria innocenza.

Aveva sentito il bisogno di allontanarsi dalla Francia ed era andato a Londra. Aveva avuto una nonna inglese, parlava la lingua correttamente, conosceva le abitudini del vivere quotidiano e tutto questo lo aveva aiutato a rendere meno duro il suo esilio volontario. Ma non era andato in Inghilterra mosso da un affetto particolare per quel paese e per i suoi abitanti. La campagna era splendida, è vero, ma quella c'era anche in Francia. No, per lui partire era stata una necessità e l'Inghilterra era stata la scelta più ovvia. A Londra, durante un ricevimento, ora non ricordava dove e da chi, era stato presentato a una cugina di Henry Peverell, Margaret. Era graziosa, sensibile e con un'aria infantile che la rendeva più attraente. Lei si era innamorata di lui di un amore romantico per il suo eroismo, per la sua nazionalità, perfino per il suo accento. Lui aveva trovato lusinghiera tanta ammirazione incondizionata e gli era stato difficile non rispondere almeno con un protettivo calore affettuoso a quella che riteneva la sua vulnerabilità. Ma non aveva mai provato amore per Margaret. Aveva amato un solo essere umano nella vita. Con Chantal era morta in lui la capacità di provare qualsiasi sentimento più intenso dell'affetto.

L'aveva sposata e l'aveva portata per quattro anni a vivere a Toronto, poi, quando l'esilio volontario si era fatto troppo pesante, erano tornati a Londra con due bambini piccoli. Invitato da Henry, era entrato alla Peverell Press, investendo il proprio considerevole patrimonio nell'azienda. Aveva comprato delle azioni e aveva passato il resto della sua vita lavorativa in quella dispendiosa follia affacciata su un fiume di un paese straniero del nord. Gli pareva, ora, di avere avuto una vita soddisfacente. Sapeva che gli altri lo giudicavano noioso, ma non se ne stupiva perché anche lui si annoiava con se stesso. Il matrimonio aveva resistito. Aveva reso sua moglie, Margaret Peverell, felice per quanto ne era stata capace. Aveva sempre avuto l'impressione che le donne della famiglia Peverell non fossero adatte a una grande felicità. Margaret aveva desiderato ardentemente avere dei bambini e lui, con diligenza, aveva provveduto, con un maschio e una femmina, come lei aveva sperato. Così, allora come adesso, aveva pensato che dovesse essere la vita familiare: bisognava dare alla moglie il necessario alla sua felicità se non alla propria, e poi, avendovi provveduto con un anello, una collana o un'automobile nuova, ci si poteva sentire liberi da altre responsabilità, perché la responsabilità era stata affidata al dono.

Ora Gerard era morto e questo poliziotto sconosciuto stava per venire a dirgli che suo figlio era stato ucciso.

37

Kate e Daniel avevano appuntamento con Rupert Farlow alle dieci. Sapendo che sarebbe stato impossibile parcheggiare a Hillgate Village, avevano lasciato l'automobile al distretto di polizia di Notting Hill Gate e si erano avviati a piedi su per il lieve pendio della collina, sotto gli alti cedri di Holland Park Avenue. A Kate pareva strano ritrovarsi così presto in quella parte di Londra che conosceva tanto bene. Aveva traslocato solo tre giorni prima, ma le sembrava di essersene staccata anche col pensiero, al punto che ora, salendo verso Notting Hill Gate, vedeva quel rumoroso agglomerato urbano con occhi estranei. Ma naturalmente nulla era cambiato: le disarmoniche, banali costruzioni degli anni Trenta, la quantità di insegne stradali, le ringhiere che la facevano sentire come un animale in gabbia, le lunghe aiuole bordate di cemento con i loro radi sempreverdi, lugubri di polvere, le insegne dei negozi che rovesciavano i loro nomi in fiumi di abbaglianti luci rosse, verdi e gialle, il traffico ininterrotto. C'era perfino lo stesso mendicante davanti al supermercato, con il suo grosso pastore alsaziano disteso su un tappetino ai suoi piedi e il solito richiamo ai passanti perché gli dessero i soldi per un panino. Dietro tutta questa animazione c'era Hillgate Village con la sua calma di stucchi variopinti.

Passarono davanti al mendicante e si fermarono al semaforo per attraversare la strada. «Anche dove abito io ce ne sono» disse Daniel. «Sarei tentato di fare un salto al supermercato a comprargli un panino se non temessi di violare l'ordine pubblico e se non mi sembrassero così ben nutriti, lui e il cane. Tu dai mai l'elemosina?»

«Non a questo tipo di mendicanti e non troppo spesso. Qualche volta. Me lo rimprovero, ma è così. Non dò mai più di una sterlina.»

«Da spendere per bere o drogarsi.»

«Un regalo va fatto senza porre condizioni. Anche se è una sterlina. Anche se lo si fa a un mendicante. Sì, d'accordo, è connivenza a un'infrazione, lo so.»

Avevano appena attraversato la strada al semaforo quando Daniel, all'improvviso, disse: «Sabato prossimo devo andare al *bar mitzvah* di mio cugino».

«Vai, se è importante.»

«A Dalgliesh non farà piacere se gli chiedo un permesso. Lo conosci, sai come si comporta quando siamo nel pieno di un'indagine.»

«Non starai via tutto il giorno, no? Chiediglielo. È stato molto gentile quando Robbins gli ha chiesto un giorno di permesso perché era morto un suo zio.»

«Quello era un funerale cristiano, non un *bar mitzvah* ebraico.»

«Perché, che altri tipi di *bar mitzvah* ci sono? E non essere ingiusto, AD non è così e lo sai. Come ti ho detto , se è importante chiediglielo, se no lascia perdere.»

«Importante per chi?»

«Che ne so? Per il ragazzo, immagino.»

«Lo conosco appena. Dubito che gl'importi che io vada o no. Ma siamo una famiglia poco numerosa, ha solo due cugini, forse preferirà che ci vada. Mia zia vorrebbe probabilmente che non ci andassi, così avrebbe un altro motivo per prendersela con mia madre.»

«Non puoi pretendere che AD decida se è più importante far piacere a tuo cugino o a tua zia. Se è importante per te, vai. Non è una questione tanto complicata.»

Daniel non rispose e, mentre salivano per Hillgate Street, Kate pensò: invece per lui è una questione complicata. Ripensandoci, quella breve conversazione le parve strana. Era la prima volta che Daniel, anche se con qualche esitazione, apriva uno spiraglio sulla sua vita privata. Come lei, del resto, aveva sempre custodito con un'attenzione quasi eccessiva quella soglia rimasta sostanzialmente inviolata. Da quando era entrato nella squadra, tre mesi prima, non avevano mai parlato del fatto che lui fosse ebreo e neanche di molti altri argomenti che non riguardassero il lavoro. Ora aveva davvero bisogno di un consiglio o si stava servendo di lei per chiarire a se stesso i propri pensieri? Ma se voleva un consiglio era strano che si fosse rivolto proprio a lei. Si era accorta fin dall'inizio che Daniel tendeva normalmente a stare sulla difensiva, era un atteggiamento che se non veniva gestito con diplomazia poteva diventare imbarazzante e a lei dava fastidio che, nei rapporti professionali, si dovesse ricorrere alla diplomazia. Lavorare alla polizia era abbastanza logorante senza bisogno di doversi propiziare o conciliare un collega. Ma Daniel le era simpatico o, sarebbe stato più giusto dire, cominciava a diventarle simpatico anche se non sapeva bene perché. Era robusto, poco più alto di lei, con i lineamenti marcati, i capelli chiari e gli occhi grigio-ardesia che brillavano come frammenti di ghiaia bagnata. La collera glieli faceva diventare quasi neri. Kate vedeva in lui, come in uno specchio, la propria intelligenza e la propria ambizione. Almeno, Daniel non aveva difficoltà a lavorare insieme a una donna con un'anzianità superiore alla sua oppure, se aveva qualche difficoltà, riusciva a nasconderla meglio dei suoi colleghi. Ora gli attribuiva anche qualche attrattiva dal punto di vista sessuale e questa ammissione formale e distaccata le pareva una garanzia contro le follie che nascevano dal lavorare tutto il giorno insieme. Aveva visto troppi colleghi compromettere la loro vita privata e professionale per essersi lasciati coinvolgere in questo genere di rapporti, che era tanto più facile iniziare che concludere.

Volle ricambiare la fiducia di Daniel, anche perché temeva di essere stata troppo brusca. «C'erano una dozzina di religioni diverse tra i bambini dell'Ancroft Comprehensive» disse. «Avevamo sempre una festa o una cerimonia da celebrare. Di solito si riduceva tutto a un gran frastuono e a qualche addobbo speciale. La direttiva ufficiale era che tutte le religioni sono importanti allo stesso modo. Devo riconoscere che il risultato, per quanto mi riguarda, è stato quello di convincermi che nessuna è importante. Se la religione non viene insegnata con convinzione diventa solo una noiosa materia in più. Forse io sono pagana per natura. Non mi sento di lasciarmi trascinare da quegli enfatici concetti di peccato, dolore, giudizio. Se avessi un Dio mi piacerebbe che fosse intelligente, allegro, divertente.»

«Dubito che questo Dio ti sarebbe stato di conforto quando ti avessero spinto insieme agli altri dentro una camera a gas. Forse avresti preferito un dio vendicatore. È questa la strada, vero?»

Kate si chiese se l'argomento non lo interessava o se aveva voluto invitarla a non invadere il proprio territorio privato. «Sì» rispose, «ma sembra che i numeri alti siano in fondo.»

C'era un citofono a sinistra della porta. Kate premette il tasto e quando una voce maschile le ebbe risposto disse: «Siamo gli ispettori Miskin e Aaron. Il signor Farlow ci aspetta».

Credeva di sentire lo scatto della serratura, invece la stessa voce rispose: «Scendo subito».

L'attesa durò un minuto e mezzo, ma parve più lunga. Kate aveva già guardato per la seconda volta l'orologio quando la porta si aprì e lei e Daniel si trovarono davanti un uomo giovane, tarchiato, scalzo, vestito con pantaloni molto stretti a quadretti bianchi e azzurri e una maglietta bianca. Aveva i capelli tagliati a ciocche cortissime e ispide che davano alla sua testa rotonda l'aspetto di una spazzola di setola, il naso largo e grasso. Le braccia, corte e tonde, coperte di peli castani, sembravano paffute come quelle di un bambino. Kate pensò che aveva la soffice compattezza di un orsacchiotto di pezza, gli mancava solo il tagliandino del prezzo attaccato all'orecchio sinistro. Ma lo sguardo di quegli occhi celesti che all'inizio l'avevano fissata con diffidenza, cambiò di fronte alla sua franca ostilità e non era accogliente la voce con la quale, senza guardare il mandato che Kate gli mostrava, li invitò a entrare.

Il corridoio era stretto e molto caldo, l'aria era satura di un odore esotico in parte di fiori e in parte di spezie che Kate avrebbe trovato gradevole se fosse stato meno forte. Salirono pochi gradini dietro la loro guida e si trovarono in un salotto che si estendeva per tutta la lunghezza della casa. Un tempo, dove adesso c'era un arco, doveva esserci stata una parete divisoria. Sul fondo era stata costruita una piccola serra affacciata sul giardino. Kate, che pensava di aver portato al livello di un'arte la propria abilità di cogliere tutti i particolari di quanto la circondava senza mostrare una curiosità troppo manifesta, ora riusciva a vedere soltanto l'uomo che erano venuti a cercare. Stava disteso, appoggiato a dei cuscini, su un lettino stretto, a destra della serra, ed era palesemente in fin di vita. Le era capitato spesso di vedere l'estrema consunzione della morte nelle immagini trasmesse dalla televisione, era diventata quasi un'abitudine guardare sullo schermo occhi spenti e membra raggrinzite dalla fame. Ma ora che per la prima volta ne aveva davanti un esempio, non capiva come un essere umano potesse essere ridotto così e respirare ancora, come quei grandi occhi che sembravano galleggiare nelle orbite potessero avvincerla con uno sguardo così intenso e vagamente divertito. Rupert Farlow era avvolto in una vestaglia di seta scarlatta che non dava luce alla sua pelle resa giallastra dalla malattia. Vicino alla testata del letto c'era un tavolino da gioco con una sedia di fronte e due mazzi di carte pronti sul panno verde, come se Farlow e il suo amico stessero disponendosi a giocare una partita a canasta.

La sua voce non era forte ma non tremava, la parte essenziale della sua personalità era ancora viva e percepibile con chiarezza. «Chiedo scusa se non mi alzo. Lo spirito è pronto ma la carne è debole. Devo preservare le mie energie per controllare che Ray non mi guardi le carte. Non restate in piedi, trovate un posto dove sedervi. Volete qualcosa da bere? So che non si beve in servizio, ma mi ostino a pensare che questa sia una visita amichevole. Ray, dove hai nascosto la bottiglia?»

Il ragazzo seduto al tavolo da gioco non si mosse. Kate disse: «Grazie, non beviamo davvero. Non ci tratterremo molto. Siamo venuti per parlare di giovedì sera».

«Lo immaginavo.»

«Il signor de Witt ci ha detto che è tornato a casa direttamente dall'ufficio e che è rimasto con lei tutta la sera. Può confermarlo?»

«Se James ve l'ha detto, allora è vero. James non dice mai bugie. È una caratteristica che i suoi amici trovano insopportabile.»

«Allora è vero?»

«Naturalmente. Non ve l'ha detto lui?»

«A che ora è arrivato a casa?»

«Alla solita ora. Le sei e mezzo, no? Ve lo dirà lui stesso. Anzi certamente ve l'ha già detto.»

Kate aveva spostato da un lato un mucchio di riviste illustrate e si era seduta su un divano vittoriano di fronte al letto. «Da quanto tempo vive qui con il signor de Witt?»

Muovendo la testa lentamente, come se il suo cranio nudo fosse diventato troppo pesante e il collo non potesse più sostenerlo, Rupert Farlow posò su di lei i suoi occhi immensi, carichi di dolore. «Mi sta chiedendo da quanto tempo divido con lui questa casa, non la sua vita o il suo letto?»

«No, la casa.»

«Quattro mesi, due settimane, tre giorni. Mi ha portato via dal cronicario e mi ha fatto venire qui. Non so perché. Forse lo esalta stare con i moribondi. A qualcuno fa quell'effetto. Avevamo parecchi visitatori al cronicario. Appartengo a una categoria che attira il volontariato. Sesso e morte: una festa. Tra me e James, sia detto per inciso, non c'erano rapporti amorosi. Lui è innamorato di quella donna così noiosa e convenzionale, Frances Peverell. L'eterosessualità di James è deprimente, gli si può stringere la mano, indulgere a un contatto fisico più intimo per tentare la fortuna, niente paura, è incrollabile.»

«È tornato a casa alle sei e mezzo» disse Daniel. «Dopo è uscito ancora?»

«Per quanto ne so io, no. Verso le undici è salito in camera da letto ed era lì quando mi sono svegliato alle tre e mezzo, alle quattro e un quarto e alle cinque e quarantacinque. Ho preso accuratamente nota, ora per ora. Oh, poi ha fatto per me varie cose sgradevoli verso le sette del mattino. Certo non avrebbe avuto il tempo di tornare a Innocent House per sistemare Gerard Etienne. Ho, però, il dovere di avvertirvi che non sono particolarmente affidabile. Avrei detto le stesse cose comunque. James in prigione sarebbe contrario al mio interesse.»

«Anche essere accusato di complicità in un delitto sarebbe contrario al suo interesse» osservò Daniel.

«Non me ne preoccuperei molto. Se portaste via James tanto varrebbe che portaste via anche me. Costituirei un inconveniente più grave io per il sistema giudiziario che non il contrario. È il privilegio del moribondo. Le prospettive sono poche ma si è al di là del potere della polizia. Ma io devo cercare di rendermi utile, non è così? E qui abbiamo una testimonianza che conferma la mia. Tu, Ray, avevi telefonato alle sette e mezzo e avevi parlato con James, vero?»

Ray aveva preso un altro mazzo di carte e lo stava mescolando con mano esperta. «Sì, alle sette e mezzo. Ho telefonato per chiedere notizie di Rupert. E James era in casa.»

«Ecco. Non sono stato bravo a ricordarmene?»

«Lei è, per caso» disse Kate impulsivamente, «anzi lo è di sicuro, il Rupert Farlow che ha scritto: *Il frutto e la gabbia*?»

«Lo ha letto?»

«Me l'ha regalato un amico il Natale scorso. È riuscito a trovarne una copia rilegata. Pare che poi sia diventato introvabile. Mi ha detto che la prima edizione era esaurita e non l'avevano ristampata.»

«Un detective che ama la letteratura? Credevo che succedesse solo nei romanzi. Le è piaciuto il libro?»

«Sì, mi è piaciuto.» Kate tacque un momento, poi aggiunse: «Mi è parso bellissimo».

Rupert la guardò e, con una voce diversa, mormorò in modo tanto impercettibile che Kate stentò a sentirlo: «Piaceva molto anche a me».

Kate vide, turbata, che aveva gli occhi bagnati di lacrime. Il corpo fragile tremava nel sudario scarlatto e lei dovette fare uno sforzo fisico per superare l'impulso di abbracciarlo. Distolse lo sguardo e, cercando di dare alla propria voce un'intonazione normale, disse: «Non vogliamo stancarla ancora, per adesso, ma dovremo tornare a chiederle di firmare una deposizione».

«Mi troverete certamente in casa. Altrimenti sarà improbabile che riusciate ad avere una deposizione. Arrivederci. Ray vi accompagna alla porta.»

Scesero tutti e tre, in silenzio. Prima di uscire, Daniel si voltò e disse a Ray: «Il signor de Witt ci ha detto che qui non aveva telefonato nessuno giovedì sera, dunque uno di voi due mente o si sbaglia. È lei?».

Il ragazzo si strinse nelle spalle. «Può darsi che mi sia sbagliato. È solo una telefonata, forse era un'altra sera.»

«O forse nessuna sera. È rischioso affermare il falso in un'indagine su un omicidio. Rischioso per lei e per chi è innocente. Se lei ha qualche influenza sul signor Farlow lo avverta che il modo migliore per aiutare il suo amico è dire la verità.»

Ray aveva già una mano sulla maniglia della porta. Disse: «Non datemi incarichi di merda. È la teoria dei poliziotti: la verità aiuta te e aiuta chi è innocente. Ma dire la verità alla polizia aiuta solo la polizia. Non venitemi a raccontare che è nel nostro interesse. E se volete tornare, telefonate prima. Rupert è molto debole e non va disturbato».

Daniel aprì la bocca, poi si trattenne e non parlò. La porta si chiuse alle loro spalle con un colpo secco. Si avviarono in silenzio per Hillgate Street. Dopo un po' Kate disse: «Non dovevo parlargli di quel libro».

«Perché no? Che male c'è, se eri sincera.»

«È proprio perché ero sincera che ho fatto male. Lui si è agitato.» Dopo un momento di silenzio, chiese: «Ti convince questo alibi?».

«Non molto. Ma se lui lo conferma, e credo che lo farà, ci troveremo male, indipendentemente da quanto ancora riusciremo a scoprire sul conto di de Witt.»

«Non necessariamente. Dipende dalla consistenza delle prossime testimonianze. E se l'alibi non convince noi non convincerà nemmeno la giuria.»

«Se mai riuscirai a portare quell'uomo davanti a una giuria.»

«C'è una cosa ancora» disse Kate, «può essere solo un caso, ma mi lascia perplessa. Naturalmente il suo amico, Ray, mentiva, ma come poteva sapere Farlow che l'alibi serviva proprio intorno alle sette e mezzo? Una fortunata intuizione?»

38

L'appuntamento di Dalgliesh con Jean-Philippe Etienne, concordato da Claudia Etienne, era per le dieci e mezzo e richiedeva quindi una partenza da Londra più che di buon'ora. L'indicazione era stata sorprendentemente precisa per una persona che si presumeva avere tutta la giornata a propria disposizione. Dalgliesh si chiese se Etienne non avesse voluto tutelarsi, nel caso il colloquio si fosse protratto più del previsto, dal rischio di doverlo invitare a pranzo. Anche questo per lui andava benissimo. Mangiare da solo in un luogo interessante dove nessuno sapeva chi era e nessuno poteva riconoscerlo, un luogo dove sedersi a tavola sicuro che nessuno l'avrebbe chiamato al telefono, era un piacere raro di cui, anche ammesso che il cibo potesse risultare deludente, intendeva, naturalmente dopo il colloquio, approfittare al massimo. Aveva un impegno a Scotland Yard per le quattro, poi sarebbe andato subito al distretto di Wapping a sentire quello che Kate aveva da dirgli. Non c'era il tempo per una passeggiata solitaria o per visitare una chiesa che avrebbe potuto essere interessante. Mangiare, però, era necessario.

Era ancora quasi buio quando si mise in viaggio, la poca luce annunciava una mattinata asciutta ma senza sole. Ma mentre si lasciava alle spalle l'estrema periferia est e penetrava tra i tenui colori della campagna dell'Essex, la volta grigia del cielo si diradò, si trasformò in una nebbiolina biancastra, trasparente, attraverso la quale forse il sole sarebbe riuscito ad aprirsi un varco. Al di là delle siepi coltivate e di qualche albero agitato dal vento, i campi arati autunnali, dove ogni tanto spuntavano i primi germogli verdi dell'inverno, si estendevano fino all'orizzonte. Dalgliesh provava una sensazione di libertà sotto il vasto cielo dell'East Anglia, come se gli fosse stato tolto temporaneamente dalle spalle un peso cui ormai era abituato.

Pensava all'uomo che stava per conoscere. Andava a Othona House senza molte speranze, ma non impreparato. Non c'era stato il tempo di fare molte ricerche sulla vita di Jean-Philippe Etienne. Aveva passato una quarantina di minuti in biblioteca, a Londra, e aveva parlato al telefono con un vecchio esponente della Résistance che viveva a Parigi, il nome del quale gli era stato dato dall'ambasciata francese, ed era riuscito a sapere qualcosa sul conto di Jean-Philippe Etienne, eroe della Résistance nella Francia di Vichy.

Il padre di Etienne, proprietario di un quotidiano molto diffuso e di una tipografia a Clermont-Ferrand, era stato uno dei primi e dei più attivi membri della Organisation de Résistance de l'Armée. Era morto nel 1941, e il suo unico figlio, che si era sposato da poco e aveva ereditato il giornale e la tipografia, aveva assunto il ruolo paterno nella lotta contro le autorità di Vichy e le forze di occupazione tedesche. Era, come suo padre, un fervente gollista e un anticomunista convinto, diffidava del Front National perché era stato fondato dai comunisti, anche se molti suoi amici, cristiani, socialisti, intellettuali vi si erano iscritti. Ma lui era per natura un individualista e lavorava meglio con un suo piccolo gruppo reclutato in segreto. Senza entrare apertamente in polemica con le grandi organizzazioni, si era dedicato alla propaganda più che alla lotta armata, stampava un proprio giornale clandestino, faceva circolare i volantini lanciati dagli aerei alleati, forniva a Londra regolari, preziose informazioni e tentava anche di sobillare e demoralizzare i soldati tedeschi facendo penetrare la propaganda antinazista nei loro campi. Seguitava a stampare il giornale fondato da suo padre, che però non era quasi più un organo per la diffusione delle notizie, era diventato piuttosto una pubblicazione a carattere letterario, la cui apoliticità permetteva a Etienne di assicurarsi carta e inchiostro in una misura superiore a quella consentita dal razionamento e, tra sotterfugi ed economie, il sovrappiù veniva utilizzato per le pubblicazioni clandestine.

Era riuscito per quattro anni a condurre una doppia vita, senza che i tedeschi sospettassero di lui o che qualche suo amico della Résistance lo denunciasse per collaborazionismo. La sua diffidenza nei confronti dei maquis si era rafforzata quando, nel 1943, sua moglie era rimasta uccisa in un treno che era stato fatto saltare in aria da uno dei gruppi più attivi. Lui era arrivato alla fine della guerra con la fama di un eroe, non conosciuto come Alphonse Rosier, Serge Fischer o Henri Martin, ma il suo nome figurava nei libri sulla Résistance a Vichy. Si era guadagnato medaglie e tranquillità.

Meno di due ore dopo essere uscito da Londra, Dalgliesh aveva lasciato la A12 ed era andato a sud-est, verso Maldon, poi ancora a est e, attraverso una campagna piatta, poco interessante, era entrato nell'affascinante villaggio di Bradwell-on-Sea, con la sua chiesa dal campanile quadrato, le villette rivestite di legno dipinto di rosa, bianco, ocra con i cestini di crisantemi tardivi appesi sullo stipite della porta. Prese nota mentalmente di un locale, il King's Head dove, al ritorno, avrebbe potuto fermarsi a mangiare. All'inizio di una strada stretta un'insegna indicava che di lì si arrivava alla cappella di St-Peter-on-the-Wall e, dopo poco, infatti, apparve in lontananza la cappella che, alta, rettangolare, si stagliava contro il cielo. A Dalgliesh sembrò ora, come quando aveva dieci anni e suo padre l'aveva portato a vederla, che avesse le semplici e rozze proporzioni di una casa di bambola. Una stradicciola portava alla recinzione di legno che separava la cappella dalla strada. La porta era chiusa, ma l'accesso al sentiero per Othona House, poche centinaia di metri a destra, era aperto. Su un'insegna rudimentale, dove il legno cominciava a spaccarsi e le parole erano quasi indecifrabili, era dipinto il nome della casa. L'insegna e insieme, a distanza, la sagoma del tetto e dei comignoli, erano la conferma che non vi era altra via di accesso. Dalgliesh pensò che Etienne non avrebbe potuto escogitare un più efficace deterrente per i visitatori e per un momento pensò di percorrere il viottolo a piedi piuttosto che mettere a rischio le sospensioni dell'automobile. Guardò l'orologio e vide che erano le dieci e venticinque. Sarebbe arrivato quasi in perfetto orario.

Il viottolo che portava a Othona House era percorso da solchi profondi, da buche circolari ancora piene della pioggia della notte prima. Confinava da un lato con i campi arati che si estendevano a perdita d'occhio, senza siepi e senza traccia di case. Dall'altro lato c'era un fosso bordato da un groviglio di cespugli carichi di more selvatiche e al di là di essi una fila di tronchi nodosi divorati da fitte edere rampicanti. Lungo un lato e l'altro del sentiero erbe alte e secche, già cariche di semi, si agitavano disordinatamente al vento leggero. Sotto la sua mano attenta, la Jaguar barcollava, vibrava e Dalgliesh cominciava a rammaricarsi di non averla lasciata all'imbocco del viottolo, quando le buche diminuirono, i solchi si fecero meno profondi e lui riuscì, per gli ultimi cento metri, ad accelerare.

La casa, circondata da un muro di mattoni alto e ricurvo che sembrava relativamente moderno, era ancora invisibile tranne che per il tetto e i comignoli. L'ingresso doveva essere dalla parte del mare. Dalgliesh seguì la curva del muro sulla destra e vide finalmente la casa.

Era una costruzione di mattoni di un bel rosso pastoso, piccola e di proporzioni gradevoli. La facciata era quasi certamente Queen Anne. Il bovindo al centro aveva una copertura a doppia falda, quella superiore più piatta e quella inferiore molto inclinata, come nelle case olandesi, che ripeteva l'elegante disegno del portico davanti all'ingresso. Ai lati la facciata si estendeva in modo simmetrico, con i vetri delle finestre divisi in otto riquadri sotto un cornicione di pietra scolpito a formare una sorta di festone di conchiglie. Solo per questo particolare ci si poteva ricordare che la casa era vicino al mare, eppure sembrava ugualmente fuori luogo; la nobiltà della sua simmetria, la sua calma remota erano più appropriate all'area di una cattedrale che a quel promontorio isolato ed esposto ai venti. Non si arrivava direttamente al mare. Tra le onde che si frangevano a riva e Othona House si stendeva per un centinaio di metri una palude salata, attraversata da piccoli, innumerevoli corsi d'acqua, un infido tappeto inzuppato, fatto di azzurri tenui, di verdi e di grigi con chiazze di verde più acido dove le pozze d'acqua di mare brillavano come se nella palude fossero incastonati dei gioielli. Dalgliesh sentiva il rumore del mare, ma in quella giornata tranquilla, con quel vento leggero che frusciava tra le canne, gli arrivava come un tenero, inafferrabile sospiro.

Suonò il campanello e sentì il suo tintinnio smorzato attraversare la casa, ma passò più di un minuto prima che alle sue orecchie arrivasse il rumore di un passo strascicato che si avvicinava. Ci fu il cigolio di un catenaccio, una chiave girò nella serratura e la porta si aprì lentamente.

La donna che, davanti a lui, lo guardava con una vacua assenza di curiosità era vecchia, probabilmente, pensò, più vicina agli ottanta che ai settanta, ma non c'era nulla di fragile nella sua carnosa solidità. Indossava un abito nero abbottonato fino al collo dove era fissato con una spilla di onice bordata di perline. Le gambe emergevano, gonfie, da un paio di stivaletti neri allacciati con le stringhe, il petto era spinto verso l'alto, senza forma, appoggiato come a un supporto sul davantino di un voluminoso grembiule bianco inamidato. Il viso era largo, color dello strutto, con gli zigomi pronunciati sotto gli occhi rugosi e diffidenti. Prima che Dalgliesh potesse parlare, disse: «Vous êtes l'inspecteur Dalgliesh?».

«Oui, Madame, je viens voir Monsieur Etienne, s'il vous plaît.»

«Suivez-moi.»

Aveva pronunciato il suo nome in un modo così strano che Dalgliesh al momento non l'aveva riconosciuto, ma aveva una voce forte, profonda e con una nota di autoritaria sicurezza. Probabilmente a Othona House svolgeva le mansioni di una persona di servizio, ma non aveva niente di servile. Si trasse in disparte per farlo entrare e Dalgliesh aspettò che richiudesse la porta con il catenaccio e la chiave. Ma il catenaccio era in alto, al disopra della sua testa ed era pesante, la chiave era grossa e vecchia e lei ebbe qualche difficoltà a girarla nella serratura. Le vene delle sue mani sbiancate e macchiate dall'età sporgevano come corde violacee e le dita forti, sciupate dal lavoro, erano nodose.

Lo guidò lungo un corridoio rivestito di legno fino a una stanza sul retro della casa. Standogli discosta, con la schiena contro l'anta della porta aperta, come se temesse che fosse portatore di una malattia contagiosa, annunciò: «L'inspecteur

Dalgliesh.» Poi richiuse accuratamente la porta, ansiosa di dissociarsi da quell'ospite indesiderato.

La stanza appariva sorprendentemente luminosa dopo il buio del corridoio. Due finestre alte, con i vetri divisi in pannelli e provviste di imposte all'interno, davano su un giardino senza alberi ad alto fusto, diviso da vialetti asfaltati ma apparentemente lasciato in balia delle piante e dell'erba. L'unica nota di colore veniva dagli ultimi gerani piantati in grossi vasi di terracotta allineati lungo il viale principale. La stanza era palesemente una biblioteca e insieme un salotto. Tre pareti erano rivestite di scaffali disposti a un'altezza facile da raggiungere. In alto, sopra gli scaffali, erano appese stampe e carte geografiche. In mezzo alla stanza c'era un tavolo cilindrico carico di libri. A sinistra, un camino di pietra con una mensola semplice ma elegante. Un piccolo fuoco di legna crepitava dietro la grata.

Jean-Philippe Etienne era seduto a destra del camino su una sedia di cuoio verde a braccioli, con un alto schienale, ma non si mosse finché Dalgliesh non si fu avvicinato, allora si alzò e gli tese la mano. Dalgliesh sentì per non più di due secondi il contatto di quelle carni fredde. Il tempo, pensò, riesce a ridurre qualsiasi caratteristica individuale a uno stereotipo. Può ammorbidire e arrotondare i lineamenti fino a renderli miti e puerili, o logorarli fino all'osso o ai muscoli, così che la morte già traspaia dallo sguardo indebolito. Gli pareva di vedere sul viso di Etienne la forma delle ossa, la contrazione dei muscoli. La figura magra era ancora dritta, anche se i movimenti apparivano rigidi, e la sua eleganza accurata non faceva pensare alla vecchiaia. I capelli, grigi e radi, lasciavano scoperta la fronte, il naso era lungo e prominente, la bocca larga, quasi senza labbra, le orecchie grandi aderenti alla testa e le vene sotto gli zigomi alti sembrava stessero per sanguinare. Portava una giacca di velluto allacciata con degli alamari, che ricordava una giacca da smoking dell'epoca vittoriana, su pantaloni neri, stretti. Un proprietario terriero del diciannovesimo secolo avrebbe avuto un atteggiamento altrettanto rigido nell'andare incontro all'ospite, ma questo ospite, Dalgliesh, si rese conto subito di essere ricevuto in quella elegante biblioteca con ben poco calore, come all'arrivo.

Etienne lo invitò a sedersi di fronte a lui e, dopo essersi seduto a sua volta, disse: «Claudia mi ha dato la sua lettera ma, per favore, non mi rinnovi le sue condoglianze. Me le risparmi. Non possono essere sincere. Lei non conosceva mio figlio».

«Non è necessario conoscere un uomo» disse Dalgliesh «per rimpiangere che sia morto giovane e senza motivo.»

«Ha ragione. La morte di un giovane porta sempre con sé l'amarezza dell'ingiustizia: se ne vanno i giovani e restano i vecchi. Che cosa posso offrirle? Vino? Caffè?»

«Caffè, grazie, signor Etienne.»

Etienne uscì in corridoio e si chiuse la porta alle spalle. Dalgliesh lo sentì chiamare qualcuno da lontano, gli parve che parlasse in francese. A destra del camino pendeva una fascia di seta ricamata ma, evidentemente, Etienne preferiva non suonare il campanello e rivolgersi direttamente ai domestici. Tornò a sedersi e disse: «Era inevitabile che lei venisse, me ne rendo conto. Ma non ho niente da dirle che possa aiutarla. Non so perché mio figlio è morto, non lo capisco, a meno che non si tratti, come mi sembra probabile, di un incidente».

«Ci sono alcuni particolari strani nella sua morte che fanno pensare che sia stata premeditata. So quanto questo debba essere doloroso per lei e me ne dispiace.»

«Quali sono questi particolari?»

«Il decesso è avvenuto per avvelenamento da monossido di carbonio in una stanza dove suo figlio andava di rado. Il cordone della finestra era stato sfilacciato al punto da spezzarsi non appena lo si fosse tirato per aprire il vetro. Un dittafono è scomparso. Il rubinetto amovibile di una stufa a gas potrebbe essere stato tolto lasciando la stufa accesa. E, infine, la posizione del cadavere era particolare.»

«Lei non mi ha detto niente di nuovo. Ieri è stata qui mia figlia. Si tratta di prove indiziarie. C'erano delle impronte sul rubinetto della stufa?»

«Solo una traccia. La superficie è troppo piccola per rilevare un'impronta che possa essere veramente utile.»

«Anche sommate tra di loro queste supposizioni sono meno... strane, (è questa la parola che lei ha usato?) del sospetto che Gerard sia stato ucciso. Le stranezze non costituiscono una prova. E trascuro il particolare del serpente. So che a Innocent House c'è qualcuno che ama gli scherzi di cattivo genere. Non credo che meritino l'attenzione di un alto funzionario di New Scotland Yard.»

«Invece la meritano, se costituiscono una complicazione, un ostacolo in una indagine, o sono comunque collegabili a un delitto.»

Si sentirono dei passi in corridoio. Etienne andò subito alla porta e l'aprì per far entrare la governante che posò sul tavolo un vassoio con una caffettiera, un bricco marrone, una zuccheriera e una grossa tazza, poi, dopo un'occhiata a Etienne se ne andò subito. Il padrone di casa versò il caffè nella tazza e la porse a Dalgliesh. Era chiaro che lui non avrebbe bevuto il caffè e Dalgliesh si chiese se non fosse un espediente non molto raffinato per metterlo in una posizione di svantaggio. Non c'era un tavolino vicino a lui, così appoggiò la tazza sulla pietra del camino.

Etienne tornò a sedersi. «Se mio figlio è stato ucciso» disse, «voglio che l'assassino sia consegnato alla giustizia, per quanto inadeguata possa essere. Forse sarebbe inutile che io lo dicessi, ma è importante che lo dica e che lei mi creda. Se troverà che le sono di poco aiuto è solo perché non ho la possibilità di fare di più.»

«Suo figlio aveva dei nemici?»

«Non mi risulta. Senza dubbio avrà avuto dei concorrenti nella sua attività, e poi ci saranno stati i soliti autori scontenti, i colleghi che non lo apprezzavano o si sentivano offesi per qualche motivo, o erano invidiosi... Sono inconvenienti che capitano a chiunque abbia successo nella professione, ma non ho mai saputo di qualcuno che potesse desiderare la sua morte.»

«Non emerge dal passato di suo figlio o dal suo, signor Etienne, il ricordo di un torto o di un'ingiustizia, reale o immaginaria, che possa aver causato in chi l'ha subita o ha creduto di subirla un rancore che si è protratto nel tempo?»

Etienne rimase silenzioso per un momento prima di rispondere e Dalgliesh si accorse per la prima volta del silenzio che c'era in quella stanza. A un tratto la legna che bruciava nel camino crepitò, la fiamma divampò e una piccola pioggia di scintille ricadde a terra. Con gli occhi fissi sul fuoco, Etienne rispose: «Rancore? I nemici della Francia erano un tempo i miei nemici e io li ho combattuti nel solo modo che mi era possibile. Coloro che ne hanno sofferto possono avere avuto figli e nipoti, ma mi sembra ridicolo pensare che oggi questi si sostituiscano a loro nell'esigere una vendetta. E poi ci sono quelli che stavano dalla mia parte, le famiglie dei francesi uccisi come ostaggi durante la Résistance. Qualcuno dirà che potrebbero avere avuto dei buoni motivi di rancore, ma non contro mio figlio. Le consiglio di concentrare la sua attenzione sul presente, non sul passato, e sulle persone che normalmente avevano accesso a Innocent House. Questa è la logica direzione che dovrebbero prendere le indagini.»

Dalgliesh prese dal camino la sua tazza di caffè. Non aveva voluto aggiungervi del latte ed era ancora troppo caldo. Lo rimise dov'era e disse: «La signorina Etienne ci ha detto che suo figlio veniva regolarmente a farle visita. Discutevate dei problemi dell'azienda?».

«Non discutevamo affatto. Gerard pareva sentire il bisogno di tenermi informato di quanto andava succedendo, ma non mi chiedeva consigli e io non gliene davo. Non mi interesso più della casa editrice e anche negli ultimi cinque anni, in cui pure vi andavo regolarmente, me ne sono interessato poco. Gerard voleva vendere Innocent House e trasferire tutto ai Docks. Non è un segreto per nessuno. Riteneva che fosse necessario e infatti lo era. Lo è ancora, non c'è dubbio. Ho un ricordo confuso delle nostre conversazioni; si parlava di danaro, di investimenti, di ristrutturazione del personale, di contratti d'affitto, di un probabile acquirente per Innocent House. Mi dispiace, non ricordo niente di più preciso.»

«Ma gli anni che lei aveva passato nell'azienda erano stati poco felici?»

La domanda, Dalgliesh se ne accorse subito, venne considerata un'impertinenza. Si era avventurato su un sentiero proibito. «Né felici né infelici» rispose Etienne. «Ma, come le ho detto, il mio contributo, negli ultimi cinque anni, è stato sempre meno significativo, anche se non credo che un altro lavoro mi sarebbe piaciuto di più. Per troppo tempo Henry Peverell e io eravamo andati avanti insieme. L'ultima volta che mi sono recato a Innocent House è stato per spargere le ceneri di Peverell nel Tamigi. Non tornerò più.»

«Suo figlio aveva progettato di apportare dei cambiamenti e immagino che non tutti fossero bene accetti.»

«Nessun cambiamento è bene accetto. Io sono contento di trovarmi ormai al di là di questi conflitti. Chi non ama certi aspetti della vita moderna è fortunato se può restarsene in disparte.»

Guardandolo di sottecchi mentre infine riusciva a bere il suo caffè, Dalgliesh vide che Etienne era molto agitato, quasi stesse per scattare in piedi da un momento all'altro. Si rese conto che viveva in una solitudine assoluta. La compagnia degli esseri umani, fatta eccezione per chi abitava con lui, gli era intollerabile se non per un per periodo di tempo brevissimo e ora, evidentemente, si stava avvicinando alla fine della sua capacità di sopportazione. Era arrivato il momento di andarsene, tanto non avrebbe saputo nient'altro.

Poco dopo, mentre Etienne lo accompagnava alla porta con una cortesia che non si sarebbe aspettato, Dalgliesh fece qualche osservazione sull'epoca e sull'architettura della casa e per la prima volta ebbe dal suo ospite una risposta animata da un reale interesse.

«La facciata è Queen Anne, immagino che se ne sia accorto, ma l'interno è quasi completamente Tudor. L'edificio originale risale a molto prima. Come la cappella, era stato costruito entro le mura dell'antico insediamento romano di Othona, da cui ha preso il nome la casa.»

«Mi piacerebbe visitare la cappella. Posso lasciare qui l'automobile?»

«Certamente.»

Ma il permesso non era stato concesso con gentilezza, come se per Etienne la presenza di quella Jaguar davanti a casa fosse una fastidiosa intrusione. Dalgliesh aveva appena fatto in tempo a uscire che sentì il tonfo della porta chiudersi dietro di lui e il cigolio del catenaccio.»

39

Dalgliesh pensava che forse avrebbe trovato la porta della cappella chiusa, invece si aprì al tocco della sua mano e lui entrò nel silenzio e nella semplicità. L'aria era molto fredda e sapeva di terra e di calce, un odore non da chiesa, un odore comune, frequente nella vita dei nostri giorni. La cappella era quasi vuota. C'era un altare di pietra con un crocefisso greco, poche panche, due grandi vasi di fiori secchi ai lati dell'altare e una mensola con degli opuscoli e qualche guida. Dalgliesh piegò un biglietto da una sterlina e lo mise nella scatola, poi prese una guida e andò a leggerla seduto su una panca, chiedendosi perché provasse quel senso di vuoto, di lieve abbattimento. Eppure la cappella era tra le prime chiese costruite in Inghilterra, forse la prima, l'unico monumento della Chiesa Anglo-Celtica rimasto in quella parte dell'Inghilterra, opera di St Cedd che era approdato al vecchio forte romano di Othona nel 653. Da tredici secoli la cappella stava davanti al freddo, ostile mare del Nord. Lì, più che in qualsiasi altro luogo avrebbe potuto sentire gli echi morenti del canto gregoriano e la vibrazione di milletrecento anni di preghiere sussurrate.

Trovare quella chiesa carica o priva di sacralità era una questione personale e se in quel momento lui non riusciva ad avvertire niente più che l'allentarsi della tensione che provava sempre quando era completamente solo non era colpa del luogo in sé ma della sua mancanza d'immaginazione. Avrebbe desiderato, mentre stava seduto in silenzio, sentire il rumore del mare; non era solo un desiderio, era un'ansia, una necessità, quell'ininterrotto sollevarsi e ricadere delle onde più di qualsiasi altro ritmo naturale colpiva la sua mente e il suo cuore con la nozione del tempo che trascorreva inesorabile, secoli di vite umane sconosciute, impossibili a conoscersi, con le loro piccole sofferenze e le loro gioie più piccole ancora. Lui, però, non era venuto a Othona per meditare, ma per pensare a un delitto e alle sue più immediate degenerazioni. Richiuse la guida e ripensò al colloquio appena concluso.

Non gli era stato utile. Il viaggio, per quanto necessario, si era rivelato meno produttivo di quanto avesse temuto. Eppure non riusciva a togliersi dalla mente la convinzione che a Othona House ci fosse da sapere una cosa importante che Jean-Philippe Etienne aveva deciso di non dirgli. Poteva darsi, naturalmente, che non gliel'avesse detta perché se l'era dimenticata o perché pensava che fosse solo un particolare insignificante, o che fosse addirittura una cosa che non si rendeva conto di sapere. Dalgliesh ripensò ancora una volta al nodo centrale di quel mistero, al dittafono che era sparito e a quel graffio sul palato di Gerard Etienne. L'assassino aveva voluto parlare alla vittima prima che morisse, forse mentre stava morendo. Aveva voluto che Etienne morisse, ma aveva anche voluto che sapesse perché moriva. Era solo la vanità accecante di un assassino o c'era un'altra ragione, sepolta nella vita passata di Etienne? Ma se era così, parte di quella vita era lì, a Othona House, e lui non era riuscito a saperne niente.

Si chiese che cosa avesse portato Jean-Philippe Etienne a finire i suoi giorni su un promontorio saturo di umidità in un paese straniero, su quella costa tetra, spazzata dai venti, dove la palude si stendeva come una spugna fangosa che assorbiva le frange delle gelide acque del mare del Nord. Non soffriva mai di nostalgia per le montagne della regione dov'era nato, per le chiacchiere di voci francesi nelle strade, nei caffè, per i suoni, i profumi, i colori della campagna francese? Era venuto in quel luogo desolato per dimenticare il passato, o per riviverlo? Che legame c'era tra quei ricordi lontani e infelici e la morte di suo figlio, quasi cinquant'anni dopo, un figlio con una madre inglese, nato in Canada, ucciso a Londra? Quali tentacoli, se così era stato, si erano protesi da quegli anni importanti fino ad avvolgersi intorno al collo di Gerard Etienne?

Dalgliesh guardò l'orologio. Mancava un minuto alle undici e mezzo. Avrebbe fatto in tempo a visitare la chiesa di St George a Bradwell, ma dopo quel colloquio così breve non aveva scuse per non tornare a New Scotland Yard per l'ora di pranzo.

Era ancora seduto, con la guida in mano, distrattamente, quando la porta si aprì ed entrarono due donne anziane. Erano calzate e vestite per una gita a piedi e portavano entrambe un piccolo zaino. Parvero un po' sconcertate e inquiete nel vederlo e, pensando che la presenza di un uomo solo potesse disturbarle, Dalgliesh si alzò, disse in fretta un "buongiorno" e uscì. Nel chiudere la porta vide che si erano già inginocchiate e si chiese che cosa trovassero in quella cappella silenziosa e se fosse qualcosa che, con un po' più di umiltà, avrebbe potuto trovare anche lui.

40

L'appartamento di Gerard Etienne era all'ottavo piano, a Barbican. Claudia Etienne aspettava Kate e Daniel per le quattro e quando Kate suonò il campanello aprì subito la porta e li fece entrare.

La giornata stava cominciando a scurirsi ma la grande stanza rettangolare sembrava trattenere ancora tanta luce, come avviene quando il calore del sole permane anche dopo il tramonto. Le tende, lunghe fino a terra, di lino leggero color crema, erano aperte e, di là dal balcone, si vedeva il lago e un campanile elegante come hanno le chiese di città. Come prima reazione, Daniel desiderò che quella casa fosse sua, poi pensò che tra tutte le case delle vittime di un omicidio non ne aveva mai vista una così impersonale, ordinata, sgombra di ogni traccia della vita del morto. Sembrava un appartamento messo in mostra, perfettamente arredato, per attirare l'acquirente. Solo un ricco avrebbe potuto comprarlo, perché non c'era niente in giro che non fosse costoso. Ma Daniel si sbagliava a giudicarlo impersonale perché, al contrario, diceva molte cose sul conto del suo proprietario, proprio come un salotto di periferia pieno di mobili o come la camera da letto di una prostituta. Si sarebbe potuto fare quel gioco che si vedeva alla televisione: "Descrivete il padrone di casa". Giovane, ricco, pieno di preconcetti, alieno da qualsiasi improvvisazione, scapolo, musicista perché, se lo stereo costoso si sarebbe potuto trovare nell'appartamento di qualsiasi scapolo ricco, il pianoforte a coda no. I mobili erano moderni, armadi, scaffali, tavoli, tutto di legno chiaro, opaco. In fondo alla stanza, vicino a una porta che dava in cucina, c'era un tavolo da pranzo rotondo con sei sedie. Niente camino. Un divano lungo e due poltrone, tutti di morbida pelle nera, erano raggruppati intorno a un tavolino e rivolti verso la finestra, che sembrava essere il fulcro della stanza.

C'era una sola fotografia, sopra uno scaffale basso, in una cornice d'argento, era il ritratto di una ragazza fatto in uno studio fotografico. Presumibilmente, la fidanzata di Etienne. I capelli biondi, con la scriminatura al centro, incorniciavano un viso dall'ossatura delicata, con gli occhi grandi, la bocca un po' troppo piccola, ma con il labbro superiore pieno e graziosamente arcuato. Era stata anche lei, si chiese Daniel, un oggetto costoso da comprare? Si trattenne dal guardare la fotografia troppo da vicino per non essere maleducato e rivolse la sua attenzione all'unico quadro che era nella stanza, un ritratto a olio di Etienne e di sua sorella, appeso sulla parete di fronte alla finestra. D'inverno, con le tende chiuse, sarebbe stata la vivida espressività di quel dipinto l'elemento centrale della stanza: colore, forma, pennellate testimoniavano in modo quasi aggressivo le qualità dell'autore. Forse in quella stessa settimana o in quella successiva il divano e le poltrone sarebbero stati rivolti verso il quadro e per Etienne sarebbe ufficialmente iniziato l'inverno. Questo riflettere sulle abitudini del morto parve a Daniel irrazionale e un po' inquietante, dopotutto non c'erano intorno segni della presenza di Etienne, nessuna patetica traccia di una vita troncata in modo inatteso, un pranzo lasciato a metà, un libro aperto a faccia in giù, un portacenere non ancora svuotato, quel po' di disordine e di confusione che porta con sé la vita quotidiana.

Vide che anche Kate stava guardando il ritratto. Si sapeva che le piaceva l'arte moderna. «È un Freud, vero?» la sentì chiedere a Claudia. «È bellissimo.»

«Sì. Mio padre l'ha regalato a Gerard per il suo venticinquesimo compleanno.»

C'era tutto Gerard Etienne in quel quadro, pensò Daniel, la bellezza arrogante, l'intelligenza, la fiducia in se stesso, la certezza che la vita fosse lì per essere presa da lui. Era al centro del ritratto, sua sorella gli stava accanto, più giovane, più fragile, guardava il pittore con diffidenza, come se si aspettasse che con lei avrebbe dato il peggio di sé.

«Posso offrirvi un caffè?» chiese Claudia Etienne. «Non ci vuole molto a prepararlo. Sarebbe più difficile trovare qualcosa da mangiare, Gerard non mangiava mai a casa, ma vino e caffè c'erano sempre. Potete venire in cucina, se volete, ma credo che non ci sia niente da vedere. Tutte le carte di Gerard sono in quello scrittoio. La ribalta si apre con un pulsante nascosto a sinistra. Guardate pure tutto quello che volete, ma non avrete il piacere della scoperta. I documenti importanti sono alla banca e le pratiche d'ufficio sono a Innocent House. Non c'è altro. Gerard viveva sempre come se si aspettasse di morire la notte stessa. C'è una lettera, però, che ho trovata chiusa sul tappetino davanti alla porta. È datata 13 ottobre, quindi è arrivata probabilmente giovedì con la seconda consegna della posta. Non ho visto una ragione per non leggerla.»

Claudia porse a Kate una busta bianca, dentro c'era un foglio ugualmente semplice e di buona qualità, con l'indirizzo del mittente litografato in basso. La calligrafia era a caratteri grandi, frettolosi, giovanili. Daniel lesse la lettera di sopra la spalla di Kate.

Caro Gerard,

questa lettera è per dirti che voglio troncare il nostro fidanzamento. Forse dovrei dire che mi dispiace ferirti, ma penso che ti sentirai ferito solo nell'orgoglio. Io soffrirò più di te, ma non molto e per non molto tempo. La mamma dice che dovremmo farlo scrivere sul "Times" che aveva pubblicato la notizia del nostro fidanzamento, ma in questo momento non mi sembra importante. Ti saluto. È stato bello finché è durato, ma non tanto bello come poteva essere.

Lucinda

Sotto c'era un poscritto: "Fammi sapere se vuoi che ti restituisca l'anello".

Daniel pensò che era molto meglio che la lettera fosse stata trovata chiusa, altrimenti avrebbe potuto essere usata dal consiglio della difesa come il movente per un suicidio. Così, invece, non aveva molta importanza ai fini dell'inchiesta.

Kate chiese a Claudia: «Suo fratello si aspettava che Lady Lucinda volesse rompere il fidanzamento?».

«No, che io sappia. Lucinda rimpiangerà di aver scritto quella lettera, perché ora non potrà sostenere il ruolo della fidanzata col cuore spezzato.»

Lo scrittoio era moderno e, esternamente, di una semplicità essenziale, ma, una volta aperto, rivelava una quantità di cassetti e ripostigli. Era in un ordine perfetto: conti pagati, conti in sospeso, le matrici degli assegni degli ultimi due anni legate con un elastico, una cartella con gli investimenti. Risultava evidente che Etienne conservava solo quello che era necessario, sgombrando la sua vita, man mano, di tutto ciò che non era essenziale e mantenendo i contatti di natura sociale per telefono e non per lettera. Kate e Daniel erano al lavoro da pochi minuti quando Claudia entrò portando un vassoio con una caffettiera e tre tazze. Lo posò su un tavolo basso e insieme, in piedi, bevvero il caffè. Claudia aveva ancora la tazza in mano quando si sentì una chiave girare nella serratura.

Claudia emise un suono molto strano, qualcosa tra il rantolo e il lamento e Daniel si accorse che il suo viso si era trasformato in una maschera di terrore. La tazza le cadde di mano e il caffè si sparse sul tappeto. Lei si piegò a raccoglierla, a tentoni, sulla superficie morbida, tremando così violentemente che non riusciva più a rialzarsi e a rimettere la tazza sul vassoio. A Daniel la sua paura parve essersi comunicata anche a lui e a Kate, che fissarono con gli occhi sbarrati la porta che si apriva mentre la ragazza della fotografia entrava nella stanza.

«Sono Lucinda Norrington. Voi chi siete?» Aveva una voce limpida, squillante. Una voce infantile.

Istintivamente Kate si era avvicinata a Claudia per calmarne il tremito e fu Daniel a rispondere. «Polizia. Ispettori Miskin e Aaron, del reparto investigativo.»

Claudia era riuscita in fretta a controllarsi. Impacciata, rifiutando l'aiuto di Kate, si era alzata in piedi. A Daniel parve che gli occhi di tutti si posassero sulla lettera di Lucinda, accanto al vassoio.

La voce di Claudia suonò aspra e gutturale. «Perché è venuta qui?»

Lady Lucinda fece ancora qualche passo all'interno della stanza. «Sono venuta per quella lettera. Non volevo che si pensasse che Gerard si era suicidato per causa mia. E poi non è così, vero? Voglio dire, non si è suicidato?»

«Perché ne è sicura?» le chiese Kate tranquillamente.

Lady Lucinda posò su di lei i suoi immensi occhi azzurri. «Perché amava troppo se stesso. Chi ama se stesso non si suicida. E, in ogni caso, non si sarebbe suicidato perché io l'avevo lasciato. Lui non mi amava, amava l'idea che si era fatto di me.»

Claudia Etienne aveva ritrovato la sua voce normale. «Io gli avevo detto che questo fidanzamento era una stupidaggine, che lei era una ragazza egoista, infarcita di principi sulla buona educazione e anche piuttosto sciocca. Invece mi ero sbagliata, lei non è sciocca come pensavo. Ma Gerard non ha mai ricevuto la sua lettera. L'ho trovata ancora chiusa.»

«E allora perché l'ha aperta? Non era indirizzata a lei.»

«Qualcuno doveva aprirla. Avrei potuto restituirla, ma non sapevo chi l'aveva scritta. Non conoscevo la sua calligrafia.»

«Posso riavere la mia lettera?»

«Vorremmo tenerla per qualche tempo, se è possibile» disse Kate.

Era un'affermazione, ma Lady Lucinda parve considerarla come una richiesta. «Ma appartiene a me» replicò. «L'ho scritta io.»

«Ne avremo bisogno solo per poco e non intendiamo renderla pubblica.»

Daniel era incerto su quanto avrebbe prescritto la legge a proposito della proprietà di quella lettera e si chiedeva se avessero veramente il diritto di chiederla e come si sarebbe comportata Kate se Lady Lucinda avesse insistito per non darla. Non capiva, inoltre, perché Kate desiderasse tanto averla, visto che Etienne non l'aveva mai ricevuta. D'altra parte, chi poteva provarlo? Sua sorella aveva detto di averla trovata chiusa, ma non c'era nessuno in grado di confermarlo. Lady Lucinda, però, non sollevò altre obiezioni, si strinse nelle spalle e si rivolse a Claudia.

«Mi dispiace per Gerard. È stato un incidente, no? Questa è l'impressione che lei ha dato alla mamma quando le ha parlato al telefono. Ma stamattina i giornali accennano a qualcosa di più complicato. Non è stato ucciso, vero?»

«Potrebbe darsi» rispose Kate.

Di nuovo gli occhi azzurri si volsero rispettosamente verso

di lei. «Strano. Non credo di aver mai conosciuto qualcuno che poi è stato ucciso. Conosciuto personalmente, voglio dire.»

Prese in mano la propria fotografia incorniciata e l'osservò a lungo da vicino come se non l'avesse mai vista prima e non fosse molto soddisfatta del lavoro del fotografo. Poi disse: «Questa la porto via. Non credo che a lei interessi, Claudia».

«Secondo le regole» rispose Claudia, «credo che niente di quanto è appartenuto a Gerard possa essere tolto di qui, se non dalla polizia.»

«Credo che neanche alla polizia interessi la mia foto in cornice. Non voglio che stia qui, nella casa vuota, se Gerard è stato ucciso.»

Dunque Lady Lucinda non andava esente da superstizioni. Questa scoperta lasciò Daniel perplesso, gli pareva che la superstizione si accordasse male con quella fredda padronanza di sé. Vide che Lady Lucinda faceva scorrere un dito dalla lunga unghia rosea sul vetro, con un gesto leggero, come se volesse provare se c'era della polvere, poi sentì che diceva a Claudia: «Vorrei qualcosa per avvolgerla».

«In cucina, in un cassetto, dovrebbero esserci dei sacchetti di plastica. Se vede altri oggetti che le appartengono forse questo è il momento di prenderli.»

Lady Lucinda non si curò nemmeno di guardarsi in giro. Disse soltanto: «Non c'è altro».

«Se vuole un caffè prenda un'altra tazza. È appena fatto.»

«No, grazie.»

Aspettarono in silenzio e dopo meno di un minuto Lady Lucinda tornò dalla cucina con la fotografia dentro un sacchetto di plastica di Harrods. Si stava avviando alla porta, quando Kate disse: «Lady Lucinda, potrei farle qualche domanda? Avremmo chiesto in ogni caso di parlarle, ma ora che è qui, risparmieremo tempo tutt'e due».

«Va bene. Ci vorrà molto?»

«Non molto.» Kate si rivolse a Claudia. «Le dispiace se parliamo qui?»

«Non vedo come potrei impedirlo. Non vi aspetterete, immagino, che mi ritiri in cucina.»

«Non è necessario.»

«O in camera da letto. Dev'essere più comoda.»

Claudia fissò lo sguardo su Lady Lucinda, che disse con calma: «Non posso confermarglielo. Non sono mai stata nella camera da letto di Gerard.»

Si mise a sedere sulla poltrona che le era più vicina e Kate su quella di fronte. Daniel e Claudia sedettero sul divano.

«Quando ha visto per l'ultima volta il suo fidanzato?»

«Non è il mio fidanzato. Allora, però, lo era. L'ho visto per l'ultima volta sabato scorso.»

«Sabato 9 ottobre?»

«Sì, se sabato scorso era il nove. Dovevamo andare a Bradwell-on-Sea a trovare suo padre, ma il tempo era brutto e Gerard ha detto che quella casa era già abbastanza triste senza la pioggia e che ci saremmo andati un'altra volta. Così, nel pomeriggio, siamo stati all'ala Sainsbury della National Gallery perché Gerard voleva rivedere il dittico Wilton e poi abbiamo preso il tè al Ritz. La sera non l'ho visto perché la mamma ha voluto che l'accompagnassi in automobile nel Wiltshire per passare la serata e la domenica da mio fratello e discutere le questioni legali relative al matrimonio prima dell'incontro con i notai.»

«E come stava il signor Etienne quel sabato, a parte la possibilità che fosse contrariato per il brutto tempo?»

«Non era contrariato per il brutto tempo. Non aveva nessuna fretta di vedere suo padre. Gerard non si lasciava mai turbare dalle cose che non era in suo potere cambiare.»

«E quando poteva cambiarle le cambiava?» intervenne Daniel.

Lady Lucinda si voltò a guardarlo e improvvisamente sorrise. «Sì» disse. Poi aggiunse: «Quello è stato l'ultimo giorno in cui l'ho visto, ma non l'ultimo in cui ci siamo parlati. Ci siamo telefonati giovedì sera».

La voce di Kate era rigorosamente controllata. «Lei gli ha parlato due giorni fa, la sera della sua morte?»

«Non so quando è morto. L'hanno trovato ieri mattina, no? Io gli ho parlato, sulla sua linea privata, la sera prima.»

«A che ora, Lady Lucinda?»

«Saranno state le sette e venti, forse qualche minuto di più, ma certamente non erano ancora le sette e mezzo perché a quell'ora la mamma e io dovevamo uscire a cena con la mia madrina e io mi ero già vestita. Avevo pensato che avrei avuto giusto il tempo per una telefonata a Gerard, avevo bisogno di una scusa per abbreviare la conversazione. Ecco perché sono sicura dell'ora.»

«Perché aveva bisogno di una scusa? Gli aveva già scritto che voleva rompere il fidanzamento?»

«Sì. Credevo che avesse ricevuto la lettera quella mattina. Volevo chiedergli se pensava, come la mamma, che avremmo dovuto mettere un annuncio sul "Times" o se preferiva che scrivessimo noi agli amici, lasciando che la notizia circolasse da sola. Ora la mamma, naturalmente, vuole che strappi la lettera che avevo scritto a Gerard e che non dica niente a nessuno, ma io non sono d'accordo. E comunque, in ogni caso, ormai la lettera l'avete voi. Se non altro la mamma non dovrà più preoccuparsi di mettere l'annuncio sul "Times". Risparmierà qualche sterlina.»

Quella piccola punta di veleno venne riassorbita così in fretta che Daniel avrebbe potuto credere di essersi sbagliato. Come se non avesse sentito, Kate chiese: «Che cosa le ha detto il signor Etienne a proposito della rottura del vostro fidanzamento? Lei gli ha chiesto se aveva ricevuto la lettera?».

«Non gli ho chiesto niente. Abbiamo parlato pochissimo. Gerard mi ha detto che non poteva restare al telefono, perché aveva ricevuto una visita e c'era qualcuno con lui.»

«Ne è sicura?»

La voce limpida e squillante era quasi priva di espressione. «Non sono certa che avesse veramente ricevuto una visita. Come potrei esserlo? Non ho sentito parlare nessuno, solo Gerard. Forse era proprio una scusa per non restare al telefono. Però sono certa che me l'ha detto.»

«E con quelle precise parole? Voglio essere assolutamente sicura su questo punto, Lady Lucinda. Le ha detto che non era solo o che aveva ricevuto una visita e c'era qualcuno con lui? Si è espresso proprio così?»

«Sì, ha detto che aveva ricevuto una visita e c'era qualcuno con lui.»

«E questo è successo tra le sette e venti e le sette e mezzo?»

«Più verso le sette e mezzo. L'automobile è venuta a prendere la mamma e me alle sette e mezzo.»

Una visita. Con uno sforzo di volontà Daniel si vietò di guardare Kate, ma sapeva che i loro pensieri erano in sintonia. Se Etienne aveva davvero usato quella parola, e la ragazza pareva esserne certa, era perché si trattava di qualcuno estraneo all'azienda. Non avrebbe parlato così per un socio o per uno dei dipendenti. Allora non avrebbe detto "Sono impegnato", o "Sono in riunione", o "C'è da me un collega"? Ma se qualcuno era andato da lui quella sera, invitato o no, uomo o donna che fosse, perché non si era ancora fatto avanti? Perché, se si era trattato di una visita innocente e il visitatore se n'era andato lasciando Etienne vivo e vegeto? Non c'erano indicazioni di appuntamenti a quell'ora nell'ufficio di Etienne, ma questo non era determinante. Qualcuno poteva averlo chiamato sulla sua linea privata durante il giorno o anche poco prima, oppure poteva essersi presentato così, non invitato e non atteso. Ma era di nuovo una prova indiziaria, come tante altre, in quell'indagine che si faceva sempre più complicata.

Kate seguitava a mettere Lady Lucinda alle strette, e ora le chiedeva quando era stata a Innocent House l'ultima volta.

«Dopo la festa del 10 luglio non ci sono più tornata. Era una festa per il mio compleanno, compivo vent'anni, e insieme una festa di fidanzamento.»

«Abbiamo un elenco degli invitati» disse Kate. «Immagino che fossero liberi di girare per tutto il palazzo.»

«Sì, e credo che alcuni l'abbiano fatto. Sa come succede, le coppie, alle feste, cercano sempre di starsene per conto proprio. Non credo che le stanze fossero chiuse a chiave, anche se Gerard aveva avvertito i dipendenti di riporre al sicuro tutte le carte d'ufficio.»

«Non ha visto, per caso, qualcuno salire all'ultimo piano, dov'è l'archivio?»

«Sì, ed è stata una cosa un po' strana. Dovevo andare in bagno, ma quello al primo piano, che viene usato dalle signore, era occupato, allora mi sono ricordata che ce n'era uno piccolo all'ultimo piano. Mentre salivo le scale ho visto scendere due persone, le ultime che ci si sarebbe aspettati di incontrare. Avevano anche l'aria colpevole. Una cosa strana.»

«Chi erano, Lady Lucinda?»

«George, il vecchio che sta al centralino nell'ingresso e quella donnina squallida che ha sposato il contabile, non mi ricordo lui come si chiama, Sydney Bernard o qualcosa del genere. Gerard mi aveva presentata a tutti i dipendenti e alle loro famiglie. Una noia spaventosa.»

«Sydney Bartrum?»

«Esatto. Sua moglie. Aveva un vestito pazzesco, di taffettà celeste con una cintura rosa.» Lady Lucinda si rivolse a Claudia. «Se lo ricorda, Claudia? Una gonnellona larga a disegnini rosa e le maniche a sbuffo. Raccapricciante.»

«Mi ricordo» disse brevemente Claudia.

«E l'uno o l'altra hanno detto che cosa erano andati a fare al piano di sopra?»

«Quello che andavo a fare io, probabilmente. Lei è diventata tutta rossa e ha farfugliato qualcosa sul cercare il bagno. Erano molto simili tra loro, la stessa faccia rotonda, lo stesso imbarazzo. George si comportava come se lo avessi scoperto a rubacchiare qualche spicciolo. Però è tutto un po' strano, no? Quei due insieme, voglio dire. George non era lì come ospite, naturalmente, doveva occuparsi del guardaroba e di allontanare gli intrusi. E se la signora Bartrum cercava il bagno, perché non si è rivolta a Claudia o a una delle donne del personale?»

«L'ha raccontato a qualcuno, dopo, per esempio al signor Etienne?» chiese Kate.

«No, non era una cosa importante, solo un po' strana. Me n'ero addirittura dimenticata, fino a poco fa. C'è altro che volete sapere? Io direi che abbiamo parlato abbastanza. Se avrete bisogno di me scrivetemi e vedrò di fissarvi un appuntamento.»

«Ci serve una dichiarazione scritta, Lady Lucinda» disse Kate. «Lei dovrebbe passare appena possibile dal distretto di polizia di Wapping.»

«Con il mio avvocato?»

«Se preferisce, o se lo ritiene necessario.»

«Non credo che sia necessario. La mamma diceva che avrei avuto bisogno di un avvocato che curasse i miei interessi durante l'inchiesta, se fosse emersa la questione della rottura del fidanzamento, ma non credo che io possa parlare d'interessi, visto che Gerard è morto prima di ricevere la mia lettera.»

Lady Lucinda si alzò e strinse educatamente la mano a Kate e a Daniel, ma non fece neppure un gesto verso Claudia Etienne. Mentre si avviava alla porta si fermò e fu a Claudia che si rivolse.

«Gerard non ha mai cercato di fare l'amore con me quando eravamo fidanzati, io non credo che il nostro sarebbe stato un matrimonio molto divertente, e lei?» Daniel pensò che, se non fossero stati presenti due funzionari di polizia, Lady Lucinda avrebbe usato un'espressione più volgare. «Oh» aveva aggiunto mettendo una chiave sul tavolo, «è meglio che la lasci qui, non tornerò più in questa casa.» Uscì e richiuse la porta. Un secondo dopo arrivò lo stesso colpo secco dal portone sulla strada.

«Gerard era un sentimentale» disse Claudia. «Divideva le donne in quelle con le quali si hanno delle relazioni e quelle che si sposano. Quasi tutti gli uomini superano questo ingenuo concetto del sesso prima dei ventun anni. Per Gerard era forse un modo di reagire a conquiste troppo facili. Chi sa quanto sarebbe durato quel matrimonio. Gli è stata risparmiata una delusione. Dovete restare qui ancora per molto?»

«No, non credo» rispose Kate.

Dopo qualche minuto Kate e Daniel erano pronti per andarsene. L'ultima immagine che Daniel ebbe di Claudia Etienne fu quella di una figura alta che dal balcone guardava le guglie della città contro il cielo che si andava scurendo. Rispose al loro saluto senza voltare la testa e la lasciarono al silenzio della casa vuota, chiudendosi la porta alle spalle senza far rumore.

41

Lasciata Hillgate Street, Daniel e Kate avevano ripreso l'automobile al distretto di polizia di Notting Hill Gate e, dopo un breve tratto di strada, erano arrivati al negozio di Declan Cartwright. Era aperto e, nella parte anteriore, un vecchio con la barba, una papalina in testa e una palandrana nera resa color verderame dagli anni, stava mostrando a un cliente uno scrittoio vittoriano e ne accarezzava con le dita giallastre e scheletriche l'intarsio del coperchio. Era troppo occupato per sentirli entrare, nonostante il tintinnio del campanelli, ma il cliente si voltò e allora anche il vecchio li vide.

«Il signor Simon?» chiese Kate. «Abbiamo un appuntamento con Declan Cartwright.»

Prima che potesse mostrargli la tessera, il signor Simon disse: «È nel retro. Andate dritto da quella parte, lo trovate lì». E tornò a dedicare la sua attenzione allo scrittoio, ma le mani gli tremavano così violentemente che le dita battevano sul coperchio. Kate si chiese che cosa, nel suo passato, avesse generato in lui quella paura dell'autorità costituita, quel terrore della polizia.

Lei e Daniel attraversarono il negozio, scesero tre gradini ed entrarono in una specie di serra sul retro. In una confusione di oggetti disparati, anche Declan Cartwright stava parlando con un cliente, un uomo grosso, dalla carnagione scura, che indossava un cappotto con il colletto di astrakan e un elegante cappello floscio e stava osservando un cammeo con una lente d'ingrandimento. Kate poté solo pensare che chi sceglie di sembrare la caricatura di un ladro può fare tutto tranne un furto. Non appena li vide comparire, Cartwright disse: «Charlie, perché non va a bersi qualcosa al bar e intanto ci ripensa? Torni tra una mezz'ora. Qui è arrivata la polizia. Mi trovo coinvolto in un omicidio. Non si spaventi, non si sospetta di me. Devo solo fornire un alibi per qualcuno di cui si potrebbe sospettare».

Il cliente diede un'occhiata a Kate e Daniel e uscì, disinvolto.

Kate di nuovo tirò fuori la tessera, ma Declan, con un gesto di noncuranza, disse: «La metta via, so riconoscere la polizia al primo sguardo».

Doveva essere stato un bellissimo bambino, pensò Kate, e conservava qualcosa di infantile nella faccia da monello, in quella massa indisciplinata di ricci che gli ricadevano sulla fronte alta, negli occhi grandi, nella bocca ben disegnata ma capricciosa. Ma lo sguardo con il quale valutò fisicamente lei e anche Daniel aveva una sensualità adulta. Daniel s'irrigidì, al suo fianco, e Kate pensò: "Non è il suo tipo e meno ancora il mio".

Come Farlow, Cartwright rispose alle loro domande con una leggerezza un po' ironica, ma c'era tra loro una differenza sostanziale. Parlando con Farlow si aveva la consapevolezza di una intelligenza e di una vitalità intellettuale che riuscivano ancora a prevalere su un corpo pateticamente emaciato. Declan Cartwright era debole e spaventato come il vecchio Simon, ma per una ragione diversa. La sua voce era fragile, le mani irrequiete e il suo scanzonato modo di parlare poco convincente quanto il suo accento. «La mia fidanzata mi ha detto che sareste venuti. Non credo che siate qui perché vi interessa il piccolo antiquariato, ma ho dei bei pezzi di ceramiche Staffordshire appena arrivati. Tutti regolarmente acquistati. Vi farei un buon prezzo, sempre che non vogliate accusarmi di corrompere la polizia nell'esercizio delle sue funzioni.»

«Il suo fidanzamento con la signorina Etienne prelude a un matrimonio?»

«Vede, io sono fidanzato con la signorina Etienne, ma non sono sicuro che lei sia fidanzata con me. Bisognerebbe chiederglielo. Essere fidanzati con Claudia crea una condizione di fluidità. Dipende tutto dall'umore del momento. Ma eravamo fidanzati, almeno mi pare che lo fossimo, quel giovedì sera sul Tamigi.»

«Quando avevate organizzato la gita?»

«In verità molto tempo prima. La sera del funerale di Sonia Clements. Avrete sentito parlare immagino, di Sonia Clements.»

«Non è un po' strano» osservò Kate «organizzare una gita sul fiume con tanto anticipo?»

«Claudia predispone sempre tutto una settimana prima e anche più. Ha molto senso pratico. In questo caso, poi, c'era una ragione. La mattina di giovedì, 14 ottobre, ci sarebbe stata l'assemblea dei soci e lei doveva raccontarmi quello che si erano detti.»

«Ed è stato così?»

«Be', mi ha spiegato che i soci volevano vendere Innocent House e trasferirsi ai Docks e che volevano licenziare qualcuno, credo il contabile. Non ricordo i particolari. Erano discorsi un po' noiosi.»

«Che non meritavano una gita sul fiume» osservò Daniel.

«Oh, ma sul fiume c'è di meglio che parlare d'affari, anche se lo spazio è poco e si rischia di farsi venire un crampo. Quei grandi cappucci d'acciaio della barriera sono molto erotizzanti. Fatevi prestare anche voi due un motoscafo della polizia. Sarà una rivelazione.»

«A che ora è cominciata la gita e a che ora è finita?» chiese Kate.

«Siamo partiti alle sei e mezzo, quando il motoscafo è tornato da Charing Cross ed è venuto il nostro turno. Alle dieci e mezzo circa siamo tornati a Innocent House e Claudia mi ha accompagnato a casa in automobile. Saremo arrivati qui alle undici, più o meno. Claudia se n'è andata verso le due, come immagino vi abbia già detto.»

«Il signor Simon potrà confermare questi orari» disse Daniel. «O non abita qui?»

«Ho paura che possa confermare ben poco. Mi dispiace. È sordo come una campana, poverino. Noi saliamo sempre le scale in punta di piedi per non disturbarlo, ma è una precauzione inutile. Forse potrà confermare l'ora in cui siamo arrivati, perché credo che avesse lasciato la porta aperta. Ma quando sa che il suo ragazzo è in casa, bene impacchettato sotto le coperte, non sente più niente.»

«Non era andato con la sua automobile a Innocent House?» chiese Kate.

«Io non guido, ispettrice. Deploro l'inquinamento causato dai motori e non voglio contribuirvi. Non apprezza il mio senso civico? Tra l'altro quando ho provato a prendere la patente ero così terrorizzato che stavo sempre con gli occhi chiusi e nessun istruttore voleva sedersi in automobile vicino a me. Quindi quella sera a Innocent House sono andato in metropolitana. Una noia. Ho preso la Circle Line da Notting Hill Gate a Tower Hill e poi un taxi. Sarebbe meglio andare con la Central Line fino a Liverpool Street e il taxi prenderlo da lì, ma io non l'ho fatto, non so se sia importante.»

Kate gli chiese altri particolari sulla serata e non si stupì nel constatare che coincidevano con la versione data da Claudia Etienne.

«Dunque siete stati insieme dalle sei e mezzo alle prime ore del mattino» disse Daniel.

«Esatto, sergente... lei è un sergente, vero? Se non è così mi scusi. Solo che lei sembra proprio un sergente. Sì, siamo stati insieme dalle sei e mezzo fino alle due del mattino. Non credo che vi interessi che cosa abbiamo fatto tra, diciamo, le undici e le due, ma se vi interessa chiedetelo alla signorina Etienne. Lei riuscirà a darvi una versione adatta alle vostre caste orecchie. Immagino che tutto quello che vi ho detto debba assumere la forma di una dichiarazione ufficiale.»

Fu per Kate una notevole soddisfazione poter dire che sì, era esattamente così e che per quella dichiarazione sarebbe dovuto passare dal distretto di polizia di Wapping.

Interrogato da Kate con una gentilezza e una pazienza che parvero solo accrescere la sua paura, il signor Simon confermò di aver sentito rientrare Declan e Claudia alle undici. Aspettava sempre il ritorno di Declan la sera, disse, perché dormiva meglio sapendo che in casa c'era qualcuno. Anche per questo gli aveva detto che poteva andare ad abitare lì. Quella sera, come sempre, dopo aver sentito la porta, si era messo a dormire e non si sarebbe accorto se uno dei due fosse uscito di nuovo.

Nell'aprire lo sportello dell'automobile, Kate disse: «Morto di paura, eh? Cartwright intendo. Pensi che sia un mascalzone, un buffone o tutt'e due? O è soltanto un bel ragazzino con una passione per gli oggetti inutili? Che cosa può trovare una donna intelligente come Claudia Etienne in un uomo come quello?»

«Via, Kate, da quando in qua l'intelligenza ha qualcosa a che vedere col sesso? Non sono nemmeno sicuro che non siano incompatibili sesso e intelligenza.»

«Per me non sono incompatibili. L'intelligenza mi eccita.»

«Lo so.»

«Che cosa vorresti dire?»

«Niente. Io mi trovo meglio con le ragazze carine, gentili, di buon carattere e non tanto intelligenti.»

«Come quasi tutti gli uomini. Dovresti provare a staccarti dalla maggioranza. Che cosa pensi di questo alibi?»

«Quello che penso dell'alibi di Rupert Farlow. Cartwright e Claudia Etienne potrebbero avere ucciso Etienne, aver preso il motoscafo fino a Greenwich ed essersi seduti tranquillamente al ristorante alle otto. Non c'è molto traffico sul fiume, la sera, le possibilità che qualcuno li abbia visti non sono molte. Ci si prepara un'altra, noiosa serie di controlli.»

«Lui il movente l'avrebbe avuto» disse Kate, «tutti e due l'avrebbero avuto. Se Claudia Etienne sarà così sciocca da sposarlo, Cartwright avrà una moglie ricca.»

«Pensi che lui avrebbe il coraggio di ammazzare qualcuno?»

«In questo caso non gli sarebbe stato necessario molto coraggio. Non avrebbe dovuto usare né pugnale né randello e nemmeno un laccio, per strangolare la vittima. Non avrebbe dovuto neanche guardarla in faccia, bastava convincerla a entrare nella camera del delitto.»

«E uno di loro potrebbe essere tornato indietro ad allestire quella messinscena del serpente. Per questo sì ci voleva coraggio, e non posso immaginare Claudia Etienne fare una cosa simile a suo fratello.»

«Oh, non saprei. Se fosse stata disposta a uccidere, perché sottrarsi alla dissacrazione del cadavere? Vuoi guidare o guido io?»

Mentre Kate si metteva al volante, Daniel telefonò al distretto di Wapping. Risultò subito chiaro che non c'erano novità. Riattaccò dopo qualche minuto e disse: «È arrivato il referto dal laboratorio. Robbins mi ha letto i dati dell'analisi del sangue. L'intossicazione era del settantatré per cento. Deve essere morto in fretta. Pare alle sette e mezzo. Con il trenta per cento di intossicazione si hanno vertigini e mal di testa, col quaranta movimenti scoordinati e confusione mentale, col cinquanta inerzia e col sessanta si passa allo stato di incoscienza. L'atonia può intervenire subito per ipossia muscolare.»

«Hai saputo niente dei detriti che bloccavano la canna fumaria?»

«Venivano dall'interno del camino. È lo stesso materiale, come del resto ci aspettavamo.»

«Che la stufa non fosse rotta lo sappiamo e sappiamo pure che non c'erano impronte. Cosa mi dici del cordone della finestra?»

«Qui si va nel difficile. Tutto fa pensare che sia stato deliberatamente sfilacciato con un oggetto smussato in punta e in tempi successivi, ma non si può esserne sicuri in assoluto. Le fibre erano rovinate e rotte, ma non tagliate. Il resto del cordone risulta già vecchio e in parte logoro, ma non si vede per quale ragione dovrebbe essersi spezzato proprio in quel momento, a meno che qualcuno non fosse intervenuto deliberatamente. Oh, si è scoperta un'altra cosa: una piccolissima macchia di muco sulla testa del serpente. Questo significa che è stato spinto nella bocca immediatamente dopo o al massimo subito dopo averne tolto quell'oggetto tagliente che non si sa cos'è.»

42

Domenica 17 ottobre Dalgliesh decise di portare con sé Kate dalla sorella di Sonia Clements, al convento di Brighton. Avrebbe preferito andarci da solo, ma un convento, nonostante fosse un convento anglicano e nonostante lui, figlio del rettore di una parrocchia, avesse una sincera inclinazione per la Chiesa Alta d'Inghilterra, era un terreno sconosciuto, cui avvicinarsi con circospezione. Senza una donna che lo accompagnasse forse non gli sarebbe stato permesso di vedere sorella Agnes se non alla presenza della madre superiora o di un'altra suora. Non era certo di quanto ci fosse da aspettarsi da quella visita, tuttavia il suo istinto, del quale talvolta non si fidava ma che aveva imparato a non ignorare del tutto, gli diceva che qualcosa avrebbe saputo. Tra quelle due morti così diverse c'era un legame più forte che non quella stanzetta spoglia nella quale una donna aveva scelto di morire e un uomo aveva lottato per vivere. Sonia Clements aveva lavorato alla Peverell per ventiquattro anni ed era stato Gerard Etienne a licenziarla. Una decisione crudele, ma tale da provocare un suicidio? E se no, perché Sonia Clements aveva voluto morire? E chi, ammesso che le cose fossero andate così, aveva deciso di vendicare quella morte?

Il bel tempo reggeva ancora. La nebbia leggera del mattino si era alzata, quale promessa di un'altra giornata di sole caldo anche se irregolare. Perfino l'aria di Londra conservava qualcosa della dolcezza dell'estate, un vento leggero trascinava brandelli di nuvole attraverso il cielo azzurro. Lungo il tragitto noioso e tortuoso verso la periferia a sud della città, con Kate al suo fianco, Dalgliesh, provò un desiderio quasi infantile di vedere il mare e di sentirne il rumore e si scoprí a sperare che il convento fosse lungo la costa. Parlavano poco. Lui preferiva guidare in silenzio e Kate si adattava volentieri alla compagnia di una persona taciturna, senza provare il bisogno di chiacchierare. Dalgliesh pensò che non era l'ultima delle sue virtù. Era andato a prenderla alla casa nuova, ma l'aveva aspettata in strada, seduto nella Jaguar, invece di salire e suonare il campanello, perché lei si sarebbe sentita obbligata a invitarlo a entrare. Teneva troppo alla propria vita privata per non rispettare quella degli altri. Kate era scesa all'ora stabilita, come si era immaginato. Gli era parsa subito diversa e poi si era reso conto che l'aveva vista solo di rado vestita con la gonna. Aveva sorriso tra sé immaginandola decidere, dopo qualche esitazione, che i pantaloni non erano adatti alla visita a una suora e pensò che, nonostante quello che aveva creduto, al convento si sarebbe sentito più a suo agio lui di Kate.

La sua speranza, del resto infondata, di sottrarre al dovere cinque minuti per una corroborante passeggiata sulla spiaggia, sarebbe stata delusa. Il convento sorgeva su un'altura sopra una strada squallida ma piena di traffico dalla quale era separato da un muro di mattoni alto almeno due metri e mezzo. Il cancello principale era aperto e, entrando, Dalgliesh e Kate si trovarono davanti un opulento edificio di mattoni rossi, palesemente vittoriano e palesemente concepito come istituto religioso, forse destinato fin dall'inizio alle prime suore di quell'ordine. Tutte quelle finestre uguali, disposte su quattro piani a intervalli regolari, facevano pensare a una prigione, si disse Dalgliesh, e lo stesso dubbio doveva essere venuto anche all'architetto che aveva aggiunto ai lati della facciata, rispettivamente, una guglia e una torretta che avevano tutta l'aria di un ripensamento destinato più a umanizzare che ad abbellire l'aspetto dell'edificio. Il viale d'accesso, largo, sinuoso, ricoperto di ghiaia, portava con una curva a un portone di quercia quasi nero con delle strisce trasversali di ferro che sarebbe stato adatto a un castello normanno. Alla loro destra videro una chiesa di mattoni, così grande che avrebbe potuto essere una parrocchia, con un campanile aggraziato e strette finestre a ogiva. A sinistra, per contrasto, c'era una costruzione moderna con una terrazza coperta e un giardinetto convenzionale che Dalgliesh pensò dovesse essere il ricovero per i malati terminali.

C'era solo un'altra automobile davanti al convento, una Ford, e Dalgliesh lasciò la Jaguar lì vicino, bene allineata. Appena sceso, si voltò un momento a guardare i prati digradanti a terrazza e riuscì a intravedere l'English Channel. Strade brevi, con le casette celesti, rosa e verdi e i tetti alterati nella forma dalla aerea, delicata geometria delle antenne televisive, correvano parallele alla distesa azzurra del mare, e la loro ordinata domesticità contrastava con il massiccio edificio vittoriano alle sue spalle.

Dal convento non veniva segno di vita ma, mentre si voltava per chiudere l'automobile, Dalgliesh vide una suora girare dietro l'angolo del ricovero spingendo un malato sulla sedia a rotelle. Il malato portava un berretto a righe bianche e azzurre con un pompon rosso e aveva una coperta tirata su fino al mento. La suora si chinò a bisbigliargli qualche parola all'orecchio e lui rise, un rivolo sottile di note allegre nell'aria tranquilla.

Dalgliesh tirò la catenella a sinistra dello stipite e sentì echeggiare il campanello al di là della porta di quercia con i rinforzi di ferro. Lo sportellino quadrato si aprì e una suora con la faccia gentile guardò fuori. Dalgliesh disse il proprio nome e mostrò la tessera. La porta si aprì immediatamente e la suora, senza una parola ma sempre sorridendo, li invitò a entrare. Dalgliesh e Kate si trovarono in un grande atrio che aveva uno sgradevole odore di disinfettante. Il pavimento era di piastrelle bianche e nere che avevano l'aria di essere state lavate di fresco, le pareti erano nude, fatta eccezione per una fotografia color seppia, chiaramente vittoriana, di una suora dall'aria imponente e il viso grave, che Dalgliesh immaginò fosse la fondatrice dell'ordine, e per una copia del *Cristo nella bottega del falegname* di Millais, in una cornice di legno intagliato. La suora, sorridendo, ma sempre senza una parola, li introdusse in una stanza piccola sul lato destro dell'atrio e con un gesto quasi teatrale li invitò silenziosamente a sedersi. Dalgliesh si chiese se fosse sordomuta.

La stanza era disadorna, ma abbastanza accogliente. Sul tavolo al centro, lucidissimo, era posato un vaso di rose tardive, davanti a una finestra c'erano due poltrone rivestite di crétonne scolorito. Alle pareti nude era appeso solo, a destra del camino, un crocifisso di legno intagliato e argento, di un realismo terrificante. Doveva essere spagnolo, pensò Dalgliesh, forse era stato in qualche chiesa. Sopra il camino c'era una copia a olio di una Madonna che offre un grappolo d'uva a Gesù Bambino, ma gli ci volle un po' di tempo per riconoscere *La Vierge à la grappe* di Mignard. Una targhetta d'ottone portava il nome del donatore. Quattro sedie dallo schienale alto erano disposte in fila, poco invitanti, contro la parete di destra, ma Dalgliesh e Kate restarono in piedi.

Non dovettero aspettare a lungo. La porta si aprì e, con vivace sicurezza, entrò una suora che tese loro la mano.

«L'ispettore capo Dalgliesh e l'ispettrice Miskin? Benvenuti al St Anne. Sono madre Mary Clare. Ci siamo parlati al telefono, ispettore. Forse lei e l'ispettrice desiderano un caffè?»

La mano che strinse la sua era morbida ma fredda. «No, grazie, madre» disse Dalgliesh, «lei è molto gentile ma speriamo di non dovervi disturbare troppo a lungo.»

Non c'era niente nell'aspetto della suora che incutesse soggezione. L'abito lungo grigio-azzurro fermato in vita da una cintura di cuoio dava dignità al suo corpo tozzo, ma lei portava quella divisa austera come un vestito qualsiasi. Appesa al collo con un cordoncino, aveva una croce di legno e il suo viso, soffice e bianco come pasta di pane, sporgeva paffuto simile a quello di un bambino, dalla costrizione del soggolo. Ma lo sguardo, dietro gli occhiali con la montatura d'acciaio, era penetrante e la bocca piccola aveva in sé, nonostante la delicata morbidezza, la promessa di un rigore che non accettava compromessi. Dalgliesh capì di essere sottoposto in quel momento, insieme a Kate, a un esame tanto severo quanto discreto.

Finalmente, con un piccolo cenno della testa, la suora disse: «Vi manderò sorella Agnes. È una bella giornata, forse potreste parlare con lei passeggiando nel roseto».

Era, Dalgliesh se ne rese conto, un ordine e non un invito, ma era anche il segno che in quel primo breve incontro avevano superato un esame particolare. Se il risultato fosse stato meno che soddisfacente non c'era dubbio che il colloquio avrebbe avuto luogo in quella stanza e con la supervisione di madre Mary Clare, che, invece, tirò il cordone di un campanello e la piccola suora sorridente ricomparve.

«Chieda, per favore, a sorella Agnes se ci vuole raggiungere.»

Di nuovo aspettarono in silenzio, in piedi. Dopo meno di due minuti la porta si aprì ed entrò una suora molto alta. La madre superiora disse: «Ecco sorella Agnes. Sorella, l'ispettore Dalgliesh di New Scotland Yard e l'ispettrice Miskin. Ho consigliato che andiate a fare una passeggiata nel roseto».

Se ne andò con un cenno di saluto, ma senza accomiatarsi in un modo più formale.

La suora che adesso era lì davanti a loro e li guardava con diffidenza non avrebbe potuto essere più diversa dalla madre superiora. L'abito, fatta eccezione per la croce, che era più piccola, era identico, ma a lei conferiva una sorta di austerità ieratica, remota e vagamente misteriosa. La madre superiora sembrava vestita per svolgere qualche mansione ai fornelli mentre era difficile immaginare sorella Agnes se non sull'altare. Era particolarmente sottile, longilinea, il soggolo enfatizzava i lineamenti del suo viso, gli zigomi alti, la linea decisa delle sopracciglia, la bocca grande dall'espressione intransigente.

«Andiamo a guardare le rose, ispettore?» disse. Dalgliesh aprì la porta e seguì con Kate, attraverso l'atrio, i suoi passi silenziosi.

Sorella Agnes li guidò lungo il viale grande fino al roseto che era disposto a terrazze. Le aiuole erano su tre grandi file divise da vialetti di ghiaia paralleli tra loro, a ciascuno dei quali si accedeva mediante quattro gradini. Avevano appena lo spazio per camminare affiancati, prima sul vialetto in alto, poi, scesi i gradini, sarebbero dovuti tornare indietro lungo il secondo vialetto e così via in una lunga e noiosa peregrinazione sempre controllabile dalle finestre del convento. A Dalgliesh sarebbe piaciuto sapere se non c'era un altro giardino, più riservato, dietro il convento. Ma anche se ci fosse stato era evidente che non gli sarebbe stato concesso di andarci. Sorella Agnes si mise in mezzo tra loro due, aveva una statura pari quasi a quella di Dalgliesh che era alto un metro e ottantacinque, un portamento eretto. Indossava sopra l'abito un lungo cardigan grigio e teneva le braccia incrociate e le mani infilate ciascuna dentro l'altra manica come per scaldarle, suscitando in Dalgliesh il ricordo spiacevole di certe vecchie fotografie di malati di mente costretti nelle camicie di forza. Sembrava che camminasse tra loro due come un prigioniero sotto scorta e Dalgliesh si chiese se fosse quella l'impressione che avrebbero dato tutti e tre nel caso qualcuno li avesse guardati in segreto dall'alto di una finestra. Quel pensiero, e non era un bel pensiero, dovette attraversare anche la mente di Kate che, con qualche parola di scusa, restò indietro di un passo, s'inginocchiò, parve allacciarsi la stringa di una scarpa. Quando li raggiunse di nuovo si mise vicino a Dalgliesh.

Fu lui a rompere il silenzio. «È stata gentile ad accettare di vederci» disse. «Mi dispiace averla disturbata, soprattutto perché questa deve sembrarle una intromissione in un dolore privato, ma devo farle qualche domanda sulla morte di sua sorella.»

«"Una intromissione in un dolore privato". Sono le parole che ha usato nella sua telefonata e che mi ha ripetuto la madre superiora. Credo che le pronunci spesso, ispettore.»

«Il mio lavoro mi impone di violare la riservatezza altrui.»

«Ha qualche domanda in particolare cui spera che io possa rispondere o si tratta di un'intromissione generica?»

«Tutt'e due.»

«Ma lei sa com'è morta mia sorella. Si è uccisa, non ci sono dubbi. Ha lasciato un biglietto nella stanza dov'è stata ritrovata. E ha anche scritto una lettera a me. L'ha imbucata la mattina del giorno in cui è morta. Non ha pensato che la notizia valesse l'acquisto di un francobollo espresso. La lettera è arrivata tre giorni dopo.»

«Le dispiacerebbe dirmi che cosa c'era scritto?» chiese Dalgliesh. «Io conosco, naturalmente, il contenuto del biglietto per il coroner.»

Sorella Agnes tacque per alcuni secondi che sembrarono molto lunghi, poi parlò, senza retorica, come se ripetesse un brano di prosa imparato a memoria. «"Il gesto che sto per compiere apparirà come un peccato ai tuoi occhi. Per piacere, cerca di capire che quello che a te sembra peccaminoso per me è naturale e giusto. Abbiamo fatto scelte diverse, che però hanno lo stesso fine. Dopo gli anni della insicurezza ho trovato la certezza assoluta nella morte. Non rimpiangermi troppo a lungo. Il rimpianto è solo una brutta abitudine. Non avrei potuto avere una sorella migliore di te."

«È questo che voleva sapere, ispettore? Non credo che sia utile all'indagine che sta svolgendo adesso.»

«Dobbiamo esaminare tutto quanto è avvenuto a Innocent House negli ultimi mesi che possa avere un legame anche remoto con la morte di Gerard Etienne. Uno di questi avvenimenti è il suicidio di sua sorella. Si mormora a Innocent House e nell'ambiente letterario londinese che sia stato Gerard Etienne a spingerla alla disperazione. Se fosse così, un amico o un'amica, qualcuno che le voleva particolarmente bene, potrebbe aver desiderato la morte di Etienne.»

«Ero io l'unica amica che avesse Sonia, nessun altro, e io non avevo alcun motivo per desiderare la morte di Etienne. Ero qui il giorno o la notte in cui è morto. Non le sarà difficile assicurarsene.»

«Io non sto insinuando, sorella, che lei possa in qualsiasi modo essere coinvolta nella morte di Gerard Etienne; le sto chiedendo se qualche altra persona, molto vicina a sua sorella, sia stata particolarmente colpita dal modo in cui è morta.»

«Solo io. Io sono stata particolarmente colpita dal modo in cui è morta mia sorella. Il suicidio è la negazione estrema, l'estremo rifiuto della grazia divina, l'estremo peccato.»

«Forse per questo» disse Dalgliesh a bassa voce «riceverà l'estrema misericordia.»

Erano arrivati alla fine del primo vialetto e, insieme, avevano sceso i gradini e avevano girato a sinistra. A un tratto sorella Agnes disse: «Non mi piacciono le rose d'autunno. Le rose sono fiori estivi. Le rose di dicembre sono le più tristi, boccioli bruni e pesti su un groviglio di spine. Non riesco a passeggiare nel roseto a dicembre. Le rose, come noi, non sanno quando muoiono».

«Ma oggi sembra quasi estate» osservò Dalgliesh e, dopo una pausa, aggiunse: «Lei saprà già che Gerard Etienne è morto per avvelenamento da monossido di carbonio nella stessa stanza in cui era morta sua sorella. Nel caso di Etienne è improbabile che si tratti di suicidio. Si potrebbe pensare a una morte accidentale, a un blocco della canna fumaria che abbia causato un cattivo funzionamento della stufa a gas, ma dobbiamo considerare una terza possibilità e cioè che la stufa sia stata deliberatamente manomessa».

«Mi sta dicendo che pensate a un delitto?» chiese sorella Agnes.

«Non si può escluderlo. Quello che devo chiederle è se ha motivo di pensare che sua sorella possa avere alterato il funzionamento della stufa. Non per uccidere Etienne, non sto dicendo questo, ma non potrebbe darsi che avesse pensato di far passare il proprio suicidio per una morte accidentale e poi avesse cambiato idea?»

«Come potrei saperlo, ispettore?»

«È un ragionamento tortuoso, ma ho dovuto farlo. Se qualcuno sarà accusato di omicidio è possibile che il consiglio della difesa avanzi questa ipotesi.»

«Mia sorella avrebbe risparmiato molto dolore agli altri se si fosse preoccupata di far credere che la sua morte fosse dovuta a un incidente» disse sorella Agnes, «ma i suicidi lo fanno raramente. In fondo il suicidio è un gesto di esasperata aggressività e quale soddisfazione c'è nell'aggredire se facciamo del male solo a noi stessi? Se Sonia avesse voluto far pensare a una morte accidentale non le sarebbe stato difficile. Mi vengono in mente tante possibilità, ma non una che contempli la necessità di smontare una stufa e bloccare la canna fumaria. Credo che Sonia non ne sarebbe stata nemmeno capace. Non aveva mai avuto facilità per i congegni meccanici nella vita e perché avrebbe dovuto averla nella morte?»

«Nella lettera indirizzata a lei non c'era altro? Una ragione, una spiegazione?»

«No, nessuna ragione, nessuna spiegazione.»

Dalgliesh proseguì: «Si dice che sua sorella si sia uccisa perché Gerard Etienne l'aveva licenziata. Lo ritiene verosimile?».

Sorella Angela non rispose e, dopo un po', Dalgliesh insisté, con delicatezza: «Era sua sorella, lei la conosceva bene. Le sembra una spiegazione accettabile?».

Sorella Agnes si voltò verso di lui e, per la prima volta, lo guardò dritto in faccia. «È molto importante per l'indagine?»

«Potrebbe esserlo. Se la signorina Clements fosse stata al corrente di un fatto sostanziale relativo a Innocent House o a qualcuno che lavorava lì, un fatto tale da provocarle un'angoscia che avrebbe contribuito a spingerla al suicidio, questo stesso fatto sostanziale potrebbe essere determinante nell'indagine sulla morte di Gerard Etienne.»

Lei lo guardò di nuovo. «C'è una possibilità che si ricominci a indagare sulle cause della morte di mia sorella?»

«Formalmente no, nessuna possibilità. Sappiamo com'è morta la signorina Clements. Io vorrei conoscere la ragione della sua morte, ma il verdetto dell'inchiesta era regolare. Legalmente la questione è chiusa.»

Camminarono per un po' in silenzio. Sorella Agnes sembrava stesse valutando la possibilità di una partecipazione più attiva. Dalgliesh sentì, o gli parve di sentire, la tensione dei suoi muscoli quando per un attimo lo sfiorò con un braccio. Poi lei parlò, con voce aspra.

«Posso soddisfare la sua curiosità, ispettore. Mia sorella è morta perché le due persone che le erano più care, forse le sole due persone che mai le fossero state care, l'avevano lasciata e lasciata definitivamente. Io ho preso i voti la settimana prima che lei si suicidasse. Henry Peverell era morto da otto mesi.»

Kate, che fino a quel momento era stata zitta, chiese: «Sta dicendo che era innamorata del signor Peverell?».

Sorella Agnes la guardò come se solo allora si fosse accorta della sua presenza, poi voltò di nuovo la testa e con un brivido quasi impercettibile si strinse più forte le braccia contro il petto. «È stata la sua amante negli ultimi otto anni, fin quando è morto. Lei diceva che era amore. Io dicevo che era un'ossessione. Lui non so che cosa dicesse. Non si sono mai mostrati insieme in pubblico. La relazione è rimasta segreta perché Peverell ha sempre insistito che lo fosse. La stanza nella quale facevano l'amore era quella nella quale lei è morta. Io capivo sempre quando erano stati insieme. Lei restava in ufficio fino a tardi e quando tornava aveva il suo odore addosso.»

«Ma perché tanta segretezza?» protestò Kate. «Di cosa aveva paura Peverell? Non erano sposati, né lui né lei, erano adulti. La cosa riguardava loro e nessun altro.»

«Quando glielo chiedevo lei aveva la risposta pronta, quella che le era stata suggerita. Diceva che lui non si sentiva di risposarsi, che voleva restare fedele alla memoria della moglie, che non gli piaceva che la sua vita privata passasse al vaglio dei pettegolezzi dell'ufficio, che sua figlia, se l'avesse saputo, sarebbe rimasta turbata... Mia sorella accettava tutte queste scuse. Le bastava che lui avesse bisogno di quello che lei poteva dargli. La realtà, probabilmente, era molto semplice, Sonia era adatta a soddisfare una esigenza fisica ma non era abbastanza bella, o giovane, o ricca da far venire a Peverell la voglia di sposarla. Quanto a lui, può darsi che la segretezza aggiungesse un fremito ai loro rapporti. Forse era proprio quello che a lui piaceva e che invece mortificava lei, le provava i limiti della devozione del suo amante, la confinava in quella stanzetta squallida come una cameriera vittoriana ammessa a compiacere il padrone. Non era l'aspetto immorale che nella loro relazione mi faceva soffrire di più, era la volgarità.»

Dalgliesh non si era aspettato di sentirla parlare in un modo così semplice e diretto, ma non c'era da sorprendersene. Doveva essersi imposta il silenzio per mesi e ora, con due sconosciuti che non avrebbe più rivisto, aveva dato sfogo a un'amarezza a lungo contenuta. Disse: «Avevo un anno e mezzo più di lei. Eravamo sempre state molto unite. Peverell aveva rovinato tutto. Mia sorella doveva rinunciare a lui o alla religione e aveva rinunciato alla religione. Peverell aveva distrutto l'unione che c'era tra noi. Che unione può esserci tra due persone di cui una disprezza il dio dell'altra?».

«La signorina Clements non approvava la sua vocazione religiosa?» chiese Dalgliesh.

«Non la capiva. E Peverell nemmeno. Lui diceva che era un modo per sfuggire al mondo, alla responsabilità, alla vita sessuale, alla vita collettiva e quello che pensava lui lo pensava lei. Sapeva da tempo, naturalmente, che cosa avevo in mente di fare e sperava, è probabile, che nessuno mi volesse. Non sono molte le comunità che accolgono aspiranti di mezza età. Un convento non va inteso come un rifugio per i falliti e i delusi. Mia sorella sapeva che non avevo particolari capacità da offrire. Sono restauratrice di testi antichi. La reverenda madre ogni tanto, quando glielo chiedono, acconsente a mandarmi in qualche biblioteca di Londra, Oxford o Cambridge, purché ci sia una casa adatta a ospitarmi, cioè un convento. Ma ora capita sempre più di rado. Ci vuole molto tempo per restaurare e rilegare un libro antico o un manoscritto, più di quanto non sia necessaria qui la mia presenza.»

Dalgliesh si ricordò che durante una visita fatta tre anni prima alla libreria del Corpus College, a Cambridge, gli era stata mostrata, insieme alla Bibbia di Gerusalemme, portata sotto scorta all'abbazia di Westminster per le future incoronazioni, anche una delle prime copie illuminate del Nuovo Testamento. Quel tesoro, rilegato da poco, era stato estratto amorosamente dalla sua scatola e posato su un leggio imbottito a forma triangolare, e per voltare le pagine senza toccarle con le mani era stata usata una spatola di legno. Aveva guardato, incantato, quelle illustrazioni meticolose, vecchie cinque secoli, ancora brillanti come se i colori fossero appena fluiti, con delicata precisione, dalla mano dell'artista e tale gli era parsa la bellezza e la universale umanità di quelle immagini da giungere quasi alle lacrime.

«Il suo lavoro qui, al convento, è ritenuto più importante?» chiese.

«Viene giudicato secondo un criterio diverso. Qui la mia mancanza di capacità pratiche non è un inconveniente. Chiunque, con un po' di allenamento, può far funzionare una lavatrice, distribuire le padelle, portare un paziente in bagno su una sedia a rotelle. Non so quanto durerà. Il nostro cappellano sta per convertirsi alla Chiesa cattolica romana dopo la decisione della Chiesa d'Inghilterra di ammettere anche le donne al sacerdozio. Una metà delle mie consorelle lo seguirà. Il futuro del St Anne come ordine religioso anglicano è molto incerto.»

Ormai avevano percorso tutti e tre i vialetti e stavano ricominciando il giro. «Il signor Peverell» disse sorella Agnes «non è stata la sola persona che, negli ultimi anni di vita di Sonia, abbia creato un ostacolo tra lei e me. C'è stata anche Eliza Brady. Oh, lei non avrà il fastidio di doverla cercare, ispettore, è morta nel 1871. Ho letto la sua storia nella cronaca di un'inchiesta pubblicata su un giornale dell'epoca vittoriana che avevo comprato usato in una libreria di Charing Cross Road e che purtroppo ho passato a mia sorella. Eliza Brady aveva tredici anni. Il padre faceva il carbonaio e la madre era morta di parto. Eliza accudiva ai quattro fratelli minori e al neonato. Il padre avrebbe detto poi durante l'inchiesta che era come una madre per loro. Lavorava quattordici ore al giorno. Lavava, accendeva il fuoco, cucinava, faceva la spesa, provvedeva a tutte le necessità della famiglia. Una mattina, mentre stendeva davanti al camino i pannolini del neonato, si era appoggiata alla griglia che si era ribaltata in mezzo alle fiamme. La bambina aveva riportato delle ustioni gravissime ed era morta dopo un'agonia durata tre giorni. L'episodio aveva colpito profondamente mia sorella. "Questa è la giustizia del tuo cosiddetto Dio d'amore" mi diceva. "È così che il tuo Dio ricompensa chi è buono e innocente. Non gli è bastato farla morire, ha voluto che la sua morte fosse lenta, atroce." La storia di Eliza Brady era diventata un'ossessione per lei, ne aveva fatto una figura da venerare. Si sarebbe inginocchiata davanti alla sua immagine, se l'avesse avuta, a pregare, anche se non so chi avrebbe pregato.»

«Ma per non credere in Dio non aveva bisogno di un episodio avvenuto nell'Ottocento» obiettò Kate. «Le tragedie non mancano anche ai nostri giorni. Bastava che guardasse la televisione o leggesse il giornale. Che pensasse alla Iugoslavia. Eliza Brady è morta da più di cent'anni.»

«È quello che le dicevo anch'io, ma lei mi rispondeva che la giustizia non cambia con gli anni e che noi non dovremmo lasciarci dominare dal concetto di tempo. Se Dio è eterno, è eterna anche la Sua giustizia. E la Sua ingiustizia.»

«Prima di questo allontanamento da sua sorella» chiese Kate, «era stata spesso a Innocent House?»

«Non molto spesso, ma qualche volta sì. C'era stata, anzi, molti mesi prima che avessi la vocazione, la possibilità che fossi assunta con un orario ridotto a Innocent House. Jean-Philippe Etienne desiderava in modo particolare che l'archivio venisse esaminato e catalogato e, a quanto pareva, riteneva che io fossi la persona adatta a questo incarico. Gli Etienne hanno sempre considerato, nel lavoro, anche l'aspetto economico e, probabilmente, lui aveva intuito che avrei accettato per un interesse personale e non solo per guadagnare. Ma Henry Peverell si era opposto e non è difficile capire perché.»

«Lei conosceva personalmente Jean-Philippe Etienne?»

«Ho conosciuto abbastanza bene tutti i soci. I due anziani,

Jean-Philippe e Henry erano ostinatamente aggrappati a un potere che né l'uno né l'altro sembravano capaci o desiderosi di esercitare. Gerard Etienne era, palesemente, il monello scalpitante, l'erede designato. Per Claudia Etienne non ho mai avuto molta simpatia, ma per James de Witt sì, penso che sia l'esempio di un uomo che vive con rettitudine senza il supporto di una fede religiosa. Ci sono quelli che, apparentemente, nascono esenti dal peccato originale. La loro bontà non è un merito.»

«Non è necessario avere una fede religiosa per vivere rettamente» osservò Dalgliesh.

«Forse no. La fede può non condizionare il comportamento. La pratica religiosa dovrebbe condizionarlo.»

«Lei non era presente, credo, all'ultimo ricevimento che è stato dato a Innocent House» disse Kate, «ma ha mai partecipato a quelli precedenti? Gli ospiti potevano girare liberamente per tutto il palazzo?»

«Sono stata solo a due ricevimenti. Uno d'estate e uno d'inverno. Niente vietava ai visitatori di andare dove volevano, ma non credo che molti ne approfittassero. Sarebbe stato scorretto cogliere l'occasione di un ricevimento per entrare in locali destinati di solito a un uso privato. Ora, però, a Innocent House ci sono soprattutto uffici e forse è diverso, ma i ricevimenti che vi si davano un tempo erano molto formali. L'elenco degli invitati era controllato e Henry Peverell non voleva che fossero, ogni volta, mai più di ottanta. Alla Peverell Press si è sempre evitato quel tipo di serata letteraria in cui si è costretti a fare troppi inviti per non offendere gli esclusi e le sale sono affollate di ospiti che cercano di non farsi cadere di mano un piatto di cibo freddo e bevono un vino bianco tiepido e di cattiva qualità sbadigliandosi in faccia l'un l'altro. La maggior parte degli invitati arriva dal fiume, così è più facile, almeno credo, allontanare eventuali intrusi.»

Non c'era molto altro da sapere. Di comune accordo, al termine del vialetto, tutti e tre tornarono sui loro passi. In silenzio arrivarono fino all'ingresso, poi Dalgliesh e Kate si congedarono senza rientrare nel convento. Sorella Agnes, nel salutarli, li fissò con molta intensità, trattenendo il loro sguardo e costringendoli a un momento di concentrazione, come se, con uno sforzo di volontà, potesse obbligarli a rispettare la fiducia che aveva mostrato di avere in loro.

Appena usciti dal viale, fermi al primo semaforo, Kate manifestò tutta la propria rabbia.

«Ecco perché c'era il letto nell'archivio piccolo! Ecco perché la porta aveva la chiave e anche il catenaccio! Dio, che mascalzone! Ha detto bene sorella Agnes. Lui in quella stanza si comportava come un miserabile despota vittoriano. La umiliava, la usava. Me lo posso immaginare che cosa succedeva lassù. Quell'uomo era un sadico.»

«Non ne abbiamo alcuna prova, Kate» disse tranquillamente Dalgliesh.

«Ma perché lei ci stava? Era una brava redattrice, stimata da tutti, con molta esperienza. Avrebbe potuto licenziarsi.»

«Lei era innamorata.»

«Come sua sorella è innamorata di Dio. Sorella Agnes cerca la pace, ma non mi pare che l'abbia trovata. Anche il futuro del convento è incerto.»

«La sua religione non promette la pace. Cristo ha detto "Non sono venuto a portare la pace ma la spada"» Dalgliesh vide che la citazione non significava niente per Kate. «È stata una visita utile» proseguì. «Ora sappiamo perché Sonia Clements è morta e sappiamo che la sua morte non aveva niente, o poco, a che vedere con il cattivo trattamento che Gerard Etienne aveva usato nei suoi confronti. E nessuno, a quanto risulta, ha nutrito il desiderio di vendicare la sua morte. Che gli ospiti potessero girare liberamente per Innocent House durante i ricevimenti lo sapevamo, ma è stato utile avere una conferma. E poi c'è l'informazione sull'archivio che è molto interessante. Secondo sorella Agnes era stato Henry Peverell a impedire che lei si occupasse della riorganizzazione dell'archivio. Ed è stato solo dopo la sua morte che Jean-Philippe Etienne ha incaricato Gabriel Dauntsey di occuparsene.»

«Sarebbe stato più interessante se fosse stato Etienne a volere che l'archivio rimanesse com'era. È ovvio che Henry Peverell volesse evitare che la sorella della sua amante intralciasse i suoi meschini sotterfugi.»

«Sì, questa è la spiegazione più ovvia» disse Dalgliesh «e, come la maggior parte delle spiegazioni ovvie, dev'essere anche quella giusta. Ma potrebbe esserci nell'archivio qualcosa che Henry Peverell voleva che nessuno scoprisse, qualcosa che lui credeva o temeva che ci fosse. È difficile capire, anche così, perché questo dovrebbe aiutarci a chiarire le ragioni della morte di Gerard Etienne. Lei ha ragione quando dice che sarebbe stato più interessante se fossero stati gli Etienne a insistere che nessuno toccasse l'archivio. In ogni caso dovremo dare un'occhiata a quelle vecchie carte.»

«A tutte?»

«Se sarà necessario, Kate, a tutte.»

43

Erano le nove e mezzo di domenica sera, e Daniel e Robbins, all'ultimo piano di Innocent House, seguitavano a sfogliare gli schedari, appoggiandoli sul tavolo e sulle sedie dell'archivio piccolo. Secondo il metodo deciso da Daniel per entrambi, sceglievano lungo gli scaffali gli schedari che sembravano più promettenti e li portavano nell'archivio piccolo per esaminarli con più attenzione. Era un lavoro deprimente perché né l'uno né l'altro sapevano bene che cosa cercavano. Daniel aveva previsto che, lavorando tutti e due, avrebbero impiegato delle settimane, ma stavano andando avanti più rapidamente di quanto non si fosse aspettato. Se le supposizioni di Dalgliesh erano fondate e c'erano davvero dei documenti che potessero gettare un po' di luce sulla morte di Etienne , qualcuno doveva averli consultati di recente. Questo significava che i vecchi schedari dell'Ottocento, molti dei quali erano rimasti intatti per un centinaio d'anni, potevano essere tranquillamente lasciati da parte, almeno per il momento. Non c'erano problemi di illuminazione, le lampadine appese al soffitto, senza schermo, erano a poco più di un metro di distanza l'una dall'altra. Ma c'era anche tanta polvere e il lavoro era faticoso, noioso e, secondo Daniel, senza speranza.

Poco dopo le nove e mezzo decise che per quella sera si poteva smettere. Si rendeva conto di non avere molta voglia di tornare a casa, in Bayswater Road, anzi ne aveva così poca che qualsiasi alternativa gli pareva preferibile. Era rimasto in casa il meno possibile da quando Fenella era partita per gli Stati Uniti. Avevano comprato insieme quell'appartamento diciotto mesi prima, ma dopo qualche settimana che vi abitavano aveva capito che impegnarsi a pagare un mutuo firmato da entrambi e a dividere la vita quotidiana era stato un errore.

Lei aveva detto: «Camere separate, tesoro. Abbiamo bisogno tutti e due della nostra privacy».

Più tardi si era chiesto se avesse detto veramente così o se lui avesse capito male. Non solo Fenella non aveva mai bisogno di privacy, ma non intendeva concederne neanche a lui e non perché volesse rifiutargliela, pensava Daniel, ma perché non sapeva bene che cosa fosse. Troppo tardi si era ricordato, come di una salutare lezione infantile, del bambinetto che gli strappava a pezzetti *L'Isola del tesoro* mentre la madre, compiaciuta, affermava: «In casa nostra tutti rispettano i libri e la cultura». L'esempio avrebbe dovuto insegnargli che ognuno ha di sé un'immagine poco aderente alla realtà. Fenella, in ogni caso, avrebbe potuto vincere il primato della inconciliabilità tra pensiero e azione. In casa c'era sempre una folla, passavano gli amici di Fenella e mangiavano nella sua cucina, litigavano e si riappacificavano sul suo divano, si lavavano nel suo bagno, facevano delle telefonate intercontinentali col suo telefono, prendevano d'assalto il suo frigorifero e bevevano la sua birra. Non si aveva mai un momento di pace, loro due non erano mai soli. La sua camera da letto era diventata la loro camera da letto perché quella di Fenella era quasi sempre occupata da un amico senza tetto. Fenella attirava gli altri come una porta aperta e illuminata. Il suo buonumore era un'attrattiva irresistibile. Si sarebbe accattivata anche le simpatie di sua madre, se mai avesse permesso che s'incontrassero, con la promessa immediata di convertirsi alla religione ebraica. Fenella era, soprattutto, compiacente.

La sua pressante socievolezza si accompagnava a un disordine che non aveva mai cessato di sbalordirlo durante i diciotto mesi della loro vita in comune e che, tuttavia, gli pareva inconciliabile con la sua meticolosa passione per certi piccoli oggetti d'arredamento. Se la ricordava mentre, con le braccia alzate, teneva appoggiate contro la parete del salotto tre piccole stampe attaccate in senso verticale su un nastro e sormontate da un fiocco. «Le metto qui, tesoro, o un po' più a sinistra? Che cosa ne dici?»

Non le importava che il lavandino di cucina fosse pieno di piatti sporchi, che la porta del bagno fosse ostruita da un mucchio di asciugamani maleodoranti, che i letti fossero sfatti e i vestiti sparsi sul pavimento della camera da letto. Insieme a questa sciatteria nella vita domestica aveva un bisogno continuo e irresistibile di fare il bagno e di lavarsi i vestiti. La casa era pervasa dai tonfi e dal sordo vorticare della lavatrice che si sovrapponevano a intervalli allo scrosciare dell'acqua della doccia.

Daniel ripensò a come gli aveva annunciato la fine della loro relazione. «Tesoro, Terry vuole che vada da lui a New York. Vuole che ci vada giovedì prossimo. Mi ha mandato un biglietto aereo di prima classe. Non ti dispiace, vero? Non siamo stati tanto bene insieme negli ultimi tempi. Non pensi anche tu che tra noi è venuto a mancare qualcosa di fondamentale? Qualcosa di prezioso che una volta c'era e adesso non c'è più. Non senti che qualcosa si è consumato fino all'ultima goccia?»

«Sì, i miei risparmi.»

«Ah, tesoro, non essere così meschino, non è da te.»

«E il lavoro?» le aveva chiesto. «Come lavorerai negli Stati Uniti? Non è facile avere la green card.»

«Oh, il lavoro non mi preoccupa, almeno per ora. Terry ha tanti soldi. Dice che posso divertirmi a fare più bella la sua casa.»

Si erano lasciati senza litigare. Era quasi impossibile, pensava Daniel, litigare con Fenella. Era rassegnato e, anche se con amarezza, lo incuriosiva scoprire che tanta amabilità non andava disgiunta da un senso pratico più acuto di quanto non si potesse sospettare.

«Tesoro, credo che ti converrebbe che io ti vendessi la mia metà dell'appartamento. Non al valore attuale. Adesso è sceso, come tutto. Sono sicura che potrai aumentare il mutuo. E se mi paghi la metà dell'arredamento, te lo lascio. Altrimenti, tesorino, non hai neanche il posto per sederti.»

Gli era parso che non valesse la pena di farle notare che l'arredamento l'aveva pagato quasi tutto lui anche se non l'aveva scelto e non gli piaceva nemmeno. Si era accorto poi che di quanto c'era di piccolo e trasportabile, il meglio era sparito con lei e ora, probabilmente, si trovava a New York. Il peggio era rimasto e lui non aveva né il tempo né la voglia di mettervi ordine. Fenella l'aveva lasciato con un mutuo sulle spalle, un appartamento pieno di mobili che non gli piacevano, una spaventosa bolletta del telefono fatta tutta di chiamate a New York e il conto di un avvocato che poteva solo sperare di riuscire a pagare a rate. Ma quello che lo irritava di più era che qualche volta avrebbe voluto che ritornasse.

C'era un piccolo bagno sul pianerottolo davanti all'archivio. Mentre Robbins si lavava le mani da decenni di sporcizia, Daniel, d'impulso, telefonò al distretto di Wapping. Kate non c'era. Ci pensò meno di un secondo e la chiamò a casa.

Quando rispose le chiese: «Che cosa stai facendo?».

«Sto mettendo in ordine delle vecchie carte. E tu?»

«Sto mettendo in disordine delle vecchie carte. Sono ancora a Innocent House. Verresti a bere qualcosa?»

Kate esitò un momento, poi rispose: «Perché no? Dove?».

«Al Town of Ramsgate. È comodo per tutti e due. Ci vediamo lì tra venti minuti.»

44

Kate lasciò l'automobile in fondo a Wapping High Street, percorse a piedi cinquanta metri e quanto era quasi arrivata al Town of Ramsgate, Daniel sbucò dal vicolo che portava a Wapping Old Stairs.

«Stavo guardando l'Execution Dock» rispose. «Credi che i pirati fossero ancora vivi quando li legavano ai piloni con l'acqua bassa e li lasciavano lì finché non erano sommersi da tre maree?»

«Non credo. Probabilmente li impiccavano prima. L'ordinamento penale del diciottesimo secolo era barbaro ma non fino a quel punto.»

Entrarono e furono accolti dallo scintillio variopinto e dallo spirito conviviale che a Londra anima sempre i pub la domenica sera. Il locale, che risaliva al diciassettesimo secolo, era piccolo e affollato e Daniel fu costretto a farsi largo tra la ressa dei clienti abituali per procurarsi un mezzo litro di Charrington's Ale per sé e un quarto per Kate. Un uomo e una donna si stavano alzando da un tavolino in fondo alla sala, vicino alla porta che dava sul giardino e Kate si affrettò a occupare il loro posto. Se Daniel aveva voluto uscire con lei per parlare più che per bere insieme una birra, lì sarebbero stati tranquilli. La serata si svolgeva regolarmente ma il livello delle voci era comunque molto alto. Con quel sottofondo di chiacchiere alternate a scoppi di risa sarebbero stati più soli e meno osservati che in un pub vuoto.

Kate sentiva che Daniel era in uno strano stato d'animo e si chiedeva se le avesse telefonato non perché cercava un'amica con cui bere una birra, bensì qualcuno con cui allenarsi a tirare qualche pugno, come in palestra, per scaricare i nervi. Ma la telefonata era stata gradita. Alan non si era fatto vivo e, con la casa quasi pronta, la tentazione di chiamarlo per vederlo ancora una volta prima della partenza era troppo forte e non la lasciava tranquilla.

Adesso era contenta di essere uscita, lontana da quella tentazione.

L'umore di Daniel era probabilmente inasprito dalla frustrante ricerca in archivio. La sera dopo avrebbe preso lei il suo posto, con le stesse scarse prospettive di ottenere qualche risultato. Ma se l'oggetto estratto dalla bocca di Etienne era davvero una cassetta, se l'assassino aveva avuto davvero bisogno di dire a Etienne che cosa lo spingeva a ucciderlo, allora il movente poteva essere nel passato e anche in un passato non recente; un'antica ferita, un torto immaginato, un'insidia rimasta segreta. La decisione di esaminare l'archivio poteva essere uno dei famosi tentativi di AD ma, come tale, aveva le sue radici nella ragione.

Guardando il bicchiere che aveva in mano, Daniel disse: «Tu hai lavorato con John Massingham, mi pare, al tempo dell'inchiesta Berowne. Ti è simpatico?».

«Era bravo, anche se meno bravo di quello che credeva. No, non mi è simpatico. Perché?»

Daniel non rispose alla domanda. «Nemmeno a me è simpatico. Siamo stati insieme come sergenti del reparto investigativo alla Divisione H. Lui mi chiamava "l'ebreo". Quando non c'ero, è ovvio. Non sta bene insultare un compagno quando ce l'hai davanti. Veramente diceva "il nostro intelligente ragazzetto ebreo" e ti assicuro che non era inteso come un complimento.»

Poiché Kate taceva, proseguì: «Se Massingham usa l'espressione "quando farò carriera" sappi che non parla di diventare sovrintendente capo, lui pensa di ereditare la carica di suo padre, capo della polizia. E ci riuscirà senza colpo ferire, prima di me e di te».

Prima di me certamente, pensò Kate. La sua ambizione era guidata dal senso della realtà. Ci sarebbe stata, un giorno, la prima donna nominata capo della polizia. Avrebbe potuto essere lei, ma sperarlo era una pazzia. Probabilmente era entrata nella polizia con dieci anni di anticipo.

«Tu puoi riuscirci, se lo vuoi davvero» gli disse.

«Forse. Non è facile essere ebrei.»

Kate avrebbe potuto ribattere che non era facile essere una donna in un ambiente maschilista come quello della polizia, ma era una protesta frequente e non voleva annoiare Daniel. Disse: «Non è facile essere illegittimi».

«Tu lo sei? Credevo che fosse di moda.»

«Forse, ma non come lo sono io. Anche essere ebrei può essere una posizione di prestigio.»

«Non nel mio caso.»

«Perché?»

«Perché gli ebrei come me non possono essere tranquillamente atei come tanti altri. Hanno bisogno di continuare a spiegare a Dio perché non credono in lui. Hanno una madre ebrea. Questo è essenziale, fa parte del quadro. Se non hai una madre ebrea non sei ebreo. Le madri ebree vogliono che i loro figli sposino graziose ragazze ebree, producano nipotini ebrei e si facciano vedere con loro alla sinagoga.»

«Alla sinagoga potresti anche andarci, ogni tanto, senza fare troppa violenza alla tua coscienza atea, ammesso che gli atei abbiano scrupoli di coscienza.»

«Gli ebrei atei ne hanno. Questo è il guaio. Andiamo a vedere il fiume.»

Dietro il pub c'era un giardinetto affacciato sul fiume e nelle calde sere d'estate a volte era troppo affollato. Ma nelle sere d'ottobre pochi tra i clienti abituali si sentivano invogliati a uscire con i loro bicchieri all'aperto e Kate e Daniel si trovarono soli in un freddo silenzio che odorava di fiume. C'era solo una lampada appesa al muro che diffondeva una luce tenue sulle sedie da giardino rovesciate e i mastelli di gerani con i gambi legnosi aggrovigliati.

Il silenzio era intenso. Improvvisamente Daniel disse: «Non lo prenderemo mai questo assassino».

«Perché ne sei così sicuro?» chiese Kate. «E perché sei sicuro che sia un uomo? Potrebbe essere una donna. E perché sei così disfattista? Dalgliesh è forse l'investigatore più intelligente di tutta l'Inghilterra.»

«È più probabile che sia un uomo. Smontare e rimontare una stufa è più un lavoro che fa un uomo. Supponiamo, per comodità, che sia un uomo. Non lo prenderemo perché è intelligente come Dalgliesh e ha su di lui un grande vantaggio: le norme di procedura penale sono dalla sua parte, non dalla nostra.»

Era una protesta che Kate conosceva bene. Daniel aveva una sfiducia negli avvocati che rasentava la paranoia, faceva parte delle sue ossessioni, come l'insofferenza per sentirsi chiamare Dan invece di Daniel. Kate era abituata a sentirlo lamentare che le norme di procedura penale fossero meno dirette all'arresto del colpevole che a escogitare una ingegnosa e lucrosa corsa a ostacoli per consentire agli avvocati di mostrare la loro abilità.

«Non è niente di nuovo. Negli ultimi quarant'anni le norme di procedura penale hanno favorito i criminali. È una realtà con la quale viviamo ogni giorno. E intanto ci sono dei poveri sciocchi che cercano di superare questa situazione e quando sanno di avere a che fare con un delinquente cercano le prove. Tutto questo scredita la polizia, lascia i colpevoli in libertà e produce altre leggi che fanno pendere ancora di più la bilancia dalla parte della delinquenza. Lo sai. Lo sappiamo tutti. La risposta sta nel cercare prove valide e corrette e portarle in tribunale.»

«Le prove valide in un'indagine difficile sono quelle portate dagli informatori e dagli agenti infiltrati. Non è che tu non lo sappia, Kate. Ma ora dobbiamo fornirle alla difesa in anticipo e così non possiamo usarle senza mettere a rischio delle vite umane. Lo sai quante indagini importanti abbiamo dovuto lasciar perdere negli ultimi sei mesi solo alla polizia metropolitana?»

«In questa indagine non succederà. Quando avremo le prove le produrremo.»

«Ma non le avremo. A meno che uno di loro non crolli e non succederà. Abbiamo solo prove indiziarie. Non abbiamo un solo elemento concreto che si possa collegare a qualcuno di cui sospettiamo. Tutti potrebbero essere colpevoli. Uno di loro lo è. Potremmo io e te montare un caso contro ciascuno di loro. Non si arriverebbe neanche in tribunale. Il Dipartimento lo scarterebbe prima. E se anche si arrivasse in tribunale, ti immagini che cosa ne farebbe la difesa? Etienne, direbbe, era salito in quella stanza per ragioni sue. Va' a provare che non è così. Doveva cercare qualcosa in archivio, per esempio un vecchio contratto. Pensa di non trattenersi a lungo e lascia la giacca e le chiavi in ufficio. Invece si imbatte in qualcosa di più interessante di quanto non pensasse e si immerge nel lavoro. Ha freddo, chiude la finestra e rompe il cordone. Accende la stufa. Quando si rende conto di quello che sta capitando è troppo debole per arrivare a spegnerla e muore. Qualche ora dopo il burlone trova il cadavere e decide di aggiungere una morbosa nota di mistero a quello che, in realtà, è stato solo uno sfortunato incidente.»

«Lo so, ce la siamo già ripetuta, questa storia, e non sta in piedi. Perché è caduto vicino alla stufa? Perché non è uscito dalla stanza? Non era uno stupido, sapeva che è pericoloso accendere una stufa a gas in un ambiente non aerato, perché, allora, ha chiuso la finestra?»

«D'accordo, diciamo che ha cercato di aprirla, non di chiuderla, e il cordone si è rotto.»

«Dauntsey afferma che la finestra era aperta l'ultima volta che era stato in quella stanza.»

«Dauntsey, tra quelli di cui è lecito sospettare, occupa il primo posto. Possiamo trascurare la sua testimonianza.»

«Ma non la trascureranno i suoi difensori. Non puoi condurre un'indagine lasciando da parte le testimonianze scomode.»

«Va bene. Etienne ha cercato di aprire o di chiudere la finestra. Lasciamo la questione in sospeso.»

«Ma perché ha acceso la stufa? Non faceva freddo. E dove sono queste carte che lo hanno interessato tanto? Sul tavolo c'erano solo dei contratti di cinquant'anni fa, con autori morti o dimenticati. Perché sarebbe andato a guardare proprio quelli?»

«Il burlone potrebbe averli scambiati. È impossibile sapere con certezza quali fascicoli stesse guardando Etienne.»

«Perché avrebbe dovuto scambiarli? E se Etienne era veramente andato a lavorare in archivio, è possibile che non si fosse portato una penna, una matita, una biro?»

«Era andato a leggere, non a scrivere.»

«Ma non avrebbe potuto scrivere, se avesse voluto. Non

avrebbe potuto neanche scarabocchiare il nome del suo assassino. Gli avevano rubato l'agenda con la matita. Non avrebbe potuto neanche scrivere quel nome nella polvere, perché non c'era polvere. E il graffio sul palato? Quello è un dato incontrovertibile.»

«Che però non possiamo collegare a nessuno. Non riusciremo a provare com'è stato fatto a meno che non mostriamo l'oggetto con il quale è stato fatto. E non sappiamo cos'è. Forse non lo sapremo mai. Abbiamo solo sospetti e prove indiziarie. Ci mancano perfino gli elementi per mettere sotto sorveglianza una delle persone di cui sospettiamo. T'immagini che scalpore? Quattro signori e signore rispettabili, senza precedenti penali. E due di essi con un alibi.»

«Alibi che non valgono niente» disse Kate. «Rupert Farlow ha ammesso francamente di essere disposto comunque, vero o no, a giurare che de Witt è stato in casa tutta la sera. E poi ci ha raccontato di avere avuto bisogno di lui tante volte durante la notte, e per ogni volta sapeva l'ora esatta.»

«Forse quando si sta per morire si bada di più al tempo che passa.»

«E Claudia Etienne afferma di essere stata col suo fidanzato, che ora sposerà una donna molto ricca, molto più ricca di una settimana fa. Credi che esiterebbe a mentire se lei glielo chiedesse?»

«D'accordo» disse Daniel. «È facile non credere a questi alibi, ma come potremmo confutarli? Tutti e due, Farlow e Cartwright, potrebbero aver detto la verità. Noi non siamo autorizzati a pensare il contrario. E se hanno detto la verità, la posizione di Claudia Etienne e di de Witt è impeccabile. Questo ci riporta a Gabriel Dauntsey, che avrebbe avuto i mezzi e l'opportunità per commettere il delitto e in più manca di un alibi per la mezz'ora prima di uscire di casa per la lettura di poesia.»

«Lo stesso vale per Frances Peverell» aggiunse Kate, «il cui movente potrebbe essere il più valido. Etienne l'aveva lasciata per un'altra donna e voleva anche vendere Innocent House contro la sua volontà. Lei aveva più ragioni di chiunque altro per desiderare la sua morte. E prova a convincere una giuria che un uomo di settantasei anni, sofferente di reumatismi, sia in grado di salire quelle scale, o prendere quell'ascensore lento e cigolante, fare quello che doveva nell'archivio piccolo e tornare a casa, tutto in otto minuti circa. È vero che Robbins ci ha provato e ci è riuscito, ma non ce l'avrebbe fatta se fosse andato anche a prendere il serpente al pianterreno.»

«Abbiamo solo la testimonianza di Frances Peverell per quegli otto minuti. E potrebbero essersi messi d'accordo. È sempre stata una delle possibilità che abbiamo contemplato. L'acqua che scorre dallo scarico della vasca non significa niente, Kate. Io l'ho vista quella vasca. È di quelle vecchie, solide vasche enormi. Ci potresti annegare dentro due adulti. Tutto quello che aveva da fare Dauntsey era lasciare scorrere un filo d'acqua per riempirla a poco a poco mentre lui non c'era. Poi, appena tornato, gli sarebbe bastato entrarci un attimo per aver l'aria di uno che ha appena fatto il bagno e telefonare a Frances Peverell. Ma, secondo me, erano complici.»

«Daniel, ragiona: è proprio questa storia dell'acqua del bagno a scagionare Frances Peverell. Se fossero stati complici, perché architettare tutti questi particolari di vasche da bagno, acqua che esce dallo scarico e otto minuti? Perché non raccontare semplicemente che lei stava aspettando che Dauntsey tornasse con un taxi, preoccupata perché era in ritardo, e quando l'ha visto arrivare l'ha fatto salire e l'ha ospitato per la notte. Ha una camera degli ospiti, no? Se si trattava di un omicidio, la paura di eventuali pettegolezzi non poteva preoccuparla.»

«Avremmo potuto provare che Dauntsey non aveva dormito in quel letto. Avremmo mandato la scientifica. Non si dorme tutta la notte in un letto senza lasciare tracce di capelli o di sudore.»

«Be', io credo lo stesso che abbia detto la verità. Quell'alibi è troppo complicato per non essere vero.»

«È quello che ci si aspettava che pensassimo. Dio, com'è intelligente questo assassino. Intelligente e fortunato. Pensa per un momento a Sonia Clements. Si è suicidata in quella stanza. Perché non potrebbe essere stata lei a sfilacciare il cordone della finestra e a tappare la canna fumaria?»

«AD e io» rispose Kate «stamattina abbiamo indagato anche su questo, nei limiti del possibile. La sorella ci ha detto che non aveva nessuna facilità per i congegni meccanici. E poi, perché manipolare la stufa? Per la speranza che qualcuno, dopo settimane, l'accendesse, convincesse Etienne a entrare nell'archivio piccolo e lo chiudesse dentro per avvelenarlo col monossido di carbonio?»

«No, naturalmente. Ma lei potrebbe aver deciso di uccidersi a quel modo perché la sua morte sembrasse accidentale e i Peverell non avessero delle noie. Forse era dal tempo della morte del vecchio Peverell che ci pensava, poi, quando Gerard Etienne l'ha licenziata così brutalmente...»

«Non sappiamo se è stato proprio brutale.»

«Supponiamo che lo sia stato. Quando non le è più importato di nuocere all'azienda, anzi forse ha desiderato di nuocere, se non altro, almeno a Gerard Etienne, ecco che non si è preoccupata più di far passare il suo suicidio per una morte accidentale, si è suicidata nel modo più comodo, con sonnifero e alcol, e ha lasciato anche un biglietto. Kate, questa spiegazione mi convince. Ha una sua folle logica.»

«Io vedo più la follia che la logica. Come poteva sapere l'assassino che la Clements aveva bloccato la canna fumaria? Lei certo non gliel'aveva detto. Tu così non fai altro che rendere più plausibile la tesi della morte accidentale. Dai una mano alla difesa. Mi pare di sentirli: "Signore e signori della giuria, Sonia Clements aveva le stesse possibilità del mio cliente di alterare il funzionamento della stufa a gas. E Sonia Clements è morta".»

«Va bene» replicò Daniel, «siamo ottimisti. Noi riusciamo a prendere l'assassino. E poi? Lo tengono in prigione per dieci anni se gli va male, per meno se gli concedono la buona condotta.»

«Vorresti che lo impiccassero?»

«No. E tu?»

«No, non vorrei. Non sono sicura, però, di trovarmi su posizioni del tutto razionali. Non sono nemmeno sicura di essere sincera. In realtà penso che la pena di morte sia un deterrente, quindi vorrei che capitasse più spesso che gli innocenti fossero condannati a morte così m'indignerei e mi salverei la coscienza dicendo che sono contro la pena di morte.»

«Hai visto quel programma alla televisione la settimana scorsa?»

«Quello sul sistema correzionale negli Stati Uniti?»

«Correzionale! Bella parola. Una volta corretti li ammazzano con un'iniezione letale dopo averli tenuti Dio sa quanti anni nel braccio della morte.»

«Ho visto la trasmissione. C'è da dire che fanno una fine migliore di quella delle loro vittime. Anzi migliore di quella della maggior parte degli esseri umani.»

«Allora tu approvi l'omicidio per vendetta?»

«Non ho detto questo, Daniel. È che non sono riuscita a provare pietà. Avevano ucciso in uno Stato in cui esiste la pena di morte e protestavano perché lo Stato metteva in atto quello che è scritto nella sua legislazione. Nessuno di loro ha avuto una parola per le proprie vittime. Nessuno ha pronunciato la parola rimorso.»

«Uno sì.»

«Allora non ho sentito.»

«Non è l'unica cosa che non hai sentito.»

«Vuoi litigare?»

«Sto cercando di capire in che cosa credi.»

«Quello in cui credo è solo affar mio.»

«Anche in materia di lavoro?»

«Soprattutto. In ogni modo quella trasmissione riguardava il nostro lavoro solo indirettamente. Mi ha offesa e mi ha irritata. Sì, era ben costruita, ma la tesi non era chiara. Anche se non posso dire che non fosse obiettiva. Alla fine davano un numero di telefono perché gli spettatori potessero esprimere la loro indignazione, ma io non ero indignata nel senso che intendevano loro. La verità è che a me non piacciono i programmi televisivi che cercano di spiegarmi che cosa dovrei pensare.»

«Allora è meglio che non guardi più i documentari.»

Un motoscafo della polizia, lucido e veloce, risalì la corrente, il faro di prua frugava nell'oscurità, la scia era una coda di pesce bianca e schiumosa. Si allontanò e la superficie sconvolta si calmò in un blando ritmico gonfiore dove le luci dei pub lungo la riva creavano scintillanti pozze d'argento. Piccole perle di schiuma uscivano dall'oscurità per frangersi contro l'argine. Era tornato un gran silenzio. Kate e Daniel, seduti a mezzo metro l'uno dall'altra, osservavano il fiume. A un tratto, contemporaneamente, si guardarono negli occhi. Kate non vide l'espressione di quelli di Daniel alla luce dell'unica lampada sul muro, ma ne avvertì l'intensità e lo sentì respirare più in fretta. Provò allora, all'improvviso, un desiderio fisico così forte che dovette appoggiarsi con una mano al muro per impedirsi di avvicinarglisi e farsi stringere tra le braccia.

Lui disse «Kate» e fece un gesto verso di lei che capì quello che sarebbe avvenuto e si tirò rapida in disparte. Un movimento appena accennato, ma inequivocabile. «Cosa c'è che non va, Kate?» chiese Daniel con dolcezza e poi con un tono diverso, ironico, aggiunse: «AD non sarebbe contento?».

«Non gestisco la mia vita privata per compiacere AD.»

Daniel non la toccò. Lei pensò che sarebbe stato più facile se l'avesse fatto. «Ho appena lasciato un uomo che amo» disse «a causa del lavoro. Perché dovrei comprometterlo per qualcuno che non amo?»

«Sarebbe compromesso il tuo lavoro o il mio?»

«Tutti e due, Daniel.»

«Mi avevi consigliato di fare un po' di tirocinio, di frequentare ragazze interessanti e intelligenti» disse Daniel, stuzzicandola un po'.

«Non mi sono offerta di far parte del tirocinio.»

La risata di lui ruppe la tensione. A Kate piaceva molto Daniel, anche perché, a differenza dalla maggior parte degli uomini, sapeva accettare un rifiuto senza rancore. E perché avrebbe dovuto provare rancore? Nessuno dei due poteva fingere di essere innamorato. Siamo vulnerabili entrambi, pensò Kate, e un po' soli, ma non è questa la soluzione.

Quando rientrarono nel pub, Daniel disse: «Se ci fosse stato Dalgliesh qui, e ti avesse chiesto di andare a casa sua, ci saresti andata?».

Kate pensò un momento, poi decise che Daniel meritava la sua sincerità: «Probabilmente sì, ci sarei andata».

«Amore o sesso?»

«Né l'uno né l'altro. Chiamiamola curiosità.»

45

Il lunedì mattina Daniel chiamò il centralino di Innocent House e chiese a George Copeland di passare dal distretto di Wapping durante l'intervallo del pranzo. All'una e mezzo Copeland arrivò portando con sé nella stanza un'angoscia e un'apprensione che si sentivano pesare nell'aria. Quando Kate disse che la stanza era molto calda e gli consigliò di levarsi la giacca lui obbedì immediatamente come se invece di un consiglio fosse stato un ordine, ma guardò con ansia Daniel che la portava via per appenderla, quasi fosse il primo stadio di una premeditata svestizione. Guardando la sua faccia infantile Daniel pensò che doveva essere cambiato poco da quando era bambino. Le guance tonde, con i pomelli rossi, erano lisce come gomma, e contrastavano con la massa di capelli grigi. Gli occhi avevano uno sguardo di fervida, nevrotica speranza e la voce, gradevole ma diffidente, era, sospettò Daniel, più pronta a rabbonire che ad affermare. Doveva essere stato tiranneggiato a scuola e da allora trattato sempre con autorità, ma pareva aver trovato a Innocent House un rifugio in un lavoro adatto a lui, che lo svolgeva in modo soddisfacente. Quanto sarebbe andato avanti in quella nuova situazione?

Kate l'aveva fatto sedere davanti a sé con maggior cortesia di quanta non avrebbe mostrato a Claudia Etienne o a chiunque altro entrasse nel numero dei sospetti, ma lui stava rigido come se fosse di legno; le mani, simili a grosse zampe, posate sulle ginocchia coi pugni chiusi.

«Signor Copeland» disse Kate, «la sera della festa di fidanzamento del signor Etienne, il 10 luglio, lei è stato visto scendere con la signora Bartrum dall'ultimo piano di Innocent House, dove si trova l'archivio. Che cosa era andato a fare lassù?»

La domanda era stata posta con gentilezza, ma l'effetto su Copeland fu devastante, come se Kate l'avesse inchiodato al muro gridandogli un'accusa in faccia. Copeland sprofondò sulla sedia, i pomelli rossi s'infiammarono, s'ingrandirono poi si scolorirono lasciandolo così pallido che Daniel gli si avvicinò temendo di vederlo svenire.

«Ammette» chiese Kate «di essere salito al piano superiore?»

Copeland trovò un po' di voce per rispondere. «Sì, ma non sono andato in archivio. La signora Bartrum cercava il bagno, io l'ho accompagnata a quello dell'ultimo piano e l'ho aspettata fuori.»

«Perché non ha usato il bagno delle signore al primo piano?»

«Ha provato, ma tutti e due gli stanzini erano occupati e c'era anche la fila fuori. Lei aveva... aveva fretta.»

«Dunque l'ha accompagnata al piano di sopra. Ma come mai la signora Bartrum aveva chiesto a lei dov'era il bagno e non a una donna del personale?»

Era una domanda, pensò Daniel, che sarebbe stato più ragionevole rivolgere alla signora Bartrum, ma senza dubbio sarebbe venuto anche il suo turno.

Copeland, stavolta, non rispose. Kate insisté. «Non sarebbe stato più logico che avesse chiesto a una donna del personale?»

«Sì, non l'ha fatto per timidezza. Non le conosceva. Io ero al centralino.»

«Allora la signora Bartrum la conosceva, è così?» Copeland non rispose, fece solo un piccolo cenno d'assenso. «Vi conoscete bene?»

Copeland, guardandola in faccia, disse: «È mia figlia».

«Il signor Sydney Bartrum ha sposato sua figlia? Bene, questo spiega tutto, è tutto naturale e comprensibile. La signora è venuta da lei perché lei è suo padre. Ma non lo sa nessuno, mi pare. Come mai tanta segretezza?»

«Se glielo dico verranno informati anche altri? Dovrà riferirlo a qualcuno?»

«Solo all'ispettore capo Dalgliesh, a meno che non sia importante per la nostra inchiesta. Non possiamo deciderlo se lei non si spiega meglio.»

«È stato il signor Bartrum, Sydney, che ha voluto tenerlo nascosto, almeno all'inizio. È un buon marito, le vuole bene, sono felici insieme. Il suo primo marito era un violento. Lei ha fatto di tutto perché il matrimonio potesse andare avanti, ma credo che quando lui se n'è andato si sia sentita sollevata. Aveva sempre avuto altre donne e a un certo punto si è messo a vivere con una di queste. Hanno divorziato, ma è stata una brutta esperienza, lei aveva perso fiducia nella vita. Per fortuna non avevano bambini.»

«Come ha conosciuto il signor Bartrum?»

«Era venuta a prendermi alla Peverell. Io, di solito, esco per ultimo, così nessuno l'ha vista tranne il signor Bartrum. La sua automobile non partiva e Julie e io gli abbiamo offerto un passaggio. Quando siamo arrivati a casa sua ci ha invitati a salire per bere un caffè. Credo che si fosse sentito obbligato. È stato l'inizio. Hanno cominciato a scriversi, lui andava a trovarla il sabato o la domenica a Basingstoke, dove Julie abitava e lavorava.»

«Ma a Innocent House sapevano certamente che lei aveva una figlia.»

«Non ne sono sicuro. Sapevano che ero vedovo, ma nessuno mi aveva mai chiesto niente della mia famiglia, anche perché mia figlia non abitava con me, lavorava in un ufficio dell'esattoria a Basingstoke e veniva di rado a casa mia. Può darsi che lo sapessero, ma non se n'era mai parlato, per questo è stato facile, quando si sono sposati, non farlo sapere a nessuno.»

«Ma perché non lo doveva sapere nessuno?»

«Il signor Bartrum, Sydney, diceva che voleva mantenere la massima riservatezza sulla sua vita privata, che il suo matrimonio non aveva niente a che vedere con la Peverell Press e che preferiva evitare i pettegolezzi degli impiegati più giovani. Al matrimonio non ha invitato nessuno, ha solo avvertito i dirigenti che si era sposato. Quello era necessario perché aveva dovuto farsi cambiare lo stato di famiglia. Quando è nata la bambina l'ha detto e ha anche mostrato a tutti la fotografia. Ne è molto orgoglioso. Io credo, per prima cosa, che non abbia voluto far sapere... be', che aveva sposato la figlia del centralinista. Forse temeva di perdere il decoro. È cresciuto in un orfanotrofio e, quarant'anni fa, gli istituti per l'infanzia erano diversi da come sono oggi. A scuola era disprezzato, tenuto in disparte e credo che non l'abbia mai dimenticato. È sempre stato eccessivamente preoccupato della sua posizione nell'azienda.»

«E sua figlia come giudica tutti questi misteri?»

«Non credo che se ne preoccupi, anzi ormai se ne sarà anche dimenticata. Non è come se l'azienda facesse parte della sua vita. Da quando si è sposata è stata a Innocent House una volta sola, per la festa di fidanzamento del signor Gerard. Voleva vedere l'interno del palazzo e, al numero 10, la stanza dove lavora suo marito. Gli vuole molto bene. Hanno una bambina. Sono felici. Lui ha cambiato la vita di mia figlia. E non è che non li frequenti fuori dall'ufficio, sa, vado a trovarli quasi tutte le domeniche, cerco di vedere Rosie, la piccolina, tutte le volte che mi è possibile.»

Guardava ora Daniel ora Kate come se volesse supplicarli di capire. «So che può sembrare strano» disse infine «e penso che ora Sydney se ne sia pentito. Me l'ha quasi detto. Ma io mi rendo conto di com'è andata. Lui ci ha chiesto, impulsivamente, di non parlarne con nessuno e poi più il tempo passava più diventava difficile dire la verità. Tra l'altro nessuno ha mai chiesto a lui chi aveva sposato né a me se avevo una figlia. Gli altri s'interessano alla tua famiglia solo se ne parli e anche in questo caso lo fanno per buona educazione e nient'altro. Non perché gliene importi veramente. Al signor Bartrum dispiacerebbe molto se adesso si venisse a sapere. E non vorrei che pensasse che sono stato io a dirvelo. Credete che tutto questo avrà un seguito?»

«No» rispose Kate, «credo di no.»

Copeland parve rassicurato e Daniel lo aiutò a infilarsi la giacca. Ma quando tornò, dopo averlo accompagnato all'uscita, trovò Kate che passeggiava su e giù per la stanza in preda a un accesso di collera.

«Maledetti, boriosi, stupidi snob! Quest'uomo vale dieci Bartrum! Oh, capisco com'è andata, d'accordo, so che esiste l'insicurezza sociale. Lui è l'unico dei dipendenti anziani che non è stato né a Oxford né a Cambridge. Pare che queste cose siano molto importanti per quelli che appartengono al tuo sesso, Daniel. Dio sa perché. E questo ti spiega anche qualcosa sulla Peverell Press. Copeland lavora lì da quanto? Da quasi vent'anni, e nessuno gli ha mai neanche chiesto se aveva una figlia.»

«Se glielo avessero chiesto avrebbe risposto che sì, aveva una figlia, che si era sposata ed era molto felice, grazie. Ma perché avrebbero dovuto chiederglielo? Dalgliesh non ti chiede niente della tua vita. Vorresti che lo facesse? È andata così: prima Bartrum ha ceduto all'impulso snobistico di non far sapere che aveva sposato la figlia del centralinista e poi si è reso conto che doveva mantenere il segreto per non fare la figura del cretino. Quello che mi chiedo è: quanto sarebbe stato disposto a pagare per impedire il diffondersi della notizia? Ma adesso, almeno, sappiamo perché la signora Bartrum era salita con Copeland all'ultimo piano. Lui, veramente, non aveva bisogno di un pretesto, poteva andarci in qualsiasi momento. È comunque un piccolo problema che ci siamo tolti di torno.»

«Non del tutto» obiettò Kate. «Sono molto discreti a Innocent House, soprattutto i soci, ma dalla signora Demery e dai dipendenti più a basso livello abbiamo potuto farci un'idea di quello che stava succedendo. Con Gerard Etienne a capo dell'azienda, per quanto tempo ancora credi che Copeland e Bartrum sarebbero rimasti al loro posto? Copeland è molto affezionato a sua figlia che è altrettanto affezionata a suo marito, Dio sa perché, ma è così. Hanno una posta in gioco, per Bartrum e Copeland, è alta. Sei d'accordo? Non dimenticare, per quanto riguarda Copeland, che ha molta abilità manuale, sa aggiustare tutto e quindi, a Innocent House, è uno di quelli che non avrebbero avuto difficoltà a smontare e rimontare una stufa a gas. E avrebbe potuto farlo, con la massima sicurezza, in qualsiasi momento. L'unico a usare l'archivio piccolo è Gabriel Dauntsey e lui non accende mai la stufa a gas. Quando è necessario si porta una stufetta elettrica da casa. Non è un piccolo problema che ci siamo tolti di torno, come dici tu, è uno schifo di complicazione in più.»

Parte Quarta

PROVA SCRITTA

46

La sera di giovedì, 21 ottobre, Mandy uscì dall'ufficio un'ora più tardi del solito. Doveva incontrarsi con Maureen, la ragazza che divideva la casa con lei, in un pub, il White Horse sulla Wanstead Road per una cenetta cui sarebbe seguito un concerto di jazz. La serata aveva lo scopo di festeggiare sia il diciannovesimo compleanno di Maureen sia il suo amore col batterista del gruppo "Devils on Horseback". Lo spettacolo cominciava alle otto, ma si sarebbero trovati tutti al pub un'ora prima. Mandy si era portata il vestito nel cestino del motorino per andare direttamente dall'ufficio al White Horse. La prospettiva della serata e soprattutto dell'incontro con il leader del gruppo, Roy, che, così aveva deciso, le piaceva o le sarebbe piaciuto se la serata fosse andata bene, aveva proiettato sulla giornata una luce di felice aspettativa che nemmeno il silenzio della signorina Blackett e la sua maniacale concentrazione sul lavoro erano riusciti a offuscare. La signorina Blackett ora lavorava per Claudia Etienne, che si era trasferita nell'ufficio di suo fratello. Tre giorni dopo la sua morte, Mandy aveva sentito il signor de Witt che la incoraggiava a occuparne il posto.

«È proprio quello che lui avrebbe desiderato. Adesso la carica di presidente e amministratore delegato è tua o lo sarà appena tutti avranno approvato ufficialmente questa soluzione ovvia e necessaria. Ma la stanza non deve restare vuota. Gerard non sarebbe stato d'accordo che fosse tenuta come un santuario.»

Qualcuno, tra i dipendenti, si era licenziato subito, ma quelli che erano rimasti, per scelta o per necessità, si trovavano legati da un'istintiva solidarietà dopo l'esperienza vissuta. Aspettavano insieme gli sviluppi del nuovo corso dell'azienda e, quando i soci non erano presenti, facevano una quantità di ipotesi e di pettegolezzi. Allo sguardo acuto e all'udito fine di Mandy non sfuggiva niente. Le pareva ora di essere legata a Innocent House da una misteriosa dipendenza. Andava a lavorare ogni mattina con un'energia che era fatta di eccitazione e curiosità, rese più sapide da un pizzico di paura. Quella stanzetta disadorna dove, il primo giorno, aveva visto davanti a sé il cadavere di Sonia Clements era presente con tanta forza nella sua immaginazione che tutto l'ultimo piano, ancora sotto i sigilli della polizia, aveva assunto il potere terrificante di una fiaba, era diventato l'antro di Barbablù, l'orrido territorio vietato. Non aveva visto il cadavere di Gerard Etienne, ma nei suoi pensieri era presente come la vivida immagine di un sogno. Qualche volta, prima di dormire, le pareva di vedere i due corpi vicini, quello della signorina Clements disteso nel suo miserabile squallore e l'altro, quello di un uomo seminudo che guardava nel vuoto, terrorizzato, mentre i suoi occhi da cui ormai la vita stava per sfuggire ammiccavano e brillavano e il serpente prendeva una sua viscida vita, con la lingua rossa cercava la bocca morta e s'irrigidiva nello sforzo di aspirarne l'ultimo respiro. Ma erano, lo sapeva, fantasie controllabili. Sicura di sé, nella consapevolezza della propria innocenza, senza sentirsi mai in pericolo, si divertiva con un po' di rimorso a provocarsi quei falsi terrori. Ma capiva che Innocent House era contaminata da una paura che andava oltre il suo indulgere a quelle fantasie. Cominciava ad avvertire l'odore della paura, come una nebbia che salisse dal fiume, fin da quando scendeva dal motorino, poi la paura s'infittiva, la investiva mentre varcava il portone. La vedeva nello sguardo ansioso di George che la salutava, nella faccia tesa e negli occhi inquieti della signorina Blackett, nei passi del signor Dauntsey che, invecchiato all'improvviso, senza più energie, si trascinava penosamente su per le scale. Sentiva la paura nelle voci di tutti i soci.

Il giorno prima, mercoledì, la signorina Claudia aveva riunito i dipendenti nella sala consiglio. C'erano tutti, perfino George, che aveva inserito la segreteria telefonica, e Fred

Bowling, il marinaio del motoscafo. Erano state aggiunte delle sedie, disposte in semicerchio, e i soci si erano seduti al tavolo, Claudia Etienne con Frances Peverell alla sua destra e de Witt e Dauntsey alla sinistra. Quando era arrivata la chiamata, la signorina Blackett aveva riagganciato il telefono e aveva detto: «Venga anche lei, Mandy. Adesso è una di noi» e Mandy, nonostante tutto, se n'era sentita profondamente gratificata. Si erano sedute, un po' imbarazzate, in seconda fila e Mandy aveva percepito l'eccitazione, la curiosità, l'ansia, contenute ma presenti.

Quando l'ultima arrivata era corsa, rossa in viso, a occupare una sedia in prima fila ed era stata chiusa la porta, Claudia Etienne aveva detto: «Dov'è la signora Demery?».

Era stata la signorina Blackett a rispondere: «Forse ha pensato di non dover essere inclusa».

«Tutti sono inclusi. Vada a chiamarla, per favore, Blackie.»

La signorina Blackett era uscita in fretta e, dopo un paio di minuti durante i quali la riunione era rimasta in sospeso, in un silenzio totale era rientrata con la signora Demery che, per la fretta, non si era neanche tolta il grembiule. Aveva aperto la bocca come per esprimere qualche commento sprezzante, poi ci aveva ripensato, l'aveva richiusa e si era messa a sedere sull'unica sedia rimasta, al centro della prima fila.

«Prima di tutto» aveva detto Claudia Etienne, «devo ringraziarvi per la vostra fedeltà all'azienda. La morte di mio fratello, avvenuta in quel modo, è stata un'esperienza terribile per tutti noi. Questo è un momento difficile per la Peverell Press, ma io spero e credo che lo supereremo insieme. Abbiamo delle responsabilità nei confronti degli autori che si aspettano che i nostri libri mantengano quel livello elevato che ha caratterizzato la Peverell Press per più di duecento anni. Sono stata informata del risultato dell'inchiesta. Mio fratello è morto per avvelenamento da monossido di carbonio prodotto dalla stufa a gas che era nell'archivio piccolo. La polizia non è ancora in grado di farci conoscere con esattezza le circostanze in cui è avvenuta la morte. So che ciascuno di voi è già stato interrogato dall'ispettore Dalgliesh o da uno dei suoi collaboratori. I colloqui probabilmente continueranno e so che farete il possibile per facilitare lo sviluppo dell'indagine, come del resto faremo noi soci.

«Una parola sul futuro dell'azienda. Avrete sentito parlare del progetto di vendere Innocent House per traslocare ai Docks. Per ora non c'è niente di deciso. Si andrà avanti così almeno fino alla conclusione dell'anno finanziario, l'aprile prossimo. Molto dipenderà dal successo del catalogo d'autunno e da come andranno le vendite di Natale. Il catalogo è particolarmente interessante, quest'anno, e ci consente di essere ottimisti. Devo dirvi, però, che non sono contemplati aumenti di stipendio per il resto dell'anno e che i soci, per quanto li riguarda, si sono accordati per una riduzione del dieci per cento. Non ci saranno altri cambiamenti relativi ai posti di lavoro almeno fino ad aprile, ma sarà inevitabile una riorganizzazione a livello manageriale: io avrò la carica di presidente e amministratore delegato, ad interim. Questo significa che sarò responsabile della produzione, della contabilità e del magazzino, esattamente come mio fratello. La signorina Peverell assumerà le mie attuali responsabilità di direttore delle vendite e della pubblicità, il signor de Witt e il signor Dauntsey aggiungeranno alla loro attività editoriale il compito di occuparsi dei contratti e dei diritti. Abbiamo assunto Virginia Scott-Headley della Herne & Illingworth per collaborare con Maggie all'ufficio pubblicità. Ha competenza ed esperienza e gestirà anche i rapporti con la stampa e con chiunque dall'esterno chieda particolari sulla morte di mio fratello. George finora ha saputo far fronte a tutto meravigliosamente bene, ma quando arriverà la signorina Scott-Headley le telefonate di quel genere verranno passate all'ufficio pubblicità. Non penso di dover aggiungere nient'altro, se non che la Peverell Press è la più antica casa editrice indipendente di tutta l'Inghilterra e che noi siamo decisi a farla vivere e prosperare. È tutto. Grazie per essere venuti. Ci sono domande?»

Era seguito un silenzio imbarazzato durante il quale pareva che i presenti cercassero invano il coraggio di aprir bocca. La signorina Claudia ne aveva approfittato per alzarsi e uscire in fretta.

Più tardi, in cucina, mentre preparava il caffè per Blackie, la signora Demery non si era più trattenuta dal parlare.

«La verità è che nessuno di loro sa che pesci pigliare. Si è capito benissimo. Il signor Gerard era un mostro ma almeno sapeva quello che voleva e come ottenerlo. Non venderanno Innocent House, ci ha pensato la signorina Peverell a impedirlo e il signor de Witt l'ha sostenuta. Ma se non vendono il palazzo, come faranno a mantenerlo? Me lo dica lei, Mandy. Se la gente qui avesse un po' di buonsenso comincerebbe a cercarsi un nuovo impiego.»

Ora, da sola in ufficio, mentre riordinava la scrivania, Mandy pensò che quei sessanta minuti in più facevano una gran differenza. Innocent House si era improvvisamente svuotata. Salendo la scala per andare nel bagno del primo piano a cambiarsi il vestito sentì l'eco sinistra dei propri passi sul marmo, come se qualcuno le camminasse dietro le spalle. Si fermò sul pianerottolo e, oltre la balaustra, vide i due globi di luce ai piedi della scala brillare simili a lune tremolanti sull'atrio che era diventato misterioso come una caverna. Si cambiò in fretta, mise i vestiti da ufficio nel borsone, s'infilò dalla testa la gonnellina corta a balze, di cotone patchwork col corpetto uguale, e si infilò gli stivali alti luccicanti. Era un peccato portarli per andare in motorino, ma erano abbastanza robusti e metterli nel cestino sarebbe stato scomodo.

Che silenzio! Lo sciacquone del bagno sembrava una valanga. Si sentì più tranquilla vedendo George che, ancora dietro il banco, con la giacca e il suo vecchio cappello di tweed, riponeva, chiudendoli a chiave, tre pacchetti che qualcuno doveva mandare a ritirare l'indomani. Il perfido burlone non aveva più colpito dopo la morte di Etienne, ma le misure precauzionali erano ancora in vigore.

«Non è strano» disse Mandy «che ci sia tutto questo silenzio? Sono io l'ultima?»

«Sì, oltre a me e alla signorina Claudia. Ora me ne vado anch'io. L'allarme lo inserirà la signorina Claudia.»

Uscirono insieme. George richiuse la porta alle loro spalle con un colpo. Per tutto il giorno era caduta una pioggia incessante, aveva danzato sul piazzale di marmo, era colata a rivoli contro i vetri delle finestre fino a coprire il grigio gonfiarsi del fiume, ma ora non pioveva più e le luci posteriori della vecchia Metro di George facevano brillare i ciottoli di Innocent

Passage come file di castagne appena sgusciate. Nell'aria c'era già il primo morso dell'inverno. Mandy sentì che cominciava a colarle il naso e cercò nella borsa la sciarpa e il fazzoletto. Aspettò a salire in motorino che George, con snervante lentezza, cominciasse a fare retromarcia dentro Innocent Passage. Poi, ripensandoci, corse a dirgli che in Innocent Walk non c'erano automobili che ingombrassero la strada. Non ce n'erano mai, ma George non rinunciava a quella manovra come se fosse la sua quotidiana partita a dadi con la morte. La salutò con un grato gesto di commiato, accelerò e se ne andò. Mandy rifletté che ora non lo avrebbero più licenziato e fu contenta per lui. Secondo la signora Demery correva voce che il signor Gerard volesse mandarlo via.

Mandy procedette ondeggiando in mezzo al traffico degli ultimi pendolari con la solita abilità e la solita allegra noncuranza per i clacson degli automobilisti colpiti nell'orgoglio ed era passata mezz'ora o poco più quando vide davanti a sé la facciata falso Tudor del White Horse con i suoi festoni di luci colorate. Era arretrato un centinaio di metri rispetto alla strada, là dove finivano file di case di periferia, per dare spazio al sottobosco prima della Epping Forest. Lo spazio antistante il pub era pieno di automobili e Mandy vide che c'erano già il camioncino del gruppo e la Fiesta di Maureen. Si spostò lentamente fino al parcheggio più piccolo, sul retro, tolse la borsa dal cestino e andò nello spogliatoio dove trovò una rumorosa massa di ragazze che appendevano le giacche e si cambiavano le scarpe sotto un cartello che liberava la direzione da ogni responsabilità, facevano la coda davanti alle quattro porte dei gabinetti, disseminavano di scatole di cipria compatta la mensola sotto lo specchio che correva lungo la parete. Ma quando riuscì a trovare posto e frugò nella borsa per cercare il sacchettino di plastica dove teneva il trucco, Mandy fece una scoperta che le mandò il cuore in gola: il portafoglio non c'era più. Una busta di pelle nera che serviva anche da portafoglio, dove teneva i soldi, la carta di credito e il libretto degli assegni, simboli di una indipendenza economica ai quali teneva moltissimo, e la chiave del portone di casa. Le sue esclamazioni di sgomento distolsero Maureen dalla cura scrupolosa con cui si stava disegnando una linea sottile lungo le ciglia.

«Tira fuori tutto» consigliò. «Io faccio sempre così» e tornò ad abbellirsi le palpebre.

«Questa se ne frega» mormorò Mandy, spinse i trucchi di Maureen da parte ed estrasse tutto quello che c'era nella borsa, ma non trovò il portafoglio. Allora le venne in mente che poteva esserle caduto quando, nell'uscire da Innocent House, aveva preso la sciarpa e il fazzoletto. Probabilmente era ancora lì, sui ciottoli. Doveva tornare indietro a cercarlo. Per fortuna non c'erano molte possibilità che l'avesse preso qualcuno. La sera, Innocent Walk e Innocent Lane in particolare erano sempre deserti. Avrebbe perso la cena ma, con un po' di fortuna, non più di mezz'ora dello spettacolo.

Le venne un'idea. Avrebbe potuto telefonare al signor Dauntsey o alla signorina Peverell. Almeno così avrebbe saputo se il portafoglio era davvero lì. Forse avrebbero pensato che era una sfacciataggine da parte sua, ma in realtà era abbastanza sicura che né l'uno né l'altra l'avrebbero giudicata male. Aveva svolto solo qualche lavoretto per loro, ma tutti e due l'avevano ringraziata con molta gentilezza. Avrebbero dovuto fare solo pochi metri per vedere se c'era il portafoglio, era questione di qualche minuto. Aveva anche smesso di piovere. Peccato per la chiave del portone. Anche se avessero trovato il portafoglio, dopo lo spettacolo sarebbe stato troppo tardi per tornare a prenderlo. Poteva rientrare a casa con Maureen o, se Maureen aveva altri progetti per la notte, avrebbe svegliato Shirl o Pete. Non potevano protestare, anche lei si era alzata tante volte per farle entrare.

Passò un po' di tempo prima che riuscisse a farsi dare da Maureen le monete per la telefonata, un altro po' di tempo prima che una cabina fosse libera, e un minuto buono prima che si accorgesse che l'elenco del telefono che le serviva era nella cabina accanto. Prima chiamò la signorina Peverell, ma sentì il solito messaggio della segreteria telefonica, detto con una voce sommessa, come di chi chiede scusa. C'era poco spazio per sfogliare l'elenco, che le cadde a terra. Fuori due uomini gesticolavano, impazienti. Bene, dovevano rassegnarsi. Se il signor Dauntsey era in casa, lei avrebbe aspettato al telefono finché non fosse andato a guardare. Trovò il numero e schiacciò i tasti ma non le rispose nessuno. Aspettò, prima di riappendere il ricevitore, che non ci fosse proprio più speranza. Non aveva scelta. Non poteva passare la serata e la notte con quel pensiero. Doveva tornare a Innocent House.

Ora col motorino andava in senso contrario rispetto al flusso del traffico, ma nella testa aveva un groviglio di ansia, impazienza e irritazione e non poteva occuparsi di questi particolari. Non sarebbe stato un gran fastidio per Maureen portarla a Wapping con la Fiesta, ma era inutile sperare che rinunciasse a una cena per farle un piacere, del resto anche lei cominciava ad avere fame, ma si consolò pensando che forse avrebbe fatto in tempo ad afferrare un panino al bar, di corsa, prima dello spettacolo.

Innocent Walk, come al solito, era un deserto. Innocent House, vista dal lato posteriore, si ergeva simile a un bastione scuro contro il cielo notturno, ma quando Mandy guardò in su, con la testa gettata all'indietro, le parve inconsistente e instabile come se fosse ritagliata nel cartone, e stesse per volatilizzarsi salendo a spirale nel trascorrere veloce delle nuvole macchiate di rosa dalle luci della città. Non c'erano più pozzanghere e, da Innocent Lane, le venne incontro un vento fresco che portava con sé l'odore forte del fiume. L'unico segno di vita era la luce alle finestre dell'ultimo piano, al numero 12. La signorina Peverell adesso doveva essere a casa. Mandy scese dal motorino e lo spinse a mano, per non disturbare col rumore e anche perché non le si facesse perdere tempo chiedendole che cosa era venuta a fare. Percorse il vicolo silenziosa come un ladro, verso il luccichio del fiume, fino a dove quella mattina aveva lasciato il suo Yamaha. Le luci del piazzale le furono d'aiuto, ma non ebbe bisogno di cercare a lungo, Il portafoglio era esattamente dove aveva sperato di trovarlo. Con una impercettibile esclamazione di piacere, lo raccolse e lo infilò nel tascone del giubbotto che richiuse poi con la cerniera lampo.

Ebbe più difficoltà a vedere il quadrante dell'orologio che portava al polso e si avvicinò al fiume. Ai lati del piazzale, i due grandi globi sostenuti dai delfini di bronzo creavano pozze di luce sulla gonfia superficie dell'acqua che brillava davanti ai suoi occhi come un manto di raso nero smosso, lisciato e delicatamente sollevato da una mano invisibile. Mandy guardò l'orologio: le otto e venti. Era più tardi di quanto non avesse pensato e all'improvviso si accorse che il suo entusiasmo per il concerto di jazz era svanito. Il sollievo per aver trovato il portafoglio le aveva messo una sorta di placida svogliatezza all'idea di compiere altri sforzi e in quello stato d'animo di soddisfatta indolenza, la prospettiva della accogliente limitatezza del suo salotto-camera da letto, della cucina per una volta tutta per sé, della serata davanti alla televisione, le parve subito molto invogliante. Aveva anche una videocassetta, *Cape Fear*, di Scorsese che doveva restituire il giorno dopo; avrebbe buttato via due sterline se non l'avesse visto quella sera. Ora che non aveva più fretta, si voltò, quasi senza pensarci, a guardare in su la facciata di Innocent House.

I due piani inferiori erano illuminati appena dalle luci del piazzale, le sottili colonne di marmo brillavano debolmente contro le finestre scure, nere cavernose aperture sulle stanze che lei conosceva bene ma che adesso erano diventate segrete e minacciose. Com'era strano, pensò Mandy, che all'interno tutto dovesse essere come lei l'aveva lasciato, i due computer chiusi, il piano della scrivania della signorina Blackett in ordine, con i vassoi delle pratiche in sospeso, l'agenda messa perfettamente dritta sulla destra, gli schedari con i cassetti chiusi a chiave, un tabellone a destra della porta per appenderci i promemoria. Tutti questi oggetti che facevano parte della vita quotidiana rimanevano lì anche quando non c'era nessuno a vederli. E in quel momento non c'era nessuno, proprio nessuno. Mandy pensò a quella piccola stanza spoglia all'ultimo piano della casa, una stanza dov'erano morte due persone. La sedia e il tavolo probabilmente erano ancora lì, ma il divano letto no, e nemmeno il cadavere di una donna o quello di un uomo seminudo aggrappato alle assi di legno del pavimento. A un tratto rivide il cadavere di Sonia Clements, più reale, più terrificante di quando l'aveva visto davvero e si ricordò che Ken, il magazziniere, quando lei era andata al numero 10 e si era fermata a chiacchierare, le aveva raccontato che Lady Sarah Peverell, moglie del Peverell che aveva costruito Innocent House, si era gettata dal balcone su in alto ed era andata a sfracellarsi sul marmo del piazzale.

«Si vede ancora la macchia di sangue» aveva detto Ken,

spostando da uno scaffale a un carrello uno scatolone di libri, «ma se la cerca non si faccia vedere dalla signorina Frances. Alla famiglia non piace che si racconti in giro questa storia. Ma non basta tacere per fare andar via la macchia e questa casa non avrà mai fortuna finché non la cancelleranno. La si sente ancora camminare su e giù, la povera Lady Sarah. Chieda a qualsiasi marinaio del Tamigi se non è vero.»

Ken, naturalmente, aveva cercato di spaventarla, ma allora si era in settembre, c'era un bel sole lucente e a lei quella storia, che aveva creduto solo a metà, era piaciuta e si era lasciata prendere volentieri da quel brivido di paura che le aveva messo. Ne aveva parlato con Fred Bowling e si ricordava bene la sua risposta: «Di fantasmi sul fiume ce ne sono tanti, ma nessuno va su e giù per Innocent House».

Questo era successo prima della morte del signor Gerard. Ora, forse, i fantasmi c'erano davvero.

E anche la paura c'era davvero. Mandy alzò gli occhi a guardare il balcone e immaginò l'orrore di quella caduta, le membra contorte, l'urlo, perché certo c'era stato un urlo e il tonfo atroce del corpo sul marmo. A un tratto sentì un grido selvaggio e trasalì, ma era solo un gabbiano che piombò vicinissimo a lei, si posò per un attimo sulla ringhiera e poi volò verso il fiume.

Mandy si accorse che aveva freddo. Un freddo innaturale che pareva filtrare dal marmo come se fosse stata in piedi su una superficie ghiacciata, ma anche la brezza che veniva dal fiume adesso era più fredda e la colpiva sul viso come il primo annuncio dell'inverno. Stava dando un'ultima occhiata al fiume, dove il motoscafo galleggiava vuoto e silenzioso, quando il suo sguardo colse qualcosa di bianco, a destra dei gradini di pietra che scendevano al Tamigi. Sembrava che qualcuno avesse legato un fazzoletto alla ringhiera. Incuriosita, si avvicinò e vide che c'era un foglio di carta infilato su una delle punte di ferro battuto. E c'era qualcos'altro, uno scintillio dorato alla base del cancelletto sul fiume. Si accovacciò, disorientata e suggestionata dalla sua stessa paura, e impiegò qualche secondo a capire che era la fibbia della tracolla di una borsetta di pelle marrone. La fibbia era agganciata a un ferro del cancelletto e la tracolla era tesa, come trattenuta da un peso sotto la superficie increspata dell'acqua e lì sotto c'era qualcosa che si vedeva appena, qualcosa di grottesco e irreale, come la parte superiore della testa di un gigantesco insetto con un milione di gambe pelose che si agitavano delicatamente sott'acqua. Poi Mandy capì che era la parte superiore di una testa umana e che, attaccato a quella tracolla di pelle, c'era un corpo umano. Mentre lo guardava, terrorizzata, il corpo si spostò nella corrente del fiume e una mano bianca emerse lentamente, con il polso ripiegato come lo stelo di un fiore appassito.

Per qualche secondo l'incredulità cercò di sopraffare l'evidenza, poi, semisvenuta dal terrore, Mandy si piegò sulle ginocchia, aggrappata alla ringhiera. Sentiva il ferro freddo che le raspava le mani, le premeva la fronte, ma restava in ginocchio, incapace di muoversi, mentre il terrore le comprimeva lo stomaco e le rendeva le gambe e le braccia pesanti come pietre. In quei momenti di gelida assenza solo il suo cuore era vivo, un cuore che era diventato una massa di ferro incandescente che batteva contro le costole come un motore che stesse per trascinarla dentro il fiume attraverso la ringhiera. Non aveva il coraggio di aprire gli occhi perché aprirli significava vedere quello che ancora non voleva credere: la striscia di cuoio della tracolla tesa e stretta a quell'orrore là sotto.

Non sapeva da quanto tempo era lì, in ginocchio, senza riuscire a muoversi, ma a poco a poco cominciò a sentire l'odore forte del fiume, il freddo del marmo, il cuore che si acquietava. Le mani le si erano irrigidite attorno alla ringhiera e fece fatica a staccarle. Infine riuscì ad alzarsi e improvvisamente ritrovò la forza e la capacità di decisione.

Attraversò correndo il piazzale, bussò forte alla prima porta, quella di Dauntsey, e insieme suonò il campanello. Dietro le finestre le luci erano spente e Mandy non perse tempo ad aspettare una risposta che sapeva non sarebbe venuta, ma girò attorno alla casa, in Innocent Walk, e suonò il campanello dell'appartamento di Frances Peverell tenendo schiacciato il pulsante col pollice di una mano, mentre con l'altra batteva contro la porta. Le venne risposto quasi immediatamente. Non sentì nessuno scendere di corsa le scale, ma la porta si spalancò e si vide davanti James de Witt e, dietro di lui, Frances Peverell. Balbettò qualche parola in modo incoerente, indicò il fiume e si mise a correre, sapendo che la stavano seguendo. Ora, tutti e tre vicini, guardavano il fiume. Mandy si accorse che stava pensando: allora non sono pazza, non era un sogno. È ancora lì.

Sentì che la signorina Peverell diceva: «Oh no! Dio, per piacere, no!». Poi vide che era sul punto di svenire. James de Witt la sorresse ma Mandy si era accorta che lei prima si era fatta il segno della croce.

«Stai calma, cara, stai calma» diceva de Witt.

Ma Frances, la bocca premuta contro la sua giacca, rispose: «Calma? Come posso star calma?». Poi si liberò e con una fermezza e una tranquillità improvvise, chiese: «Chi è?».

De Witt non guardò di nuovo verso il fiume. Prese, con cautela, il foglio di carta dalla ringhiera e disse: «Esmé Carling. Sembra una lettera lasciata prima di suicidarsi».

«No, un'altra volta no!» gridò Frances. «Che cosa c'è scritto?»

«Non ci vedo bene.» De Witt si voltò e alzò il foglio in modo che la luce del lampione in fondo alla ringhiera vi cadesse sopra. Non c'era quasi margine, come se, dopo essere stato scritto, fosse stato ritagliato; la punta della ringhiera l'aveva bucato e strappato. «Sembra la sua calligrafia. È una lettera indirizzata a tutti noi.»

Lisciò il foglio con una mano e lesse: «"Ai soci della Peverell Press. Che Dio vi faccia marcire tutti! Per trent'anni avete sfruttato il mio talento, vi siete arricchiti col mio lavoro, mi avete trascurata come scrittrice e come donna, vi siete comportati come se i miei libri non fossero degni della vostra raffinata produzione. Ma che ne sapete di come si scrive un libro? Solo uno di voi è riuscito a scrivere una parola e il suo talento, perché tale era, è morto anni fa. Siamo io e gli autori come me a tenere in vita la vostra casa editrice. E ora mi buttate fuori. Dopo trent'anni tutto è finito, senza una spiegazione, senza un diritto d'appello, senza la possibilità di riscrivere o di correggere. Congedata. Licenziata, allo stesso modo in cui i Peverell hanno, per generazioni, licenziato con leggerezza i loro servi. Non vi rendete conto che questa per me è la fine come essere umano e non solo come scrittrice? Non sapete che scrivere e non essere pubblicati equivale a morire? Ma almeno potrò spargere per Londra la puzza che accompagna il vostro nome e lo farò. Questo è solo l'inizio".»

«Povera donna» disse Frances Peverell. «Oh, povera donna, James. Perché non è venuta a parlare con noi?»

«Sarebbe servito a qualcosa?»

«È stato come per Sonia. Ma se proprio era necessario, non si potevano usare almeno modi diversi, più pietosi e gentili?»

James de Witt disse con dolcezza: «Frances, ora non possiamo fare più niente per lei. È meglio chiamare la polizia».

«Ma non possiamo lasciarla così! È orribile. È mostruoso! Dobbiamo portarla a riva... tentare la respirazione artificiale.»

«Frances» disse pazientemente de Witt, «è morta.»

«Ma non possiamo abbandonarla. Ti prego, James, dobbiamo provare.»

Mandy aveva l'impressione che si fossero dimenticati della sua presenza. Adesso che non era più sola, quella paura che l'aveva paralizzata era scomparsa. Il mondo non era tornato alla normalità, ma aveva ripreso un aspetto meno assurdo, più controllabile. Pensò: de Witt non sa cosa fare. Vuole accontentare la signorina Peverell, ma non vuole toccare il cadavere. Non può tirarlo fuori dall'acqua da solo e non sopporterebbe di farsi aiutare da lei. «La respirazione bocca a bocca» disse «va fatta subito. Adesso è troppo tardi.»

«Sarebbe stato comunque troppo tardi» replicò de Witt, e a Mandy parve che avesse parlato con molta tristezza. «In ogni caso la polizia preferisce che non si interferisca.»

Che non si interferisca? Che strano verbo, divertente. Mandy avrebbe voluto mettersi a ridere, ma si trattenne perché sapeva che se avesse cominciato a ridere avrebbe finito col piangere. Oh Dio, pensò, perché non fa un accidenti questo de Witt?

«Se voi restate qui» disse, «vado a telefonare alla polizia. Datemi la chiave e ditemi dov'è il telefono.»

«È in anticamera» rispose Frances lentamente. «E la porta è aperta, almeno credo che sia aperta.» Si rivolse a de Witt, improvvisamente agitata. «Oh Dio mio, James, siamo rimasti chiusi fuori?»

«No, ho io la chiave» rispose de Witt con quel tono triste e paziente. «Era infilata nella porta.»

Stava per darla a Mandy quando sentirono dei passi avvicinarsi lungo Innocent Lane e comparvero Gabriel e Sydney Bartrum. Indossavano entrambi l'impermeabile e sembrava portassero con sé un senso di rassicurante normalità. La vista di quelle tre persone immobili, rivolte verso di loro, li allarmò e affrettarono il passo fino a mettersi a correre.

«Che cos'è successo?» chiese Dauntsey.

Mandy prese la chiave ma non si mosse, tanto non c'era fretta, la polizia non poteva salvare la signora Carling. Nessuno poteva più salvarla. E ora altre due facce si sporgevano a guardare il fiume, altre due voci esprimevano l'orrore che quella vista suscitava.

«Ha lasciato un biglietto» disse de Witt. «Qui, infilato sulla ringhiera. Una maledizione diretta a tutti noi.»

«Per piacere, tiratela fuori» disse ancora Frances. Ora fu Dauntsey a prendere il controllo della situazione. Guardandolo, guardando la sua pelle che alla luce dei fanali aveva il verde malsano delle erbe del fiume, le rughe che gli solcavano il viso come ferite nerastre, Mandy pensò: è un vecchio, un uomo vecchio. Non doveva succedergli una cosa come questa. Come può reagire?

«Tu e Sydney» disse Dauntsey a de Witt «potete sollevarla, appoggiandola ai gradini, io non ne ho la forza.»

Le sue parole servirono da incoraggiamento a James che, senza fare altre obiezioni, cominciò a scendere i gradini appoggiandosi alla ringhiera per non scivolare. Mandy lo vide rabbrividire quando l'acqua gli arrivò alle gambe. Meglio di tutto, pensò, sarebbe che de Witt tenesse il cadavere sollevato dai gradini e Dauntsey e Bartrum lo tirassero per la tracolla, ma non lo faranno. E veramente l'idea di vedere il viso dell'annegata emergere lentamente dall'acqua, mentre loro due la tiravano per la tracolla quasi volessero impiccarla un'altra volta, era così raccapricciante che Mandy si stupì di averci pensato. Di nuovo le parve che si fossero dimenticati della sua presenza. Frances Peverell stava un po' in disparte, le mani strette alla ringhiera, gli occhi fissi sul fiume. Mandy capiva, in parte, quello che provava. Aspettava che il cadavere fosse rimosso dall'acqua, liberato da quella spaventosa striscia di pelle e non voleva andarsene fino a che questa operazione non fosse compiuta, ma non riusciva a sopportarne la vista. Per Mandy, invece, voltare gli occhi da un'altra parte era peggio che guardare. Se doveva restare era meglio vedere che immaginare. E naturalmente doveva restare. Nessuno aveva di nuovo raccolto la sua proposta di chiamare la polizia. Non c'era fretta. Presto o tardi, che cosa cambiava? Niente di quello che poteva portare o fare la polizia avrebbe fatto rivivere la signora Carling.

Ora de Witt era sceso con cautela fino ad avere l'acqua alle ginocchia. Con la mano destra si tenne aggrappato alla ringhiera, con la sinistra cercò a tastoni dove far presa su quel mucchio di vestiti bagnati e cominciò a tirare il cadavere verso di sé. La superficie del fiume si aprì, increspandosi, la tracolla si allentò, poi si tese più forte. «Se uno di voi slaccia la fibbia, forse riesco a tirare il corpo sui gradini.»

La voce di Dauntsey era calma. Anche lui si teneva attaccato alla ringhiera. «Attento, James» disse «che la corrente non te la faccia sfuggire. E tieniti forte, non vogliamo che tu finisca nel fiume.»

Fu Bartrum a scendere i primi due gradini e a chinarsi per slacciare la fibbia. Aveva le mani livide alla luce dei fanali, le dita gonfie come salsicce. Impiegò molto tempo, seguitando a trafficare con la fibbia, come se non trovasse il modo di slacciarla.

Quando finalmente ci riuscì, de Witt disse: «Ho bisogno di usare tutt'e due le mani, si scivola, per piacere tenetemi per la giacca».

Dauntsey si mise vicino a Bartrum sul secondo gradino. Insieme tennero fermo per la giacca de Witt che con tutt'e due le mani tirò il cadavere verso di sé e gli allentò la striscia di pelle attorno al collo. Quando l'ebbe disteso a faccia in giù sui gradini lo prese per le gambe che sporgevano dalla gonna come bastoncini e Bartrum e Dauntsey lo tennero ciascuno per un braccio. Quel fagotto inzuppato d'acqua venne sollevato oltre i gradini e disteso, prono, sul marmo. Con delicatezza de Witt lo voltò. Mandy vide solo di sfuggita il viso, terribile, con la bocca spalancata, la lingua sporgente, gli occhi semiaperti sotto le palpebre raggrinzite, le stimmate della morte intorno alla gola, prima che Dauntsey, con sorprendente prontezza, si togliesse la giacca per coprirlo. Di sotto il tweed, scese sul marmo un rivolo d'acqua, prima sottile poi più forte, scuro come sangue.

Frances Peverell s'inginocchiò vicino al cadavere. «Povera donna» disse, «povera donna.» Mandy la vide muovere silenziosamente le labbra e si chiese se stesse pregando. Aspettarono in silenzio, i loro respiri affannosi erano percepibili nell'aria tranquilla. Lo sforzo fatto per estrarre il cadavere dall'acqua sembrava avere esaurito forza e capacità di decisione in de Witt e Bartrum e fu Gabriel Dauntsey a dirigere i movimenti del gruppo.

«È meglio che qualcuno stia accanto al cadavere» disse. «Sydney e io non ci muoveremo di qui. Tu, James, accompagna in casa Frances e Mandy e telefona alla polizia. Abbiamo bisogno tutti di caffè caldo o di qualcosa di forte, e in dosi abbondanti.»

47

La porta d'ingresso del numero 12 si apriva su uno stretto atrio rettangolare e Mandy seguì Frances Peverell e James de Witt su per una ripida rampa di scale ricoperte di moquette verde chiaro. La scala portava a un altro atrio quadrato, più largo, con una porta di fronte. Mandy si trovò in un salotto che prendeva tutta la lunghezza della facciata. Le due portefinestre che davano sul balcone avevano delle tende pesanti che toglievano la vista della notte e del fiume. Vicino alla grata del camino c'era una cesta di carbone del tipo che non produce fumo. De Witt tolse il parafuoco di ottone e fece sedere Mandy su una poltrona con lo schienale alto. Erano diventati, lui e Frances, molto premurosi con lei, come se fosse un'ospite. Forse, pensò, perché così avevano almeno qualcosa da fare.

«Mandy» le disse la signorina Peverell, in piedi vicino a lei, «mi dispiace tanto: due suicidi e tutt'e due le volte è stata lei a scoprirli. Prima quello della signorina Clements e adesso quest'altro... Cosa posso offrirle? Un caffè? Un cognac? C'è anche del vino rosso. Ma immagino che lei non abbia mangiato... Ha fame?»

«Sì, un po'.»

Improvvisamente le era venuto un forte bisogno di cibo. Il profumo caldo e saporoso diffuso per la casa le era quasi intollerabile. La signorina Peverell guardò il signor de Witt e disse: «Dovevamo cenare con dell'anitra all'arancia. Tu ne vuoi, James?».

«No grazie, io non ho fame, ma sono sicuro che Mandy l'assaggerà volentieri.»

Mandy pensò: deve averne solo per due. L'avrà comprata da Mark & Spencer. Beato chi se lo può permettere. Aveva preparato una cenetta intima e si era data anche molto da fare. La tavola rotonda all'altro capo della stanza era apparecchiata con una tovaglia di lino bianco, tre bicchieri scintillanti per ciascuno e due candelabri d'argento con le candele ancora spente. Nell'avvicinarsi, Mandy vide che l'insalata era già pronta in due piccole ciotole di legno, delicate foglie di varie tonalità di verde e rosso, nocciole tostate, scaglie di formaggio. C'era una bottiglia di vino rosso aperta e una di vino bianco in un cestello col ghiaccio. Mandy non aveva una fame che si potesse saziare con dell'insalata, quello che desiderava era cibo caldo e gustoso.

Vide che la signorina Peverell non si era preoccupata solo della cena. Il vestito a disegni grigio azzurri con la gonna a pieghe e la blusa annodata sul fianco era di seta pura e si adattava in modo particolare al suo colorito, ma il modello era troppo antiquato per lei, troppo convenzionale, un po' triste, con la gonna troppo lunga. Faceva torto alla sua figura che avrebbe potuto essere bellissima se avesse saputo valorizzarla. Le perle della collana che scintillavano sulla seta dovevano essere perle vere. Mandy si augurò che il signor de Witt apprezzasse gli sforzi che erano stati fatti per lui. La signora Demery le aveva detto che da anni era innamorato della signorina Peverell. Ora che non c'era più il signor Gerard a ingombrargli la strada forse avrebbe fatto qualche passo avanti.

L'anitra venne portata in tavola con un contorno di piselli e patate novelle. Mandy, superata l'insicurezza sociale con l'impeto dell'appetito, l'aggredì voracemente. Il signor de Witt e la signorina Peverell sedettero a tavola con lei, senza mangiare, ma ciascuno con un bicchiere di vino rosso. La servivano con sollecitudine, come se si sentissero responsabili per quanto era avvenuto e cercassero di farsi perdonare. La signorina Peverell insisté che prendesse dell'altra verdura e il signor de Witt le riempì il bicchiere. Ogni tanto si alzavano tutt'e due e andavano a parlare in una stanza che dava su Innocent Lane e doveva essere la cucina. Sentiva le loro voci smorzate e capiva che stavano dicendo cose che lei non doveva sentire, e intanto aspettavano l'arrivo della polizia.

Mentre non c'erano, seguitando a mangiare, osservò con più attenzione la stanza. Aveva una semplicità elegante, troppo formale, troppo ovvia per il suo gusto eccentrico e iconoclasta, ma ammise tra sé che era giusto così se in quella casa viveva chi amava quel genere di cose e aveva i soldi per comprarsele. Anche i colori di base erano convenzionali: grigio azzurro con qualche tocco di rosa e rosso. Le tende, di raso pesante, erano appese con degli anelli a un semplice bastone di legno. Ai lati del camino c'erano due nicchie con dei libri i cui dorsi brillavano alla luce della fiamma. Sul ripiano superiore di entrambe le nicchie c'era la testina di marmo, o almeno sembrava marmo, di una ragazza con una coroncina di rose e un velo. Dovevano essere due spose, ma i veli, stupendamente delicati, sembravano piuttosto dei sudari. Pensiero morboso, pensò Mandy, riempiendosi la bocca di anatra all'arancia. Sopra la mensola del camino c'era il ritratto di una signora in abito del Settecento con due bambine, ed era senza dubbio un originale, non una copia così come uno strano quadro di un'altra signora, a letto, in una stanza che a Mandy ricordò una visita a Venezia fatta quando andava a scuola. Le due bergère ai lati del camino erano rivestite di un semplice lino rosa sbiadito, ma solo una, col sedile e lo schienale sgualciti, sembrava molto usata. È lì che si siede la signorina Peverell, pensò Mandy, davanti a un'altra poltrona uguale e vuota e, sullo sfondo, il fiume. Si disse che il quadro sulla parete di destra doveva essere un'icona, ma non riuscì a spiegarsi perché a un pittore potesse venire in mente di dipingere una Vergine Maria così vecchia e nera con un bambino che sembrava un adulto che non avesse fatto un pasto regolare da varie settimane.

Non provava invidia per quella stanza né per nessuno degli oggetti che conteneva e pensò con soddisfazione alla soffitta bassa e larga che era la parte destinata a lei nell'appartamento d'affitto in Stratford East, alla parete di fronte al letto con i cappelli appesi su un attaccapanni a pioli in un tripudio di nastri fiori e feltri colorati, al letto dove si poteva dormire in due se un amico ogni tanto passava la notte con lei, alla coperta a righe, al tavolo dove disegnava, ai cuscinoni sparsi per terra comodi come poltrone, allo stereo e al televisore, all'armadio con i vestiti. C'era solo un'altra camera al mondo che le piaceva di più.

A un tratto sentì un rumore e restò in ascolto, con la forchetta a metà tra il piatto e la bocca. Era lo scorrere delle ruote di un'automobile sull'acciottolato. Poco dopo James e Frances tornarono dalla cucina.

James de Witt disse: «È arrivata la polizia. Due automobili. Non siamo riusciti a vedere quanti sono». Si rivolse a Frances Peverell, per la prima volta incerto, bisognoso di essere rassicurato. «Non so se devo scendere o no.»

«Certamente no. Non c'è bisogno. Gabriel e Sydney diranno che cos'è successo e, quando avranno finito, saliranno da noi. Vorranno parlare con Mandy. È la testimone più importante. È lei che è arrivata per prima.» Frances si mise a sedere di nuovo a tavola e disse con gentilezza: «Immagino che lei non veda l'ora di andare a casa, Mandy, il signor de Witt o io l'accompagneremo, ma credo che dovrebbe stare qui finché non viene la polizia».

Mandy non aveva intenzione di far niente di diverso. «Per me va bene» disse. «Penseranno che porto male, eh? Dovunque vada trovo un suicida.»

Aveva parlato sul serio solo per metà, e restò sorpresa nel sentire la signorina Peverell esclamare: «Non dica così, Mandy! Lei non lo deve nemmeno pensare. Sono superstizioni. Nessuno sospetterà che lei porti male. Senta, Mandy, non voglio che resti sola stanotte. Vuol telefonare ai suoi genitori... a sua madre? Non sarebbe meglio che tornasse a casa stasera? Sua madre potrebbe venire qui a prenderla».

Come un pacco, pensò Mandy. «Non so dov'è mia madre» disse, e avrebbe voluto aggiungere: "Si può sempre cercarla al Red Cow, a Hayling Island".

Ma quelle parole e la gentilezza che le aveva dettate avevano risvegliato in lei un bisogno fino allora inavvertito, di un conforto femminile, di quella stanza accogliente in Whitechapel Road. Voleva risentire quell'odore speciale di vino e del profumo della signora Crealey, rannicchiarsi davanti alla stufa sulla poltroncina bassa che l'accoglieva come un grembo materno, sentire il consolante rumore del traffico di Whitechapel Road. Non era a suo agio nella casa elegante di Frances

Peverell e quelle persone, che pure erano tanto gentili, le erano estranee.

«Potrei telefonare all'agenzia» disse. «Forse la signora Crealey è ancora lì.»

Frances Peverell parve sorpresa, ma accompagnò Mandy al piano di sopra, nella sua camera da letto. «Starà più tranquilla qui, Mandy. Quello è il bagno, se ne ha bisogno.»

Il telefono era sul tavolino da notte, in alto era appeso un crocifisso. Mandy ne aveva visto altri, più spesso fuori dalle chiese, ma questo era diverso. Il Cristo, quasi senza barba, sembrava molto giovane e la testa, invece di essere ripiegata sulla spalla nell'abbandono della morte, era spinta all'indietro, con la bocca aperta come se stesse chiedendo vendetta o pietà al suo Dio. Mandy pensò che non le sarebbe piaciuto averlo appeso accanto al letto, ma pensò che da quella figura irradiava un potere. Le persone religiose pregavano davanti a un crocifisso e, se erano fortunate, le loro preghiere venivano esaudite. Valeva la pena di tentare. Mentre formava il numero dell'ufficio della signora Crealey si costrinse a guardare intensamente il Cristo d'argento con la corona di spine e in silenzio pregò: "Falla rispondere, per piacere fai che ci sia. Per piacere falla rispondere, per piacere fai che ci sia". Ma il telefono seguitò a suonare e nessuno rispose.

Meno di cinque minuti dopo, James de Witt apriva la porta del salotto ed entravano Dauntsey e Bartrum.

«Che sta succedendo, Gabriel?» chiese Frances Peverell. «È venuto l'ispettore Dalgliesh?»

«No, solo l'ispettrice Miskin e l'ispettore Aaron. Ah, ci sono anche quel giovane sergente e un fotografo. Stanno aspettando che arrivi il medico legale e certifichi la morte.»

«Ma è morta!» esclamò Frances, «non c'è bisogno di un medico legale per capirlo.»

«Lo so, Frances, ma pare che sia questa la procedura. No, grazie, niente vino. Sydney e io abbiamo cominciato a bere alle sette e mezzo al Sailor's Return.»

«Allora un caffè. Lo vuoi? E lei, Sydney?»

«No, grazie, signorina Peverell» rispose Bartrum, imbarazzato. «Ho detto a mia moglie che sarei andato a bere qualcosa con il signor Dauntsey e che sarei arrivato solo un pochino più tardi, ma non torno mai a casa dopo le dieci.»

«È meglio che vada, allora. Sua moglie sarà preoccupata. Le telefoni da qui.»

«Sì, la ringrazio» e Bartrum uscì dalla stanza con Frances Peverell.

«Che reazione hanno avuto... quelli della polizia, intendo» chiese de Witt.

«Una reazione professionale. Che altro c'era da aspettarsi? Non dicono mai molto. Ho avuto l'impressione che avrebbero preferito che non avessimo toccato il cadavere e che nemmeno avessimo letto la lettera.»

De Witt si versò un altro bicchiere di vino.

«Cosa si aspettavano che facessimo? La lettera era indirizzata a noi. Se non l'avessimo letta chi sa se ci avrebbero detto che cosa c'era scritto. Sulla morte di Gerard ci hanno fatto sapere ben poco.»

«Saliranno appena verrà il furgone a portarla via» disse Gabriel. Tacque per un momento, poi aggiunse: «Forse io l'ho vista arrivare. Avevo un appuntamento con Sydney al Sailor's Return per le sette e mezzo e quando sono stato all'altezza di Wapping Way è entrato un taxi in Innocent Walk».

«Hai visto chi c'era?»

«Non ero abbastanza vicino. Probabilmente non l'avrei riconosciuta in nessun caso. Ma ho visto il taxista. Era un nero, grande e grosso. La polizia dice che sarebbe utile rintracciarlo. Gli autisti neri sono ancora pochi e non sarà difficile.»

Bartrum tornò, dopo aver fatto la telefonata. Si schiarì la gola, come faceva spesso. Era un segno di nervosismo. «È meglio che me ne vada» disse. «La ringrazio, signorina Peverell, preferisco non aspettare il caffè. Vado a casa. La polizia non ha bisogno che mi trattenga. Ho già detto tutto quello che sapevo, ho spiegato che dalle sette e mezzo ero sempre stato con il signor Dauntsey al pub. Se mi vorranno, mi troveranno in ufficio domani mattina. Al lavoro, come al solito.»

La sua falsa disinvoltura li lasciò sconcertati. Per un attimo Mandy smise di mangiare temendo che volesse stringere la mano a ognuno. Quando Frances Peverell lo accompagnò alla porta Mandy pensò che tutti fossero contenti di essersi liberati di lui.

Nella stanza si creò un silenzio imbarazzato. Una conversazione normale, uno scambio di parole spicciole come a una cena o nell'ambiente di lavoro, tutto sembrava fuori luogo, quasi scandaloso. Le persone presenti in quella stanza avevano in comune solo il pensiero raccapricciante della morte. Mandy aveva la sensazione che senza di lei gli altri si sarebbero sentiti meno a disagio; il legame nato dall'aver diviso un'emozione tanto forte si stava allentando e loro cominciavano a ricordarsi che lei era solo una stenodattilografa a giornata, compagna di pettegolezzi della signora Demery, pronta ad andare a raccontare tutto, l'indomani, a Innocent House, e che quindi meno si parlava meglio era.

Ogni tanto qualcuno andava a telefonare a Claudia Etienne. Dalle brevi frasi che si scambiavano poi tra loro, Mandy capì che la signorina Etienne non era in casa. C'era un altro numero dove avrebbero potuto cercarla, ma James de Witt disse: «Meglio lasciar perdere. La cercheremo più tardi. Non c'è niente che possa fare qui».

Frances e Gabriel andarono in cucina a preparare il caffè e questa volta James restò a tenere compagnia a Mandy. Le chiese dove abitava e lei glielo disse. Le chiese anche se avrebbe trovato qualcuno quella sera, tornando a casa, perché non era bene che restasse sola e Mandy, mentendo per evitare spiegazioni e complicazioni, rispose che sì, avrebbe trovato qualcuno. A questo punto de Witt parve a corto di domande e restarono seduti in silenzio ad ascoltare i rumori leggeri che venivano dalla cucina. Mandy pensò che era qualcosa di simile a quando, all'ospedale, si aspetta una notizia che si teme sia cattiva, come era capitato a lei e a sua madre l'ultima volta che la nonna era stata operata. Erano rimaste in una stanza anonima, quasi senza mobili, in un silenzio che le allontanava, sedute sul bordo della sedia, a disagio, come se non avessero il diritto di stare lì sapendo che, lontani dai loro occhi e dalle loro orecchie, gli esperti della vita e della morte stavano svolgendo il loro misterioso lavoro mentre loro due non potevano fare altro che aspettare.

Avevano appena bevuto il caffè quando suonò il campanello della porta d'ingresso. Un minuto dopo entrarono gli ispettori Miskin e Aaron. Entrambi avevano in mano una valigetta diplomatica. Mandy si chiese se era la valigetta degli omicidi.

L'ispettrice Miskin disse: «Parleremo più diffusamente quando avremo i risultati dell'autopsia. Per ora basteranno poche domande. Chi ha trovato la vittima?».

«Io» rispose Mandy, e avrebbe preferito non essere seduta a tavola col piatto sporco e vuoto davanti a sé. Le sembrava che ci fosse qualcosa di vergognoso nel suo evidente buon appetito. E poi, perché l'ispettrice aveva fatto quella domanda? Con un moto di rancore disse tra sé: lo sapevi bene chi aveva trovato la vittima.

«Che cosa faceva lì? L'orario di lavoro era finito da un pezzo.» Era stato l'ispettore Aaron a parlare.

«Non stavo lavorando.» Mandy si accorse di avere un tono scorbutico e cercò di modificarlo nel descrivere, in breve, gli avvenimenti di quella serata infausta.

«Quando lei ha trovato il portafoglio dove pensava che fosse, perché è andata verso il fiume?» chiese l'ispettrice Miskin.

«Come posso saperlo? Il fiume era lì...» rispose Mandy, ma poi aggiunse: «Volevo guardare l'ora e vicino al fiume c'era più luce».

«E non ha visto o sentito altro, allora o prima, quando è arrivata?»

«A quest'ora ve l'avrei già detto. Io non ho visto né sentito niente, l'unica cosa che ho visto è quel foglio di carta sulla ringhiera. Così mi sono avvicinata ed è stato allora che ho visto la borsa a tracolla per terra, in fondo alla scaletta e la tracolla nell'acqua. E quando ho guardato giù ho visto che cosa c'era attaccato alla tracolla.»

Frances Peverell intervenne con molto garbo. «È istintivo andare a guardare il fiume, soprattutto la sera tardi. Io lo faccio sempre quando mi trovo lì vicino. Deve rispondere ad altre domande la signorina Price? Vi ha detto tutto quello che sa, ora dovrebbe andare a casa. Ha avuto un'esperienza davvero terribile.»

L'ispettore Aaron restò impassibile, ma l'ispettrice Miskin chiese, con più gentilezza: «Sa dirmi che ora fosse quando è tornata a Innocent House?».

«Le otto e venti. Ho guardato l'orologio quando mi sono avvicinata al fiume.»

«Il White Horse è abbastanza lontano, non le è venuto in mente di telefonare alla signorina Peverell o al signor Dauntsey e chiedere che le cercassero il portafoglio?»

«Ho telefonato, infatti, ma dal signor Dauntsey non mi ha risposto nessuno e la signorina Peverell aveva inserito la segreteria telefonica.»

«Lo faccio qualche volta quando ho degli ospiti» disse Frances Peverell. «James era arrivato in taxi poco dopo le sette e il signor Dauntsey era al Sailor's Return con Sydney Bartrum.»

«Sì, ce l'ha detto. Non avete visto o sentito, lei e il signor de Witt, niente d'insolito, per esempio voci o rumori salire da Innocent Lane?»

Frances e James si guardarono, poi lei disse: «Non credo che, da questa stanza, avremmo sentito un rumore di passi sull'acciottolato. Io sono stata in cucina, verso le otto, per un periodo di tempo relativamente breve, a preparare l'insalata. Preferisco sempre farlo all'ultimo momento. La finestra della cucina dà su Innocent Lane e se un taxi avesse lasciato la signora Carling a Innocent House me ne sarei accorta».

«Io non ho sentito arrivare un taxi» disse James de Witt e né la signorina Peverell né io abbiamo visto o sentito niente o nessuno in Innocent Lane dopo il mio arrivo. Dal fiume arrivavano i soliti rumori, attenuati dalle tende pesanti. Mi pare che nella prima parte della serata ci sia stato più movimento, ma non saprei dire con esattezza quando. Niente di così inconsueto, comunque, da farci uscire sul balcone a guardare cosa stava succedendo. Ci si abitua ai rumori sul fiume.»

«Com'è arrivato qui stasera, signor de Witt» chiese Aaron. «In automobile?»

«In taxi. Non guido mai in città. Forse avrei dovuto dire prima che sono venuto da casa. Non sono stato in ufficio oggi pomeriggio. Sono andato dal dentista.»

All'improvviso Frances Peverell chiese: «Che cosa c'era nella borsa della signora Carling? Mi è sembrata pesante».

«È vero, è pesante» disse l'ispettrice Miskin. «Ecco perché.»

Prese il sacchetto di plastica che aveva in mano l'ispettore Aaron, ne tolse la borsa a tracolla e la mise sul tavolo.

Tutti guardarono mentre slacciava le cinghiette e l'apriva. Il manoscritto era rilegato in cartoncino azzurro con il titolo del romanzo e il nome dell'autrice scritti in stampatello MORTE ALL'ISOLA DEL PARADISO di ESMÉ CARLING. E, in diagonale sulla cartelletta, erano scarabocchiate con un pennarello rosso le parole RIFIUTATO - E DOPO TRENT'ANNI con tre punti esclamativi.

«Quindi l'ha portato con sé insieme alla lettera scritta prima di suicidarsi» disse Frances Peverell. «Siamo tutti colpevoli. Avremmo dovuto essere più gentili. Ma uccidersi... E in quel modo. La solitudine, l'angoscia... Poverina.»

Voltò la testa e James de Witt le si avvicinò, ma senza toccarla. Rivolto all'ispettrice Miskin, disse: «È proprio necessario che seguitiamo a parlare stasera? Siamo tutti molto scossi e non mi pare che ci siano dubbi da chiarire».

L'ispettrice Miskin rimise il manoscritto nella borsa e disse con calma: «I dubbi ci sono sempre, finché non si conoscono i fatti. Quando aveva saputo la signorina Carling che il suo romanzo era stato rifiutato?».

«La signora Carling» la corresse James de Witt. «Era vedova. Aveva divorziato qualche tempo fa, poi suo marito era morto. Aveva saputo che il libro era stato rifiutato la mattina della morte di Etienne. Era venuta in ufficio a cercarlo ma noi eravamo in riunione e lei se n'era andata perché aveva un incontro con i lettori in una libreria di Cambridge. Ma questo lo sapete già.»

«L'incontro era stato annullato prima del suo arrivo?»

«Sì, quell'incontro non c'è mai stato.»

«E la signora Carling è più entrata in contatto con l'una o l'altro di voi o con qualcuno nell'azienda, per quanto ne possiate sapere, dopo la morte del signor Etienne?»

Di nuovo de Witt e Frances Peverell si guardarono. De Witt disse: «Con me, no. Con te, Frances?».

«No, neanche una parola. Ed è strano, ora che ci penso. Se solo fossimo riusciti a parlarle, a spiegarci, questo non sarebbe successo.»

Fu l'ispettore Aaron a rompere improvvisamente il silenzio: «Chi è stato a decidere di tirarla fuori dal fiume?»

«Sono stata io.» Frances Peverell posò su di lui il suo sguardo gentile, ma severo.

«Non credo che pensasse di poterla resuscitare.»

«No, non pensavo questo, ma era terribile vederla appesa lì. Era così...» tacque per un momento, poi aggiunse «disumano.»

«Non siamo agenti di polizia, ispettore» disse de Witt, «alcuni di noi hanno ancora impulsi umani.»

L'ispettore Aaron arrossì e guardò l'ispettrice Miskin, controllandosi a fatica.

«Speriamo che riusciate a conservarli» disse tranquillamente l'ispettrice Miskin. «Credo che ora la signorina Price voglia andare a casa. L'accompagneremo l'ispettore Aaron e io.»

«Non voglio essere accompagnata» protestò Mandy con una ostinazione infantile, «voglio andare a casa col mio motorino.»

«Il suo motorino starà qui al sicuro» le disse la signorina Peverell con gentilezza. «Se vuole possiamo metterlo in garage al numero 10.»

«Non voglio metterlo in garage, voglio usarlo per tornare a casa.»

Alla fine l'ebbe vinta, ma l'ispettrice Miskin insisté per seguirla con l'automobile della polizia e Mandy si divertì a sgusciare dentro e fuori dal traffico per rendere più difficile il compito della sua scorta.

Quando arrivarono in Stratford High Street, l'ispettrice Miskin, guardando le finestre buie, osservò: «Mi sembrava avesse detto che c'era qualcuno in casa».

«Sono in cucina. Senta, io so badare a me stessa, non sono una bambina. D'accordo? Smettetela di starmi addosso.»

Scese dal motorino e l'ispettore Aaron l'aiutò a spingerlo nell'atrio. Lei lo lasciò andare via senza una parola e richiuse la porta.

48

«Le costava troppo dire un grazie» osservò Daniel. «Che testa dura.»

«Ha avuto una brutta esperienza.»

«Non tanto brutta da impedirle di sedersi a tavola per cena.»

Il distretto di polizia di Wapping era immerso nel silenzio, Kate e Daniel incontrarono solo un agente mentre salivano nell'ufficio che era stato riservato per loro. Restarono per un momento alla finestra prima di chiudere le tende. Le nuvole si erano disperse e il fiume scorreva, largo e gonfio, con le sue macchie e arabeschi di luce sotto il riflesso pungente delle stelle. Ma dava sempre una sensazione di pace e di isolamento innaturali un ufficio di polizia, la notte. Anche quando c'era da fare e la calma veniva momentaneamente interrotta da forti voci maschili e da passi pesanti, l'atmosfera conservava una strana staticità, come se il mondo esterno, con la sua violenza e i suoi terrori restasse in attesa, senza il potere di alterare la natura speciale di quella tranquillità. Inoltre, di notte veniva a crearsi tra colleghi una solidarietà più profonda, ci si parlava di meno, ma più liberamente. Tuttavia Kate e Daniel non potevano aspettarsi solidarietà al distretto di Wapping, sapevano di essere, entro certi limiti, degli intrusi. Il distretto li ospitava, consentendo loro di approfittare di quanto avessero bisogno, ma rimanevano degli estranei.

Dalgliesh era andato al comando di polizia di Durham per qualche misteriosa questione che riguardava i commissari e Kate non sapeva se fosse già partito per tornare a Londra. Telefonò e le risposero che era ancora lì e che l'avrebbero cercato per farla richiamare.

Mentre aspettava, Kate disse: «Sei sicuro del suo alibi? Dell'alibi di Esmé Carling? Era davvero a casa la sera della morte di Etienne?».

Daniel andò a sedersi alla scrivania e cominciò a giocherellare con il computer. «Sì, ne sono sicuro» disse, cercando di non far trapelare dalla voce la propria irritazione. «Hai letto il rapporto, no? Era con quella ragazzina, Daisy Reed, che abita nello stesso stabile. Hanno passato la serata insieme fino a mezzanotte e oltre. La bambina l'ha confermato. Non sono un incapace, se è questo che vuoi lasciare intendere.»

«Non voglio lasciare intendere proprio niente. Non ti agitare, Daniel. Nessuno ha mai sospettato veramente della Carling. La canna fumaria bloccata, il cordone sfilacciato... tutto richiedeva troppa preparazione. Non abbiamo mai pensato a lei come a una possibile assassina.»

«Vuoi dire che mi sono ritenuto soddisfatto troppo presto?»

«No, volevo solamente la conferma che fossi davvero soddisfatto.»

«Senti, sono andato con Robbins e un'agente della polizia femminile dell'ufficio minori. Ho interrogato Esmé Carling e la ragazzina separatamente. Avevano passato la serata insieme ed è risultato che lo facevano spesso. La madre lavora di notte, fa lo strip-tease, o gira per i night, o fa la prostituta, va a sapere, la bambina aspettava che uscisse di casa e andava a chiacchierare con la Carling. Si trovavano bene insieme, a quanto pare. Ho controllato tutti i particolari di quel giovedì sera e le testimonianze coincidevano. La ragazzina all'inizio non voleva ammettere di essere stata dalla Carling. Aveva paura che la madre la sgridasse o che l'agente dell'ufficio minori l'affidasse a un'assistente sociale. E così è successo, infatti, sono stati interessati i servizi sociali. Altri interventi non si possono fare, date le circostanze. Comunque la ragazzina ha detto la verità. E perché dubitarne?»

«Però è strano, no? Esmé Carling si vede rifiutare un libro dall'editore con il quale collabora da trent'anni. Arriva, furibonda, a Innocent House per discuterne con Gerard Etienne. Le impediscono di vederlo perché è nella sala del consiglio.

Lei va a un incontro con i lettori in una libreria e quando è lì scopre che da Innocent House qualcuno ha annullato l'incontro. È fuori di sé. Che cosa ti aspetti che faccia? Che vada a casa tranquillamente a scrivere una dignitosa lettera di protesta o che torni quella sera stessa a Innocent House ad affrontare Etienne? Probabilmente sapeva che il giovedì lavorava fino a tardi. Quasi tutti quelli che gravitano intorno a Innocent House lo sapevano. Ma è da quella sera che il suo comportamento diventa meno comprensibile. Sapeva che l'iniziativa di rifiutare il manoscritto era partita soprattutto da Gerard Etienne. Dal momento che lui era morto perché non ha cercato di farsi accettare il libro?»

«Sapeva che sarebbe stato inutile. I soci non avrebbero cambiato una decisione di Etienne subito dopo la sua morte, anche perché, probabilmente, erano d'accordo con lui.»

«Anche in quello che è successo stasera ci sono molte cose che non mi convincono. Frances Peverell e de Witt avrebbero quasi certamente sentito il taxi se fosse entrato in Innocent Lane dalla solita parte. Allora dove si è fatta lasciare Esmé Carling?»

«Forse in Innocent Walk, e poi è andata a piedi fino al fiume. Sapeva che sui ciottoli di Innocent Lane il taxi avrebbe fatto rumore e che la signorina Peverell o Dauntsey l'avrebbero sentito. O potrebbe essersi fatta lasciare alla fine di Innocent Passage. È il punto d'accesso più vicino a dov'è stata trovata.»

«Ma il cancello alla fine di Innocent Passage è chiuso. Se è arrivata al fiume da quella parte, chi le ha aperto il cancello e poi l'ha richiuso? E quella lettera? Ti sembra davvero la lettera di un suicida?»

«Forse no, ma come dev'essere, dopotutto, la lettera di un suicida? Una giuria non avrebbe difficoltà a ritenerla tale.»

«E quando l'avrebbe scritta?»

«Credo poco prima di morire. Non è il genere di cose che si preparano in anticipo e poi si portano in giro nel caso se ne abbia bisogno all'improvviso.»

«Ma allora perché non ha nemmeno accennato alla morte di Gerard Etienne? Doveva pur sapere che se il suo romanzo era stato rifiutato la responsabilità era di Gerard Etienne più che degli altri. Ma certo che lo sapeva! Mandy Price e la signorina

Blackett hanno raccontato tutt'e due che si era precipitata in ufficio per parlargli. Morto lui, non può non aver pensato che la sua posizione alla Peverell Press era cambiata. E in ogni caso, anche se non fosse riuscita a vincere l'amarezza del rifiuto, non è strano che nella lettera non abbia parlato della morte di Etienne?»

Suonò il telefono. Era Dalgliesh. Kate gli riferì concisamente e con chiarezza quanto era accaduto e aggiunse che non erano riusciti a mettersi in contatto con il dottor Wardle, impegnato in un altro caso giudiziario, ma che non avevano cercato di trovare un sostituto perché il cadavere era stato rimosso e ora si trovava all'obitorio. Daniel si accorse che Kate ascoltava, a lungo, dicendo solo ogni tanto qualche "sì, signore". Finalmente rimise a posto il ricevitore e gli disse: «Torna in aereo stasera. Non dobbiamo interrogare nessuno, a Innocent House, prima del risultato dell'autopsia. Aspetteranno. Domani tu dovrai rintracciare il taxista e inoltre informarti su qualsiasi cosa sia stata vista sul fiume questa sera, tra le sette e l'ora in cui Mandy ha scoperto il cadavere, qualsiasi cosa, fosse anche una di quelle barche adibite a ricevimenti. Abbiamo le chiavi dell'appartamento della Carling, erano nella borsetta. Parenti pare non ce ne siano, quindi ci andremo domani mattina. È a Hammersmith, Mount Eagle Mansions. Dalgliesh vuole che ci troviamo lì con la sua agente alle undici e mezzo. Per prima cosa, domani, lui e io interrogheremo Daisy Reed. E non è tutto. Accidenti, Daniel, avremmo dovuto pensarci da soli. AD vuole che gli agenti della scientifica domani mattina controllino il motoscafo. La Peverell Press dovrà organizzarsi diversamente per andare a prendere i dipendenti a Charing Cross. Dio, come mi sento cretina. AD starà pensando che non sappiamo guardare più in là del nostro naso».

«Allora lui pensa che abbia usato il motoscafo per impiccarsi. Le sarebbe stato più facile.»

«Può averlo usato lei, o qualcun altro.»

«Ma il motoscafo era legato al solito posto, dall'altro lato dei gradini.»

«Esatto. Se è stato usato, qualcuno può averlo spostato prima e dopo la morte della Carling. Proviamolo e sarà quasi come provare che questo è un omicidio.»

49

Alle dieci, Gabriel Dauntsey era sceso a casa sua e James de Witt e Frances erano rimasti soli. Si accorsero di avere fame. Mandy aveva mangiato tutta l'anitra che doveva bastare per due, ma in ogni caso non si sarebbero sentiti disposti a misurarsi con un piatto così succulento. Erano nella sfortunata condizione di chi ha bisogno di ingerire del cibo ma non riesce a pensare a niente che vorrebbe mangiare. Frances alla fine preparò un'omelette alle erbe che parve a entrambi più buona di quanto non avessero creduto. Di comune accordo, parlarono molto poco della morte di Esmé Carling.

Prima che Dauntsey se ne andasse, Frances aveva detto: «Siamo tutti responsabili. Nessuno di noi ha avuto il coraggio di affrontare Gerard. Avremmo dovuto insistere per discutere tutti insieme come comportarci con Esmé. Qualcuno avrebbe dovuto vederla, parlarle».

«Frances» aveva obiettato James con calma, «quel libro non si poteva pubblicare, e non perché fosse un libro commerciale, abbiamo bisogno di romanzi popolari, ma perché era un brutto romanzo popolare. Era un brutto libro.»

«Un brutto libro?» aveva ribattuto Frances. «Il delitto estremo, il peccato contro lo Spirito Santo! La Carling lo ha pagato a caro prezzo.»

Quell'amarezza, quell'ironia lo avevano sorpreso. Era stato un commento così diverso da lei. Ma Frances aveva perso gran parte della sua dolcezza e passività da quando Gerard l'aveva lasciata. James considerava il cambiamento con un po' di rimpianto, e riconosceva che questa era una dimostrazione in più del proprio bisogno ricorrente di cercare e amare chi era vulnerabile, innocente, ferito, debole, il bisogno di dare piuttosto che di ricevere. Il rischio era che non si stabilissero mai rapporti di parità tra lui e coloro che amava e che questa generosità acritica, nella sua sottile condiscendenza, risultasse opprimente per la persona cui era rivolta quanto la crudeltà o la negligenza. Non era forse necessaria al suo ego la consapevolezza che ci fosse qualcuno che contava su di lui, e che altri lo ammirassero per una pietà che, se la considerava onestamente, era solo una speciale, raffinata forma di presuntuoso mecenatismo sentimentale? Era forse superiore lui a Gerard che considerava il sesso parte del suo gioco di potere e che si era divertito a sedurre una devota vergine perché sapeva che per lei cedere significava commettere un peccato mortale? Aveva sempre amato Frances e l'amava ancora. Voleva che entrasse nella sua vita, nella sua casa, nel suo letto, così com'era entrata nel suo cuore. Ora forse avrebbero potuto amarsi su un piano di parità.

Quella sera esitava a lasciarla, ma non aveva scelta. Ray, l'amico di Rupert, sarebbe andato via alle undici e mezzo e Rupert era troppo malato per restare solo anche poche ore. E c'era anche un'altra difficoltà. Capiva che sarebbe stata una prepotenza da parte sua proporre a Frances di passare la notte nella sua camera degli ospiti. Lei, forse, preferiva affrontare da sola i propri demoni senza l'intromissione della sua presenza. E c'era qualcosa ancora. Avrebbe voluto fare l'amore con Frances, ma era una cosa cui teneva troppo e quella sera lei, resa più fragile dalla paura e dal dolore, avrebbe acconsentito non per un desiderio pari al suo ma per il bisogno di essere consolata. Pensò: in che confusione viviamo tutti. Com'è difficile conoscere se stessi e, anche dopo, com'è difficile cambiare.

Ma tutto si risolse spontaneamente quando le chiese: «Sei sicura che starai bene qui da sola, Frances?»

«Sì, ne sono sicura» rispose lei con fermezza. «E poi c'è Rupert che ti aspetta a casa. Se avrò bisogno di un po' di compagnia chiamerò Gabriel, è al piano di sotto. Ma non ne avrò bisogno, sono abituata a stare sola, James.»

Gli chiamò un taxi e lui scelse la strada più rapida per tornare a casa, si fece portare al Bank e prese la Central Line fino a Notting Hill Gate.

Vide l'ambulanza appena entrato in Hillgate Street. Si sentì il cuore in gola. Cominciò a correre. Gli infermieri stavano già scendendo i gradini davanti a casa con Rupert sulla barella. Gli si vedeva solo la faccia che spuntava dalla coperta, una faccia che anche ora, allo stremo della debolezza, dilaniata dall'incombere della morte, non aveva perso per James la sua bellezza. Guardando i due uomini che muovevano la barella con mani esperte, gli parve di reggere lui stesso l'intollerabile lievità di quel peso.

«Vengo con te» disse.

Ma Rupert scosse la testa. «Meglio di no. Non vogliono troppe persone nell'ambulanza. Verrà Ray con me.»

«Sì, vado io» disse Ray.

Avevano fretta di andarsene. C'erano due automobili che dovevano passare. James salì nell'ambulanza e guardò Rupert senza parlare.

«Mi dispiace di averti fatto tutto quel disordine in salotto» disse Rupert. «Non tornerò più. Puoi rimetterlo a posto e invitare Frances, ora che non c'è bisogno di sterilizzare le tazze.»

«Dove ti portano?» chiese James. «Al cronicario?»

«No, al Middlesex.»

«Domani vengo a trovarti.»

«Meglio di no.»

Ray si era già seduto nell'ambulanza, ben sistemato, come se quel posto gli spettasse di diritto. Ora Rupert stava parlando di nuovo. James si chinò su di lui per ascoltare meglio. «Ti ricordi, James, la storia di Gerard Etienne, di quello che aveva fatto con Eric e con me? Tu non ci avevi creduto?»

«Sì, Rupert, ci avevo creduto.»

«Non era vero. Come avrebbe potuto essere vero? Era un'assurdità. C'è un periodo d'incubazione, lo sai. Tu ci hai creduto perché avevi bisogno di crederci. Povero James! Come devi averlo odiato. Adesso non fare quella faccia! Non fare quella faccia sgomenta!»

James avrebbe voluto parlare ma non aveva più voce. Quando parlò le sue parole, nella loro banale futilità, gli fecero orrore. «Andrà tutto bene, Rupert?»

«Sì, andrà tutto bene. Starò finalmente bene. Non preoccuparti e non venirmi a trovare. Ricordati quello che ha detto Gilbert Keith Chesterton. "Dobbiamo imparare ad amare la vita senza darle la minima fiducia". Io non gliene ho mai data.»

James non si era accorto di essere sceso dall'ambulanza. Sentì il colpo leggero degli sportelli che si chiudevano davanti ai suoi occhi. Dopo pochi secondi l'ambulanza girò dietro l'angolo ma lui restò ancora per molto tempo a guardare, come se stesse percorrendo una strada lunga e dritta e lui potesse vederla sparire a poco a poco.

50

Il Mount Eagle Mansions, vicino a Hammersmith Bridge, si rivelò un grande edificio vittoriano di mattoni rossi con l'aspetto trascurato di qualsiasi casa costretta a languire nelle mani di troppi proprietari. Il grande portico all'italiana, molto ornato, con gli stucchi che cominciavano a sbriciolarsi, contrastava con la piattezza della facciata e dava a tutta la costruzione una eccentrica ambiguità, come se l'architetto non fosse riuscito, per il venir meno dell'ispirazione o del danaro, a completare il progetto originale. Kate pensò che, a giudicare dal portico, ci si poteva considerare fortunati, ma gli abitanti non avevano rinunciato, palesemente, a valorizzare la loro proprietà perché le finestre, almeno a pianterreno, erano pulite, le tende, diverse tra loro, erano disposte in garbati drappeggi e sui davanzali erano state sistemate delle cassette di legno dalle quali uscivano, attaccati ai mattoni sporchi, tralci d'edera e di gerani rampicanti. La buca delle lettere e il picchiotto della porta d'ingresso, a forma di una grossa testa di leone, erano lucidi fino all'inverosimile e su uno zerbino, chiaramente nuovo, era intessuta tra le setole l'indicazione "Mount Eagle Mansions". A destra della porta c'era una fila di campanelli, accanto a ciascuno dei quali era stato infilato in una scanalatura un cartellino con un nome. Il cartellino corrispondente all'appartamento numero 27, ritagliato da un biglietto da visita, portava in caratteri arabescati il nome di Esmé Carling. Quello del numero 29 aveva solo un cognome, "Reed", scritto in stampatello. Kate suonò e quasi subito le rispose una voce femminile nella quale, nonostante il crepitio del citofono, era identificabile una rancorosa rassegnazione.

«Va bene. Salga.»

Non c'era ascensore, per quanto le dimensioni dell'atrio col pavimento a mosaico facessero pensare che fosse previsto nel progetto iniziale. Lungo una parete, una doppia fila di cassette per le lettere erano tutte contrassegnate da un numero e di fronte, su un tavolo di legno lucido con le gambe leggermente incurvate, c'era una serie di volantini, alcune lettere respinte perché avevano l'indirizzo sbagliato e un fascio di giornali vecchi legati con uno spago. Tutto era disposto con ordine e sulla parete sopra il tavolo ghirigori di acqua saponata secca indicavano che almeno un tentativo di pulire l'intonaco era stato fatto, anche se il risultato non faceva che enfatizzare la sporcizia. L'aria sapeva di olio per mobili e disinfettante. Kate e Dalgliesh tacevano, ma nel salire le scale, passando davanti alle porte massicce, tutte con uno spioncino e la serratura di sicurezza, Kate sentiva crescere dentro di sé una eccitazione mista a inquietudine e si chiedeva se anche questo fosse lo stato d'animo del silenzioso personaggio che la seguiva. Sarebbe stato un colloquio importante. Forse al ritorno, scendendo per quella stessa scala, avrebbero potuto dirsi che l'indagine era risolta.

Kate era anche stupita che Esmé Carling non avesse potuto permettersi di meglio di un appartamento in una casa così mediocre. Certo non le aveva dato prestigio ricevere in quell'ambiente i giornalisti che venivano a intervistarla, ammesso che ce ne fossero mai stati. Ma quel poco che si sapeva di lei non faceva pensare a una donna di lettere che vivesse come un'eremita e, dopotutto, il suo nome era molto famoso. Kate ne aveva sentito parlare, anche se non aveva mai letto i suoi romanzi. Sapeva però che il reddito che le era derivato dalla pubblicazione dei suoi libri poteva anche non essere stato molto alto, aveva letto su un giornale illustrato che mentre pochi romanzieri di successo erano arrivati a essere milionari, gli altri, anche se stimati, faticavano a vivere con i frutti della loro professione. Ma di lì a un'ora avrebbero visto l'agente di Esmé Carling ed era inutile che lei perdesse tempo a fantasticare sui guadagni di una scrittrice di polizieschi quando a tutte le sue domande avrebbe potuto rispondere la persona più qualificata a farlo.

Dalgliesh aveva preferito parlare con Daisy prima di passare all'esame dell'appartamento di Esmé Carling e Kate pensò di avere capito perché. La testimonianza della bambina era fondamentale. Qualsiasi segreto si nascondesse dietro la porta del numero 27 poteva aspettare. I frammenti di una vita assassinata raccontano la loro storia. Le patetiche prove lasciate da una vittima, lettere, conti, possono essere male interpretati ma non mentono, non cambiano la propria storia, non s'inventano un alibi. Sono i vivi che vanno studiati quando l'impatto con l'omicidio è ancora forte nelle loro menti. Un buon investigatore rispetta il dolore, qualche volta ne è partecipe, ma non è mai lento nel trarne quanto gli è necessario, anche se si tratta del dolore di un bambino.

Erano arrivati davanti alla porta e, prima che lei alzasse la mano per suonare il campanello, Dalgliesh disse: «Parli lei, Kate».

«Sì, signore» rispose Kate, ma il cuore le aveva dato un balzo. Fino a due anni prima si sarebbe scoperta a pregare: "Dio, aiutami a non sbagliare" ora, con più esperienza, poteva pensare che non avrebbe sbagliato.

Non aveva perso tempo a cercare d'immaginare come potesse essere Shelly Reed, la madre della bambina. Quando si lavora nella polizia, prudenza vuole che non si precorra la realtà con false impressioni premature e precostituite. Ma quando la catenella venne fatta scorrere, stridendo, e la porta si aprì, non le fu facile nascondere un primo sguardo di sorpresa. Era impossibile pensare che quella ragazza dalla faccia paffuta, che la guardava con lo scontroso risentimento di un'adolescente fosse la madre di una dodicenne. Doveva aver avuto poco più di sedici anni quando era nata Daisy. Il viso, privo di trucco, conservava qualcosa della informe morbidezza dell'infanzia. La bocca imbronciata era carnosa, con gli angoli rivolti in giù. Il naso era largo e, da un lato, aveva un orecchino a bottone, uguale a quelli che ornavano le orecchie piccole e ben fatte. I capelli, di un biondo brillante, in contrasto con le sopracciglia, folte e scure, erano pettinati con una frangia che arrivava agli occhi e incorniciavano il viso. Gli occhi erano distanti uno dall'altro, obliqui, e le palpebre così pesanti che sembravano gonfie. Solo il corpo tradiva un accenno di maturità. I seni, pesanti, erano liberi sotto una maglietta di cotone bianco, fresca di bucato e le gambe, lunghe e ben fatte, erano coperte da un collant nero. Ai piedi portava delle pantofole ricamate con un filo di seta luccicante. Il suo sguardo duro, ostile, prese un'espressione di rispettosa diffidenza di fronte a Dalgliesh, come se gli riconoscesse un'autorità più difficile da scalfire di quella di un assistente sociale. E quando la sentì parlare, Kate scoprì una nota di stanca rassegnazione nella sfida rituale.

«Entrate, è meglio, anche se non so che cosa siete venuti a fare. I vostri amici hanno già parlato con Daisy. La bambina ha già detto tutto quello che sa. Noi collaboriamo con la polizia e quello che ci ricaviamo è l'assistente sociale sempre alle costole. Non tocca a loro giudicare come mi guadagno da vivere. D'accordo, faccio la spogliarellista. Che male c'è? Mantengo la mia bambina. È un lavoro come un altro, è legale. I giornali se la prendono sempre con le ragazze madri che si appoggiano alla previdenza sociale; io non ho bisogno della previdenza sociale, ma dovrò fare anch'io come le altre se continuerò a perdere le giornate per rispondere alle vostre domande sceme. E non mandatemi di nuovo un'agente della polizia femminile, di quelle dell'ufficio minori. L'ultima volta insieme a un ebreo è venuta una che aveva il cervello di una mucca.»

Aveva tenuto Dalgliesh e Kate sulla porta fino a quel momento, ma infine si fece da parte, svogliatamente, e li fece entrare in un'anticamera così piccola che in tre ci si stava a malapena.

Dalgliesh disse: «Sono l'ispettore capo Dalgliesh, lei è l'ispettrice Miskin, che non fa parte dell'ufficio minori, ma dell'ufficio investigativo, come me. Ci dispiace disturbarla ancora, signora Reed, ma dobbiamo parlare con Daisy. La bambina sa che la signora Carling è morta?».

«Sì, lo sa. Lo sappiamo tutti, no? C'era anche sul giornale, sulle pagine cittadine. Ora ci direte che non è morta o che l'abbiamo ammazzata noi.»

«È rimasta molto scossa Daisy?»

«E come posso saperlo? Non si è messa a ridere. Io non so

mai che cosa passa per la testa di quella bambina. Certo starà peggio dopo aver parlato con voi. È qui, ho telefonato a scuola per dire che andrà nel pomeriggio. E, sentite, fatemi un piacere: sbrigatevi, va bene? Devo andare a fare la spesa. La bambina non resta sola, stasera, non vi preoccupate per lei. Verrà la donna delle pulizie. E mandate pure quelli dell'assistenza sociale a controllare, visto che sono così premurosi.»

Il salotto era angusto, scomodo e disordinato. A Kate parve che ci fosse qualcosa di strano e solo dopo un po' capì che era un caminetto finto con una mensola piena di portafortuna e ninnoli di porcellana, inserito in una parete esterna senza canna fumaria. A destra, al di là di una porta aperta, si vedeva un letto matrimoniale mezzo disfatto e ingombro di indumenti. La signora Reed chiuse subito la porta, a destra della quale, dietro una tenda, Kate intravide un attaccapanni con tanti vestiti uno sull'altro. A sinistra della porta c'era un immenso televisore con un divano di fronte e, davanti a una finestra, un tavolo quadrato con quattro sedie. Sul tavolo, uno sull'altro, c'erano molti libri che sembravano testi scolastici. Seduta al tavolo c'era una bambina vestita con una gonna scura e una camicetta bianca, probabilmente una divisa.

Quando si voltò a guardarli, Kate pensò che raramente aveva visto una bambina più brutta. Somigliava alla madre ma, per qualche scherzo genetico, i lineamenti materni si erano sovrapposti in modo disarmonico sul suo viso fragile e sottile. Gli occhi, dietro le lenti, erano piccoli e troppo lontani uno dall'altro, il naso era largo come quello della madre, le labbra altrettanto piene e rivolte ancora più in giù. Ma la pelle era delicata e di un colore straordinario, verde-oro, come hanno certe mele messe nell'acqua. I capelli, tra l'oro e il castano ramato, incorniciavano come brandelli di seta un viso maturo, non infantile. Kate guardò Dalgliesh e poi distolse subito gli occhi. Sapeva che in quel momento provava pietà e tenerezza. Gli aveva già visto quella espressione, subito repressa, subito cancellata, e fu sorpresa del risentimento che suscitava in lei. Con tutta la sua sensibilità, Dalgliesh non era diverso dagli altri uomini. La sua prima reazione di fronte a un essere femminile era una sollecitazione estetica; provava piacere per la bellezza e pietà, rammarico per la bruttezza. Le donne brutte erano abituate a essere guardate così, si erano abituate per forza, ma a una bambina andava risparmiata la rivelazione brutale di quella universale ingiustizia. Ogni tipo di discriminazione si poteva vietare per legge, ma non questa. Sempre, dal lavoro al sesso, la bellezza era favorita, la bruttezza denigrata e rifiutata. E in quella bambina non c'era nemmeno la promessa di quella particolare bruttezza intrisa di sessualità che, se accompagnata dall'intelligenza e dall'immaginazione, può avere una carica erotica più della bellezza. Niente poteva correggere la piega di quelle labbra troppo pesanti, avvicinare quegli occhietti troppo piccoli. In pochi secondi, prima di parlare, Kate aveva provato una quantità di sensazioni confuse, non ultima il disprezzo di sé. Se Dalgliesh si era impietosito come se la bambina fosse mutilata o deforme, lei non era stata da meno, eppure lei era una donna. Avrebbe dovuto usare diversi criteri di valutazione. Invitato da un cenno della madre, Dalgliesh si mise a sedere sul divano e Kate su una sedia di fronte a Daisy dall'altro lato del tavolo. La signora Reed si sistemò con aria minacciosa all'estremità del divano e accese una sigaretta.

«Io sto qui. Non potete interrogare la bambina senza di me.»

«Infatti, signora Reed, non potremmo parlare con Daisy se lei non fosse presente. C'è una procedura speciale per i minori. È preferibile, però, che lei non ci interrompa a meno che non pensi che ci sia qualcosa di sbagliato nelle nostre domande.»

Kate si spostò vicino alla bambina e le disse con gentilezza: «Ci dispiace tanto per la tua amica, Daisy. La signora Carling era tua amica, vero?».

Daisy aprì uno dei suoi libri di scuola e finse di mettersi a leggere. Senza alzare gli occhi, disse: «Mi voleva bene».

«Quando qualcuno ci vuole bene anche noi gliene vogliamo. Per me, almeno, è così. Tu sai che la signora Carling è morta. Forse si è uccisa, ma non possiamo esserne sicuri. Dobbiamo scoprire come è morta e perché. Abbiamo bisogno del tuo aiuto. Vuoi?»

Daisy allora la guardò. Gli occhi piccoli, di una intelligenza sconcertante, avevano una durezza adulta e, insieme, una intensità di giudizio come hanno solo gli occhi dei bambini. «Non voglio parlare con lei» disse. «Voglio parlare con il capo.» Si voltò verso Dalgliesh. «Voglio parlare con lui.»

«Bene, io sono qui» rispose Dalgliesh. «Ma è lo stesso, Daisy, con chiunque tu parli.»

«Io non voglio parlare con nessuno, solo con lei.»

Kate, sconcertata, cercando di nascondere la propria delusione e il proprio dispiacere, si alzò, ma Dalgliesh le fece segno di non muoversi e portò una sedia vicino a lei.

«Lei pensa che la zia Esmé sia stata uccisa, vero?» disse Daisy. «Che cosa farete a quello che l'ha uccisa quando lo prenderete?

«Se il tribunale lo riterrà colpevole andrà in prigione. Ma noi non possiamo essere certi che la signora Carling sia stata uccisa. Non sappiamo ancora come e perché è morta.»

«La signora Summers, a scuola, dice che mettere le persone in prigione non serve a niente.»

«La signora Summers ha ragione» rispose Dalgliesh, «ma quando si manda qualcuno in prigione non è per fargli del bene. Qualche volta lo si fa per evitare che ci siano altre vittime o per scoraggiare altri dal commettere lo stesso crimine o perché la società ha avuto un danno da quello che il colpevole ha fatto e il castigo è la conseguenza del danno recato alla società.»

Dio mio, pensò Kate, dovremo passare il tempo a discutere di procedura penale e filosofia carceraria? Ma Dalgliesh era chiaramente disposto a essere paziente.

«La signora Summers dice che la condanna a morte è un'usanza barbara.»

«In questo paese la condanna a morte è stata abolita, Daisy.»

«In America no.»

«In qualche parte degli Stati Uniti c'è ancora e anche in qualche altro paese, ma in Gran Bretagna no, credo che tu lo sappia, Daisy.»

La bambina, pensò Kate, era deliberatamente ostile. Si chiese che intenzioni avesse, oltre naturalmente quella di tirare in lungo. In cuor suo maledisse la signora Summers. Ne aveva conosciute una o due come lei, quando andava a scuola, soprattutto una certa signorina Crighton che aveva fatto di tutto per dissuaderla dall'entrare nella polizia dicendole che i poliziotti erano fascisti al servizio del capitalismo. Avrebbe voluto chiedere a Daisy come si sarebbe comportata la signora Summers con l'assassino di Esmé Carling, sempre che esistesse un assassino, oltre naturalmente a offrirgli solidarietà, buoni consigli e il biglietto per una crociera intorno al mondo. Meglio ancora, le sarebbe piaciuto portare la signora Simmons a vedere le vittime degli omicidi e certe scene di delitti che, da quando era nella polizia, lei aveva dovuto vedere. Irritata da questo rigurgito di vecchi pregiudizi, di risentimenti che credeva superati, e di ricordi che avrebbe preferito dimenticare, rivolse lo sguardo al viso di Daisy. La signora Reed non parlava, ma fumava accanitamente, appestando l'aria.

Seduto vicino alla bambina, Dalgliesh diceva: «Daisy, noi dobbiamo scoprire come e perché è morta la signora Carling. È possibile che sia stata lei stessa a darsi la morte ed è possibile, solo possibile, che sia stata uccisa. Se è così dobbiamo sapere chi è stato. Questo è il tuo compito. Siamo venuti da te perché pensiamo che tu ci possa aiutare».

«Io ho già detto a quell'ispettore e a quella donna della polizia tutto quello che sapevo.»

Dalgliesh non rispose. Il silenzio e ciò che il silenzio implicava disorientò Daisy. Dopo una breve pausa, disse, sulla difensiva: «Come posso sapere che non volete appioppare alla zia Esmé l'assassinio del signor Etienne. Lei diceva che ci potevate provare, che potevate accusarla».

«Noi non pensiamo che la signora Carling abbia qualcosa a che vedere con la morte di Etienne. E non appiopperemo a nessuno quell'omicidio. Quello che stiamo cercando di fare è scoprire la verità. Io credo di sapere due cose su di te, Daisy: la prima è che sei intelligente e la seconda che se prometterai di dire la verità la dirai davvero. Lo prometti?»

«Chi mi dice che devo fidarmi di voi?»

«Io te lo chiedo. Devi pensare se puoi promettermi di dire la verità. È una decisione importante, ma devi scegliere. Solo ti raccomando di non dire bugie. Preferisco che non parli, piuttosto.»

È una strategia ad alto rischio, pensò Kate e si augurò di non dover sentire di lì a poco che la signora Summers aveva raccomandato ai bambini di non fidarsi dei poliziotti. Daisy fissò i suoi occhietti troppo piccoli negli occhi di Dalgliesh. Il silenzio pareva non dovesse finire mai.

Poi Daisy parlò. «Va bene. Dirò la verità.»

La voce di Dalgliesh non cambiò. «Quando l'ispettore Aaron e l'agente della polizia femminile sono venuti da te, tu gli hai detto che la sera andavi a casa della signora Carling a fare i compiti e a cenare con lei. È vero?»

«Sì, qualche volta dormivo nella sua camera degli ospiti o sul divano, poi la zia Esmé mi svegliava e mi riportava a casa prima che arrivasse la mamma.»

«Sentite» intervenne la signora Reed, «la bambina non ha mai corso nessun pericolo. Io ho sempre chiuso la porta a doppia mandata prima di uscire e lei aveva il suo mazzo di chiavi. Ho sempre lasciato anche un numero di telefono. Che altro potevo fare? Portarla con me al Club?»

Dalgliesh non le rispose. Non smetteva di guardare Daisy.

«Che cosa facevate insieme?»

«Io facevo i compiti e lei qualche volta scriveva, poi guardavamo la televisione. Lei mi lasciava leggere i suoi libri. Aveva tanti libri sui delitti, sapeva tante cose sui delitti veri. Io mi portavo la cena e qualche volta mangiavo un po' della sua.»

«Allora passavate delle belle serate insieme. Alla signora Carling piaceva la tua compagnia?»

«Aveva paura a star sola la sera. Diceva che sentiva dei rumori sulle scale e che le pareva di non essere al sicuro nemmeno con la porta chiusa a doppia mandata. Diceva che c'era qualcuno che aveva un altro mazzo di chiavi e che poteva dimenticarlo da qualche parte così, se un assassino lo trovava, saliva le scale in punta di piedi ed entrava in casa. Oppure, diceva, un assassino poteva calarsi dal tetto con una corda quando era buio ed entrare dalla finestra. Qualche volta, di notte, le pareva di sentirlo bussare contro il vetro. Il peggio era quando alla televisione si vedeva qualcosa che faceva paura. Lei non voleva mai guardare da sola la televisione.»

Povera piccola, pensò Kate. Quelle erano le immagini che spingevano Daisy, lasciata sola tutte le notti, a rifugiarsi in casa della signora Carling. E da che cosa fuggiva lei, Esmé Carling? Dalla noia, dalla solitudine, dalle sue paure? Era un'amicizia inverosimile in cui ciascuna delle due aveva trovato nell'altra lo stesso bisogno di compagnia, un senso di sicurezza, il conforto di una parvenza di vita domestica.

«Tu hai detto all'ispettore Aaron e all'agente dell'ufficio minori che sei stata nell'appartamento della signora Carling dalle sei di giovedì, 14 ottobre, la notte della morte del signor Etienne, fino a quando lei non ti ha riaccompagnata a casa a mezzanotte. È vero?»

Questa era, finalmente, la domanda cruciale e parve a Kate che tutti aspettassero la risposta col cuore in gola. La bambina seguitava a guardare Dalgliesh con calma. La madre taceva, ma la si sentiva aspirare con forza il fumo della sigaretta.

Passò qualche secondo, poi Daisy disse: «No, non era vero. La zia Esmé mi aveva chiesto di dire una bugia, di farlo per lei».

«Quando te l'aveva chiesto?»

«Venerdì, il giorno dopo la morte del signor Etienne, è venuta a prendermi a scuola. Mi ha aspettato al cancello. Poi siamo tornate a casa insieme, in autobus. Ci siamo sedute nella parte sopra dell'autobus, dove c'era poca gente e lei mi ha detto che se la polizia mi chiedeva dov'era stata dovevo dire che avevamo passato la sera e la notte insieme. Ha detto che loro potevano pensare che era stata lei a uccidere il signor Etienne perché nei suoi romanzi parlava sempre di delitti ed era brava a inventare tanti sistemi per uccidere qualcuno. Ha detto che la polizia poteva appiopparlo a lei, quel delitto, perché lei aveva un movente. Tutti alla Peverell Press sapevano che lei detestava il signor Etienne perché aveva rifiutato il suo libro.»

«Ma tu non hai pensato che l'avesse ucciso lei, vero Daisy? Perché?»

Gli occhietti acuti erano ancora fissi nei suoi. «Lei lo sa perché.»

«Sì, e anche l'ispettrice Miskin. Ma vorrei che lo dicessi tu.»

«Se fosse stata lei a ucciderlo, sarebbe venuta qui quella sera tardi, prima del ritorno della mamma a chiedermi l'alibi allora. Invece non me l'ha chiesto fino a che non è stato scoperto il cadavere. E lei non sapeva quando era morto il signor Etienne. Ha detto che io dovevo stare attenta a dare l'alibi per tutta la sera e tutta la notte. Ha detto che dovevamo raccontare le stesse cose perché la polizia confronta sempre le testimonianze. Allora io ho detto all'ispettore tutto quello che avevamo fatto, tranne quello che avevamo visto alla televisione, solo che ho detto quello che avevamo fatto la sera prima.»

«È il sistema più sicuro per costruirsi un alibi» osservò Dalgliesh. «In sostanza si dice la verità, così non si deve temere che l'altro racconti qualcosa di diverso. È stata una tua idea?»

«Sì.»

«Dobbiamo sperare, Daisy, che tu non ti trovi mai a dare un contributo determinante in un'indagine. Ora devo chiederti una cosa importante e voglio che ci pensi bene prima di rispondermi. Sei d'accordo?»

«Sì.»

«La zia Esmé ti ha raccontato che cosa era successo a Innocent House quel giovedì notte, la notte in cui è morto il signor Etienne?»

«Non mi ha detto molto. Ha detto che lei era stata lì e aveva visto il signor Etienne, ma che era vivo quando lei se n'è andata. Qualcuno gli ha telefonato di andare al piano di sopra e lui le ha detto di aspettarlo perché non sarebbe stato via molto. Invece è passato tanto tempo e la zia Esmé si è stancata di aspettare, così se n'è andata.»

«Se n'è andata senza rivederlo?»

«Così mi ha detto. Ha aspettato e poi ha avuto paura. Fa paura Innocent House la sera quando tutti se ne vanno e c'è freddo e silenzio. Una signora che abitava in quella casa si è buttata dal balcone e la zia Esmé diceva che adesso ci sono i fantasmi. Così lei non ha aspettato che il signor Etienne tornasse. Io le ho chiesto se aveva visto l'assassino e lei mi ha risposto: "No, non l'ho visto, Non so chi è stato, ma so chi non è stato".»

«E ti ha detto chi non era stato?»

«No.»

«Non ti ha detto neanche se era un uomo o una donna?»

«No.»

«Ma tu, Daisy, hai capito se parlava di un uomo o di una donna?»

«No.»

«Non ti ha detto altro a proposito di quella sera? Cerca di ricordarti con precisione le sue parole.»

«Qualcosa mi ha detto, qualcosa che non si capiva, almeno allora. Mi ha detto: "Ho sentito la voce, ma il serpente era fuori dalla porta. Perché il serpente era fuori dalla porta? Ed era una strana ora per usare un aspirapolvere". Lo ha detto a voce bassa, molto bassa, come se parlasse tra sé.»

«Le hai chiesto che cosa significavano quelle parole?»

«Le ho chiesto: "Che tipo di serpente? Un serpente velenoso? È stato morso da un serpente il signor Etienne?" E lei mi ha risposto: "No non un serpente vero ma, a suo modo, velenoso".»

Dalgliesh ripeté: «"Ho sentito la voce, ma il serpente era fuori dalla porta. Ed era una strana ora per usare un aspirapolvere". Sei sicura che abbia usato queste parole?».

«Sì.»

«Non ha detto se era la voce di un uomo o di una donna?»

«No. Ha detto proprio così. Secondo me voleva mantenere il segreto. Le piacevano i segreti e i misteri.»

«Quando ti ha parlato ancora del delitto?»

«L'altro ieri, quando ero qui a fare i compiti. Ha detto che giovedì sera voleva andare a Innocent House a vedere qualcuno. "Adesso non potranno più rifiutarsi di pubblicare i miei libri" ha detto, "però voglio esserne sicura". Poi mi ha detto che forse mi avrebbe chiesto un altro alibi, ma che non lo sapeva ancora. Io volevo che mi dicesse con chi andava a parlare ma lei mi ha risposto che per il momento non me lo poteva spiegare, doveva essere un segreto. Secondo me, però, non aveva intenzione di spiegarmelo neanche dopo. Era una cosa troppo importante per raccontarla a qualcuno. Io però le ho detto: "Se vai a parlare con l'assassino, sta' attenta che non ammazzi anche te" e lei mi ha risposto che non era così scema da andare a parlare con un assassino. "Non so chi è l'assassino" ha detto, "ma domani sera forse lo saprò" Niente altro.»

Dalgliesh le tese la mano e la bambina gliela strinse. «Grazie, Daisy» le disse. «Ci sei stata di grande aiuto. Dovremo chiederti di mettere tutte queste notizie per scritto e firmarle, ma non ora.»

«E non mi metterete in prigione?»

«No, non esiste questa possibilità, stai tranquilla.» Dalgliesh guardò la signora Reed che disse, accigliata: «Questa bambina la devo far studiare, mi costasse la pelle».

Li stava salutando quando, apparentemente d'impulso, scivolò dietro di loro e chiuse la porta. Come se Kate non ci fosse, si rivolse a Dalgliesh: «Il signor Mason, il direttore della scuola di Daisy, dice che è intelligente, insomma molto intelligente».

«È quello che penso anch'io, signora Reed, dev'essere orgogliosa di lei.»

«Lui vorrebbe farle dare una borsa di studio dallo Stato per mandarla a una scuola diversa, un collegio.»

«E Daisy che cosa ne pensa?»

«Dice che per lei è lo stesso. Non le piace la scuola dove va adesso, secondo me sarebbe contenta di andare in collegio, ma non lo vuol dire.»

Kate stava per avere uno scatto d'impazienza. Dovevano ancora esaminare l'appartamento della signora Carling e l'agente era stata convocata per le undici e mezzo.

Ma Dalgliesh pareva non avere fretta. «Perché non ne parlate, magari a lungo, con il signor Mason? Dev'essere Daisy a decidere.»

La signora Reed esitava, guardandolo come se ci fosse qualcos'altro che aveva bisogno di sentire da lui, qualcosa di rassicurante che nessun altro poteva dirle.

«Deve pensare» concluse Dalgliesh «che se una decisione può far comodo a lei non per questo dev'essere sbagliata per Daisy. Potrebbe essere la scelta giusta per tutt'e due.»

«Grazie, grazie» bisbigliò la signora Reed e sgattaiolò in casa.

51

L'appartamento della signora Carling era al piano di sotto, sul lato anteriore dell'edificio. Sulla porta di legno massiccio c'erano uno spioncino e due serrature di sicurezza, una Banham e una Ingersoll. Le chiavi girarono facilmente e Dalgliesh, nell'entrare, spostò un mucchio di posta che era per terra. L'ingresso odorava di muffa ed era molto buio. Dalgliesh cercò l'interruttore e, alla luce, bastò un'occhiata per avere un'idea della semplice pianta della casa: un corridoio stretto con due porte in fondo e una per lato. Dalgliesh si chinò a raccogliere la posta e vide che si trattava quasi esclusivamente di circolari, in più c'erano due buste che contenevano chiaramente dei conti e un'altra che la signora Carling, così diceva una scritta, avrebbe dovuto aprire immediatamente per non perdere l'occasione di vincere mezzo milione. C'era anche un foglietto piegato in quattro che conteneva un messaggio scritto con una calligrafia laboriosa. "Mi scusi se domani non vengo. Devo andare all'ambulatorio con Tracey che ha la pressione alta. Arrivederci a venerdì. Darlene Morgan."

Dalgliesh aprì la porta che aveva davanti e accese la luce. Era un salotto. Le due finestre sulla strada erano chiuse e le tende di velluto rosso tirate a metà. A quell'altezza non c'era rischio di sguardi indiscreti nemmeno dall'alto di un autobus, ma la metà inferiore delle finestre era protetta da tendine di rete fitta a disegni. L'illuminazione principale veniva da una boccia di vetro decorata con un tenue disegno di farfalle che pendeva da una rosetta di stucco al centro del soffitto. Il vetro era macchiato dai cadaveri raggrinziti delle mosche che vi erano rimaste intrappolate. C'erano anche tre lampade con dei paralumi rosa ornati di frange, una su un tavolino accanto a una poltrona a lato del camino, un'altra su un tavolo quadrato tra le due finestre e la terza su una scrivania col piano ribaltabile accostata alla parete di sinistra. Quasi in una disperata ricerca di luce e aria, Kate tirò completamente le tende, spalancò le finestre e accese tutte le luci. Entrambi respirarono l'aria fresca che dava quasi l'illusione di essere in campagna e si guardarono in giro per la stanza che finalmente si poteva vedere con chiarezza in tutti i particolari.

La prima impressione, accresciuta dal riflesso rosato delle lampade, era di un ambiente caldo, antiquato, al riparo dall'esterno, tanto più piacevole in quanto la padrona di casa non aveva fatto concessioni al gusto corrente. Era come se quella stanza fosse stata arredata negli anni Trenta e nessuno l'avesse più sostanzialmente modificata. Quasi tutti gli oggetti sembravano ereditati dalla generazione precedente; la scrivania ribaltabile con la macchina per scrivere portatile, le sedie attorno al tavolo da pranzo, diverse per età e per forma, un armadietto edoardiano con gli sportelli di vetro dove erano ammassati, più che disposti con ordine ninnoli di porcellana e parte di un servizio da tè, due tappeti scoloriti così mal collocati che Dalgliesh pensò servissero a nascondere qualche buco nella moquette. Solo il divano e le due poltrone assortite, disposti attorno al camino, sembravano relativamente nuovi, provvisti com'erano di bei cuscini gonfi e rivestiti di lino a rose gialle e rosa. Il camino era particolare, una elaborata creazione di marmo grigio con una mensola massiccia, la grata incorniciata da una doppia fila di piastrelle a motivi ornamentali di fiori, frutta e uccelli. Ai lati della mensola due cani di ceramica Staffordshire con un collare dorato fissavano attoniti il muro di fronte. In mezzo c'era una confusione di soprammobili: due boccali che celebravano rispettivamente l'incoronazione di Giorgio VI e della regina Elisabetta, una scatola giapponese di smalto nero, due piccolissimi candelieri di ottone, la statuina moderna, in porcellana, di una donnina con un cagnolino da grembo, un vaso di cristallo con un mazzo di primule artificiali. Dietro, appese al muro, c'erano due fotografie a colori; in una, che sembrava fatta durante una premiazione, Esmé Carling, circondata da tante facce sorridenti, puntava contro un nemico invisibile una pistola finta; nell'altra firmava le copie di un libro. La posa era stata accuratamente studiata. Un lettore era in piedi al suo fianco e sporgeva la testa in modo del tutto innaturale per entrare nell'inquadratura, mentre lei, con la penna sospesa sulla pagina, rivolgeva un seducente sorriso all'obiettivo. Kate si soffermò per un attimo sulle due fotografie cercando di sovrapporre a quel viso quadrato, dalle guance un po' gonfie, la bocca piccola, il naso leggermente a becco, l'altro viso, atroce, emerso dall'acqua, la prima immagine che aveva avuto di Esmé Carling.

Dalgliesh capiva quale attrazione avesse avuto per Daisy l'atmosfera calda e protettiva di quella stanza. Su quell'ampio divano aveva letto, guardato la televisione, dormito qualche breve sonno prima di essere riportata quasi in braccio a casa sua. Lì aveva trovato rifugio dal terrore delle immagini che portava dentro di sé, trasferendole in immagini di un terrore simulato, inventato, racchiuso entro i limiti delle copertine dei libri, sterilizzato, romanzato, pronto da essere assaggiato, condiviso e, privo dei connotati della realtà, assimilato alle fiamme del finto ceppo che bruciava nel camino. In quella stanza aveva trovato sicurezza, compagnia e, sì, un amore che nasceva da una reciproca necessità. Dalgliesh guardò i libri in brossura allineati sugli scaffali. Erano romanzi polizieschi, storie di delitti, ma osservò che pochi degli autori erano ancora vivi. La signora Carling prediligeva le scrittrici dell'Età dell'Oro. Tutti i volumi sembrava fossero stati letti e riletti. Su uno scaffale più in basso c'erano le storie vere: libri sul caso Wallace, su Jack lo Squartatore, sulle grandi assassine vittoriane, Adelaide Bartlett e Constance Kent. Gli ultimi scaffali erano riservati ai libri scritti da lei, ed erano tutti rilegati e con i titoli impressi in lettere d'oro. Una spesa considerevole, pensò Dalgliesh, che certamente non le era stata rimborsata dalla Peverell Press. Quella prova di ingenua vanità lo rattristò, gli diede una stretta al cuore. Chi avrebbe ereditato quella testimonianza di una vita vissuta grazie al delitto e finita con un delitto? In quale salotto, stanza da letto o da bagno quei libri avrebbero trovato una felice o infelice collocazione? O forse sarebbero stati comprati in blocco da un rivenditore di libri usati, a prezzo unico, valorizzati dalla coerente mostruosità della morte di chi li aveva scritti e collezionati? I titoli ricordavano gli anni Trenta, il poliziotto del paese che arrivava in bicicletta sulla scena del delitto e smascherava i benpensanti, autopsie eseguite da medici generici stravaganti dopo l'orario delle visite, inverosimili soluzioni dell'indagine scovate in biblioteca. Dalgliesh ne prese qualcuno a caso e lo sfogliò: *Morte a passo di danza* ambientato nel mondo delle gare di ballo, *Delitto in crociera, Morte per annegamento, Delitto sotto il vischio.* Li rimise a posto con umiltà, senza presunzione. E perché avrebbe dovuto essere diversamente? Forse Esmé Carling, con i suoi polizieschi, aveva dato piacere a più persone che non lui con le sue poesie. E se il piacere era diverso, chi era lui per giudicare quale fosse inferiore all'altro? Lei, almeno, aveva mostrato rispetto per la lingua in un'epoca che stava diventando rapidamente illetterata. Per trent'anni aveva rappresentato la infinita varietà dell'omicidio, aveva spiegato la violenza, il meccanismo del terrore. Dalgliesh si augurò che il suo scontro con la realtà fosse stato breve e misericordioso.

Kate era entrata in cucina. La raggiunse e insieme guardarono il lavandino pieno di piatti da lavare, la padella sporca ancora sul fornello, il bidone delle immondizie dal quale erano caduti sul pavimento sporco barattoli vuoti e confezioni di cartone schiacciate. «Non avrebbe voluto che vedessimo una cucina ridotta in questo stato» disse Kate. «La sua sfortuna è stata che stamattina non è venuta la signora Morgan.»

Dalgliesh la guardò, vide il rossore salirle dal collo alle guance e capì che quell'osservazione le era parsa subito irrazionale e sciocca e che avrebbe preferito non averla fatta.

Ma le loro menti spesso procedevano all'unisono. "Dio, fammi sapere quando sarà la fine, dimmi il numero dei giorni che ancora mi restano, perché io possa sapere con sicurezza quanto ho da vivere".» Certo pochi potevano recitare quella preghiera con sincerità. Il meglio che si poteva sperare o volere era di avere un tempo sufficiente per riordinare le proprie cose, consegnare i segreti alle fiamme o alla spazzatura e lasciare la cucina in ordine.

Per qualche minuto, anche se intanto apriva i cassetti e gli armadi, Dalgliesh si ritrovò al cimitero di Norfolk ad ascoltare la voce di suo padre, un'immagine immediata, che, con l'efficacia della sua intensità, portava con sé l'odore del fieno tagliato, della terra di Norfolk da poco rivoltata, del profumo inebriante dei gigli. Ai parrocchiani piaceva che il figlio del rettore fosse presente ai funerali e, durante le vacanze, lui ci andava sempre, trovava che una sepoltura in un villaggio era un motivo d'interesse, non un'imposizione, e andava anche al tè dopo la cerimonia, cercando di trattenere la propria fame giovanile, mentre i dolenti gli offrivano, secondo la tradizione, il prosciutto cotto e il dolce alla frutta, mormorando parole di ringraziamento.

«È stato molto gentile a venire signor Adam. Il suo papà sarebbe stato contento. Le voleva tanto bene, il suo papà.»

Con la bocca appiccicosa di dolce, lui ripeteva la bugia che si aspettavano di sentire: «Anch'io gli volevo tanto bene, signora Hodgkin».

Restava lì a guardare il vecchio Goodfellow, il sacrestano, e i becchini che calavano la bara, inclinandola, in quel pozzetto accogliente, sentiva il tonfo morbido della terra di Norfolk sul coperchio, ascoltava la voce grave e dotta di suo padre mentre il vento scomponeva i suoi capelli grigi e gli faceva ondeggiare la cotta. E immaginava l'uomo o la donna che aveva conosciuto, il corpo avvolto nel sudario infilato come in un astuccio dentro un'imbottitura di seta artificiale, sistemato vistosamente meglio di quanto non fosse mai stato in vita, e calcolava gli stadi successivi della sua dissoluzione: il sudario corrotto, il graduale disfacimento della carne, la caduta finale del coperchio della bara sulle ossa nude. Fin dall'infanzia non era mai riuscito a credere a quella splendida proclamazione di immortalità: "E anche se i vermi distruggeranno questo corpo, nella mia carne io vedrò Dio".

Entrarono nella camera da letto della signora Carling ma non vi restarono a lungo. Era grande, piena di mobili, disordinata e non molto pulita. Sul tavolo da toilette degli anni Trenta, col suo triplice specchio, c'era un vassoio a disegni di violette dov'erano riuniti, in un guazzabuglio, bottigliette mezze vuote di lozioni per le mani e per il corpo, vasetti di brillantina, rossetti e trucchi per gli occhi. Senza pensarci, Kate aprì un barattolo di crema idratante e vide che, sulla superficie, c'erano ancora i segni delle dita della signora Carling. Quei segni, pure così effimeri, le parvero per un momento permanenti, indelebili, e le portarono alla mente con tanta vivezza l'immagine della donna morta, che s'irrigidì con il vasetto in mano come se fosse stata sorpresa a violare una proprietà privata. Lo specchio le rimandò uno sguardo colpevole e un po' vergognoso. Si fece forza e andò ad aprire l'armadio. Con un fruscio dei vestiti appesi venne anche un odore che le riportò il ricordo di altre ricerche, altre vittime, altre stanze, l'odore agrodolce degli anni, dell'insuccesso, della morte. Richiuse in fretta lo sportello, ma fece in tempo a vedere tre bottiglie di whisky nascoste tra le scarpe. Pensò: ci sono momenti in cui odio il mio lavoro. Ma quei momenti erano rari e non duravano mai a lungo.

La camera degli ospiti era piccola, poco armoniosa, con una finestra che offriva il panorama di un muro di mattoni intristito da decenni di sporcizia londinese e dalla presenza di grossi pluviali. Ma qualche tentativo, anche se male indirizzato, per rendere la stanza più invitante era stato fatto. Le pareti e il soffitto erano rivestiti di carta a disegni di rami di caprifoglio intrecciati a edera e rose. Le tende, drappeggiate in pieghe elaborate, ripetevano il motivo della tappezzeria e un divano letto singolo, messo sotto la finestra, era coperto di una stoffa rosa, scelta palesemente perché si accordasse al colore delle rose delle pareti e delle tende. Il tentativo di abbellire o di sovrapporre alla squallida banalità di una stanza dei particolari marcatamente femminili, serviva solo a enfatizzare i difetti. L'arredamento sembrava destinato a ospitare una donna, ma Dalgliesh non riusciva a immaginare chi mai avrebbe potuto addormentarsi tranquillamente in quel cubicolo sovraccarico e soffocante. Un uomo, certo, non ci sarebbe riuscito, con l'incombente dolcezza artificiale del soffitto, il letto troppo stretto, il tavolino da notte falso antico, troppo fragile per reggere qualcosa di più che una lampada.

Il tempo occupato a guardarsi attorno in una casa non era mai sprecato. Kate ricordava una delle prime lezioni che aveva ascoltato da giovane agente di polizia: conoscere la vittima. Chi era, che cosa faceva, dov'era in quel dato momento. Questi sono i punti da esaminare nei casi di morte violenta. Più si conosce la vittima e più ci si avvicina al suo assassino. Ma ora, mentre sedevano alla scrivania di Esmé Carling, stavano cercando una prova specifica.

Furono accontentati, appena aperta la ribalta. C'era meno disordine di quanto si fossero aspettati e su un mucchio di conti recenti non ancora pagati videro due fogli. Il primo era la brutta copia della lettera trovata sulla ringhiera a Innocent House. I cambiamenti erano pochi, la versione definitiva non era molto diversa da quel primo traboccare di collera e di dolore. Ma la calligrafia sembrava uno scarabocchio a paragone con quella ferma e accurata della stesura finale. Era la prova, se ce ne fosse stato bisogno, che quelle parole erano state scritte di suo pugno. L'altro foglio era una brutta copia di un'altra lettera scritta dalla stessa mano. Era datata 14 ottobre, giovedì.

Caro Gerard,

ho appena avuto la notizia dalla mia agente. Sì, dalla mia agente! Non hai dimostrato né la dignità né il coraggio di parlarmi direttamente. Avresti potuto chiedermi di venire da te in ufficio, oppure non credo che ti sarebbe costata troppa fatica invitarmi a pranzo o a cena per spiegarmi quali erano le tue intenzioni. O sei tanto cattivo quanto ipocrita e vigliacco? Forse temevi che ti facessi fare brutta figura mettendomi a singhiozzare nella minestra? No, io sono molto più forte, e te ne accorgerai. Rifiutare *Morte all'isola del Paradiso* sarebbe stato un gesto ugualmente sleale, ingiustificato e ingrato, ma almeno avrei potuto dirtelo in faccia. E adesso mi viene impedito anche di parlarti al telefono. Non mi meraviglio. Quella maledetta Blackett, se non altro, sa bloccare le telefonate. Significa almeno che riesci ancora a vergognarti di qualche cosa.

Ma hai un'idea di quello che ho fatto io per la Peverell Press, prima che fossi tu a dirigerla? E ormai sappiamo che da quel giorno è cominciata la rovina dell'azienda. Io ho scritto un libro all'anno per trent'anni, tutti successi sicuri, e se le vendite dell'ultimo sono deludenti, di chi è la colpa? Che cosa avete fatto per promuovere il mio libro con l'efficienza e l'entusiasmo che esige la mia reputazione? Oggi dopo pranzo avrò, a Cambridge, un incontro con i lettori. Chi l'ha organizzato? Io. Andrò da sola, come al solito. Quasi tutti gli editori si preoccupano che, in queste occasioni, i loro autori più importanti siano accompagnati e assistiti. Ma i miei lettori saranno lì e questa sarà la mia ricompensa. Ho dei lettori fedeli che si aspettano da me quello che non trovano in nessun altro autore di polizieschi, un libro scritto bene, con un buon intreccio e senza tutta quella dose di sesso, violenza e parolacce che, a quanto pare, pensi che si debba dare al pubblico, Ma non è così. Se tu sai così poco di quello che vuole veramente il pubblico porterai la Peverell Press alla rovina prima di quanto già non si preveda nel mondo dell'editoria. Naturalmente dovrò salvaguardare i miei interessi. Se cambierò editore porterò con me il mio catalogo. Non credere di potermi buttare fuori e seguitare a sfruttare un patrimonio come quello. E c'è qualcosa ancora. Quelle misteriose disavventure che stanno accadendo alla Peverell Press sono cominciate da quando tu sei amministratore delegato. Se fossi in te, starei attento. Ci sono state già due morti a Innocent House.

«Chi sa se anche questa» disse Kate «era solo un abbozzo o se gliel'ha mandata davvero nella versione definitiva. Di solito batteva a macchina le lettere, ma qui non c'è una copia carbone. Forse ha pensato che, scritta a mano, sarebbe stata più incisiva. Questa potrebbe essere la copia.»

«La lettera non c'era tra la corrispondenza che abbiamo trovato nell'ufficio di Etienne. Io credo che non l'abbia spedita. Invece ha telefonato a Innocent House e ha chiesto di vederlo. Non ci è riuscita ed è andata alla libreria di Cambridge. Quando ha scoperto che l'incontro con i lettori era stato annullato con un fax partito dalla Peverell Press, è tornata a Londra, indignata, e ha deciso di andare da Etienne quella stessa sera. Quasi tutti alla Peverell sapevano che il giovedì Etienne restava in ufficio fino a tardi. Può darsi che lei gli abbia telefonato e l'abbia avvertito che sarebbe andata da lui, e sarebbe stato difficile impedirglielo. Se lo avesse chiamato sulla linea privata, non sarebbe passata attraverso la Blackett.»

«È strano» osservò Kate «che, avendo preso con sé la prima lettera non abbia preso anche questa e non gliel'abbia lasciata. Ma forse ha fatto proprio così e o Etienne l'ha strappata o l'assassino l'ha vista e l'ha strappata lui.»

«Mi sembra improbabile» disse Dalgliesh. «Potrebbe aver portato con sé la lettera contro i soci magari con l'intenzione di appenderla nella sala d'aspetto. Così l'avrebbero vista non solo i soci ma anche i dipendenti e chiunque fosse andato a Innocent House.»

«Ma i soci non l'avrebbero lasciata appesa lì, signore.»

«No, certo. Tuttavia lei, probabilmente, sperava che qualcuno facesse in tempo a leggerla. Sarebbe servita almeno a sollevare un certo scalpore. Doveva essere la prima mossa nella sua strategia di vendetta. Avrà passato ore terribili quando avrà saputo della morte di Gerard. Se aveva davvero lasciato la lettera nell'atrio e forse anche il manoscritto del suo romanzo ci sarebbe stata la prova che era andata a Innocent House quella sera e quando ormai quasi tutti se n'erano andati. Avrà temuto di vedere arrivare la polizia da un momento all'altro, sapendo che la lettera avrebbe fatto di lei una delle prime persone di cui sospettare. Predispone allora il suo alibi con Daisy. La polizia arriva a Innocent House, ma nessuno fa caso a quella lettera, o perché se ne trascura l'importanza, e questo mi sembra impossibile, o perché è già stata tolta di lì. La persona che l'ha tolta telefona a Esmé Carling e la rassicura. E può farlo perché lei pensa di parlare a un alleato, non a un assassino.»

«Sì, signore, i conti tornano. È tutto logico, credibile.»

«Sono solo congetture, Kate. Non esistono prove. Non c'è niente che si possa portare in tribunale. È un'ipotesi ingegnosa che coincide con i fatti, così come li conosciamo, almeno per il momento, ma è solo un'ipotesi. Avvalorata, però, da un piccolo particolare. Se la Carling aveva appeso la lettera nella sala d'aspetto prima di andar via da Innocent House ci sarebbero state una o più tracce di puntine da disegno sul foglio, e non potrebbe essere questa la ragione per cui era stato tagliato ai margini prima di essere infilato sulla ringhiera?»

Non c'era altro d'interessante nella scrivania. La signora Carling riceveva poche lettere o, se le riceveva, poi le buttava via. Ne aveva conservate alcune, su veline di posta aerea, legate con un nastro e tenute in uno scomparto speciale. Gliele aveva scritte un'amica dall'Australia, una certa Marjorie Rampton, ma la corrispondenza era diventata a poco a poco più superficiale e infine, a quanto pareva, si era interrotta. Poi c'erano le lettere degli ammiratori, a ciascuna delle quali era allegata la copia carbone della risposta. La signora Carling si era data da fare per soddisfare i suoi lettori. Nel primo cassetto c'era una cartelletta con le azioni e la corrispondenza con il suo commercialista. Aveva un capitale di poco più di trentaduemila sterline accuratamente investite tra depositi bancari e azioni. In un'altra cartelletta c'era una copia del suo testamento in cui lasciava cinquemila sterline alla Fondazione degli Autori e a un circolo di scrittori di polizieschi e la maggior parte di quanto possedeva all'amica che viveva in Australia. Un'altra cartelletta, infine, conteneva i documenti relativi al suo divorzio avvenuto quindici anni prima. Dalgliesh li scorse in fretta e vide che il divorzio non era stato consensuale e lei ne aveva tratto scarsi vantaggi. Gli alimenti erano esigui e si erano interrotti dopo cinque anni con la morte di Raymond Carling. Non c'era altro. Dalgliesh non si era sbagliato. Era una donna che viveva per il suo lavoro. Tolto quello, che cosa le restava?

52

Velma Pitt-Cowley, agente letteraria, con la quale era stato stabilito un incontro per le undici e mezzo a casa di Esmé Carling, arrivò con sei minuti di ritardo. Non aveva fatto in tempo a entrare e già si era capito che non era di buonumore. Appena Kate le ebbe aperto la porta, irruppe nella stanza con tale rapidità da far pensare che fosse lei quella che era stata costretta ad aspettare, si buttò sulla poltrona più vicina, si sfilò dalla spalla la catena d'oro della borsetta e posò a terra una cartella rigonfia. Solo in quel momento ritenne opportuno dedicare un po' d'attenzione a Kate e a Dalgliesh ma, quando i suoi occhi incontrarono quelli di Dalgliesh, cambiò prudentemente atteggiamento e fin dalle prime parole si preoccupò di mostrare la propria vivace disponibilità.

«Chiedo scusa per essere in ritardo e così di fretta, ma sapete come succede. Sono dovuta passare prima dall'ufficio e ho un ospite che mi aspetta a pranzo all'Ivy per le dodici e tre quarti. E, per la verità, è un appuntamento importante: un autore venuto apposta da New York. Naturalmente basta mettere il naso in ufficio che il lavoro salta fuori da tutte le parti. Oggigiorno non si può affidare a un altro neanche l'incarico più semplice. Sono uscita appena mi è stato possibile, ma il taxi è rimasto bloccato in Theobalds Road. Dio, è terribile quello che è successo alla povera Esmé. Terribile! Ma com'è andata in realtà? Si è annegata, no? Annegata, impiccata o tutt'e due? È spaventoso, da star male solo a pensarci.»

Espressa la propria adeguata indignazione, la signora Pitt-Cowley si sistemò più vezzosamente sulla poltrona, facendosi salire la gonna dell'elegante completo nero fin quasi alle mutande e mostrando così le sue gambe lunghissime, rivestite di un nylon tanto leggero da non sembrare niente di più di un'impalpabile lucentezza sull'ossatura sottile. Tanta cura nell'abbigliamento era senz'altro destinata all'appuntamento delle dodici e quarantacinque e Dalgliesh si chiese quale essere privilegiato, già cliente della signora Pitt-Cowley o tale solo in prospettiva, giustificasse quella elaborata combinazione di efficienza professionale e attrattiva sessuale. Sotto la giacca attillata, con la sua bella fila di bottoni di metallo, la signora portava una camicia di seta accollata. Un cappello di velluto nero, trafitto sul davanti da una freccia dorata le stava schiacciato sui capelli castani, sottili, pettinati in lunghe ciocche ben spazzolate che le arrivavano alle spalle e con una frangetta che sfiorava le sopracciglia folte e dritte. Parlando, gesticolava; le dita lunghe, appesantite dagli anelli, tracciavano dei segni nell'aria come se stesse parlando a un sordo e ogni tanto incurvava le spalle in un sussulto. I suoi gesti sembravano indipendenti dalle parole e Dalgliesh pensò che quell'affettazione non fosse tanto un sintomo d'insicurezza quanto un vecchio espediente, destinato ad attirare l'attenzione sulle sue belle mani, ormai diventato un'abitudine. La sua reazione iniziale lo aveva sorpreso. Sapeva, per esperienza, che chi si trova coinvolto in un delitto, tanto più se misterioso e spettacolare, quando non sia particolarmente addolorato oppure timoroso di affrontare le domande della polizia, di solito entra in uno stato di eccitazione che è il riflesso dell'impatto con la morte violenta e del piacere di sentirsi importante. Era abituato a incontrare sguardi vagamente colpevoli, sebbene divorati dalla curiosità, ma sapeva che un cattivo carattere o una particolare preoccupazione per le proprie vicende personali possono alterare questo schema di comportamento.

Velma Pitt-Cowley guardò la ribalta della scrivania aperta, il mucchio di carte sul tavolo e disse: «È spaventoso stare seduta qui, in casa sua, pensare che voi avete dovuto frugare in tutta la sua roba... Lo so che non potevate farne a meno, è il vostro lavoro, ma mi sembra tutto così irreale. Esmé è più presente ora, in questa stanza, di quanto non fosse prima. Continuo a pensare che tra poco sentiremo la chiave girare nella serratura, la vedremo entrare, lei ci troverà qui, non invitati, e farà una scenata».

«La morte violenta distrugge ogni riservatezza» disse Dalgliesh. «Faceva spesso delle scenate la signora Carling?»

Come se non avesse sentito, Velma Pitt-Cowley proseguì: «Sapete che cosa vorrei veramente, in questo momento? Un buon caffè forte. Non sarà possibile, vero?».

Si era rivolta a Kate e fu Kate a rispondere. «In cucina c'è un barattolo di caffè solubile e in frigorifero una confezione di latte ancora chiusa. Secondo il regolamento, dovremmo avere un permesso, ma credo che nessuno avrebbe niente da obiettare.»

Ma non andò in cucina e Velma la osservò a lungo, con uno sguardo indagatore, come se valutasse il potenziale di fastidio che le poteva venire da una nuova dattilografa. Poi, stringendosi nelle spalle in un agitarsi di dita, scelse la via della prudenza.

«Meglio di no, forse, anche se lei, ormai, del caffè non avrà più bisogno. Ma non so se mi sentirei di bere in una delle sue tazze.»

«Lei capisce» disse Dalgliesh «che per noi è importante sapere il più possibile sul conto della signora Carling. La ringraziamo, quindi, di essere venuta qui stamattina. Questa morte deve averla addolorata e mi rendo conto che non sia facile per lei trovarsi in questa casa. Ma è importante.»

La voce e lo sguardo della signora Pitt-Cowley espressero un'appassionata comprensione. «Lo so, lo so che siete costretti a fare delle domande e cercherò di aiutarvi. Che cosa volete sapere?»

«Quando ha avuto la notizia?»

«Questa mattina, poco dopo le sette, prima che quelli della polizia mi dicessero che dovevo incontrarmi qui, con voi. Mi ha telefonato Claudia Etienne. Veramente non è stata una di quelle notizie che aiutano a cominciare bene la giornata. Avrebbe potuto avvertirmi più tardi, ma forse non voleva che lo sapessi dai giornali o appena arrivata in ufficio. Sappiamo che i pettegolezzi in questa città circolano in fretta. Dopotutto io sono, anzi ero, l'agente di Esmé e Claudia Etienne avrà pensato che dovessi essere la prima a saperlo e che toccasse a lei dirmelo. Ma un suicidio! Che stranezza! È l'ultima cosa che mi sarei aspettata da Esmé. Be', veramente è anche l'ultima cosa che ha fatto. Ah Dio, mi dispiace! In un momento come questo tutto quello che si dice è sbagliato.»

«Dunque lei è rimasta sorpresa nel ricevere la notizia?»

«Non è sempre così? Anche quando chi ha sempre minacciato di suicidarsi si suicida davvero, sembra strano, impossibile. Ma Esmé! E uccidersi a quel modo! Sì, voglio dire, non è il sistema migliore per andarsene. Mi è parso che Claudia Etienne non sapesse bene com'è morta. Mi ha detto solo che si era impiccata alla ringhiera sul fiume, davanti a Innocent House e che il cadavere era stato ritrovato sott'acqua. È annegata, si è strangolata... che cos'è successo?»

«Può darsi che la signora Carling sia morta annegata» disse Dalgliesh, «ma solo dopo l'autopsia conosceremo con esattezza la causa della morte.»

«Ma è stato un suicidio? Voglio dire, di questo siete sicuri?»

«Non siamo ancora sicuri di niente. C'è qualcosa che le faccia pensare che la signora Carling abbia voluto togliersi la vita?»

«Era turbata per il rifiuto della Peverell di pubblicare *Morte all'isola del Paradiso*. Ne avrete sentito parlare, immagino. Ma era più arrabbiata che depressa. Furiosamente arrabbiata. Mi sarebbe parso meno strano che avesse cercato di vendicarsi contro l'azienda, ma non avrei mai pensato che potesse suicidarsi. C'è voluto anche un bel coraggio! Non che lei non ne avesse, ma non me la vedo strangolarsi e buttarsi nel fiume. Che brutta morte! Se voleva farla finita poteva scegliere un altro sistema. Pensate a Sonia Clements. Lei, lo sapete, si è uccisa con alcol e sonniferi. Io farei così. E avrei detto lo stesso di Esmé.»

«Sarebbe meno efficace, come protesta pubblica.»

«D'accordo, meno drammatico. Ma a che serve una drammatica protesta pubblica se non sei presente a godertela? No, se Esmé avesse deciso di suicidarsi si sarebbe messa a letto, con le lenzuola pulite, un mazzo di fiori nella stanza, la sua camicia da notte più bella e una dignitosa lettera d'addio sul tavolino da notte. Teneva molto alle apparenze.»

Ricordando le camere dei suicidi che era stata costretta a vedere, il vomito, le lenzuola sporche, il corpo grottescamente irrigidito nella morte, Kate rifletté che raramente il suicidio appare nobile nella realtà come nel pensiero. «Quando l'ha vista l'ultima volta?» chiese.

«La sera del giorno successivo alla morte di Gerard Etienne. Doveva essere il 15 ottobre, un venerdì.»

«Qui o nel suo ufficio?» chiese Dalgliesh.

«Qui, in questa stanza. È stato per caso, cioè non avevo pensato di passare da lei. Dovevo andare a cena con Dicky Mulchester della Herne & Illingworth per parlare di un mio cliente e mi è venuto in mente che la sua casa editrice forse sarebbe stata interessata a pubblicare *Morte all'isola del Paradiso*. Era un tentativo azzardato, ma sapevo che pubblicavano anche qualche poliziesco. Nell'andare al ristorante sono passata qui sotto, ho visto che in una strada laterale c'era un po' di spazio per lasciare l'automobile e ho pensato di salire a farmi dare da Esmé una copia del manoscritto. Non c'era molto traffico ed ero in anticipo di dieci minuti. Non ci eravamo viste né telefonate dopo la morte di Gerard. È strano, vero, come siano le piccole cose a determinare le nostre azioni? Io, probabilmente, quella sera non sarei venuta a casa di Esmé se non avessi visto quello spazio vuoto. M'interessava anche sapere come aveva reagito alla morte di Gerard. Da Claudia non ero riuscita a capire molto. Pensavo che Esmé mi avrebbe dato qualche particolare in più. Le piacevano i pettegolezzi. Avevo poco tempo, però, la vera ragione per cui ero salita da lei era il manoscritto.»

«Come l'ha trovata?

La signora Pitt-Cowley non rispose subito. Il suo viso diventò pensieroso, le mani irrequiete si fermarono per un momento. Dalgliesh capì che stava ricordando quell'incontro alla luce degli avvenimenti successivi, trovandolo forse più significativo di quanto non le fosse parso allora. «Ripensandoci» disse infine Velma, «forse Esmé era un po' strana. Mi aspettavo che volesse parlare di Gerard, di com'era morto, della ragione per cui era morto, forse assassinato. Invece non ha voluto toccare l'argomento, ha detto che era troppo impressionante e troppo triste, che lei aveva pubblicato i suoi libri da loro per trent'anni e, per quanto male l'avessero trattata, la morte di Gerard l'aveva colpita profondamente. Certo aveva colpito tutti noi, ma non immaginavo che Esmé fosse così addolorata. Mi ha detto che aveva un alibi per la sera e la notte precedenti. Pare che fosse stata insieme a una piccola vicina di casa, una bambina. Ricordo che mi era sembrato strano che me lo dicesse. Chi poteva sospettare Esmé di avere strangolato Gerard con un serpente o, di essere stata lei a ucciderlo in qualsiasi altro modo? Ah, ora mi ricordo che mi ha anche chiesto se pensavo che i soci avrebbero cambiato idea su *Morte all'isola del Paradiso* ora che Gerard era morto. Aveva sempre ritenuto che fosse lui, più degli altri, responsabile del rifiuto. Io non ci speravo molto. Le ho fatto notare che la decisione era stata presa, probabilmente, dal comitato di lettura e che, in ogni caso, i soci non sarebbero andati contro la volontà di Gerard adesso che era morto, ma che alla Herne & Illingworth forse il libro poteva interessare e che se mi dava il manoscritto l'avrei portato quella sera a Mulchester. Anche allora si è comportata in modo strano. Mi ha risposto che non sapeva dove l'aveva messo, che l'aveva cercato anche lei quella mattina senza trovarlo. Ha aggiunto che era troppo sconvolta per pensare a *Morte all'Isola del Paradiso* ora che Gerard era appena morto. Si capiva benissimo che non era vero. Solo un minuto prima mi aveva chiesto se non credevo che i soci avrebbero cambiato idea. Credo che non l'avesse più, il manoscritto. E se l'aveva, era chiaro che non me lo voleva dare. Sono andata via subito. Mi ero trattenuta dieci minuti in tutto.»

«E da allora non le ha più parlato?»

«No, neanche una volta. A pensarci è proprio strano. Gerard Etienne era il suo editore. Ci sarebbe stato da aspettarsi che venisse in ufficio anche solo per spettegolare un po' su quello che era successo. Di solito si faceva fatica a evitare che venisse troppo spesso.»

«La conosceva bene? Da quanto tempo era la sua agente?»

«Da poco, meno di due anni, ma ero arrivata a conoscerla bene. Lei se n'era fatta uno scopo. Me l'aveva passata Marjorie Rampton, che era stata la sua agente per trent'anni, fin dal primo libro. Erano molto amiche. Nasce spesso un'amicizia tra l'agente e l'autore, non si può dare il meglio a un cliente se, oltre ad apprezzarne il lavoro, non gli sei amico. Ma tra Marge ed Esmé c'era un'amicizia molto profonda. Non vorrei essere fraintesa, parlo di amicizia, niente di... sessuale. Avevano molte cose in comune, erano vedove tutt'e due, senza figli. Andavano in vacanza insieme. Credo che Esmé avesse nominato Marge esecutore testamentario per i diritti dei suoi libri. Sarà un guaio se non ha cambiato testamento, perché Marge ormai vive in Australia, con le sue nipoti. È partita subito dopo avermi ceduto l'agenzia e, per quanto ne so, è ancora lì.»

«Ci parli di Esmé Carling» disse Dalgliesh. «Che tipo di donna era?»

«Oh Dio, che posso dire? Può sembrare sleale, quasi scandaloso criticarla adesso che è morta, ma non posso fingere che fosse facile avere a che fare con lei. Era di quegli autori che o ti chiamano continuamente al telefono o passano ogni momento a trovarti in ufficio. Quelli cui niente va mai bene. Pensano sempre che puoi fare di più, spremere all'editore un anticipo più alto, vendere i diritti cinematografici, procurare una serie televisiva. Io credo che sentisse la mancanza di Marge e pensasse che non le dedicavo l'attenzione che la sua genialità avrebbe meritato, mentre invece il tempo che le dedicavo era spesso ingiustificato, perché io ho altri clienti, per la maggior parte più redditizi.»

«Insomma» disse Kate, «la signora Carling le dava più da fare di quanto meritasse.»

La signora Pitt-Cowley prima la guardò con curiosità, poi la escluse deliberatamente dal suo campo visivo. «Io non mi sarei espressa così, ma se è la verità che mi viene chiesta, dirò che non mi si sarebbe spezzato il cuore se Esmé avesse deciso di cercarsi un altro agente. Mi dispiace, ma chiunque in ufficio vi ripeterebbe la stessa cosa. Colpa, in gran parte, della solitudine, della lontananza da Marge e anche dal risentimento verso di lei che l'aveva abbandonata. Marge sapeva stare al mondo e quando si era trattato di scegliere tra le sue care nipotine ed Esmé non aveva avuto dubbi. E poi, io credo che Esmé sapesse che il talento la stava abbandonando. Saremmo andate incontro a un momento difficile. Il rifiuto della Peverell Press di pubblicare *Morte all'isola del Paradiso* non era che l'inizio.»

«Era stata una decisione di Gerard Etienne?» chiese Dalgliesh.

«Fondamentalmente, sì. Alla Peverell Press si faceva quello che voleva Etienne. Ma io dubito che gli altri intendessero seguitare a pubblicare la Carling, tranne forse James de Witt che tanto non conta nulla. Io ho telefonato, naturalmente, e mi sono fatta sentire, appena ricevuta la lettera di Gerard. Non ho ottenuto niente, com'era prevedibile. E, a onor del vero, l'ultimo libro era al disotto della media, anche della media di Esmé Carling. Ha mai letto i suoi romanzi?»

«Ne ho sentito parlare» rispose Dalgliesh prudentemente, «ma non li ho mai letti.»

«Non erano brutti. Aveva una buona prosa letteraria, cosa rara al giorno d'oggi, altrimenti la Peverell non l'avrebbe pubblicata. Nella narrazione era discontinua; quando si cominciava a pensare, Dio non si può andare avanti con queste stupidaggini, ecco che ci si trovava davanti una pagina che improvvisamente faceva lievitare tutto il libro. Aveva avuto un'idea originale per l'investigatore, anzi per gli investigatori: una coppia di coniugi anziani, Malcolm e Mavis Mainwaring. Lui era un bancario, lei una maestra, tutti e due in pensione. Una piccola trovata. Andava bene per i vecchi. Il lettore che si identifica, e così via. La coppia di pensionati annoiati che rincorrono gli indizi, tanto tempo a disposizione per fare dell'omicidio un hobby, con le esperienze di una vita alle spalle che li fa essere più bravi della polizia, la saggezza della vecchiaia che trionfa sulla grossolana immaturità giovanile. Era qualcosa di nuovo, l'investigatore con un po' di artrite. Ma dopo un po' anche loro, i Mainwaring, hanno cominciato a mostrare la corda. Esmé allora ha avuto la brillante idea di coinvolgere Malcolm in un giro di ragazze sospettate di non so più quali colpe, con Mavis che lo va a tirar fuori dai pasticci. Credo che lo scopo fosse di alleggerire la narrazione, invece è prevalsa la noia. Il sesso geriatrico può andar bene per chi lo fa, ma nella letteratura popolare non funziona ed Esmé diventava sempre più esplicita di libro in libro. Corpetti lacerati e sangue. Non era quello il mercato di Esmé. Il personaggio di Malcolm Mainwaring era sbagliato per lei. E poi non le riusciva più l'intreccio. Dio, mi dispiace dire queste cose, ma è così: non le riusciva. Avete detto che volete la verità. Lei rubava le idee degli altri scrittori, solo se erano morti, naturalmente, e poi ci aggiungeva i particolari, Un gioco che stava diventando troppo evidente. Ecco qual è stato il pretesto colto da Etienne per rifiutare *Morte all'isola del Paradiso*: ha detto che era noioso e che le uniche parti divertenti erano state copiate da *Delitto sotto il sole* di Agatha Christie. Credo che abbia anche pronunciato la temibile parola "plagio". E poi c'era anche quell'altro inconveniente che rendeva più difficile discutere con lei.»

Velma tracciò nell'aria la sagoma della cattedrale di St Paul completa di cupola e finì con una pantomima in cui seguitava a portarsi un fantomatico bicchiere alle labbra.

«Sta dicendo che era alcolizzata?»

«Era sulla buona strada per diventarlo. Già a metà giornata non si riusciva più a farle dire qualcosa di sensato. Negli ultimi sei mesi era peggiorata.»

«Allora non guadagnava molto?»

«Non aveva mai guadagnato molto. Non aveva mai fatto parte dei grandi del poliziesco. Però se l'era cavata sempre bene fino a tre anni fa. Viveva del suo lavoro, mentre la maggioranza dei nostri autori non riesce a farlo. Aveva un seguito di vecchi aficionados cresciuti con i Mainwaring, però man mano che morivano non c'erano giovani lettori a sostituirli. L'anno scorso c'è stato un crollo delle edizioni economiche. Avevo paura che avremmo perso il contratto.»

«Forse è la ragione per cui viveva qui. Non è esattamente un indirizzo di prestigio.»

«Lei era contenta così. Aveva un affitto bloccato molto basso, basso davvero. Sarebbe stata una pazzia rinunciarci. Mi aveva detto che stava risparmiando per comprare una casetta in campagna sulle Cotswolds o nell'Herefordshire. Credo che si vedesse già circondata da rose e glicini. Secondo me sarebbe morta di noia. È capitato a molti.»

«Scriveva storie di delitti, romanzi polizieschi» disse Dalgliesh, «è possibile che si vedesse come un investigatore dilettante? Che, trovandosi di fronte a un delitto, volesse provare a cercarne la soluzione, quasi per mettersi alla prova?»

«E cioè affrontare un vero assassino, l'assassino di Etienne, chiunque fosse? Un'assurdità! Esmé non era un genio, ma nemmeno era stupida. Non dico che mancasse di coraggio, era molto coraggiosa, soprattutto dopo qualche whisky, ma questa sarebbe stata solo una stupidaggine.»

«Forse lei non pensava di dovere veramente affrontare un assassino. Ma se avesse sospettato di qualcuno, ci avrebbe avvertiti o avrebbe cercato di condurre una piccola indagine per conto proprio?»

«Forse avrebbe cercato di far tutto da sola, se avesse pensato che non c'erano rischi e che ne avrebbe tratto qualche vantaggio personale. Sarebbe stato un trionfo. "Autrice di polizieschi mette nel sacco Scotland Yard". Che pubblicità! Sì, posso immaginarla fantasticare su qualcosa del genere. Ma lei mi sta dicendo che è successo davvero?»

«Volevo solo sapere se lei pensava che potesse rientrare nel suo carattere.»

«Ecco, non mi sorprenderebbe. Era affascinata dalle cronache dei delitti, dai problemi della detenzione, dai processi per omicidio, da tutto questo. Basta guardare la sua libreria. E inoltre teneva in gran conto la propria intelligenza, il proprio acume. Potrebbe anche non essersi resa conto del pericolo. Credo che avesse poca immaginazione, soprattutto per quanto riguardava la vita reale. Capisco che può sembrare strano, trattandosi di una romanziera, ma aveva vissuto per tanto tempo in mezzo agli omicidi romanzati da non rendersi conto, forse, che l'omicidio nella vita reale è diverso, è qualcosa che non si può controllare, racchiudere in un intreccio e risolvere all'ultimo capitolo. E lei il cadavere di Gerard Etienne non l'aveva visto. Io credo che non avesse mai visto un morto in vita sua. Poteva solo immaginarsela, la morte, e forse non le sembrava più spaventosa delle altre cose che immaginava. È un ragionamento tortuoso? Mi fermi, se dico troppe sciocchezze.»

La signora Pitt-Cowley mise in atto una elaborata manovra delle sue belle mani e rivolse a Dalgliesh uno sguardo di istrionica sincerità che non riusciva a coprire del tutto un più acuto sguardo indagatore. Dalgliesh ricordò a se stesso che non doveva sottovalutare la sua intelligenza. «Non sono sciocchezze» disse. «Che ne sarà dell'ultimo libro?»

«Oh, non credo che la Peverell Press tornerà sulla sua decisione. Sarebbe diverso, naturalmente, se Esmé fosse stata uccisa. Un doppio omicidio, editore e autore uccisi a due sole settimane di distanza! Però anche il suicidio ha una sua forza pubblicitaria, soprattutto se si è svolto in circostanze drammatiche. Dovrei riuscire a trattare le condizioni di un contratto vantaggioso con qualche editore.»

Dalgliesh fu tentato di dire: "Peccato che non c'è più la pena di morte, così avrebbe potuto far coincidere il giorno dell'esecuzione con quello dell'uscita del libro".

Quasi consapevole di quello che lui stava pensando, la signora Pitt-Cowley parve, per un momento, vagamente imbarazzata, poi si strinse nelle spalle e proseguì: «Povera Esmé, se aveva pensato di farsi un po' di pubblicità gratuita ci è riuscita. Peccato che non sia qui a goderne. Ne godranno i suoi eredi».

E anche tu, pensò Kate, e le chiese: «Sa a chi andrà il suo danaro?».

«No, non me ne ha mai parlato. Come ho detto poco fa, Marge dovrebbe essere il suo esecutore testamentario o uno di essi. Ma sono contenta che non mi abbia proposto di trasferire su di me questo privilegio quando ho rilevato l'agenzia. Non avrei comunque accettato. Ho fatto tanto per Esmé, ma ci sono dei limiti. Sinceramente, voi non avete idea di quello che pretendono gli autori. Bisogna trovargli la commissione giusta per un premio, procurargli qualcuno che gli presenti il libro alla televisione, dare da mangiare al gatto quando sono in vacanza, tenergli la mano quando divorziano. Per un dieci per cento sulle vendite io devo essere agente, infermiera, confidente, amica, tutto. So che Esmé non aveva una famiglia. Credo che il marito avesse una figlia e dei nipoti da qualche parte, forse in Canada. Escludo che Esmé gli abbia lasciato niente. Ma un po' di soldi ci saranno, senza dubbio, e penso che andranno a Marge. Io potrò ottenere una ristampa dei primi romanzi.»

«Una buona cliente, dopotutto» osservò Dalgliesh, «se non in vita almeno dopo la morte.»

«Strano, questo vecchio mondo, vero?»

E sull'eco dell'immagine di una signora con la quale aveva, d'altra parte, poco in comune, Velma Pitt-Cowley diede un'occhiata all'orologio e si chinò a raccogliere la borsetta e la cartella.

Ma Dalgliesh non era ancora disposto a lasciarla andare. «Presumo» disse «che la signora Carling le abbia parlato di quell'incontro con i lettori, a Cambridge, che era stato annullato.»

«E come no! Mi ha telefonato dalla libreria. Io ho cercato

Gerard Etienne ma era uscito per andare a pranzo. L'ho trovato più tardi, nel pomeriggio. Esmé era furibonda, non capiva più niente. Proprio non capiva più niente. Era ampiamente giustificata, del resto. La Peverell Press le doveva parecchie spiegazioni. Mi dispiace per quelli della libreria, perché lei, ovviamente, se l'è presa con loro, che non c'entravano niente. Ci si potrebbe chiedere perché non avessero telefonato alla Peverell, appena ricevuto il fax, per controllare che non fosse uno scherzo e probabilmente l'avrebbero fatto se alla Peverell fossero stati meno riservati e avessero parlato un po' di più degli inconvenienti che gli stavano capitando. Il direttore non era in libreria quando è arrivato il fax e la ragazza che l'ha ricevuto ha pensato, naturalmente, che fosse autentico. E lo era, nel senso che arrivava proprio dalla Peverell Press. Per calmare Esmé le ho promesso che ne avrei parlato io con Gerard. L'avrei fatto certamente, se non fosse avvenuto, quasi subito, il delitto. Visto in prospettiva, anche l'episodio della libreria avrà contribuito a dare a Esmé la sensazione di essere presa di mira. Io sono ancora decisa a sollevare la questione con la casa editrice, ma a tempo e luogo. Ora me ne posso andare? Ho quell'appuntamento al ristorante.»

«Solo qualche altra domanda» disse Dalgliesh. «In che rapporti era con Gerard Etienne?»

«Intende rapporti professionali?»

«Rapporti.»

Velma Pitt-Cowley si chiuse per un momento in un silenzio assoluto. Dalgliesh e Kate la videro sorridere leggermente, con uno sguardo tra il lascivo e il nostalgico. «Rapporti professionali. Ci parlavamo al telefono in media due volte al mese, ma non lo vedevo da quattro mesi. Siamo stati a letto insieme una sola volta, quasi un anno fa, dopo una festa. Ci eravamo trattenuti fino all'ultimo, ormai era mezzanotte passata e io ero un po' ubriaca. A Gerard non piaceva bere, non sopportava di perdere il controllo. Mi ha proposto di accompagnarmi a casa e la serata è finita nel solito modo. Una rondine non fa primavera. Non è più successo.»

«Ma uno dei due avrebbe voluto che succedesse ancora?» chiese Kate.

«Sostanzialmente no. Lui, il giorno dopo, mi ha mandato

uno spettacoloso mazzo di fiori. Non era un uomo molto sensibile, comunque i fiori rappresentano sempre un progresso rispetto a cinquanta sterline sul tavolino accanto al letto. No, io non avrei voluto continuare. Ho dei sani meccanismi di autodifesa. Non ci tengo a morire di crepacuore. Ma mi è parso meglio raccontarvelo, tanti ci hanno visto andare via insieme e forse la conclusione se la sono immaginata. Solo Dio sa perché, ma queste storie si vengono sempre a sapere. Nel caso ve lo chiedeste, quella notte e soprattutto la mattina dopo, che ricordo meglio ancora, mi hanno lasciata ben disposta nei confronti di Gerard Etienne, ma non tanto da sollecitare un secondo incontro. Immagino che vogliate sapere dov'ero la notte in cui è morto.»

«Ci sarebbe di aiuto, signora Pitt-Cowley» disse Dalgliesh gravemente.

«È strano, ma ero alla lettura di poesia al Connaught Arms. Sono uscita dopo l'intervento di Gabriel Dauntsey. Ero con un poeta, o uno che si ritiene tale, lui ha preferito restare ma io non ne potevo più di rumore, sedie scomode e puzza di fumo. Tutti avevano bevuto troppo e la serata non accennava a finire. Sono uscita, credo, verso le dieci e sono tornata a casa. Quindi, da quell'ora in poi, non ho un alibi.»

«E ieri sera?»

«La sera della morte di Esmé? Ma è stato un suicidio, l'avete detto voi.»

«Comunque sia morta è importante sapere dov'erano gli altri a quell'ora.»

«Ma io non so a che ora è morta. Sono stata in ufficio fino alle sei e mezzo e poi sono andata a casa e non sono più uscita. Ero sola. È questo che volevate sapere? Ora dovrei proprio andare.»

«Le ultime due domande» disse Dalgliesh. «Quante copie esistevano del manoscritto *Morte all'Isola del Paradiso*? E la copia che aveva la signora Carling era, in qualche modo, distinguibile dalle altre?»

«Credo che le copie fossero otto in tutto. Ne ho dovute mandare cinque alla Peverell Press, una per ciascuno dei soci. Non ho mai capito perché le copie non possano stamparsele da soli, comunque loro vogliono che si faccia così. Io ne ho tenute solo due. Esmé ha sempre preteso una copia rilegata in cartoncino azzurro. Di solito non si usano copie rilegate per uso editoriale, la rilegatura è più che altro un fastidio, i redattori e i collaboratori esterni preferiscono che i fogli siano riuniti capitolo per capitolo con un punto metallico o niente addirittura. Ma Esmé voleva che la sua copia fosse rilegata.»

«E quando lei è passata di qui il 15 ottobre, la sera successiva alla morte di Gerard Etienne, ha avuto l'impressione che la signora Carling non le avesse dato il manoscritto perché fingeva di non trovarlo o perché non l'aveva davvero?»

Come se avesse capito l'importanza di quella domanda, la signora Pitt-Cowley aspettò un po' di tempo prima di rispondere. «Non posso saperlo» disse infine. «Mi ricordo che la richiesta l'aveva sconcertata, agitata. È difficile credere che potesse aver perso il manoscritto. Non era trascurata con le cose che le premevano. La casa è piccola, il manoscritto non poteva essere sparito. Veramente non l'ha neanche cercato. Se dovessi fare un'ipotesi, direi che non l'aveva più.»

53

Tornarono a prendere l'automobile e Dalgliesh disse: «Guido io, Kate».

Lei sedette a sinistra e si allacciò in silenzio la cintura. Le piaceva guidare e sapeva di farlo bene, ma quando, come ora, Dalgliesh preferiva sostituirla, era contenta di restargli accanto, tranquilla, a guardare le sue mani, forti e sensibili, posate sul volante. Mentre attraversavano Hammersmith Bridge si accorse che aveva un'espressione che gli conosceva, un'espressione chiusa, severa, concentrata, come se stesse sopportando stoicamente una sua intima sofferenza. Quando era appena entrata a far parte della sua squadra, pensava che fosse il segno di una collera controllata e temeva ogni volta di sentirsi colpire da quelle punte di gelido sarcasmo che sospettava fossero, in Dalgliesh, una difesa contro il rischio di perdere la calma ma che per i giovani agenti della squadra erano un motivo di terrore. Durante le ultime due ore e mezzo avevano raccolto prove di vitale importanza e lei non desiderava altro che chiedergli qual era stata la sua impressione, ma capì che era meglio aspettare in silenzio. Dalgliesh guidava, con la consueta, tranquilla abilità ed era difficile credere che la sua mente fosse, almeno in parte, altrove. Lo preoccupava la vulnerabilità di quella bambina mentre ne riesaminava mentalmente la testimonianza? Cercava di trattenere il risentimento per la barbarie intenzionale e pianificata della morte di Esmé Carling, una morte che, ora lo sapevano, era stata un omicidio?

In un altro ufficiale superiore quello sguardo chiuso e severo avrebbe espresso la collera per l'incompetenza di Daniel. Se

Daniel avesse saputo farsi dire dalla bambina la verità su quel giovedì sera, Esmé Carling sarebbe stata ancora viva. Ma si poteva veramente parlare d'incompetenza? La Carling e la bambina avevano raccontato la stessa storia ed era una storia convincente. I bambini sono testimoni attendibili, raramente mentono. Se fosse andata lei a interrogare Daisy, sarebbe stata più brava di Daniel? Che cosa avrebbe ottenuto lei, quella mattina, se non fosse intervenuto Dalgliesh? Ma anche se Dalgliesh, come riteneva, non avesse detto una parola di rimprovero a Daniel, sarebbe stato Daniel a rimproverare se stesso. Era molto contenta di non essere nei suoi panni.

Avevano già attraversato Hammersmith Bridge quando, finalmente, Dalgliesh parlò: «Credo che Daisy ci abbia detto tutto quello che sapeva, ma le lacune sono scoraggianti. Basta che manchi una parola a cambiare tutto. "Il serpente era fuori dalla porta". Quale porta? Aveva sentito una voce. Maschile o femminile? Qualcuno aveva usato un aspirapolvere. Chi, un uomo o una donna? Almeno non dobbiamo basarci sulla scarsa credibilità di quella lettera per essere sicuri, ormai, che non si è trattato di un suicidio ma di un omicidio.»

Nell'ufficio del distretto di Wapping, Daniel, da solo, lavorava. Kate, sentendosi a disagio per lui, avrebbe voluto lasciarlo solo con Dalgliesh, ma le era difficile allontanarsi senza che si capisse che l'aveva fatto apposta. Dalgliesh riassunse brevemente il risultato delle visite fatte quella mattina. Daniel si alzò in piedi. Una reazione che parve istintiva, ma a Kate ricordò l'immagine dell'imputato che si dispone ad ascoltare la sentenza. Il viso dai lineamenti forti di Daniel era pallidissimo.

«Mi dispiace molto, signore. Avrei dovuto dimostrare che l'alibi era falso. È stato un grave errore.»

«Un errore poco felice, certo.»

«Avrei dovuto avvertirla, signore, che il sergente Robbins non era convinto. Fin da principio aveva pensato che Daisy non dicesse la verità e avrebbe voluto insistere, metterla alle strette...»

«Non è mai facile interrogare i bambini, vero?» disse Dalgliesh. «Nello scontro di due volontà, quella di Robbins e quella di Daisy, non mi sento di affermare che non avrei preso le parti di Daisy.»

Era interessante, pensò Kate, che Robbins non avesse creduto alla bambina. Sembrava spesso che riuscisse a unire, alla fiducia nella essenziale nobiltà dell'animo umano, una riluttanza a credere qualsiasi cosa dicesse un testimone. Forse, essendo religioso, era incline, più di quanto non fosse Daniel, a credere al peccato originale. Comunque Daniel era stato generoso a dire quello che aveva detto. Generoso ma forse, a voler essere cinici e conoscendo Dalgliesh, anche accorto.

Deciso a toccare il fondo, Daniel disse ancora: «Se non mi fossi accontentato di quell'alibi, ora Esmé Carling sarebbe ancora viva».

«Forse. Non abbandonarti ai sensi di colpa, Daniel. Responsabile della morte di Esmé Carling è chi l'ha uccisa. Che cos'è risultato dall'autopsia? Niente di particolare?»

«La morte è avvenuta per inibizione del vago non appena la striscia di pelle si è stretta attorno al collo. La vittima era già morta quando è stata messa nell'acqua.»

«Almeno tutto è avvenuto rapidamente. E il motoscafo? Che cos'ha detto Ferris? Ci sono notizie?»

«Sì, signore, buone notizie.» Il viso di Daniel si rischiarò. «Ferris ha trovato alcune sottili fibre di tessuto impigliate in una scheggia di legno sul pavimento della cabina. Sono rosa, signore. La signora Carling aveva indosso una giacca di tweed rosa e marrone chiaro. Se abbiamo un po' di fortuna, alla scientifica potranno fare un confronto.»

Dalgliesh e Kate si guardarono e Kate capì che tutti e due provavano, senza manifestarla, la stessa esultanza. Finalmente avevano un indizio concreto, qualcosa da catalogare, misurare, esaminare scientificamente e da produrre in tribunale. Avevano già saputo da Fred Bowling che Esmé Carling non era salita in quel motoscafo dall'estate precedente. Se le fibre corrispondevano si aveva la prova che era stata uccisa lì, nel motoscafo. E se era così, chi l'aveva spostato dall'altro lato dei gradini? Chi se non l'assassino?

«Se le fibre coincidono» disse Dalgliesh, «abbiamo la prova che Esmé Carling, ieri sera, era nella cabina del motoscafo. La deduzione più ovvia è che sia morta lì. L'assassino non avrebbe scelto male il suo piano. Avrebbe potuto aspettare, tenendo nascosto il cadavere, che sul fiume non ci fosse più nessuno e poi appenderlo e calarlo in acqua inosservato. Ma anche se le fibre di tessuto serviranno a farci risalire dalla vittima al motoscafo, non per questo ci faranno anche risalire all'assassino. Dobbiamo procurarci soprabiti e giacche di tutte le persone sospette presenti sulla scena del delitto e portarli al laboratorio. Puoi occupartene tu, Daniel?»

«Tutti? Compresi Mandy Price e Bartrum?»

«Tutti.»

«Quello che ci serve, ora» disse Kate «è un filo, anche sottilissimo, di tweed rosa su una giacca.»

«Non basta» la corresse Dalgliesh. «Purtroppo quasi tutti potranno affermare di essersi chinati sul cadavere di Esmé Carling e anche di averlo toccato. Ed è quello che basta perché attaccato ai vestiti gli sia rimasto un filo di tweed rosa.»

«E perché non pensare» aggiunse Daniel «che l'assassino sapesse il fatto suo e si fosse tolto la giacca prima di avvicinarsi alla vittima, per evitare rischi?»

54

Mandy avrebbe voluto andare a lavorare presto quella mattina, invece, svegliandosi, scoprì con stupore che aveva dormito troppo e che erano già le nove meno un quarto. Probabilmente avrebbe continuato a dormire se Maureen e Mike non si fossero concessi uno dei loro litigi sull'uso e la manutenzione della stanza da bagno, durante i quali, di solito, Maureen strillava in cima alle scale e Mike urlava dalla cucina. Un attimo dopo Mandy sentì bussare alla porta e Maureen entrò come un colpo di vento, in preda a uno dei suoi accessi di collera.

«Mandy, quell'accidenti del tuo motorino occupa tutta l'anticamera. Perché non puoi lasciarlo in giardino come fanno tutti?»

Era l'eterna lamentela. Mandy, indignata, si svegliò del tutto.

«Perché non voglio che qualche stronzo me lo rubi, ecco perché. Il motorino deve stare in anticamera.» Poi, accigliata, aggiunse: «È troppo sperare che il bagno sia libero?».

«È libero se ti adatti a usarlo com'è. Mike lo ha lasciato che fa schifo, come al solito. Se vuoi fare il bagno, prima devi lavare la vasca. E si è anche dimenticato che questa settimana toccava a lui comprare la carta igienica. Non capisco perché in questa casa devo pensare a tutto io.»

Era una di quelle giornate che vanno così. Quando era tornata a casa, la sera prima, non aveva trovato né Maureen né Mike. Era andata a letto, ma aveva cercato di restare sveglia, aspettando di sentire aprire la porta, ansiosa di sfogarsi a raccontare quello che le era successo. Ma non ci era riuscita. Nonostante i suoi sforzi, si era addormentata. Ed ecco che ora se n'erano già andati, la porta aveva sbattuto due volte, in rapida successione. Maureen non si era neanche curata di chiedere perché non era tornata per il concerto.

A Innocent House fu ugualmente sfortunata. Aveva sperato di essere la prima a raccontare la notizia, ma capì ormai che doveva rinunciarci. I soci erano arrivati tutti molto presto. George, occupato al telefono, le lanciò un'occhiata supplichevole, come se qualsiasi aiuto fosse bene accetto. A quanto pareva la notizia si era diffusa oltre le mura di Innocent House.

«Sì, purtroppo sì... sembra che si tratti di suicidio... No, non conosco i particolari... Non sappiamo ancora com'è morta... Mi dispiace... Sì, è venuta la polizia... Mi dispiace... No, la signorina Etienne non c'è in questo momento... No, nemmeno il signor de Witt. Forse potranno richiamarla... No, mi dispiace, non so quando potrà trovarli.»

Rimise a posto il ricevitore e disse: «Era uno degli autori del signor de Witt. Chi sa come ha avuto la notizia. Forse ha telefonato all'ufficio pubblicità e Maggie o Amy gliel'hanno detto. La signorina Etienne mi ha raccomandato di parlare il meno possibile, ma non è facile. Chi telefona non si accontenta di me, chiedono tutti che gli passi uno dei soci.»

«Io non mi preoccuperei, al suo posto. Quando qualcuno telefona, risponda: "Ha sbagliato numero" e basta. Vedrà che dopo un po' si stancano e non si fanno più sentire.»

L'atrio era vuoto. La casa sembrava stranamente diversa, silenziosa in modo innaturale, una casa in lutto. Mandy si era aspettata di trovare la polizia, invece non ce n'era traccia. In ufficio, la signorina Blackett era seduta davanti al computer e guardava lo schermo come ipnotizzata. Mandy non l'aveva mai vista in quello stato. Il suo viso, pallidissimo, sembrava diventato a un tratto il viso di una donna molto vecchia.

«Sta bene?» le chiese Mandy. «Sembrerebbe di no, a guardarla.»

La signorina Blackett fece uno sforzo per assumere un aspetto più dignitoso e controllato. «Non sto bene, no, Mandy. Chi di noi potrebbe star bene? Questa è la terza morte che abbiamo avuto in due mesi. È spaventoso. Non so che cosa sta succedendo alla Peverell Press. Non c'è più niente che vada bene da quando il signor Peverell è morto. E mi meraviglio che lei riesca a essere così allegra. Dopotutto, l'ha trovata lei.»

Stava per piangere. E non era tutto. La signorina Blackett aveva paura. Mandy riusciva quasi a sentire l'odore di quella paura. Disse, imbarazzata: «Sì, è vero, e mi dispiace che sia morta, però non è come se fosse morto qualcuno che conoscevo. E poi era vecchia. Ed è lei che si è uccisa. Ha voluto morire. È stata una scelta. Non come quando è morto il signor Gerard».

«Non era vecchia!» gridò la signorina Blackett, che adesso era diventata tutta rossa. «Come può dire una cosa simile? E poi, che importa se era vecchia? I vecchi hanno il diritto di vivere né più né meno di lei, Mandy!»

«Non ho mai detto che i vecchi non abbiano il diritto di vivere.»

«Lo ha fatto capire. Dovrebbe riflettere prima di parlare, Mandy. Lei ha detto che Esmé Carling era vecchia e che la sua morte non conta niente.»

«Io non ho detto che la sua morte non conta niente.»

Mandy aveva la sensazione di essere trascinata in un vortice di emozioni irrazionali che non poteva sperare né di capire né di controllare. Vide che la signorina Blackett aveva le lacrime agli occhi e fu sollevata quando si aprì la porta ed entrò Claudia Etienne.

«Oh, eccola qui, Mandy. Ci chiedevamo se l'avremmo vista. Sta bene?»

«Sì, grazie, signorina Etienne.»

«Pare che la settimana prossima saremo ridotti al minimo. Forse anche lei, quando potrà riflettere con più calma, preferirà non venire più.»

«No, signorina Etienne, a me piace lavorare in questo ufficio» rispose Mandy e con un lampo di felice intuito finanziario, aggiunse: «Se una parte dei dipendenti se ne va ci sarà più lavoro. Forse potrei avere un aumento».

La signorina Etienne la guardò e a Mandy sembrò che fosse divertita, anche se con un po' di cinismo, dalla sua richiesta, e non scandalizzata. Dopo una pausa di qualche secondo, disse: «Va bene. Parlerò con la signora Crealey. Avrà un aumento di dieci sterline alla settimana. Ma l'aumento non è una ricompensa perché lei rimane, noi non corrompiamo i dipendenti per farli lavorare alla Peverell Press, così come non accettiamo ricatti. L'aumento le viene dato perché il suo lavoro lo merita». Claudia Etienne si rivolse poi alla signorina Blackett. «La polizia verrà nel pomeriggio. Forse si servirà dell'ufficio del signor Gerard... voglio dire del mio ufficio. In questo caso mi trasferirò di sopra con la signorina Frances.»

Quando uscì, Mandy disse alla signorina Blackett: «Perché non chiede anche lei l'aumento? Avremo un bel po' di lavoro in più, a meno che non assumano qualcuno di nuovo, ma non gli sarà facile. Come ha detto lei: tre morti in due mesi. Ci penseranno bene prima di venire a lavorare qui.»

La signorina Blackett aveva cominciato a scrivere e, senza alzare la testa dai fogli stenografati, aveva risposto: «No grazie, Mandy, io non approfitto dei miei datori di lavoro nel momento del bisogno. Ho dei principi».

«Si vede che può permettersi di averli. Secondo me sono i suoi datori di lavoro che hanno approfittato di lei per vent'anni e più. Ma faccia come vuole. Io adesso dico una parola alla signora Crealey e poi vado a preparare il caffè.»

Mandy aveva provato a chiamare l'ufficio della signora Crealey prima di uscire di casa ma non le aveva risposto nessuno. Ora la trovò e le diede brevemente la notizia, limitandosi ai fatti e lasciando da parte le proprie impressioni. La signorina Blackett ascoltava con una espressione di frustrante disapprovazione ed era meglio essere succinti e concreti. Avrebbe riservato i particolari per quella sera quando fosse stata nel calore accogliente della casa della signora Crealey.

«Ho chiesto un aumento» le disse. «Mi daranno altre dieci sterline alla settimana... Già, è quello che ho pensato anch'io... Ho detto che sarei rimasta. Appena uscirò dall'ufficio verrò da lei, così parleremo un po'.»

Rimise a posto il ricevitore e pensò che per avere la misura dello strano umore della signorina Blackett bastava pensare che non le aveva nemmeno ricordato di non usare il telefono dell'ufficio per le sue comunicazioni personali.

Non erano ancora le dieci, ma in cucina c'era già più gente del normale, mentre di solito chi preferiva farsi il caffè da solo, invece di pagare il contributo settimanale per quello offerto dalla interpretazione personale della signora Demery, non arrivava prima delle undici. Nell'aprire la porta, Mandy sentì un chiacchiericcio sommesso che s'interruppe appena entrò. Tutti si voltarono con aria colpevole, ma quando videro che era lei la salutarono con sollievo e con una particolare, lusinghiera attenzione. C'era la signora Demery, naturalmente, ed Emma Wainwright, una ragazza anoressica che era stata assistente della signorina Etienne e ora lavorava con la signorina Peverell, poi Maggie FitzGerald e Amy Holden della pubblicità, il signor Elton dell'ufficio contratti e diritti editoriali e Dave, del magazzino, che era arrivato dal numero 10 con la scusa poco convincente che lì era finito il latte. Si sentiva un forte odore di caffè e qualcuno stava preparando delle fette di pane tostato. C'era un'atmosfera familiare, innocentemente cospiratoria, eppure Mandy avvertì la presenza della paura.

«Pensavamo che oggi non venissi in ufficio» le disse Amy. «Povera Mandy, dev'essere stato terribile. Io sarei morta. Se c'è un cadavere in giro si può star sicuri che tu lo trovi subito. Su, racconta. È morta annegata o impiccata? Insomma, com'è morta? I soci non vogliono dirci niente.»

Mandy avrebbe potuto fare osservare che il cadavere di Gerard Etienne non l'aveva trovato lei, invece diede il suo resoconto della sera prima, ma, mentre parlava, si rendeva conto di deludere l'uditorio. Aveva desiderato che venisse quel momento, ma ora che si trovava al centro della curiosità provava una strana reticenza ad assecondarla, come se ci fosse qualcosa di vergognoso nel fare della morte della signora Carling un argomento di pettegolezzo. L'immagine di quella faccia inzuppata d'acqua, col trucco lavato via così da mostrarla nuda e indifesa nella sua bruttezza, era sospesa nell'aria tra lei e quegli occhi avidi. Non riusciva a capire che cosa le stesse succedendo, perché i suoi sentimenti fossero così confusi e inquietanti nella loro incertezza. Quello che aveva detto alla signorina Blackett era vero, lei non l'aveva nemmeno conosciuta, Esmé Carling. Non poteva addolorarsi per la sua morte, non aveva motivo di sentirsi in colpa. Cos'era allora quello che provava?

La signora Demery era stranamente silenziosa. Sistemava tranquillamente tazze e piattini sul carrello, ma i suoi occhi pungenti passavano da una faccia all'altra come se ciascuna racchiudesse un segreto che un attimo di disattenzione sarebbe bastato a farsi sfuggire.

«Hai letto la lettera che ha lasciato prima di suicidarsi, Mandy?» chiese Maggie.

«No, l'ha letta il signor de Witt. Diceva che i soci si erano comportati male con lei e che voleva fargliela pagare. Diceva qualcosa come "spargerò per Londra la puzza che accompagna il vostro nome".»

Il signor Elton disse: «Maggie, tu la conoscevi meglio di noi, non avevi fatto un giro promozionale con lei diciotto mesi fa? Che tipo era?».

«Passabile. Mi ero trovata bene con Esmé, Un po' esigente, ma nei giri promozionali ho visto di peggio. E poi si dava molto da fare per i suoi lettori. Non si risparmiava quando si trattava di loro. Sempre una parola cordiale quando si mettevano in coda per l'autografo sulla copia del libro, e glielo personalizzava, non metteva solo la firma, scriveva anche una frase, quello che le chiedevano. Non come Gordon Holgarth, che scarabocchiava il suo nome, con la faccia scura e ti sbuffava pure addosso il fumo della sigaretta».

«Secondo te era il tipo che si suicida?»

«E com'è il tipo che si suicida? Non lo so. Ma se vuoi sapere se mi pare strano che si sia suicidata, la risposta è sì. Mi pare strano. Stranissimo.»

Finalmente anche la signora Demery parlò. «Se si è suicidata» disse.

«Certo che si è suicidata, signora Demery. Ha lasciato una lettera.»

«Una strana lettera, se Mandy se la ricorda bene. Dovrei leggerla prima di dire che si è suicidata davvero, e la polizia non ne è affatto sicura, tanto è vero che si è portata via il motoscafo.»

«È per quello che ci hanno fatto fare il tragitto in taxi da Charing Cross questa mattina?» chiese Maggie. «Io credevo che il motoscafo fosse rotto. Fred Bowling non ha parlato della polizia.»

«Gli avranno detto di tacere. Però se lo sono portato via. Sono venuti stamattina presto e l'hanno rimorchiato. Io l'ho capito subito quando ho visto che non c'era, così ho chiesto a Fred e lui mi ha detto che era al distretto di Wapping.»

Maggie, che stava versando l'acqua calda sul caffè solubile, posò il bricco e chiese: «Signora Demery, non starà dicendo, per caso, che alla polizia pensano che la signora Carling sia stata uccisa?».

«Non so che cosa pensa la polizia, so che cosa penso io. Esmé Carling non era di quelli che si suicidano.»

Emma Wainwright stava seduta all'altra estremità del tavolo, con le dita scheletriche strette intorno alla tazza del caffè. Non era ancora riuscita a fare uno sforzo per berlo e fissava uno schiumoso circoletto di latte in superficie, ipnotizzata dal disgusto.

Infine alzò gli occhi e disse con la sua voce aspra e gutturale: «Da quando sei arrivata a Innocent House è il secondo cadavere che trovi, Mandy. Prima qui non era mai successo niente del genere. Ti chiameranno la Dattilografa della Morte. Se vai avanti così ti sarà difficile trovare un altro lavoro».

Mandy, ribatté violentemente: «Sarà difficile a te, piuttosto. Io almeno non sembro uscita da un campo di concentramento. Ma non ti guardi allo specchio? Fai schifo».

Tutti tacquero, atterriti. Sei paia di occhi si posarono su Emma, ma solo per un attimo. Lei era rimasta immobile, poi, improvvisamente, si alzò in piedi incespicando e gettò la tazza del caffè nel lavandino dall'altra parte della stanza. La tazza si ruppe e il caffè schizzò da tutte le parti. Emma, con un gemito acuto, scoppiò in singhiozzi e uscì dalla stanza. Amy accennò a un gridolino e si tolse uno schizzo di caffè dalla guancia.

Maggie era sconvolta. «Non dovevi dirle così, Mandy. Sei stata crudele. Emma è ammalata. Non è colpa sua.»

«Invece è anche colpa sua. L'unica cosa che sa fare è mettere in agitazione gli altri. E poi è stata lei a cominciare. Mi ha chiamata la Dattilografa della Morte. Io non porto male. Non è colpa mia se le ho trovate io tutt'e due.»

Amy guardò Maggie: «Pensi che dovrei andare a cercarla?».

«Meglio lasciarla stare. Sai che tipo è. Adesso è anche più inquieta del solito perché la signorina Claudia ha scelto Blackie come sua assistente invece di lei. Ha già detto alla signorina Claudia che alla fine della settimana se ne vuole andare. Secondo me ha paura. E non le dò torto.»

Divisa tra una rabbiosa voglia di giustificarsi con se stessa e un senso di rimorso, tanto più sgradevole in quanto ne soffriva di rado, Mandy pensò che anche a lei sarebbe piaciuto concedersi il sollievo di buttare una tazza attraverso la stanza e scoppiare in lacrime. Che cosa stava succedendo a tutti, a Innocent House, a lei stessa? Erano questi gli effetti che si ripercuotevano intorno a una morte violenta? Si era aspettata una giornata eccitante, piena di congetture e pettegolezzi tra colleghi, nella quale lei sarebbe stata al centro dell'attenzione generale. Invece tutto era andato male fin dall'inizio.

La porta si aprì e comparve la signorina Etienne. «Maggie, Amy e Mandy» disse, «c'è molto lavoro, se non avete intenzione di farlo ditelo francamente e andate addirittura a casa.»

55

Dalgliesh aveva riunito i soci nella sala del consiglio alle tre, presente anche la signorina Blackett. Tutti avevano aderito, senza obiezioni. Avevano consegnato i vestiti che indossavano quando era stato trovato il cadavere di Esmé Carling e nessuno aveva fatto domande. Sono intelligenti, aveva pensato Kate, non hanno avuto bisogno di chiedere perché. Nessuno aveva preteso la presenza di un avvocato e lei si chiedeva se temessero che una decisione del genere, troppo tempestiva, potesse apparire sospetta, o se si sentissero capaci di badare da soli ai propri interessi o, infine, se fossero forti della propria innocenza.

Sedeva con Dalgliesh a un lato del tavolo con i soci e la signorina Blackett. L'ultima volta che si erano riuniti in quella stessa sala, dopo la morte di Gerard Etienne, aveva avuto la percezione di un sovrapporsi di reazioni: curiosità, emozione, dolore e ansia. Ora c'era solo la paura. Come una malattia contagiosa, se la passavano l'un l'altro. La paura permeava l'aria della stanza. Solo la signorina Blackett la mostrava apertamente. Dauntsey sembrava molto vecchio e sedeva al suo posto con la rassegnazione di un paziente che aspetta di essere ammesso all'ospedale geriatrico. De Witt stava accanto a Frances Peverell. Il suo sguardo era vigile sotto le palpebre pesanti. La signorina Blackett sedeva sul bordo della sedia, tremante e guardinga come un animale in trappola. Sul suo viso pallidissimo comparivano a tratti delle chiazze febbrili che le si diffondevano sulle guance e sulla fronte come in una malattia esantematica. Frances aveva il viso asciutto, tirato e si passava ogni tanto la lingua sulle labbra. Claudia Etienne appariva, dal canto suo, la più composta. Era elegante come sempre. Kate osservò che aveva il fondo tinta distribuito con cura e si chiese se era un gesto di sfida o un piccolo ma coraggioso tentativo di imporre la normalità al disordine psicologico di Innocent House.

Dalgliesh aveva davanti a sé l'ultima lettera di Esmé Carling, ora protetta da una custodia di plastica. La lesse con voce quasi priva di espressione. Nessuno parlò. Allora, senza commentarla, disse: «Noi riteniamo che la signora Carling sia venuta a Innocent House la sera della morte del signor Etienne».

«Esmé è venuta qui?» La voce di Claudia era tagliente. «Perché?»

«Presumibilmente per parlare con il signor Etienne. È così strano? Aveva saputo il giorno prima che il suo romanzo era stato rifiutato dalla Peverell Press. Aveva cercato di vedere il signor Etienne quella mattina, e la signorina Blackett glielo aveva impedito.»

«Ma era all'assemblea dei soci!» gridò Blackie. «Nessuno interrompe mai l'assemblea dei soci! Mi era stato raccomandato di non passare neanche le telefonate urgenti.»

«Nessuno intende rimproverarla, Blackie» disse Claudia con un tono impaziente. «Lei ha fatto bene a non far entrare la signora Carling.»

Senza badare a quella interruzione, Dalgliesh proseguì: «Da Innocent House, la signora Carling è andata subito alla libreria di Cambridge, in Liverpool Street, dove ha scoperto che l'incontro con i lettori era stato annullato con un fax partito da qui. Avrebbe potuto tornare a casa tranquillamente, senza informarsi? Voi la conoscevate. Non sarebbe molto più verosimile che avesse di nuovo tentato di protestare con Etienne, arrivando qui a un'ora in cui sapeva di trovarlo solo, senza la segretaria a proteggere la sua tranquillità? Mi pare che tutti sapessero che il giovedì lavorava fino a tardi».

«Ma la polizia l'avrà chiamata certamente» disse de Witt, «le avrà chiesto dov'era quella sera. Se pensavate che Gerard fosse stato ucciso, dovevate sospettare anche di Esmé Carling.»

«L'abbiamo interrogata. Ci ha fornito un alibi convincente:

una bambina ha garantito di essere stata dalle sei e mezzo a mezzanotte in casa di Esmé Carling, insieme a lei. La bambina, che si chiama Daisy, ora ci ha detto la verità: la signora Carling l'aveva convinta a procurarle l'alibi e aveva ammesso di essere stata a Innocent House. Non sa altro.»

«E adesso lei si degna di farcelo sapere» intervenne Claudia. «Ma non si può andare avanti così, ispettore. È il momento che ci venga detto qualcosa di concreto. Gerard era mio fratello. Lei ha lasciato intendere fin dall'inizio che la sua non era una morte accidentale, ma non mi sembra più vicino a spiegarci come o perché è morto.»

«Non essere ingenua, Claudia» intervenne calmo de Witt, «non è che l'ispettore Dalgliesh non ci racconti tutto per rispettare i tuoi sentimenti fraterni. Lui ci sta solo dicendo che quella bambina, Daisy, è stata interrogata, ha detto tutto quello che sapeva e ora è inutile che qualcuno cerchi di rintracciarla, di suggestionarla, di corromperla o di tacitarla in qualsiasi modo.»

L'implicazione contenuta nelle sue parole era così evidente e così grave che Kate si aspettava un coro di indignate proteste. Invece no. Claudia, con il viso in fiamme, parve voler ribattere, ma poi ci ripensò. Gli altri si irrigidirono, silenziosi, senza guardarsi l'un l'altro. Era come se quella osservazione avesse aperto uno squarcio su congetture così gravi, così sconvolgenti, che era meglio restassero inesplorate. «Quindi» disse infine Dauntsey con una voce un po' troppo controllata, «esiste una persona sospetta che, lo si sa, è stata qui e probabilmente al momento cruciale. Ma se non aveva niente da nascondere, perché non si è fatta avanti a dire la verità?»

«Ed è strano, ripensandoci» osservò de Witt, «che fin dall'inizio la Carling abbia mantenuto il silenzio. Forse tu non ti aspettavi una lettera di condoglianze, Claudia, ma io qualche parola sì, magari anche un nuovo tentativo di farci accettare il romanzo.»

«Avrà pensato di lasciar passare un po' di tempo per discrezione» suggerì Frances. «Non sarebbe stato molto delicato cominciare a tempestarci di richieste subito dopo la morte di Gerard.»

«Avrebbe scelto il momento meno opportuno per farci cambiare idea» aggiunse de Witt.

«Non avremmo cambiato idea in ogni caso» precisò Claudia con voce tagliente. «Gerard aveva ragione. Il libro è brutto, non avrebbe certo giovato al nostro buon nome. E del resto neanche al suo.»

«Ma avremmo potuto rifiutarlo più gentilmente» disse Frances, «cercando di spiegargliene le ragioni.»

«Per l'amor di Dio, Frances» ribatté Claudia irritata, «non ricominciare con questa vecchia storia. Un rifiuto è un rifiuto e tale sarebbe rimasto se lo avessimo accompagnato con champagne e aragosta al Claridge.»

I pensieri di Dauntsey parevano seguire un altro corso. «Non capisco» disse «come Esmé Carling potrebbe avere qualcosa a che fare con la morte di Gerard, tutt'al più gli avrà messo il serpente intorno al collo, questo mi pare più consono al suo stile.»

«Secondo te» chiese Claudia, «ha trovato il cadavere e ha deciso di aggiungere una sua nota personale?»

«No, è impensabile» proseguì Dauntsey. «Gerard era vivo quando lei è arrivata, probabilmente è stato lui a farla entrare.»

«Non necessariamente» disse Claudia. «Forse quella sera aveva lasciato la porta aperta o socchiusa. Di solito Gerard era molto attento a non trascurare le misure di sicurezza, però non si sa mai. Lei potrebbe essere entrata quando lui era già morto.»

«Anche se fosse così» obiettò de Witt, «perché sarebbe salita fino all'archivio piccolo?»

Sembrava che, per un momento, avessero dimenticato la presenza di Dalgliesh e Kate.

«Per cercarlo» rispose Frances.

«Poteva aspettarlo in ufficio» disse Dauntsey. «Sapeva, probabilmente, che non era ancora andato via, perché c'era la sua giacca appesa allo schienale della sedia. Presto o tardi doveva tornare. E poi c'è la questione del serpente. Come poteva sapere dove trovarlo?»

Smantellata la propria ipotesi, Dauntsey si mise a sedere un po' più comodo e non aprì bocca. Claudia guardò i soci uno per uno come per invitarli a concordare con quanto stava per dire, poi si rivolse a Dalgliesh.

«La notizia che Esmé Carling è stata a Innocent House la sera della morte di Gerard è qualcosa di nuovo che mette il suo suicidio in una luce diversa, lo capisco. Ma in qualsiasi modo sia morta, i soci non c'entrano. Tutti noi possiamo rendere conto dei nostri movimenti.»

Non vuole usare la parola alibi, pensò Kate.

«Io ero con il mio fidanzato» proseguì Claudia. «Frances e James erano insieme, Gabriel era con Sydney Bartrum.» Con una voce improvvisamente indurita disse: «Sei stato coraggioso, Gabriel, ad andare a piedi da solo al Sailor's Return, pochi giorni dopo essere stato aggredito per strada.»

«Cammino a piedi da solo per la mia città da più di sessant'anni. Non saranno due rapinatori da strapazzo a fermarmi.»

«È stata una coincidenza fortunata che tu stessi andando via proprio mentre arrivava il taxi di Esmé.»

«Fortuita, Claudia, non fortunata» la corresse sottovoce de Witt.

Ma Claudia guardava Dauntsey come se fosse un estraneo. «Al pub, forse, potrebbero confermare quando siete arrivati tu e Sydney. Ma è il più affollato dei locali vicini al fiume, ha un bancone molto lungo e un ingresso anche sul fiume. E poi siete arrivati separatamente, non credo che si ricordino di voi, anche se dovevate essere due clienti un po' speciali. Non avrete fatto niente per attirare l'attenzione, immagino.»

«Non avevamo questa intenzione nel trovarci lì.»

«Già, perché proprio lì? Non credevo che frequentassi il Sailor's Return. Non avrei mai pensato che fosse il tuo pub preferito. Tra l'altro è anche rumoroso. E non sapevo nemmeno che tu fossi amico di Sydney e andaste a bere insieme.»

Kate pensò che era come se stessero combattendo una guerra a due. Sentì Frances gemere sottovoce, angosciata: «Oh, non fate così! Non fate così!».

«Tu hai un alibi migliore, Claudia?» chiese de Witt.

«E tu? Pensi che Frances non mentirebbe per te?»

«Forse sì. Non lo so. Ma in questo caso non ha bisogno di farlo. Siamo stati insieme dalle sette in poi.»

«Senza accorgervi di niente, senza vedere niente, senza sentire niente. Tutti presi l'uno dall'altra.» Prima che de Witt potesse replicare, Claudia proseguì: «È strano come eventi importanti nascano da circostanze minime, vero? Se qualcuno non avesse mandato quel fax per annullare l'incontro di Esmé con i lettori, lei, forse, quella sera non sarebbe tornata a Innocent House, non avrebbe visto quello che ha visto e probabilmente non sarebbe morta».

Blackie non resse più, prima la loro antipatia, nascosta così male, e ora quelle parole terribili. Si alzò in piedi e gridò: «Basta, per piacere basta! Non è vero! Lei si è uccisa. L'ha trovata Mandy. Mandy l'ha vista. Voi lo sapete che si è uccisa. Il fax non c'entra».

«Certo che si è uccisa» ribatté Claudia con asprezza. «Solo la polizia spera che non sia vero. Perché dovrebbe accontentarsi di un suicidio quando c'è un'opzione migliore? Quel fax può essere stato per Esmé la circostanza determinante. Chiunque l'abbia mandato ha una grave responsabilità.»

Guardava dritto verso Blackie e tutti voltarono la testa da quella parte, come se Claudia li avesse tirati con un filo invisibile.

«È stata lei, Blackie!» esclamò Claudia all'improvviso. «L'avevo pensato! Lei! Lei ha mandato quel fax.»

Tutti guardarono Blackie, sconvolti, mentre lei apriva la bocca, lentamente, ma non diceva niente. Per alcuni secondi, che parvero lunghissimi, trattenne il respiro, poi scoppiò in un pianto irrefrenabile. Claudia si alzò, la prese per le spalle e parve quasi che volesse scuoterla.

«E il resto? Le cattiverie, le bozze alterate, le illustrazioni rubate... È stata lei, Blackie?»

«No! No, lo giuro. Solo il fax. Nient'altro. Solo quello. Lei era stata così villana con il signor Peverell. Aveva detto delle cose terribili. Non è vero che il signor Peverell pensava che fossi una scocciatrice. Lui era sempre buono con me. Si fidava di me. Oh Dio, vorrei essere morta come lui!»

Gridando e piangendo, inciampando nei propri passi, andò alla porta, con una mano protesa come una cieca che cercasse a tentoni la strada. Frances stava per alzarsi e de Witt era già in piedi quando Claudia lo fermò per un braccio.

«Per l'amor di Dio, James, lasciala stare. Non tutti vogliono piangere sulla tua spalla. Qualcuno di noi preferisce sopportare da solo le proprie miserie.»

James, imbarazzato, tornò a sedersi.

«Per oggi basta» disse Dalgliesh. «Quando la signorina Blackett sarà più calma, l'ispettrice Miskin parlerà con lei.»

«Complimenti, ispettore capo» esclamò de Witt, «è stata una buona mossa, il suo lavoro l'abbiamo fatto noi. Sarebbe stato più gentile interrogare Blackie privatamente, ma ci sarebbe voluto più tempo e forse il risultato sarebbe stato meno brillante.»

Dalgliesh rispose: «Una donna è morta ed è mio dovere scoprire come e perché. Non credo di dover dare alla gentilezza il primo posto nel mio lavoro».

Frances, quasi in lacrime, guardò de Witt. «Povera Blackie! Oh mio Dio, povera Blackie! Che cosa le faranno?»

Fu Claudia a rispondere: «L'ispettrice Miskin la consolerà e poi l'ispettore Dalgliesh la metterà sotto il torchio. Oppure, se sarà fortunata, avverrà il contrario. Non preoccuparti per Blackie. Non la impiccheranno. Mandare un fax non costituisce reato». Si voltò di scatto verso Dauntsey e disse: «Scusami, Gabriel. Mi dispiace. Mi dispiace molto, scusami. Non so che cosa mi ha preso. Dio mio, noi dobbiamo restare uniti». E poiché Dauntsey non rispondeva, aggiunse, quasi supplichevole: «Tu non credi che sia stato un omicidio, vero? Non credi che Esmé sia stata uccisa?».

Dauntsey rispose con calma: «L'ispettore Dalgliesh ci ha letto la lettera che lei ci aveva scritto. Ti è sembrata davvero la lettera di qualcuno che sta per suicidarsi?».

56

Il signor Winston Johnson era grande, grosso, nero, simpatico, apparentemente non intimorito dall'atmosfera che si respira in un distretto di polizia e rassegnato, per quella convocazione, a perdere qualche cliente. Aveva una bella, profonda voce da basso, ma il suo accento era purissimo cockney. Quando Daniel si scusò per averlo costretto a interrompere il lavoro disse: «Non credo di aver perso molto. Mentre venivo qui ho approfittato per portare due clienti al Canary Wharf. Per questo ho fatto tardi. Erano turisti americani e mi hanno dato anche una bella mancia».

Daniel gli mostrò una fotografia di Esmé Carling. «È questa la signora che ci interessa. Lei dovrebbe averla portata col suo taxi giovedì sera a Innocent House. La riconosce?»

Il signor Johnson prese la fotografia. «Sì che la riconosco. È salita a Hammersmith Bridge circa alle sei e mezzo. Ha detto che voleva trovarsi al numero 10 di Innocent Walk per le sette e mezzo. Avevamo tutto il tempo, bastava meno di un'ora ad arrivarci, se non si era così sfortunati che il traffico era peggio del solito o qualcuno aveva messo una bomba o i suoi colleghi della polizia avevano bloccato una strada. Bastava la metà del tempo.»

«Vuol dire che siete arrivati prima delle sette e mezzo?»

«Sarebbe stato possibile, ma quando siamo stati alla Torre, la signora ha battuto contro il vetro e ha detto che preferiva non arrivare troppo presto e che era meglio perdere un po' di tempo. Io le ho chiesto dove voleva andare e lei mi ha risposto: "Dove vuole lei, basta che alle sette e mezzo siamo a Innocent Walk". Io allora l'ho portata all'Isle of Dogs, le ho fatto fare un giro e poi siamo tornati a The Highway. Il tassametro è salito un bel po', ma ho visto che non ci faceva caso. Diciotto sterline in tutto e mi ha dato pure la mancia.»

«Da che parte siete arrivati in Innocent Walk?»

«Da The Highway, a sinistra, siamo scesi per Garnet Street, poi, a destra, in Wapping Wall.»

«Ha visto qualcuno in particolare?»

«Ho visto due o tre persone ma in particolare nessuno. Io, cosa vuole, guardavo la strada.»

«La signora Carling le ha detto qualcosa durante il tragitto?»

«Solo quello che le ho riferito prima, che preferiva non arrivare a Innocent Walk prima delle sette e mezzo e che voleva perdere un po' di tempo per non essere lì troppo presto. Così.»

«È sicuro che voleva andare al numero 10 di Innocent Walk e non a Innocent House?»

«Mi ha chiesto il numero 10 e l'ho portata al numero 10. Vicino al cancello che è in fondo a Innocent Passage. Mi sembrava che ci tenesse a non andare avanti per Innocent Walk. Ha battuto ancora contro il finestrino proprio appena abbiamo curvato dentro Innocent Walk e ha detto che voleva fermarsi lì.»

«Non ha visto se il cancello che porta in Innocent Passage era aperto?»

«Non era aperto, però non so se era chiuso a chiave.»

«La signora non le ha detto perché andava in Innocent Walk? Se aveva appuntamento con qualcuno, per esempio?» Daniel sapeva già quale sarebbe stata la risposta, ma ne aveva bisogno per metterla nel verbale.

«Non erano fatti miei, no?»

«No, ma la gente in taxi qualche volta chiacchiera.»

«Accidenti se chiacchiera! Ma quella signora no. Stava lì seduta con la sua grossa borsa a tracolla.»

Daniel gli mostrò un'altra fotografia. «Era questa la borsa?»

«Forse. A vederla sembra di sì. Però non me lo faccia giurare.»

«La borsa le è sembrata piena, come se ci fosse qualcosa di pesante, di voluminoso?»

«Qui, amico, non posso aiutarla. So che era grande e che la teneva appesa a una spalla.»

«E lei può affermare sotto giuramento di aver portato questa donna da Hammersmith a Innocent Walk giovedì e di averla lasciata, viva, vicino al cancello in fondo a Innocent Passage alle sette e trenta?»

«Certo non l'ho lasciata morta. Posso giurare tutto quello che lei ha detto. Ci vuole una dichiarazione scritta?»

«Lei ci è stato molto utile, signor Johnson. Sì, avremmo bisogno di una dichiarazione scritta. Può accomodarsi nella stanza qua vicino.»

Il signor Johnson uscì, accompagnato da un agente. Quasi subito la porta si aprì di nuovo e il sergente Robbins mise dentro la testa.

«A proposito del traffico fluviale, signore» disse, senza riuscire a nascondere la propria eccitazione, «abbiamo appena avuto una telefonata dalla Port of London Authority, in risposta alla mia richiesta di un'ora fa. Il loro motoscafo *Royal Nore* è passato ieri sera sotto Innocent House. Il loro presidente aveva degli ospiti per una cena a bordo. La cena era prevista per le otto e tre degli invitati erano sul ponte, perché desideravano vedere Innocent House. Pare che fossero circa le otto meno venti. Sono disposti a giurare, signore, che il cadavere non era ancora appeso alla ringhiera e che non hanno visto nessuno sul piazzale. Poi c'è un'altra cosa, signore. Sono sicurissimi che il motoscafo era a sinistra, non a destra dei gradini. Intendo a destra guardando dal fiume.»

«È incredibile!» esclamò Daniel e proseguì lentamente: «L'intuizione di AD era esatta. L'assassino ha sentito avvicinarsi la barca della Port of London Authority e ha tenuto nascosto il cadavere prima di appenderlo alla ringhiera.»

«Ma perché da questa parte della ringhiera? Perché spostare il motoscafo?»

«Perché non capissimo che proprio lì era stata uccisa la vittima. L'ultima cosa che l'assassino vuole è che degli agenti della scientifica si aggirino carponi in quel motoscafo. E c'è una cosa ancora: l'assassino ha incontrato la signora Carling dietro il cancello di ferro di Innocent Passage. Lui aveva la chiave e l'aspettava, lì a fianco. Era più sicuro stare da quella parte del piazzale, il più lontano possibile da Innocent House e dal numero12.»

Robbins aveva trovato, come al solito, qualcosa da obiettare: «Non era un rischio spostare il motoscafo? La signorina Peverell e il signor de Witt potevano sentirlo, e se l'avessero sentito sarebbero scesi a vedere che cosa stava succedendo».

«Loro assicurano che non avrebbero potuto sentire nemmeno un taxi a meno che non fosse passato sull'acciottolato di Innocent Lane. Possiamo controllare, naturalmente. Forse, sentendo un motore, avranno pensato che sul fiume stava passando un motoscafo. Avevano le tende chiuse, non bisogna dimenticarlo. Anche se c'è sempre un'altra possibilità.»

«Quale, signore?»

«Che siano stati loro a spostare il motoscafo.»

57

Erano solo le cinque e mezzo di sabato, una giornata in cui di solito c'era più da fare, ma la porta del negozio era chiusa e, dietro il vetro, era appeso un cartello. Claudia suonò il campanello e, dopo poco, Declan venne ad aprire. La fece entrare, diede uno sguardo di qua e di là della strada, poi richiuse la porta a chiave.

«Dov'è il signor Simon?» chiese Claudia.

«All'ospedale. Sono tornato adesso. È molto malato. Pensa di avere il cancro.»

«Ma all'ospedale che cosa dicono?»

«Stanno facendo degli esami, ma ho capito che temono che sia una cosa grave. Stamattina gli avevo detto di chiamare il dottor Cohen, il suo medico, che è venuto e ha esclamato: "Per l'amor di Dio, perché non mi avete chiamato prima?". Simon sa che dall'ospedale non esce più, me l'ha detto. Vieni, vieni nella stanza dietro, staremo più comodi.»

Non le aveva dato un bacio, non l'aveva nemmeno sfiorata.

Lei pensò, parla con me come se fossi una cliente. Gli è successo qualcosa, qualcosa di più che la malattia del vecchio Simon. Non l'aveva mai visto così. Sembrava in preda a un insieme di eccitazione e paura. Aveva lo sguardo infiammato, la pelle lucida di sudore. Lei sentiva il suo odore, un odore estraneo, ferino. Lo seguì nella serra. I tubi del riscaldamento elettrico a muro erano accesi tutti e tre e faceva molto caldo. Gli oggetti noti avevano un aspetto strano, impoverito, rimasugli insignificanti di vite morte e trascurabili.

Claudia non si mise a sedere, restò in piedi a guardarlo. Lui non riusciva a star fermo, camminava avanti e indietro in quei pochi metri di spazio, come un animale in gabbia. Era vestito in un modo più convenzionale del solito e la giacca, la cravatta contrastavano con quei capelli scomposti, con quella irrequietezza da nevrotico. Claudia si chiese quanto poteva aver bevuto. Su un tavolino, in mezzo alla confusione di oggetti, c'era una bottiglia di vino, vuota per due terzi, e un bicchiere sporco. A un tratto Declan smise di camminare e si voltò verso di lei con uno sguardo supplichevole, pavido, spaventato.

«Claudia, è venuta la polizia. Ascoltami, ho dovuto dire tutto di giovedì, della notte della morte di Gerard. Ho dovuto dire che mi avevi lasciato al Tower Pier, che non eravamo stati sempre insieme.»

«Hai dovuto? Che cosa significa che hai dovuto?»

«Me l'hanno tirato fuori a forza.»

«E come? Ti hanno schiacciato i pollici con le tenaglie roventi? Dalgliesh ti ha torto le braccia? Ti ha preso a schiaffi? Ti hanno portato a Notting Hill a calci e pugni, stando attenti a non lasciare lividi? Loro sanno come si fa, li abbiamo visti alla televisione.»

«Dalgliesh non c'era. C'era quel giovane ebreo con un sergente. Claudia, tu non sai, non capisci. Loro pensano che quella scrittrice, Esmé Carling, sia stata assassinata.»

«Non possono saperlo.»

«Non ho detto che lo sanno, ho detto che lo pensano. E sanno che avevo un movente per uccidere Gerard.»

«Sempre che sia stato ucciso.»

«Sapevano che avevo bisogno di soldi e che tu avevi promesso di procurarmeli. Avremmo potuto ormeggiare il motoscafo a Innocent House e ucciderlo noi due.»

«La differenza è che non l'abbiamo fatto.»

«Ma loro non ci credono.»

«Te l'hanno detto?»

«Non ce n'è stato bisogno. Io l'ho capito che non ci credevano.»

«Declan» disse Claudia con una intonazione paziente nella voce, «se veramente sospettassero di te, ti avrebbero interrogato alla polizia, in stato di fermo, e avrebbero messo a verbale l'interrogatorio. L'hanno fatto?»

«No, certo.»

«Ti hanno invitato ad andare con loro al distretto? Ti hanno detto se volevi un avvocato?»

«No no, niente di tutto questo. Hanno detto solo, alla fine, che dovevo passare al distretto di Wapping per firmare la dichiarazione.»

«In sostanza, allora, che cosa hanno fatto?»

«Hanno continuato a chiedermi se ero proprio sicuro che eravamo stati sempre insieme, che tu mi avevi accompagnato qui, in automobile, da Innocent House. Hanno detto che era meglio che dicessi la verità. L'ispettore ha usato l'espressione "concorso in omicidio", l'ho sentito.»

«Tu l'hai sentito, io no.»

«In ogni modo, io gliel'ho detto.»

«Ti rendi conto di quello che hai fatto?» disse Claudia con calma mentre la sua voce, le sue labbra non sembravano più le stesse. «Se Esmé Carling è stata uccisa, allora è probabile che sia stato ucciso anche Gerard, e se è così la stessa persona è responsabile di tutte e due le morti. Sarebbe troppo strano che ci fossero due assassini nella stessa azienda. Tu sei riuscito a farti sospettare di due delitti, non di uno solo.»

Declan stava per mettersi a piangere. «Ma noi due eravamo insieme quando Esmé è morta. Tu sei venuta qui direttamente dall'ufficio. Io ti ho fatta entrare. Siamo stati insieme tutta la sera. Abbiamo fatto l'amore. Gli ho detto anche questo.»

«Ma il signor Simon non c'era quando io sono arrivata. Nessuno mi ha vista, solo tu. Che prove abbiamo?»

«Ma se eravamo insieme! L'alibi l'abbiamo... l'abbiamo tutti e due.»

«Ma la polizia ci crederà, ora? Tu, per la notte in cui è morto Gerard, hai già ammesso di non aver detto la verità, non potresti aver fatto lo stesso per la notte della morte di Esmé? Eri troppo ansioso di salvarti la pelle e non ti sei accorto che affondavi ancora di più nella merda.»

Declan le voltò le spalle e si versò dell'altro vino, poi, con la bottiglia in mano le si avvicinò: «Ne vuoi? Vado a prenderti un bicchiere».

«No, grazie.»

Di nuovo lui le voltò le spalle. «Senti» disse, «io credo che non dovremmo vederci più. Almeno per un po'. È meglio che non ci vedano insieme finché tutto non si sarà chiarito.»

«C'è qualcos'altro, vero?» disse Claudia. «Non è solo l'alibi.»

Fu quasi grottesca la rapidità con la quale Declan cambiò faccia. Vergogna e paura lasciarono il posto a una vampata di eccitazione astuta e soddisfatta. È come un bambino, pensò Claudia e si chiese quale nuovo giocattolo fosse riuscito ad afferrare. Ma sapeva che il disprezzo che provava era più per se stessa che per lui.

«Sì, c'è qualcos'altro» rispose, desideroso di comunicare, di farsi capire, «qualcosa di veramente bello. Viene da Simon. Ha chiamato il notaio. Vuol fare testamento e lasciare tutto a me, il negozio e la casa. Be', non saprebbe a chi altro lasciarli, veramente. Parenti non ne ha. Sa che dall'ospedale non uscirà più, tanto vale che lasci tutto a me. Tra me e lo Stato ha scelto me.»

«Ho capito» disse Claudia e aveva capito davvero. Lei non serviva più. Il danaro che aveva ereditato da Gerard non era più necessario. Cercando di conservare la voce calma, proseguì: «Se alla polizia sospettassero veramente di te, e ne dubito, non vederci più non farebbe differenza, anzi li insospettirebbe di più perché è esattamente quello che farebbero due colpevoli. Ma hai ragione, non vediamoci più, mai più se riuscirò a farne a meno. Tu non hai bisogno di me e io certamente non ho bisogno di te. Tu hai un certo fascino ancora grezzo, sei abbastanza divertente, ma non hai le doti del grande amante, lo sai, vero?».

Si stupì di riuscire a raggiungere la porta senza vacillare, ma non riuscì ad aprire la serratura. Si accorse che lui le stava alle spalle, vicino. Con una voce lamentosa le disse: «Lo capisci anche tu che cosa si può pensare, no? Tu mi avevi chiesto di venire sul fiume. Avevi detto che era importante».

«Era importante. Dovevo parlare con Gerard dopo l'assemblea dei soci, ti ricordi? Pensavo che avrei avuto qualcosa di bello da dirti.»

«E poi mi hai chiesto un alibi. Mi hai chiesto di dire che eravamo stati insieme fino alle due. Mi hai telefonato dall'archivio appena sei stata sola con il cadavere di Gerard. Appena ti è stato possibile. La prima cosa cui hai pensato. Mi hai spiegato quello che dovevo dire. Mi hai costretto a mentire.»

«E tu questo l'hai raccontato alla polizia, naturalmente.»

«Capisci che cosa hanno pensato? Che cosa penseranno tutti? Tu hai preso il motoscafo e sei tornata indietro da sola. Tu eri sola con Gerard a Innocent House. E hai ereditato la sua casa, le sue azioni, i soldi della sua assicurazione sulla vita.»

Claudia si sentiva il legno duro della porta contro la schiena. Lo guardò e mentre gli parlava vide crescergli la paura negli occhi.

«Hai paura di stare qui con me? Ho già ucciso due persone, potrei ucciderne una terza. Forse soffro di mania omicida, non si può mai sapere. Dio, Declan! Credi davvero che abbia ucciso Gerard, un uomo che valeva dieci volte più di te, solo per comprarti questo negozio con quella patetica collezione di cianfrusaglie di cui ti circondi per cercare di convincerti che la tua vita ha un senso, che tu sei un uomo?»

Non si ricordava di avere aperto la porta, ma la sentì richiudere alle sue spalle. La notte le parve molto fredda e si accorse di rabbrividire violentemente. Allora è finita, pensò, nell'amarezza, nell'acredine, nei facili insulti sessuali, nell'umiliazione. Ma non era sempre così? Con le mani affondate nelle tasche del soprabito, il bavero alzato, camminando in fretta, andò a prendere l'automobile.

Parte Quinta

ULTIME BOZZE

58

Era lunedì e nelle prime ore della sera Daniel stava lavorando da solo nell'archivio. Non sapeva bene che cosa lo avesse ricondotto a quegli scaffali fitti di carte e odorosi di muffa se non il bisogno di imporsi una penitenza. Non riusciva a togliersi dalla mente, nemmeno per un attimo, l'errore grossolano che aveva commesso con l'alibi di Esmé Carling. Non era stata solo Daisy Reed a ingannarlo, ma anche Esmé Carling, e proprio con lei avrebbe dovuto essere più insistente. Dalgliesh non gliene aveva più parlato, ma non era di quelli che dimenticano e lui non sapeva che cos'era peggio, se l'indulgenza di AD o la delicatezza di Kate.

Seguitava a lavorare, prendeva i raccoglitori circa a dieci per volta e li portava nell'archivio piccolo. Faceva abbastanza caldo, aveva portato con sé una piccola stufa elettrica. Ma non era una stanza comoda per restarci tanto tempo a lavorare, il freddo aggrediva in un modo quasi innaturale e quando si accendeva una stufa il caldo, dopo poco, diventata insopportabile. Daniel non era superstizioso, non temeva che i fantasmi di morti inquieti fossero i custodi della sua solitaria, metodica ricerca. La stanza, lugubre, anonima, squallida, evocava solo un disagio imprecisato, nato paradossalmente non dal contatto con l'orrore ma dalla sua assenza.

Daniel aveva preso un altro gruppo di raccoglitori sull'ultimo scaffale quando vide dietro di essi un pacchettino di carta marrone legato con uno spago consunto. Lo portò sul tavolo insieme ai raccoglitori, riuscì a fatica a sciogliere i nodi e l'aprì. Dentro c'era un libro di preghiere grande circa dieci centimetri per quindici, con le iniziali F.P. incise in oro sulla copertina di pelle. Si vedeva che era stato molto usato, le lettere si decifravano a stento. Lo aprì alla prima pagina, secca e ingiallita, e lesse, in caratteri elaborati, l'intestazione: Stampato da John Baskett, editore di Sua Maestà Eccellentissima, cessionario dei defunti Thomas Newcomb e Henry Hills, 1716. *Cum Privilegio*. Sfogliò qualche altra pagina con grande interesse. Sottili linee rosse segnavano il margine e la metà verticale delle pagine. Un libro anglicano di preghiere gli era estraneo, ma seguitò a sfogliare quelle pagine gialle con interesse e vide che c'era uno speciale "schema di Preghiera di Ringraziamento da recitare ogni anno il 5 novembre per celebrare la felice Liberazione di Re Giacomo I e del Parlamento dal Sanguinoso Tradimento designato col nome di Massacro delle Polveri". Gli venne il dubbio che questa preghiera non facesse parte della liturgia anglicana.

Fu allora che dal libro cadde quel foglio di carta, ripiegato una volta, più bianco delle pagine del libro di preghiere ma di uguale spessore. Non c'era intestazione. Era scritto con inchiostro nero, da una mano incerta, ma i caratteri erano nitidi come il giorno in cui erano stati tracciati.

Io, Francis Peverell, scrivo queste parole di mio pugno il 4 settembre 1850 a Innocent House, nell'ultima ora della mia agonia. La malattia che ha preso possesso del mio corpo negli ultimi diciotto mesi avrà presto concluso il proprio compito e, per grazia di Dio, sarò libero. La mia mano ha scritto queste parole "per grazia di Dio" e non le cancellerò. Non ho la forza né il tempo per ricominciare a scrivere. Ma il massimo che posso aspettarmi da Dio è la grazia dell'estinzione. Non spero nel Paradiso e non temo le pene dell'Inferno, avendo sofferto il mio Inferno sulla terra negli ultimi quindici anni. Ho rifiutato qualsiasi medicina nella mia agonia. Non ho toccato laudano né sonniferi. La morte di lei è stata più pietosa della mia. Questa confessione non può portare sollievo né alla mia mente né al mio corpo perché io non ho chiesto remissione né ho confessato il mio peccato ad anima viva. Non ho pagato una penitenza. Quale può essere la penitenza per un uomo che ha ucciso sua moglie?

Ho scritto queste parole perché la giustizia verso la sua memoria esige che sia detta la verità. Eppure non riesco a confessare pubblicamente la mia colpa né a liberare il suo ricordo dalla macchia del suicidio. Io l'ho uccisa perché avevo bisogno del suo danaro per completare la costruzione di Innocent House. Avevo speso tutto quello che lei aveva portato in dote, ma c'erano altri fondi vincolati che lei mi negava e che avrei potuto avere dopo la sua morte. Mia moglie mi amava, ma non cedeva su questo punto. Vedeva il mio amore per la casa come un'ossessione e un peccato. Pensava che m'importasse di Innocent House più che di lei e dei nostri figli, e aveva ragione. La decisione non avrebbe potuto essere più facilmente realizzabile. Lei era una donna riservata, la cui timidezza e scarsa inclinazione a stringere amicizia facevano sì che non frequentasse nessuno. Nella sua famiglia d'origine erano morti tutti. I domestici sapevano che non era felice e, in previsione della sua morte, avevo confidato ad alcuni miei colleghi e amici di essere preoccupato per la sua salute fisica e mentale. Il 24 settembre, in una tranquilla sera d'autunno, l'ho invitata a salire al terzo piano, dicendole che avevo qualcosa da mostrarle. In casa c'erano, oltre a noi, solo i domestici. Lei è uscita sul balcone con me. Era molto esile, per sollevarla e gettarla incontro alla morte è bastato un secondo. Poi, senza correre, ma rapidamente, sono sceso in biblioteca e quando mi è stata portata la terribile notizia, ero seduto e leggevo. Nessuno ha sospettato di me. Chi avrebbe sospettato un uomo rispettabile di avere ucciso sua moglie?

Io ho vissuto per Innocent House e ho ucciso per Innocent House, ma dopo la morte di mia moglie questa casa non mi ha dato più gioia. Lascio la mia confessione perché venga trasmessa al primogenito di ogni generazione della mia famiglia. Supplico tutti coloro che leggeranno queste parole di non tradire il mio segreto. Lo affido per primo a mio figlio, Francis Henry, poi a suo figlio, quando verrà il momento, e a tutti i miei discendenti. Non ho niente da sperare da questo mondo né da quello futuro, nessun messaggio da lasciare. Ho scritto perché era necessario che prima di morire raccontassi tutta la verità.

In fondo al foglio Francis Peverell aveva scritto il suo nome e la data.

Dopo aver letto la confessione, Daniel passò due minuti buoni a riflettere. Non capiva perché quelle parole, che arrivavano da un secolo e mezzo di distanza, lo avessero tanto impressionato. Sentiva che non avrebbe avuto il diritto di leggerle, che avrebbe dovuto rimettere il foglio nel libro di preghiere, riavvolgerlo nella carta e riporlo nello scaffale. Ma a quel punto era meglio far sapere, almeno a Dalgliesh, che cosa aveva trovato. Era per paura che qualcuno leggesse quella confessione che Henry Peverell non aveva voluto che fosse rimesso in ordine l'archivio? Certo sapeva della sua esistenza. Gliel'avevano fatta leggere quando era diventato maggiorenne, o si era persa prima ed era diventata parte della leggenda familiare, qualcosa di cui si mormorava ma che nessuno aveva mai visto? Era stata mostrata anche a Frances Peverell, a suo tempo, o l'espressione "primogenito" indicava solo il primo figlio maschio? Certo era una storia estranea all'uccisione di Gerard Etienne. Era una tragedia che riguardava i Peverell, una loro vergogna, vecchia come quel foglio di carta sul quale era stata scritta la confessione. Era comprensibile che la famiglia volesse conservare il segreto. Sarebbe stato sgradevole, ogni volta che qualcuno ammirava la casa, dover confessare che era stata costruita col danaro ricavato da un delitto. Daniel ci ripensò ancora per qualche momento, poi inserì di nuovo il foglio, riavvolse il libro di preghiere nella carta e lo mise da parte sul tavolo.

Sentì dei passi leggeri ma decisi avvicinarsi attraverso l'archivio. Si ricordò della sposa assassinata e provò un brivido di timore superstizioso. Poi il buonsenso ebbe il sopravvento. Quelli erano i passi di una donna viva e lui sapeva di chi si trattava. Sulla porta c'era Claudia Etienne. «Ne ha ancora per molto?» chiese, senza preamboli.

«Non molto. Forse un'ora, anche meno.»

«Io devo andare via alle sei e mezzo. Spegnerò tutte le luci tranne quelle sulle scale. Per favore, può pensarci lei e inserire anche l'allarme?»

«Certo.»

Daniel aprì il raccoglitore che aveva più vicino come se lo interessasse molto. Non voleva parlare con lei. Sarebbe stato un errore in quel momento dire qualsiasi cosa senza la presenza di una terza persona.

«Mi dispiace di aver mentito a proposito del mio alibi per la notte della morte di Gerard» disse Claudia. «L'ho fatto un po' per paura, soprattutto per evitare complicazioni. Ma non l'ho ucciso, nessuno di noi l'ha ucciso.» Daniel non rispose e non la guardò. Lei aggiunse, con una nota di disperazione nella voce: «Per quanto tempo andremo avanti? Non me lo può dire? Lei lo sa? Il coroner non ha ancora dato il permesso per la cremazione. Lo capisce che cosa significa questo per me?».

Daniel alzò gli occhi. Mai come in quel momento, guardando il suo viso, avrebbe provato pietà per lei, se solo ne fosse stato capace. «Mi dispiace» disse, «ora non posso parlarne.»

Senza più una parola Claudia si voltò bruscamente e se ne andò. Lui aspettò che i suoi passi si allontanassero e chiuse la porta dell'archivio. Si sarebbe dovuto ricordare che Dalgliesh voleva che fosse sempre chiusa.

59

Alle sei e venticinque Claudia chiuse il lavoro in un cassetto e salì al primo piano per lavarsi le mani e prendere il soprabito. Il palazzo scintillava di luci. Da quando Gerard era morto non sopportava più di restare sola al buio. Ora i lampadari, le lampade a muro, i grandi globi in fondo alle scale illuminavano lo splendore dei soffitti dipinti, gli intarsi di legno e le colonne di marmo colorato. Avrebbe spento l'ispettore Aaron nell'andarsene. Si era pentita di avere obbedito all'impulso di salire da lui nell'archivio piccolo. Aveva sperato, visto che era solo, di riuscire a strappargli qualche informazione sull'andamento dell'indagine, un'anticipazione su quanto sarebbe andata ancora avanti. Era stata un'idea stupida e il risultato umiliante. Per Aaron lei non era una persona, non la vedeva come un essere umano, come una donna sola, spaventata, carica di inattese e onerose responsabilità. Per lui, per Dalgliesh, per Kate Miskin lei era solo qualcuno di cui sospettare, forse la prima della lista. Si chiese se ogni indagine su un omicidio implicasse la disumanizzazione di tutti quelli che vi erano coinvolti.

La maggior parte dei dipendenti lasciava l'automobile dietro il cancello chiuso di Innocent Passage. Claudia era l'unica a usare il garage. Era molto affezionata alla sua Porsche 911. Aveva sette anni, ma non l'avrebbe cambiata con nessun'altra e le dispiaceva lasciarla all'aperto. Aprì la porta del numero 10, percorse il corridoio ed entrò nel garage. Alzò una mano e girò l'interruttore della luce, ma la luce non si accese. Si è fulminata la lampadina, pensò, ma mentre restava un momento, incerta, sentì un respiro leggero ed ebbe la certezza, immediata e terrificante, che c'era qualcuno vicino a lei, nel buio. Nello stesso istante un laccio di cuoio le passò sopra la testa e le strinse il collo. Venne tirata indietro con uno strattone, sentì un colpo secco mentre cadeva a terra e restò stordita, poi si accorse che con la nuca toccava il cemento ruvido.

Il laccio era lungo. Lei cercò di afferrarlo, di lottare con chi lo teneva stretto, ma non aveva forza nelle braccia e a ogni movimento il laccio si serrava di più e la sua mente confusa passava da un'agonia di dolore e di terrore a una momentanea incoscienza. Scosse debolmente la testa, come un pesce preso all'amo e già morente, mentre con i piedi cercava inutilmente di far presa sul pavimento ruvido.

Allora sentì la sua voce. «Sta' ferma, Claudia. Sta' ferma e ascolta. Non succederà niente finché stai ferma.»

Lei smise di dibattersi e subito la stretta si allentò. Lui parlava con un tono tranquillo, persuasivo. Claudia lo ascoltava e a poco a poco quelle parole vennero assorbite dal suo cervello paralizzato. Lui le diceva che doveva morire e le spiegava perché.

Lei avrebbe voluto gridare che era un errore, che non era vero, ma la voce le si strozzava in gola e capiva che solo se non si muoveva poteva restare viva. Lui le stava spiegando che doveva sembrare un suicidio. Il cappio sarebbe stato legato al volante dell'automobile, col motore acceso. Lei a quel punto doveva essere già morta, ma era indispensabile per il suo progetto che il garage fosse pieno di gas. Glielo spiegava con pazienza, quasi con gentilezza, come se gli premesse farle capire bene tutto. Le ricordò che ora non aveva alibi per i due omicidi. La polizia avrebbe pensato che si era uccisa per la paura di essere arrestata o per il rimorso.

E ora aveva finito, non parlava più. Claudia pensò: non morirò. Non lascerò che mi uccida. Non morirò, non qui, non in questo modo, trascinata per il collo come un animale sul pavimento di un garage. Fece appello alla propria forza di volontà. Pensò: devo fingere di essere morta, svenuta, mezza morta. Se lo colgo di sorpresa riesco a girarmi e ad afferrare il laccio. Mi basta alzarmi in piedi e ci riesco.

Riunì le forze per quel tentativo estremo. Ma lui se l'aspettava, era pronto. Appena lei si mosse, il laccio si strinse e questa volta non si allentò più.

Lui aspettò che finissero quegli orribili contorcimenti, quegli ultimi gorgoglii. Poi lasciò andare il cappio e si chinò a sentire se era venuto meno il respiro. Si alzò, si tolse di tasca la lampadina e la riavvitò sul soffitto basso. Ora, con il garage illuminato, poté sfilarle di tasca le chiavi, aprire l'automobile, legare l'estremità del cappio attorno al volante. Aveva i guanti, ma lavorava in fretta e senza difficoltà. Da ultimo accese il motore. Claudia giaceva, scomposta, come se avesse cercato di gettarsi fuori dalla portiera aperta sapendo che il cappio o le esalazioni del tubo di scappamento l'avrebbero uccisa. E fu in quel momento che lui sentì i passi venire dal corridoio.

60

Erano le sei e ventisette. A casa di Frances Peverell suonò il telefono. Appena sentì la voce di James lei capì che era successo qualcosa di brutto.

Disse subito: «Che cosa c'è, James?».

«Rupert Farlow è morto. È morto all'ospedale un'ora fa.»

«Oh James, mi dispiace tanto. Tu eri con lui?»

«No, c'era Ray. È così strano, Frances, quando abitava qui non riuscivo a sopportare di vedere la casa ridotta in quel modo. Qualche volta avevo paura, quando tornavo la sera, del disordine, degli odori, di quella disgregazione. Ma ora che Rupert è morto vorrei che la casa fosse ancora così. Non la sopporto com'è adesso, leziosa, affettata, noiosa, convenzionale, una casa di rappresentanza per qualcuno il cui cuore è morto. La spaccherei a sassate.»

«Ti farebbe piacere se venissi da te?»

«Verresti davvero, Frances?» Lei sentì con gioia un accento di sollievo nella sua voce. «Sei sicura che non sia un fastidio per te?»

«Nessun fastidio. Vengo subito. Non sono ancora le sei e mezzo, forse Claudia è in ufficio. Se la trovo mi faccio lasciare al Bank e prendo la Central Line, così faccio più presto. Se se n'è già andata, prendo un taxi.»

Posò il ricevitore. Le dispiaceva che Rupert fosse morto, ma l'aveva visto una volta sola, anni prima, quando era venuto a Innocent House. E per lui quella morte attesa così a lungo, dopo un'agonia sopportata con tanta pazienza, doveva essere stata una liberazione. Ma James l'aveva cercata, aveva bisogno di lei, voleva che lei gli fosse vicina. Si sentiva felice. Prese la giacca e il foulard dall'attaccapanni in anticamera, quasi si precipitò dalle scale e corse in Innocent Lane. Ma la porta di Innocent House era chiusa e attraverso le finestre si vedeva che la luce nella sala d'aspetto era spenta. Claudia se n'era già andata. Frances tornò in Innocent Walk, pensando di raggiungerla mentre prendeva l'automobile, ma vide che la porta del garage era chiusa. Era arrivata troppo tardi.

Decise che avrebbe chiamato un taxi dal telefono a muro nel corridoio del numero 10, per non perdere tempo a tornare a casa, ma nel passare davanti alla porta del garage sentì che c'era un motore acceso. Ne fu sorpresa e anche un po' sconcertata. La Porsche di Claudia, la sua amata 911, era troppo vecchia per avere una marmitta catalitica. Possibile che non sapesse che era pericoloso tenere il motore acceso in un garage chiuso? Claudia non era mai distratta o imprudente.

La porta del numero dieci era chiusa. Niente di strano, Claudia entrava sempre in garage da quella parte e poi chiudeva la porta a chiave. Ma era strano che ci fosse ancora la luce accesa nel corridoio e che la porta laterale del garage fosse accostata. Chiamando forte Claudia per nome, le diede una spinta e l'aprì.

La luce era violenta, cruda, senza ombre. Frances si fermò, come colpita a morte, i nervi, i muscoli paralizzati dall'immediatezza della rivelazione e dell'orrore. Lui, che era inginocchiato vicino a un corpo riverso, ora si era alzato in piedi e veniva tranquillamente verso di lei, bloccandole l'uscita. Lei lo guardò negli occhi. Erano sempre gli stessi occhi, saggi, un po' stanchi, occhi che avevano visto troppo e troppo a lungo.

Frances bisbigliò: «Oh, no! Tu no, Gabriel! No!».

Non gridò. Non riusciva a gridare e non riusciva a muoversi. Poi lui parlò, con la voce dolce che lei conosceva bene. «Mi dispiace, Frances. Lo vedi, anche tu, vero, che non posso lasciarti andare.»

Frances vacillò e si sentì precipitare in una misericordiosa oscurità.

61

Nell'archivio piccolo, Daniel guardò l'orologio. Le sei. Era lì da due ore. Ma non era stato tempo sprecato. Qualcosa aveva scoperto. Quelle dure ore di ricerca avevano avuto una ricompensa. Niente di importante per l'indagine, forse, ma certamente qualcosa d'interessante. Quando avesse portato alla Squadra la confessione di Francis Peverell, AD avrebbe potuto pensare che si era riscattato, anche se con un risultato meno fruttuoso di quanto aveva sperato e avrebbe sospeso le ricerche in archivio. Ormai non c'era ragione di continuare.

Ma il successo aveva ravvivato il suo interesse e lui era quasi alla fine dello scaffale più in alto. Tanto valeva che desse un'occhiata anche agli ultimi raccoglitori. Dovevano essere più o meno una trentina, ma era ancora presto e preferiva che quella parte del lavoro si potesse dire conclusa. Inoltre, se fosse andato via subito sarebbe dovuto passare dal distretto di Wapping e per il momento non si sentiva di affrontare né la comprensione né la commiserazione di Kate. Spostò la scaletta lungo lo scaffale.

Il raccoglitore, piuttosto voluminoso, era stretto tra altri due e quando cercò di prenderli tutti e tre insieme scivolò a terra. Alcuni fogli, staccati, gli volarono sulla testa come da un albero in autunno. Daniel scese dalla scaletta e li raccolse. Gli altri fogli erano riuniti in gruppi, probabilmente in ordine di data. Due cose lo colpirono. Il raccoglitore era vecchio, di cartoncino arancione, come non se ne vedevano più da un pezzo, ma alcuni fogli erano puliti, nuovi ed era più che ammissibile che fossero stati messi lì negli ultimi cinque anni. Non c'era un'etichetta né un'indicazione qualsiasi; cominciando a sfogliarlo, Daniel vide ricorrere spesso la parola "ebreo". Lo prese e lo portò sul tavolo nell'archivio piccolo.

I fogli non erano numerati e si poteva solo sperare che fossero in ordine progressivo, ma uno in particolare, senza data, attirò la sua attenzione. Era scritto a macchina da una persona inesperta, che proponeva la pubblicazione di un romanzo. Non c'era firma. L'intestazione diceva: "All'attenzione dei soci della Peverell Press". Lesse:

> Ambientazione e tema universale e unificante di questo romanzo, provvisoriamente intitolato *Peccato Originale,* si riportano alla collaborazione prestata dal regime di Vichy alla deportazione degli ebrei dalla Francia tra il 1940 e il 1944. Durante questi quattro anni quasi settantaseimila ebrei sono stati deportati e la grande maggioranza di essi ha trovato la morte nei campi di concentramento in Polonia e in Germania. Il libro racconta la storia di una famiglia divisa dalla guerra. Una giovane madre ebrea e i suoi figli, due gemelli di quattro anni, restano bloccati in Francia dall'invasione tedesca, nascosti da amici, provvisti di documenti falsi, ma successivamente traditi, deportati ad Auschwitz e uccisi. Il libro (il destino di una piccola famiglia tra migliaia di vittime) analizza le ripercussioni di questo tradimento sul marito della donna, sui traditi e sui traditori.

Mancava la risposta della Peverell Press. Il raccoglitore conteneva il risultato di un lungo lavoro di ricerca, particolarmente accurato trattandosi di un'opera di narrativa. L'autore era andato di persona o aveva scritto nel corso degli anni a un numero infinito di organizzazioni internazionali e nazionali: gli Archives Nationales di Parigi e Tolosa, il Centre de Documentation Juive Contemporaine a Parigi, l'Università di Harvard, il Public Record Office e il Royal Institute of International Affairs a Londra e i West German Federal Archives a Coblenza. C'erano anche ritagli di giornale del movimento della Résistance, "Humanité", "Témoignage Chrétien" e "Le Franc-Tireur" e alcuni verbali scritti dai prefetti della zona non occupata. Daniel si fece passare tutto davanti agli occhi, lettere, verbali, stralci di documenti ufficiali, fotocopie, appunti, dichiarazioni di testimoni oculari. La documentazione aveva una base ampia e, in alcuni particolari, era molto minuziosa; il numero dei deportati, gli orari dei treni, il ruolo della polizia di Laval, perfino gli spostamenti nella gerarchia del potere tedesco in Francia durante la primavera e l'estate del 1942. Era evidente che il ricercatore si era preoccupato che il suo nome non comparisse mai. Dalle copie delle lettere scritte da lui erano stati tagliati o cancellati la firma e l'indirizzo, quelle che erano state inviate a lui avevano il nome e l'indirizzo del mittente ma tutte le possibilità di identificare il destinatario erano state eliminate. Non c'erano prove che una parte di queste ricerche fosse stata usata, che il libro fosse stato almeno iniziato, se non finito.

A poco a poco divenne sempre più chiaro che il ricercatore si era interessato di una regione e di un anno in particolare. Lo schema del romanzo, se di questo si trattava, si fece più preciso. Era come se vari riflettori fossero stati fatti ruotare su un vasto spazio per illuminare un incidente, una scena importante, una figura staccata, un treno in movimento, e ora tutti i fasci di luce convergessero su un anno, il 1942. Era l'anno in cui i tedeschi avevano richiesto un aumento delle deportazioni dalla zona non occupata. Gli ebrei erano stati radunati e portati o al Vel d'Hiv o a Drancy, un grosso complesso di abitazioni alla periferia nord-est di Parigi. Questo campo era diventato un posto di smistamento per Auschwitz. Nel raccoglitore c'era il resoconto di tre testimoni oculari: una era un'infermiera francese che aveva lavorato con un pediatra a Drancy per quattordici mesi, fino a quando non era più riuscita a sopportare quella somma di dolori, e gli altri erano due sopravvissuti, un uomo e una donna che, a quanto pareva, avevano risposto a una specifica indagine del ricercatore. La donna scriveva:

Il 16 agosto 1942 sono venute a prendermi le Gardes Mobiles. Io mi sono sentita rassicurata perché erano francesi e al momento dell'arresto avevano tenuto un comportamento corretto. Non sapevo che cosa mi sarebbe potuto succedere, ma ricordo che avevo la sensazione che non sarebbe stato niente di veramente grave. Mi è stato detto quali oggetti personali potevo portare con me e, prima di partire, sono stata sottoposta a una visita medica. Mi hanno mandata a Drancy ed è stato lì che ho conosciuto la giovane madre con i bambini gemelli. Lei si chiamava Sofia. Non ricordo il nome dei bambini. Erano stati prima al Vel d'Hiv ma poi erano stati trasferiti a Drancy. Ricordo bene sia lei sia i bambini, anche se non ci parlavamo spesso. Sofia mi aveva detto poco di sé, tranne che aveva abitato sotto falso nome vicino ad Aubière. Si preoccupava solo dei bambini. In quel periodo vivevamo nella stessa baracca con altri cinquanta internati. Lo squallore era atroce. Mancavano letti e paglericci, si mangiava solo zuppa di cavoli e soffrivamo tutti di dissenteria. Molti sono morti a Drancy. Credo più di quattrocento nei primi dieci mesi. Ricordo i lamenti dei bambini e i rantoli dei moribondi. Per me Drancy è stato come Auschwitz. Sono passata da un inferno a un altro.

Il secondo sopravvissuto dello stesso campo descriveva i medesimi orrori, anche se con maggiore incisività, ma non ricordava la giovane madre con i due gemelli.

Daniel seguitava a leggere, quasi ipnotizzato. Ora sapeva dove l'avrebbe portato quel viaggio ed ecco che, finalmente trovò la prova: la lettera di una certa Marie-Louise Robert, di Quebec. Era scritta a mano in francese e, allegata, c'era una traduzione battuta a macchina.

Mi chiamo Marie-Louise Robert e sono cittadina canadese, vedova di Emile Edouard Robert, franco-canadese. Ho conosciuto e sposato mio marito in Canada nel 1958. Mio marito è morto da due anni. Sono nata nel 1928, dunque nel 1942 avevo quattordici anni. Abitavo con mia madre, vedova, e mio nonno nella piccola fattoria di quest'ultimo nel dipartimento di Puy-de-Dôme, nella zona non occupata, vicino ad Aubière, che è a sud-est di Clermont-Ferrand. Sophie e i gemelli sono venuti da noi nell'aprile del 1941. Mi è difficile, ora che sono vecchia, ricordare che cosa sapevo a quell'epoca e che cosa ho saputo dopo. Ero curiosa e mi offendeva essere tenuta al di fuori delle preoccupazioni degli adulti, trattata come una bambina, troppo immatura perché le si potesse dare fiducia. Non mi era stato detto che Sophie e i bambini erano ebrei, l'ho saputo dopo. C'erano molte persone e molte organizzazioni in Francia, allora, che aiutavano gli ebrei con grave rischio per la propria vita, e Sofia e i gemelli erano stati mandati alla mia famiglia da un'associazione cristiana di questo genere. Il nome non l'ho mai saputo. Mi avevano raccontato che Sophie era un'amica di famiglia venuta a stare da noi per sfuggire ai bombardamenti. Mio zio Pascal lavorava per Monsieur Jean-Philippe Etienne nella sua tipografia di Clermont-Ferrand. Probabilmente sapevo che Pascal faceva parte della Résistance, ma non ricordo se sapevo che Monsieur Etienne era a capo dell'organizzazione. È stato nel luglio 1942 che la polizia è venuta a prendere Sophie e i gemelli. Appena sono arrivati mia madre mi ha detto di andare nel fienile e di restarci finché non mi avesse chiamata. Io ho ubbidito però poi sono uscita in punta di piedi e mi sono messa ad ascoltare. Ho sentito delle grida, i bambini che piangevano, poi un'automobile e un furgone che si allontanavano. Quando sono tornata in casa anche mia madre piangeva, ma non mi ha voluto dire che cosa era successo.

Quella sera Pascal è venuto a casa, io sono scesa senza farmi sentire e mi sono fermata ad ascoltare. Mia madre se l'è presa con lui, ma lui ha detto che non aveva denunciato Sophie e i gemelli, che non avrebbe mai messo in pericolo anche mia madre e il nonno, ma che era stato Monsieur Etienne. Mi sono dimenticata di dire che era stato Pascal a falsificare i documenti di Sophie e dei gemelli. Era il suo incarico nella Résistance, ma non so se a quel tempo lo sapessi già. Lui ha raccomandato a mia madre di non fare niente, di non dire niente, perché c'erano delle ragioni per cui avvenivano certe cose. Mia madre, invece, il giorno dopo è andata da Monsieur Etienne e quando è tornata ha parlato con mio nonno. Forse non gli importava che io sentissi o no. Io stavo seduta in un angolo e fingevo di leggere. Monsieur Etienne aveva ammesso di aver denunciato Sophie alle autorità, ma aveva detto che era stato necessario. Di lui si fidavano e, grazie alla sua amicizia, mia madre non sarebbe stata punita per aver nascosto degli ebrei. Se non ci fosse stato lui, Pascal sarebbe già stato deportato in un campo di lavoro. Aveva anche chiesto a mia madre che cosa contava di più per lei: l'onore della Francia, la salvezza della sua famiglia o tre ebrei. Da quel giorno nessuno ha più parlato di Sophie e dei gemelli. È stato come se non fossero mai esistiti. Se chiedevo di loro, mia madre rispondeva solo: "È finita. Basta". Il danaro dell'organizzazione è continuato ad arrivare, non era molto e il nonno ha detto che dovevamo tenerlo. Eravamo molto poveri. Credo che diciotto mesi dopo che erano stati portati via qualcuno abbia scritto per avere notizie di Sophie e dei gemelli, ma mia madre ha risposto che le autorità si erano insospettite e che Sophie era partita per raggiungere degli amici a Lione e non aveva lasciato indirizzo. Allora i soldi non sono arrivati più. Della mia famiglia sono rimasta soltanto io. Mio nonno è morto nel 1946 e mia madre un anno dopo. Pascal è morto in motocicletta nel 1954. Dopo il mio matrimonio non sono più tornata ad Aubière. Non c'è altro che mi ricordi di Sophie e dei bambini, solo che ho sentito tanto la mancanza dei bambini quando se ne sono andati.

La lettera era datata 18 giugno 1989. Dauntsey aveva passato più di quarant'anni a cercare Marie-Louise e la prova determinante. Ma poi era andato avanti. L'ultimo foglio, in data 20 luglio 1990 era in tedesco, di nuovo con una traduzione allegata. Dauntsey aveva rintracciato uno degli ufficiali tedeschi che erano a Clermont-Ferrand. Con poche frasi scarne, in un linguaggio burocratico, un vecchio, che si era ritirato a vivere in Baviera, aveva rivissuto per pochi minuti un episodio appartenente a un passato che ricordava solo a metà. Il tradimento aveva avuto la sua conferma.

C'era un'ultima testimonianza nel raccoglitore, era chiusa in una busta. Daniel l'aprì e trovò una fotografia in bianco e nero, vecchia di più di cinquant'anni, sbiadita, ma ancora nitida. Era una fotografia semplice, come sono quelle che si fanno in famiglia, di una ragazza coi capelli neri e lo sguardo mite, che si teneva accanto, uno per parte, due bambini. I bambini non sorridevano, stretti alla mamma guardavano l'obiettivo con gli occhi immensi come se capissero l'importanza del momento in cui lo scatto dell'otturatore avrebbe fissato per sempre la loro fragile mortalità. Daniel voltò la fotografia e lesse: "Sophie Dauntsey, 1920-1942, Martin e Ruth Dauntsey, 1938-1942".

Chiuse il raccoglitore e restò per un momento immobile come una statua. Poi si alzò, andò nell'archivio grande e cominciò a camminare su e giù tra gli scaffali, dando ogni tanto dei colpi col palmo della mano contro le strutture di ferro. Si sentiva dominato da un sentimento simile all'ira, eppure diverso, un sentimento che non aveva mai provato prima. Sentì un gemito disumano e capì che era lui, per il dolore e l'orrore, a gemere così. Non pensava di nascondere quella prova, non poteva farlo, non se l'era proposto neanche per un momento. Però poteva avvertire Dauntsey, dirgli che erano vicini alla soluzione dell'indagine, che avevano trovato il movente. Per un momento gli parve strano che Dauntsey non avesse portato via di lì quei documenti per distruggerli. Non servivano più. Nessun tribunale ne avrebbe tenuto conto, ma non erano stati raccolti con tanta pazienza, con tanto rigore durante più di mezzo secolo per essere presentati in tribunale. Dauntsey era stato giudice e giuria, pubblico ministero e parte lesa. Forse li avrebbe strappati se la stanza non fosse stata chiusa a chiave, se Dalgliesh non avesse pensato che il movente aveva radici nel passato e che la prova determinante doveva essere una prova scritta.

D'un tratto squillò il telefono, forte, insistente al pari di un allarme. Daniel smise di camminare, come se, andando a rispondere, l'intensità della sua preoccupazione potesse frantumarsi a contatto con gli inutili clamori del mondo esterno. Ma il telefono seguitava a suonare e lui andò a rispondere all'apparecchio a muro dell'archivio grande. Sentì la voce di Kate.

«Quanto ci hai messo!»

«Scusami. Stavo togliendo dei raccoglitori da uno scaffale.»

«Stai bene, Daniel?»

«Sì, sì, sto bene.»

«Abbiamo avuto la risposta dal laboratorio. Le fibre del tessuto coincidono. La Carling è stata uccisa sul motoscafo. Ma sui vestiti degli altri, di quelli di cui si sospetta, non ci sono tracce delle stesse fibre. Forse era sperare troppo. Quindi abbiamo fatto un piccolo passo avanti, ma niente di più. AD pensa di interrogare Dauntsey domani, con un registratore e sotto cauzione. Non otterremo niente, ma conviene tentare. Lui non crollerà. Nessuno di loro crollerà.»

Per la prima volta Daniel sentì nella sua voce l'incertezza, la sfiducia. «E tu, hai trovato niente d'interessante?»

«No» rispose, «niente d'interessante. Adesso me ne vado. Vado a casa.»

62

Daniel infilò la fotografia nella busta e si mise la busta in tasca, poi riportò i raccoglitori nell'archivio e li sistemò sull'ultimo scaffale insieme a quello arancione. Spense le luci, aprì la porta che aveva chiuso a chiave, uscì e la richiuse a chiave. Claudia Etienne gli aveva lasciato accese le luci sulle scale e, mentre scendeva, le spense una per una, poi accese quelle a pianterreno perché era così buio che non vedeva dove metteva i piedi. Ogni suo gesto era determinato, solenne, teso a un solo scopo. Diede un ultimo sguardo al grande soffitto a volta, immerse l'atrio nel buio, inserì l'allarme e infine spense la luce anche nella sala d'aspetto e uscì da Innocent House, richiudendosi la porta alle spalle. Si chiese se ci sarebbe mai più tornato e sorrise con ironia al pensiero che, risoluto a infrangere le regole con un'azione profondamente sleale, potesse ugualmente porsi delle domande così irrilevanti.

Dalle piccole finestre laterali del numero 12 non veniva segno di vita. Suonò il campanello della casa di Dauntsey e alzò gli occhi. La casa era al buio. Nessuno rispose. Forse era salito da Frances Peverell. Corse lungo Innocent Lane verso Innocent Walk e fu allora che, a sinistra, vide la Rover color crema di Dauntsey uscire dal garage. Istintivamente fece qualche passo di corsa, ma poi capì che era inutile chiamare Dauntsey, perché tra il rumore del motore e quello delle ruote sui ciottoli non l'avrebbe sentito.

Andò a prendere la sua Golf GTI, parcheggiata in Innocent Lane e lo seguì. Doveva assolutamente parlargli quella sera stessa, l'indomani forse sarebbe stato troppo tardi. Dauntsey aveva solo mezzo minuto di vantaggio, ma poteva essere decisivo se avesse curvato rapidamente in fondo a Garnet Road e avesse imboccato The Highway. Ebbe fortuna. Fece in tempo a vedere la Rover girare a destra e dirigersi a est verso la periferia dell'Essex e non verso il centro della città.

Per i successivi sette, otto chilometri riuscì a non perderla di vista. Il traffico era ancora quello del rientro a casa, una pesante, lenta massa di metallo semovente e, nonostante qualche infrazione alle regole del traffico, Daniel non procedeva molto velocemente. Ogni tanto perdeva di vista Dauntsey, ma poi, appena si apriva uno spiraglio tra le file di automobili che aveva davanti, lo vedeva ancora. Adesso cominciava a capire dov'era diretto, ne era sempre più sicuro, un chilometro dopo l'altro, e quando infine si avvicinarono alla A12 non ebbe più dubbi. Ma a ogni semaforo, a ogni fermata, lungo ogni tratto di strada libera tornava con la mente ai due omicidi che lo avevano portato a quell'inseguimento, a quella risoluzione.

Ora aveva chiaro tutto il piano nella sua lineare semplicità iniziale. L'uccisione di Etienne era stata concepita in modo che sembrasse un incidente, progettata in tutti i particolari per settimane, forse per mesi, nell'attesa paziente dell'occasione propizia. La polizia aveva sempre saputo che di Dauntsey si doveva sospettare più che degli altri. Nessuno meglio di lui avrebbe potuto lavorare indisturbato nell'archivio piccolo. Probabilmente aveva chiuso la porta a chiave mentre smontava la stufa, staccava le incrostazioni dal rivestimento interno della canna fumaria, rimontava la stufa con il tubo di sfiato bloccato. Il cordone della finestra era stato accuratamente sfilacciato per settimane, un poco ogni giorno. Dauntsey aveva pensato che la sera giusta per il delitto era il giovedì, quando si sapeva che Etienne restava a lavorare fino a tardi da solo. Aveva scelto quel giovedì alle sette e mezzo, prima della lettura di poesia al Connaught Arms. Ma la lettura di poesia era capitata per caso proprio la sera che lui aveva scelto? O aveva scelto quella sera perché ci sarebbe stata la lettura di poesia? Non avrebbe avuto difficoltà a inventare un altro impegno, era parso strano, infatti, che avesse accettato di andare al Connaught Arms. Non c'erano altri poeti noti, non era una serata letteraria importante. Avrebbe aspettato il momento di scivolare inosservato in Innocent House, quando tutti, tranne Etienne, se n'erano andati e, senza farsi sentire, sarebbe salito nell'archivio piccolo. Ma se anche Etienne fosse uscito dal suo ufficio e l'avesse visto non se ne sarebbe stupito. Perché avrebbe dovuto stupirsi? Dauntsey aveva una chiave per entrare a Innocent House, era uno dei soci, poteva andare e venire come voleva. Etienne avrebbe pensato che stava salendo al terzo piano per prendere del materiale da portare al Connaught Arms.

E poi? I preparativi dovevano avere avuto inizio circa un'ora prima. Daniel riusciva a immaginare le azioni nella loro sequenza. Dauntsey aveva spostato il tavolo e la sedia nello spazio fuori dalla porta, perché Etienne non potesse usarli per arrivare ad aprire la finestra, la stanza doveva essere perfettamente pulita, senza polvere o sporcizia dove Etienne potesse tracciare il nome del suo assassino. L'agenda con la matita era già stata rubata nel caso Etienne l'avesse portata con sé nella giacca o se la fosse messa nella tasca dei pantaloni. Poi Dauntsey aveva acceso la stufa al massimo prima di togliere il rubinetto perché le esalazioni cominciassero a diffondersi prima dell'ingresso della vittima. Da ultimo, aveva messo il dittafono per terra, con la spina inserita. Aveva voluto che Etienne sapesse che stava per morire, che non aveva scampo, che in quel palazzo isolato, vuoto, nessuno l'avrebbe sentito gridare e battere i pugni contro la porta, uno sforzo che avrebbe solo affrettato la sua fine perché per lui la morte era inevitabile come se fosse stato spinto dentro una camera a gas ad Auschwitz. Gli premeva soprattutto che Etienne sapesse perché doveva morire.

La scena del delitto era stata, dunque, minuziosamente allestita. Prima delle sette e mezzo Dauntsey aveva chiamato Etienne in ufficio dal telefono vicino alla porta dell'archivio piccolo. Che cosa poteva avergli detto? "Sali subito. Ho trovato qualcosa. È importante." Etienne ci era andato. Perché no? Nel salire le scale forse si era chiesto se Dauntsey avesse scoperto davvero un indizio che potesse aiutarli a individuare l'autore degli scherzi. Non aveva importanza quello che poteva aver pensato. La telefonata era venuta da qualcuno di cui si fidava, qualcuno che non aveva motivo di temere. La voce era stata pressante, l'invito tale da suscitare la sua curiosità. Bastava salire per saperne di più.

Il campo era pronto per la partita. Pulito e sgombro. E poi? Dauntsey lo aveva aspettato vicino alla porta. Si erano scambiati solo qualche parola in fretta.

«Che cosa c'è, Dauntsey?» Era stata impaziente, un po' arrogante la voce di Etienne?

«Guarda tu stesso. C'è un messaggio sul dittafono, qui, nell'archivio piccolo. Ascoltalo e capirai.»

Etienne, incuriosito e senza sospetto era entrato, andando incontro alla morte.

La porta era stata prontamente richiusa a chiave, la chiave tolta dalla serratura. Il Sibilante Sid era già stato nascosto tra i raccoglitori nell'archivio grande. Dauntsey l'aveva disteso a terra lungo la fessura della porta per bloccare anche l'ultima possibilità di aerazione. Per il momento non c'era altro da fare. Poteva andare alla lettura di poesia.

Aveva previsto di essere di ritorno dal Connaught Arms verso le dieci. C'era il tempo di fare tutto. Avrebbe aperto la porta per disperdere le esalazioni, avrebbe rimesso il rubinetto sulla stufa e ridato alla stanza l'aspetto consueto: il tavolo e la sedia al loro posto, e, sul tavolo, i vassoi con i raccoglitori. Che altro c'era? Forse sarebbe stato prudente aggiungere un raccoglitore, qualche documento che Etienne poteva aver scoperto, esaminato; una pratica che fosse stato spinto a cercare in archivio; un vecchio contratto, che riguardasse, forse, Esmé Carling. Dauntsey l'aveva preparato, infilato tra i raccoglitori in modo da trovarlo subito. E poi se ne sarebbe andato, assicurandosi che la chiave fosse nella serratura e portandosi via il serpente.

Avrebbe lavorato senza fretta, muovendosi per Innocent House probabilmente con una torcia elettrica, ma sapendo che, nell'archivio piccolo, avrebbe potuto, senza correre rischi, accendere la luce. Sarebbe sceso nell'ufficio di Etienne e avrebbe portato su la giacca e le chiavi, avrebbe appeso la giacca allo schienale della sedia e posato le chiavi sul tavolo. La polvere sulla mensola del camino e in terra, quella no, non poteva rimetterla, ma chi si sarebbe accorto che la stanza era più pulita del solito se fin dall'inizio si fosse pensato a una morte accidentale?

La scena del delitto avrebbe parlato da sé. Etienne stava studiando un incartamento trovato in archivio che, evidentemente, lo interessava. Sapeva che avrebbe dovuto dedicarvi del tempo quindi aveva portato con sé la giacca e le chiavi e aveva acceso la stufa. Nel chiudere la finestra gli si era spezzato il cordone. Il cadavere sarebbe stato ritrovato, con ogni probabilità, o riverso sopra il tavolo o a terra, con la faccia in giù, come se avesse cercato di arrivare a spegnere la stufa. Ci si sarebbe forse chiesti perché, rendendosi conto di quello che gli stava succedendo, non avesse aperto subito la porta. Ma uno dei primi sintomi dell'intossicazione da monossido di carbonio era il disorientamento. Se tutto fosse andato così, non ci sarebbe stato bisogno di forzare il rigor della mascella né di infilargli il serpente in bocca. Sarebbe stato un esempio perfetto di morte accidentale.

Ma non era andata così. Dauntsey era stato aggredito e portato all'ospedale, aveva perso delle ore e i suoi piani erano stati sconvolti. Giunto infine a casa, con Frances che lo aspettava, aveva dovuto agire con straordinaria rapidità e proprio quando si sentiva fisicamente molto debole. Ma il cervello funzionava ancora bene. Aveva aperto il rubinetto della vasca in modo che l'acqua scorresse lentamente e la vasca fosse quasi piena al suo ritorno. Si era, probabilmente, tolto i vestiti, indossando solo la vestaglia; sarebbe stato un vantaggio entrare nudo nell'archivio piccolo. Ma doveva tornarci subito e provvedere a tutto subito, perché sarebbe apparso sospetto se il giorno dopo essere stato aggredito fosse arrivato per primo a Innocent House. Di vitale importanza era soprattutto riprendere la cassetta, la cassetta dove si confessava autore dell'omicidio.

Etienne l'aveva ascoltata; Dauntsey almeno aveva avuto questa soddisfazione. Etienne aveva capito di essere condannato, ma aveva acutamente predisposto la propria piccola vendetta. Deciso a far ritrovare la prova, si era messo la cassetta in bocca. Poi, già indebolito dalle esalazioni, aveva cercato di spegnere la stufa soffocandola con la camicia; per arrivarci, si era trascinato sul pavimento mentre stava ormai per perdere conoscenza. Quanto tempo aveva impiegato Dauntsey a trovare la cassetta? Non molto, era ovvio. Ma aveva dovuto forzare l'irrigidimento della mascella, rendendosi conto, a quel punto, che non c'era più speranza che la morte apparisse accidentale. Per questo, più tardi, aveva collaborato tanto sollecitamente con la polizia, attirando l'attenzione sull'assenza del dittafono, e perfino sulla estrema pulizia della stanza? Erano elementi che la polizia avrebbe raccolto in ogni caso da altre deposizioni, ma era importante aver parlato per primo. E c'era stato appena il tempo di rimettere a posto in fretta il tavolo e la sedia. Non si era neanche accorto di avere accostato il tavolo alla parete dalla parte inversa così che la posizione dei vassoi risultava alterata e che un piccolo segno sul muro provava che il tavolo era stato spostato. E non c'era stato più tempo di andare a prendere la giacca e le chiavi di Etienne.

Ma che fare per quella mascella forzata? L'ispirazione era venuta dal Sibilante Sid, che era lì, a portata di mano, senza bisogno di andarlo a cercare. Dauntsey l'aveva avvolto intorno al collo di Etienne e glielo aveva messo in bocca. Quando aveva avviato quella serie di scherzi perversi per confondere le indagini, nel caso la morte di Etienne non fosse passata per un suicidio, non aveva immaginato quanto quella trovata gli sarebbe stata utile.

Ma nell'allontanarsi aveva visto il manoscritto di Esmé Carling, con la copertina azzurra, sul tavolino della sala d'aspetto e il suo messaggio appeso al muro. Doveva aver avuto un momento di panico, ma evidentemente l'aveva subito superato. Esmé Carling se n'era andata quasi certamente prima che lui invitasse Etienne a salire in archivio. Forse si era chiesto se fosse il caso di controllare, ma poi aveva deciso che era inutile. Era chiaro che la Carling aveva lasciato il manoscritto e il messaggio per denunciare pubblicamente l'offesa che le era stata inflitta. Avrebbe detto alla polizia di essere stata a Innocent House o sarebbe stata zitta? Probabilmente sarebbe stata zitta. Ma Dauntsey aveva pensato bene di portarsi via il manoscritto e il messaggio. Era un assassino previdente e, come tale, aveva previsto anche la necessità di uccidere Esmé Carling.

63

A tratti Frances riprendeva conoscenza e poi la perdeva di nuovo, ora tornava a un livello di consapevolezza, sia pure confusa, ora ripiombava nel buio, come se la sua mente, posta di fronte alla realtà, ne rifiutasse l'aspetto terribile per rifugiarsi nell'oblio. Ma quando si riebbe del tutto, restò distesa per qualche minuto, completamente immobile, respirando appena, cercando di valutare la propria situazione attraverso un lento, sistematico processo mentale, quasi che la realtà fosse più sopportabile se accettata per gradi. Era viva. Distesa sul fianco sinistro sul fondo di un'automobile e sotto una coperta. Aveva le caviglie fasciate strette tra loro e le mani legate dietro la schiena. Era imbavagliata con qualcosa di morbido, forse una sciarpa di seta. L'automobile avanzava in modo irregolare, una volta si fermò e lei sentì stridere i freni. Doveva esserci un semaforo. Dunque erano in mezzo al traffico. Pensò che forse, contorcendosi, sarebbe riuscita a liberarsi della coperta, ma con le mani e i piedi sentì che le stava avvolta attorno troppo stretta. Avrebbe potuto almeno muoversi, scuotersi lì sotto, con forza, e se un motociclista, guardando attraverso il finestrino dell'automobile, se ne fosse accorto, forse si sarebbe insospettito. Non aveva fatto in tempo a pensarlo che l'automobile ripartì velocemente.

Era viva. Doveva aggrapparsi a questa realtà. Gabriel forse voleva ucciderla, ma avrebbe potuto farlo mentre era a terra, inerte, nel garage. Perché non l'aveva uccisa? Non per pietà. Che pietà aveva avuto per Gerard, per Esmé Carling, per Claudia? Era nelle mani di un assassino. La parola le si ripercosse nella mente, e il terrore, latente in lei da quando aveva ripreso conoscenza, si risvegliò, la prese, ancestrale, incontrollabile, come un'ondata che umiliava e annichiliva il pensiero e la volontà. Ora capiva perché Dauntsey non l'aveva uccisa nel garage. L'assassinio di Claudia, come gli altri due, doveva apparire un suicidio o una morte accidentale, ma non poteva lasciare due cadaveri sul pavimento del garage. Si sarebbe sbarazzato di lei in un altro modo. Che intenzioni aveva? Voleva farla sparire? Sarebbe stato un delitto che Dalgliesh non avrebbe potuto sperare di risolvere perché mancava il cadavere? Si ricordava di aver letto da qualche parte che non era necessario un cadavere per pronunciare una sentenza di omicidio, ma Gabriel non ci pensava, Gabriel era pazzo, non c'era altra spiegazione. Anche in quel momento, certo, stava progettando, inventando, chiedendosi come liberarsi di lei. Poteva portarla in automobile in cima a uno scoglio e buttarla in mare, seppellirla in un fosso, gettarla nel pozzo di una vecchia miniera e farla morire di sete e di fame, sola, perché nessuno l'avrebbe mai trovata. Le immagini si succedevano, una dopo l'altra, una più terrificante dell'altra. Il volo nell'aria scura dentro le onde che si frangevano contro gli scogli, la terra e le foglie umide e soffocanti nella bocca e negli occhi, la caduta verticale nel pozzo della miniera dove sarebbe morta lentamente d'inedia in un'agonia claustrofobica.

L'automobile ora procedeva più spedita. Forse avevano lasciato le strade trafficate della città ed erano in aperta campagna. Con uno sforzo di volontà riuscì a calmarsi. Era viva. Questo era l'importante. Poteva sperare, e se alla fine non fosse riuscita a evitare la morte, l'avrebbe affrontata con coraggio. Gerard e Claudia, che erano agnostici, erano morti con coraggio, anche se non gli era stato concesso di morire con dignità. A che cosa serviva la religione se non l'aiutava a fare come loro?

Recitò un atto di contrizione, poi pregò per le anime di Gerard e Claudia e, da ultimo, per sé e per la propria salvezza. Le trite, confortanti parole le diedero la sicurezza di non essere sola. Poi cercò di fare un piano per cercare di liberarsi, ma non sapendo che cosa Dauntsey intendesse fare di lei, era difficile decidere come reagire. Una cosa era certa, Dauntsey non ce l'avrebbe fatta a trasportare il suo cadavere senza aiuto. Quindi doveva liberarle almeno le caviglie. Lei era più giovane, più forte e se fosse riuscita a sfuggirgli non si sarebbe fatta raggiungere. Ma comunque fosse andata a finire, non avrebbe chiesto pietà.

Nel frattempo doveva cercare che non le si intorpidissero le gambe e le braccia. Le mani, contorte dietro la schiena, erano legate con qualcosa di liscio, forse la cravatta di Dauntsey o una calza. Si era preparato all'incontro con una sola vittima, ma se l'era cavata bene lo stesso. Frances non riusciva a liberarsi. Anche il legaccio attorno alle caviglie, che non le faceva molto male, era stretto, però le permetteva di stendere le gambe per rilassare i muscoli e quella illusione di prepararsi a fuggire le diede coraggio. Si ripeté che non doveva perdere la speranza di salvarsi. Dopo quanto tempo James avrebbe cominciato a preoccuparsi di non vederla? Forse avrebbe aspettato un'ora prima di mettersi a cercarla, pensando che avesse perso tempo per il traffico o per qualche ritardo della metropolitana. Le avrebbe telefonato a casa e, sentendo che nessuno rispondeva, avrebbe cercato Claudia a casa sua, a Barbican. Ma ancora non si sarebbe veramente preoccupato. Certo non avrebbe aspettato più di un'ora e mezzo ad andare con un taxi al numero 12 e lì, con un po' di fortuna, forse avrebbe sentito che c'era un motore acceso nel garage. Trovato il cadavere di Claudia e notata l'assenza di Dauntsey, avrebbe avvertito la polizia, che si sarebbe messa alla ricerca dell'automobile. Non doveva abbandonare questa speranza.

Dauntsey andava avanti. Lei non riusciva a guardare l'ora, poteva solo cercare di indovinarla, e non sapeva che direzione stavano seguendo. Non sprecò le sue energie a chiedersi perché Gabriel avesse ucciso, era inutile, solo lui avrebbe potuto dirglielo e forse glielo avrebbe detto. Invece pensò a sé, alla sua vita. Che cos'era stata se non una serie di compromessi? Che cosa aveva dato lei a suo padre se non una timida acquiescenza che aveva solo contribuito a rafforzarlo nella sua insensibilità e nel suo disprezzo? Perché era entrata nella casa editrice, accettando docilmente la sua proposta di prepararsi ad assumere la responsabilità dei contratti e dei diritti? Lei aveva sempre svolto bene il suo lavoro, era coscienziosa, metodica, puntigliosamente attenta ai particolari, ma non era quello che le sarebbe piaciuto fare nella vita. E Gerard? Nel suo cuore aveva sempre riconosciuto l'abuso sessuale che aveva fatto di lei. L'aveva disprezzata perché lei si era messa in condizione di essere disprezzata. Chi era lei? Che cos'era lei? Frances Peverell, mite, compiacente, gentile, docile, l'appendice di suo padre, del suo amante, dell'azienda. Ora, mentre la sua vita era così vicina alla fine, poteva almeno dire: «Sono Frances Peverell. Sono me stessa». Se fosse vissuta e avesse sposato James avrebbe potuto offrirgli di dividere le loro vite sullo stesso piano. Aveva trovato il coraggio di affrontare la morte, ma questo, dopotutto, non era difficile. Lo facevano migliaia di persone ogni giorno, anche i bambini. Era venuto il momento di affrontare la vita.

Ora si sentiva stranamente in pace. Ogni tanto recitava una preghiera o qualche verso di una poesia che le piaceva, oppure ripensava a dei momenti di gioia. Cercò addirittura di addormentarsi e forse ci sarebbe riuscita se l'automobile non avesse avuto un sobbalzo. Dovevano essere su una strada accidentata. La Rover traballava, dondolava, entrava e usciva con una ruota da una buca, rimbalzava e lei faceva più o meno lo stesso. Poi arrivò un altro tratto di strada dritto, con un fondo meno diseguale, probabilmente, pensò Frances, un sentiero di campagna. L'automobile si fermò e lei sentì Dauntsey aprire la portiera.

64

A Hillgate Village, James guardò l'orologio da carrozza sulla mensola del camino. Erano le sette e quarantadue, era passata più di un'ora da quando aveva telefonato a Frances. Era strano che non fosse ancora arrivata. Rifece mentalmente il conto che si andava ripetendo da sessanta minuti. C'erano dieci fermate tra il Bank e Notting Hill Gate: due minuti per fermata facevano venti minuti per il tragitto, più altri quindici per raggiungere il Bank... Frances era veramente in ritardo. Forse non aveva trovato Claudia e aveva dovuto chiamare un taxi. Ma anche così non avrebbe impiegato tutto quel tempo, neanche in un'ora di punta in centro, a meno che non ci fosse un ingorgo, una strada chiusa, un attentato terroristico. Provò a richiamare Frances a casa. Come immaginava, non c'era nessuno. Richiamò un'altra volta Claudia, ancora inutilmente. Niente di strano. Forse era andata da Declan Cartwright, o a teatro, o fuori a cena, non c'era ragione che Claudia fosse a casa. Accese la radio sulla stazione locale. Passarono dieci minuti prima del notiziario. I viaggiatori venivano avvisati che la Central Line era bloccata. Senza spiegazione, e questo significava di solito che era stato diramato un allarme Ira. Quattro stazioni, tra Holborn e Marble Arch erano chiuse. Ecco la ragione del ritardo. Frances avrebbe impiegato un'altra ora ad arrivare. La sola cosa che poteva fare era aspettare pazientemente.

James si mise a passeggiare su e giù per il salotto. Frances soffriva un po' di claustrofobia. Detestava passare sotto il tunnel di Greenwich. Non le piaceva spostarsi in metropolitana. Non si sarebbe trovata intrappolata là sotto se non fosse stato per correre da lui. James si augurò che ci fossero almeno le luci accese in quel treno, perché lei non si trovasse seduta, senza amici, in quel buio. All'improvviso si vide davanti agli occhi, vivida e inquietante, l'immagine di Frances, abbandonata, in fin di vita, in un tunnel soffocante, lontana da lui, irraggiungibile e sola. Scacciò quel pensiero come si scaccia una fantasia morbosa e tornò a guardare l'orologio. Avrebbe aspettato ancora mezz'ora e poi si sarebbe messo in contatto con la London Transport per sentire se la metropolitana aveva ripreso a funzionare o quanto tempo ancora c'era da aspettare. Si avvicinò alla finestra, scostò le tende e guardò la strada illuminata, sperando di vedere arrivare Frances.

65

Ora Daniel era sulla A12 e c'era molto meno traffico. Stava attento a non superare i limiti di velocità, sarebbe stato un disastro se lo avesse fermato la polizia della strada. Ma anche a Dauntsey premeva, senza dubbio, non attirare l'attenzione per non perdere tempo. Fino allora avevano mantenuto la stessa andatura, ma lui aveva l'automobile più veloce. Pensò a come avrebbe potuto superare la preda una volta che se la fosse ritrovata davanti. In circostanze normali Dauntsey avrebbe riconosciuto l'automobile e anche lui solo con un'occhiata, ma ora non pensava di essere seguito. Meglio di tutto era aspettare, per sorpassarlo, che il traffico aumentasse di nuovo.

In quel momento, per la prima volta, Daniel si ricordò di Claudia Etienne e lo turbò il pensiero che, preoccupato di raggiungere Dauntsey per avvertirlo, non gli fosse venuto in mente che lei poteva trovarsi in pericolo. Ma non c'era niente da temere. Quando l'aveva vista stava già per andare a casa e ormai era al sicuro. Dauntsey era lì, davanti a lui, nella sua Rover. L'unico rischio era che lei avesse deciso di andare a trovare suo padre e che fosse sulla strada di Othona House. Una ragione in più di arrivarci per primo. Era inutile cercare di impedire a Dauntsey di proseguire, superarlo, fargli segno di scendere. Non si sarebbe fermato se non con la forza. Daniel voleva parlargli, avvertirlo, ma con calma, non andandogli addosso con l'automobile. L'ultimo atto della tragedia doveva essere interpretato con molta calma.

Finalmente rivide la Rover. Adesso erano vicini alla deviazione per Chelmsford e il traffico era aumentato. Aspettò il momento giusto, s'inserì nella corsia di sorpasso e la superò. Esmé Carling doveva aver trascorso delle brutte giornate dopo la scoperta del cadavere di Gerard. Probabilmente si era aspettata di veder arrivare la polizia a chiederle spiegazioni su quel messaggio attaccato al muro nella sala d'aspetto, sul manoscritto lasciato sul tavolo. Invece si erano presentati lui e Robbins con la loro innocua richiesta di un alibi e l'alibi era stato procurato. Lei aveva saputo mantenere la calma in modo ammirevole, bisognava riconoscerlo. Mai una volta gli aveva fatto sospettare che ci fosse dell'altro da sapere. E poi? Quali pensieri le avevano attraversato la mente? Era stato Dauntsey a telefonarle o si era messa lei in contatto con lui? Quest'ultima era l'ipotesi più attendibile. Dauntsey non avrebbe avuto bisogno di ucciderla se lei non gli avesse detto che l'aveva visto scendere le scale con in mano l'aspirapolvere. Anche lui doveva aver passato dei brutti momenti. Anche lui aveva saputo mantenere la calma. Esmé Carling non aveva detto niente e poteva aver pensato di essere al sicuro, ma poi era arrivata la telefonata, la proposta di un incontro, la minaccia implicita che, se il libro non fosse stato pubblicato, lei sarebbe andata alla polizia. Una minaccia senza fondamento. Non poteva andare alla polizia senza dire che c'era anche lei, quella sera, a Innocent House. Lei che, più di chiunque altro, aveva una ragione per desiderare la morte di Etienne. Ma Esmé, ingegnosa, intrigante, tortuosa, ossessiva, aveva una mente limitata. Non era lucida e neanche molto intelligente.

Era stato Dauntsey a fissare i termini di quell'incontro? Le aveva detto che sapeva chi era l'assassino di Etienne, o che aveva dei sospetti, e che insieme sarebbero arrivati alla verità e ne avrebbero insieme assaporato il trionfo? Avevano raggiunto un accordo provvisorio in base al quale lei non avrebbe parlato e lui le avrebbe restituito la lettera e il manoscritto garantendole la pubblicazione del libro? Esmé aveva detto a Daisy Reed che la Peverell l'avrebbe pubblicato. Chi, se non uno dei soci, poteva averle dato questa assicurazione? Come si era presentato Dauntsey in quel breve incontro? Come un difensore e salvatore o come un alleato in una cospirazione? Nessuno l'avrebbe mai saputo, a meno che Dauntsey non avesse deciso di dirlo.

Una cosa era certa: Esmé Carling era andata a quell'incontro senza paura. Non sapeva chi aveva ucciso Etienne, ma pensava di sapere chi non l'aveva ucciso. Era lei l'ospite nell'ufficio di Etienne quando era arrivata la telefonata e, per un po', aveva aspettato che tornasse. Poi, sempre più impaziente, aveva deciso di andare a cercarlo nell'archivio piccolo e, uscendo dall'ufficio della signorina Blackett, aveva sorpreso Dauntsey con l'aspirapolvere in mano. Davanti alla porta dell'archivio piccolo aveva visto il serpente e aveva sentito una voce. Qualcuno, nella stanza, stava parlando. La porta era sottile e lei, probabilmente, aveva capito che non era la voce di Etienne. Quando era stato scoperto il cadavere, era stata sicura che Dauntsey, almeno, era innocente. Lo aveva visto lei scendere le scale mentre Etienne era ancora vivo e, nell'archivio piccolo, parlava con il suo assassino.

Come aveva organizzato, Dauntsey, quell'alibi per l'assassinio di Esmé Carling? Ma certo: lui e Bartrum erano rimasti soli con il cadavere prima dell'arrivo della polizia. Non era stato Dauntsey a suggerire che Frances e Mandy venissero fatte rientrare in casa mentre lui e Bartrum avrebbero aspettato la polizia? Forse allora si era accordato con Bartrum per l'alibi. Strano, però, che Bartrum avesse accettato. Forse Dauntsey gli aveva promesso di aiutarlo a mantenere il suo posto alla Peverell? Gli aveva offerto una promozione? O Bartrum aveva già ricevuto un favore che doveva ricambiare? Qualunque fosse la ragione, l'accordo sull'alibi c'era stato. E il pub dove si erano incontrati mezz'ora dopo di quello che avevano detto, era stato scelto bene. Nessuno al Sailor's Return, grande, affollato, rumoroso, era stato in grado di precisare quando erano entrati quei due clienti.

Il delitto in sé presentava poche difficoltà, l'unico pericolo poteva sussistere nello spostare il motoscafo. D'altra parte era indispensabile. Solo nella sicurezza della cabina Dauntsey avrebbe potuto uccidere Esmé Carling senza essere visto né da terra né dal fiume. Lei era piccola, leggera, ma Dauntsey aveva settantasei anni e gli sarebbe stato più facile appenderla alla ringhiera dal motoscafo piuttosto che trascinarla, viva o morta, sui gradini bagnati e scivolosi. Muovere il motoscafo non era un rischio, bastava tenere il motore basso. Solo Frances abitava lì vicino e lui sapeva per esperienza che nel suo salotto, con le tende tirate, si sentiva ben poco di quanto avveniva all'esterno. E poi, anche se avesse sentito un motore, Frances non si sarebbe certo affacciata a guardare. Era un rumore frequente, sul fiume. Ma, dopo il delitto, il motoscafo andava rimesso a posto. Dauntsey non poteva essere sicuro che non sarebbero rimaste tracce nella cabina, soprattutto se ci fosse stata una colluttazione. Era importante che nessuno collegasse il motoscafo con la morte di Esmé.

Lei era arrivata a quell'ultimo, fatale appuntamento in taxi. Doveva averglielo consigliato Dauntsey e probabilmente le aveva anche consigliato di fermarsi in fondo a Innocent Passage. Lui l'avrebbe aspettata al buio, nel vano della porta. Che cosa le aveva detto? Che per poter parlare tranquillamente senza farsi vedere era meglio andare sul fiume? Che aveva già messo il manoscritto e la lettera ai soci nella cabina del motoscafo? E cos'altro ci aveva messo? Una corda per strangolarla, una sciarpa, una cintura? Ma aveva sperato che lei avesse la sua solita borsa con la tracolla lunga. Doveva avergliela vista portare spesso.

Ora, con gli occhi sulla strada, le mani sul volante, Daniel immaginò quello che era successo nella cabina. Avevano parlato a lungo? No, non molto a lungo. Lei doveva aver già detto a Dauntsey per telefono che lo aveva visto, a Innocent House, scendere le scale con l'aspirapolvere in mano. E già questo bastava. Sarebbe stato più facile e meno rischioso non perdere tempo. Daniel riusciva a immaginare Dauntsey farsi cortesemente da parte e lasciar entrare Esmé per prima nella cabina, con la borsa appesa alla spalla. Poi, il rapido scatto della tracolla, Esmé a terra, trascinata sul pavimento della cabina, le vecchie mani inutilmente aggrappate al cappio mentre lui tirava sempre più forte. Doveva esserci stato almeno un secondo in cui lei aveva capito tutto, prima che un pietoso stato d'incoscienza le avesse oscurato la mente per sempre.

E questo era l'uomo che lui stava correndo ad avvertire, non perché potesse ormai esserci per lui una possibilità di fuga, ma perché anche l'orrore della morte di Esmé Carling sembrava solo una piccola, inevitabile parte di una più vasta, universale tragedia. Per tutta la vita lei aveva costruito intrighi, sfruttato coincidenze, adattato i fatti a una tesi, manipolato i personaggi, gustato l'orgoglio di questo potere che le veniva delegato. La sua rovina era stata che, alla fine, aveva confuso il romanzo con la realtà.

Fu quando ebbe lasciato Maldon per curvare a sud e prendere la B1018 che Daniel si rese conto di essersi perduto. Si era fermato poco prima in una piazzola di sosta a consultare la carta, preoccupato per ogni attimo di tempo che passava. La strada più breve per Bradwell-on-Sea si trovava uscendo dalla B1018, per poi curvare a sinistra e attraversare i paesini di Steeple e St Lawrence. Aveva ripiegato la carta ed era andato avanti, in un paesaggio buio e desolato. Ma, una volta uscito dalla B1018, la strada, più larga di quanto avesse pensato, aveva due curve a sinistra e non c'era un cartello che indicasse il nome del primo paese. Un istinto particolare, che non era mai riuscito a spiegarsi, gli suggerì che stava andando a sud, non a est. Si fermò a un incrocio, per leggere un indicatore stradale e, alla luce dei fari dell'automobile, vide scritto Southminster. Chi sa come, era riuscito a prendere la strada più a sud e quindi la più lunga. Il buio era fitto come nebbia. Poi le nuvole si allontanarono dalla luna e apparve un pub, ai margini della strada, chiuso e triste e, vicino, due villette di mattoni rossi, con le luci che brillavano debolmente dietro le tende e un solo albero distorto dal vento con il frammento di un cartello appeso al tronco che vibrava nell'aria come un uccello con le ali tarpate. Dall'altro lato della strada c'era la campagna solitaria, spazzata dal vento, misteriosa nella fredda luce della luna.

Daniel andò avanti ancora. La strada, tra curve e svolte, sembrava senza fine. Il vento adesso era più forte e sferzava l'automobile con dei piccoli rapidi colpi. Ed ecco finalmente la curva a destra per Bradwell-on-Sea. Daniel capì che stava attraversando la periferia del paese, vide la chiesa e le luci del pub. Curvò una volta ancora verso la palude e il mare. Non c'era traccia dell'automobile di Dauntsey e non avrebbe saputo dire chi di loro due sarebbe arrivato prima a Othona House. Sapeva solo che per tutti e due quella sarebbe stata la fine del viaggio.

66

Dauntsey aprì la portiera anche dalla sua parte. Dopo il buio soffocante, l'odore della benzina, del tappeto, della paura, la fresca aria lunare le arrivò sul viso come una benedizione. Non sentiva niente, solo il vento, e non vedeva niente se non la sagoma scura china su di lei. Lui tese le mani a cercare il bavaglio. Frances sentì per un attimo le sue dita sfiorarle una guancia. Poi lui le liberò le caviglie. I nodi non erano stretti. Se avesse avuto le mani libere avrebbe potuto scioglierli lei stessa. Non c'era stato bisogno di tagliarli. Questo significava che Dauntsey non aveva un coltello? Ma ormai Frances non aveva più paura di morire. Aveva capito all'improvviso che non l'aveva portata lì per ucciderla. Aveva altri pensieri, più importanti.

Con la solita voce tranquilla e gentile, la voce che conosceva, che le era piaciuta e le aveva dato fiducia, Dauntsey disse: «Frances, se ti volti riesco meglio a slegarti le mani».

Sembravano le parole del suo salvatore, non del suo carceriere. Si voltò e bastarono pochi secondi a liberarla. Lei cercò di spingersi fuori dall'automobile, ma aveva le gambe rigide e Dauntsey le porse la mano per aiutarla.

«Non toccarmi» gli disse.

Non riusciva a parlare con chiarezza. Il bavaglio era stato legato stretto, le aveva lasciato la mascella contratta. Ma lui aveva capito, si ritrasse subito e la guardò mentre si trascinava fuori e si metteva in piedi, appoggiandosi all'automobile per non cadere. Era il momento che aveva aspettato per scappare. Ma Dauntsey non l'aveva toccata quando gliel'aveva chiesto e lei capiva che non c'era bisogno di scappare, che era inutile. Dauntsey l'aveva portata lì perché era necessario, ma lei non contava più, non rappresentava più un pericolo. I pensieri di Dauntsey erano altrove. Avrebbe potuto andarsene, incespicando con le sue gambe intorpidite e lui non glielo avrebbe impedito, non l'avrebbe inseguita. Adesso si era allontanato di qualche passo, guardava i contorni scuri di una casa e lei riusciva ad avvertire la fissità di quello sguardo. Per Dauntsey era la conclusione di un lungo viaggio.

«Dove siamo?» gli chiese. «Che posto è questo?

Con la sua voce misurata, Dauntsey rispose: «A Othona House. Sono venuto a trovare Jean-Philippe Etienne».

Andarono insieme fino alla porta. Dauntsey suonò il campanello, che echeggiò forte all'interno della casa. L'attesa non fu lunga. Sentirono stridere il catenaccio, la chiave girò nella serratura e la porta si aprì. La figura tarchiata di una donna anziana vestita di nero si delineò contro la luce dell'anticamera.

«Monsieur Etienne vous attend» disse.

Gabriel si rivolse a Frances. «Non credo che tu conosca Estelle, la governante di Jean-Philippe. Adesso sei a posto. Tra pochi minuti potrai telefonare e chiedere aiuto. Nel frattempo ti custodirà Estelle.»

«Non ho bisogno di essere custodita da nessuno. Non sono una bambina. Tu mi hai portata qui contro la mia volontà. Adesso ci sono e sto con te.»

Estelle li guidò per un lungo corridoio col pavimento di pietra sul retro della casa e li invitò a entrare in uno studio rivestito di pannelli scuri, dove si respirava l'aria dolce e pungente di un fuoco di legna. Nel camino di pietra le fiamme guizzavano come lingue sottili e i ciocchi crepitavano e sibilavano. Jean-Philippe era seduto accanto al camino, su una poltrona con lo schienale alto e la parte superiore arrotondata e sporgente ai lati. Non si alzò. In piedi, vicino alla finestra, il viso rivolto verso la porta c'era l'ispettore Aaron. Aveva addosso una giacca foderata di pecora molto voluminosa, che lo faceva sembrare ancora più basso e più grosso. Il suo viso era molto pallido, ma quando un pezzo di legno nel camino, cadendo, lo illuminò, per un attimo parve ravvivarsi. Aveva i capelli spettinati dal vento, arruffati. Frances pensò che probabilmente era arrivato poco prima di loro e aveva lasciato l'automobile lontano dalla casa perché non si vedesse.

Aaron si rivolse direttamente a Dauntsey, come se lei non ci fosse. «L'ho seguita. Ho bisogno di parlarle.»

Prese una busta che aveva in tasca, ne tolse una fotografia e la mise sul tavolo. Guardò Dauntsey in silenzio. Nessuno si mosse.

Dauntsey disse: «So che cosa è venuto a dirmi, ma il tempo per parlare è finito. Adesso lei non è qui per parlare ma per ascoltare».

Solo allora, per la prima volta, Aaron parve rendersi conto della presenza di Frances. Con un tono aspro, quasi di accusa, le chiese: «Che cosa fa qui?».

Frances aveva ancora male alla bocca, ma la sua voce suonò alta e limpida. «Sono stata portata qui con la forza, legata e imbavagliata. Gabriel ha ucciso Claudia. L'ha strangolata nel garage. Ho visto il suo corpo. Lei non lo arresta? Ha ucciso Claudia e gli altri due.»

Etienne si era alzato. Dalla sua bocca uscì uno strano suono, che era un rantolo e un sospiro, poi si lasciò cadere di nuovo sulla poltrona. Frances corse da lui. «Mi dispiace, mi dispiace» gridò, «avrei dovuto dirlo in un altro modo!» Poi alzò gli occhi e vide il viso stravolto dell'ispettore Aaron.

Aaron si rivolse a Dauntsey, quasi con un bisbiglio: «E così ha completato il suo lavoro.»

«Non abbia rimorso, ispettore. Non avrebbe potuto salvarla. Era già morta prima che lei lasciasse Innocent House» disse Dauntsey. Poi parlò direttamente con Etienne. «In piedi, Etienne, ti voglio in piedi.»

Etienne si alzò lentamente dalla poltrona e prese il bastone per sorreggersi. Compiva uno sforzo evidente per non vacillare e sarebbe caduto se Frances non si fosse avvicinata a sostenerlo alla vita. Lui non parlava, ma guardava Dauntsey.

«Mettiti dietro la poltrona» disse Dauntsey «e usala per appoggiarti.»

«Non ho bisogno di appoggiarmi.» Etienne respinse il braccio di Frances. «Ero solo un po' irrigidito perché ero rimasto seduto per troppo tempo. Non mi metterò in piedi dietro la poltrona come se fossi nel banco degli imputati. Tu sei qui come un giudice, ma bisogna ascoltare la difesa prima del processo e il castigo deve seguire a un verdetto di colpevolezza.»

«Il processo c'è stato. Lo sto conducendo io da più di quarant'anni. Ora ti chiedo di ammettere che sei stato tu a consegnare mia moglie e i miei bambini ai tedeschi e quindi a mandarli a morire ad Auschwitz.»

«Come si chiamavano?»

«Sophie Dauntsey, Martin e Ruth. Portavano il nome di Loiret. Avevano documenti falsi. Tu eri uno dei pochi a saperlo, a sapere che erano ebrei e a sapere dove vivevano.»

«I nomi non significano niente» rispose Etienne con calma. «Come posso ricordare? Non sono stati gli unici ebrei che ho denunciato al governo di Vichy e ai tedeschi, non posso aver tenuto a mente i nomi di ciascuno e neanche delle famiglie. Ho fatto quello che era necessario. La vita di molti francesi era nelle mie mani. Era importante che i tedeschi continuassero a fidarsi di me se volevo avere la mia assegnazione di carta, inchiostro e altro materiale per la mia tipografia clandestina. Come posso ricordarmi di una donna e di due bambini dopo cinquant'anni?»

«Io mi ricordo di loro» disse Dauntsey.

«E ora ti vendichi. È ancora dolce il sapore della vendetta dopo cinquant'anni?»

«Questa non è vendetta, Etienne. È giustizia.»

«Ah, non ingannare te stesso, Gabriel. Questa è vendetta. La giustizia non ti chiede di venire da me a dirmi quello che hai fatto. Chiamala giustizia, se serve a tranquillizzarti la coscienza. È una parola forte, spero che tu sappia che cosa significa. Io non sono sicuro di saperlo. Forse il rappresentante della legge, qui con noi, può aiutarci.»

«Significa occhio per occhio e dente per dente» disse Daniel.

Dauntsey guardava ancora Etienne. «Io non ti ho preso più di quanto tu abbia preso a me, Etienne. Un figlio e una figlia contro un figlio e una figlia. Tu hai ucciso mia moglie, ma la tua era già morta quando ho saputo la verità.»

«Sì, era al di là della tua cattiveria. E della mia.»

Aveva pronunciato le ultime parole a voce così bassa che Frances si chiese se le aveva sentite davvero.

Gabriel proseguì: «Tu hai ucciso i miei figli; io ho ucciso i tuoi. Io non ho discendenti, tu nemmeno. Dopo la morte di Sophie non sono più riuscito ad amare un'altra donna. Io non credo che la nostra esistenza sulla terra abbia un significato o che ci sia un futuro per noi dopo la morte. Poiché Dio non c'è non può esistere giustizia divina. Dobbiamo farci giustizia da soli, e qui, sulla terra. Ci ho messo quasi cinquant'anni, ma mi sono fatto giustizia».

«Sarebbe stata una giustizia più efficace se avessi agito prima. Mio figlio ha goduto della giovinezza, della virilità; ha avuto il successo, l'amore delle donne. Questo tu non hai potuto toglierglielo. I tuoi figli non hanno avuto niente di tutto questo. La giustizia dovrebbe essere rapida per essere efficace. Non può aspettare cinquant'anni.»

«Che cos'ha a che fare il tempo con la giustizia? Il tempo ci porta via la forza, il talento, i ricordi, le gioie e anche la capacità di soffrire. Perché dovremmo permettere che ci privi anche dell'imperativo della giustizia? Io dovevo avere la certezza, anche questa era giustizia. Ci ho messo vent'anni a rintracciare due testimonianze sicure, e anche allora non ho avuto fretta. Non volevo stare dieci anni o più in prigione e ora non corro questo rischio. Niente è impossibile da sopportare a settantasei anni. Poi tuo figlio si è fidanzato. Forse avrebbe avuto a sua volta un figlio. La giustizia richiedeva che fossero solo in due a morire.»

«Ed è per questo» chiese Etienne «che hai lasciato i tuoi editori e sei venuto alla Peverell Press nel 1962? Sospettavi già di me?»

«Cominciavo a sospettare di te. Cominciavo a tirare le fila della mia indagine. Mi è parso opportuno seguirti da vicino. E tu eri contento, mi ricordo, di avere me e i miei soldi.»

«Certo. Henry Peverell e io abbiamo pensato di aver portato alla casa editrice un grande poeta. Avresti dovuto dedicare le tue energie alla poesia, Gabriel, invece di sprecarle in una ossessione vana, nata dalla tua colpa. Perché è stata colpa tua se tua moglie e i tuoi figli sono rimasti prigionieri in Francia. L'errore è stato lasciarli lì, non altro. Tu te ne sei andato e loro sono morti. Ma perché lavare questa colpa uccidendo chi è innocente? Uccidere gli innocenti è la tua specialità, vero Gabriel? Tu hai partecipato al bombardamento di Dresda. Niente di quello che ho fatto io può stare alla pari con la grandiosa mostruosità di quel disastro.»

Daniel disse, quasi in un bisbiglio: «Era diverso. Quella è stata un'atroce ma necessaria azione di guerra».

Etienne si rivolse a lui. «Anche quello che ho fatto io rientra nelle azioni di guerra.» S'interruppe e quando riprese a parlare Frances sentì nella sua voce un accento di trionfo che a fatica riusciva a controllare. «Se volevi sostituirti a Dio, Gabriel, dovevi prima assicurarti di avere la saggezza e l'onniscienza di Dio. Io non ho mai avuto figli. Sono irrimediabilmente sterile per un'infezione virale contratta da ragazzo. Mia moglie aveva bisogno di un bambino e di una bambina per soddisfare la sua passione materna e io ho fatto in modo che li avesse. Abbiamo adottato Gerard e Claudia in Canada e li abbiamo portati con noi in Inghilterra. Non hanno legami di sangue né con noi né tra di loro. Ho promesso a mia moglie che la verità non sarebbe mai uscita dalle mura domestiche, Gerard e Claudia l'hanno saputa quando avevano quattordici anni e le conseguenze su Gerard sono state gravi. A tutti e due sarebbe stato meglio dirlo fin dall'inizio.»

Frances capì che Gabriel non poteva dubitare di quanto aveva sentito. Fece uno sforzo per guardarlo e lo vide sgretolarsi fisicamente, come se i muscoli del suo viso e del suo corpo si stessero disintegrando. Era vecchio, ma fino a un attimo prima era stato sostenuto dall'intelligenza, dalla volontà. Ora la vita sembrava scorrergli via di dosso. Gli si avvicinò, ma lui la tenne lontana con un gesto. Tentava penosamente di reggersi in piedi. Provò a parlare, ma non ci riuscì. Allora si voltò e andò verso la porta. In silenzio gli altri lo seguirono in corridoio e poi fuori, nella notte, finché non lo videro allontanarsi lungo lo stretto argine roccioso ai margini della palude.

Frances lo rincorse e lo afferrò per la giacca. Lui cercò di spingerla via, ma le forze lo stavano abbandonando e Frances non lo voleva lasciare. Daniel li raggiunse e la trascinò via, tenendola stretta tra le braccia. Lei si dibatté per liberarsi, mentre guardava, disperata, Gabriel allontanarsi verso la palude, ma le braccia di Daniel erano come due sbarre di ferro.

Daniel disse: «Lo lasci stare. Lo lasci stare».

Frances gridò a Jean-Philippe Etienne, dietro le sue spalle: «Vada con lui! Lo fermi! Lo faccia tornare indietro!».

«Tornare indietro perché?» disse Daniel a bassa voce.

«Non arriverà mai al mare.»

Ora Etienne era dietro di loro. «Non c'è bisogno che arrivi al mare. Quelle pozze sono profonde. Un uomo annega in trenta centimetri d'acqua, se è deciso a morire.»

Restarono fermi a guardarlo. Daniel teneva ancora Frances stretta contro di sé e lei sentì i loro cuori battere uno vicino all'altro. Gabriel si allontanava, incespicando, una figura nera contro il cielo notturno. Si rialzava, ricadeva, s'impennava, lottando per andare avanti. Le nuvole si mossero di nuovo e, alla luce della luna, lo videro barcollare ancora, come un gigante, con le braccia alzate per maledire o scongiurare. Frances sapeva che si stava sforzando di raggiungere il mare, per inoltrarsi in quella immensità fredda, più lontana e più profonda, fino a immergersi nell'estremo oblio misericordioso.

Era caduto ancora e questa volta non si rialzò. A Frances parve che la luna brillasse sulla superficie della palude. Il corpo di Dauntsey era quasi sommerso, ma non lo si distingueva più, era solo un'altra massa scura appena sporgente tra i ciuffi d'erba di quella terra desolata coperta d'acqua. Aspettarono in silenzio, ma il corpo non si mosse. Era diventato parte della palude e della notte. Daniel lasciò libera Frances e lei andò a mettersi un po' in disparte. Il silenzio era assoluto. E infine a Frances parve di sentire il rumore del mare, come un sussurro, come un battito di cuore nell'aria ferma.

Stavano tornando verso casa quando nella notte vibrò un ronzio metallico che si trasformò rapidamente in una rapida successione di suoni più forti. Apparvero le luci di un elicottero. Lo guardarono vorticare tre volte e poi atterrare nel campo vicino a Othona House. Hanno trovato il corpo di Claudia, si disse Frances. James, non vedendomi arrivare, è andato a cercarmi a Innocent House.

Ferma al margine del campo, un po' staccata dagli altri, vide tre persone correre curve sotto le grandi pale dell'elicottero e poi venire verso di lei, tra i sassi e l'erba piegata dal vento. Erano l'ispettore Dalgliesh, l'ispettrice Miskin e James. Etienne gli andò incontro e si fermarono a parlare tra loro. Frances pensò, ora Etienne glielo dice. Io aspetto qui.

Poi Dalgliesh si staccò dal gruppo, le si avvicinò e, senza toccarla, si piegò dall'alto della sua statura per guardarla negli occhi.

«Come sta?»

«Ora sto bene.»

Dalgliesh sorrise. «Tra pochissimo parleremo. De Witt ha insistito per venire con noi. È stato più semplice dirgli di sì.»

Raggiunse Etienne e Kate e insieme andarono verso la casa.

Frances pensò: ora, finalmente, sono me stessa. Ho qualcosa da dargli. Non corse verso di lui che l'aspettava, non lo chiamò ma lentamente, con tutta l'intensità del suo essere, camminò nell'erba verso le sue braccia aperte.

Daniel aveva sentito l'elicottero, ma non si era mosso, Era rimasto fermo sul sentiero roccioso a guardare verso il mare. Aveva aspettato da solo, con pazienza, finché non aveva sentito i passi avvicinarsi e si era visto Dalgliesh accanto, che gli chiedeva: «Era in stato d'arresto?».

«No, signore. Non ero venuto qui per arrestarlo, ero venuto per avvertirlo. Non come un poliziotto. Ho parlato, ma non ho detto le parole che avrebbe detto lei. L'ho lasciato andare.»

«L'ha lasciato andare deliberatamente? Non è scappato?»

«No, signore. Non è scappato» e aggiunse, così sottovoce che forse, pensò, Dalgliesh non l'aveva nemmeno sentito: «Ma adesso è libero».

Dalgliesh tornò in casa. Aveva saputo tutto quello che gli era necessario. Nessun altro si avvicinò a Daniel che si sentì isolato in una quarantena morale, ai margini della palude, ai margini del mondo. Gli parve che una tremolante luce fosforosa e bruciante passasse veloce tra le erbe acquatiche e le nere pozze stagnanti. Non riusciva a vedere le piccole onde che si frangevano, ma sentiva il rumore del mare, un debole infinito lamento simile a un dolore universale. Le nuvole scoprirono ancora la luna con la sua faccia liscia, che diffondeva una luce fredda sulla palude e su quella lontana figura caduta a terra. Daniel avvertì un'ombra al proprio fianco. Si voltò e stupito, commosso, vide Kate che aveva il viso pieno di lacrime.

«Non volevo aiutarlo a mettersi in salvo» le disse. «Sapevo

che non esisteva questa possibilità, ma non avrei sopportato di vederlo ammanettato, sotto accusa, in prigione. Volevo dargli la possibilità di scegliere la strada per andarsene.»

«Stupido... Daniel... stupido.»

«Che cosa farà?

«Chi, AD? Cosa vuoi che faccia? Dio, Daniel, avresti potuto essere così bravo, eri così bravo.»

«Etienne non si ricordava nemmeno i loro nomi. A stento si ricordava che cosa aveva fatto. Non si sentiva colpevole, non aveva rimorso. Una madre e due bambini piccoli. Per lui non esistevano. Non erano esseri umani. Si sarebbe preoccupato di più se avesse ucciso un cane. Non pensava a loro come individui. Erano merce di second'ordine. Non contavano niente. Erano ebrei.»

«Ed Esmé Carling?» disse Kate quasi gridando. «Vecchia, brutta, senza figli, sola. Una scrittrice mediocre, finita. Anche lei era merce di second'ordine? È vero, non lasciava niente dietro di sé. Una casa, una bambina non sua che le teneva compagnia la sera, qualche fotografia, i libri. Con che diritto lui ha deciso che la sua vita non fosse importante?»

«Di quante cose sei sicura, Kate» osservò Daniel con amarezza. «Tu sai che cos'è giusto. Dev'essere bello non dover mai affrontare un dubbio. La legge e il regolamento di polizia provvedono a tutto, non è così?»

«Non sono sicura di tutto. Sono sicura che non si deve uccidere. Altrimenti come potrei lavorare nella polizia?»

Dalgliesh si avvicinò. Con un tono di voce normale, quasi fossero riuniti tranquillamente nell'ufficio del distretto di Wapping, disse: «La polizia dell'Essex non cercherà di recuperare il cadavere fino a quando non farà giorno. Vorrei che lei, Daniel, riportasse Kate a Londra. Si sente di farlo?».

«Sì, signore. Sono perfettamente in grado di guidare.»

«Altrimenti guiderà Kate. Il signor de Witt e la signorina Peverell verranno con me in elicottero. Credo che vogliano tornare a casa il più presto possibile.»

Daniel aspettò vicino a Kate che le tre figure salissero col pilota sull'elicottero. Il motore si accese e le grandi pale cominciarono a ruotare lentamente poi, in un turbine, diventarono invisibili. L'elicottero si alzò, oscillò nell'aria, prese il volo.

Etienne ed Estelle, sul bordo del campo, lo guardavano. Sembrano turisti, pensò Daniel, strano che non ci abbiano salutato con la mano.

«Ho lasciato una cosa sul tavolo» disse a Kate.

La porta d'ingresso era aperta. Lei lo seguì lungo il corridoio fino allo studio, senza stargli troppo vicina perché non si sentisse un prigioniero sotto scorta. Nella stanza le luci erano spente, ma le fiamme del camino lanciavano le loro ombre rossastre sulle pareti e sul soffitto e macchiavano la superficie liscia del tavolo di uno splendore sanguigno. La fotografia era ancora lì. Daniel si stupì, per un attimo, che Dalgliesh non l'avesse presa. Poi si ricordò. Era inutile. Non ci sarebbe stato un processo né la necessità di presentare delle prove in tribunale. La fotografia non serviva più. Non era importante.

La lasciò sul tavolo, raggiunse Kate e andò con lei, in silenzio, a prendere l'automobile.